宇宙和星河无法回应
人类渺小的麻烦，
但日历可以。

三联书店

金色卡丽

全三册

上

三碗过岗 —— 著

九州出版社
JIUZHOUPRESS

人们都有各自的生活，黑云压不到他们头上的时候，他们总会忘记黑云的存在。

大部分人的"正义"只是"有空闲时候的正义"，当他们没有时间了，这正义也就被抛在了脑后。

白历从来没指望过有谁能把他拉出泥潭。

蚂蚁撼树，得主动出击。

目录

第一章
帝国之鹰

陆召结契当天，帝国主星大半贵族都对这件事十分关注。

关于这位少将的讨论帖在帝国论坛娱乐版块的热度居高不下，不少人唏嘘强悍如陆召少将这样的人也不得不屈服于人种带来的麻烦，为了能继续在事业上稳定发展，作为稀种人的陆少将竟然也需要把跟人结契作为最后一层保障。

另一部分特种人则带着一丝酸味地议论着就算是地位爬得再高，陆召稀种人的身份也不可能发生改变，人种天生的弱点注定他需要寻求强大的同盟，之前的成功也不过是走运而已。

这种态度高高在上的特种人无疑引起相当一部分稀种人的反感，两方观点不同的群体在论坛上吵得不可开交。

相较于这两方讨论者，一些普种们倒是更关心即将和陆召少将结契的人到底是谁，推测借着陆召的关系，此人能得到多大的利益。

这场结契关系并未第一时间公开，陆召本人也没有做出任何回复，另外一个契约人身份不明，各位主星贵族家中年轻且实力相当的特种被挨个儿猜了个遍，连普种中能靠上边的也被卷入话题中，但始终没有得出一个令所有人信服的结论。

直到半个月前，第一军团内部收到陆召上报的契约人关系申请，另一个人的名字才浮出水面。

谁也没想到，陆少将这位赫赫有名的帝国之鹰竟然砸在了白氏这棵半死不活的树上，与白氏那位早早就退出军界的公子哥白历签订了契约人关系。

白历这个名字一出现，所有人都大跌眼镜，一夜之间就将白历的资料全部翻出，他早年的经历也被曝光。

没落的白氏到了白历这一代，家族就只剩下他一人。白历本人也在多年前一场战斗中受伤，左腿差点儿废掉，无法再驾驶机甲参与任务或战争，白氏也从此在一线军团中没有了位置。

这位公子哥早年流连花丛，绯闻不断，据说帝国提出要他退出第一军团时，他本人毫不犹豫地点头同意了，当晚就打包自己在军团的私人物品，开着他的高档悬浮车跑去了一个稀种的私人住所。

白历的资料被扒得一干二净，稀种们怒火冲天。陆召少将作为一个稀种，年纪轻轻就凭借不输给特种的实力夺得第一军团少将之位，可以说是无数稀种心中的憧憬和梦想。

与这样一位落魄且浪荡的贵族特种结契，很难不让人觉得是白氏拉拢了目前在军界势头正盛的陆召，想要借此在军界谋些好处。

白历因为身体原因注定无缘前线，更别提有什么功勋。他爷爷白老爷子生前是帝国的上将，原本在军界地位非凡，但早几年就已离世，随着白历的退出，白氏在军界已基本没有了继续发展的可能。

白氏空有一个贵族的名头，内里却早就败落得一塌糊涂。陆召少将和这样一个特种建立契约人关系，倒好像是被坑过去扶贫。

这已经可以算是鲜花配牛粪的组合，而白氏甚至更像是混凝土，毕竟对比陆召来说，白氏甚至无法提供更多的资源，换句话说，提供不了成长所需要的养分。

无数稀种愤然落泪，连大批特种和普种都难以接受不如自己的花架子却能跟帝国之鹰攀扯上关系，他们或是愤愤不平，或是妒火中烧，纷纷涌进白历的帝国博客账号下留言，希望他有些自知之明。

陆召这个名字就像是一个标志，他代表着荣耀与热血。

这位少将没有家世背景，出身偏远附属星，靠着自身实力在战场上拼杀才换来如今的荣光，即使身为身体素质偏弱且精神力不稳定的稀种，他也从不懈怠，凭借强大的意志力与不曾间断的高强度训练克服自身的短板，让许多不甘于屈居特种之下的普种和稀种们看到了希望。

白历在未负伤之前还算有些功勋，但在陆召闪闪发光的战绩映衬下就显得格外单调。大家看到更多的还是他的花边新闻，说实话，白历能拿出手的除了自己这个老派贵族的姓氏，或许就只剩下他那张脸了。

对于这一点，白历心知肚明。

他坐在休息室的沙发上，两条长腿悠闲地搭上了茶几，摆弄着自己的个人终端浏览网页，他被论坛上对于他和陆召建立契约人关系的讨论帖逗得哈哈大笑。

白历笑得肚子疼，觉得这事还可以更好玩。他光明正大地用自己的账号在论坛上发了一张自拍照，并打上一句话："契约人关系建立日，分享一下今天的穿搭。"点击发送。

几秒钟后，他的个人终端信息提醒声响得像是打鸣，一个帖子收获了无数谩骂。他看热闹不嫌事大地拍腿大笑。

陆召推开门，一进来就看到白历捂着肚子栽倒在沙发上，笑的像是羊痫风。

白历见他进来，边擦笑出来的眼泪边坐起身："鲜花，你来啦？"

陆召没听明白他说的是什么意思，也懒得问，只整理着衣领点头："嗯，已经匹配上了。"

在他身后进来的副官霍存手里拿着个人终端，将几份报告和文件发给白历："少将的精神力与您并不相斥，管理局认定可以建立契约关系，如果您也对少将的精神力没有不良反应就签一下字，流程就算走完了。"

无论是特种、稀种还是普种，精神力之间都有可能互相排斥，契约人关系原本就是为了稳定双方的精神力，如果互相排斥就得不偿失。

白历摸摸后脖颈，精神力检测的仪器是在后颈处操作的，他并没有感到什么不适，在自己的个人终端上对着几份文件看也不看地大手一挥，签上了自己的大名："在我这等级的精神力面前，不存在排斥这种说法。"

霍存接不上这话，只默默地扭头看了看陆召。

陆召也已经签好文件，对白历这种自负的语气并没有什么反应，反倒是平静道："确实。"

白历将这两字默认为对自己的夸奖，他向来对一切夸赞自己的好话来者不拒，爱听得很，正要再自夸两句，陆召又接着说。

"我没见过几个比我精神力更出色的人，很好。"陆少将道，"元帅要见我们。"

白历愣了几秒："你刚才是自夸了一把吗？"

陆召表情略显困惑："没有，只是陈述事实。"

白历感叹道："看来在'自我鉴赏'方面我还有很大的进步空间。"

这人说话总是想到什么说什么，哪怕陆召跟他在建立契约关系前已见过几次面，但还是不大理解白历的脑回路和说话逻辑。

好在白历也并没要求别人对自己的话要百分百做出回应，他从沙发上跳起来站好，对着镜子整理头发："元帅也要见我？"

陆召道："道贺。"

白历想了想，明白陆召的意思是元帅要道贺，那当然要见到两个人，无所谓道："行，走呗。"

陆召却没动。

"怎么？"白历问。

陆召顿了顿，解释道："刚才在检测的时候，工作人员告诉我，作为契约人关系里或许会更不稳定的一方，在公众场合落后贵族特种半步或许会比较合理。"

白历没听过这种话，他的检测做的很快，负责检测的人也没人在他面前多嘴，这会儿听到这话，颇觉十分离谱，问陆召："你觉得呢？你想这样？"

陆召摇头："不愿意。"

"那就不做。"白历推开左侧的门，朝他比了个"请"的手势，笑道，

"没人有资格强迫你做任何你不愿意的事情。走，咱哥儿俩大摇大摆地出去，谁敢胡说八道，你揍头我揍肚子，怎么样？"

陆召的表情有些许松动，白历说话跳脱随意，却总能让他感到格外轻松。他走上前去，推开右扇的门。

两人一起走出门，并肩在走廊前行。

副官霍存跟在两人身后，见两人相处竟然还挺自然，心里也觉得稀奇。

白历性格张扬肆意，陆召稳重寡言，单从性格来看，两人毫不搭边，单偏偏是这二人要建立契约人关系，让霍存觉得挺有意思。

正想着，前边白历又说："咱俩可事先商量好了，一会儿元帅那老头儿又瞧我不顺眼什么的，你可不能眼瞧着我挨训，咱俩现在可就算是一边的了。"

说完还伸出手，要跟陆召握手。

陆召不大理解，但还是点头道："契约人义务我已经大概了解过了，理论上来说我和你确实属于盟友关系。"

白历见他一板一眼，忍不住乐了，清清嗓子，一副郑重其事的模样，将陆召伸过来的手用力一握："行，好兄弟！"

陆召不大理解他的意思，但照本宣科地也用了力，还顺道问："你刚才喊'鲜花'是什么意思？"

他虽然是个稀种，手劲儿却因为常年训练而大得惊人，白历龇牙咧嘴："放放放！"

"哦，"陆召松开手，"对不起，还以为你测我握力。"

白历对陆召的实诚有了全新认知，没继续这个话题，反倒又笑起来："他们都说你配我，是鲜花插在混凝土上。"

陆召对这个答案感到有点无趣："少看些乱七八糟的东西。"

"遵命，"白历笑嘻嘻，"陆召少将。"

两人嘀嘀咕咕竟然聊了一路，径直走向契约人管理局正厅。

管理局大厅内人来人往，两人并肩走来，明亮的灯光将两人的轮廓映得格外清晰。

白历的身形高大笔挺，他的确生了一个好皮囊，笑起来多少显得有些漫不经心，好在英俊的五官将他笑容里的痞气遮盖不少。

陆召站在他身边，两人的身高相差无几，光从身形上看，实在看不出他是个稀种。他的脊背挺起，眉目硬挺，多年的军人生涯削弱了他脸上属于稀种的一些天生的柔和圆润，透出些许凌厉果敢。

两人不常出现在公众场合，这次一起出现，立刻引来大半人的目光，但都碍于元帅在场而没上前来。

元帅已不年轻了，见两人一起过来，原本紧绷的面部肌肉稍微松弛，朝两人大步走过去，先是一巴掌拍在白历胳膊上，将他上下看了一遍："白历，我们好几年没见了吧？你小子还是这么……嗯……引人注目。"

元帅的形容已经带了几分委婉，白历的确长了一张招蜂引蝶的脸。

据说白氏代代都是好皮囊，但随着白家的没落，这些好皮囊也逐渐被称作"高贵的花瓶"，实在是除了脸没有拿得出手的地方。

白历无疑继承了家族的长处，长了一张极其张扬的英俊面孔。剑眉星目，薄唇带笑，毕竟是早年在军中摸爬滚打过的人，身材高大健壮，没有如今贵族特种的疲懒之态，这气质让他的脸看起来更多了几分侵略性的美感。他走起路来悠闲从容，那条据说差点儿残废的左腿看不出半点毛病。

光从外表来看，白历倒算是这一批贵族出身的特种里顶尖的人物。

他本人也毫不在意周围的目光，对一切或嫉妒或鄙夷或倾慕的眼神一律回以笑容，压根不把别人的愤怒警告当回事，态度飞扬跋扈，嚣张自满。

"你好歹也收敛一点儿。"元帅和他友好拥抱的时候，小声嘀咕了一句。

白历胳膊挨了他一巴掌，疼得直撇嘴，边揉边无辜地道："什么收敛？我天生就这样儿。"

元帅懒得搭理他，笑得很愉悦，一只手拍在白历的手臂上，看起来对他十分欣赏，那只放在白历手臂上的手暗自用力后转而去和陆召握手。

如果说元帅对白历的亲切是因为白历的爷爷还在世时两家交情的缘故，那元帅对陆召的亲切就绝对是纯粹的欣赏了，且早早就表现了出来，比对白历的态度要真诚了许多。

元帅一边嘱咐陆召趁着休假好好休息，一边又低声道："虽然是我牵线搭桥才促成的这次契约人关系的建立，但如果你有什么不满意的，或者这小子干了什么缺德事，尽管跟我说。"说完又扭过头对白历道，"还有你，老宅那里我看你是不打算回了，也行，你自己多照顾照顾你那腿。"

话说得有些别扭，但不难听出对白历的关心。

因为白历和陆召两人都没有在世的直系亲属，这次契约人关系的担保人由元帅担任，他平时忙得连轴转，能腾出这点儿时间已不容易，嘱咐完就准备离开了。

临走前，元帅匆匆交代陆召："白氏的疗养基地在主星也是顶尖的，你在那里好好配合治疗，军团方面不需要多操心。"

陆召表情平静，只微微点头。

白历凑到他耳边小声嘀咕："少将，这老头子真偏心眼儿啊，他准是担心我会仗着人种和家世坑你。"

陆召侧头看了一眼白历，对方的表情很是微妙，嘴角翘着似乎是笑，但看起来有些隐忍和无奈。陆召也小声问道："为什么这么说？"

"他刚才差点儿把我的胳膊捏断。"白历用手揉了一下刚才元帅拍过的地方，"我差点儿就叫出声啦。"

陆召想起刚才元帅的手在白历手臂上停顿的那几秒，不由觉得好笑，他早知道白历和元帅因为家世有些交情，没想到这份交情也没能阻止元帅下黑手。

见白历表情委屈，陆召抬手按了按白历刚才被拍的手臂："这儿？"

白历说："是，你再动手我就叫了！"

他人高马大，却又非要摆出有些贵族子弟的委屈相儿，陆召眼中笑意一转而过。

陆召了解到的白历与传闻中的模样似乎大有不同，他难得觉得有趣，尚未开口，副官霍存就已快步走来，告知两人悬浮车已备好。

"门口……"霍存斟酌了一下用词，"有很多人……很多。"

白历和陆召对视了一眼，各自露出用来应付社交的最佳表情。

"这种场面少爷我见多了，"白历整理了一下衣领，"怎么样，陆少将，你行吗？"

陆召并不言语，将领带松了松，朝门口微微挑了挑下巴。

二人一同走出管理局的大门。门外各类飞行摄像机器人已等候多时，记者和闻风而来的人群拥挤在一起，目光都落在从门中走出的二人脸上，以及白历的左腿上。

这一日，陆召和白历并肩而行的照片占据了帝国论坛的首页，正午阳光将西装笔挺的二人的轮廓映出一抹微光，两人微微侧头对话，似乎正聊得高兴，周围的一切都无法影响他们的心情。

霍存为二人拉开悬浮车的门，白历、陆召各自上车。

白历毫不在意周围人的目光，跨步上车，动作潇洒自在，那条据说受损严重的左腿并没有显出不同的地方，甚至在上车后对着窗外的摄像机器人露出一个得意无比的笑容。

碍于白历这些年来戏耍小报记者、痛击八卦狗仔的光辉战绩，众人第一时间竟然没有上前对他发出质问，反倒围上陆召，七嘴八舌地问了起来。

"陆召少将，二位是真的建立契约人关系了吗？"

"请问您这是打算与白氏合作了吗？"

"接下来您有什么打算呢陆召少将，外界传闻您在战场上负伤是真的吗？"

陆召平淡地对各位点了个头，随后"咣"的一声带上车门，也不管外面的人会不会听到，直接道："去白氏康复基地，今天开始在那边治疗。"

第二章
鲜花与混凝土

陆召并没有刻意隐瞒自己需要在康复中心接受治疗的事实，这让白历多少有些没料到。

对身为稀种的陆召来说，能顶着压力走到现在实属不易，未来的每一步对他来说都相当艰难，这一点陆召自己应该也很清楚，却还能如此坦诚。

白历立马又加了一句："对，送我回康复中心，我腿不舒服，今天开始就住那儿。"

他这句话刚赶上车窗彻底关上前说完，车外的人群表情各异，白历也不在意，伸个懒腰，歪在座位上开始看个人终端上的游戏直播。

陆召被他这话说得一愣，有些困惑地看向他。白历感觉到他的视线，却并没有把目光从个人终端上挪开，只是懒洋洋开口道："你信不信今天你提一句康复中心，明天小道消息就开始传你绝症快死了？虽然事不大，但烦人，你精力又不是用来应付这些的。"

陆召这才回过神，意识到白历是在帮自己圆场解围，顿了顿，对等着自己示意的霍存做了个"开车"的手势。

带着军团标志的悬浮车极快驶出管理局外的人群，沿着主干道汇入车流。

陆召低声道："谢谢。"

"别，好歹以后也是契约人，这点事小意思。"白历扭脸看看他，见他表情认真，不由笑道，"哎哟，真的。我从小就熟悉这种场面了，三岁开始就知道这里边什么套路。没必要等胡言乱语发酵之后再费劲儿解释，到时候也没人听，还不如就让他们多关注关注我，我就爱看他们被我气得咬牙切齿的样子。"

说到后面，白历竟然还真有些得意。

这话他确实没造假，作为白氏唯一的继承人，白历从小就在主星贵族圈里相当出名。不仅仅是因为白氏错综复杂的家事常常被人私下议论，还因为白历本人飞扬跋扈的性格。

这位少爷据说五六岁就开始在贵族宴会上暴揍偷偷说他闲话的小朋友，十几岁就敢一拳撂倒偷拍自己的狗仔。在军团期间更是大展拳脚，挨个儿将挑衅自己的同期打趴下，又去跟比自己年长许多的前辈们搏斗。

陆召不是关注这些八卦消息的人，即使如此白大少爷的各类八卦也没少传到他的耳朵里。

白历语气轻松随意，全然不把这些事放在心里。陆召顿了顿，还是开口道："不一样，你帮了我，我是感谢的。"想了想，又加上一句，"会补偿你。"

白历被他逗乐了，很少见到这么较真的人，但又不招人讨厌。

"那我等着。"白历说，"有便宜不占是混蛋。"

因为车上还有霍存，两人没多说什么，陆召见白历已经沉迷于游戏直播，颇有纨绔子弟的模样，自己也终于从一上午紧密的行程里解脱，便随手掏出个人终端翻翻网上的消息。

结果一看就没停下来，直到车开进白氏康复基地，被霍存提醒才回过神。

网上信息量巨大，白历这几年本已丧失了关注度，这会儿又被重新拎起挂在墙头，能扒出的资料基本被扒个底朝天。

事情的发展完全超乎陆召预料，越看越头疼。

联想到刚才白历还能在看了网上的信息后乐得在沙发上打滚，陆召就更难理解此人的脑回路了。

白历是真没被网上的言论影响，等车彻底停稳才收起个人终端，边开门边对陆召道："基地这边我已经交代过了，你可以随时出入，不影响你去军团，但该走的康复治疗流程还是得配合。"

陆召心情复杂地关上个人终端，跟着走下车。

白氏家业庞大，虽然到了白历这一代人丁凋零，只剩他这么一个活人，但几代人积累下来的财富还是足够他挥霍，现在这家康复基地也是白氏名下的产业之一。

这地方陆召已经提前来过，不算陌生，打发走霍存后，两人直接从专用通道进入房间。

能在白氏康复基地入住的基本都是贵族或军界退役人士，互相之间并不怎么打扰，住宿的地方安排得也很宽松，整个基地都尽量营造出松弛氛围，但陆召还是可以从空气中嗅到若有若无的消毒水味，这种味道时刻都在提醒他现在所处的环境，以及他身体出现的问题。

白历也常年待在康复基地，驾轻就熟地带着陆召抄近路去他的房间。

"这里的管理你应该也了解过了，我不多耽误你时间，"白历等陆召用人脸识别打开房间的门，这才开口，"刚才康复医生已经把之前的反馈发给我了，这是你的报告，我觉得咱俩还是得一起看，你要觉得合适，我能进门跟你说吗？"

陆召愣了一下，想起来入住这边之前他是做过一次身体检测，也被告知结果会同时发给作为另一位契约人的白历，没想到白历并没有查看，而是先来征询他的意见。

这和陆召平日里接触过的特种实在不太一样，陆召思考了一秒才反应过来，点了头，将白历请进门。

房间宽敞，是个套间，陆召提前带过来的东西非常少，白历一眼就看得过来，意识到这位少将是个除了工作外，一切生活需求都仅仅在生存底线徘徊的那类人。

陆召将房门带上："网上的东西我看到了，我没想到会这样，我会尽力补偿你的损失。"

白历拿着个人终端正准备查看反馈报告，闻言哽了一下："你不要说的我像是受辱被虐待了的小可怜一样成吗？"

陆召没听懂他这句玩笑话，还想再说，白历做了个"打住"的手势。

"这位少将哥，咱俩之前那次见面已经说明白了，契约人关系是互惠互利的，你能堵上军界一些混蛋的嘴巴，白氏能得到作为军界新星的你的支持，"白历扯了一下衣领，累了一上午他这会儿只想歪着，不拿自己当外人地在沙发上大咧咧坐下，"咱俩各自赚到，你就轻松点儿吧。"

陆召被他这随意的语气说得有点儿接不上话，他生性不善言辞，对人际交往一窍不通，第一次遇到白历这类型的人，属实有点儿跟不上趟。

见他浑身上下似乎都写着"我有点儿手足无措"，白历觉得特有意思，反问道："元帅跟你提议的时候不是这么说的？"

陆召回忆："忘了。他就说先见一面，谈谈，觉得你要是有个人模样再说下面的事情。"

白历骂道："我就知道这老头背地里不说我好话！"

"他说了你不错。"陆召忍不住露出一丝笑容，"我认为他没说错。"

和白历随性的脾气不同，陆召更认真，甚至有些一板一眼，脑子里怎么想的嘴上就怎么说，这些话在他嘴里像是在汇报工作，直白地给出自己的评价和结果。

白历咳嗽一声，装模作样地点点头："确实。"

陆召在这种插科打诨的对话中莫名地感到轻松不少，也松了领带在单人沙发上坐下："还有份军医院的报告，你可以顺道一起看了。"

他不遮掩，白历也就没多说什么，等着他把报告一起发来。

陆召对着个人终端的虚拟屏刷了一会儿，抬起头问："没找到你终端？"

白历醒悟道："兄弟，咱俩是不是还没互加好友呢？"

两人沉默半晌，默默地交换终端账号。

这种先建立契约人关系再交换联系方式的事情，传出去都会因为过于离谱而不被相信。

这实在不能怪白历和陆召，他俩属于赶鸭子上架。元帅大手一挥，从两个地方把基本毫不相干的两人拎出来，见了面后发现这事好像真的可行，于是就这么定下来了。

外界那些贵族胁迫、新锐妥协之类的传闻，不能说是没有关系，只能说是毫不沾边。

契约人关系的建立解了陆召的燃眉之急——他在最近一次派遣任务中发现自己对精神力镇静剂有轻微抗药性，这消息不胫而走，不少原本就因为他出身和人种问题而不满的人抓着这点不放。

立马就有猜测随之而起：对镇静剂有抗药性，这是否说明陆召本人长期服用镇静剂？为什么服用？难道不是为了遮掩身为稀种人所以容易精神力崩溃的问题？这种言论一旦出现，就很难制止，尤其是牵扯到精神力的问题。

帝国人种主要分为三类，帝国创立初期的本土人种特种，涵盖了许多小种族的普种，以及创立后期才吸纳的稀种。

无论哪个人种，精神力都是天赋的能力，不仅对自身重要，甚至会影响周遭的人。

这三个人种精神力的稳定性、高低各不相同，但同样都会有波动的时候，造成精神力波动的原因有很多，或许是精神长期高度紧绷、身体承受超负荷的体力活动、疾病等，波动超过一定程度，就极易进入崩溃状态。

精神力崩溃者大多无法自控，精神力外泄，丧失自主能力，情况危急者会陷入昏迷甚至死亡。而外泄的精神力则会对周围的人造成严重影响，被影响者根据自身能力高低，会出现不同反应。轻者头痛剧烈，暴躁易怒，重者幻听幻视，不受控制地做出暴力行为，状若癫狂。

精神力崩溃的情况高发于身体较弱抗压能力较差的人群，虽不限于某个人种，但早期稀种人身体更柔弱，因此被贴上了"精神力易波动"的标签，又因早年帝国成立时人种之间的斗争，稀种以前颇受歧视。

治疗精神力崩溃的手段大体分为两类，注射精神力镇静剂就是其一。

这种方法可以在第一时间紧急使用，见效很快，但缺点是长期注射会有副作用，产生一定抗药性，或是对镇静剂过于依赖，以致在紧急使用时效果大打折扣。

对于需要长期驾驶机甲的军团一线人员来说，精神力和自己的工作紧密挂钩，越是精密的机甲越需要驾驶人拥有强劲的精神力支持，因此，精神力崩溃会造成难以预料的后果。

但陆召的情况比较特殊，他并没有出现任何精神力波动过大的情况，甚至比一部分特种和普种都稳定，因此这些猜测的言论并没有摆在明面儿上，直到陆召以在此次任务中负伤为由回到主星休养。

对陆召精神力的稳定程度，白历还是挺看好的。

两人此前并非完全没有交集，早些年白历尚未退役，还在第一军团里当少校时，曾跟随几个将级领导去各地的附属星驻地军团担当培训教官，跟当时才刚进入驻地军团的陆召有过短暂接触。

当时两人也只是简单的教官和学员层面的接触，没想到能有今天这样的奇遇。

白历开玩笑道："要是让外面的人知道咱俩见了一面就建立了契约人关系，估计明天新闻上咱俩得占领舆论版块的头条！我好多年没感受过头条的关注度了，还挺怀念。"

他说话的时候习惯性地挑着眉毛，这个动作陆召在许多贵族特种们的脸上见过，带着傲慢和对他人的鄙夷，但白历做起来却十分随性，甚至有点儿不招人讨厌的炫耀。

陆召本不是个话多的人，这会儿却自然地回答："你经历过那种程度的关注？"

"嗯，早了，"白历的个人终端接收到了陆召传来的军医院的体检报告，边打开边不在意地摆摆手，"我退出军界的时候，有个把月吧，出门我都得先整整发型，以免被拍照的时候我不够帅。"

陆召听到后半句，觉得有点儿不是滋味。

白历退出军界是因为腿伤，他那会儿的状态必定不是很好，竟然还能以这样的态度去应付这些糟心事。

陆召却没继续追问下去。有些事点到为止就可以了，问得再多也不过是让对方重新想起当时的心情。

白历随口说完，也没在意陆召是否回答，目光快速划过虚拟屏上各项指标以及军医院方面的建议，又很快切到康复基地这边最新给他的报告，以及基地专业康复师的诊断说明，眉头慢慢蹙起。

陆召那边也同时拿到了白历之前的体检报告，目光正在腿伤叙述的那一栏上停留，就听见白历问："你这段时间休息得怎么样？"

陆召愣了愣，不明白对方为什么会忽然问起这个，但还是思考一番后回答："就是正常入睡和起床。"

"你对你睡觉这方面的要求就是'维持生命体能就行'是吧？"白历挺无语，见陆召是真不明白，意识到对方确实就是这么想的，震惊地摸了摸下巴，"你有没有睡得不安稳的感觉？或者多梦，睡醒后依旧疲乏？"

陆召略微思索："有过。但我不会让这种事情影响到我的日常工作和训练，你不必担心。"

白历半张着嘴看了他半晌，由衷地鼓起掌来："您真的配得上一声'大哥'！这位少将哥哥，你是来这里康复的，之前的任务已经对身体造成了影响，优质睡眠和心情放松对康复有多重要你不知道吗？"

他年龄比陆召大一些，却将这个略带调笑的称呼喊得无比顺口。

陆召不明所以："这里和前线不一样，可能等一段时间，我身体习惯了就没事了。"

白历深吸了一口气，他算是看出来了，这位陆少将的字典里就没有"休息"这个词。

这是一台缜密的工作机器，除非彻底报废，否则自己是不会主动停下。

发给白历的报告单表面看还算合格，陆召身体素质很优秀，问题出在他长时间高强度的工作，对他的身体和精神造成了他自己也无法察觉的压力。

对这种常年在一线部队的人来说，这种状态其实很常见。平时忙于任务时很难发现，一旦退回后方，尤其是回到主星这种安稳繁荣的地带，就会格外不适应，以前积累的问题容易一起爆发。

或许是精神一直紧绷，潜意识里无法适应现在的环境，身体还保持在一线工作的状态，基地的智能检测系统检测到陆召这段时间的睡眠有些问题，配合他有镇静剂抗药性的毛病，基地这边的康复师附上的报告中有些担忧。

　　康复师的建议很简单，一是需要陆召在更舒适无压力的环境休息，缓解长期任务造成的身体负担和心理暗示，另一方面就是尽量减少精神镇静剂的使用。

　　白历不清楚陆召为什么会对镇静剂产生抗药性，也并未多打听，这是他的隐私，既然没有主动说明，白历也不愿意追问。

　　倒是换个更放松的环境这点还可以问问，白历思索道："除了康复基地，你在主星有什么别的落脚点吗？买房子没？或者喜欢的酒店？基地这边的康复师认为你在这边休息得不太好，怎么回事？"

　　"我觉得休息得还可以，和我平时作一致，没什么问题。"陆召回答的简单干脆，并且完全意识不到"睡眠时间"和"睡眠质量"是两个概念，"以往回主星，我都住在军团宿舍。"

　　白历狠搓了把脸，已经对陆召的"养生观念"没有了任何指望，干脆利索地站起身："得了，我这是跟台机甲成立契约人关系了是吧？这样，这里你也别住了，我看出来了，基地对你来说还是杂人太多，你潜意识里一直保持着警惕，按这个状态猴年马月才能康复到最佳水平？收拾收拾，跟我换个地儿去。"

　　陆召对白历这种想到什么就干什么的行为接不上话，也不知道该做出什么反应。

　　白历也没给他做出反应的时间，陆召的东西少得可怜，喊了个基地的机器侍从过来一打包，陆召就被带到了基地旁的一套公寓里。

　　公寓很大，里边的东西却不多，除了必需品基本没有别的设备家具。

　　"楼下一层是健身室，你要是不想去军团或基地的时候可以在那边凑合。屋内的管家系统是最前沿的，有什么需求可以直接唤醒，"白历对陆召大致介绍了一下，最后才道，"平时除了我，这里没别人来，空间也足够大，咱俩当室友的话应该也不会互相打扰，契约人住得近也方便任何一方在精神力波动期的时候及时安抚。"

陆召愣了愣，才明白这是白历的私人公寓。

"你要是觉得不方便也没事，我还能去别的……"白历考虑到陆召的性格，正要再说，却被陆召打断。

陆召点头道："我理解你的意思，谢谢。我确实需要尽快调整状态回到一线，如果你和医生都觉得这样帮助最大，我可以尝试。"

语气干脆利索，没有丝毫矫情，只是难得表现出些犹豫："但可能会给你添麻烦，或者我在附近也置办一套类似的住所也可以。"

"不用，那多费劲儿，这地方都是现成的，麻烦什么？"白历对陆召的性格越来越感兴趣，这人看似对很多人际方面的事情都不理解，但果断果决，自己判断过后做出选择就不会轻易动摇，很对白历的脾气，"我平时也得出门，也就睡觉打游戏在这里，有什么事也方便联系。"

话刚说完，屋内滚出一个圆滚滚的小机器人来，咕噜噜来到门口，从圆胖的身体里伸出两只机械手臂，对两人挥了挥："欢迎回家，少爷！"

陆召用不理解的眼神看着白历。

"机器管家，"白历还挺自豪，"搭载最好的智能互动系统。怎么样，这可是我专门调的语言互动！"

陆召沉默几秒："挺好的，真是出其不意。"

他在军团里也配备有机器管家，但跟白历这台比起来，就显得特别老实憨厚，没有这些花里胡哨的语言能力。

"那是，别的地方都没有，我这台是定制的。"白历边说边将个人终端拿出来，和屋内的系统连接上，将陆召的信息录入进门禁系统，"这地方你就随便出入，我和基地那边嘱咐一声，需要配合康复的时候过去就可以。"

陆召点头答应，在白历的介绍下大致了解了一下公寓内的情况。

这里也是白历出于来往康复基地方便买的，看样子住的时间也不短，但布置却十分简单，白历只占用了一间卧室，还剩下客房，陆召可以直接入住。

这一层都被白历买下改造，客厅空间很大，放置了一些康复用的器械，陆召扫了一眼，是针对腿部治疗的。

等机器侍从将行李都放进客房，陆召才整理出一个自认合适的说话方式，对白历道："你提供的支持已经比我们当初的约定多很多，还因此承受了很多议论，我——"

白历一手捂着耳朵，一手摆出个"闭嘴"的手势，成功打断了陆召接下来的感谢。

"咱俩也不算完全不认识，我当过教官，虽然是个辅教吧，也算是训过你一段时间，你是什么等级的兵我很清楚，要是因为这点儿糟心事断了前程，让像唐家的那种混蛋们笑咧开嘴，我得气昏。"白历说，"你就在这儿，给我接受最好的治疗康复，不要浪费自己的才能，作为你的契约人，将来我要是路上跟唐氏的人打照面，瞧见他们脸上的表情都能一口气吃八碗饭！明白吗？"

陆召笑了，他发现白历这话里不自觉地传达出一个信息——他非常反感唐氏，但陆召没把这茬儿说出来，只继续这个话题："唐氏的人，并不值得你和我浪费精力。"

"那是你还没体会到，"白历从恒温柜里找出几瓶口服修复液，丢给陆召一瓶，"臭虫不起眼，但膈应人。"

没想到白历说完这话，却看到陆召似乎相当赞同地点了点头。

陆召第二天起床，感觉是回主星这几天里最轻松的一个早晨。

和康复基地相比，白历的公寓确实足够安静。倒不是说基地的宿舍不好，只是他们这样精神力等级顶尖的人，五感都更敏锐，尤其是意识到自己处在多人空间中时，就连睡觉都会潜意识地警觉，更别提在全是人并且精神力都很有侵略性的军团宿舍了。

陆召浑身松懈，觉得接受白历的提议确实很正确。白历这个人挺有意思，陆召觉得要是他还在第一军团，一定比军团里大部分特种有意思多了。

他一下床，落地窗的遮阳层就自动消退，帝国清晨的阳光充盈了整个房间。

制作成圆滚滚形状的机器管家在得到了陆召的允许后进门，将一套新准备的休闲服顶在头上送进来。

陆召看了一眼自己身上的居家服，这还是他之前在疗养基地时给安排的，替换的衣服倒是带了两套，但没什么适合日常穿的。白历估计是早就想到，顺道就给他安排好了。

正寻思着要不要让霍存买两套替换的衣服送过来，就听见机器管家发出两声"滴滴"，紧接着用做作的娇滴滴的声音说："欢迎主人回家啊！"

愣是给陆召听呆了。

门口响起白历的声音，陆召才明白刚才这是白历给机器管家设定的接待语。

白历一看就是刚运动回来，一头汗，他拨弄着额头湿漉漉的刘海走到陆召的卧室门口一看："哟？你醒啦。"

"这接待语是你专门设置的？"陆召连两人刚熟悉没多久的尴尬都想不起来，只替机器管家感到尴尬。

白历笑得不行："多逗啊，你要受不了就自己换了。"

"能换？"

"能，"白历边喝水边回答，"昨晚我把你的管理权限加上去了，以后这房子你可以随意安排。"

陆召没想到，毕竟这房子是白历的产业，虽说两人是契约人关系，但毕竟也刚建立。陆召思来想去不知道说什么好，只能道："谢了。"

"你先去洗漱室吧，我休息会儿再说。"白历无所谓地点点头。

陆召应了一声，往洗漱室走，路过白历身边时下意识地看了一眼他的腿。

白历今天穿的是运动短裤，两条腿长而直，皮肤不算白，一看就是长期锻炼，肌肉结实，和一些靠着力量型营养液和快速塑形训练堆起来的肌肉贵族特种比起来更富有攻击性。

陆召的目光在白历左腿那道从脚踝一直爬上大腿的伤疤上停留了一下，这疤像是一条扭曲的肉蜈蚣，光是看到这伤疤就觉得疼痛难忍，也不知道白历当年怎么熬过来的。

陆召只看了一眼，没多说，径直走进洗漱室。

"泡澡得提前放水，你要着急就用快速清洁。"白历的声音从洗漱室外传来。

洗漱室很宽敞，白历很懂得享受人生，专门修了一个可以泡澡的大浴池，这在如今科技发达的帝国不多见了。

大部分人都选择快速清洁装置，只需要三分钟就能达到很好的清洁效果。

陆召站进快速清洁间，脑子里却还想着白历那条左腿。

那么严重的损伤，难怪当年就直接退下了一线。别人不知道，还翻出白历的个人资料，放在众目睽睽下戳他的伤疤。

陆召下意识地抬手抚了一下后脖颈，那地方昨天刚通过仪器跟白历的精神力做过匹配。

他想起自己在最近一场荒星开拓战里受的伤，虽然外界只知道精神力镇静剂抗药性的事情，但其实身体上的损伤也并不小，不然他也不会在白历的康复基地入住。

白历废了一条腿就被议论至今，换成是陆召，不知道又要有多少人津津乐道。陆召嗤笑一声。

笑完想起来，白历昨天看了他的体检报告，除了提出要他更配合治疗休息，什么都没说。

白历一边用机器管家送来的毛巾擦拭头上的汗，一边坐在沙发上打开自己的个人终端，快速回复了几件工作上的事情，然后再次点开陆召昨晚传给他的那份体检报告。

说是体检报告，其实是针对陆召战后的全身检查，白历又仔细将这份报告读了一遍，报告中提到因为暴露在荒星未知名放射性物质下，陆召的内脏多处受损，身体和精神都遭受了重创。也就是因为这样，所以常规治疗的时候才发现他有一定的镇静剂抗药性。

这种重创对他的影响无疑不小，这也意味着无法保证陆召是否还能保持巅峰状态重回一线，作为契约人的白历也同样需要承担更大的镇抚压力。

白历将报告关闭，向后一仰瘫在柔软的沙发上。他揉了揉自己的太阳穴，小声嘀咕了一句："梦里情节有这些吗？"

也不知道是从哪天开始，年幼时的白历总会重复地做同一个梦。

而梦境中的情节，在现实中持续发生着……

只可惜这个梦里的主角并非是他，他只是作为一个倒霉的配角看着另一个人的传奇一生。

更巧合的是，陆召是这个梦里的另一个倒霉蛋儿。

梦境里故事的情节其实也不算复杂。

被命运眷顾的男主一开始是个精神力较弱的特种，从小就被贵族圈的其他人瞧不起，还被拿去和同为特种却格外强悍的异姓哥哥比较。机缘巧合下，男主的精神力得到突破，逐渐在军界崭露头角，但意外也就此发生，男主乘坐的军舰在一次远航巡逻途中遭遇星际海盗，双方交战途中男主的军舰被击落，被迫停靠在一颗尚未被帝国发现的遥远荒星。

为了从荒星回来，男主开始了漫漫征程，精神力越来越强。无数人对他臣服，不同星球上的不同种族也成为他的助手或与他结盟。在和强势的贵族子弟建立契约人关系后，男主的崛起生涯就此拉开帷幕。

在这梦境中，陆召与男主起初是竞争关系。男主最开始在附属星的地方军团任职，原本想调去主星的第一军团，但机会却被陆召以强劲的实力拿走。

陆召为人冷淡寡言，与男主的几次接触都让男主非常不适，认定对方是瞧不起自己，心中郁郁。

在男主成功逆袭进入第一军团后，没多久就将当时已经有了些身体问题的陆召挤兑得举步维艰。偏偏陆召是不服输的性格，男主与他很是争斗了一段时间，后面八成是男主的命运光环起了效果，陆召在梦里故事发展的后期跟着了魔似的，竟然也服了男主，最终跟男主建立契约人关系成为同盟，为男主在军界的发展提供了助力，自己成了块帮人上位的跳板。

白历在梦里旁观剧情的时候就觉得陆召的脑子可能是打仗的时候撞坏了，当时他虽然还并不认识陆召这个人，甚至也只是单纯将梦中发生的事情当成是虚构的幻想，以为自己只是陷入梦魇。

他欣赏梦里陆召的杀伐果断和他坚毅的性格，每天睡醒时还很为这兄弟惋惜。

那时白历尚且年幼，还不理解这梦里透露出的信息，只是觉得梦里自己真是够倒霉的，尤其是发现这位所谓的"男主人公"是他那个现实里的异姓弟弟唐开源后，白历就更是气儿不打一处来。

他跟这个弟弟因为两边儿家族的问题从小关系就不怎么样。白历被白老爷子带在身边，性格张扬，他这弟弟可能是看他不顺眼，明里暗里没少使绊子，白历也不甘示弱，有几次甚至直接跟他打起来，要不是被拉开，他能给这弟弟揍得三天下不来床。

白历虽然不喜欢这弟弟，但平心而论，俩人是平等地不喜欢对方，他那弟弟也恶心他恶心的够呛。

白历起先并不把这乱七八糟的梦当回事儿，纯粹以为是自己白天累了晚上胡乱做梦，但渐渐地，他开始感觉到不对劲儿。

最开始是梦里一些小节点开始和现实里呼应，比如白历在梦里看到自己会在下周和唐开源的某个熟人打架，结果到了现实里，他果然在那个时间因为同样的原因和那个人起了争执干了一仗。

再比如梦里某个晚宴上会发生一些意外情况，到了现实里白历真的就亲眼看到了。

一开始还只是这些小事情，到后面他在梦里跟着男主人公——也就是他弟弟——的视角甚至还看到了一些帝国新政的颁布、某些熟人的生老病死，这些都在现实里逐一对上。

当白历意识到这梦境里的情节很可能全是真的时候，他看到了自己的结局。

在这个梦里，他进入第一军团在一线开机甲，起先意气风发，后面却在一场战斗中发生意外导致左腿废掉，不得不退出军界，自此郁郁寡欢，性格也变得易怒悲观，曾经的荣耀全部不在，自己也因为心情导致身体出现问题，各种原因之下白历旧伤复发，左腿彻底废了，只能坐上轮椅，最后缠绵病榻死在了医院。

梦里甚至还梦到了白爷爷离世的时间，以及陆召这个他从未见过的人会出现在未来。

白历不愿相信这梦是真的，但随着年龄增长，梦境中的事情一一应验，在他成年后没多久白老爷子也在梦里的那个时间离世，他也在去附属星时见到了梦中的陆召，到此时白历终于不得不正视这件事——他梦里的剧情是真的，而他迟早也会走上这条"死路"。

为了避免自己走上梦里的套路，白历拼了命地训练，年纪轻轻就加入第一军团，也错过了梦中原本的负伤时间。看到自己确实可以改变命运，那时候的白历松了一口气。

没想到没过多久，他就在一次驾驶机甲的战斗中被击落负伤，和梦中一样，左腿严重受损，无法再驾驶机甲。

白历付出了无数的时间和精力，只是做到让时间节点延后了几个月而已。这么多年过去了，一想到这些，挫败感依旧让他觉得窒息。

"你不用出门？"陆召的声音打断了白历的回忆，"你脸色不太好。"

白历睁开眼，陆召不知何时洗完澡，已经换上了白历给他准备的休闲装，正站在不远处的落地窗前看他，手里拿着喝了一半的代餐型营养液。白历搓了搓脸，回答道："没事，昨天打游戏打得太晚了。"

陆召点点头，继续看向窗外。

这个公寓所在的楼层足够高，可以俯瞰脚下的房屋街道。主城区规划得十分华丽，这里大半居住的都是贵族或军界人士，最新型的高级悬浮车穿梭在城市半空的半透明轨道上，不远处就是帝国赫赫有名的大厦"蓝宝石"，那里是大部分帝国高级官员的办公处。

"你好像挺喜欢这里。"白历将刚才不愉快的记忆抛在脑后，转而也拿了一支营养液走到窗边，"昨天你就在这里看了很久。"

陆召想了想："说不上喜欢，我只是没有这样一大早就清闲地俯瞰主城区过。"

"我都快看腻了。"白历两三口就把营养液喝光了，"我从小就在主城区长大，我家老爷子没死之前还带我进过几次蓝宝石顶层，从那里往下看，下面的人都小的不值一提。"

陆召知道白历说的是白老爷子，这位战神的大名在军界格外响亮，至今提起都令人敬仰。

白老爷子只有一个女儿，嫁去了唐家，白老爷子不得不要求女儿生下的第一个孩子姓白，以此来继承白家庞大的家业和世代荣耀。

而白小姐也确实没有辜负白氏的优良基因，生下的第一个孩子是极少数出生即显出强悍精神力的特种，落地没两天就被白老爷子带走。

那个被改了姓抱去白家养大的孩子就是白历。

这些念头只是在陆召的脑海里一闪而过，他没有和白历提起这些复杂的家事，缓缓喝了一口营养液，说道："我长大的附属星并不繁华，我最后一次俯瞰它是在前往主星入伍那天乘坐的飞船上。"

白历转过头看他，目光里闪烁着一些温和的笑意："怎么样，是不是小得不值一提？"

陆召被白历那双眼里的笑意感染，嘴角松了松："嗯，确实。"

白历没有打听陆召长大的附属星是什么样子，陆召也没有细说那个聚集着罪犯和星际流民的灰扑扑的故乡。

机器管家把地上的水渍清理干净，白历一抬手，手里空瓶抛了出去，机器管家咕噜噜就地一滚，在瓶子落地之前抓个正着。

机器管家发出矫情的娇嗔："主人您好坏哦！怎么可以这样戏弄人家？"

白历狂笑。

陆召纳闷："我们宿舍也配有机器管家，但没这类型的。"

白历笑得不行："我投资的研究所做这一行，这是我专门定制的。你喜欢哪款，回头我给你定制一个带宿舍去。"

陆召寻思，也不知道哪个倒霉研究所摊上白历这么个投资人。还没说话，个人终端就响了。

接听后霍存的声音传来："少将，今天还去军团吗？"

陆召捏了捏鼻梁，有些犹豫。

白历知道他纠结什么。陆召现在本身精神力就在波动期，身体尚未康复，如果在外出或训练的过程中出现精神力崩溃的问题，白历作为契约人没有及时提醒及时镇抚的话，是要负连带责任的。

"算了，你去跟团里报备一声——"陆召正要回复。

白历打断他："去呗。"

陆召愣了愣。

他俩结契约人之前见过一面，谈妥了一些条件，其中就包括陆召需要在两人的契约人关系维持期间，尽量避免出现拖累白氏的情况，而白历则会尽所能在精神力方面配合陆召的需要提供帮助。

"反正你去最多也就常规训练，"白历舒展着长腿，伸懒腰道，"你这精神力，就算是波动也不至于被训练给弄崩溃。"

陆召见他说得随意，是真的放心自己，眉头微微舒展："我只做最基本的体能训练，不上模拟舱，不会有问题，你放心。"

"成，顺道替我揍霍存那小子一顿。"白历坐在沙发上，开始处理个人终端上的信息。

陆召人都走到门口了，听到这句又停下来："揍他干什么？"

"昨天晚上闲着没事上了拟战，他用通讯录加了我账号，一开始要跟我打几把，后来看到我战绩就要我带他打，好家伙，差点儿没给我排名掉出前二百。"白历骂骂咧咧，"你们军团现在怎么什么人都招，给老子气得一晚上没睡好。"

拟战是昨天白历在打的那款模拟星战的简称，老游戏了，但因为制作精良，至今仍拥有大量稳定玩家。

陆召笑了两声，没说好也没说不好，心情轻松地走了。

白历在他走后又摊在了沙发上，嘴里嘀嘀咕咕："哎，真人可比小说有意思多了。"

楼下霍存坐在悬浮车里，军用悬浮车车内的出行端连接上帝国光脑系统，正播放着几则军界内部的通知。

陆召拉开车门坐上副驾，霍存立刻调小了广播的声音打招呼："少将。"

"嗯，走吧。"陆召点点头，又把带下来的代餐型营养液丢给霍存，"没吃东西吧。"

霍存脸上还带着睡意，这个副官哪儿都好，就是爱睡懒觉，一个普种比陆召这个稀种还能睡，每次都睡到踩点起床，一般都来不及吃早饭，还老忘带营养液。

"谢谢少将。"霍存也不客气，笑着就拧开营养液的封口，其间目光一直在上下打量陆召。

陆召的表情一如既往地平静，见霍存一直看自己，便问："看什么？"

"呃，没什么……"霍存不好意思地收回视线，忍了忍，还是没忍住，关心道，"少将，您和白历先生相处得怎么样？要是不怎么样我现在就喊人上楼给他脑袋开个瓢。"

也不怪霍存紧张兮兮，单论战斗力，他倒是不怎么担心陆召干不过白历，但白历是个贵族特种，精神力顶尖，霍存很担心对方以家世压人。

陆召倒是表情舒展："他挺有意思的。"

霍存松了一口气，他对白历的印象还不错。陆召的反馈也让霍存放下心来："那就好。"

"你昨天跟他一起打拟战了？"陆召问道。

霍存立马来了劲儿："说到这个我就得夸他两句了，少将，您别看白历那个德行，拟战打得是真好，昨天带着我碾压了好几场对抗赛，这可是主星区，你知道多少高手吗！他就带着我！碾压！他可太行了！"

陆召"嗯"了一声："刚才下楼，他让我给你带点儿东西。"

"什么？"

陆召抬手就给了霍存后脑勺一巴掌："他谢谢你让他差点儿掉出前二百。"

霍存无言以对，心里只能暗骂：白历真不是个东西。

紧接着陆召在霍存后脑勺又是一巴掌。

霍存被打蒙了："这又是为了啥？"

陆召淡淡道："这次是我打的，嫌你丢人。"

霍存恨恨地一口气将营养液喝光，熟悉的味道充斥口腔，他吧唧吧唧嘴："整天喝这个，真是腻歪。我就指望着这个月军团聚餐能搞点儿大餐吃，比如布莱克星那边的蟹壳兽或者B06星的果味雀什么的。"

"能填饱肚子就知足吧。"陆召不再搭理他的唠叨，兀自开始摆弄自己的个人终端，沉下心处理必要的书面文件去了。

第四章
恩怨

等陆召离开后过了约莫十来分钟，白历才去洗了个澡，机器管家拖着圆滚滚的身体给他送来一双拖鞋，他没穿，踩着地板去厨房。

这会儿身上的水很快就干了，机器管家终于可以休息一会儿，不需要跟在白历身后擦地板。

白历拉开恒温柜，抽出一剂修复型营养液。

他因腿受伤，多年间每日都保持服用修复型营养液的习惯，最开始的几年因为腿部整日疼痛，白历还要兼顾着喝带有镇痛效果的营养液。

这几年白历换修复型营养液的速度可以说是帝国最快的那批人也不为过，他几乎是盯着帝国各处的营养液开发研究室，一旦有新的产品被研发出来，他一定会当即买来尝试。

可惜的是这些产品对他的损伤并没有什么显著效果，每一次对于新产品效果的希望过去后，白历就要承担又一轮的挫败感和绝望感。

在经历过毁灭性的星际战争后地球已经消失在茫茫宇宙，现在的帝国人类只能算得上是地球居民的后裔。

为了适应宇宙和战争，原本的地球居民在不断发展科技的同时，自身也在逐渐进化，躯体变得更加强大，并有特种、稀种和普种三类种族。

特种是帝国建立初期的原住人种，体格强健，精神力大多出色，适合从事高强度的工作。

稀种则是在帝国建立后期吸纳的人种，早些年这类人种普遍身体偏柔弱，精神力虽高，但并不稳定，因此被贴上"不适合重体力或长期精神力劳动"的标签，又因为早期人种之间的纠纷问题，所以稀种以前颇受歧视，近些年情况才有些好转。

普种则是许多小人种的统称，后来帝国创立，普种也包括了各人种的混血后代。这类人种大多素质普通，但胜在精神力稳定，可以从事大量的辅助工作。

在当今帝国，人类的平均寿命已长达一百五十至二百年，再依靠如今的科技手段，人类可以享受漫长的人生。

但对于白历来说，从他的腿废掉那天起，就意味着他还要拖着这条病腿泡在各类营养液里，忍受着无休止的希望与失望的交叠，再活上百余年。每当想到这里，白历就觉得心脏紧缩，每一分每一秒都格外煎熬。

突然，白历被个人终端的通讯提示音拉回注意力。他接通通讯申请，一个男人的影像被个人端投影在半空中。

"新出炉的契约人！"那个男人兴冲冲地叫了一声，连带着影像周围开始放烟花，还飞出两个带翅膀的光屁股小孩吹小号，扯出一条横幅，上面写着"恭喜老板贺喜老板建立契约人关系祝愿老板喜结同盟"一行大字。

白历带着自己独有的笑容看着那个男人，"咔"的一声拧开了手里的营养剂。

影像上的花红柳绿瞬间消失，男人小心翼翼地观察了一下白历的脸色，才摊了摊手："老板，我是真心实意地恭喜你。"

"省省吧，"白历懒洋洋地道，"你最多就是来看看另一个契约人什么态度吧？"

男人有点儿被戳穿的尴尬，掩饰性地咳嗽了两声，隔了两秒又不甘心地嚷嚷："我也没办法，那可是陆召啊！"

这话虽然说得前言不搭后语，但白历倒是相当理解他话里的意思。那可是翱翔天际的帝国之鹰，多少人仰慕的人物，没想到一夜之间就撞上了白家的混凝土。

白历想到今天自己还没去逛一逛帝国论坛，也不知道昨天他跟陆召大摇大摆地走出管理局这事又被炒到了怎样的热度。

从白历退出军界至今，他已经很久没有这样站在娱乐八卦报道的风口浪尖，多亏了陆召，他又过了一把仿佛年少放浪时多次登上娱乐头条的瘾。

男人见白历没说话，又放缓了声音安慰："不过你不用太介意，陆召少将是军界的红人，正是发光发热的年纪，你俩建立契约人关系，外人看就是你在拉拢陆召。等过段时间热度过去了，也就没人在意啦。"

白历从回忆自己年少时大出风头的暗爽里回过神，似笑非笑地看了一眼对方："司徒，你既然学的是机甲研究，那就好好研究机甲，别一天到晚想这些没用的。"

好不容易憋出来几句安慰话的司徒被呛得差点儿厥过去："好心当成驴肝肺！你出门小心点儿，我感觉你会被拍黑砖。"

白历得意地扬扬眉，将散落在额前的碎发向后一撩："我很享受这种成为全民公敌的乐趣。"

司徒心想，说你不是人你还真狗叫上了是吧？对于白历很不是人这一点，司徒早有了解。他和白历认识很久，作为帝国军学院的同届生，白历学的是实战和机甲操作，司徒学的是机甲研制和光脑智能。

从学生时代起，司徒就觉得白历很不是个人，没想到现在他连装人都不想装了。

"你可真行，我本以为你在星网上都被骂成那个狗样子了，觉得你挺可怜，没想到是我误会了，"司徒很感慨，"你是真的狗，根本不用骂。"

白历朝他挑眉一笑，五官间依旧是他本人往日那副得意扬扬的模样，仿佛丝毫没有被星网上铺天盖地的谩骂影响到分毫。

他一口气将那瓶已经开封的修复型营养液喝光，岔开了话题："你一大早联系我，就为了问问我的被骂感想？"

"也为了顺便告诉你一声，我前段时间调整了数据，又改变了联结模式，已经投入模拟舱运行了，"司徒收了自己调笑的语气，"怎么样，今天有空吗？来研究所上模拟舱试试？"

白历点点头，又和司徒扯了几句闲话，才挂断通讯。

从帝国军学院毕业后，白历进入军界，司徒则进入帝国研究院继续研发机甲，因为上学时关系不错，所以两人依旧保持联系。

数年后因为理念不合，司徒和研究院的高层发生分歧，被打压去了养老岗位，一怒之下辞职离开了研究院，辗转在多个私人研究所工作，直到白历因腿伤退伍后提出给他赞助，他才开办了自己的公司，成立了自己的研究所。

这些年白历一直砸钱给司徒的研发事业，司徒叫白历一声老板是理所当然。

圆滚滚的机器管家在白历的脚边转了好几个圈，白历才想起自己手里还拿着营养剂的空瓶。

他抬起手想和平时一样来个垃圾抛掷，手抬到一半又收了回来，学着陆召的样子将空瓶放在机器管家伸出来的机器手上。

白历拍了拍机器管家的圆脑壳："说句'你真好'让老子听听。"

机器管家娇嗔道："哎呀，坏人……"滚远了。

白历走去换衣服，一边换一边嘀嘀咕咕："怎么？老子就不像个好人是吧？"

从论坛骂到他私人博客，陆召和白历成了契约人，白历就变成了全民公敌。鲜花硬塞混凝土，混凝土难道愿意自己是块混凝土吗？

白历操纵着个人终端进入个人住行系统，则从车库调出一辆相对低调些的悬浮车。坐上悬浮车的驾驶座，系统自动连上了帝国新闻网，开始播报今日的新闻。

陆召的名字再一次响起，搭配着白历的名字一起出现，这场轰动大半个军界和贵族圈的契约关系已成定局，帝国新闻的播报员正在念着一段满是华丽辞藻的祝词。

白历想起清晨陆召站在落地窗前的背影，晨光晕染他的轮廓，帝国心脏在他的脚下。白历回想起那一刻，觉得对方像是晨光中展翼而行的帝国之鹰。

他得承认，自己对陆召这人是真的欣赏。这种能突破出身、人种等限制的人，不该因为一些糟心事被埋没。

陆召从体能训练室走出来，运动过后身体正处在一个让他觉得舒适的状态，他将被汗水打湿的碎发向后撩着，走向为军官们准备的洗漱室，准备快速清洁后再去机甲模拟舱进行下一环节的训练。

霍存比陆召先一步结束了体能训练，正倚靠在洗漱室外的座椅上和几位军官交谈。陆召一走过去，军官们就立马看向他。

"你们不洗在这干什么？"陆召被看得有点儿发毛，只得主动开口。

"洗过了。"开口回答的人叫韩渺，和陆召平级，也是个少将，平时关系不错，"那啥，这么长时间不见，你好吗？"

陆召已经不是发毛，陆召当场汗毛倒立："我前天才跟你一起上的机甲模拟舱。"

韩渺没想起来："啊？是吗？"

旁边的军官提醒他："是，打了三场，你头差点儿给打没了。"

韩渺一拍大腿："嗨，我这头天天都被打没，你们这么说我怎么可能想得起来。"

陆召等人心想，你可真行。

"这不是那个白什么的跟你结契了嘛，　　　一日不见如隔三秋，我感觉三百年没见你了。"韩渺显得很诚恳。

霍存："隔三秋，不是三百年。"

韩渺看他："就你会算术？行，明天你去教新兵蛋子，就从'一一得一'开始教。"霍存无语。

韩渺和几个军官东拉西扯，陆召越听越不对味，他运动完一身臭汗还没洗，被拉着不让走，皱了皱眉："有事说事。"

韩渺立马道："那个白什么的有没有对你怎么样？"

"白历。"陆召纠正，"他挺好的，你们怎么这么问？"

其他几个军官你看看我，我看看你，最后还是由和陆召关系最好的韩渺代表各位发言："他好？我听说昨天他又嚷着去康复基地呢，腿又疼了。记者们都报道了，现在帝国论坛上正闹得欢呢。"

陆召愣了一下，想起来昨天白历上车之后说的话，没想到真的传出去了。

韩渺又说："听说白历因为腿伤太严重，影响挺大，精神力其实也不行。"

陆召皱眉："这都谁胡说的。"

"真没有？"另一个军官问道。

陆召活这么大第一次感觉到自己的语言能力如此不济，只能机械性地开口重复："他挺好的。"

又随口敷衍了几句，陆召找借口拐进洗漱室，站在快速清洁台上时还没明白那帮人是怎么从白历的腿伤联想到其他的。

人真是不能有一个漏洞，不然所有人都会拿你当筛子看。

陆召洗完换上自己的训练服走出来，刚才外面那群军官都散得一干二净，只剩下霍存和韩渺还坐在那里闲扯淡。

"他真没对你怎样？"韩渺一见陆召出来就问，现在周围没别人，他说话就不再顾忌，"听说那些贵族特种都瞧不起人，他要是敢不客气，你就把他往死里打。"

陆召哭笑不得："他很好，真的。"

霍存也说："韩渺少将，你别看白历吊儿郎当的，对陆召少将其实还挺尊重。我看比军团一些稀种还好。"他是个普种，挺瞧不上军界一些特种，没陆召厉害，脾气倒是挺大。

听到陆召再三肯定，韩渺才稍微松口气，也有点儿不好意思："都是他们一个劲儿地乱说，我才有点儿担心。"说着站起身，跟着陆召和霍存一起往机甲模拟舱训练场地走。

陆召想起帝国论坛上铺天盖地的流言蜚语，没想到连军团也这样，没忍住问道："乱说？"

韩渺和他相处久了，对他偶尔蹦出一两个词的说话方式习以为常："我本来挺担心的，你出身偏远附属星，不知道主星这边的贵族特种多神经病。"

陆召没听懂："什么意思？"

"契约人关系没你想得那么简单，也没那么公平。"韩渺解释，他跟陆召很熟了，说得很直白，"就算是利益结盟都有从属关系，总有强势的一方。精神力强的那方往往占优势，像白历这样老贵族出身的特种，就喜欢拿这些条件胁迫自己的契约人，要钱要利要权的都有，我跟陈楠那样从小一起长大，俩家族关系也好的算是特例。"

陈楠和韩渺是契约人关系，陈楠也是军界为数不多的稀种之一，不过在后勤部。

军界并不是没有稀种，只是大部分都不被允许从事重体力工作，尤其是操纵机甲，更不要提随队战斗。陆召这样强悍到让军团屈服从而得以驾驶机甲的稀种并不多见。

跟在两位少将身后的霍存插话："这么无耻？都贵族了还要讹钱？"

韩渺摆摆手："糟心的烂事多了去了，帝国这么大，很多老贵族都是金玉其外，花架子而已，里面早被几代废物后人掏空了，这帮人又不乐意屈尊降贵好好赚钱，只能走偏门，能捞一笔是一笔。"

陆召略感无语，霍存跟着唏嘘。

韩渺又说："你看你第二天就来团里，白历也没仗势欺人要求你必须等精神力平稳了才能出来，团里不就有人议论了嘛，怀疑白历精神力不行，压不住你，还要借你在军界发展。这帮人就是闲的，晦气得很。"

陆召想起白历，他总不好跟韩渺说自己跟白历连通讯号都是昨晚刚加上的，他俩的相处模式外人根本想象不到。

白历对陆召的工作不干涉，这是结契前两人就定好的，只是陆召没想到他还得跟自己一起被指指点点。

陆召只是一门心思扑在训练上。而白历打小就是贵族圈长大的，这种事肯定门儿清，但他没说。陆召也不知道他怎么想的，但自己心里有点儿不是滋味。

"其实我也觉得白历应该不错，至少你俩目标是一致的，"韩渺又说，"毕竟唐氏那里跟你结了梁子，跟白历关系也不怎么样。"

霍存忍不住插话，愤愤道："快别提那倒霉姓唐的了，当时升一团的名额就一个，大家都抢破了头，唐氏背地里到处走关系谁不知道，非得把他们家那少爷塞进来。结果军团只看实力，陆少将自己是凭本事进来的，偏偏姓唐的那小子不服气，觉得输给特种丢脸。笑死，他几斤几两自己不知道吗？一团是那么好进的？"

两人都很不满唐氏的所作所为，反倒是陆召并不怎么关心。

他一向对这些既不能打又没什么真本事的人不感兴趣，兀自收拾着自己的柜子。

就听见韩渺又说："就得让白历这种大少爷去治他，谁不知道白、唐两家那点儿破事！"

陆召回过神。

"白历跟唐家那少爷，两人其实同父同母，"韩渺将自己知道的都往外秃噜，"当年白老爷子十分看不上女儿和唐氏的婚事，一直阻止，没劝住白小姐……哦，也就是现在的唐夫人，双方算是闹翻了……"

他说得也并不详细，陆召只听明白了个大概。总体上说，因为双方闹翻，白老爷子愤然带走白历，并将当时尚在襁褓的小白历公布为白氏唯一的继承人，唐氏估计也是不服气，在二儿子唐开源呱呱坠地之后立马表态，说唐氏也只有这一个继承家业的少爷。

也不知道具体为什么，白历打小就跟理论上来说是亲爹的唐氏现任家主唐骁不对付，他本人也自幼嚣张跋扈，当众下过好几次唐氏的面子，连带着跟他那个异姓弟弟也干过几次架，实打实是个混世魔王，把唐氏气得七窍生烟，却拿他没什么办法。

这么多年过去，白历哪怕是腿瘸了，人退出军界了，都没跟唐氏有过一次好脸色。

第五章
研究所

白氏和唐氏的烂事其实在主星并不是什么秘闻，但陆召听了几句就开始皱眉，没再接韩渺的腔。

虽然认识的时间不长，但陆召觉得白历人挺不错。这跟他俩是不是因为唐氏而成了盟友无关，纯粹是白历并不是那种仗势欺人还自鸣得意的公子哥，跟传闻并不相同。

他自顾自地换好训练服，分神分得厉害，没听到身后韩渺喊他，走到自己熟悉的第一训练室门前顺手就推门进去。

门里站着十几个穿着整齐军装的新兵，齐刷刷地转头看着他。

正在讲话的军官一抬头，看到是陆召，赶紧跑过来行了个礼："陆召少将，第一训练室今天要给新兵用，消息已经通过军团系统传达给军官们的个人终端了。"

陆召看了看自己个人终端的信息，转头又去看霍存。

霍存一拍脑袋："忘了！消息是昨天发的，他们肯定以为少将你今天来不了军团，所以把你给漏了。"

韩渺刚才喊陆召就是让他别进去，没想到没喊住："没事，第二训练室可以用。"

第一训练室内，新兵的目光从听到"陆召少将"四个字后就变得格外炙热，夹杂着或是好奇或是不屑的目光将陆召从头到脚刮了好几遍。

陆召不当回事，朝着那个军官点点头就退了出来。

训练室的门关上的瞬间，里面的议论声就"轰"地一下响起。

"真是陆召少将，看他状态还行啊，没想到这么牛的稀种也还得找个特种保驾护航，落魄贵族也是贵族是吧——"

即使隔着那道门，声音还是能听得一清二楚。韩渺和霍存有点儿尴尬，只能闷着头往第二训练室走。

陆召走得很慢，没有跟着韩渺和霍存一起进第二训练室，拐了个弯在楼道拐角的休息区坐下，在个人终端上点开帝国论坛。

白历开着自己的悬浮车停在公寓楼下，他的个人终端正在直播一场主星区的拟战比赛，战况胶着，正打得热火朝天。

他心情还不错，哼着乱七八糟的小调从驾驶位出来，又转身从后座抱起一大袋西红柿，又抄起一根大白萝卜。

也不知道是遇到了什么好事，白历哼的歌全不在调上，还配了一听就知道是自创的歌词："帝国！第一！猛男！最强的历历——"

美滋滋地飞起一脚踢上车门，一转身就跟陆召撞个正着，吓得差点儿蹦起来，嘴里直骂娘。

陆召刚从车库出来，人还没走两步就见白历正弯着腰从后座拿东西，陆召一看到他，就想到帝国论坛上正议论着他的腿，心里正不是滋味，就见白历用那条传说中废了的腿单脚站立，用另一条腿潇洒地踢上车门。

陆召看着白历那条据说是废了的左腿，百思不得其解。

"吓我一跳，你怎么一点儿动静都没有！"白历也很纳闷，"我还以为你至少得半夜才回来呢，咱俩这室友当的也够没交流了。"

陆召这才看到白历怀里抱着个大袋子，一只手还拿着根带着泥的大萝卜。心里的不是滋味顿时无影无踪，只顾着看那个大萝卜，萝卜上面的泥把白历深灰色的休闲西装蹭脏了。

陆召相当费解："萝卜？"个头也忒大了吧？

"我从我朋友的研究所的菜地里拔的，"白历还没反应过来，顺着话头往下说，"他们还是有土栽培，比超市和菜场里卖的那些菜好吃。"

两人面面相觑了几秒后，白历才试探性开口："要不你……整两口？"

陆召表情严肃，试探性回答："就……直接啃吗？"

不用选择去几楼，陆召一走进电梯，公寓管家系统就识别出他和随后走进的白历的身份，自动升上两人所住的楼层。

两人沉默地站在电梯里，陆召怀里抱着一个大袋子，里面是圆滚滚、红扑扑的大番茄。

白历用胳肢窝夹着根大萝卜，两只手插在裤兜里，表情非常严肃，连着看了陆召好几眼，才说："那什么，陆少将，刚才你站我后面有没有……咳……听到什么？"

陆召想了想，很老实地回答："'帝国第一猛男，最强的历历'。"

白历的脸色更严肃了，白萝卜夹在他胳肢窝下面，像是夹着把杀猪刀。

等电梯门打开，白历才憋出一句话："这茬儿你就当没发生过。"

陆召"哦"了声，顿了顿，后知后觉地问道："你不好意思？"

"你忘了这茬儿行不行！"白历说，"精神力稳定点儿了，听力就跟上来了是吧，我寻思我当时哼哼的声音也不大啊。"

陆召没忍住笑了，他本来是不觉得这事有什么，但看白历这反应，浪荡公子哥的模样都有些端不起来了，陆召实在是有点儿憋不住。

他倒是没再继续提这事调侃白历，两人下了电梯，一进门，机器管家就已经准备好了拖鞋，白历的衣服还没脱，机器管家就发出了卫生安全警报，一个劲儿催促白历把沾了泥的外套脱掉。

白历缺德，脱了外套拿在手上就是不放下，在机器管家头上提溜来提溜去，溜着圆胖子咕噜噜地滚，他乐得直笑。

陆召拖鞋都换好了，一扭头白历还在那儿逗机器管家，伸手往白历手背上狠狠一拍，后者"嘶"的一声叫，外套就落了下去，被机器管家顶在头上一溜烟带去清洗了。

"手劲儿是真不小，"白历往手背上吹气儿，一副真被打够呛的样子，"给我打残废了咋整，我还得做晚饭呢。"

陆召一听他说"残废"就有点儿不舒服，又想起帝国论坛上乌烟瘴气的帖子。

好容易把那点儿不爽给压下去，陆召才反应过来白历刚才说了什么："你真要做饭？"

"哥们给你露一手。"白历把大白萝卜往陆召怀里塞。陆召下意识地接住那个白胖白胖的大萝卜，还挺沉。

现在已经基本没有有土栽培的蔬菜了，代餐型营养剂基本可以替代食物，给人体提供基本的能量和营养，蔬菜这种东西也早在数百年前就实现了更为便捷的培育方式，市场里卖的萝卜，从种植到成熟基本只需要一周时间，不过个头和味道都削减了很多。

陆召一手抱着一袋子西红柿，一手拿着根大萝卜，脚上穿着拖鞋，站得倍儿直。白历见他跟木桩似的，拍拍手："别跟第一次听人做饭似的，今儿算你碰着了，稍等会儿，做好了一起吃。"

把番茄和萝卜往厨房的桌子上一放，白历被机器管家圆滚滚的身体一直撞小腿，撵着去洗澡换衣服，陆召在军团已经洗过了，拿着个人终端寻思着给霍存发条信息，让他下班顺道给自己带两件换洗衣服，然后往自己卧室走。

走进卧室才发现床上叠放着一套新的居家服，也不知道白历什么时候买的。

陆召长这么大一直都是野蛮生长，进了军团升了军衔，才给他配了霍存当副官，没战事的时候就给陆召跑跑腿，照顾一下生活起居什么的。陆召这人好说话，霍存平时丢三落四的，还得陆召嘱咐，陆召要是想不起来，两人就一起抓瞎。

从宿舍带换洗衣服这事陆召就给忘了，霍存干脆想都没想。陆召抓着白历给他买的那套新居家服往头上套，这还是头一次有人特地给他买衣服。

一个老贵族出身的公子哥，能这么细心的可真不多。

刚穿好就听外面的白历喊他："哥们儿，你有啥不爱吃的没？"陆召还没来得及说话，白历又说，"我就问问，反正我爱吃就行。都是兄弟，我不跟你客气。"

陆召心里刚升起来的一点儿感慨顷刻烟消云散。

走出卧室，看到白历已经站在厨房的水槽前洗萝卜了，他换了身松垮垮的短袖，刚洗完吹干的短发有点炸，他就顶着那个毛脑袋一边洗萝卜一边听着个人终端播一些时事新闻。

见陆召过来，白历抬眼看了看："萝卜炒肉，番茄炒蛋，就俩菜，吃不饱再喝营养液。"

萝卜、番茄和陆召被安排得明明白白。陆召点点头，站着没动。

白历乐了："你杵那儿干吗啊？我的少将哥哥？"

陆召没搭理他的油腔滑调："帮忙？"意思是要不要搭把手。

"不用，很快就好，你忙你的，好了我喊你。"白历嘴皮子动得快，手上动作也没停下，萝卜和几个番茄洗得干干净净，又去冰箱里找肉。

陆召一离开军团就显得无所事事，他晃悠到沙发前坐下，白历不愧是贵族公子哥，特能享受，选的沙发柔软舒适，陆召一坐下就想到早上出门时白历瘫在沙发上的样子，确实挺适合瘫着。

他犹豫了一会儿，还是打开帝国论坛开始看帖子。

早上他看到的还是都在议论他和白历从契约人管理局出来时的样子，这会儿再看已经变成了各种阴谋论的猜测。

陆召对说自己的那部分帖子早就不痛不痒，他其实还挺看得开，不然能咋地，看不开的早放弃事业趁早走人了，他要是看不开，他也就爬不上今天这个位置。

一个名为"你们说陆召少将和白历到底为什么能结契？"的帖子不知道为什么爆红，飘在首页第一行，陆召没忍住给点开了，斜倚在沙发上看起来。

楼主："我就好奇，一般稀种也就算了，陆召少将这样的，就算需要结盟，什么样的家族贵族没有，跟白历这样一没前途二又残废的特种结契，他心里就不会不舒服？"

芝芝莓莓："肯定会不舒服啊！我都心疼陆少将呜呜呜……"

三点一个撇："不知道你们在心疼什么，陆召再厉害，出身和人种在那儿摆着，肯定再往上升就难了，所以找点助力呗。"

过河拆不拆桥："反正我觉得陆召挺可惜的，他能找个更好的契约人，白氏已经不行了。"

小不懂很懂："楼上有什么毛病吗？白氏不行你行是吧，你老几啊你觉得可惜？"

小不懂很懂："回复3L：不会吧不会吧，不会有人在6020年了还觉得稀种和出身就能把人压死吧？不会以为陆召少将是那种需要靠人帮扶才走到今天的废物吧？"

拟战真难打："楼上的兄弟说话真得劲儿。要我说啊，陆召其实还挺有眼光的，他这种强势又不服软的稀种，契约人只能找能配合他的，白历这样的就刚好，没落了也还有个姓氏，身体残废了但精神力还能稳定帮扶他。"

陆召心里不舒服，他觉得白历这人挺好，虽然腿有问题，但说话做事比大部分主星贵族特种都顺眼。

仅仅因为跟陆召建立契约人关系，白历身上的所有缺点都被照得明明白白，还给他身后投上了漆黑的影子。

厨房里响起"刺啦"的声响，紧接着鸡蛋遇油而产生的香味迅速弥漫开，陆召回过神，从沙发上直起腰去看。

白历这个公寓特别宽敞，厨房也是开放式，从沙发这边就能直接看到他的背影。

就算陆召这种整天在特种堆里晃荡的人也得承认，没几个特种能有和白历一样的气势。即使了解得不多，也看得出白历退出军界的这些年始终没有放松对身体的管理，手臂肌肉紧实，轮廓流畅，平时活动也看不出腿的问题。

能让受损如此严重的腿伤保持这样的日常状态，白历无疑付出了巨大的努力，需要日复一日地严格自律才能达成，也难怪他对陆召的康复十分重视，给出的建议也很到位。

因为他自己经历过，并且到现在为止还在坚持，所以才希望陆召也能迅速跨过康复的这道坎儿。

鸡蛋在热油里稍一凝固，就被白历用铲子碎开后捞出，放在旁边的碟子里，他侧过身去拿旁边切好的番茄，露出垂着眼帘的侧脸。

番茄下锅，翻炒时带出一股独有的甜味，陆召下意识吸了吸鼻子，白历听见了，转过头跟他的目光对个正着，朝他一乐，嘲笑陆召等着开饭的样子。

陆召被嘲笑了也没觉得怎样，他确实是好奇，长这么大也没见过几次公子哥下厨做饭的。

没一会儿饭菜就全部出锅，白历将饭菜端上餐桌，又转身去冰箱里找饮料。

代餐型营养液的味道不算太差，也可以满足人体需要的热量和营养，但白历还是更喜欢刚出锅的热乎乎的米饭、白粥，更享受咀嚼炒得入味肥瘦相间的肉混合食物划过食道的满足感。

白历拉开冰箱，发现已经没什么饮料可以喝，便扒拉出一瓶还没开封的果汁，看了眼生产日期："你喝果汁吗？"

喊完等了几秒没听到回复，白历拿着果汁站起身，看到陆召坐在沙发上看自己的个人终端。

白历寻思着少将的工作还挺忙，也不打算问第二遍了，洗了两个杯子往餐桌上一放，倒满了果汁才又喊："多大人了少将，吃个饭还得喊啊？"

陆召这才抬起头，看着白历，动作缓慢地站起身。

桌上的饭菜正冒着热气，陆召被论坛上那篇帖子烦得很，这会儿才回过神，闻到刚出锅的饭菜特有的香味，嘴唇下意识地动了动，他有一段时间没吃过这种热菜热饭，最近一次还是在上个月的军团聚餐时吃的，饭没吃两口，倒是喝了一肚子酒。

陆召在白历对面坐下，白历把一杯倒满了果汁的杯子递过去。

桌上两碗白粥热气腾腾，番茄炒蛋色泽鲜亮，出锅的时候撒了一小撮葱花，亮红和嫩黄间多出几点绿，气味鲜甜。

陆召吸了吸鼻子，闻到一股刺激鼻腔的辣味，下意识地伸手去揉有些麻痒的鼻头，这才留意到萝卜炒肉里放了辣椒，硬是把炒肉的焦香烘托出一股蛮横的味道。

"能吃辣吗？"白历的手已经握住了筷子，正往一片肉上夹，"我做饭就按自己喜欢的口味来，你尝尝。"

还挺横，根本不把陆召的口味放在考虑范畴，非常嚣张。

陆召立马放下了那点吃人嘴软的不自在，先喝了一口果汁开胃。

白历吃饭也堵不住嘴，对着话少的陆召照样叽叽个没完："我看你工作还挺忙，都这个点了还在个人终端看文件。我在军团时这种活儿都甩给副官，你就多使唤使唤霍存，我看他闲得很，你给他找点儿事干，别让他老打拟战，破坏游戏风气。"

言语间透露出他还在惦记差点儿掉出前二百的事，陆召觉得好笑，解释道："文件工作我都给霍存了，刚才不是在工作。"

白历想不到还有什么东西是陆召这种除了训练就是睡觉的人能看入神的，问道："那你刚才看什么呢？这么专注！"

陆召的筷子在番茄炒蛋和萝卜炒肉上徘徊了一圈，最后还是没抵挡住辣椒那股霸道的气味，一边夹了一块肉放进嘴里，一边状若无意地道："你平时看帝国论坛吗？"

"看啊，怎么不看，论坛上的人特有意思，"白历没计较陆召对刚才自己的问题的回避，只要陆召不让他冷场，白历就挺乐呵，"我还经常发帖呢。"就是发一次被人骂好几天。

陆召抬眼看了他一眼，没忍住地开口问："你看论坛没什么想法？"

白历喝粥的动作停了，也看向陆召，立马就明白他什么意思了，放下碗说："有啊。"

陆召学着白历的语气："说道说道。"

白历撩撩自己那头毛："这么多人嫉妒，老子真是万众瞩目。"

陆召一口气没提上来，呛得连连咳嗽。

白历赶紧放下筷子，抽了两张餐巾纸递过去："不能吃辣就别强吃，这不还有番茄炒蛋嘛。"

陆召用纸捂着嘴咳嗽，摆了摆手示意自己没事，他现在看到白历就觉得神奇，这位公子哥也不知道脑子是怎么长的，这些普通人估计得郁结几年的事，到他这就显得特别轻飘。

"你就没觉得不舒服过？"陆召边用果汁顺着嗓子边问。

白历慢悠悠地扒拉着饭，反问道："你也没少因为的出身和人种遭歧视吧，你难受吗？"

也不知道为什么，这话题本该非常敏感，换个人都或许是带着挑衅的，但从白历嘴里出来，就显得格外坦荡。

他不回避这些问题，也不将这些事当做什么天大的难题，就好像是他从不避讳使用"残废"之类的词，也从不在意穿短裤时会露出带着狰狞伤口的腿。

这种坦然的态度，让陆召觉得相当舒适，他思索片刻后回答："有时候会觉得有些麻烦，但我有自己要做的事情。比起自己的目标和想做的事情，其他的人和事都不重要。"

这个回答白历并不意外，他笑了笑："我理解，我也一样。"

陆召问："你有什么想做的？"

他本以为白历会说关于白氏或军界相关的事情，白氏他虽然不了解，但军界相关的陆召多少还是能帮得上忙。

但白历并没有提这两件事，他放下筷子，略停顿了一下才道："我还想开机甲。"

陆召愣了愣，下意识地看了眼白历。他没想到白历会这么说，但白历的神色却很自然平静。陆召的嘴唇动了动，将询问白历腿伤的话咽了回去。

白历看出了陆召的情绪，无所谓地笑了笑："怎么？觉得我腿瘸了开不了？"

"没有。"陆召也放下筷子，摇摇头认真地说，"我并不认为世界上有什么无法实现的事情，你既然这么说，或许就有解决的办法，如果需要，我可以帮忙。"

白历脸上调侃的笑容收拢下来，看着陆召的眼神少了前几天的那副吊儿郎当，浮出些许真实的笑意和一丝欣赏。

"我左腿确实受损严重，现在主流的机甲对身体的压力都会让我无法操作，但我还是要开，"白历道，"腿瘸了，也要开。"

他说得很平淡，好像只是在陈述一个客观事实。

陆召不知为何，从这轻描淡写的语气里感到其他人身上没有的坚定，混在白历公子哥的壳子下，竟显出不同寻常的气势。

"既然如此，"陆召坐直身体，"我认为你可以。"

换成别人，这话里或许还有些安慰的成分，但说话的人变成陆召，这话就变得斩钉截铁起来。

白历笑了，继而略吊胃口道："我不打没准备的仗，有些事……"他没明确地说，只加了句，"有机会的话，陆少将腾个时间出来，邀请您去我的研究所看看。"

虽然不明白白历为什么会把话题扯到研究所上，但陆召还是不假思索地道："可以。"

白历放松地笑道："所以至少在'别人的看法会不会影响我'这一点上，咱俩应该是一样的。我明白你对自己的出身和人种面临的问题只是感到麻烦，而不会觉得痛苦，你应该也能理解我的感觉，我面对的问题确实也很麻烦，所以我忙着解决，哪有空管周围那些歪瓜裂枣的酸话？"

陆召平时很少去思考这些问题，他并不是个擅长表达和权衡自身与外界的人，说得好听是纯粹，说直白点就是一根筋。

和他相比，贵族出身的白历是认真思考过这些问题的。他思考过，但仍旧和陆召是一类人。

即使已经过了年少时学员和教官的追随阶段，但陆召还是对白历挺敬佩。这种敬佩不是对武力值上的慕强，而是更深层次一些，对"腿瘸了也要开"的佩服。

"确实。"陆召答道。

"咱俩或许是同一类人也不一定，"白历伸出手来，"握个手，室友？祝你能步步高升，我能重回巅峰。"

陆召看看眼前的手，修长有力，但布满老茧，那是从未停止训练的证明。他伸手握上去，两只手再次交握，比结契时对彼此的认识更进一步。

"一定会。"陆召道，"如果有什么需要我的就直说。"

白历故作认真地思考几秒："行，如果我重回军团，对抗训练前握手的时候你可不能拿我手测握力。"

陆召慢了半拍，想起他俩在管理局时白历也跟他握手，没想到让他的手劲儿捏得龇牙咧嘴。

这人倒是还挺记仇。陆召笑了："还有吗？"

"我很久没痛快地打一场模拟对抗了，上模拟舱那种，"白历倒是真的又说出点儿事来，"说真的，你有空的话，要不要跟我去研究所感受一下，我那边有正在研发的机甲，虽然还是半成品，不过我觉得你应该会喜欢。"

陆召没料到他会说这个，更没想到白历所说的研究所竟然是搞机甲研发的。他本就对机甲非常喜爱，又是白历提出的，当即点头："行。"

第六章
除草

虽说军团给了休假，不需要一大早按时按点去团里，但陆召的生物钟还是让他到点就醒。

白历的公寓非常安静，他没有贵族子弟的臭毛病，心情好了就做饭，吃完看会儿资料新闻，或者打打拟战、看看书，到点就睡觉。

这习惯估计也是在军界的时候养成的，和陆召基本同步，两人这室友做得相当和平。

陆召到点醒后，先回复霍存几条信息，告知对方不需要来接自己，这才起身走出卧室。

没想到白历比他走得更早，这会儿已经不在公寓，倒是留了张便条给他，贴在机器管家的脑袋上。

陆召解救下贴着纸条满屋乱转的圆胖子，纸条上面龙飞凤舞一排字：去研究所了，让圆胖子给你拿营养液，需要履行契约人义务的时候随时联系。

下面署名的"白历"两字写得很张扬，跟本人很像。

陆召把纸条叠好放到一边，拍拍机器管家的圆脑袋，从它的机械手上拿走营养液，两瓶，一瓶代餐型，一瓶修复型。

室友做到白历这份儿上，实在是让人感到实打实的贴心。

换好衣服，陆召下楼开车去军团基地。车刚开出住宅区，霍存就打了通讯进来，跟陆召报告一下今天要处理的几件工作。

基本没啥大事，主要都是些书面文件，霍存跟陆召说一声就自己处理了。

陆召从进第一军团开始就是走的武斗路线，基本上重大战役都要让他参加，陆召脑袋灵光，能指挥能打配合，体格和精神力也很不错，驾驶机甲得心应手，是军团数一数二的人物，因此这种文件类的东西从来就没人要求他亲力亲为。

霍存汇报完了，陆召突然道："新兵今天不是要机甲模拟舱训练吗？教练军官把我加上。"

霍存没明白："少将，你这级别的不需要带新兵。"

陆召淡淡道："我不带新兵。"

霍存："那你这是……？"

陆召寻思半天，找到一个差不多的理由："我劝人向善。"

霍存不明白什么意思，但这不重要，反正陆召让他干啥他就干啥。

加个训练军官的名额很方便，尤其是加陆召。这消息一出，新兵里就炸锅了。

他们这批新兵人数虽多，但最后能留在第一军团的人能剩下一半就不错了，考核期间要刷掉一些不合格的，就算是合格了也不一定能上机甲去一线，更别提跟陆召这样级别的军官一起训练。

能有机会见识一下帝国之鹰的风采，就算挨打也值了。

这批新兵素质不错，等陆召换了训练服到模拟舱训练室的时候，新兵们已经跟几个教官打了一轮，热身完毕，精神很亢奋，正是状态好的时候。

韩渺和霍存都来围观，还有几个别的宿舍的军官也凑过来看。陆召平时训练他们见过不少次，也跟陆召打过几次，但看陆召带新兵这还是第一次。

陆召把自己的个人端什么的往霍存怀里一扔，随便挑了个机甲模拟舱就走过去，一眼也没看这十几个新兵，边走边说："五人一组跟我练，给你们三分钟配组。"

新兵们一愣，互看一眼，有人说道："陆召少将，你的意思是你一次打五个人？"

"嗯，赶时间。"陆召看了一眼训练室墙壁上的悬浮时钟，又重复道，

"配组。"

韩渺对面面相觑的新兵们解释："他意思是说，让你们废话少说，快点儿配组。"

新兵们原本跃跃欲试，此刻见到陆召本人，不知道为什么竟然都有点儿退缩。

陆召这个名字太具有威慑性。当年他凭一己之力驾驶机甲击沉星际海盗三艘快战艇，复率领五人小队血洗叛将所占 C41 附属星，一战成名，在军界站稳了脚跟。

至今军界提起 C41 附属星，仿佛仍旧能闻到血腥味，听到风穿过机甲残骸的空洞时传来的响声。

新兵们互相推搡着，都不想当第一批和陆召对抗的五人组。

推搡间，一个圆脸的青年走出队列，朝陆召敬了个礼，声音因为激动而有些颤抖："陆召少将，我……我叫周临山，很荣幸能接受您的训导！"

陆召抬眼看了看，点点头，周临山很兴奋，朝身后玩得好的几个新兵挥挥手，又从队列里走出四个青年，和周临山一起各自坐进机甲模拟舱。

等陆召也佩戴好用以加强机甲与精神力联结的头盔，六台进入战斗的机甲模拟舱迅速闭合锁定，六人各自进入拟战空间。

训练室内，六人所处的拟战空间被机器投映在半空中，以便其余没有参加战斗的人观战。拟战空间有十几套不同环境、不同星系的地图，模拟出较常见的几种战斗环境。

屏幕上是无垠的黑色和闪烁的繁星，这里是宇宙。

不远处是正在被入侵的某附属星，几艘大型战舰从头顶驶过，不断有机甲从战舰上脱离，和附属星迎战的机甲打在一起。光刀挥舞刺杀的光亮和机甲上搭载的小型离子炮轰炸在机甲上的爆炸光告诉所有人，这是战场。

陆召进入空间后，第一时间调出自己的数值面板，随后意识到这是为了给新兵训练而准备的模拟舱，模拟的机甲也是最常见、最普通的 KL-766 型机，军官们已经不用了，这款机型不适合快速作战，机身沉重，活动并不灵便。

其余五名新兵也陆续进入空间，被随机刷新到这张地图的不同点降落。和陆召不同，这五人是作为一支小队进入拟战空间，因此可以在机甲模拟舱内进行语音沟通，这也是真正机甲都配备的功能。

陆召在刷新出的地点没动，等了几分钟，其余五人并没有贸然接近，应该是已经私下沟通过，制定了行动方案。

监控仪发出一阵"滴滴"声，显示后方正有机甲快速接近。

KL-766 型机安装的监控仪已经有些落后，可监控范围并不大，这也意味着从发现敌方接近到受到攻击的时间大幅缩短，给陆召的躲避增加了一定困难。

后方的机甲急速接近，机甲前进的速度考验驾驶者的承受能力，在机甲运行的过程中不仅要承受过载带来的痛苦，还要集中精神力来保证机甲各部位正常运转。

这台快速接近的机甲驾驶者作为一个新兵，能将 KL-766 的速度提到这个挡位已经十分出色，不等陆召反应，机甲肩部搭载的小型离子炮就凌空轰来。

陆召的机甲瞬间回身，几乎同时回击了一发离子炮，和对方直接在半空相遇，硬是把这一次攻击阻断在了途中。

不等模拟舱外围观的人群感叹陆召对这种老机型的掌控力，就见那团炮弹相撞而产生的光团后冲出两台机甲，直袭陆召。

KL-766 机型的监控仪设计不如最新款的机甲人性化，当两枚离子炮在空中相交时监控仪就已经发出警报，随后而来的机甲捉住了这一空隙直接攻击，导致监控仪短暂出现了时间差，迟了几秒才对新的机甲接近做出预警。

与此同时，陆召的身后也袭来一台机甲，前后夹击试图一击将陆召击落。

身前的两台机甲以极快的速度逼近后，同时发射小型离子炮直击陆召所在的驾驶舱，身后的机甲也在同时拉近距离发射离子炮，攻击陆召背部。

训练用的老机型有很多短板，搭载的离子炮射程过短也是其中之一，一旦射程超过可控范围就极易打偏，为了弥补这一点，这个五人组选择以机甲拉近距离后再行射击，为了掩盖这一目的，第一台机甲的进攻也是虚张声势，只是为了替后接近的两台做掩护，而后接近的两台，也是为了从陆召身后发起攻击的第四台转移注意力。

看来这五个人一开始刷新的地点应该相当分散，而陆召正好在这五人的中间。

前后三枚离子炮以无法想象的速度直扑陆召，陆召的驾驶舱内警报的刺耳声几乎要将耳膜穿破。

下一秒，只见原本悬停在半空的陆召的机甲猛然一沉，机体垂直下坠，速度极快，几乎就在离子炮即将击中的前一秒才勉强躲开。

而三台同样也在飞速向前的新兵机甲根本没有反应过来，依旧保持着前进的速度，就见三枚炮弹在半空中交错，因为失去攻击目标来了个对穿，前方的两枚击中了身后那台机甲的头部，而身后那台机甲发射的炮弹正好击中了前方两台中一台的驾驶舱。

围观的人群爆发出一阵惊叹，紧接着又是一阵惊呼。

在陆召的机甲向下坠落的同时，一台新兵机甲已经在下方等候多时。前四台机甲全都是为了这一台机甲做准备，第五台机甲从开始就没有露面，一直游离在陆召的监控仪范围外，等待一个可乘之机。

见陆召落向下方，第五台新兵机甲的光刀迅速拔出，直刺陆召。

半空中断线风筝一般下坠的陆召机身却并未闪避，反倒猛然一震，加速而下，如同俯冲而落的猎鹰一般迅猛，速度太快，光刀的亮光在空中拖起一道长长的轨迹，闪电一样劈向在下方拦截自己的第五台机甲！

原本处于主动方的新兵机甲因为陆召的猛然加速竟落后半拍，攻击变成了防守，只来得及将光刀横在身前，强行挡住陆召的进攻。

"哎哟，这波下冲，我可不愿意干，"韩渺没忍住骂了一句，"肯定晕得想吐。"

陆召的机甲冲刺带来的惯性让他的光刀狠狠撞在新兵机甲的光刀上之后，依旧带着两人俯冲出去很远的距离。新兵不甘示弱，被顶上的瞬间就张开了肩部的小型离子炮，如此近距离的冲击，就算不击中要害部位，也足以使陆召的机甲瘫痪。

陆召在半空中来不及转身，觉察到对方张开了离子炮发射口后，第一时间迅速侧发一发离子炮，借着后坐力倾斜机身，机甲右腿蜷缩顶住对方腹部，造成新兵机甲机身微动，轰出的离子炮以一个极妙的角度打偏，擦着陆召机身的一侧投向无尽宇宙。

不给对方反应的机会，陆召驾驶舱中一左一右搭在身侧两只操纵握器上的手微微收紧前推，KL-766老旧的机型在陆召强大的精神力操控下速度全开，迸发出巨大的力量，顶着新兵机甲直撞上下方的快战舰。

在一片碎片烟尘中，陆召的机甲手中光刀反握，直刺驾驶舱部位。火花电光崩起一片，即使只是模拟，这种被光刀直接劈入的感觉也太过真实，驾驶的新兵发出一声恐惧的尖叫，包括陆召在内的其余五人一起感到视线一暗，纷纷与拟战空间断开连接，再睁眼时看到的依旧是模拟舱半透明的舱体。

"为了新兵的精神和体力考虑，一旦有人的精神力出现强烈波动，所有人和拟战空间的连接就会断开。"负责这批新兵训练的主教官跟其余几个围观的军官解释，复又命令打开模拟舱。

舱门一打开，五个新兵中的一个就从座位上跑了下来，只是脚刚落地没走两步，捂着嘴就开始呕吐。

几个辅教上前把他给抬了下去，模拟训练场地附近就有医疗室，次次都会有新兵被抬过去，俗称"新兵宿舍"。

剩下四个新兵倒是没吐，只是脸色都不怎么好看。

陆召依旧坐在自己那台模拟舱的座位上，取下头盔，五官俊朗的脸上没有什么表情。

"少将，八分二十一秒！"霍存抱着陆召的外套和个人终端，还不忘抬手比画。

韩渺也朝陆召抬抬手以表佩服："可以啊，不费时不费力啊你。"

负责主训的教官军衔没陆召高，不敢跟韩渺似的开玩笑，只道："陆召少将，您有什么指导吗？"

陆召在一帮人热切的视线里重新靠回座椅上，戴上头盔："下一组。"

别问，问就是再来一把。以后陆召再说赶时间，绝对没人当他是开玩笑。

半小时之后，陆召从机甲模拟舱上下来，看了一眼训练室的悬浮钟，心里寻思本来以为得练到下午，没想到半小时就结束了。

十几个新兵腿软脚软，有的半蹲在地上，有的弯着腰扶着自己的膝盖喘气。这是晕机甲了，练得太狠，体力不够，得缓缓。还有几个体力差的，这会儿已经去"新兵宿舍"躺着了。

主训教官也没话说，半小时全灭，这帮新兵蛋子都得庆幸考核的时候不用陆召上模拟舱。

主训教官清清嗓子，又跟陆召说："呃，要不您说两句点评点评？"您给这一帮子小年轻练得自信心崩塌，不会什么也不说就拍屁股走人吧。

陆召这才正眼看了看这帮新兵，撂下三个字："多练练。"转身带着霍存走了。

很潇洒，很拉风，很不给面子。任何人在陆召面前都没有面子。

当然这里得说一句，白历不一样，白历不要脸。

韩渺在这儿也没别的意思，跟主训的教官打了声招呼，两三步跑过去跟陆召一起走，调侃道："行啊陆召，是不是最近没战事你太闲了，跑这儿来虐菜感受强者威严来了？"

两人关系挺好，韩渺说话不怎么顾忌。

陆召看他一眼："一打一叫虐菜，一打五叫除草。"

韩渺白了白眼，心想：你小子还挺横。

横就横吧，陆召也横惯了。他看看时间，还早，能做基本的身体素质训练，于是转身准备找空训练室。

"哪儿去？"韩渺在他身后喊，"不趁热打铁跟我打两把？"

陆召回头："不了，这段时间不适合在模拟舱上待太久。"

韩渺立刻理解他是什么意思，也没再硬把他拉去上模拟舱，反倒跟陆召、霍存一起往体能训练室走。

"你倒是遵医嘱，"韩渺边走边说，"以前在一线的时候，医疗班的也说了让你适度训练，我就没见你这么听话，还是白氏康复基地那边有更合适的治疗方案？"

陆召倒是诚实："我现在没住康复基地那边，白历和康复基地的治疗师都认为我需要更好的休息环境，所以我现在住在基地旁的白历的公寓里，每天在基地做完治疗后去那边睡觉，不上模拟舱是怕影响精神力，给契约人造成麻烦。"

他说长句时语气平淡，丝毫不觉得自己这几句话里蕴含的信息量，尤其提起白历时的态度，好像已经是来往数年的兄弟似的，让韩渺大吃一惊。

没等韩渺再继续问，两人就到了体能训练场，跟里边出来的人撞了个正脸。

韩渺看清人，赶紧敬了个礼："江皓中将，您也来训练？"陆召和霍存也随后抬手敬礼。

迎面走出的男人正看着自己的个人终端，从悬浮屏上隐约看得出是在浏览帝国论坛。没等人看清，江皓就给关上了，转过身用目光把这三人溜了一遍，笑了笑："刚结束，你们来得还挺早。"

江皓不常在军团露面，陆召也跟他只有过几次合作，都是重大战役，或者是比较受重视的荒星开拓战，对他了解不多，只知道是个挺温和的人，没什么架子，属下也都挺服他。江皓在军界挺有名，因为他是中将级别里难得不是特种的那类人。他是个普种。

一个普种能在军界混到中将这个位置已经算是相当难得，虽然江皓能走到这一步多少也靠了自己家族的帮衬，但他自身的实力也是没的说。

韩渺回答："刚从第一训练室出来，跟那帮新兵玩了玩。"

"行，这批新兵排场够大，一下来俩少将陪练。"江皓看样子是练完了准备离开，顺道走过来拍拍韩渺肩膀，"你们练你们的，我还有事先走了。"

陆召和韩渺应了一声，各自退开一步，让开身后的门给江皓走。

江皓看了陆召一眼，笑道："听说你和白历建立契约人关系了？"

陆召跟江皓没有什么太大的交情，简洁道："对。"

没想到江皓没走，继续问道："你跟白历怎么样？"

陆召抬眼看他，韩渺跟霍存也愣了一下。这算是上级关心下级？没听说江皓也这么八卦。

"别误会，我没想打听隐私什么的。"江皓倒是很淡定，他长得并不十分出色，只是五官温和，言谈也透出股富家子弟的儒雅，"就想跟你说说，白历他不是外面传的那样，他这人很好。"

陆召的表情还是那样："我知道。"

江皓又笑了笑，没再多说什么，和霍存打招呼后向体能训练场门口走去，人都走出去四五步了，竟然又回头加了一句："麻烦陆召少将下回见着白历，替我问声好，我也挺久没见他了。"

等江皓彻底消失在视线范围内，韩渺才吐出一口气，拍着胸口给自己压惊："也不知道咋回事，我见元帅都没见江皓中将这么紧张。"

"我也紧张，我刚进第一军团的时候目睹过一次江皓跟第二军团的一个平级军官打比赛，真人体术对抗那个环节江皓把第二军团那兄弟打得差点儿进医院，好家伙，给我弱小的心灵留下了巨大的阴影。"霍存心有余悸。

韩渺看向陆召："你跟江皓中将很熟？我怎么听他刚才那话不对味呢？"

陆召选了个训练器材，搭上手头也不抬道："合作过几次，不算熟。"

"那估计是他怕你瞧不上白历，"韩渺也随便选了个器材，"没看出来，江皓中将还挺照顾老上司，专门帮着说好话。"

陆召一挑眉，听出点儿门道："老上司？"

"你不知道？"韩渺也学着陆召挑挑眉，就是挑得像是在做鬼脸，"江皓以前是白历的副官，白历退出军界后才提的少将，这两年才升任中将。白历可不就是他老上司嘛！"

陆召"哦"了声，想起白历作为副教官在地方军团培训的时候还没升任少将，应该还不够格带副官，因此他那会儿没见过江皓。

只是没想到这么多年过去，白历的副官都走到了中将的位置，陆召也从一个不起眼的地方军团直升第一军团将级军官，白历却早早离开了军界。

陆召心里不是滋味，琢磨着最好今天就去一趟白历的研究所，对方既然很重视，那他作为契约人也应该给出同样的重视。

不光是为了契约人，也为了白历这个人。

那边韩渺还喋喋不休："当年他俩关系特别好，就白历受重伤导致左腿出事的那场任务，整个小队就没几个活下来的，江皓就是其中之一，听说还有些内情，当初白历要退伍的时候江皓还跑上边大闹一场，可惜还是没能留下白历。"

"那算是共患难的交情了。"霍存唏嘘，"确实不一样。"

"可不是，"韩渺压低声音，"白历临走前还推了他一把，算是往上举荐了一下，不管捞没捞成吧，反正我觉得是真够意思了，就冲这件事，我就觉得白历跟外面风言风语里传得不一样。"

陆召回过神，没再让韩渺继续八卦下去，只淡淡道："就算江皓不说，我也知道白历是什么样的人。"

第七章
天生气人的好手

白历从机甲模拟舱上下来时，额头上出了一层汗珠。

他拿起一瓶修复型营养液喝了一口，一旁站着的司徒小助手就拿着块新毛巾走过来，伸手想替白历擦汗。

手刚抬起，白历就一把抹掉了头上的汗珠，顺带着将黏在额头的碎发也撩开，看着小助手一笑："我用不着这个，谢谢关心。"

这张脸再配上这一笑，把小助手看得脸红心跳。

司徒随便找了个理由把小助手支开，等人出去了才跟白历说："行啊白少爷，还是这么油盐不进。"

"这话我就不爱听，什么'油盐不进'？"白历把营养液喝完，"洁身自好懂不懂，心里只有工作和科研。"

司徒赶紧打住："得得得，你一夸自己就没完没了，我今天心情本来挺好的，别一听你叭叭又气得睡不好觉。"

白历直笑。

"怎么样？"司徒问了一句，下意识地去看白历的腿。

白历道："比上次好一点儿，但模拟驾驶的时候感觉还是差很多，机身跟不上我的反应速度。"

"可能还是联结有问题。"司徒道，"我不敢一次性大幅度调整数据，你腿上的神经很敏感，骨头也受损严重，我怕驾驶的时候给你这条腿太大压力，要是像去年那样再来一次，你肯定得进医院。"

白历点点头，脸上的表情没什么变化："没事，按你的节奏来。"

"让你多尝试点疗养方法你尝试了没？"司徒对白历也算得上是十分了解了，一边絮叨一边看自己的个人终端，"医生都跟你嘱咐多少次了，适当降低运动强度，你又不上一线了，天天不知道较什么劲儿。"

"大哥，我自己家开康复基地的，你跟我谈养生？"白历无奈。

提起康复基地，司徒想起来另一茬儿："对，陆召不也在你那边康复吗，情况怎么样了？"

白历一手按着膝盖缓解胀痛酸涩的感觉，闻言道："这属于个人隐私，不跟你多说。"

"就随口问问，看你那劲儿，"司徒也不在意，他跟白历认识多年，知道这人什么脾气，没在康复问题上继续深究，"那陆召这人怎么样，你俩可是契约人关系，相处不好就够呛了。"

白历脑海中浮现出陆召的模样，昨晚饭桌上两人的交谈也重新想起。

昨天他也只是尝试性说了下自己现在正在做的事，白历腿瘸了之后也算是见识到了不少人情冷暖，本没想从陆召那边得到什么认可，没想到对方不仅不觉得他重开机甲是天方夜谭，甚至十分认真地推测起这件事的可行性。

较真，认真，脚踏实地，但又不放弃任何一丝可能，认定了目标就咬死不放，平等地对待所有有类似情况的人，这就是陆召。

白历表情露出些许赞赏："只能说他能走到今天，能有现在的功勋，绝对是没有半点儿水分的。他很不错，前途不可限量。"

司徒几乎没见过白历这么直白地流露欣赏，诧异道："我也听说过他确实厉害，但没想到你这么认可。你实话跟我说，是不是因为这个才有跟他成立契约人关系的想法？"

"把我当什么人？"白历笑了，他知道自己跟陆召的契约人关系会让不少人往深处想，觉得是利益交换，也没过多跟司徒解释，"我就是想知道如果我插手，未来是否会发生改变，哪怕只有一点儿。"

司徒没听明白："啊？"

白历却没再继续说下去，他的个人终端响了几声，拿起来看了看，竟然是陆召发来的讯息。

两人虽说是室友，但这几天很少在公寓之外有交流，白历以为是陆召需要他履行一下契约人义务，赶紧点开。

司徒正对着刚记录的数据细看，就听见白历发出"嘶"的一声，从沙发上蹦起来就要往外走。

"干吗去？"司徒追在后面问，"你那腿还得再歇会儿呢！"

白历头也不回道："有人找我！"

两人加一起都没几个朋友，白历退出军界后，别人以为他很难咸鱼翻身，以前一些表面交情的人也懒得维系这一人脉，几年不到，白历关系好的朋友基本精简到一只手就能数过来，司徒还是头回见到有人跑研究所来找他，也挺稀奇，跟着一起走了出去。

研究所门外停着辆印着第一军团徽章的悬浮车，车旁站着的人正低头看着个人终端，研究所里几个小员工探头探脑地打量，被走来的白历挨个敲了个脑瓜嘣。

"陆少将！"白历打发走几个表情哀怨的员工，大步流星地走过去，"你怎么这时候来了？"

陆召的一身军团制服还没换下，看样子是下班后直接开车过来的，见到白历，原本绷着的表情微不可察地缓和了些，点头道："昨天你给过我地址，想起来了就来看看，打扰你了？"

"那倒没有，你这人还真是……"白历想笑，他几乎能脑补出陆召的脑内逻辑——想到什么，觉得可行，然后当机立断执行，"不过都这个点了，也带你逛不了太久，你想玩儿什么？"

听到白历把研发说成"玩"，司徒愤愤地瞪了他一眼，这才又把目光落在陆召身上。

帝国之鹰的面孔并不算陌生，司徒在一些新闻上也见过，但没想到他本人比影像更有气势。仿佛就是为了打破刻板印象，陆召的身形并没有稀种给人固有观念的那种柔弱，反倒笔挺矫健，肩宽腿长，军团制服让他看起来相当利落。

或许是因为常年出一线任务，陆召光是站在那里就给人一种威压。

司徒也见过不少军界的人，上一个让他觉得这么有压力的还是白历，但这小子平时不着调，气场时有时无，像陆召这样完全不收敛的还是头回见，愣了几秒才回过神，赶紧上前握手，自我介绍："陆召少将，久仰大名！我是——"

"这是我们研究所老黄牛，司徒，跟我是同学，昨天也跟你提过，"白历打断他随意说道，"挺厉害的机甲研发人员，我想搞的机甲只能找他。"

陆召对司徒的名字其实也有些印象，他对机甲非常喜爱，所以对关于机甲的一切都乐意多听两耳。司徒以前是帝国研究院的新秀，本来挺有前途，但没几年就莫名离职了。

还是白历昨天提起，陆召才知道具体原因——受不了帝国研究院的权力内斗，得罪了大领导，天天被穿小鞋坐冷板凳，没几年就辞职走人了，在白历找到他之前，司徒一直都辗转在各个私人研究所。

陆召跟司徒握了握手，言简意赅地打招呼："你好，我对白历说的机甲很感兴趣。"

司徒被他说话的直接惊到，张着嘴看看陆召，又看看白历。

"就欣赏您这份儿直入主题。"白历对陆召竖了个大拇指。

陆召反应过来自己说的话可能过于直白，甚至没有什么客套过场，抿抿唇："不好意思，我不太会交流。"

司徒也算明白这位少将是什么类型的人了，瞥了眼直乐的白历，再看向陆召时表情已经正常了，带着笑意说："没事，我们搞科研的不在意这些虚的。机甲是吧？走走走，给你介绍介绍，刚好你也给提提意见。"

陆召来的时间晚了，一些员工已经陆续下班，模拟舱也因为需要提取数据进入封闭状态，暂时无法使用。

其实最主要的还是白历的腿受不了长时间的模拟舱驾驶，不然就算是拿刀架在司徒脖子上都得让他重开模拟舱，好跟陆召打一场模拟对抗。

好在为了全面收集数据，模拟舱上的每一场人机对抗都有录像，陆召还可以从这段时间的录像上大概了解白氏研究所正在研发的项目。

白历和司徒并不遮掩这项研发，司徒主要是看白历的意思，而白历显然并不把陆召当外人，搭着人家肩膀就给带进了研究所，将整个机甲的概念设计图用虚拟屏投在半空中。

陆召只大概看了几眼，便有些惊讶道："轻甲？"

"嗯，轻甲，"白历指着机甲的一些部位，向陆召大致介绍，"我知道现在帝国主流的机甲是重甲，但重甲对身体造成的压力太强，造成很多精神力强悍但身体略逊一筹的人被这道坎拦在门外。"

重甲和轻甲是现代机甲的两大分类，重甲搭载更多武器，机身沉重扛揍，可以在和虫族的战斗中取得一些优势，但对身体的负担也更强，驾驶员很容易感到疲劳，这也是为什么很多人下意识地认为稀种和普种不如特种适合操作机甲的原因之一。

轻甲在帝国成立之初还比较常见，这类机甲搭载的武器相对较少，机身轻盈，驾驶员越灵活驾驶，机甲发挥的作用就越大，这也意味着对驾驶员的技术要求相当高，也需要精神力更稳定持久，且这类机甲为了维持轻便的重量，许多材料都没有重甲坚固，同样的攻击下轻甲损坏更严重，种种原因以及主流偏好造成轻甲逐步退出前沿，目前更多的是担任一些运输或需要赶速度的工作。

陆召对此也很清楚，立刻理解了白历的意思："你是想通过轻甲降低对自己身体的负担？"

"没错，"白历坦然，"我这条腿已经开不了重甲了，只能另辟蹊径。其实我从上学时就对轻甲很感兴趣，但这类机甲始终没有受到重视。"

"也不是完全没人搞过，"陆召答道，"是没能坚持下去，轻甲的研发非常耗费人力财力，可参考的老机型也不多，也有过服务身体部分部位缺损的人的机型，只是效果一般，有些鸡肋。你们是想参考哪类机型的效果？"

"钱不用担心，白氏就我一人，怎么花钱还不是我说了算，"白历两手一摊，又摆出败家子的模样，"效果嘛，理想状态是能更方便身体有缺损或是弱一些的人驾驶，最好能投入使用的时候，无论是稀种还是普种都可以开。"

陆召愣了，没想到白历考虑得更多，甚至涵盖除了自己外的其他人种。

"驾驶技术是能通过日积月累训练出来的，只要想学想提升，迟早都可以做到，"白历说，"但身体是先天因素，我个人觉得，机甲的存在本来就该更契合大众，服务更多人群，如果因为身体素质而把很多有天赋有建树的人拒之门外，这就不怎么公平了！"

他的语气很自然，这观点显然并不是身体损伤后才有的突发奇想，而是一直就这么想的。

陆召有些不知如何回答，心中颇为震荡。他从来都是只专注眼前的事情，从未想过其他，这是陆召第一次从这个角度思考，并给出自己的观点："确实如此。"

得到这个回答，白历的表情明显变得更高兴了一些，流露出些许年轻人的情绪，兴冲冲地让司徒调出一些比较有阶段性突破的录像出来。

白历确实高兴，除了司徒，他几乎没跟人提过自己研究所正在研发的机甲是什么类型。倒不是在意他人目光，而是懒得向其他人一遍遍解释自己的想法，也无法耐心回答别人的质疑。

陆召却没有任何疑问，而是第一时间和白历达成了共识，并不会将这看成什么天方夜谭或是有钱公子哥儿瞎折腾，即使他是开重甲的。

除了司徒，白历终于又逮到一个可以听他显摆机甲的人，陆召也是真的感兴趣，虽然今天不能亲自上模拟舱感受一下操作，但能看录像也挺不错。

因为机甲还在试验阶段，除了面向一些征集来的驾驶员，白历也是数据的提供者之一。

录像不少，陆召快速看了几个，白历操作的几段录像迅速吸引了他的关注。

其他驾驶员的模拟对抗虽然也算不错，但和白历的水平差了一大截。即使只是半成品，机甲在白历的手上却格外轻盈敏捷，被开出了一种悬浮车的随意感。

看得出白历的驾驶技术是千锤百炼出来的，轻甲只搭载基础武器，缺点是火力不足，但在白历精准的移动和快速持续的攻击下，这个缺点被弥补上不少。虽然甲还有很大提升空间，但白历的操作已经足够精彩。

陆召目不转睛地将白历的几段录像切换着看，竟有了种精神上的饥饿感。他这会儿特别想亲自上模拟舱，体验这种轻甲的驾驶感觉。

"怎么样？"白历问。

陆召的目光依旧停在虚拟屏上，边看边说："自己没开过，我不太会下定义，以前我开过的轻甲大多都放弃了攻击，只负责简单的运输任务，但我认为有些浪费，我个人觉得搭载武器方面可以考虑精简，武器需要配合机型长处搭配，保持机身稳定。"

"说得对，说得对。"司徒忍不住也跟着讨论起来，"我们最近就在解决这个问题，希望在不影响机身轻便的前提下提升火力。"

一说到机甲，三人就越聊越投入。

白历比陆召大几岁，因为家世缘故也更早接触机甲，对一些老机型都有驾驶经验或了解的更深入。司徒则因为搞的就是机甲研发，看待机甲的角度和驾驶员不同，说起这方面的看法也很有意思。

陆召在这两人的带动下，竟然也难得地说了不少话。他生性寡言，却第一次聊得这么自在，甚至根本没顾及时间，只是隔了一会儿抬手捏了捏鼻梁。

这动作被白历捕捉到，他没直接问，反而是看了眼个人终端："哟，这时间了，司老师你今天不是得对比数据吗？又得熬大夜是吧？"

司徒让他这一打岔，立马忘记了刚才自己正津津有味聊的话题，一拍脑门："忘了忘了，我得先去逮几个小助理给我当苦力。那行，你跟少将在这看，我先去安排工作。"转脸又对陆召笑道，"陆召少将不用客气，这边操作程序白历都熟，你想了解什么让他给你弄就行。以后有空常来啊。"

陆召点头答应，司徒匆匆离开。

等司徒一走，白历就把余下几个员工打发走，继而低声对陆召问道："状态不好？精神力稳得住吗？"

陆召反应过来，白历这是专门把人都给支走了，以免问这方面事情的时候被别人听到。

"没事，"陆召顿了顿，还是如实向白历说，"但今天上了一会儿模拟舱，我知道这时候上模拟舱会影响精神力，但我自己有把握，当时没跟你说，抱歉。"

白历"哦"了声，见他确实没什么异样，只是单纯一天训练下来有些疲惫，这才点头："我知道你心里有数，我不操心这个，不过你怎么突然上模拟舱了？"

"有几个新兵，有些欠练。"陆召淡淡道。

他对这种已经过去的事情并不怎么纠结，三言两语概括了事情大概，省略掉了几个新人对白历的嚼舌根。

白历是在军界混到过少将的，对一年一年的新兵情况多少也有了解，估摸着这是有不开眼的撞到了陆召的枪口上，被陆少将毫不留情地乱捶了一顿，彻底老实了。

"你是真不手下留情啊，"白历调侃，"这不得给人家留下心理阴影？"

陆召用一种非常微妙的眼神看了他一眼。

白历："怎么？"

陆召慢慢道："当年在地方军团，你第一天就做对抗训练，从上午到下午，那天好几个学员都累吐了。"

白历摸摸下巴，抓抓后脑勺头发，半晌答道："是吗？我不记得了，不至于吧？"

陆召看他的眼神里透出难以置信。

"我对虐菜的事情从不往脑子里记，脑子里怎么能记这么多小事呢？"白历一副理所当然的解释。

陆召笑了起来，竟然觉得白历说得还挺有道理："我没想怎么着那帮新人，只是觉得个别人得长长记性，管管自己的嘴。"

白历不知道具体发生了什么，只是见陆召语气平和，以为他已经解决了问题："你怎么都行，不用太在意别人嘴里的烂话，有时候你不搭理这帮混蛋，他们自己倒是憋得半死，那才更可乐呢。"

他在气人这方面天生是个好手，说起这些就讲得头头是道，最后倒是不忘委婉地提一嘴："不过有时候军团里的人际关系很复杂，你还是得注意点儿。"

陆召全程没有吭声，默默听完白历的胡侃，这才缓缓地点头："我对这些事情确实不太会处理，如果以后有类似情况，我会学习你的处理方式。"

他似乎是在认真思考这个问题，并且在思考过后拿出了学习的态度，白历竟然有点儿不好意思，咳嗽了声，拍了把陆召的后背："别这么严肃，这不是契约人之间的聊天嘛。"

白历的手掌拍过他的后背，两人距离拉近不少，白历的精神力同时释放而出，借着手掌对身体的触碰，极快地对陆召原本稍有波动的精神力进行了快速镇抚。

"除了上模拟舱没别的事吧？放松点儿，精神力的稳定也跟心理压力有关，"白历拍完后背，又拍拍陆召的肩膀，"除了康复基地的治疗，没事就去外面享乐享乐，军团发你那么高的工资，你总不能光存着不挥霍吧？"

公子哥对生活的态度就是不一样，开口就劝人玩乐，压根儿不考虑会不会把陆召带坏了。

陆少将真是实心眼儿，闻言还点头同意，又想起另外的事情，"在军团遇到了江皓中将，他让我代他向你问好。"

白历听到"江皓"二字，拍在陆召肩头的手微停。这名字他再熟悉不过，但也确实多年没有见面了。

一切和他以前在军界时有关的人和事白历基本已断了联系，哪怕当年一起从鬼门关连滚带爬捡了条命回来的江皓也一样。

陆召见他没反应，问道："有问题？我去回他，以后不会提了。"

"他都找到你这儿了。"白历叹了口气，"算了，明天你去军团的时候我跟着走一趟，也算是跟他打个招呼见个面。"

陆召不解。

白历也没过多解释，摆摆手："他心里有道坎儿，跨不过去，我也没办法，我又不是填坑的。"

第八章
变故

白历对江皓的事情没有多谈，看得出两人之间是还有什么事，但陆召没继续追问。

契约人关系非常微妙，它介于朋友和家人之间，说是盟友关系，但白历和陆召又各自不太计较这个结盟的利害得失，白历真正想要的东西没有人能完全帮他得到，而陆召要走的路也从不需要他人扶持。

他俩像是被元帅随手拼凑起来的组合，原本应该多少有些尴尬，但莫名臭味相投，两人竟然就这么来往起来了。

这种神奇的际遇白历和陆召都没经历过，两人都有些手足无措，白历相对还好，帝国主星贵族出身，从小就跟着爷爷应酬交际，处理人际关系的方式很多。

陆召在这方面一向生疏，好在他只看脚下的路，并不关心周遭，也从没想过如何去维系人际问题，走到现在全凭头铁拳头硬，没想到有朝一日会遇到想要维系人际的时候，所以干脆选择不问太多。

两人没再提江皓的事，因为时间不早了，白历又带着陆召来到研究所的小菜园，在管理员哀怨的目光下一通扫荡，拔了两大袋瓜果蔬菜才打道回府。

陆召颇觉新鲜，白历一邀请他就跟着下到地里。两人一个是贵族少爷，一个是帝国少将，挽着袖子掰西红柿、摘黄瓜，一人扛着一个袋子满载而归。

晚餐又是白历下厨，陆召被分配去洗菜，然后拎着白历厨房里的菜刀，在指点下肢解西红柿。

白历做的都是家常菜，没一会儿桌上就摆了三菜一汤，自己先拍了张照片，拎起筷子："来来来，开吃开吃！"

陆召跟着坐下："为什么要拍照？"

"发个动态，显摆显摆本少爷的厨艺。"白历拍拍胸口，"不是跟你吹，这手艺也不是谁都能吃到的，有利于宣传少爷我的形象。"

陆召若有所思，吃了两口饭，也拿出个人终端对着桌上的菜拍了张照。

"干吗？"白历问。

"显摆。"陆召一板一眼地道，"我觉得你说得有道理。"

没等白历反应过来，陆召已经把照片发到了自己的博客上，还配了一行字：白历做的，味道很好。

发完就关上个人终端，提起筷子正要继续吃，却看到白历正呆呆地看着自己。

陆召疑惑："怎么了？"

"……没，"白历从混乱中找回思维，默默地用公筷多给陆召夹了两筷子菜，"我突然发现在引起混乱方面，我还有很多地方可以向您学习，来来，多吃两口，您多补补，发博客给您累着了吧。"陆召无言以对时，白历又神秘一笑："你不懂，我就喜欢这种其他人大吃一惊、大受震撼然后乱成一锅粥的模样。"

陆召不仅不懂，他根本没考虑过自己的行为有什么问题。陆少将的想法非常淳朴：我帮着白历树立形象，别人迟早会知道白历真的挺不错。

他抱着淳朴的想法发博，带着朴素的理念睡觉，第二天起床，发现自己的博客炸了。

无数人涌进陆召的博客，饭菜照片下的留言一夜暴增，以至于陆召点开网页时，军团配发的个人终端都跟着卡了一下。

霍存的信息"嘀嘀嘀"地疯狂发来，陆召点开，映入眼帘的第一条就是：少将你要是被绑架了就眨眨眼，我现在就带人杀过去救你！

和陆召的懵懂相比，白历则是一大早就笑得爬不起来。他也不是没看过陆召的博客，那是陆召很早的时候为了响应军团宣传注册的，偶尔由霍存转发些无关痛痒的军团信息，从不真人出现。

这一条完全私人的信息发出，无异于一颗重磅炸弹炸进鱼塘，立马就有无数人被炸得翻肚而出。

在外界看来，一向以冷漠铁血著称的帝国之鹰竟然会和普通人一样发生活照，这已经足够令人震惊了，可再一看，竟然还是白历做的饭。这意味着什么？这意味着这对契约人不仅没什么矛盾，甚至还能坐在一处吃吃喝喝。

白历点看评论区，热评第一的是：陆召少将你真的是清醒的吗？这菜里是不是下了迷魂药？

白历笑得满床打滚，跟敲门后进来的陆召对上了眼，他上气不接下气地打招呼："哎哟，醒了啊少将哥哥，我那迷魂药炒菜您吃的怎么样？"

陆召原本一头雾水，是来找白历道歉的，没想到自己一条信息引起这么大动静，结果一推门就看到白大少爷在发癫。

"他们胡诌。"哪怕是陆召，脸上的表情都有点儿兜不住了，"你别生……"发现白历也不像是生气，"你别笑了，我没想到会这样。"

白历捂着笑痛的肚子："我想到了，我想到了！我昨儿晚上就偷着乐了！"

陆召无语，心想你也真够可以的。

这事原本应该挺让人头疼的，被白历一搅和，陆召人都麻了，竟然也跟着感觉有点儿好笑。

"迷魂药炒菜，"陆召又看看个人终端上的页面，眉头皱起又松开，笑着低骂了一句，"切，说的跟真的似的。"

白历笑得差不多了，终于缓过来，下床后伸着懒腰拍拍陆召肩膀："行了，这群人你还不够了解，多的是只信自己脑内幻想的人，哪会是你发张照片就能改变的啊。"

"也不完全是，"陆召翻了翻评论，想了想，"以后多发，他们的臆想打破了就闭嘴了。"

白历被他这"说那么多都没用，我就一根筋跟你杠上了"的发言震撼到，忍不住调侃："行，那以后我还得持续做饭呗？你好狠的心啊陆少将！"

陆召收回个人终端，跟白历一起走去洗漱："我也可以做，虽然没做过。"

吃饭已经是他做过最接近做饭的事了。

白历回想起昨天晚上陆召切的菜，立刻打住他这个想法："别，算了，您的刀以后还是朝虫族砍吧。"

两人一大早就看了一场大热闹，边讨论边各自忙碌，白历恍惚间有种在一线的集体宿舍的感觉。

因为搞了这么一出，悠闲吃早饭的时间是没有了，陆召随手拿了两瓶营养液就要出门，扭头看到白历嘴里也叼着营养液，正在门口穿鞋。

"走，一起。"白历边穿边说，因为嘴里叼着东西而发音难辨，"是霍存开车接吗？"

陆召想起昨天白历说过，今天要跟他一起去军团："没有，我自己开车去军团。"

白历拍拍手："走，听说军团更换了新的悬浮车，让我开两把感受感受哪里不一样。"

因为已经在白历的公寓拥有所有权限，所以陆召开的车也停在他的车库，跟他那些花里胡哨的车挤在一起。

陆召用个人终端把车提出来，白历兴冲冲地坐上驾驶位，个人终端刚连上车内，乘客系统就来了条简讯，车内自动语音便读了出来："司徒：临时有事，别来了，你先养两天缓缓，再这么着我看你迟早又得去老郑那里报道。"

这读得还挺快，白历都没来得及关，陆召就听全了，看了一眼白历。

"不是，"白历很费解，"这孙子怎么老是一大早就联系我？"

陆召没搭理他这句："老郑？"

白历倒也挺坦诚："我以前治疗时的主治医生。"

"腿怎么了？"陆召一听治疗，就知道司徒让白历缓缓是怎么回事了。

"老毛病，"白历懒懒道，"昨天可能因为上模拟舱时间有点儿长，不太舒服，没事。"

陆召坐直身体："靠边停，我让霍存接我，你开自动模式回去。"

白历哭笑不得："我真没事，真的，你看我像有事吗？"见陆召还看着自己，又不得不说，"这样，我把你送到军团门口就回家，出都出来了，我溜这一圈就回去补觉。"

顿了两秒，陆召没再说话，没再问白历的腿，白历也没再吭声。车内的系统开始自动播送新闻，一直到军团门口两人都没再说话。

有些事其实挺无解，陆召和白历都明白。陆召问白历腿怎么了，白历说没事，这话题就彻底断了，因为他们的关系只允许这个话题到这一步为止。

车到了地方，白历坐在车上，手指敲打着方向盘，陆召伸手正要开车门，白历的声音响起："那什么……你别介意，我没防着你的意思，就是习惯了。"

这种感觉很难说清，白历可以在众目睽睽之下谈笑风生地面对别人对自己左腿的目光，也可以直接将"瘸"字挂在嘴边，但这都必须是他主动的选择。

他从以前就觉察到自己的这种行为有潜意识的表演成分，就像随时紧绷的人，展露在外的永远是完美又云淡风轻的状态，谁来问他都会下意识地防备。白历并不是想把陆召纳入他的防守范围，他只是习惯了。

陆召收回原本要下车的动作，在副驾上坐了两秒，原本冷峻的面部轮廓不自觉地微微缓和，"嗯"了声："知道，我理解。"

他俩都是身体遭受过重创、精神又无时无刻不能不警醒的那类人，虽然人和人之间永远无法做到百分之百共情，但退一步的尊重和体谅总会让人喘口气儿。

可能是觉得这话说得有些硬邦邦，陆召犹豫了一下，学着昨天白历的模样，抬手在白历的后背拍了拍。

白历看着陆召提线木偶般僵硬的动作，正儿八经道："陆少将，你做这种动作的时候，比你昨天切菜都让人紧张……"

"我多练练。"陆召迅速出言，截断了白历的胡言乱语。

两人在车上沉默了几秒，没来由地都笑了。

这种没来由的放声大笑跟有毒似的，在狭小的车内扩散，陆召也算是被感染得不轻，白历干脆笑趴在操作盘上。

老半天他俩才算恢复正常，白历拍了拍操作盘："我就不进去了，车你开进军团。"

"跟我一起应该可以的。"

白历摇摇头："算了，不是军团的人了，就不进去了。我下来，你上驾驶位。"说着拉开车门下去，陆召见他拿定主意，也没再多说，跟着走下车。

白历下车后刚要说话，有人喊了一声："少将？"

声音是从陆召身后传来的，陆召顺声望去，江皓正站在不远处，但目光没落在陆召身上，而是看着白历。

白历脸上又是白大少爷的那副笑容："嚯！这称呼您可得换换了，江中将。"

"顺口了。"江皓有点儿尴尬，又跟陆召打招呼，"今天还来训练？"

陆召点点头。他想起来，白历没退出军界之前，也是少将级别。但这声"少将"喊出来，绝大部分人都不会往白历身上联想。因为没人提过，白历自己也没提过，这就成了他档案上轻描淡写的一笔。所有人都把白历的功勋抹掉了，只剩下他浑身的弱点和伤疤。

江皓走近后跟白历说："多少年你都不往军团来，没想到结契了才能见你一面。"

"你不懂，"白历挑挑眉，语气非常嚣张，"保持良好关系也是契约人之间的义务，处得跟兄弟一样，这机会你一般遇不到。"

江皓乐了："我说你这嘴就吐不出象牙是吧？"

"我这嘴，也就委屈委屈吐个莲花啥的吧，"白历也不客气，跟陆召挥挥手，"兄弟，你就安心上班，回头我再从研究所那边薅点新鲜食材，今天你照片继续更新，别忘了啊。"

他这话说得动静不小，把在军团进进出出的一群人看得一愣一愣的。

昨晚陆召发的那条博客已经相当让人震撼，不少人本来正往这边乱看，没想到白历压根儿不回避，这种场合正对他爱出风头的臭毛病，干脆就演上了。

陆召翘翘嘴角，没吭声，这种不吭声的行为已经是他配合白历演出的最好态度了。

"等等，"江皓则超前两步挡在白历面前，"去我那边坐坐，好久不见了，聊聊？"

白历看看他，笑得漫不经心："在这里聊也挺好。"

"聊聊，"江皓也看着他，"少将……白历，坐下慢慢聊。"

正是早上新兵来训练的时间，他们三个往门口一站，格外显眼。

等白历再开口的时候，不远处已经有不少人停下来不走了，拿着个人终端往这边照。白历把车门关上，走到陆召身边眨眨眼："走吧，陆少将，今天我直接给您送到训练室门口再走。"

陆召的目光划过江皓，落在白历脸上："嗯，你可以去我宿舍休息。"

没多问，也没提白历的腿不舒服这茬儿。

江皓没再说别的，只用权限在门口两个做成机甲外观的智能门卫上刷了一下，输入要带外客进门的指令，走进军团大门："我办公室很近，没几步路。"

陆召下意识地看了一眼白历，白历撩了撩刘海，冲他咧嘴一笑。

办公楼的确比训练区近很多，就在军团正门附近。陆召没让白历真送他进训练室，到了办公楼附近拍了拍白历肩膀，把白历拍得龇牙咧嘴之后自己就走了，这都不用明说，白历就知道什么意思了。

"看见没，"白历看着陆召的背影跟江皓说，"这才叫帅，很横，很刚，很牛。"虽然差点儿把我拍残废。

江皓还挺赞同，也看着陆召说："陆召少将确实很潇洒。"

白历一拍他后背："别看了，那是老子的契约人。"

江皓："……那你到底让我看还是不让我看？！"

中将办公室是独立的，第一军团的军官办公室一向不错，江皓的也不例外。

白历坐在中将办公室的沙发上，跷着二郎腿。

"你……恢复得怎么样？"江皓的目光在他的腿上停留了几秒，才开口问道。

白历显得很随意，既然问了就回答："能跑能跳能开车。"

"那——"

"开不了机甲。"白历淡淡地加上一句。

江皓瞬间没了声音。

白历看了他一眼，乐道："行了，都多少年了，我都不在意，你在意什么？"

"我能不在意吗，啊？我能不在意吗？"江皓猛地从座椅上弹了起来，声音忍不住一点点儿变大，"这几年我找过你多少次？问过你多少次？你回过我吗？白历，我不好受，想做点儿什么都不行？！"

白历还是跷着二郎腿，安安稳稳地坐在那里，摆弄着自己的个人终端："你再喊大声点儿，这楼里的人还都没听见呢。"

声音跟平时没什么两样，但江皓还是下意识地闭了嘴。这是在白历还是少将、他还是副官时养成的习惯。

江皓喘着粗气，缓缓地坐回自己的座位，隔了好一会儿，他才哑着嗓子说："我这几年真的想做点儿什么，帮不了你也无所谓，就想做点儿什么。"

白历点着虚拟屏幕的手停顿了一瞬："我那时候就跟你说了，没必要。你一没必要自责，二没必要弥补。"

"如果不是我，"江皓摇摇头，"你的腿还好好的。好好的。"

不想听，白历的脑子里忽然闪过这三个字。不想听跟他腿任何有关的事情，不想在这个地方继续待着，不想跟任何和他过去有联系的人和事打交道。

白历做了一个深呼吸，再开口的时候，还是白大少爷带笑的声音："你别太把自己当回事，不是你也会是别人，我不是跟你说了好几次吗？没准命中注定我这条腿就是要废的。"

"我说你这人……"江皓活了这么大，受的一直是贵族教育，温文尔雅是做人准则，不过这么多年依旧会在白历这里破功，"你能不能别笑？"

白历挑挑眉毛，故意道："什么笑？哈哈哈？这样？"

这么多年了，江皓一直就没搞明白白历的脑子是怎么长的。他本来有一肚子话想跟白历讲，等一见到白历，就让这人给堵得什么都讲不出来了。

江皓被白历这么三两下乱搅和就只剩无奈，叹口气道："我没想到你会跟陆召结契，不过这样也好，唐氏已经把陆召得罪惨了。说起来你俩真是有意思，当年要不是陆召拿了进第一军团的资格，你那糟心弟弟就得跟咱们同一单位上班了。现在要不是你，陆召搞不好也得因为精神力的问题调离岗位，或者被迫随便找个垃圾结契结盟，左右都得便宜你那弟弟。"

"别弟弟、弟弟的，我们老白家就我一人。"白历放下二郎腿，眉头却皱了起来，下意识地坐正身体，"唐开源找过陆召什么事？他可还没回主星呢，连驻地军团那边都没回。"

"你倒是个合格的契约人，"江皓摇摇头，"具体的我也不清楚，陆召当时被发现对镇静剂有抗药性的时候，是唐氏方面先向军界提出抗议，随后又拉了一票对这事不满的人一道，听说后来唐氏那边还和陆召单独见过面，不过说了什么我就不清楚了。你跟陆召关系好，你自己去问啊？"

白历蹙眉，这事跟他梦中的剧情似乎不太一样。

主要问题是唐开源现在不仅不在主星，甚至不在原本的驻地附属星军团，而是早在前两年就因为出任务时遭遇星际海盗袭击，在逃跑的过程中机甲坠毁流落荒星。

按照白历的记忆，梦中唐开源还要在外晃荡几年攒人脉和经验值，把他那不咋地的精神力给翻好几倍，之后才会重回主星，也因此有了和白历、陆召掰手腕的能力，在此期间唐氏一直十分低调，私下疯狂派人寻找唐开源的下落。

但从江皓给的信息里，白历发现唐氏竟然早早地跳了出来，跟陆召杠上了。想把陆召踢开腾出第一军团的位置，意味着唐氏有人可以补进第一军团。

白历沉思，这是不是意味着唐开源要回来了，或者至少唐氏已经有了关于他的消息？

江皓见他半天不吭声，喊了声："白历？跟你说话呢，你要想打听，直接去问陆召就行。"

白历回过神，将满脑思绪按下，重新靠回沙发靠背上："我没打算问他，这是人家个人私事，他想说自然会跟我说，我不会上赶着让他想起这恶心事儿。"

江皓正要回答，忽然响起刺耳的警报声。

尖锐刺耳的警报几乎瞬间让屋内的两人直起身，紧接着，霍存的声音从屋内安装的扩音装置响起："二级警报！二级警报！请所有人注意，不要随意走动，有精神力崩溃者出现，崩溃者为稀种，具体情况尚未查明，请医疗人员带上稀种人所需剂量的镇静剂前往训练场 A 栋更衣室！"

白历从沙发上猛地站起，拉开门就冲了出去。

第九章
别惹白大少爷不开心

起初还只是针扎似的头疼，但在短时间内逐渐加重，呼吸也跟着急促起来，四肢僵硬，这样下去视线模糊也是迟早的事。

陆召并没有经历过精神力崩溃，但在一线那种压力巨大的地方几乎时刻都有被他人精神力影响的风险，轻度的不适对他来说已经习以为常，能把他影响到这种程度的还是第一次。

训练场 A 栋休息室的人员此刻已经被紧急疏散，自动门也已封闭上锁，只剩下陆召和最里间更衣室内一个神志不清的新兵。

陆召先确认了隔绝系统已经启动，崩溃的精神力不会溢出这间休息室后，才定了定神，朝着紧闭着门的更衣室走去。

十几分钟前，陆召和白历、江皓分开，来到 A 栋准备热身，然后开始今天的常规训练。

他一到更衣室，霍存就凑了过来，贼头贼脑，手里还举着个人终端，压低声音问陆召他发的白历做菜的博客是怎么回事。

陆召拍开他的狗头，霍存又打开自己的个人终端，让他看第一军团的网上聊天室，数十条信息快速刷过去："看到没，都传开了，说白历把您送到军团门口，然后跟江皓中将去办公楼了。"

这信息刷过去的速度，跟大暴雨似的，陆召扫了一眼就没再看。

"这算大新闻了啊！"霍存见陆召没反应，立马解释，"白历从退出军界那天就一步没再进过军团，都多少年了，头一遭！"

陆召从自己的衣柜里拿训练服的动作顿了顿，回手就给霍存后脑勺来了一巴掌："你很闲？"

霍存心想，这怎么分享八卦还挨打呢？

"不是，我这不就是跟您说一声嘛。"霍存替自己辩解，"他们都稀奇着呢，当然，我不稀奇，我一点儿都不稀奇，我跟您坚决站在同一立场。"

陆召又举起手，霍存一缩脖子，捞着自己的训练服就蹿出去老远。

稀奇，陆召还真一点儿都不稀奇。

一个人要是对自己曾经建立过功勋的地方看都不看一眼，那只有两个原因：一是他已经走得更高，再也无须怀念这一点儿微不足道的功勋；二是他不能看，看一眼就觉得痛苦，所以干脆就闭着眼。陆召猜得到白历是哪一种。

更衣室都是单独的隔间，新兵们今天也要训练，占用了更衣室的另一半。陆召和霍存使用军官用的更衣室，远远就能听到新兵们叽叽喳喳，他们还不算第一军团的正式成员，跟陆召和霍存打了招呼后就去准备接下来的新兵训练。

陆召拿着自己的训练服进了一个单间，刚准备把上衣扯下来，就听到外面有新兵的声音传来："别挤我，今天也不知道怎么了，烦得很，头还挺疼的。"

"谁挤谁混蛋，你烦你了不起？"回他的人说话也挺冲，还带着些奇怪的急躁，咂舌道，"老子头也不舒服，还有点儿晕，刚才还没事呢。跟精神力影响似的……谁大清早就收不住自己的精神力？！"

说话间几个新兵愈发暴躁，有人甚至直接捂住了脑袋，手扶衣柜才能站稳。

陆召和霍存也意识到不对，两人精神力一个等级很高一个绝对平稳，但这会儿也开始感到头痛急躁。

又过了几秒，有人大喊一声："有人崩溃了！"

陆召一把扯开自己隔间的门，被扑面而来的杂乱精神力冲得额角青筋直跳，他心头一震，两三步走过去，沉声道："怎么回事？你们新兵有精神力不稳定的？还是刚做了什么高压测试？"

只有一个新兵勉强从头晕中回答："没有，我们都是通过了选拔的，一周内也没有做什么刺激性训练。"

陆召抬眼去看，这批新兵大部分都是特种和普种，虽被影响得够呛，但不像是临近崩溃的模样。少数几个稀种并不在场，应该是都被调剂去了医疗班："你们所有人都在这吗？"

一个普种答道："差不多……周临山呢？他刚才不也来换衣服吗，人呢？"

"好像朝里面的更衣间走了。"

几乎是同时，所有人的目光都落在了最角落的隔间。

被精神力影响到的特种十分易怒，不等其他人反应就已冲上前去，朝着更衣间的门就是几拳。

他眼眶发红，眼球有血丝，头发已因头痛被自己抓乱，鼻翼煽动着，呼呼喘粗气，其他人喊了几声都没反应，如同凶兽般疯狂地攻击隔间门，显然已被精神力影响到神志模糊。

陆召按下其余人，自己上前飞起一脚踩在了他的膝窝处，直接让他腿一软半跪下去，头脑也瞬间清醒不少。

"都出去！全都出去！"陆召厉声呵斥，挡在隔间门前，"霍存！"

霍存换衣服慢了一步，这会儿提着裤子冲过来，因为头疼过于严重，甚至干呕了两下："我的天，怎么回事？！"

"疏散这一层的所有人，发警报，"陆召喊道，"二级警报，有精神力崩溃者，让他们想办法送一支抑制剂过来！"

霍存还没反应过来，这么多年他在军团从未真正接触过精神力崩溃的人，也就陆召因之前的重伤而被查出有镇静剂抗药性，但看陆召现在的状态，好像并不是他引起的骚乱。

陆召骂了一句："你是聋了吗？"

"哦哦哦！"霍存冲进来，跟着陆召一起将屋内已经不太能正常活动的新人往外推。

好在能进入第一军团的新人都具有相当的精神力，刚才的恍惚是因为没有防备，这会儿已经回过神，尽管还显得十分躁动，但已经知道要赶紧向外走。

"那个崩溃的小子是什么人种？"霍存随便抓了个新人紧急询问。

新人捂着脑袋，费力地思考后答道："稀种……早就说了少把老子跟稀种往一起搭配，军团改革扩招，这几年连稀种都能去一线了——"

他话没说完，就被霍存一拳打在头上，脑瓜子嗡嗡地摔倒在地。

"回头再让你知道怎么管住自己的嘴。"霍存狠狠地指了指他，下意识地看了眼陆召的方向，见隔离门已落下，这才稍微放心。

他冲到走廊上大喊了几声，让最近的人全都离开，随即触发了走廊上的警报开关。

刺耳的警报声开始在整个军团基地响起，霍存的声音通过基地的扩音装置响起在每个角落："二级警报！二级警报！请所有人注意，不要随意走动，有精神力崩溃者出现，崩溃者为稀种，具体情况尚未查明，请医疗人员带上稀种人所需剂量的镇静剂前往训练场 A 栋更衣室！"

更衣室内，陆召迅速从里面关闭大门，基地的所有建筑物都配有阻隔精神力装置的门窗，他将所有与外界相连的通道全部锁死，才定了定神，走向最后那个隔间。

"周临山，"陆召站在门外喊了一声，"有意识吗？能听到我说话吗？"

里面没有回答，陆召将耳朵贴上去，只能听到急促的喘气声。

从发现不对到现在不过短短几分钟，陆召就已经被这混乱的精神力骚扰得头疼无比，浑身酸麻，他很清楚自己现在的状态，这一次他面临的狂躁从未这么强烈过。

"妈的。"陆召骂了一句，狠狠搓了把脸以保持清醒。下一秒，他强行破开了隔间的门。

隔间的门虽然不如大门那么有效隔离精神力，但也对其传播有一定影响。当陆召拉开门的瞬间，那股狂暴的精神力瞬间将他击垮，首先就是眼前发黑，耳中嗡鸣，他立马扶住门框稳住身形，紧接着又觉得有一团火将自己包裹，烧得他头脑发昏。

周临山蜷成一团，缩在隔间的一角，神思恍惚，在陆召的多次呼唤下才有了点儿反应，慢慢抬起头，露出一张被泪水和汗水打湿的脸，颤抖着开口：
"陆……少将……"

"是我，按我说的慢慢做，"陆召放低了声音，尽量不惊吓到正处在崩溃状态下的稀种，"呼吸放缓，集中精神，不要思考任何负面问题。"

周临山又惊又惧，精神力崩溃造成他无法控制自己的情绪和行为，竟然呜呜哭了起来，抽噎着发出含糊不清的音节："……我就想证明我不是废物……没拖后腿，为什么这么对我，打我……每天都打……"

陆召心中一沉。他捏捏鼻梁，强行让已经开始出现眩晕感的视线恢复一些，蹲下身去仔细检查周临山的状况。

新人在刚进军团时难免会因为高强度的训练量而受伤，但周临山的身上显然不只是训练受伤这么简单。他这时只穿了无袖衫和短裤，尚且还有些年少的身体上布满瘀青血肿，脚踝不正常地肿起，衣摆因蜷缩而卷起，腰上也有清晰可见的擦伤和击伤。

陆召不需要再继续看下去就能猜出个大概，或者说这种情况他并不陌生。

"是同期还是前辈打的？"陆召蹲下身问。

周临山恍恍惚惚，嘴里嘀嘀咕咕却不怎么正面回答问题。

"清醒清醒！"陆召皱眉厉喝，"你想彻底崩溃然后被拉进隔离院吗？"

混乱中陆召的声音却依旧沉稳清晰，带着令人无法忽视的安定感，周临山仿佛被当头棒喝，找到一丝清明。

"……都有，"他哽咽道，"一开始还好，有几个前辈说军团不该收稀种，让我跟其他稀种一样主动转去后勤或者医疗班，我不愿意，他们就找我们的事……后来同期的也开始……我不服气，凭什么，我什么训练都跟得下来，每天都加训，就因为我是稀种，凭什么……"

陆召明白怎么回事了。

哪怕是第一军团，也难以避免抱团和歧视等问题。这种事其实在地方军团也很常见，周临山被老油子和同期挤兑霸凌，理由也很常见——他是个稀种，还年纪小。

新人训练几年后基本也会去一线活动，多半会被编进各个小队跟老人一起行动，老油子觉得他是个没能力的稀种，同期的其他人逐渐也被这种想法影响，再加上本来就存在的社会偏见和各类标签，周临山的麻烦就开始了。

陆召不知道周临山是从什么时候开始挨打的，但这种行为无疑对他造成了极大的心理压力，他因为想反抗想证明自己，所以大量加训，又对身体造成了负担，双重压力之下终于到了极限，在今天彻底崩溃爆发。

"别分神，你可以继续说，"陆召扶着门框的手轻微颤抖着，他闭了闭眼，"再撑一撑，等镇静剂过来。"

江皓终于相信白历说自己的腿恢复得还行是有几分道理的了。他跟在白历身后一路狂奔跑向A栋，白历的腿行动如常，看起来并没有什么大问题，跑得比江皓都快。

"团里大部分稀种都转去医疗班和后勤了，留在驾驶员岗的没有什么问题啊！难道陆召……"江皓边跑边问。

"应该不是，"白历感觉脑袋有些僵，但还是理了理头绪开口说，"如果是他，霍存应该更着急，也不会说情况不明。"

江皓想了想："也是。"

白历又说："昨天我刚给他做过精神力镇定安抚，他的状态很好，不会是他。"

其实江皓还有点儿不习惯把陆召和精神力镇定安抚联系在一起，毕竟陆召实在不像是个稀种。

因为触发二级警报，经过确认后军团基地内靠近训练场的建筑全部封闭，训练场A栋大楼的窗户和门，除了留给医疗队的小门也全部落下锁死，等陆召和江皓赶到时，A栋所有人员已经撤出，聚集在楼下的开阔场地。

白历在看到那群人后停下脚步，开始左看右看。

"干什么？"江皓跑到一半看他停下，也不得不急刹车。

"找个顺手的。"白历说着就从一个仿机甲外形的人工清洁机器人的腰部扯下一把光刀。

说是光刀，其实就是根金属长棍，做成了光刀出鞘时的形状，等比例缩小了当装饰用的。白历拿在手里掂了掂，嗯，顺手，径直往 A 栋走过去。

A 栋门口聚集着从里面跑出来的人，大部分已经随着后勤部引导撤退到了更远的地方，有些级别高一些的军官可以自行撤走，就站在 A 栋门口，时不时地瞟向紧闭的门窗。

"哎！你说里面什么情况？"一个留了个鲻鱼头发型的特种说道，"说是稀种崩溃，难道真是陆召？"

韩渺抱着手臂在原地转圈，他跟陆召关系很好，这会儿心烦意乱，听到这话就气不打一处来，冷冷地道："关你屁事？"

鲻鱼头还挺不乐意："怎么不关我的事啊？我不是第一军团的人？"

有个军官凑热闹："就是，说两句怎么了？我早就说了，这地方就不该让稀种来，看看，看看，我说得没错吧？"

"我看八成要出事，"鲻鱼头笑了两声，"到时候上头问起来，某些人可就好看喽！"

"按理说不应该啊，陆少将不是已经结契了吗？就算不能服用镇静剂，那基本的精神力安抚都没用吗？"

鲻鱼头挤了挤眼："你们又不是不知道，白历是个残废，八成就是陆召随便找来凑数的，以前我就说了，他还不如在军团里找个特种算了，现在好了，搞不好还得我们进去帮忙……"

话还没说完，斜后方飞来一棍，砸在了鲻鱼头的脑袋上，直接把他掀翻在地。

这一击又快又狠，力道大得惊人，特种的身体相当结实耐揍，竟然依旧被掀翻出去，显然打得正是地方，鲻鱼头趴在地上足足有两秒钟都没反应过来。所有人瞬间愣住，韩渺本来挽起袖子准备干架了，这突如其来的一下子把他给整蒙了。

鲻鱼头挨了这一下，特种的本能让他瞬间因为狂怒而精神力暴涨，挣扎着破口大骂："哪个混蛋敢打老子？我……"

话说了一半就哽在了喉头，另一股强大且极具攻击性的精神力让在场的所有人都进入警戒状态。

白历上前一把扯住鲻鱼头的头发，带着他的脑袋就往地上砸。

特种的精神力在彼此对冲，好斗是他们的本能。

这种本能让特种如同一头头野兽，在狂怒时用以威胁和震慑，在这个世界里，精神力越是高的特种等级越高，也越具有震慑力。在足够强大彪悍的特种面前，其余人都将因恐惧而本能地臣服。

白历的精神力有多高？这些在他离开后才进入第一军团的人并不清楚，当精神力对冲完第一波后，原本想上前阻止的其余人都站在了原地，警惕地看着白历，没人敢动一步。

四下十分安静，只能听到脑袋被按着往地上撞的声音，钝钝的，刺激着每一个人的神经。

"少……白历！"江皓从震惊中回过神，顶着白历狂飙的精神力开口，"白历，行了，再打就出事了。"

韩渺回过神，这才意识到这股压得自己喘不过气的恐怖精神力的主人是谁。

任由江皓喊了好几声，白历都没回应，他背对着所有人，看不到表情，只能看到他的手一瞬都没停，还在带着那颗脑袋一下下往下砸。

精神力越压越沉，当这个量超过一定程度，其余人只觉得格外痛苦，难以呼吸，恐惧和本能几乎要让在场的所有人坐在地上。

"准备好隔离器和面罩！"一阵吵闹声从远处唯一一道可以通行的门那边响起，几个医疗队的人全副武装，戴着隔离精神力的专用面罩，配合两台机器医生向门内走，"崩溃者年纪不大，是新人，暂时还不能确定崩溃原因，进去后第一时间注射镇静剂，绝对不要刺激到对方，明白吗？"

新人？那就绝对不可能是陆召。

江皓虽然是个普种，这会儿也被白历的精神力压得难受，扯着嗓子冲远处的医疗队喊道："陆召少将呢？"

那边有人回答："据霍副官说仍在楼里控制崩溃者，时间已经不短了，这样下去或许会被诱导至精神力波动紊乱。他对镇静剂有抗体，无法进行镇静剂紧急处理，我们会在带走崩溃者后根据情况决定处理方案，不过最好还是请少将的法定契约人来强行安抚。"

强行安抚的意思非常晦涩，但在场的人心里都有数。

精神力崩溃的人会丧失理智，有些具有强烈的攻击性，有些则丧失身体管控权，浑身承受的痛苦会让他们格外脆弱，急需精神力稳定的人的镇压来缓解。

这也造成了很多道德方面的问题，不少精神力强悍的契约人会趁机提出许多超过底线的要求，钱财权利甚至是身体交易，这种案例数不胜数，但都上不了台面，属于变相的讹诈，但有了契约人这层身份，一切竟然都合理起来。

陆召和白历的关系属于合法契约人，默认情况下两人都有义务和责任在对方出问题时进行精神力安抚，但也存在极特殊的情况，也就是如果一方出事时另一方无法到场的情况下，其余有能力者也可以进行镇压安抚。

在场的众人都想起鲻鱼头挤眉弄眼地说的那句话——"搞不好还得我们进去帮个忙——"

虽然在陆召有法定契约人的情况下，鲻鱼头这句话就等同于放屁，所有人都知道他就是过过嘴瘾，但"所有人"里不包括白历。白历想废了他。

白历松开手，直起身，用脚尖踢了踢地上一动不动的鲻鱼头，这才活动了一下脖颈，转过头来。包括韩渺在内的所有人都向后退了一步，警惕地盯着眼前这个人。

白历露出一个微笑，朝刚才那个凑热闹的军官招招手，动作跟逗狗差不多，"过来。"

那个军官没动。

白历又说："过来。"

强者压制弱者，在绝对的实力面前，弱者不敢反抗。军官硬着头皮上前一步，站在白历面前。

白历伸出刚才那只抓着鲻鱼头脑袋的手，慢条斯理地在军官的衣服上擦着，挺认真，把每一根指头的缝隙都擦得干干净净。没人说话，就任由白历这么神色自若地在一个军官的身上擦手。

隔了好久，白历的声音才再次响起，他淡淡地道："一会儿我要用这只手碰我的契约人，他很精贵，我擦干净点儿，你不介意吧，嗯？"

军官僵硬地摇了摇头。

"我这人脾气不太好，"白历看了看自己擦得干干净净的手，一挑眉毛露出满意的笑，"所以别惹白大少爷不开心。"

唯一可以通行的小门处又传来喊声，白历没再说话，转身朝小门的方向走去。

一直到那股压力巨大的精神力彻底撤去，韩渺才稍稍松了一口气，他的脑子还因为白历精神力的影响而嗡嗡作疼，什么都想不了，只有白历离开前最后一句话反复在脑海里出现——别惹白大少爷不开心。

第十章
精神镇抚

训练场 A 栋专门留给医疗队出入的小门非常狭窄，只能容一个成年人通过，一旦出去或进入后，落下的特质隔离门板就会自动落锁，只能再次输入密码才可以开启。

白历刚要进去，身后就有人疾步过来，一把拉住白历的胳膊，把头上的精神力隔离面罩拉起来，露出霍存的脸："你得戴着这个进去。"

用来隔离的面具做的相当难看，白历看了一眼就给拍开了："不戴。"太丑了，不能在这种时候丢人。

"不行，"霍存急得满头大汗，"陆召少将现在情绪很不稳定，你俩打起来咋整？"

白历对霍存的脑子特别迷惑："那可是陆召，我怎么会打他。"

霍存苦口婆心："那可是陆召，我怕他给你打死。"

白历心想，这小子真是半点儿人话都不讲。

估计整个主星都找不出第二个能让人担心会不会把特种打死的稀种，白历把面具拿在手里，没往头上戴。

霍存输入自己的密码，又朝身后的医疗队点点头，这才打开了进入 A 栋的大门。走廊上还残留着精神力冲撞后留下的不安定碎片，白历一踏进走廊就皱起眉头。

这种充斥着焦躁、混乱和狂暴的精神力残余空间并不适合任何原本精神力就在波动期的人长时间滞留，而陆召竟然是在崩溃者的身边，白历有点儿想象不到他现在是什么状态。

"陆召少将有比较严重的抑制剂过度使用情况，对镇静剂产生抗体，除非加大剂量才能起效，但大量的镇静剂又会对身体造成更大伤害，是恶性循环。"一个医疗兵语速极快地解释，"稀种的精神力本来就更敏感，我们不能冒着风险对陆召少将采取这种应急手段。不知道白先生和陆少将之间进展过怎样的镇抚手段？"

白历犹豫了一下，情况紧急，也顾不了什么隐私不隐私了："触碰镇抚。手掌接触之类的，陆召能力很强，不需要我过多干涉。"

"那现在或许就不够了，"医疗兵很快给出判断，"一旦出现精神力强烈紊乱，他的神志很可能无法做到高度集中，你需要引导他配合你的精神力疏导。"

白历问道："他现在的情况，再使用镇静剂是不是很痛苦？"

"会出现身体疼痛、极度乏力、情绪不稳定、精神脆弱等一系列症状，"另一个医疗兵大概总结了一下，"因为这种情况而导致抑郁的人也是有的，不过陆召少将这样的条件，应该能稳定住吧。"

白历没吭声。你以为撑得住的人，有可能不知不觉就坍塌了，因为所有人都觉得他撑得住，所以根本没人帮过他。

等他没气儿了，其他人才发现原来有那么多砖头砸在他身上，都说不好是哪一块把他砸死的。

几人终于来到更衣室的门前，这门封得很紧，泄不出任何一丝精神力。

"只有这一个入口，必须从这里进入，将崩溃者运走，"一个医疗兵解释，隔着他佩戴的透明面罩可以看到他脸上的无奈，"这种情况去医院隔离，通过浸泡药剂也能缓解，但里面两位的情绪都不稳定，没人敢接近，怕陆少将的精神力也崩溃。"

精神力崩溃带来的后果非常严重。在崩溃的这段时间内，患者往往都会体会到无法缓解的疼痛，时间越长越痛苦，同时，不可抗拒的抑郁情绪也会产生，经历过的最黑暗的记忆会重新唤起，直至幻听幻视，造成不可逆转的精神损伤。

根据白历自己的了解，在以前对镇静剂不加管控的混乱时期，许多人曾依赖镇静剂生活，然而过度使用这类药物导致精神力更加难以维持稳定，最后彻底崩溃。因当时医疗手段落后，许多人都彻底疯癫，成了彻底的废人。

白历确实不敢让陆召冒这个险，他还年轻，任何损伤都可能影响他的未来。

"我知道了，"白历点头，对霍存道，"有没有办法和里面联系上，先看看情况。"

霍存已经六神无主，他是个副官，又因为是跟着陆召这样脾气性格都不错又有主见的长官，没想过会遇到这种情况："要是少将没法正常沟通怎么办，他要是已经被诱导崩溃了……"

"那你就是还不够了解他的实力！"白历不跟他废话，"快点儿联系！"思索一秒后，又转头对几个医疗人员道，"你们先去旁边，我和契约人需要单独沟通。"

他并不确定陆召现在状态如何，但他觉得无论如何，像陆召这样骄傲的性格，是不该在这种情况下被外人看到的。

个人终端没有联系上，霍存又通过外部的通讯装置和更衣室内部的装置连接呼叫，但里边仍旧没有回应。

白历见霍存呼叫了几次都没效果，干脆自己接过传呼器，放低些声音："陆召少将，我是白历，现在正在更衣室门口，医疗队需要了解里边的大概情况，我已让他们暂时回避，你可以随时接线。"

装置那头半晌无声，白历正要再次呼叫，那边忽然传来接线顺利的提示音，并弹出一个巴掌大的虚拟屏幕。

陆召一贯冷峻的面孔出现在虚拟屏上，他看起来整体状态还算正常，双眼虽布满血丝，但眼神清明，不难看出正在强忍不适，额头已经冒出一层冷汗，短袖被冷汗打湿，嘴唇也几乎没有血色。

"我还可以，但已出现中度反应，"陆召开口，声音有些沙哑，语调也放得很慢，似乎在努力维持精神集中，"周临山需要立刻注射镇静剂。他挨过打，身体也需要接受治疗。"

白历的目光快速在陆召脸上扫视，他并没有见过几个自己在精神力波动期还能扛得住崩溃者诱导的人，顿了顿："我和医疗队沟通过，你不能注射镇静剂，你现在得让我进去。"

陆召沉默。

"放心，白大少爷绝不会趁机讹钱敲诈，那龌龊事我们老白家的人不干，"白历半开玩笑，语气也尽量显得轻松，"这你都不信我？"

陆召抿抿唇："不是。"犹豫着低声解释，"我怕你进来后有麻烦，我现在不太能控制得住自己的情绪，误伤你不行。"

声音里有些虚弱，尾音带着不易察觉的颤抖。白历明白，除了怕误伤他之外，陆召的另一个感受——他现在很狼狈，不想见任何人。

白历两手一拍："哥们儿，不是我跟你吹，少爷我三岁就把隔壁班小朋友撂倒了一半，十八岁干翻所有军学院同期，这战斗力你还是不太了解。"

不知道是不是错觉，白历竟然听到那头传来陆召的一声笑。

"但你那里的那小孩儿得处理一下，"白历又说，他现在得不断说话引起陆召的注意力，迫使对方精神集中，"你有什么建议吗？我听说崩溃者会抱着人啃的。"

陆召低头向身后看了看，估计周临山就在他身后不远处："我已经做了一些控制，可以把他拖到门口，开门后医疗队可以直接带走。"

白历："可以。我也会跟着一起进去，你的精神力镇抚由我进行。"

陆召隔着虚拟屏看着他，白历神色自若，眼神却带着不容拒绝的意思。

片刻，陆召微微点头："我会先将周临山放在门口，自己进最靠里的隔间自我隔离，你来。"说完就挂断了通讯。

流程安排得非常清楚，医疗队在听完白历和霍存的解释后也表示同意，三分钟后，更衣室的门从内部打开，医疗队带着机器人冲进门去。白历紧随其后，瞧见地上的周临山，非常不合时宜地笑了。

周临山被五花大绑，裹得像个蚕蛹，看得出他已经完全失去神志，正在剧烈挣扎，口中嘶吼着乱七八糟的话，无奈陆召捆人技术高超，用的又是耐磨耐拉的布料搓成的绳子，所以周临山一时半会儿挣扎不开。

霍存吓了一跳："他是疯了吧？！"

几人都戴着面具，依旧被室内咄咄逼人的精神力压得浑身难受，医疗队的人手脚都跟着慢下来，幸好机器人不受影响，率先将镇静剂扎在周临山的脖颈处。

医疗队的人暂时松了口气："他还算好的，看来是陆召少将用自己的精神力进行过短暂对冲压制，不然疯得更厉害。这个状态是已经开始有幻觉了，周围真实的世界对他来说已经不存在了，我们现在立刻将他拉走。"

几人展开折叠担架，由机器人操作，将注射镇静剂后昏迷的周临山抬出门去。

霍存犹豫着看看白历，他放心不下陆召。

"准备好车，等会儿我带你们家少将出去，直接就奔康复基地，"白历一挥手，自己朝最里间的更衣间走去，"你在这里又帮不上忙，快滚快滚。"

面具下的霍存其实早已满头大汗，他的优点是精神力稳定，但并不拔尖，能撑着进入门内已是不易，确实不适合长期在这里活动，只能咬咬牙朝外跑，还不忘回头道："好，我现在就去！"

门再次关闭，将白历留在依旧满是不稳定精神力游弋的空间内。

白历戴着面具，头却不可避免地微微刺痛，好在并不影响活动和思考。他清清嗓子，大步走到更衣室最里间前，敲敲门："陆少将，哎哎，我可进去了啊。"

里边没有声音，但狂躁的精神力却不断从缝隙中泄出，看来陆召确实已经忍耐到了极限。白历没再犹豫，推开隔间门板。

推开的瞬间，一道阴影迅速闪过，白历迅速向后一步，而阴影似乎也意识到自己在做什么，立刻停顿在半空中。那是陆召的手，在白历推开门的瞬间就已伸出，直袭对方脖颈。

这是多年在一线培养出来的反应，进攻首选薄弱部位，力求一击毙命。好在陆召理智尚存，迅速压制了本能。白历也并未示弱，他动作利索地避开，靠直觉预判了陆召的攻击。

两人都停顿下来，都没有动。

精神力临近崩溃的人的五感都被放大，稍有刺激就会做出强烈反应，陆召显然也清楚自己的状况，全靠意志力压制身体，他原本呈爪状的手指缓慢放松，脸上豆大的汗珠不断滑落。

白历双手举起，这是一个示意对方自己毫无威胁的动作，见陆召稍微松弛，这才慢慢地将一只手挪到自己面前，揭下面罩。

陆召愣了愣，没想到白历会有这个动作。

面罩是最后的一层保障，没有了面罩的隔离作为缓冲，白历会直接暴露在他精神力攻击之下。

白历却并不在意，他撂下手里的面具，露出一个笑来："你怎么把那小孩儿捆起来的，这技术可真够劲儿的，回头得教教我。"

陆召的听觉本来已出现耳鸣的症状，但不知道为什么，这句话却听得很清楚，他浑身紧绷的肌肉慢慢松懈，握拳的手也逐渐松开，最后干脆一屁股坐回更衣室内的小沙发上，揉了揉太阳穴，哭笑不得道，"我都不记得自己是怎么捆的了。"

白历很惋惜："那你不早说，刚才应该拍下来的，简直是艺术品。"说完又瞧了瞧陆召，低声道，"你怎么样？没外人，直说。"

这么近的距离，白历终于看清了陆召的脸：一头的汗水，打湿的刘海贴在额头，下嘴唇隐约能看到一些残留的牙印，白历知道，那是因为陆召疼得受不了了。

即使已经到了这种程度，他竟然还有余力把周临山给捆起来，以免对方误伤自己或他人。就这超乎常人的意志力，白历就挺佩服。

他自己也不好受，陆召的精神力非常高，白历认识的人里少有他这样的，更别提进行镇抚。白历自己这会儿也冒汗、头疼、暴躁，只能强压下这些不正常的情绪。

陆召呼吸急促，咳嗽了几声："没想到会有这么大的反应。抱歉，我不能用镇静剂，既然已经说了不再依赖那东西，我就得做到。"

"那就是履行契约人义务的时候了。"白历蹲下身，将视线和陆召保持在同一高度。

这动作一出，陆召的本能的反应立刻占据上风，迅速坐直身体。

白历看着的陆召的双眼，他一直觉得陆召的眼睛很漂亮，澄澈，平静，和白历那种飞扬跋扈的劲儿完全不同。现在这双眼，眼眶发红，却还是一瞬不瞬地盯着白历。

就算白历现在要做什么，陆召其实基本没有反抗的余地。白历清楚，陆召也知道，两人都对现状十分明白，但陆召还是放他进来了。

陆召允许白历进入那扇可以保护自己的门，允许白历接近他直到两人之间只有半步距离，允许白历如此清楚地目睹他最狼狈的时刻。

"嘘，别紧张，我知道你不好受，"白历的额角开始冒汗，但还是尽量保持语气平静，"我也没做过这种精神引导，所以你坚持一会儿，咱俩都半吊子，互相信任一下怎么样？"

他说着伸出手，慢慢地举到陆召面前。陆召的目光有瞬间的凶狠，但很快被压制下去，听到后半段，竟然露出一丝笑意。

他闭上眼，伸手一把握住了白历的手。触碰镇抚是两人已经习惯的方式，也是最简单快捷的办法，只是此刻情况严重，这种程度的镇抚起效很慢。

"好，"白历感到自己的精神力因为触碰而开始不稳定，头也愈发疼痛，索性半跪下来，"我尽量慢点镇抚，你需要一个适应期——"

话音未落，陆召另一只手也覆盖上来，他两只手握住白历的手，覆盖在自己的额头。

"来，"陆召看着白历，努力平复自己的呼吸，"镇抚我。"

下一瞬，白历的精神力猛地溢出，那几乎让人觉得战栗的压迫感席卷了陆召全身。

被属于另外的人的精神力直接从脆弱的额头冲击的感觉毕竟算不上好，陆召的意识立刻恍惚起来，隐约感觉到白历的另一只手伸到他的头上，动作极轻地撩开被汗水打湿的刘海，又鼓励性地拍了拍他的脑袋。

这动作令陆召想起许多年前，他还在驻地军团当学员，白历也是这样习惯性地拍拍所有显出进步的年少新兵的脑袋。

认可，欣赏，以你为豪。

他是那时候来当培训官的一批主星军官里最受欢迎的辅训，这事白历好像并不知道。竟然已经过去了那么多年。而多年后，陆召又被这样拍了拍脑袋。

第十一章
招蜂引蝶的脸

像是在令人窒息般的黑暗中沉浮，陆召在泥沼般的精神力旋涡中挣扎。

他不知道是不是所有在崩溃临界点的人都和他一样，像被怪兽生吞活剥，只有白历的精神力如同一缕丝线，强行拴住他动荡的精神。

率先被特种蛮横的精神力抚平的是狂躁不已的情绪，这就像是一个千疮百孔的身体被快速修补，原本疼痛的部位逐渐泛起酥麻，陆召难以集中精神，只能随着白历的声音思考。

"深呼吸，慢慢吐气。"白历搜肠刮肚地思索自己以前在学校时学到的这些急救常识，"吸……哎算了，你看着喘气儿吧，我也挺费劲儿的。"

陆召无声地咧了咧嘴，"好。"

见这人这么老实乖巧，白历的良心十分难得地被触动了一下，又另起话头帮他集中注意力："哟？能正常说话了啊，不错。我已经跟你那副官说过了，等会儿直接去康复基地，刚才听医疗的人说可以泡药剂缓解。"

陆召闭着眼，在黑暗中重新调动大脑，来缓解精神力浮动造成的思维涣散："你的精神力足够，比药剂更稳定。"

白历"哦"了声，没再说话。他这沉默格外不寻常，陆召还以为怎么着了，睁开眼看他。

白历原本的那副厚脸皮公子哥的模样荡然无存，装模作样地咳嗽两声，耳根微微发红："继续夸啊，这就完了？"

陆召难以理解："啊？"

"我……这……"白历说，"你要主动思考组织语言，然后来夸我，这有利于你的精神力集中。"

陆召忍了几秒，没忍住，乐了。

白历按着他额头的手用了用力："严肃点儿，镇抚呢！"

原本气氛凝重的精神力镇抚现场画风变得略显滑稽，两个浑身紧绷的人在这种滑稽中找到了各自的放松，陆召的心情舒缓过后，精神力镇抚就更加顺畅。

两人终于把各自的精神力按回了正常水平，陆召的状态也回落到平时差不多的模样，这才各自松了口气。

白历一屁股坐在地板上，后背靠着墙。可能是一个姿势太久，膝盖跪在地上的时间太长，他猛地放松之后左腿传来丝丝痛感，像是一根穿透骨髓的细丝，让白历的表情有瞬间的僵硬。

陆召看了他一眼，没说话，只从沙发上挪下来，也跟着坐在地上，挨着白历坐着。

精神力镇抚是一种很奇妙的感觉，在两个完全独立的人之间建立了某种若有若无的联系。现在他们谁都没有克制自己的精神力，狭窄空间里两人的精神力四散游走，却并不冲突。

白历逐渐放松下来，他缓缓把自己的左腿伸平，目光落在腿上。半晌，白历说："我的左腿这几年已经不整天疼了，就是长时间保持一个姿势，或者有外界刺激才会疼，多休息一会儿就成。"

从陆召认识白历到现在，这应该是他谈过关于左腿的最长的几句话。陆召转过头看他。

"早上那会儿，我没别的意思，"白历也看着陆召，"我就是不习惯跟人说这件事，没有防着你的意思，你别生气。"

陆召回答："没生气。"真没生气。

白历笑了笑，顺手将手边地上的面罩捡起来，丢到更远的地方，陆召的目光也跟着一路滚过去，忽然说道："我小时候生活的环境不太好。"

这是陆召头一次提起他的年少时期，白历没说话，等陆召继续说下去。

精神力被抚平后带来舒适的疲惫感，陆召的声音难得有些懒散。他继续说："周围有流民，还有在主星和重要附属星待不下去的人，很危险。为了不让年幼的孩子控制不住精神力外露招来的麻烦，成年人会给我们注射大量镇静剂。"

白历侧过头看他："过量使用镇静剂，未成年的孩子会很痛苦。"

"痛苦是还没绝望的证明。"陆召淡淡道，"没什么。"

或许是因为建立了契约人关系，也或许是刚才在那种状态陆召却对他完全信任导致了他的庇护心作祟，白历觉得挺不好受。他终于知道为什么在这个年代，陆召还会过度使用抑制剂。

他心里替陆召愤怒，年幼的孩童根本无法选择拒绝，必定有很多孩子饱尝镇静剂过度使用的副作用，陆召侥幸没有在年少时就发作，但依旧在多年后吃了大亏。而陆召本人却看不出什么情绪，他只是平淡地叙述，没有任何抱怨。

陆召说："所以我真没生气。白历，我知道你是不想提，我也有不想的时候。"

不是防着谁，就是心里有个疙瘩，碰一次就难受一次。陆召理解白历，所以他不想碰白历那个疙瘩，他也不想成为让白历难受的那个人。

"每次说完腿的事，其他人露出的表情我都不喜欢。"白历一手搭在自己的那条蜷起的好腿上，一手下意识去摸左腿的膝盖，"比起瞧不起我，同情我更让我心烦。"

陆召"嗯"了一声，他明白，越是明白就越是不想多说。说多了像是怜悯，一个人明明有很多优点，偏偏所有人只看他坏掉的那一部分。

人在白布上，就只看得到黑点。觉得白布有污渍，要么惋惜要么丢弃。

白历想了想，越想越来气，转头跟陆召说："这位少将哥哥，你说我除了腿不行哪里差了？我精神力高着呢，要是拼精神力你们第一军团也没几个人是我对手。老子这叫身残志坚！"

"哦，"陆召笑起来，"你等等，我集中一下精神，组织一下夸你的语言。"

白历愣了一下，哭笑不得："这茬儿过不去了是吧？"

白历爬起来，拍拍自己皱巴巴的裤子，又回头朝陆召伸出手："还行吗？"

陆召看看他，又看看他的手，倒没拒绝，抬手拉住。两人的手再次交握，陆召跟着站起身，和白历并肩而立："当然。"

就算是已经平复了精神力，他俩现在看起来也跟刚打了一架似的，身上还带着些许狠戾劲儿，也不着急出去，各自整理衣服。

"对了，刚过来的时候出了点事，"白历对着镜子整理领口，瞥见袖口的一点儿污渍，想起来另一茬儿，"估计给你找了个小麻烦。"

陆召侧过脸看他："嗯？"

"有一傻子，发型是这样式儿的，"白历对着自己脑袋比画了一个大概形状，"嚼舌根儿让我给撞到了，这哪能忍啊，就稍微揍了一顿，没想到那么不耐揍，他人可没他嘴硬，打一下就出血了，你看这事闹的，他不会记仇吧？这不能全赖我啊！"

他那句阴阳怪气的"他不会记仇吧"，颇有几分装模作样，陆召瞥了一眼，心想你搞不好心里还正美呢。

陆召看完白历比画的形状，大概猜到了是谁，无所谓地点个头："知道了，没事，过几天我再揍他一顿，他就想不起来之前挨你打这茬儿了。"

白历颇为受教："帝国之鹰还是有想法啊，跟一般人就是不一样。"

陆召总感觉这时候提什么帝国之鹰不太对味，不过他已经习惯了白历的嘴里蹦出新鲜的词汇，一路上听着白历的喋喋不休往外走。

用个人终端和外面联系后，A栋的封锁便解除了，但外边还是没几个人。

两人走出A栋的时候，除了负责把车开进来的霍存，就只有江皓和韩渺两个人还等在楼外。

"周临山送医院去了，听说刚稳定，"韩渺见到陆召才放了心，"已经去查他被欺负的事了，闹这么大动静，我看上边真得重视起来好好管管了。你先回去休息，有结果我再通知你。"

其实陆召也不太关心别人的事，不过此事牵扯上了两个稀种，估计军界也得给所有人一个交代。他随意点点头，又跟江皓打了个招呼。

江皓的目光在白历和陆召脸上转了个来回，最后还是落在陆召身上，笑了笑："好好休息。"顺道又从个人终端上联系了后勤部，调了些营养液给陆召。

帝国军界负责研发的营养液型号极多，不光有常见的修复型、代餐型，也有针对士兵研发的巩固型，一直被白历称为"保健品"。

白历正准备往自己的车走去，却被韩渺喊住了。

韩渺伸出手："白先生，刚才情况有点儿特殊，我没来得及自我介绍。我叫韩渺，跟陆召一样是个少将，感谢你刚才的……嗯，出手。"

"别客气，"白历记得韩渺刚才就在楼前的聚集人群里，倒也没怎样，便带着白大少爷的招牌笑容握手道："叫白历就行。"

那张招蜂引蝶的脸笑得一派灿烂，丝毫没有不久前按着别人脑袋往地上撞的狠劲儿。

两人随意聊了几句闲话，白历好像还是外界说的那个公子哥，而不是把韩渺压得难受的那个特种。

陆召正准备抬脚往前走，余光却扫到地上残留的痕迹。星星点点的血污落在地上，还有重物被拖动划出的长长拖痕。陆召没反应过来："这是血吗？"

没人吭声，霍存的嘴张了张，目光扫过白历，最后又闭上了。

他没见到白历打人，等他从 A 栋出来的时候，只看到一个躺在地上的特种。

周围的其他人都看热闹，没人上前把他扶起来，也没人说话。最后，还是随后出来的两个医疗兵把那人给翻过检查伤势，那张血肉模糊的脸到现在还没从霍存的记忆里消失。

因为带着担架的医疗车已经开走了，两个医疗兵没办法，只能一人一只脚把他拖到树荫下救治，好在是个特种，身体强悍，被这么折腾都是常事，也不需要怎么治疗，确认一下没死没残就行。

等人被第二趟赶来的车拉走，霍存才知道人是白历打的。

"什么血？"白历用鞋底碾了碾地上的血渍，懒懒道，"知道红毯吗？就是给人踩的。"他笑眯眯地做了个"请"的手势，示意陆召先上车。

陆召看了他一眼，隔了好几秒，问道："爽了？"

白历直乐："爽爆了。"

"挺好。"陆召说。

两人心照不宣，神色如常地往车上一坐。到底哪里"挺好"，身后的霍存等人都没敢问。

您说挺好就挺好吧。

第十二章
打掩护

悬浮车开启自动模式，顺着规定好的路线一路朝白历的公寓行驶。

车内的空间比起第一军团宽敞的更衣室，显得像个罐头。白历和陆召坐在"罐头"的后座上，正各自翻着自己的个人终端。

白历念着像是论坛标题的一段话："'惊！据传白历今日上午在第一军团与人大打出手，将人打致重伤后扬长而去！事情缘由尚未明朗，有关人士称起因与陆召少将有关'。"

浏览军事版块的陆召转过头，很惊讶："这么快就传出去了？"

"啊！"白历头也不抬，"我现编的。"

陆召无语，真是有病啊。

看到陆召大脑空白的样子，白历乐得直笑："我就提前演习演习，带领友军规划行动方向。"

陆召没脾气，问道："你想怎么行动？"

"我行动不了啊！"白历假模假式地抹抹眼睛，吸吸鼻子，"我一伤残人士，往哪儿行动啊。少将哥哥，我好柔弱，你们军团的人好凶。"

陆召看了他两眼，懂了："你打算不认账。"

"什么账？"白大少爷往后座椅背上一靠，"腿太痛，听不懂。"

陆召笑了一声。这种泼皮无赖的处理方式放在白历身上倒是相当和谐，白大少爷的贵族身份也不能让他的流氓本质蒙尘。

想想也是，估计那个挨打了的特种也够呛，这脸丢得挺大，被一个传闻中跟残废没两样的人揍进了军医院，还一下都没还手。

也不知道他说自己被白历打了有没有人信。

陆召想到这些竟然觉得有点儿不痛快，特种之间发生冲突是常事，谁挨打了谁揍人了都不稀奇，可这茬儿放在白历身上就没人信了，因为其他人都不把白历当盘菜，而白历本人对这一点心知肚明。

白大少爷活得很明白，陆召觉得自己在揣摩他人心思这方面的确得对白历说声佩服。

友军这边的佩服还没说，那边白历的个人终端就响了，听动静是有人发起通讯请求。

"司徒。"白历看了一眼，跟陆召嘀咕，"我发现最近这孙子特碍眼，老是影响我正事。"

陆召没明白："正事？"认识你这么久就没见过你干过正事。

白历拍拍胸脯："我这不是正跟你忙着共建和谐契约人关系吗？这还不是正事？"

陆召感觉自己竟然有点儿搭不上话："你接线吧。"跟别人说说话，赶紧堵上你那张嘴。

通讯一连接，个人终端投在半空的虚拟屏上就映出司徒的那张大脸。

通讯界面是一百八十度的视角，司徒一眼就看到跟白历肩并肩坐在后排的陆召，愣了一下。

"哎！哎！"白历喊了两声，"我在这儿坐着呢，看不见吗？"

"看见了，你又不是什么稀罕物件儿，"司徒没好气，先对陆召打招呼，"又见面了啊少将，之前见面走得急，也没来得及加个联系方式，当时有件事忘说了，我家里有人是您的粉丝！"

陆召听到最后一句没反应过来。

"他有个弟弟，是个稀种，在军学院就读，"白历直乐，跟陆召详详细细地解释，"收集了你从入伍到现在开过的所有机甲的手办，还有你本人的海报。我作证啊，海报就贴在床头，保准一睁眼就能看到。"

幸亏陆召一向没什么表情，这会儿还能撑得住场面，僵硬着脖子点点头，算是和司徒打招呼，头一次觉得自己可能真算得上是个公众人物。

他想起以前韩渺说他没有日常，这会儿觉得倒是有些道理。毕竟，不是所有人的日常能包含被人拍张照片挂床头的。

司徒又说："回头能麻烦您给他签个名吗？上次我回家跟他提了一嘴在研究所的事，他非闹着让我来要签名……"

陆召继续僵硬地点头，余光看到白历笑得东倒西歪。白历早就知道这茬儿，一直没跟陆召讲，就等着看他本人的反应。

白历笑够了才和司徒讲话："有屁赶紧放，别影响我干正事！"

司徒也就跟白历习惯性地斗两句嘴，没好意思当着陆召的面继续下去，清清嗓子："能有啥事，我不就问问下个月唐氏晚宴那破事吗？你这回得去了吧？"

一提唐氏，陆召也转回了头，看了眼白历。

白历靠在座椅靠背上，撩着刘海回了一声："啊。"

"那就行，我今天早上见到了以前同班那个唐家的旁支，你还有印象吧，"司徒向白历具体描述了两句，见白历想起来了才继续说，"明里暗里向我打听，我寻思这事还得问问你，你没回复唐氏的邀请？"

白历懒懒地道："忘了。"

把司徒说得挺无语，顿了好几秒不知道怎么接腔，半晌才加了一句："我也不想去，忒无聊。"

那个"也"字用得相当微妙，陆召听见了，没吭声，继续看着车窗外的风景。

司徒口气不变，依旧相当严肃地说："主要你每次喝两杯酒就上厕所，五分钟没见着人，再打通讯你人都快到家了。每次都把老子丢宴会上，气人。"

白历乐得直笑。

这辆悬浮车座位不算宽，白历的肩膀贴着陆召的，笑的时候震动传给陆召，带着陆召也翘了翘嘴角。

"行，就这样，我就问问你，你要不去我也懒得去，"司徒家世不错，跟白家旗鼓相当，而且到他这代人丁兴旺，家族壮大，在贵族圈比较横，跟白历关系不错。转头又跟陆召说，"陆召少将，我弟弟是真的很崇拜你，有机会我带他见见您？"

白历愣了一下，他跟陆召虽然建立了契约人关系，但这种义务之外的事情他并没跟陆召提过，老觉得陆召可能会嫌麻烦。

没等白历接腔，陆召就已经随意地点点头："嗯。"

司徒心满意足，都不搭理白历半个字，"咔叽"就挂断了通讯。

个人终端的虚拟屏消失，白历看看陆召，见他脸上没什么多余表情，才道："你可以拒绝的，我看你不像是喜欢这种事的人。他弟弟那里我去说，这小孩儿天天没个正事。"

陆召淡淡道："没事，我没不喜欢，只是以前没遇到过。"顿了顿，有些犹豫地问道，"司徒是个特种，但他弟弟是稀种？"

"啊，是他父亲铁哥儿们家的孩子，他父亲铁哥儿们夫妻俩去世早，孩子打小就养在司家，和亲兄弟一样。"白历随口解释，"也不知道怎么回事，真跟司徒一模一样，就喜欢机甲，不过是喜欢开机甲，所以拼了命考上军学院，还崇拜你。"

陆召不想再继续这个尴尬的话题，反问道："你呢？"

白历"啊"了声，睁大了眼："我哪知道，我一直都是被崇拜的那个。"

"没说这个，"陆召哭笑不得，"我是说你是不是不太想去唐氏的晚宴。"

白历愣了愣，露出一个无奈的笑："这你也看得出来？"他挪了挪身体，将头靠在身后的座椅上，叹口气，"你也知道，我跟唐家那帮混蛋不对付，脚沾上他家地我都嫌晦气，而且还不好跑路，司徒是个智障，打掩护都不会！"

他嘟嘟囔囔，说到最后竟然有点儿耍脾气的意思。精神力今天消耗得有些严重，白历的神经松弛下来，说话就有点儿没约束了。

陆召也没嘲笑他，只开口道："我可能也会去。"

白历惊讶地直起身看着他。

"这次唐氏邀请了不少军界的人，我也收到了邀请函，"陆召解释，"我们可以一起过去。"

白历的惊讶落了下去，转而变成些许纠结："你也不用勉强自己。"陆召跟唐氏的关系也不怎么样。

"无所谓，反正也是应付一下表面关系，"陆召淡淡道，"至少上厕所咱俩还能互相打个掩护。"

白历反应了两秒，才意识到这是在嘲讽他回回都"尿遁"，笑得不行："没事，你要愿意，咱俩可以手拉手去上厕所。"

一起把司徒丢宴会上。

两人想到一起去了，有一点他们特别相似，都很缺德，光是想到这一点就开始狂笑，乐了好半天。

陆召没有细问白历和唐氏之间具体的矛盾，他与白历活到这个年纪，都是靠自己摸爬滚打走到的今天，早就过了需要别人关心才能成事的年龄段，也不是好奇别人为什么不开心的傻子了。

不开心就是不开心，一桩桩一件件地给人讲清楚了，人家就觉得你矫情。就跟白历一直都没问过他为什么会抑制剂使用过度一样，陆召也不想去揭白历和唐家的伤疤。

闭上眼还没休息多久，悬浮车就开到了指定地点，车一停，陆召就睁开了眼。

白历估计也眯了一会儿，正打着哈欠揉眼睛。他从昨天就没休息好，这会儿放松了就觉得有点累："你先上去吧。"

陆召看看白历，没动。

"我去附近超市买点儿菜，"白历解释，"凑合了好几顿营养液，腻了。"

陆召扫了一眼白历的腿："能行？"

这一眼把白历看得哭笑不得："行，怎么不行，就走两步路。"见陆召还是没动，犹豫了一下，试探性地问了一句，"要不您也去超市溜达溜达？"

陆召点点头，准备下车。

"不过你能行？"白历也问了一句，还没忘了陆召精神力还不稳定，很容易被外界引导，"这附近超市人不少，精神力很杂。"

陆召走下车："没事，普通人的精神力没有威胁。"

"就欣赏您这横着走的气势！"白历朝他伸出个拳头，"走着？"

陆召不太习惯这种略亲昵的行为，或者说他活到现在，基本没有能走得离他这么近的人。

韩渺、霍存虽然也是同事、朋友，但跟白历给他的感觉并不一样。契约人之间是这种感觉吗？他不理解，但觉得很自在。

陆召也举起拳头，和白历轻轻碰了一下："走。"

第十三章
在军医院

当天夜里陆召睡得相当安稳。

这是他头一次在已经精神力出现问题后仍能一觉睡到天亮。

没有镇静剂的折磨，也不需要注意保持精神力的稳定，陆召的精神极度放松，基本上一沾枕头就着了。

可能是因为接受了精神力镇抚，在这间公寓内，契约人彼此的存在感变得格外强。即使是在睡梦中，陆召也依旧感觉得到。

这一觉睡得格外沉，等陆召醒来的时候，已经是第二天的清晨。

一睡醒就听见白历正在骂娘。骂得还挺凶，他这人说话嘴皮子本来就利索，骂起人是一套套的，语气高高在上，很有白大少爷嚣张跋扈的样子。

陆召让他给骂清醒了，这一觉睡得挺不错，就不想跟白历计较，半眯着眼走出卧室。

"你这还打援呢，"白大少爷盘着腿坐在沙发上，投在半空中的虚拟屏上是一场正打到末盘的拟战上段赛，"援把你打的满地找牙，那我真的是服你，下次你再说去打援，援都能乐的冒鼻涕泡，感谢我又给他们送去了一块肥肉，帮助敌军建立自信心。"

陆召听得想笑。

白历感觉到动静，转头过来看到他："醒啦陆少将？"

"嗯。"陆召应了一声，准备去洗漱，就听见霍存的声音从白历的个人终端里传来。

霍存压着声音里的震惊："你俩还真住一起啊？我还以为就偶尔吃顿饭什么的呢，没想到网上猜的竟然是真的！"

"这离康复基地近，我俩算是室友，"白历不耐烦地跟他说话，"你少看网上乱七八糟的信息，多练练游戏技术看看攻略视频行不行，怎么打个游戏那么费劲儿，下回别喊我带你！"

陆召都不用问，就知道霍存又把白历坑够呛。

"我也有意见呢！"霍存委屈道，"十五分钟一把的局你能骂我十四分钟，你这嘴还是人能长得出的嘴吗？"

白历手上操作游戏的动作飞快，嘴上也不耽误："是人还带你打拟战？也就是我，负重竞技，不做人了。"

把霍存怼的话都说不完整。陆召直笑，去卧室洗漱。

再出来的时候那盘拟战已经打完了，屏幕上标志着胜利的图标正闪闪发光。白历向后一仰，靠在沙发的靠背上，两条长腿舒展开，叠着放在茶几上，正在享受负重胜利之后的痛快。

"你能不能别老找我打拟战，"白历拖着懒懒的嗓音说，"这节假日的，你多去相相亲，多相亲才能多受挫，感受一下世界对你的恶意，巩固一下自己的心理防线。"

"胡扯，"霍存气得不行，"老子忙得很，你以为我很闲？我一大早被喊来医院，这会儿才刚喘口气儿。"

陆召喝着营养液，听到这话接口问："医院？"

白历把拟战的界面关掉，霍存的脑袋出现在虚拟屏上。他穿的一本正经，是军团配发的统一着装，穿着这身比较方便出入军医院。

"就昨天姓周的那小子，"霍存不耐烦，"凌晨的时候醒了，嗷嗷哭，问他之前怎么回事，为什么挨打他也不说，医院怕刺激他的情绪就不让问了。我就被喊过来问昨天的具体情况，顺道看看那个高……"话说到一半，他看了眼白历，没再说了。

"谁？"陆召又问。

霍存嘴唇动了动，才说："高家那个宝贝疙瘩特种，昨天不是被白历打得挺惨嘛，也拉医院了，现在还没醒呢。"

陆召愣了一下，看向白历，他想起来了，昨天白历提过那个混蛋。陆召是知道白历把人给揍了，但具体什么情况他并不清楚。

"没事，死不了，"白历摆摆手，态度很懒散，"我打的我还不知道吗？最多头晕几天，运气好还不至于破相。"

帝国对美的要求相当高，三个人种都十分注重自己的外表。实力强悍的特种固然受到欢迎，但脸长得漂亮的也可以获得大片芳心。

想到这里，陆召觉得白大少爷常以自己那张招蜂引蝶的脸为傲也不是不能理解。这人确实挺有资本，关键是谁觉得他没资本，他还能把人家给揍一顿。

霍存见白历不在意，自己立马就放开了，"那脑袋包得跟个粽子似的，就留着俩鼻孔出气儿。我一看到就蒙了，寻思这脑袋是给打爆了吗？得拿胶水绷带给凑一起才行？"

三个人直乐，把自己的快乐建立在人家的粽子脑袋之上，相当缺德。

通讯那头有人喊了霍存的名字，霍存应了一声："我得先挂了。"

白历挥挥手准备挂断通讯。

"昨天那小子说想见见陆少将，"霍存又说，"当面道个歉。我跟他说了陆召少将在家休息，等有时间再见他。"

在这方面霍存一向挺聪明，他当陆召的副官有些年了，对陆召的脾气摸得很熟。霍存对这位稀种长官一贯奉行一个原则：所有的选择都以陆召的心情优先。

"嗯。"陆召随意点点头。

通讯挂断，白历像没骨头一样瘫在沙发上。他的腿还有些不舒服，早上没有锻炼，也没去研究所溜达，带着霍存打了两把拟战，这会儿就觉得格外空虚。

白历支起脑袋看了看陆召，昨天精神力不稳定的模样已经看不出半分，和平时没什么区别。

那张脸上没有多余的表情，和白历不同，即使不在军团，也常年保持着笔挺的站姿。或许是因为这样，陆召的五官看起来有些冷淡疏离。

不过笑起来的时候是另一个样，白历用一只手撑着脑袋漫无目的地寻思，嗯，是另一个样。

"午饭得吃点儿好的，"白历说，"补一补老子被霍存气死的脑细胞。"

陆召的嘴角翘了一下，还没回答，他的个人终端就响了一声，打开后弹出的信息框上写着挺长一段话。

白历错开眼，没有看陆召收到的信息，他对陆召的个人隐私没有什么好奇心，也不想过于深入陆召的领域，引起对方的反感。

等了一会儿，陆召看完了信息："我去趟医院，晚上回来。"

"医院？"白历没反应过来。陆召的情况刚稳定，能多休息还是好的，"你还真打算看看那个崩溃的小子？"

陆召关上个人终端，语气淡淡道："到军团规定的复查时间了，我去趟医院。"

"啊。"白历回了一个音节，康复基地虽然也在定期体检，但军团的规定的流程还是要走的，所以陆召等于是在接受官方和私人两方面的治疗，"要我陪你一起吗？"

陆召摇了摇头。

白历"嗯"了一声，又瘫回沙发上："陆少将又损失了一次品尝老子手艺的机会，可怜。"

陆召看了眼白历那副纨绔子弟的模样，笑了一声，没再说话，回卧室去换衣服了。

等门关上的声音响起，白历才吐出一口气。复查什么他很清楚，陆召在上一次战斗中负伤，身体上的外伤都已经愈合，但因为是稀种，精神力稍有问题就会被一次次地检查盘问，如果这种程度的波动发生在特种身上，多半会被忽略。

这对帝国的大部分稀种来说已经是习以为常的事——被贴上一个特殊的标签。

白历捞过一个沙发的小抱枕捂在脸上，梦中对陆召身体受到重创这点并没有过多记录。唐开源的人生十分精彩，围在他周围的契约人也非常多，陆召虽然最后和唐开源结契，但唐开源对他身体健康的问题并不关注，连带着被迫跟着唐开源视角来看剧情的白历也没有多了解这些的机会。

陆召并不是唐开源眼中最重要的那一个，所以他的病痛似乎也并不重要了。

可白历就是觉得憋屈，等陆召换了外出的衣服再出来时，白历已经站起身在恒温柜前扒拉营养液。见陆召走出来，他站直身体，嘴里还叼着一支营养液，举起拳头。

陆召没反应过来，看着白历那稀奇古怪的模样，百思不得其解。

"触碰镇抚一下，"白历嘴里叼着东西，说话有点儿含糊不清。他的头发在沙发上又噌地翘了起来，看起来有些散漫，只有眼睛黑亮，"来，陆少将，碰个拳。"

精神力安抚的主要方式就是触碰，只要是肢体上的接触，都可以根据契约人的意愿留下他们的精神力游丝，尤其是已经被自己镇抚过的人，镇抚过后的一段时间里再次有肢体接触，镇抚的效果维持的时间会更长。

医院是聚集着各类精神力不稳定人群的地方，因为病痛会引起情绪波动，相当一部分人都无法控制自己的精神力，对这个阶段的陆召不是很友好。

陆召愣了愣，理解了白历的意思，心里有点儿说不出的滋味。他生性独立，亲人早亡，已经习惯了自己面对各类事情和突发情况，或许也是因为这一习惯，他对自己的情绪变得迟钝平淡，极少去考虑自己的心情。

但白历是考虑到了的。

他没选择握手，或是像以前那样拍拍肩膀，而是像军团里许多出生入死过的兄弟那样碰拳，意思是他俩永远都是统一战线。

陆召握起自己的拳头跟他碰了碰，白历的笑容多出些许温和。

"有事就喊我，"白历说，"不要见外，以后是要一起上厕所的关系了，兄弟。"

陆召笑骂了一句，换好鞋出门时心情格外轻松释然。

因为军团的车送去检修，陆召开着向白历借的悬浮车去军医院，车还没停稳就看到霍存正蹲在住院楼楼下的树影里与人通信。

正赶上中午的休息时间，一路开过来也没见几个人。陆召直接开着车在霍存面前停下，手伸出车窗拍了两下车身。

也不知道霍存正和谁通讯，笑得像朵菊花一样，见牙不见眼。听到动静抬头，一看到陆召，手里的个人终端就差点儿摔地上，做贼心虚一般磕巴："陆陆……"

陆召就想起白历那些类似"历历"和"腿痛痛"的叠词，感觉这叠词还真是要看什么人说，白历那张脸说什么都招人待见，霍存一叠词就觉得怪硌碜的。陆召看他一眼："说人话，别卖萌。"

"陆召少将，"霍存把后半拉磕巴完了，挺委屈，"我没卖萌啊。"

又和那头通讯的人说了两句，才赶紧关了个人终端站起来，走到车前来回瞅了好几圈："可以啊少将，您终于知道享受生活了，这车可值老钱了，什么时候买的？"

"白历的，"陆召没下车，就坐在驾驶座上与霍存说话，"从他车库里开的，军团给我配的车送去检修了。"

一般军界给配的车上都搭载着一些军用系统，得送去专门检修的地方维护保养。

霍存一听是白历的，很是仇富："这帮贵族大少爷，车一辆比一辆骚，人一个比一个跩。白历不一样，他还很浪，他在论坛冲浪的时候比浪都浪。"

陆召看着霍存。

霍存赶紧说："夸他呢！夸他呢！"

"刚跟谁通讯？"陆召想起霍存刚才那副恨不得摇尾巴的笑模样，顺带嘴问了一句。

"之前那个相亲对象，"霍存挺兴奋地分享，"就那个唐家的旁支。"

陆召回忆了一会儿，才想起这是之前霍存提过的跟他打听白历的那个相亲对象。"嗯"了一声没再继续问，最近唐家在他的生活里出现的频率倒是多了起来。

"您怎么来医院了？"霍存见陆召没反应，主动问道，"见姓周那小子？他在二十八层，身体稳定了，就是情绪还比较敏感，他家里来人了，正跟江皓中将谈这事呢。"

陆召听到江皓的名字："中将来这？"

霍存叹口气："别提了，出事那小子是周家的，被白大少爷差点儿打残的是高家的，两边都来人了，一边是要解释，一边是要讨说法，都要见领导，上面就让江皓中将先来承受第一波攻击了。"

军界和贵族圈永远都脱不了联系，贵族家的特种实力过硬的都乐意送军界捶打，运气好的就一路升进第一军团，混个军官，给家族实力添砖加瓦。高家到了这代，就一个孩子，宝贝得跟眼珠子似的，说是送军团捶打捶打，没想到真给捶打了，这就不乐意了。

估计这会儿江皓也委屈，谁打了谁是孙子！

可白大少爷连这笔账都不认，压根儿不接通讯，人一离开军团就跟失联了一样，烂摊子一丢，拍拍屁股走人。军团总得出人先顶一波高家的攻击吧？就把江皓给拉出来了。他自己也是个贵族公子哥，高家人不敢把他怎么样。

就是可怜江中将，混到了中将还得给老领导擦屁股。

陆召寻思这会儿白历估计又在家打拟战，往那个相当舒适的沙发上一躺就开始享受自己的快乐人生。

"要不您绕个道去二十八楼，"霍存给他指了另一道门，告诉他从那边走人少，应该见不到高家的人，"我算是服了这帮贵族，除了骂娘的劲儿没老子大，泼皮的气质却半点儿没少。还不如白历呢，好歹人家白大少爷骂人比较讲节奏，骂得好的时候我都没反应过来是在骂我。"

陆召没忍住笑起来，他也是旁听过白历打拟战骂霍存的动静，确实句句精辟，字字诛心。

"我不进住院楼，"陆召发动悬浮车，"我来复查。"

霍存愣了好一会儿，才"哦"了一声，站起身，松开扶着车身的手。他是陆召的副官，陆召负伤的情况他相当清楚。当时那场战斗他也参与了，不过运气好，只是受了点儿皮外伤。

霍存对陆召其实很尊重，这跟陆召是不是稀种无关，要是非得按人种来划分陆召，那就是对他的不公平，所以霍存只是跟陆召挥挥手，看着那辆高档悬浮车开向更远处。

军医院陆召很熟悉，除了必要的体检外，他还会经常因为大小伤口不得不进医院疗养。

在住进白历的公寓前，这里是除了军团宿舍陆召最常睡觉的地方，还挺清净。他不讨厌这里过于整洁的感觉，也不觉得消毒液的气味有多让人不适，有几次从剧痛中醒过来，闻到医院的消毒液味时，陆召竟然觉得相当不错。

这是见证了他一次次大难不死的地方。

体检舱的舱门一层层打开，陆召从平躺的状态坐起，捞过自己的衣服重新套上。

"没什么别的问题，"专门负责他的医生是个万年寸头，人送绰号板寸，正往医用记录端上填写数值，"身体不错，剩下的是老毛病，精神力测试的结果也可以，看来选择用特种的精神力来镇抚做治疗手段效果不错。"

老毛病指的有很多，对陆召来说，基本就是些旧伤留下的后遗症，在军界常上前线的人或多或少都有，陆召也就点点头表示知道了。

等数值录入系统，板寸又回头看陆召：这位年轻的少将气色还不错，没有传闻中和一个没有前途的特种结契后的局促狼狈。板寸问了一句："陆召少将，您身体的情况需要有顶级精神力的人来镇抚，不知道白先生还能配合您吗？"

陆召整理好自己的衣服，不咸不淡地瞥了他一眼。这一眼没什么情绪，但让板寸心里"咯噔"了一下，有点儿发虚。

他得承认，他是想拿这话刺一下陆召。

毕竟谁都有想看帝国之鹰被雨水淋得狼狈不堪的时候？他就是跟其他人一样，好奇，但他的好奇比其他人都大。

话出口后，板寸又有点儿后悔。他不想得罪陆召，这里是军医院，陆召是军界的红人。

"我就是比较嘴快，没坏心，"板寸赶紧说道，"您别介意……"

陆召淡淡道："废话挺多。"

屋里没了动静，只能听到机器嗡嗡的运作声。

陆召拿出自己的个人终端，检查了一下新发送给他的体检报告，直接传了一份给白历，这才头也不回地走出体检室。

门合拢之前，听到板寸小声骂了一句："活该找个废物结契。"

陆召没搭理，他寻思要是白历听到这句，准得来一声"嘻嘻"。你要跟这种混蛋计较，那就没完没了。

在陆召的认知里，这世上就两类人：一类人值得你动嘴，一类人非得让你动手。

陆召不爱动嘴，浪费唾沫浪费时间，这会儿他心情还行，白历临走前给的精神力镇抚效果不错，让他懒得在这里计较，一边往车库走，一边回白历简讯。

白历收到了他的体检报告，发了条简讯：牛啊兄弟，这精神力数值，也就跟我差一点儿吧。

把陆召乐得翘起嘴角，回了一条：精神力随年龄增长也会相对增长。

这也没错，不过有的人打一出生精神力的基数就比别人高，随着年龄增长也会越来越高，这就是俗称的赢在起跑线。

白历绝对是起跑线就比别人高出好几百米，一开场人家还在跑，这少爷就直接飞着往上走，要不是因为腿，估计这会儿在第一军团早就混得风生水起。

白历隔了好几秒才回复：陆少将，你是在嘲讽我年纪比你大？咱俩也没差太多好吧？

陆召回：你在我这个年纪精神力多少？

白历回：哎！你晚上想吃啥？

陆召：多少？

白历：你非得这么伤感情？

发了一溜表情包，都是爆哭的狗狗头。陆召憋着笑。

其实白历在陆召这个年纪，精神力估计还是比陆召高一些的，不过跟一个稀种比精神力，实在有点儿不公平，白大少爷直接选择逃避话题。

陆召还没来得及回复白历的简讯，就听到前面吵吵闹闹的人声。车库前面站着三四个人，围着江皓不让走。

江皓估计也是来车库调车的，这会儿被好几个人围在中间，控制着脾气跟领头的那个人说："高先生，我也说了好几次了，高业的伤没大问题，他也不是和第一军团的人起的冲突。"

"那我儿子就白受伤了？"高先生西装革履，头发梳得一丝不苟，略显发福的脸上满是怒意，"白历就能随便打人？"

江皓早就不耐烦了，听了这句后嘴角扯出一抹冷笑："您可以联系白先生，问问他能不能随便打人。"

高家是这两年有新冒头的小贵族，但在白家面前还是有点儿不够格。这话一说完，高先生的脸色立马就黑了好几层。他冷哼了一声："我难道还怕白历？他别说是腿废了，就是没废——"

"高先生，"江皓的声音彻底冷了，"您要是没事就回去看看高业，以免他的脑子废了您都还不知道。"把高家的人说得脸一阵儿红一阵儿黑。

这事其实真的算不上光彩，一个四肢健全没病没痛的特种，被一个废了条腿被外界传得相当落魄的特种给揍得到现在还没醒，说出去都抬不起头。

帝国是个靠实力说话的地方，早几年白老爷子在世的时候，白家的地位基本没人敢惹，高家几次想搭白家的线，都被白老爷子无视了。好不容易熬到出头翻身，白家也就剩白历了，没想到白历废了条腿都能把高家的宝贝疙瘩揍成脑震荡。

这也是气急了，没多想，高家的人就找上门，还不敢直接找白历，只敢找军界要说法。

说法，什么说法，白历都不承认，军界拿他也没办法，况且军团也没想和白历理论这破事，说出去丢人。

高先生清了清嗓子，提高了音量："反正白历无缘无故把我儿子打成重伤，这件事我们一定得要个结果。"

江皓气乐了："您确定是'无缘无故'吗？"

"我们有证人，都问清了。"高先生扯过站在一边的一个人，"小冯，你说说，那天怎么回事？"

小冯低着头被扯过来，身上军团制服的袖子被扯得有点儿皱皱巴巴。江皓看了一眼，想起来这就是那天跟着高业起哄的军官，被白历拿衣服擦了手，吓得半个字都蹦不出来。

"我也不知道怎么回事。"小冯的声音不大，低着头看着自己脚尖，"我和高业正说话呢，白历就上来给了高业一闷棍，然后按着高业的头往地上撞，说我们惹他不开心，让我们以后小心着点儿——"

话还没说完，就被一脚踩出去老远，直接趴在了地上。其他人一抬头，陆召的脚正懒洋洋地收回去。

陆召垂着眼，看着地上还没回过神的小冯，语气平静地道："是这种感觉的一闷棍吗？"

第十四章
你服吗？

要是放在以前，有人提起白历和陆召，江皓绝对不会觉得这两个人能有什么共同点。

这就跟南北两端差不多。白历这人无赖，还浑身带着大少爷的怪脾气，打小就被白老爷子养成一副你给他一巴掌他把你往死里搞的流氓模样。

和白历比起来，陆召算是话少沉稳的典范了。年纪轻轻就升任少将，出身偏远附属星，早就养成了少说话多干事的性格，相当务实，格外质朴，兢兢业业，军团老黄牛，除了人有点儿冷淡，基本没别的缺点。

就是这么个业界红人、军团老干部，一脚跺下来，愣是让江皓看出点儿跋扈的意思，跟白历的嚣张是同款的那种。

小冯摔在地上，特种的性格让他瞬间暴怒，就算是对着少将也敢精神力溢出，直压陆召。

这劲儿让江皓相当不舒服，小冯的感觉和白历的感觉还不一样，白历是直接让你觉得恐惧，这是高于自己好几个等级的精神力压制，小冯这种更接近于挑衅。

水平不怎么样的特种溢出精神力，就跟骂娘差不多。不一定打得过你，但一定让你挺恶心。

陆召一脚跺完了，看也不看小冯一眼，跟没事人一样和江皓点头打招呼。

"来了？"江皓刚才因为高家人的臭德行而冷下的脸回了温，这一脚跺的十分解气，也对陆召点点头，"看周临山？"

陆召摇摇头："没。"

那就更不是来看高家的这群人了。江皓没再继续问，他知道陆召自从上次的战役之后就开始定期检查，具体什么情况江皓不清楚，不过当着高家人的面，江皓也不会多说。

两人扯了几句别的，高家人才反应过来。

其他人把小冯从地上搀起来，高先生气得胖脸通红："陆召少将，你怎么能随便打人呢？"

陆召显得很平静，小冯的精神力他不当回事，高先生的质问他也不在意，目光往小冯脸上一扫，淡淡道："挡道。"

除了江皓，没人听明白。

江皓中像老妈子一样解释："他意思是小冯挡他路了。"这话说完，江皓觉得自己也挺横的。

跟白历沾边的人，多少都有点儿横行霸道的气质，就像陆召，以前不冷不热的还看不出来，这一脚踩下来可算让人见识到有多横了。

"你们第一军团就这么做事的吗？"高先生差点儿没气晕过去，他到是不怎么关心小冯，但一看到小冯就想起儿子也是被白历这么打了一顿，就火冒三丈，"你有本事去跟星际海盗打，去和荒星流民打，在自己人面前要什么威风？"

陆召头也不抬，拿着个人终端调车："误会，都一样。"

江皓给翻译："他意思是说您误会了，外人跟自己人，他一样都打。"

高先生今年六十三，头一次感觉自己贵族的身份限制了自己骂人的水平。

江皓态度很和气，又加了一句："您放心，真的，陆召少将做人很公平。"

陆召看了一眼江皓，他发现正常人不会和白历交朋友。和白历玩得到一起的，都不是什么好人。

本来气势汹汹来找江皓理论的高家这会儿被一打岔，早就忘词了。高业这会儿还在养护舱里躺着呢，都没人惦记了。

那辆从白历车库里借的悬浮车很快就被调出来了，自动停靠在车库门口。

陆召朝江皓抬了一下手，就往自己的悬浮车走去。

和高先生一起来的人里终于有人回过神来，往前一步挡住陆召："你就算是少将，军团也有军团的规矩，不能私下斗殴，我要去军界高层说说这事！"

其他几个高家的立马附和："没错，你不能私下斗殴！"

"太不像话了！军团现在什么人都能进？"

"把白历也喊上，"有人趁机加上一句，"他是陆召的契约人，这次的事他也有连带责任！"

陆召转过头，目光从高家人的脸上一一扫过。

这群人很有意思，明明是想找白历的事，非得拿陆召开刀。陆召忽然意识到，他和白历结契，好像就成了白历的又一个麻烦，人家戳白历的伤口，就会从他陆召这里下手。

陆召说："找事？"声音不大不小，挺平静，甚至还带着一丝非常诚恳的疑问。

就像一盆冷水浇在高家人的脑袋上，上一秒还吵吵闹闹非要去找高层理论，这会儿瞬间就没了声音。

陆召和贵族不同。帝国的贵族发展到今天，已是支系庞杂，各个层级都有人脉，相互之间往来，在家族的树荫下彼此滋润发展。

而陆召不需要，陆召自己就是棵大树。只要他还活着，他还开得动机甲，前线就永远给他留有一席之地。他还年轻，人家都说莫欺少年穷，何况他本就是个很强的少年，他不欺负你就算他积德了。

江皓抱着胳膊看得很乐呵，这两年贵族圈里新老交替，像高家这种小贵族刚抬头就蹦跶的也不少，很是耍了一圈威风，这一下就踢了两块铁板。

第一块铁板姓白名历，被踢了都不自知，给人气个半死。

第二块铁板姓陆名召，一块加厚级巨型铁板，你踢任你踢，你脚不废了算我输。

看热闹不嫌事大，江皓抬高了声音，跟挡着陆召的那个人说："你还敢挡道？”

上一个挡道的这会儿还被人搀着呢。

那人磨蹭着让出了路，陆召倒是不往前走了，转了个身，朝高家人走去。

高先生下意识地后退了一步，他自己虽是个特种，但资质很差，当年连进军界的机会都没有，还是找了个精神力高的特种联姻才有了高业这么个宝贝儿子。

就算没见过陆召动真格的，但凭外界对陆召的传闻，高先生就不敢跟陆召硬来。在军界，高家还没有太多说得上话的人，实在不想得罪陆召。

没想到陆召压根儿没瞅他，径直走到小冯面前。

小冯的精神力还没压下去，特种的本能让他这会儿只觉得愤怒，目光狠戾地瞪着陆召，精神力里的威胁之意周围的人都能感觉到。

陆召比小冯高出半头，一手插在裤兜里，一手垂在身侧，相当放松，垂着眼睛看着对方。隔了几秒，陆召开口：“憋着，恶心谁呢？”

稀种的精神力一般不会像特种一样具有攻击性，陆召的声音平平淡淡，没有暴起的迹象，显得相当冷清。

让人心口一凉，这人根本就没把特种盛怒之下的精神力放在眼里。

从天性来讲，特种对其他人种的压制大多来自他们高昂且极具攻击性的精神力，而稀种天生就在精神力方面较为薄弱，人种决定了他们的精神脆弱敏感，无法保持绝对的稳定，极易被压制。

陆召之所以彪悍，是因为他的精神力可以稳定在最好的状态。这让他可以从容应对相当一部分人的精神力挑衅，他让你憋着，你就得照做，一拳下去你不憋也得憋。

小冯被人搀着，被陆召一脚踩过的后腰在对方的目光中越来越疼。在他的记忆里，这是陆召第一次正眼看他，像是看着一条狗。

在高家人欲言又止的神情中，小冯狂飙的精神力逐渐收回。

陆召伸出那只垂在身侧的手，用一根指头点了点小冯的胸口。动作很轻，却把小冯点得浑身僵硬。这感觉他竟然觉得熟悉，上一次这么僵住，也是有一只手伸向他，在他的衣服上擦着手上的污垢。

陆召点在他身上的手，又让小冯想起那天高业的脑袋撞在地上的声音。

陆召说："揍你，你服吗？"

没人吭声。军医院的车库旁安安静静，只能听到陆召一个人的声音。

陆召又问了一遍："服吗？"

过了好一会儿，小冯低声道："服。"

陆召的手指还点着他的胸口，没挪开。

小冯知道这是什么意思，张张嘴，小声道："高业嘴里不干不净，羞辱陆召少将，白历听到后才动的手。我刚才记错了，说错了，少将教育我，我服。"

这件事其实谁不知道呢？高家人肯定知道，就是不想提。提了就不占理了，还得惹上陆召这个麻烦，在军界高层那里就更没话说。

高先生的脸色相当难看，目光扫过江皓，见江皓抱着手臂，脸上还带着笑，只是多少有点儿鄙夷，急忙又收回目光，装作没听到小冯的声音。

陆召的手指这才从小冯的胸口移开，他也没说什么，转身往悬浮车走去，边走边寻思，原来白历是为了这个打的高业。他光知道白历打人，没问过具体原因，也是在今天才知道打的是谁。

陆召觉得挺新鲜，他想起白历那双骨节分明、保养得当的手，连指甲都修得整整齐齐，这是白氏给养出来的习惯。就是那么一双手，带着人的头往地上砸。

公子哥也有暴脾气，但这脾气却不像军团里其他贵族特种那样令陆召反感，他反倒觉得十分有意思，以后有机会真得和白历过两招。

"陆召少将。"江皓的声音打断陆召的思绪，拍了拍车窗，"听说您现在在白氏那里暂住，有机会我想上门拜访，您看行吗？"

陆召不知道江皓是什么意思，也没打算问："问白历。"

"那看来是真在那里住了。"江皓笑了两声，"你和白历说一声，我跟他说，八成不行。"

话里老像是有点儿别的东西，陆召半眯着眼看了看江皓，没吭声，只点了点头，开着悬浮车径直离开。

只剩下江皓和高家人，还有一个不敢言语的小冯。

江皓冲高先生笑了笑，也调出自己的车，一脚跨上驾驶位，才转过头说："我觉得这事您可能真得去跟上面联系，实在不行，您去跟元帅告一状，就说白历这人不是东西，就因为高业说了几句屁话就被揍得进医院了。"

说完就拉上车门，一脚油门窜出去老远，丢下几个脸黑如锅底的高家人在那里大眼瞪小眼。

谁不知道白老爷子生前和元帅是老伙计，白历从小不是被白老爷子打，就是被元帅揍，棍棒底下出感情，元帅对白历那是相当有感情。当年白历腿受伤，元帅硬是派人拉了好几车修复型营养液，差点儿把白历灌吐。

更别提陆召很得元帅赏识，陆召能当上少将，除了过硬的实力，元帅的举荐也是原因之一。

两块铁板凑一起，这就不是铁板了，这是"钢铁板砖"，一板砖下去就把你拍没了。

高先生的脸臭得要命，看了一眼小冯，声音冷冷地道："陆召算什么东西，一个稀种就能吓得你什么话都往外说？"

小冯扯出一抹冷笑："他不算什么东西，您惹他试试？"试试白历下一次会不会拿你的头往地上砸。

高家人里有人骂道："真倒霉，和陆召撞个正着，他没事往军医院跑什么？"

小冯道："听说是身体问题，一直在治疗。"

"不还是他抗药性的事，"高先生哼了哼，继而看向最开始陆召来的方向，"对外都说基本没问题，谁知道到底什么样……"目光往远处看，他瞧见了军医院的体检楼。

一回公寓，管家机器人就拖着圆滚滚的身体来轻轻撞陆召的小腿，让他换衣服。陆召脱掉外套，搭在机器人伸出来的手上，又拍了拍它的圆脑袋，才俯身换掉鞋子走进屋。

屋里没开灯，黄昏的光线将屋内的一切映成一片暗橘色。陆召眯了眯眼，看向客厅的沙发，上面隆起一个大包，白历的一只手臂从大包下伸出来。

放在茶几上的个人终端的屏幕还没收起，停在拟战的登录界面，旁边丢着几袋开封了的零食，还有一杯喝了一半的饮料。

不工作的时候白大少爷过得相当滋润，不是看电影就是打拟战，有时候还去论坛上气气人，等玩累了就直接一躺，头一沾枕头立马入睡。

陆召对白大少爷的睡眠质量相当佩服，他走到沙发前白历都没醒，半个脑袋捂进毯子里，只露出一双闭着的眼和一头乱糟糟的头发。

"白历。"陆召俯下身喊了一声，"醒醒。"到点吃饭了，这还饿着呢。

沙发上的白大少爷相当不给面子，把被子往头上一拉，连眼睛都给盖住了，继续呼呼大睡。

陆召看着他仅露在外面的一头乱毛想笑，用手拍了拍毯子："哎！哎！"

没什么回应，倒是白历伸在毯子外的手动了动，手指微微蜷缩了一下。挺小的一个动作，陆召下意识地看向他的手。也不知道是不是这只手抓着人的脑袋往死里揍，反正这会儿看起来，倒没发现有半点儿血腥的样子。

应该也没几个人还记得，这本来是一只握紧荣耀的手。

陆召心里掠过大片酸楚，医院里高氏那几个垃圾人的垃圾话又在耳边响起。

他蹲下身，伸手拍了拍白历露在被子外的半个毛茸茸的脑袋，就像当年白历当辅训时的习惯动作一样。这动静终于把白历给弄醒了，蛄蛹着从被子里伸出来，懵懵地睁开眼。

他脑子还没清醒，这一觉睡得昏昏沉沉，犹带睡意道："啊？怎么怎么？你回来这么早？去康复基地了吗？"

"报告发过去了，我就没去，回来的时候在军医院遇到了江皓，说想见你。"陆召看着白历，见他的眉头在听到这句话后迅速皱起，"白历，你是不是不乐意见江皓？"

这可能是陆召第一次如此正经地问白历事情。白历低下头，停了好一会儿，才"嗯"了一声："这您都发现了，牛啊，少将哥哥。"

陆召看着他，又说："因为你的腿？"

没有回答。其实陆召也隐隐感觉到，白历和江皓之间的气氛不太对味。这从白历为他稳定精神力那天的早上就看得出来。

陆召觉得这事要问出来，就过了界。他和白历始终保持着互不打扰的状态，谁也不问谁的破事，觉得就这样也挺好。

本来陆召也一直这么遵守着无形的规则，他怕戳白历伤疤，知道那肯定很疼。可能是因为契约人关系的深入，也可能是因为白历比陆召想象中的更出色，陆召在这段关系中愈发觉得愤怒。

这愤怒非常隐晦，还夹杂着些许不甘，他为白历感到愤怒。

这感觉不知道为什么让人挺不舒服，白历还会宽慰陆召跟他说"没事"，但陆召发现自己好像连跟白历说"没事"的方向都没有。

陆召不想这样，他和白历是契约人，是同盟，那他就该像白历支持自己这样支持白历。

白历短暂的发愣后，沉默着重新躺回沙发上。

第十五章
难言之隐

　　白历突然觉得自己活得很矫情。

　　这种矫情主要体现在他似乎活在一个越来越狭小的范围内，腿残了之后就跟人废了一样，变得听不得人提他身体上的残缺。

　　人一旦矫情起来就没完没了，白历偶尔在深夜想起这一茬儿，都会被自己的自怨自艾折磨得很难受。

　　他觉得自己该活得和别人不一样些，别人腿残了就站不起来了，他就硬能站起来，还能跑，还能跳，还能把人气得嗷嗷叫。别人受不了，他就硬能受着，别人放弃了，他非得咬牙挺着。

　　白历就想和所有人说他没事，他好得很，白大少爷依旧风风光光，还是那个能轻而易举地干出大事、被人仰视的贵族公子哥。

　　但所有人还只是看着他的腿。

　　白历想不明白，他这个人是浑身上下就剩一条腿了还是怎么着。现在陆召也提他的腿，白历刚睡醒的大脑立马就没了别的想法，只想缩回毯子里。

　　他不想听，也不想说。

　　白历沉默着没有开口，也不知道怎么想的，竟然开始拉着被子往脑袋上盖，一副还没睡醒的样子，而陆召却看着他。

　　黄昏的光线并不清晰，但陆召的眼却明晃晃的，往白历的神经上扯了那么一把。

气氛挺尴尬，白历对这种场景竟然有点儿难以应付，想说点儿什么又说不出口，被子越拉越慢，一点点儿往头上蹭。

倒是陆召先开口了，语气还是很平静："你再拉试试？"

白历立马想起年幼时白老爷子揍他前一秒时的模样，光是这语气就能让白历汗毛倒立。

陆召看他的那一眼让白历立刻记忆回闪。

"没！"白历当时就把被子给掀开了，"这不是刚睡醒吗！"

陆召翘起嘴角，也没戳穿他的遮掩，干脆挨着沙发坐在地上，视线与白历平齐。

黄昏的余晖彻底落了下去，夜晚来临，落地窗外帝国的灯光亮如星火，陆召略显冷峻的眉眼被映照出几分柔软。

"我没别的意思，"陆召还是很平静，他也不会用别的方式让自己显得柔和，因为陆召本就不是柔和的人，"白历，我没想怎么样。"

活了这么多年，陆召没想过怎样才能显得自己温和一些。他长这么大，所有的能耐都用来让自己显得强大彪悍，稀种的天性都能已被他抹去了七七八八，就这还嫌不够呢，哪里有工夫琢磨怎么与人温和。

这会儿陆召能模仿的温和，就只剩下白历了。

就像稳定自己精神力那天半跪在他身前的白历，明明已经一脑门冷汗，却还能把语气放平和，带着笑意和他说话。

在那种情况下还能保持温和，怎么能不算是一种强大。

白历没吭声，隔了几秒才"嗯"了一声："我知道。"

想什么就说什么，想做什么就做什么，陆召就这脾气，要不这样就不是陆召了。

陆召又说："我问了，你不想说就不说。我就是想问。"

这话要是换别人，白历肯定上去就是一拳。瞧把你横的，还想问就问。

可这话从陆召嘴里说出来，白历就没动静了。他知道，陆召这意思是他想问，也知道会让白历不舒服，所以他不需要白历回答。

陆召问了，就是告诉白历，他惦记这事，要是白历想说，他很乐意听。

"没不想说，"白历趴在抱枕上，"是不知道怎么说才能不矫情。"

陆召沉默了好一会儿，才开口："人光是活着就够矫情了。"

好像也是这么个理。

人要是不矫情还活着干吗呢！还真当世上有一辈子真性情？从头到尾真性情的那是动物，矫情的才是人，知道遮遮掩掩，知道掩盖错的，露出光鲜的。矫情是人活着就不可避免的属性，矫情的人发明出了真性情这个词。

白历笑了两声，才说道："其实也没什么，那时候我和江皓挨得很近，战舰残骸砸过来的时候我替他挡了一下，就那么寸，残骸砸在了我的驾驶舱，削掉了我机甲腹部的半块，幸亏我及时从驾驶位脱离，不过砸的那一下驾驶舱变形了，把我的腿挤在里面……"他没再继续往下说，也说不下去了。

现在帝国的医疗水平已经相当高，就这样也没能让白历的腿彻底恢复，也不知道当时白历从机甲里爬出来的时候是什么样子。

"不怪江皓，谁都不怪，我就这命，能活着就不错了，"白历侧头看着窗外的黄昏日落，"命运"已给他做好了安排，他挣扎过，就像他现在伸手捞了一把陆召一样，当年他也捞了一把江皓，这都是他自己的选择，"但我不想见他，他看见我就愧疚、自责，我俩谁都不看谁，这不挺好的吗？"

陆召心里一遍又一遍地不痛快，也不知道是因为什么。

这是意外，要不是白历替江皓挡那一下，不一定会是什么局面。从最后的结果来看，两个人都活了下来，就是白历废了一条腿，但以后生活什么的一点儿问题也没有。

这应该算是个不错的结果，可白历感情上接受不了，江皓也接受不了。少将因为保护自己的副官废了一条腿，这在江皓心里肯定是个永久的阴影，愧疚与自责无法消退，他想补偿白历，想帮白历，所以他一次次地道歉。

白历只得安慰他，没事，不算啥，一条腿而已，老子家财万贯，退了军界照样活得多姿多彩。

白历可能不知道，他但凡迁怒一下，但凡恨一点儿江皓，但凡埋怨命运不公，他可能都不会这么痛苦。

但他挺清醒。白大少爷很明白，很讲道理，他不替江皓挡那一下，可能江皓就得死。救了人又怪人家害自己废了条腿，那你还救啊？所以他不怪江皓，更何况他的命运已基本算是早已注定，即使出现的不是江皓，他也依旧会在其他地方弥补上"必须废掉左腿"这个梦里反复出现的情节。

一条腿换战友一条命，白历觉得还不赖，至少比梦中无缘无故就废了要有价值多了。

陆召不知道白历怎么想的，他就是觉得白历像是漂浮在空空荡荡的宇宙，不知道要去哪儿，也落不了地，不想恨谁，一腔愤怒就只能投向没有回应的虚空。

谁都喜欢讲道理的人，可谁都不想当个讲道理的人，因为很难，也很累。

"我就说不讲吧，"白历看陆召没回话，无奈地笑道，"打过的仗就不能再提了，这是我军的优良传统。"

陆召"嗯"了一声，没再说别的，只忽然问道："你还记得以前你担任教官的时候，把我们那批学员的脑袋全扒拉过一遍吗？"

白历不知道他为什么忽然调转话题，但这会儿他巴不得赶紧找个台阶下，立刻答道："当然记得！"继而又赶紧解释，"先说好，我那会儿可没有占你便宜的意思。就是觉得你们干得不错，我很欣赏，才那么鼓励一下。"

"我知道。"陆召撑着膝盖站起身，转过身来拍了拍白历的头，"我们都知道。"

那时他们那群从地方选来凑数的杂兵新人本就是为了应付形式才来的，主星派来的军官们并没有几个把他们放在眼里。

贵族出身的军官更是眼高于顶，每次训练都把他们翻来覆去地折腾，又不教正经技巧。陆召是当年那批学员里唯一的稀种，出身最底层的偏远附属星贫民区，每回训练他都得扒层皮。

但白历不一样，他也严厉，却不和人玩那些虚头巴脑的，教的全是最实用的技能，带学员上模拟舱时也是尝试的机型最多的，在短短的培训期内，只要是白历负责的时间，他都倾其所能做到了最好，并且将所有人的进步看在眼里。

无论出身、家世，还是人种，白历一视同仁地扒拉每个人的脑袋。

这动作本来挺手欠，毕竟那会儿他年纪也不大，但偏偏做得行云流水，非常潇洒，而且奇快无比，导致许多人还没反应过来就被当小弟对待了一把，相当震惊，竟然没意识到要抗议。后来习惯了，也明白了其中的意思。

陆召今天将这动作原封不动地奉还，连同其中的含义——"干得不错，我很欣赏"。

白历张着嘴半躺在沙发上，半晌才回过神："你这不是占我便宜吧？！"

陆召直乐，抬了下手，室内的灯亮起，这才回自己卧室换衣服。

没人再继续那个话题，陆召光是听到白历说的那几句，就觉得再说下去，他就得捂白历的嘴了。

知道了又能怎么样呢？陆召寻思，他觉得自己再也不会问白历这种事了。就算白历跟他说，说这么多年自己是怎么熬过来的，刚开始那几年腿有多疼，走路有多难看，陆召也不想听了。

不是不关心，不是不难受，是再难受，陆召也帮不上忙。疼的是白历，陆召就只能看着。

陆召发现，人与人之间，其实能做的真的很少。太少了，少得让他受不了。

等陆召的卧室门响起合拢的声音，白历才在沙发上翻了个身，看着天花板跑了几秒神，拿起个人终端给司徒发简讯。

白历：兄弟，被人拍了脑袋占了便宜，但心情却变好了是为什么？

隔了好一会儿，司徒回复：别慌，狗都这样。

第十六章
热辣鱼干

好兄弟不需要多言，一句话就能扣你半个月工资。

白历一下子扣了司徒半年奖金，把司徒气得直骂娘：真不是人，真不是人！你就这么苛待军师，以后我再给你出谋划策指点迷津我就是你孙子！

这会儿白历真的恍然大悟，难怪我军节节败退，还指点迷津，司徒指点的方向全是迷津，除了给白历的人生增添岔路口，半点儿用都没有。

白历回了条信息：你觉得什么是指点迷津？

司徒：回你问题，为你解惑。

白历：孙子。

司徒无语，心想：怎么还没人弄死这个傻子？

欺负了一顿好兄弟，白历神清气爽，还不忘又发了条简讯：忘了，你哪有愿意摸你脑袋的兄弟，找你问没有任何意义。

发完将个人终端一关，再也不搭理司徒的谩骂，白历长长地伸了个懒腰，全身放松地栽进沙发。

陆召换好衣服从卧室出来，看到白历抱着毯子坐在沙发上贼笑，仿佛正在体会宇宙的奥妙。

要说起来白大少爷比陆召少将还大几岁，平时打扮整齐出门的时候还好，一在家就相当颓废邋遢，细软的头发很容易睡得乱蓬蓬，把白历那张脸衬得比实际年龄年轻得多。

陆召看了白历两眼："怎么？"看着像是没干好事。

"哎！"白历幽幽叹气，"刚从被占了便宜的震惊中回过神，现在感觉自己不太正常。"

陆召真后悔啊，后悔跟白历搭话："吃饭吗？"还是换个实际些的话题比较有利。

白历半眯着眼上下打量了一遍陆召："行啊少将哥哥，这才几天，就在我军食堂蹭吃蹭喝起来了。"

好像还真是，陆召现在根本没考虑营养液，他就指望白历做饭呢，这都到饭点了。陆召相当坦诚："嗯。"

白历被他这声"嗯"逗得直笑，人往沙发上一躺："不做。"

这横的，相当白大少爷。

陆召也没脾气，不做就不做吧，凑合顿营养液呗，看了看白历，见他真没打算做饭，就准备去恒温柜拿代餐型营养液。

"先别喝那玩意儿，"白历随手抄起桌上的零食晃了晃，"我军食堂今天歇业，我军小卖部零食还有存货。"

这还是昨天晚上两人在超市买的，白历在沙发上挪了挪，蜷起腿，腾出一块地方，陆召会意，也不扭捏，走过去坐下。

"这个……"白历也不躺着了，干脆盘腿坐在沙发上，给陆召拿了几袋零食，"还有这个，尝尝。"

陆召现在就见不得白历的腿有大动作，虽然他知道这样不大好，但还是下意识地多看了两眼白历的腿。

这目光白历也感觉得到，他穿着短裤，露出左腿上蜈蚣一样的狰狞伤疤，毫不介意的当着陆召的面拍了拍："日常生活一点儿问题都没有。"

"嗯。"陆召垂了眼没再看，撕开真空包装袋，看也没看里面是什么，张嘴就塞了进去。

咸香味里混着糖的甜，是某附属星特产动物的胸脯肉，酱香味的，还挺好吃。

陆召学着白历的模样往沙发上靠。他是个比白历还纯粹的军界人士，一成年就进了军团，从最基层一点点儿爬上来，没有白历的那种贵族军痞的气质，就算学白历的坐姿，也坐不出白历那种懒洋洋的感觉。

不过陆召不反感白历这种懒散的感觉，挺潇洒，是白历特有的气质。

白历又给他递了几包口味不同的零食，陆召吃得挺快，来者不拒，从不挑食。白历见他靠在沙发背上的模样，忍不住乐："陆召少将，你迟早要被我带坏啊，我跟你讲，我从小就因为这坐姿没少挨打。"

"挨打？"陆召嘴里还嚼着东西，含糊着问。

"我家那老爷子呗！"白历提起白老爷子，还有点儿心有余悸，"他就喜欢你这样的，腰杆笔直，站有站相，坐有坐相。"

陆召道："我习惯了，小时候在学校都得这样。"

原来还不是在军团训出来的，是从小就这么练出来的。白历没想到，下意识地问道："什么学校还管这个？我也就在军学院的时候管得严点儿。"

陆召随意道："帝国公民学校。"

白历愣了好几秒，才"哦"了一声。

几乎所有附属星都有一所学校，叫帝国公民学校。这种学校是帝国成立后专门设立的，由帝国提供资金，为家庭情况特殊的帝国儿童进行最基本的教育。

就读帝国公民学校的儿童大多无力支付正规学校学费，一边在公民学校就读，一边由学校安排从事一些基础劳动以替代学费。白历听说过几次，临近主星的公民学校还成，偏远附属星的公民学校什么样的都有。

大部分帝国公民学校都是住宿制，给学生提供宿舍和一日三餐，实行军事化管理，孩子从一入学就要接受一系列规矩约束，一直在学校读至成年。

不过也有好处，每隔几年学生们都有机会参加军团选拔，被选中的学生毕业后直接进入军团。

根据白历梦里的记忆，唐开源似乎只提过陆召一毕业就进入了军界，没提过他是怎么进的。白历今天终于明白，陆召是通过帝国公民学校的选拔才得以离开那颗非常偏远的附属星。

他想了想，想不到陆召在帝国公民学院里是什么样的。反正去公民学校读书的，过得都挺不如意。

白历"哦"完了就没声了，陆召侧头看了他一眼："不问问？"

"问什么？"白历在茶几上挑了挑，摸了一袋之前买的"热辣鱼干"，他还没吃过这口味。

陆召说："就跟刚才我问你一样。"

问过去，问伤疤，问问以前过得多灰头土脸。

白历笑了两声："能别整得跟等价交换一样吗？咱俩这关系，用不着你问我答这么清清楚楚吧？"

他知道，他现在问什么陆召都会回答。这可能是因为愧疚，愧疚不久前陆召先问了白历的腿，作为回报，陆召对白历肯定是有问必答。

但这有什么意义呢？白历不乐意这么做。不是不想问，是时机不对。

干吗非得你戳我伤口一下我撩你痛处一把呢？人活这么些年，谁还不知道谁啊，要是都一帆风顺那就不叫过日子，那叫混日子。只有混，才不会经历希望和失望，因为根本没有期待。

"改天，"白历说，"改天问。今天光听我一个人的屈辱史还不够啊？非得两人抱头痛哭一场？"

陆召直乐，没说话。

刚才白历说他俩的关系不需要清清楚楚，陆召觉得挺奇妙。他记忆里的契约人关系只有韩渺和他发小陈楠还好些，其余人大部分都是利益交换促成的联盟，靠建立契约人关系来维持稳定。但他跟白历好像并不局限于这层关系上。

旁边白历塞进嘴里一块热辣鱼干，继而发出一声意味不明的骂声："我靠。"

陆召被打断了思绪，转头看他："怎么？"

白历的脸色很微妙，缓慢嚼了两口嘴里的东西，对陆召露出一个笑："尝尝这个，特好吃！"说着把手里还剩一块的鱼干塞进陆召手里。

刚才陆召就被塞了好多零嘴，白历挑零食的口味和他做菜的口味一样，味道重，不过陆召不反感。拿到鱼干也没多想，在白历的注视下也塞进嘴里一块鱼干。

短暂的一秒过后，舌尖和鱼干接触的地方"蹭"地一下像着了火一样烧起来。

陆召捂着嘴："我靠。"这哪里是热辣鱼干，这简直就是要命鱼干。

再看白历，早就笑得歪在一边，一只手还捶着小抱枕，把自己的快乐建立在别人的痛苦之上，行为相当恶劣。

陆召刚才的微妙心情现在烟消云散，人类的感情并不相通，他只觉得白历有病，一把捏住白历大笑的嘴，把手里包装袋剩下的辣椒汁水全挤了进去。

白历爆发出一声惊天动地的惨叫："我靠！"

就算再能吃辣，这么来一下子谁受得了。白历鬼吼鬼叫着从沙发上爬下来，一路小跑去喝水，剩下陆召坐在沙发上直笑。

"你学坏了！"白历边往嘴里灌水边用愤怒的眼神戳着陆召。

陆少将琢磨琢磨，认真点头："确实。"但也没什么不好。

当晚陆召和白历各灌了一肚子凉水之后，热辣鱼干被白历改了名，叫我靠鱼干。

第二天一早，陆召走出卧室喝水的时候，白历已经起来了，迷迷糊糊地跟陆召打招呼："吃早饭吗？"

昨天晚饭都没吃到，陆召听到早饭就清醒了不少。他和白历住了这么久，还头一次正儿八经地吃早饭，当即点头。

白历揉着眼睛去冰箱翻食材，管家型机器人跟在白历后面催他去洗漱。

刚起床，脸都还没洗就惦记上早饭吃啥了。陆召觉得好笑，倒了杯水正准备喝，就听到个人终端开始响。

霍存发来几条简讯：少将，您多休息几天，先别在公共场合露面。紧跟着又是一条：消息泄露出去了，可能这几天挺麻烦。

再发来的就是几条网页链接。陆召皱了皱眉，随便点开一条。

虚拟屏上弹出帝国某报社的新闻网页，上面写着一行大字：帝国之鹰精神力混乱！稀种是否能担任军团要职一事再度引起关注！

配图显得非常模糊，是周临山被放在担架上抬出训练场 A 栋时候的样子，裹得严严实实不说，拍摄的角度不怎么好，画面也很模糊，根本看不出是谁。

这个标题配上这张图，看到新闻的人都自然而然地以为抬出去的是陆召。再看新闻评论，早就吵得不可开交，这条新闻成了今日的头条。

陆召仰头把水喝完，赶在白历回头往他这里看之前关了网页。

第十七章
把我拍得帅一点儿

早餐做得很简单，煎蛋三明治，又从冰箱里把从超市买的果汁一人倒了一杯。

白历其实对帝国现在的果汁挺不满意，古地球时期存在的水果类型到现在已经存留不多，大部分还是各附属星或主星生产的水果，奇形怪状的，口味也不少，但对白历胃口的没几样。

喝了一口味道过于甜腻的饮料，白历开着个人终端一边回复工作上的消息一边说："我得去趟研究所，少将兄弟，你今天有什么打算？"

陆召正嚼着三明治，煎蛋的香味让他的精神稍微好了一点儿。他的脑子里还在过着刚才看到的新闻标题，表情倒是一如往常，平静地道："在家休息。"顿了顿又加了句，"这几天暂时不去军团。"

白历的目光从个人终端的虚拟屏上挪开，扫了一眼陆召，也没说什么，点点头："成，军团给你配的车还在维护吧？想出门就从车库里调车，那几辆车你都有权限。"

按照陆召以工作为主的习惯，连着好几天不去军团的情况应该不多见。白历没多问，把自己那份早饭塞进肚子，就急匆匆地换了衣服出门。

临走前想起别的事，一边换鞋一边说："公寓有健身的地方，你要想活动活动可以过去。"

陆召点点头，"嗯"了一声。

"不过人不少。"白历换好鞋直起身，撩了撩自己打理得人模人样的刘海，"碰个拳？"

大部分人是没有陆召和白历这样的精神力的，精神力多少都会有些外溢。引起这一情况的除了情绪的波动，剧烈运动也是原因之一，就和军团的训练场差不多，健身房基本上得半个月进行一次精神力消除。

平时健身房那种程度的干扰引不起什么麻烦，但白历不太确定陆召这种刚被诱导出精神力紊乱没多久的是否会受影响，或者不太舒服。

白历说完又有点儿担心陆召会误会，以为自己小瞧他，正要再解释，就见陆召放下手头的东西，没带半点儿犹豫地走过来，伸拳和他碰了碰。

指关节磕到一起，精神力互相交换，达到一种稳定的平衡。

"走了，"白历笑了，"有事——"

陆召接口："会联系你。"又加了句，"你也一样。"

白历从这简洁又平淡的对话里感觉到一点儿轻快，好像又回到了白老爷子离世前他出门的时候总得跟家人这么互相嘱咐几句。

都快忘了有家人是什么感觉了。

白历从公寓楼的大厅里走出来，提前通过个人终端从车库调出的车已经停在楼外。

今天的天气不是很好，帝国主星的雨季就快到了，铅灰色的阴云已经压在了上空，白历一脚踏出公寓，就连着打了两个喷嚏。

这会儿他才回过神，吸了吸鼻子，隐约还能感觉到陆召刚才传递过来的精神力的残留。

估计陆召自己也不知道，他的精神力非常霸道，刚才短暂碰拳，白历差点儿就没压住已经情况稳定了的陆召的精神力。

"要命。"白大少爷揉着鼻子自言自语，"也不知道到底谁镇抚谁。"

刚揉了两下鼻尖，就听到不远处传来响动，他回头去看，正对上一台小型摄像机器人的镜头。摄像机器人发出"咔嚓"一声响，对着白历的脸就拍了一张照片。

旁边紧跟着蹿出来一个人，手里拿着录音器朝白历跑来，边跑边扯着嗓子喊："白历先生！白历先生！请问您对您的契约人是个稀种却担任军团要职一事有什么看法？"

"白历先生！陆召少将是否因精神力崩溃引起军团骚乱？请问您对契约人这样的行为有何感想？您觉得自己是否应该负连带责任？"

"听说您的腿已经无法从事体力工作，这是否是您选择陆召作为契约人的原因？"

也不知道是出于什么想法，陆召本能的选择没让白历知道早上他看到的那条新闻。其实，按照白历网上冲浪的频率，过不了多久大概就把这些新闻看得七七八八，不需要陆召特地去说。虽然结果一样，但陆召发现自己并不想让这些事情从自己的嘴里说出来。

他对自己的人生并没有什么不满，童年时期的恐惧不安与少年时期的挣扎都会随着时间的流逝被逐渐淡忘，当他站在聚光灯下，站在所有人需要仰视的高度时，那些过往都显得不再重要。

不重要的事情无须多言，重要的事情多言无用。陆召就这样活了这么多年，已经活成了习惯。

倒也不是什么不乐意展露自己的柔软面，而是陆召根本分不清哪里才是自己的柔软。

陆召已经不习惯跟别人讲这种事了。

管家型机器人补充好能量，"滴滴"两声后启动清洁模式，开始今天的全屋打扫，陆召回过神，打开个人终端浏览霍存发过来的新闻仔细看起来。

霍存发来的前几条新闻都大同小异，基本是在猜测陆召的情况。陆召快速浏览了一遍，再打开一条链接，跳出来的是帝国论坛娱乐版块的一条帖子。这帖子早就盖楼盖得老高，可见热度不低。

帖子题目是一行大字："听说陆召少将在军团引起了骚乱？这回陆召的粉丝还有什么话讲？"

楼主：早几年前就有人说了，稀种不适合进前线作战部队，这回知道厉害了吧？非得等稀种在作战期间出大事你们才知道后悔？呵呵，希望陆召赶紧退出军界，找个适合稀种的职业。

三点一个撇：楼主勇士，撑住，粉丝即将到达战场。

芝芝莓莓：你妈生你就为了让你好好的人不做，出来狗叫？

楼主：急了急了，粉丝急了，你骂我有用吗？不如早点儿劝你家少将见好就收，不然等他从军界退下来，我看白历都得跟他解除契约人关系。

小胖决定减肥：倒也不必说话这么难听……虽然我也觉得陆召少将还是趁年轻早点儿退出一线部队比较好……

笑笑潇潇：有病？陆召少将用得着拢白历？

用户9988566：不是，陆召以前都好好的，怎么突然闹这么大动静？

三点一个撇：隐患懂吗？一开始就不该让一个稀种进前线部队，这几年都给捧成什么样了，我早就觉得要出事，呵呵！

叽叽吃小鸡：这事没头没尾的啊，光说陆召少将引起骚乱，事情怎么发生的不说，怎么解决的也不说，掐头去尾光说中间，这不是搞陆召吗？理性吃瓜，我选择等等看后续！

小旋风101：打起来打起来！

……

粗略看了几页，陆召就觉得太阳穴隐隐作痛。

单纯看看新闻网页倒还好，最多骂几句无良记者，可论坛上就真的是一片乌烟瘴气，说什么的都有。

陆召自己被喷惯了，好赖话这几年都没少听，没什么感觉，可他现在跟白历互为契约人，其他人就夹带着白历一起骂。

又往后翻了几页，论坛上的用户都在对陆召一个稀种到底该不该担任一线军团要职这一点议论不休，对陆召早就看不顺眼的总算是逮住了一个理由，恨不得现在就撕出血来，骂个不停。维护陆召的人被说得气愤难当，奋力回击，两拨人愣是把帖子喷成了热帖，挂在论坛第一页。

时不时就有人提两句白历，无非是觉得放任契约人担任要职工作是白历故意的，就指望陆召替白氏在军界蹚水，倒也有人同情白历，好好的一个特种早年先是断了条腿，现在又和陆召结契，结果跟掉进了粪坑，搞得一身臭。

翻了十来页，竟然还看到了第一军团内部的士兵回帖。

大头大头：别吵了，有什么好吵的，我是第一军团今年的新兵，事发时就在更衣室，事情的起因根本就不怪陆召少将好吧？是军团一个新兵出问题引起骚动，陆召少将只是被波及了，他还没说啥呢，你们在这诬陷啥？

飘摇：回复866L：笑死人了，粉丝为了洗地，都把脏水往别人头上泼了？

楼主：回复866L：粉丝上蹿下跳的样子真的好好笑！

一刀一个憨憨：说自己是新兵的那个有什么证据吗？

大头大头：虽然我这么做可能会被军团那边骂，但我就看不惯你们这种小人嘴脸，有本事当面跟陆召少将杠，你们敢吗？我不是少将的粉丝，不过这次出事的新兵是我好哥儿们，要不是陆召少将及时帮忙现在都不知道什么样……我挺陆召少将！证据："图片"

后面附带的图片是一张第一军团临时出入许可权限截图，专门给新兵用的，装载在新兵的个人终端上，以便新兵出入第一军团。

这个叫"大头大头"的新兵的几条回复在帖子里引起一片喧哗，本来就力挺陆召的那一方这会儿像是有了底气，而看不上陆召的那边就认准了"大头大头"是在替陆召掩盖实情。

如果说正儿八经的新闻是在讨论稀种担任要职是否有引起骚乱的危险，那论坛上这会儿就成了骂人大战，整个版块都打成了一锅粥。

陆召感觉这些词他都看腻了，这些对他的议论从他进入第一军团开始就没停过，说不痛不痒都嫌腻歪。

又是好几页的骂战，等陆召翻到最近几页时，一条回复猛地跃入眼帘。

三岁带病电竞：兄弟们，你们看到那条帖子了吗？白历被人拍到了！

紧跟着是一条链接。

三岁带病电竞：我得客观说一句，至少白历那张脸我很可以！

陆召的心脏猛地给捏了一把，他没想到白历能被波及这个地步。

陆召在那条链接上点了一下，一个新的帖子就弹了出来。帖子刚发没几分钟，就已经有好几百条回复了。原因无他，光是这题目就已经在这个时间节点吸引了一票眼球。

　　帖子："军团骚乱后白历出现在公众场合，并无契约人陪同，疑似两人闹掰？"

　　帖子一楼也没过多废话，直接放上了拍到的照片。拍摄的地点就在公寓楼下，白历正走出公寓，可能是感觉到了有人，回头朝镜头的方向看过来，脸上带着一丝惊讶和困惑。

　　陆召的目光在白历的脸上停顿了好几秒。

　　困惑，白历当时肯定相当困惑，他根本不知道发生了什么，就被人冲着脸一顿猛拍。这表情让陆召瞬间觉得自己被人捂住了口鼻，无法呼吸。

　　如果白历知道情况，他或许根本不会出门。

　　陆召眨眨眼，继续向下滑着页面。几张连续的拍摄都是近距离，大概是根本没有防备，白历下意识地半眯起眼。还没等陆召反应过来，最后一张照片就滑到了眼前。

　　白历撩着刘海，招蜂引蝶的脸上露出一个嚣张跋扈的笑容，对着镜头比了个剪刀手。

　　帖子一楼最后还配了一段字。

　　楼主：今日，本帖帖主通过在白历公寓楼下蹲守多时，终于见到白历本人。在被询问"对陆召少将引起的军团骚乱事件有何看法"时，白历表示："把我拍得帅一点儿"，后驾车离去，态度嚣张，行为恶劣。

　　陆召收到一条白历的简讯：妈呀兄弟，我刚才被堵拍了！好怕怕，哭哭！

　　一串哭泣的表情包。

　　陆召隔了很久才回复：你被堵拍还比"V"？

　　他不仅比"V"，给个聚光灯，他还能当场蹦迪。

　　陆召又返回那个帖子，在白历最后一张照片上看了挺久，没忍住，笑了起来。

第十八章
少将吃什么都给买

　　绕了点儿远路，白历才从侧门进了研究所。

　　自从白历砸钱给司徒办了这个研究所，并且被媒体戏称为"伤残下岗人士再就业基地"之后，司徒就给研究所安装了高级别的安保系统，又托关系从军团淘换了退役的保安型机器人，自己重新强化了一遍，也放研究所里用。

　　刚开始那两年还有些不长眼的小报记者想挖点儿白历退伍后落魄生活的新闻，混在员工里想进研究所，大门三米开外就被机器人打得鼻青脸肿，这消息还是白历从别家的新闻网站上看见的。

　　别家的新闻网站报道了对家的记者去偷拍研究所内部情况，没想到惨遭毒打，还被别家的记者拍了照片发在网上。

　　白历对着那条新闻狂笑了好几天。所以这次白历这会儿虽然走的是研究所侧门，但依旧姿势膨胀，步态嚣张，他那辆悬浮跑车就大咧咧地停在侧门门口，不怕人拍，反正离得近了都得死。

　　一进研究所的六号研究室，就跟端着杯热水、相当养生的司徒撞个满怀。

　　"哟，还活着呢？"司徒看见白历就没好脸，还记得自己被扣了半年奖金的仇，阴阳怪气道，"我还以为咱们白大少爷在家数钱呢，看看准备拿扣我的工资买什么新机甲模型。"

　　白历胳膊往司徒肩膀上一搭："兄弟，不是我说你，心眼儿也太窄了，一进来就跟我谈钱，俗气！"

两人你埋汰我我膈应你，一边说着一边往第六研究室走。

白历问："我看保安型机器人怎么没在门口？"刚进来的时候还留意了一圈。

"早改进了，除了军团那种要刷指令进门的地方，谁还用那种站岗型的机器人，早被研究所的几个同事改成悬浮型的了，监控范围更大，行动灵活得多。"司徒扭头看向白历，"你怎么想起来问这个？"

白历也没瞒着司徒："刚才有人蹲在我公寓楼下偷拍，我寻思可能会有人尾随我来这里。"

他语气相当平静，波澜不惊的样子把司徒给整蒙了："拍你？那你咋整？"不会把人给打了吧？

"我就这样。"白历立马抬手比了个"V"，还冲着司徒眨巴眨巴眼睛。

喝水的司徒差点儿呛住。

白历很纳闷："然后他就不拍了，还问我是不是瞧不起他。"

"那他挺委婉，"司徒很诚恳，"我不一样，我就直接问你是不是有病？"

白历："……你可真是我的好兄弟。"好兄弟人事一点儿不干。

挤兑归挤兑，司徒还是挺关心自己这位好兄弟老板。他一进研究室就跟耗子钻进洞里一样，两耳不闻窗外事，对白历的遭遇也是一头雾水，问道："怎么又开始这种事了，你这才太平几年？"

从白历出生开始，他的身份就相当微妙。因为白老爷子和唐家各自的态度，白历和亲生父母彻底划清界限，没有爸妈，只有爷爷，打一落地就是白家继承家业的少爷，每次参加一些贵族宴会都有不少人偷瞄。

等白历成年，长相和实力都是一等一，相比之下唐家后生的那个弟弟就显得略有些平庸，明面上没人提，但私底下都拿两人比较。这也算是贵族圈的家族八卦，时不时就被媒体说道说道，帝国国民也都喜欢听这种新闻，很有点儿过不了贵族生活就找找贵族丑闻的意思。

而白历做人又不知收敛，你让他低调做人，无异于往疯狗脖子上套狗绳。早些年他很是风光了一段时间，在军界混得风生水起，在前线战绩优异，实力配上家世，很是嚣张，把那些狗仔和小报记者骂得狗血淋头，气得人家可劲儿挖白历的花边新闻。

没想到没风光几年，白大少爷就直接从高塔上跌了下来。以前那些得罪过的媒体恨不得一脚把他踩死，家里的落地窗都得调成单面模式，就怕有人用浮空的拍摄机器人偷拍。

高高在上的人摔下来了，摔得血肉模糊，底下的那帮仰着脖子看他的人第一反应竟不是扶他起来，而是扑上去，吸他的血，啃他的肉，嘲笑他摔得五官错位，鼻青脸肿。

刚退出军界那几年，白历过得相当不好受，虽然他没说过，但司徒多少也感觉得到。以前多得意的一个人，那几年出门都顺着墙根走。

好在白历也熬过来了，与陆召结契前的那段时间低调了许多，生活也日趋平静，靠着白家的家底过得也不错，媒体在他身上榨不出来更多料，这才转头去挖娱乐明星的私生活。

与陆召结契之后，因为帝国之鹰撞在了白氏这块混凝土上，混凝土就不得不重回公众视野，不过经历了前面那么些年的磨炼，白大少爷早就对这帮恨不得从他身上刮下二两肉的媒体小报不痛不痒。习惯了，再差能差到哪儿去呢！

可能是因为陆召到底是军界的人，这回新闻媒体倒是不敢太过分，白历也跟着沾沾光，虽然星网上把他骂得一文不值，但他本人的生活还算清静，没人敢上门找他的麻烦。今天这次堵拍，白历近段时间来还是第一次遇到，不禁让他回想起以前顺墙根走一拐弯跟摄像头对个正着的场景。

白历拨弄着自己的刘海对司徒说："我哪里知道这帮孙子又抽什么风，我被堵拍的时候就顾着摆造型了。"寻思了一会儿，"八成不是因为我，可能是陆召那里出了什么事。"

"你俩现在绑一起了。"司徒也跟着说，"谁有点儿八卦新闻，另一个得一起下锅。"

白历直笑，他觉得司徒这个"绑一起"用得相当精妙。

一旁的小助理听到动静抬起头："你们都不知道？现在星网上都闹开了，说因为陆召少将精神力崩溃引起军团混乱，这会儿都在争论稀种该不该在一线军团担任要职呢。"

白历和司徒都愣了一下。

"白先生也不知道？"小助理也挺惊讶，"陆召少将没跟您说？不能吧，第一军团都发声明了，他肯定知道啊，怎么没跟您说？"

这小助理嗓门还挺大，引得第六研究室的其他研究员都往这边看，听到在说这事，七嘴八舌地议论起来。

这群人和白历挺熟，白历一周少说要来第六研究室四五次，没什么架子，说话是有点儿缺德，但作为贵族公子哥，人还不错。所以这会儿他们议论归议论，说的倒不是戳心窝子的话，就是跟白历粗略讲了讲星网上今天一大早爆出来的新闻。

司徒听自己手下的研究员你一言我一语地议论纷纷，自己也把事情琢磨得差不多了，拍拍手把这群人赶去干活："得了得了，该干吗干吗。"

扭头看了一眼白历，见他脸上还是笑眯眯的表情，一时间有点儿猜不透他的心思。

"要不我给你配台搭载了保卫系统的小机器人？"司徒就一技术宅，名牌狗头军师，"贼小，挺好使的，就跟在你身边，陌生人靠近你保管从三维立体打成像素平面。"

白历品了品这句话，他自己还没怎么样，司徒就直接上升到人身安全方面了，这是直接就认定了白历没好日子过。

把白历整得哭笑不得："你是不是巴不得我被媒体烦死？"

"那你说怎么办，"司徒最烦这种事，眉头皱得能夹死苍蝇，"要不你找陆召说说？"

白历笑道："说什么？军团发生的事我知道，事后我也知道八成会被人抖出去。这又不怪他，是军团一个新兵因为内部霸凌身心受到了打击，所以精神力出了问题，才弄得一团乱。"

司徒只从刚才的研究员们七嘴八舌里听了个大概，白历这话他没太弄明白："这都什么跟什么？媒体有病啊，放着这种军团管理问题不问，怎么追着陆召折腾？"

"你要是和陆召一样飞得高，也有人想把你从天上打下来。"白历拍拍司徒的肩膀，"气什么？这你就气了。"

司徒没好脸："你不气，那是你有病，这件事一般人都受不了。"

"所以哥儿们我不是一般人。"白历一撩刘海，笑得相当得意。

司徒就看不惯白历这嘚瑟劲儿，把自己的那杯水喝完，杯子往桌上一磕："你等着吧，迟早有人拍你小子黑砖。"

白历乐得直笑，换了个话题："今天能上模拟舱吗？"

"随时都能用，"司徒瞥了一眼白历的腿，"你的腿撑得住？"也就只有司徒这种和白历玩了好多年的老伙计，才能这么直言不讳地去问白历的腿。

白历点点头，竖起根拇指，表示自己的状态好得很。

"那你等会儿，我去检查一下数据。"司徒活动了一下自己的脖颈和肩背，放松肌肉的同时精神也绷了起来，白历能上模拟舱的次数有限，他得抓紧每一次机会记录研究。

等司徒走了，白历才在平时研究员们用的休息区找了个角落坐下来，他打开个人终端，弹出来的页面还停留在与陆召的通讯页面上。

白历的手指动了动，在输入栏打了几个字，删了。又打了几个字，想想，又给删了。就这么来回好几次，白大少爷坐在沙发上一会儿跷着二郎腿，一会儿又侧坐，扭来扭去，扭到最后也没发出一条简讯。

白历仰头靠在沙发靠背上，觉得剧情不该是这个走向。他白大少爷也算是见识过大风大浪的特种，怎么现在混到连条简讯都不知道怎么发的地步了。

他想问问陆召知不知道今天早上的新闻，如果知道，为什么不乐意给他讲讲。当然，有可能是陆召觉得没必要讲。

说了又没用，成年人都得自己解决问题。

白历觉得自己得好好遵守结契时的约定，不干涉陆召的一切。他之前一直做的都挺好，他想让这分自在能维持更长时间。

　　早上论坛堵拍白历的照片一曝光，很多人就顺着找到了白历公寓的地址。这公寓是主城区的高档住房，安保措施非常到位，非公寓住户根本别想进去。但公寓楼外就是公共场所，你只要不杀人放火，就没什么人管。

　　天快黑的时候，白历的悬浮车在公寓楼下停住。还没等他下车，好几架小型悬浮拍摄机器人就把他的车给围了起来，隔着车窗朝里面一顿猛拍。

　　白历被噼里啪啦的闪光灯照得半眯起眼睛，这感觉竟然还挺熟悉，他腿刚废的那两年，走哪里都自带这种闪光，跟照明灯似的，大半夜出门都不怕摸不清路。

　　跟着机器人挤过来的还有不少人。有人把他的车窗拍得震天响，扯着喉咙问："白先生，请问您对早上的新闻有什么看法？"

　　白历坐在车里，摸着下巴寻思自己要不要弹开车门，给这孙子的肚子上来一家伙。

　　外面的人还在喊："白先生，您作为一个特种，怎么可以容忍稀种的契约人这样影响军团秩序？"

　　这话说得相当直接，也非常难听。白历脸上的笑淡了几分，他放下了车窗。

　　特种极具压迫感的精神力从车窗里压了出去，刚才还拍着车窗叫嚣的人立马就僵住了身体。可能是外界的报道把白历塑造成了一个废物的形象，以至于很多人都忘了当年白大少爷的赫赫威名，忘了这是个正儿八经的高精神力特种。

　　白历前倾身体，一张五官英俊的脸上还带着笑意，任由拍摄机器人挤进车窗，薄唇勾起一个弧度，轻柔地上下磕碰道："多少钱能付你挨打之后的医疗费？"

　　这张脸太具迷惑性，车窗外的人群在短暂的几秒钟里竟然没反应过来。

　　那股高精神力特种才有的压迫感让人喘不过气，腿肚子发软。有几个人忍不住后退了几步，想从白历的威胁范围内退开。

　　拦车敲车窗的特种也还算不错，顶住压力道："白先生，您在公众场合刻意精神力外溢，不觉得自己的行为非常可耻吗？"

感情您还知道"可耻"两字怎么写？

白历正准备拉开车门，就看见那人的肩膀上多了一只手。那只手按住了那人的肩膀，捏得他忍不住连连痛呼，还没来得及骂娘，陆召的声音就响了起来："让一让。"说完捏着那人肩膀推到了一边。

挡在车前的人被推开，露出陆召的脸。他穿着一身运动服，看样子刚在健身房运动完，脸色不错，汗水打湿了刘海，他用手指顺着向后一梳，露出光洁的额头。

白历在车里坐着，看着陆召俯下身，一手抓住车窗前还在往里挤的拍摄机器人，跟扔棒球一样随手抛出去老远。

处理完这些乱七八糟的东西，陆召转头俯下身，看着白历："我去趟超市，一起？"

"啊！"白历的大脑一片空白，只有眼睛还盯着陆召，"你想买什么？"

陆召想了想："……我靠鱼干？"

这一看就是临时想的，鱼干的大名都没想起来。

白历笑的不行，差点儿趴在方向盘上："上瘾了是吧？"

"嗯。"陆召毫不羞涩地点头。

"买！必须买！"白历拉开车门，从驾驶座下来，"陆少将吃什么都给买。"

他从车上下来，身上那股压迫感十足的精神力还没彻底收敛，陆召的眉头动了动，没说话，就这么站在白历身边，看他用个人终端把车调回车库。

陆召的出现太过突然，本来还围在白历车周围的几个小报记者一时有点儿不知所措。得罪白历可能只是被打，得罪陆召那就是得罪军界。几人你看看我，我看看你，竟然没人敢冲上去问话。

更令人震惊的是，这两人同时出现在这里，就透露出一个信息——这两个契约人确实如外界猜测的那样暂时住在一起！

人家不仅没有闹掰，关系甚至比别人想象得更好！

再看这两位，一个比一个嚣张，就这么旁若无人，顶着闪光灯和其他人的注目礼，大摇大摆地往超市的方向走去。

走得老远了还能听到白历在问："鲜花，你压根儿就不记得那个鱼干叫啥是吧？"

陆召回答："我靠鱼干？"

白历："得，明儿新闻肯定没好话。"

两人并排走，越走越远。

第十九章
"跑！"

茶几上热辣鱼干一字排开。白历和陆召刚才挤过楼下的闪光灯密林，这会儿连沙发都懒得坐了，一屁股坐在地板上，看着热辣鱼干堆起的小山堆发呆。

还是白大少爷先从沉思中回过神："陆召，你有没有觉得……"

陆召都不用他继续说："买多了。"

"啊！"白历说，"真买多了。"

这可咋整，真愁人。

陆召自己拿了两包，剩下的往白历面前一推："我够了。"意思是自己就吃这两包，剩下的不管了。

好险没把白历气晕过去："这谁敢吃，全吃完明天老子上厕所得直接进医院。"

陆召这句话琢磨了好一会儿，才体会到帝国主星贵族内涵中透出的猥琐和接地气。

有时候陆召就挺佩服白历，这人好歹也是名门世家出身的大少爷，也不知道接受的是什么教育，上嘴皮子一碰下嘴皮子，什么话都能往外秃噜。

"我自认能吃辣，但这鱼干我是真受不了，"白历对着一茶几的"我靠"，脑袋大了好几圈，"昨天多吃了几口，今天嗓子都有点儿疼，导致我军战斗力严重受损。"

陆召没明白："受损？"看你小子这小嘴儿叭叭叭的，也不像是受损的样子。

白历解释："以前一分钟能骂司徒三百字，今天就只能骂二百五了，得腾出时间喝水。"

陆召一整天过得不太舒心，这会儿才露出些笑意，又从桌上拿了一袋鱼干。

"你这……"白历寻思了两秒，"算是可怜我，宽宏大量多替我分担一包？"

陆少将态度非常坦诚："嗯。"坦诚地认下了"可怜我"和"宽宏大量"两个重点词，一点儿都不谦虚。

白大少爷罕见地被噎住了，看看桌上火红的一大片，又看看陆召手里的三点红，隔了好久才憋出一句："谢谢哥哥。"

这个"哥哥"喊得自然无比，陆召都没能第一时间反应过来。人要是不要脸起来，"少将哥哥"还能更进一步，去掉"少将"两字。

被抹了职务的陆召感觉相当微妙。正微妙着呢，就瞅见白历掏出个人终端，给司徒发简讯。虚拟屏投在半空，也没避着陆召，陆召就侧了头去看。

白历输入：好兄弟，明天我去研究所给你带好吃的，贼好吃，先紧着我的好兄弟吃，别推辞，明天见。

附带几个竖着大拇指的狗狗头表情包。

陆召无语，人事你是半点儿不干啊。

"看到没，人脉就得现在用，"白历用胳膊肘捅了一下陆召，很得意，"研究所好几十号人呢，嘻嘻。"

陆召好险没被他那声"嘻嘻"呛死，没提醒白历明天可能就是他和司徒友谊破裂的开始。

这不要脸的还在那儿美呢，狗头凑了过来："哎！少将，你那边不还有个霍存嘛。"

陆召对白历的脑子到底是个什么构造至今百思不得其解，"你这么恨他？"就因为他差点儿给你拉出前二百？

"没有啊，"白历挺无辜，"又死不了人。"

今天陆召对白历的"恨"有了初步了解，原来没到给人弄死的地步，白大少爷都觉得自己很大度。

两人今天过得都够呛，撕开包装袋边吃边聊。

白历问："对了，公寓健身房感觉怎么样？"

陆召打了个手势，管家型机器人顶着一个托盘过来，上面放了两小瓶冰镇的果汁。他拿起一瓶，另一瓶递给白历："还行。"

普通人健身是够用了，但对常年在军团接受高强度训练的人肯定还差点儿意思，尤其是不能进行机甲模拟训练。

白历拧开果汁的封口，眼也不看陆召，装作很随意地问："那什么，你是因为早上的新闻才不去军团的？"问的挺直接，也侧面说明白历已经挺清楚这事了。

陆召倒挺实诚："嗯，霍存说让我休息几天。"

也不知道是怎么回事，这段时间全都在休息，不是赶上自己出事就是赶上别人倒霉，直接给陆召放了个小年假。

"也是，你这会儿往大街上一站，第二天新闻头条全是你，"白历呸呸嘴，"给人家娱乐明星啥的留点儿位置，别整得跟一脚跨进娱乐圈似的。"

陆召翘了翘嘴角，什么事从白历嘴里过一圈就显得轻飘飘。

两人坐在地板上喝果汁，白历把手里的果汁盖子一丢，机器管家咕噜噜就滚去捡，这种你抛我接的无聊游戏白历好像挺喜欢玩儿。

没人说话，手里的果汁喝了一半，陆召才开口："下回跟你提前说。"

白历扭头看了他一眼，笑道："成。"

不用提前说什么，白历也知道陆召说的是早上没跟他说军团骚乱被扒出来的事。

本来白历心里老像是憋着什么，但这会儿陆召这么说了，白历立马就没了脾气。

"哎！"但白大少爷还非得骚那么两句，拍着胸脯一副心有余悸的样子，"早上可把历历吓坏了。"

陆召总显得有点儿冷冽的五官因为笑起来而软化不少，他骂了一句："那你还比 V？"把小报记者气得半死。

白历解释："条件反射啊，老子也没办法。"

陆召纳闷："还能这么反射？"

白历道："啊，有人被吓了会哭，有人会叫，我就比 V。"说完又比了一个。

虽然知道是瞎扯淡，陆召还是被白历的那个"V"给逗乐了。两人边喝果汁边笑，主要是一想起来那个早上堵拍白历的小报记者目瞪口呆的样子就忍不住，笑的手抖，果汁都咽不下去。

笑够了，白历又问："那你这几天都不去军团，多无聊。"

从小就在封闭式学校长大的陆召少将，真没什么业余爱好，除了训练就是睡觉，这小年假全用来睡觉也太浪费了。

"还有八十七层能活动活动。"陆召回答。

白历摸了摸下巴，琢磨了一会儿，才转头说："要不你也去研究所玩玩？"

也真不怪司徒跟白历过不去，就这句"玩玩"能让司徒气个半死。陆召也觉得好笑，研究所是能玩的地方？

白历又说："之前不是说好了，让你上模拟舱感受一下我们研发中的机型吗？"

陆召："行。"毫不犹豫，一点儿磕巴都没有。

白历一边笑一边用个人终端浏览网页："那明天换台低调点的车，不然得被尾随，给研究所带过去一票娱记，司徒非得把老子皮扒了。"

"有人跟你的车？"陆召放下果汁，看着白历。

这种跟车拍摄的行为相当危险，还很容易暴露其他落脚的地方，麻烦得很。

"没留意，"白历翻到帝国论坛上开始摩拳擦掌，寻思怎么发帖能把群众的骂娘声推向顶峰，见陆召挺认真，又加了一句，"小场面，当年兄弟我溜墙根的时候就练了一身技能。你这点儿波浪算什么，等几天军团那边一澄清，就没人关心这事了。"

陆召没吭声。白历看看他，嚯，这脸色可不怎么好看。不过白大少爷也知道陆召不是跟他不对付，侧过头凑近点儿，笑得很鸡贼："你今天晚上下楼，怎么就掐时间掐得这么准，我前脚到楼下，你后脚就出来了。"

本来是想瞧瞧陆少将被戳穿心思的样子，没想到陆召面不改色地"嗯"了一声："你车和公寓的管家系统连在一起，到楼下车库附近系统会提示要收车入库。我有权限，一直在等提示，等你到家。"很坦诚，陆召从不遮掩。

白历笑了笑："咱俩都快让契约人关系给捆成亲兄弟了。"

"是吗？不懂，"陆召也没反驳，"没有过亲兄弟。"

白历随意地靠在沙发上，半闭着眼道："有没有血缘不重要，能在你挨骂的时候帮你揍人的就算兄弟了吧。"

听到"血缘"两个字，陆召才想起白历其实是有亲兄弟的。

关于白大少爷那位"亲兄弟"的记忆浮现，陆召眉头不自觉地皱起，说实话，这兄弟俩可半点儿都不像。

帝国的雨季来得很猛烈，当夜就下了一夜大雨，白历在哗哗的雨声中做了一晚上梦，梦里他和一条狗坐在大雨里。

那条狗坐久了，就去雨里狂欢，有一个人走过来，狗就追着那人跑，摇尾巴，吐舌头，那人停下来跟狗玩了一会儿，时间到了，就走了。

狗站在雨里等了又等，最后走回来，又挨着白历蹲下。

一人一狗不说话，梦里的世界只有倾盆大雨。

等白历睡醒，已经记不太清自己做了什么梦，只记得自己并不难过，也不愤怒，从头到尾都只觉得空荡荡的。

梦已经记不清了，这种感觉倒还一直残留在白历的心里，直到他一手提着装了热辣鱼干的袋子站进电梯时都还有些分神。

陆召的声音响起，压得很低："你心情不好？"

白历回过神来，用空着的手揉揉脸："没有。"陆召看他。"真没有，"

154

白历哭笑不得，"就是做了一晚上梦，可能没睡好。"

陆召顿了顿："那回去休息。"

"别啊，"白历摊摊手，"我都和司徒说好了，要带你过去开他研发的机甲，要是不去他得跟我闹。"说完又蜷起自己一条胳膊，做了个秀肌肉的姿势，"再说了，我军常年奋战在拟战一线，一个晚上没睡好算什么，一个晚上不睡都没问题！"

陆召把他快要怼到自己脸上的胳膊拍开，忍住没笑。

电梯下到一楼大厅，白历和陆召走出来，人还没到门口，就看到门外几台悬浮型摄像机器人正围着公寓，保持着一定安全距离在拍摄。这样既不会引发公寓搭载的安保系统报警，又能全天监视公寓内的情况。

因为这栋公寓住的人身份都不低，所以小报记者们倒是没有围在门口，只放了机器人。这种小型的机器人可以识别人脸，发现需要拍摄的目标才会行动。

白历撩了撩自己的刘海，白大少爷的招牌微笑已经挂在了脸上，漫不经心中透出几分器张跋扈："哥儿们，准备好了没，一会儿可就上镜了，咱俩得——"

陆召打断他："不比 V。"

白历反应了一秒，继而乐不可支，"得嘞，您就放心吧。"然后率先一步，半挡在陆召身前走出门去。

几乎就在公寓的大门自动打开的同时，拍摄的声音响成一片。

不躲不逃的白大少爷小声嘀咕了一句，转过头对陆召说："我看到几个以前得罪过的小记者，要不咱俩跑吧。"

机器人一般都先用来打头阵，等发现目标了就会提醒各自的主人，这会儿在车里和角落里窝了一晚上的小报记者们已经窜了出来，正拿着录音器往这边狂奔呢。

车已经从车库调了出来，停在不远处。白历的声音从一堆隔着老远就扯着喉咙抛出问题的嘶吼里传过来："跑！"

陆召还没反应过来，但身体已率先反应，跟着白历狂奔起来。两人像是翘课被逮到的坏小子，在众目睽睽之下撒丫子就跑。机器人"咔嚓咔嚓"地拍，身后的人大呼小叫。

　　白历不忘扭头对小报记者们说："选几张好看的，要帅的，记得要修图。"

第二十章
机甲"苍蝇拍"

研究所在主星远离主城区的一片科技区，原本二十分钟可以赶到的车程，为了甩开跟踪的小报记者，白历多花了一倍的时间。

两人蹿上车的速度过快，拍照都只剩残影，照片没多久就被上传到了星网，被白历的个人终端捕捉到投影出来，好险没把两人笑死。

本来是挺糟心的事，但让白历一声"跑"给搅和成这样，实在是有些离奇。

"研究所有部门负责生活服务类的机器人开发，算是机密吧，一般不让研究员以外的人进，"白历笑够了，开始说起研究所的情况，"咱俩就去第六研究室，那边还有个公共休息区，把'我靠'鱼干往那儿一放。"他腾出手比了个大拇指。

陆召当没看到他这缺德的拇指："你之前去研究所，都是去上模拟舱？"

"啊，"白历一边开车一边回答，"也不是每次去都能进模拟舱，不过能进就进。"

其实陆召想问的不是这个，他是想问白历的腿在长期进模拟舱的情况下，会不会有什么损伤。

帝国研制的机甲需要跟人体多个部位连接，精神力是决定操作灵敏程度的原因之一，强悍健全的身体也是必要的驾驶条件。虽然陆召没有刻意调过白历的就诊资料，但能让他受伤后没多久就离开军界，那条腿应该已经废到无法与机甲正常连接的地步了。

陆召对白历研究所研发的机型也算比较了解，看过白历驾驶的录像，只是没想到白历去的频率这么高。

白历没听到陆召的回应，知道他在想什么，笑道："你就放心吧，我是最好的测试员。"

绕了一大圈，车上搭载的安全系统才显示周围没有疑似尾随的悬浮车，白历才开向研究所，也没走大门，而是选择从更安全的侧门进入。

把车交给泊车机器人，陆召跟着白历朝第六研究室进发。

研究所的安保做的很到位，进入需要人脸识别，白历一边输入带人进入的指令一边跟陆召说："侧门这边其实比大门更容易被偷拍，那帮堵拍的脑子好使着呢，知道怕被拍的都不敢走正门。"

陆召没明白："那还走侧门？"

"就因为侧门容易被偷拍，所以司徒给这边排的保安机器人最多。"白历小声说道，"前几年有人想偷拍我，在侧门被揍得五官错位，还赖研究所下狠手，开口要索赔三十万星币。"

陆召一想到来偷拍被打了个五官错位就想乐，忍笑道："赔了？"

"啊，不然呢？"白历耸耸肩，"赔了十来万吧，说是我们打得太狠，也有责任，就赔了些医疗费、精神损失费什么的。你也知道，犯贱的找死你也不能真把他打死，不然所有人都把屎盆子往你头上扣，还跟你说：'他就是犯贱，你非得计较什么'，老子要是真计较，连这帮说话的都打。"

陆召有点儿笑不出来了。

人要是太心疼自己就未免显得做作，但人要是太不心疼自己，那也不是个滋味。白历说出来是想逗个乐，可他说的云淡风轻，陆召就觉得不是滋味。

这得多麻木，才能把这种事当乐子。

"你不生气？"陆召声音低了很多。

"气什么？"白大少爷懒洋洋地道，"我转头就找人又把那孙子打了一顿，听说今年五官都还没归位呢。"说完才想起来左右看看有没有外人，"哎！忘了忘了，这事你可别跟别人说啊，老子偷偷打的。"

原来不是麻木了，是转头就进行了严格的打击报复，难怪十来万星币赔出去还在这里美呢。

陆召笑了好几声，还点评："这波不亏。"

两人对着奸笑，都不是好东西。

这一边，两人笑着往第六研究室走，一路上研究员们看到陆召都回不过神，再看旁边站着的白大少爷，也不知道说了什么能把帝国之鹰逗乐，那张在虚拟屏上才能看到的冷峻面孔融化了七八分，挂上了温和的笑容。

另一边，司徒刚结束通宵的工作，听说白历和陆召到了，便匆匆忙忙跑来接待："真来了？路上顺吗？我还以为现在这种情况你俩来不了呢。"

"小瞧我？"白历给了司徒肩膀一拳，"好不容易又逮了个顶尖的驾驶员，我就是背也得给他背到这里来。"

陆召想笑。司徒一把把白历推到一边，正眼都没看一眼，而是直接与陆召打招呼握手："陆召少将，又见面了。要是让我弟弟知道，肯定立马就杀过来见偶像了。"

陆召火速打断这个尴尬的话题，与司徒握手，"我上模拟舱，会不会不方便？"

司徒连连摇头："不会不会！我们的机型需要收集大量数据，您这样的驾驶员我们求之不得！"扭头对身边跟着的小助理示意了一下，复又笑道，"先进第六研究室，模拟舱已经准备好了，等会儿按照少将的身体数据再录入一遍。"

"干得好！"白历笑容满面，把手里装热辣鱼干的袋子往司徒怀里塞，"给你带礼物了，慰问慰问！"

司徒斜眼狐疑地看了看他，觉得他笑得诡异。倒也没说什么，袋子往怀里一抱，心想好歹也是多年兄弟，有点儿事还是挂念自己的，不由脸色松动，手也放开了："行，稍等会儿啊，我去安排一下数据录入。"

"好嘞。"白历一溜小跑地回到陆召身边。

陆召本来正看研究所旁边陈列的一些模型图像，扭头就看见白历手上提着的零食袋子没了。

司徒边走边回头问："白历，你给我带这是什么？"拿出来一看，刺眼的大红色包装袋，上书大字"热辣鱼干"，纳闷道，"这好吃吗？"

"好吃。"白历点头如捣蒜，还竖大拇指，"不好吃我会带给您吃吗？我的好兄弟！"

陆召的嘴张开又合上，合上又张开。欲言又止。

就看见司徒还挺感动："算爷爷没白疼你。"

白历点头哈腰："那是，那是。"

陆召面色平静，寻思着得有一顿好打在后面等着他呢。

"得，少将，您先在这里等一会儿，这会儿还没开工，等人到齐了我找人输入您的数据，"司徒把两人带到休息区，又让休息区负责饮食的机器人倒了两杯水，才提着那袋热辣鱼干准备离开，"我昨晚做了个小玩意儿，快完工了，去收个尾。"

都没跟白历打招呼，光顾和陆召说话了。说完就往自己的研究室冲，很有点儿工作狂人的架势。

等司徒离开，休息区就只剩下了陆召和白历，周围一片窃窃私语声，陆召回头去看，研究所的员工已经慢慢多了起来，除了第六研究室的研究员，其他项目的人也聚集到了门口，探头探脑，目光炙热地往陆召身上瞧。

好在研究所里都是一帮醉心科研的技术宅，虽然很想往陆召跟前凑，但都比较害羞，再加上旁边站的白历是砸钱的大老板，倒也没靠近。

白历喝了口水，像是想起什么："哎！带你去看个别的。"

陆召把目光收回来，没问是什么，只点点头，跟着白历一起起身。

两人从休息区离开，在白历的带领下来到一扇门前。需要进行虹膜识别的加厚型金属门严丝合缝，旁边小小的一块屏幕上写着"材质陈列室"几个字。

门缓缓打开，陆召跟在后面走进门去。

进入陈列室，一排排的陈列架就映入眼帘，室内灯光并不算亮，显得打在陈列架上的幽蓝色灯光更加明显。

在一个个半圆形透明罩下，大小不一的金属材质排列开，被幽蓝色的光亮映得泛起一层柔和。

"这是司徒的收藏室，"白历一边给陆召解释一边带着他往前走，"都是从各个星球上收集的，下了老大工夫。"

陆召的目光扫过一个个透明罩下的金属材质，问道："用来做机甲？"

白历摇摇头："有的用得上，有的用不上。也不光全是金属，什么都有。"他顿了顿，指着前面某处，侧头对陆召说，"我带你看这个。"

顺着白历手指的方向去看，前方是一个小型展示台，几根圆柱竖起，顶端各自罩着一个半圆形透明罩。白历手指的那个就是其中之一，比陈列架上的都要大出不少。

幽蓝色的灯光投映在那个透明罩上，陆召像是被吸引着走过去，逐渐看清透明罩下的金属。

坚硬的材质，一面漆成了深蓝色，白色的小字已经不太好分辨，但陆召还是认出来了，不由道："KL223。"

这块金属是从已经退役的 KL223 型机甲上卸下来的，深蓝色的表面布满划痕，不知道被什么砸得有些坑坑洼洼，能在如此坚硬的机甲材质上留下这样的痕迹，可见这台 KL223 在退役前应该有过损坏，经历过一场恶战。

这个型号因为难驾驶，会对身体造成负担而产量不高，陆召进入第一军团时，军团就只剩两台，都配给了中将级别精神力较高的军官驾驶，没多久也都退役。KL223 因为杀伤力巨大，曾一度被戏称为"苍蝇拍"，意思是在它面前，什么样的敌人都跟苍蝇无二，统统拍死。

这还是陆召第一次近距离接触 KL223 机型，或者说是接触它的一部分。

"这个颜色我特喜欢，"白历也走了过来，站在陆召身边，和他一起看着透明罩下被映出静谧微光的金属，"这是从我最后驾驶的那台机甲上卸下来的。"

陆召抬起头，看向白历。灯光将白历的眼底映上蓝色的色泽，像那块斑驳的机甲残骸。

白历笑了笑，语气挺轻松："当时第一军团我可是第一个能把苍蝇拍开得像悬浮车一样顺溜的，得好好显摆显摆。你没开过 KL223 吧？这机型全都送去报废了，你也就在这里能见识见识了。"顿了顿，白历又说，"想不想感受一下手感？"

他看向陆召的目光里闪烁着一些细碎的情绪，陆召辨认不出是什么，只点了点头："嗯。"

白历露出一个微笑，将手平摊在透明罩上，一层蓝光扫过手掌，下一秒透明的保护罩自动缩回。

他的手指附在机甲残骸上，停留了一会儿，没有吭声。

陆召也没说话，半晌才听到白历说："我好多年没摸到它了。"轻飘飘的声音，很小，很软。

陆召知道，白历从没忘记过驾驶机甲的每一秒。即使这每一秒里，并不全是愉快的记忆。即使那些记忆已经无法释怀到让白历需要以陆召为借口，才敢打开这个透明的保护罩。

保护罩下，曾是白历的荣耀。

第二十一章
这么多年，狂热不减

"KL223 型的机甲当时用的金属比较稀有，投入机甲使用也是头一次。"白历把手里的机甲碎片递给陆召，"司徒刚进帝国研究院参与的项目就是这款机甲的研发，挺有感情，我最后开的那台机甲破损严重，送去报废处理，司徒找了以前在研究所的同事，从上面卸了一块。"

陆召接过来，很沉，即使是不大的一块，重量也很惊人。

触手即有冰冷的感觉传来，陆召的手抚摸过白历曾触碰过的地方，那里也没有能残留下白历的体温。

"看这颜色。"白历又滔滔不绝起来，"这手感，绝了，兄弟，你没开过真是你的损失。"

陆召没吭声，任由白历跟他扯着 KL223 机型的各类优点。

也没问他，既然这么多年都惦记着一切，为什么连块曾经开过的机甲的碎片都不敢放在家里，放在自己触手可及、睁眼就能看见的地方，而是锁在厚重的门里。

一个人得是什么心情，才能在有权限打开保护罩的情况下，这么多年都没碰过保护罩里的东西一下。

陆召看着手里的机甲碎片，开口："确实。我一直想开一次试试。"

"这机型已经停产了，"白历有点儿可惜，"机甲还是得适合大部分人才好，不然维护也挺麻烦，破损了得找专门的人员维修。当时 KL223 就是司徒他们几个人专门维护，机型太小众了。"

陆召淡淡道："能感受小众的那群人才有的感觉也挺好。"

白历笑起来，眼底闪着蓝色的细碎光亮，像是揉进去了宇宙星河。

"等研究所的机甲真能研制成功并且投入使用，我会把这块残骸镶嵌在生产的第一台上面。"白历的目光划过陆召的脸，最后停留在机甲残片上，"然后开回家，就搁门口。"

陆召反应了好几秒："你开台机甲搁门口？"知道那玩意儿多大吗？门口你搁得下吗？

"啊！"白历理直气壮，"守门！安家镇宅首选，驱邪挡灾必备！"

陆召忍不住直笑，这玩意儿往主星的主城区一放，还驱邪呢，你小子头一个得被驱！

"我本来没打算让你看这个，不过今天一进研究所，我就一直在想这茬儿，"白历曲起一根手指，在陆召拿着的机甲残片上敲了敲，"这是我被小报记者追得抱头鼠窜的起因见证物，您呢，是新一轮抱头鼠窜的当事人。"

白历拍拍陆召的肩膀，又拍拍自己的胸口："难兄难弟。"

整个主星估计都找不到第二个像白历这样的奇葩。就这么把自己受难时的遗留物给掏出来，往陆召手上一塞，拍拍人家肩膀说没啥事啊兄弟，当年咱也这么过来的。

陆召手里拿着的这块 KL223 的机甲残片，上一秒好像还是白历的心脏，这会儿就好像成了白历的冷笑话。

陆召就对白历的脑子感到十分费解："这是一回事吗？"

白历连连点头："一回事啊，来堵你的那帮记者，有几个还是老熟人呢。"

陆召："熟人？"

"啊，少说被我骂过十回，看见他们那脸我就能编出不重样的八百字骂帖。"白历非常自豪，挺了挺胸膛，"有缘吧，堵你的和堵我的差不多是一批人。"

也就是这会儿陆召还沉浸在手里这块机甲残片的沉痛中，不然现在他就能让这块残片变成凶器。

有这么逗乐的吗？陆召哭笑不得。

"我那会儿也烦得不得了，有时候觉得天都塌了，但过了几年，我就感觉这都不算什么。"白历的手指在残片的坑坑洼洼上依次点过，对陆召笑了笑，"你也一样，不管是什么事，再过段时间，你都能消化了给咽下去。"

他没明说，陆召倒好像知道白历在说什么。白历就想跟他讲，不管是舆论还是他战后受到损伤的身体，这些事迟早都能跨过去。

这些话可能白历早就想说，但直到今天才找到个由头。

陆召"嗯"了一声，学着白历的模样，曲起手指在上面敲了一下："把它镶在机甲上的时候，记得喊我来看。"

还没影的事，但这话从白历嘴里说出来，陆召就觉得透出一点儿板上钉钉的意思。

白历笑了笑："一定。"就是不知道那时候，陆召还愿不愿意来。

个人终端响了几声，司徒发来一条简讯，告诉白历研究员已经到齐了，安排了人录入陆召的各项数据，问白历把陆召拐到哪里去了。

白历看完简讯，把个人终端收回去："司徒准备好了，走走走，快去模拟舱。"

"这个？"陆召手里还捧着那块机甲残片，"放这里？"

白历伸手拿过来，往圆柱形的展示台上一搁，透明的保护罩自动合拢。他没再看那块残片一眼，带着陆召往外走。动作太流畅，以至于陆召跟在他身后走了两步，都还没回过神。

他寻思了好一会儿，才试探性地问："带我看这个，就为了……"他想不到合适的词，顿了顿，"说这些？"

走在前面的白历回头看了他一眼："这不是看你这几天不开心，带你看点儿有意思的嘛。这研究所里我觉得有意思的除了机甲，就只剩这个陈列室里的东西了。"

两人又走了一段路，快到第六研究室的时候，陆召忽然开口："别这样，白历。"

白历没听明白:"啊?"

"别拿你遭过的罪当成安慰我的话头。"陆召看着他,声音压得很低,"再这样,我就揍你。"

怎么别人不拿你当回事,你自己也不拿自己当回事呢?

白历愣在原地,一只脚踏出去还没落地,怔忪地看着陆召。

后者绕过他,兀自走进第六研究室。

也不知道是不是错觉,白历总觉得陆召和平时没什么区别的语气里透出点儿发火的意思。这还是他俩从认识到现在,白历头一次觉得自己可能惹了陆召。

他看着陆召径直走进第六研究室,很快就有助理研究员围上去,要给他录入数据。陆召的侧脸没有多余的表情,以前白历不觉得,今天陆召的目光不落在白历身上,他竟然觉得这张侧脸有点儿让他不敢接近。

等司徒揉着熬了通宵加一个早上的红眼睛走过来时,白历还站在第六研究室的门口没进去。

"杵这儿做什么?"司徒喊了一声,白历跟根石柱子一样憨憨地立着,仿佛没听见。司徒朝他的后背就是一巴掌,"醒醒啊,白大少爷!"

把白历拍得一个激灵,嘴里嘟囔了一句。

司徒把脑袋凑过去:"大声点儿!"

就听见白大少爷大声了一点儿地嘀咕:"我好像把我们陆少将惹生气了……"

"什么?什么?"司徒没反应过来,"你把少将得罪了?真行啊白历,你又怎么着了?"

白历没吭声,一只手掩着嘴,斜靠在墙上,肩膀也垮了下来,整个人蔫了不少,看着还有点儿可怜。

到底是认识了这么多年的好哥儿们,司徒想骂两句,又于心不忍:"行了,我看少将没什么生气不生气的,表情不还是很正常吗?你要真怎么了就去道个歉……"话还没说完,就看见白历半眯着眼,笑得很开心。

陆召跟他发脾气,因为他不拿自己当回事。陆召因为这个感到恼火,一开始白历还没明白过来，等他搞明白了，发现自己竟然从这种生气中感到些许关心。

这种只有亲近的人才会给得急切的关心。

司徒看着白历的脸，难以置信地骂了一声："你是在笑？"

白历笑得见牙不见眼。

"滚！"浪费了感情的军师怒吼，"真是有病！"

声音太大，把第六研究室的研究员们的注意力都勾了过去，陆召也听见了动静，转过头去看。

给他录入数据的助理习以为常："又开始了，领导和老板就没对过脾气。"说完又大声朝那边喊，"司老师，准备好了，少将和白先生可以同时进入模拟舱！"

陆召愣了一下，意识到白历是打算在今天和他进行模拟对抗。

那边司徒正走过来，也不知道刚才跟白历说了什么，气得满脸通红，白历跟在他身后，表情管理能力严重失调，陆召看了两眼，实在没看出来白历的表情是什么意思。

"少将，您之前也了解过了，"司徒在陆召面前还是缓和了语气，指示几个研究员跟上，一行人穿过满是虚拟屏的记录研究区，在机甲模拟室前停下，司徒一边刷脸一边说，"目前我们研究的方向主要是提高精神力对机甲的控制力，降低机甲对人体造成的负担，尽量做到将人体与机甲之间的连接用精神力连接代替。"

眼前的机甲研究室并非"室"，更像是一片开阔宽敞的大型工厂，几台新型机甲模拟舱连接着线路与研究院的数据面板相接，再向上看去，才意识到昏暗中伫立着等比例缩小的最早型帝国机甲模型，即便是缩小后，也依旧如同庞然大物，投映在半空的巨大虚拟屏的光亮为这些曾纵横浩瀚宇宙的机型镀上一层冷光。

虚拟屏上是一台尚在研发中的机甲的三视图，旁边记录着几组数据，最后都标明了最近参与的测试员的名字——白历。

陆召眯眼去看，虚拟屏投映出的机甲漆成了深蓝色。

虽然之前也见过一次，但现在他发现，这种深蓝和那陈列室里的机甲残片是一样的颜色。

"这是用来记录精神力波动的头盔，丑了点儿，不过稳定，比目前帝国研究院的那些更注重数据收集。"司徒拿起两个特制的模拟舱专用头盔，一手一个递给陆召和白历，"少将，今天由您驾驶帝国常用的新型机甲，与白历进行模拟对抗。"

陆召拿起自己面前的那个，侧过头看，白历也已经拿起了另一个。

那边有人喊，司徒向两人比了个稍等的手势后离开。白历将头盔在手里垫了垫，倾斜身体对陆召说："本来没想惹你生气，下回我表达得直白点儿。"他的手指举在半空，往虚拟屏上的那台机甲一指，"我就想让少将知道，让舆论和八卦去死，咱们的浪漫永远都是机甲和宇宙。"

可能还有点儿即使站在地上，也依旧追逐繁星的勇气。

陆召不知道自己要怎么接话，只觉得白历的浪漫论竟然有点儿直戳心脏。

"你可能体验不了开KL223的小众人的感受了，不过今天我带你体验体验跟开KL223的人干架的感受！"白历拍着胸脯放大话，"机会难得啊！少将。"

陆召的嘴角勾了起来，发现自己在白历面前是半点儿脾气都没有，他竖了竖拇指："你真的很行。"没人比你更行。

白历笑起来，很嚣张地举起自己的头盔："打一架？"

陆召也举起自己的，与白历的头盔碰了一下："走。"

随着两顶头盔在空中轻碰，两台模拟舱启动，亮起一层冷光。

白历和陆召朝对方竖了竖拇指，一左一右进入模拟舱。

今天和陆召模拟对抗的不是白大少爷。陆召想，他终于有机会再见见当年那个白历少将。

这念头一旦出现，就跟热油一样浇在了陆召的血液里。

白历和他一样，这么多年，狂热不减。

第二十二章
伤疤

机甲模拟舱闭拢，司徒的声音从内部搭载的语音系统传出："精神力波动一旦超过机甲可承受的稳定值，机甲与人体的连接将自动断开，以保证不对人体造成额外负担。十秒钟后将随机刷新战斗场景，感谢两位让我们欣赏到一场公开的斗殴，谢谢。"

最后一句语气正儿八经，其他研究员的笑声也顺着语音系统传到白历和陆召的耳朵里。

因为是模拟对抗，白历和陆召不能语音交流，不然这会儿陆召还能听见白历是怎么骂司徒的。

十秒钟后，投映在机甲研究室半空中巨大的虚拟屏上显示出一艘巨大且分崩离析的运输舰，陆召和白历的刷新点就在船体破碎的中心。

白历进入空间，差点儿被迎头砸过来的舰艇碎块击中，急忙侧身闪避。

白历骂了一句："这破图，几百年都不一定能抽到一次。"

这种在破损严重的巨大舰艇腹部刷出来的概率也不大，舰艇使用的材质相当坚硬沉重，砸一下机甲可能不会有什么大问题，但要是在你和人打起来的时候朝你后腰来这么一下也够恶心的。

白历想从四处飞散的碎块中出去，人还没动，就听见监控系统发出警报，有人从后方接近。

一回头，陆召的光刀已经递到了眼前，直插白历的驾驶舱。

可以，凶得很。白历反应速度也很快，精神力连接比身体连接更加迅速，几乎在光刀袭来的瞬间就向后一仰，光刀擦着白历的机甲刺过。

后仰身体的同时白历也抽出了自己的光刀，朝陆召机甲的手腕部位砍去，可惜后仰的角度过大，光刀抽出的速度受到影响，陆召一击不中迅速撤回，躲过了白历的攻击。

模拟对抗的目的是测试驾驶员与机甲之间连接的灵活性和协调性，所以没搭载光刀之外的任何武器，在没有高端武器的协助下，白历和陆召需全凭自己的斗殴能力。

虚拟屏上两台机甲你来我往，光刀拼刺间划开一道道银蓝色的冷光。

白历操纵的机甲外形与KL223相似，这是因为他的个人喜好，但研究员出于对驾驶员身体的考虑，并没有将KL223的性能作为参考使用。

沉重的"苍蝇拍"能在白历的手上玩得风生水起，这台更依赖精神力操作的实验机甲到了白历这里用起来基本就是行云流水。

陆召一开始的攻击还带着几分试探，他并不清楚白历的身体是否能带动机甲运行，几次光刀擦着白历的机甲而过，看似白历被步步紧逼，打着打着就琢磨出了不对味，陆召握着光刀的手每次刺出去，白历就一侧身，状若无意地摸过陆召机甲的手臂。

两人近距离拼杀，这些小动作并不显眼，来回了好几次陆召才意识到这孙子是装的，让他以为自己下一刀就能得手，才黏在白历身边这么打，愣是让白历流氓了好几次。

陆召抽身向后拉开一段距离，一抬头就看见白历的机甲比了个V。

通过虚拟屏观看战况的研究员们哄笑，司徒又好笑又骂娘："这小子以前就这样。"

"我看这次很稳定，"助理研究员拿着数值检测器，上面起起伏伏的数据是白历目前的精神力状态，"十三分二十八秒，依旧保持正常运作，高强度打斗。"

司徒摇摇头："白历坚持的时间得打个对折才能作为正常标准，他的精神力拔尖，耐性较强，撑得久一点儿是应该的。"口气缓和了几分，又说，"他就这样，很强，认识他的都知道不能把他当正常人看。"

说话间屏幕上两台机甲正飞速穿梭在已经碎裂大半的船体碎片间，陆召的灵活让所有人惊叹，即使是在碎片间闪躲，也依旧能保持稳定和速度追击白历，光刀的刺出劈砍迅猛异常，几乎每一次攻击都不容白历小觑。

也正是因为这份灵活，陆召才被军界誉为帝国之鹰。

身为帝国之鹰现在的猎物，白历的灵活就显出一丝油滑，这台实验机甲被他操作得像只麻雀，专往碎片残骸密集的地方钻，上一秒还笔直向前，下一秒就一闪身九十度拐弯，露出正前方一块爆炸后高速飞溅的残骸，身后的陆召被迫闪避，跟白历之间的距离就一直控制在白历能接受的范围内。

"司老师，二十五分零三秒，"助理研究员说，"白历在模拟舱内承受时间最长的一次是三十分四十三秒。"

司徒点点头："身体感到疲惫的时候，精神力就会难以集中，数值起伏过大对抗自动结束。他这会儿应该还行，你准备一下，等一会儿白历下模拟舱给他那条腿按一按。"助理研究员答应了一声。

说完这话，屏幕上陆召一个下坠，将白历截在半空中。两人光刀相交，碰撞出冷厉的光。

白历坐在驾驶舱，他很久没打过这种高水准的对抗了，陆召的强悍让他无比兴奋。

陆召也来劲儿了，他甚至有点儿想和白历来一次友好的真人对抗。

好对手能给你带来无比畅快的体验，两人渐渐都进入了状态，丝毫想不起这是模拟对抗。当白历挑飞陆召手里的光刀时，不仅观战的研究员们一片喝彩，陆召也没忍住，笑着骂了一声。

白历挑开了陆召机甲的光刀，却没动，反手把自己的光刀也丢了出去，对陆召竖了竖拇指。

——再来？

陆召也回了一个拇指。

——再来！

没有了光刀的机甲就完全没有了武器，这种情况在战场上极少发生，但两人都没有在意，这就是两个打架斗殴的狂热分子，瘾上来了还管你什么模拟不模拟，谁不继续谁孙子！

研究员们在两人拳脚来往间爆发出一阵阵的惊呼，助理研究员甚至忘了去看手里的数值检测器，直到白历的精神力数值开始超过之前的起伏幅度发出警示时才急忙拿起来看。

数值起伏已经临近断开点，而屏幕上两台机甲却都还没有罢手的意思，白历的机甲两臂交叠护在胸前，正顶住陆召袭向驾驶舱的一拳，惯性带动着两人向前滑行。

两人机甲搭载的监控系统突然一同响起警告声，一侧头，舰艇深处再次发生爆炸，大块的碎片急速飞溅，砸向白历和陆召。

陆召和白历同时放手，躲避碎片。

也就在白历抽身躲避的一瞬间，模拟空间的连接断开，白历反应了好几秒，才意识到可能是因为精神力起伏过大强制中断了对抗。

模拟舱发出开启时特有的声音，头顶的舱体逐渐分开，新鲜的空气涌进舱内，白历发觉自己浑身是汗，腿部传来令人不悦的轻微钝痛。

白历没有第一时间站起身，而是坐在舱内，看向对面。

陆召已经去掉了头盔，从模拟舱出来，也在看他，那双眼里像是浮着一层旁人无法察觉的光。

白历把头盔扯下来，举在手里对陆召说：“爽了！”

陆召朝白历走去，脑子里还是刚才白历驾驶机甲穿梭在残骸中的身影，正想说点儿什么，走近了一看见白历，话就变了：“怎么回事？”

同样都是在模拟舱，同样的时间，陆召进去的时候什么样，出来时还什么样，但白历这会儿已经出了一额头的汗。

陆召问：“不舒服？”

“没事，”白历摆摆手，把头盔丢到一边，“去那边沙发上歇会儿。”

挨着模拟舱区域不远的地方放着一个长沙发，白历往上面一瘫，还记得挪个位置给陆召。

两人的模拟对抗一结束，就是研究员们忙活的时候了。陆召也看不懂，再加上白历状态不对，就也在沙发上坐下了。

研究员们忙活着，还不忘跟白历他们说话。

"少将，我终于见识了，要不说是帝国之鹰呢，看得真过瘾！"

"老板老板，你可以啊！以前你跟我们吹你一个打十个的时候我背地里还嘀咕呢，今天我信了！至少信了十分之一！"

"那什么……少将，老板，录像能给我一份吗……我就爱看这个，机甲是研究员的小情人！今天我与研发的小情人打起来了……我得……"

研究员话音未落就被司徒揪着耳朵给揪走了。

白历瘫在沙发上直乐，从地上的一箱营养液里捡了两瓶，一瓶递给陆召："应该是新型的，这玩意儿司徒变着法往研究所放。"

陆召拿起来看了一眼，修复型。

"白先生，"一个助理研究员走过来，向两人打招呼，"陆召少将，数据收集很完整，两位的模拟对抗太精彩了。"

陆召含蓄地点点头，白历倒是很愿往自己身上贴金："这不录像了吗？回头传你，你多看看，多感动感动，记得带上你们司老师，一起感动感动。"

助理研究员礼貌地微笑："司老师说开机甲的您和现实生活中的您不一样，让我们以现实中的您为主，不要带上粉丝滤镜，产生不实幻想。"

白历被噎个半死。陆召想笑，看白历满脸"我裂了"的表情，又给憋回去了。

"请问白先生需要我帮您按摩一下腿部吗？"助理研究员说着开始挽袖子。

白历摆摆手："今天还行，我自己按两下成了。"

他在家歇了两天，确实缓和不少，今天打得太痛快没注意，肾上腺素分泌的时候连腿疼都忘了，打嗨了。

袖子挽了一半，助理研究员听到这话点点头："好的。今天您在模拟舱的时间突破了三十一分钟，等您休息好之后可以和司老师谈一谈这次数据改动的感受。"

白历点头，把手里的营养液喝完，抬手想丢，想起来这里没有能跟他玩你丢我接的机器人，手刚准备往回收，陆召就半道劫了，跟自己的空瓶一起扔到了一旁的废料桶里。

"你腿疼？"陆召扔完，回头看着白历。

这会儿白历缓过来一些，脸色好了不少，汗也下去了。白历拉过一个小凳子，把左腿往上一翘："有点儿，不过不严重，就是轻微的，休息一会儿就行。"

他把裤腿往上拉到膝盖，露出盘踞着狰狞伤疤的小腿。

白历把两只手搓热，先覆盖上自己的膝盖，五指轻微用力揉了揉，转头看见陆召还在看自己，若无其事地笑了笑："别操心这个，缓缓就没事儿了。"

陆召看着白历的手指缓慢用力，问道："每次之后都得……这样？"

说的有点儿含糊，白历以为陆召在说按摩，点点头："以前也试过机器按摩，效果都不是很好，有时候还是得上手按才行——"

没等白历反应过来，陆召的手就带着体温覆盖上他腿上的丑陋伤疤。

白历顿了顿，从负伤至今，除了医生和按摩师，他还没让人碰过自己这条腿，连司徒都没有。

这毕竟是改变他人生的重大创伤，又形貌狰狞，何况被看和被摸是两种感觉。如果白老爷子在世，白历或许还会让自己的爷爷碰几下，那是他极亲近的人，除了这类人，他曾一度认为自己无法接受别人的触碰。

但当陆召碰到他的伤疤时，白历心里却很平静。

契约人，盟友，互相支持对方理想的人，互相明白对方弱点的人，互相理解彼此心里小小脆弱的人。

陆召真把手放到白历的腿上时，才意识到自己碰到了白历的伤疤。

陆召这完全是本能的反应，白历说腿疼，他就想缓解这份痛苦。

手下蜈蚣一样的伤疤摸起来疙疙瘩瘩，陆召没第一时间把手缩回来，反而学着白历，五指微微用力按了按："这样？"

白历的腿颤抖了一下。

可能是按疼了。陆召立马想把手缩回来，这地方不仅是白历身体的伤疤，也是他心理上的阴影，不该让人这么随便触碰。

"不是，"白历笑了声，"有点儿痒，你以前握手的时候掐我的劲儿哪去了？"

陆召想起两人刚结契时的场景，也有点儿想笑，但目光落在白历腿上时笑就淡了："不一样。"

白历歪在沙发里伸了个懒腰，腿也舒展伸开，并不在意自己腿上的伤疤暴露在别人视线中："确实不一样，不过迟早能克服的。"

他的视线看向远处虚拟屏上机甲的三视图，陆召也跟着看过去。

"嗯，"陆召道，"迟早的。"

第二十三章
"炮灰"配角

等司徒带着刚出炉的数据过来时，白历的腿基本已经没有痛感了，正和陆召坐着讨论刚才驾驶时的感受。

司徒一见到白历撩着裤腿在揉膝盖，就知道刚才准是又痛起来了，先给了白历一个"我再次严厉警告你别浪得太狠"的眼神，才对陆召笑道："陆召少将，刚才模拟对抗非常精彩，研究员那边正在分析数据，我先来问问您对刚才作对战时的感受。"

"开始挺好的，和平时的模拟对抗也没什么不同，"陆召的声音很平静，边回忆边说，"后半程感觉速度出现一些问题，平衡感……"

司徒把几个要点记下来，基本和白历平时给的答复差不多，有一些白历作为驾驶人员感觉不到的点是头一次提出，司徒又就这几点多问了几句。

陆召都一一作答了，司徒很满意，又跟陆召说这几天要是都没事，可以来研究所用模拟舱。

正是军团骚乱的事情闹大的时候，陆召这两天的确没打算去军团，刚想答应，下意识地又看了眼白历。

"不用管他，"司徒知道陆召想说什么，"他不可能天天上模拟舱，我们输入数据，您可以打人机，用不同机型与我们的实验机甲对战也方便我们研究。"

陆召没再说什么，点点头。

这是第一次真人模拟对抗，研究员们得费点儿时间分析研究，专门腾了一台模拟舱出来，让陆召用来自主训练。

陆召进模拟舱前又看看白历，后者叉着腰对他挥挥手："玩儿你的，我去菜地，晚上吃顿好的？"

这种家长里短的话却让陆召心情轻松，点点头："好。"

等陆召尽兴地从模拟舱出来的时候，都快傍晚了。

研究所的各位还忙得一塌糊涂，陆召转了一圈没看到白历和司徒，问后才知道司徒又回自己的研究室了，白历在哪儿倒是没人说得清，指了个大概的方向说可能在菜地附近溜达。

好在陆召出了第六研究室没多远就看见了白历，他正背靠着墙壁在个人终端上浏览网页，怀里还抱着个袋子。

脸上没什么表情，收起了嬉皮笑脸，五官线条显出些许刚毅。

白历听见动静一抬头，与陆召的目光对个正着，立马笑起来："可算出来了，你再不出来咱俩就跑不掉了。"

陆召刚一过来就听到要跑路："什么？"

"友军，先走起来！"白大少爷把个人终端收起来，肩膀一顶陆召，两人开始往外走，"我把司徒预定的番茄给摘了。"

陆召这回听懂了："你个……"孙子。

白历拉开怀里的袋子让陆召看："我摘完才发现的，这能怪我吗？这番茄长得这么可爱！"

袋子里两个圆滚滚的大番茄长得相当讨喜。

白历说："你不想吃这个多汁可口的美味？"

陆召有生以来第一次感受到什么叫魔鬼的低语。帝国之鹰不吭声了，主要是摘都摘了，也不能给接回去吧？

一路小跑来到研究所外，室外天空一片昏黄，看这天气，晚上八成又要下雨。

白历正想拉开驾驶座的门，就听见陆召喊了一声："白历。"

抬头看看，陆召一手指着副驾的位置："你坐这。"

白历愣了两秒："啊，其实也不用……"

"坐这。"

白历"咔"一声就把驾驶座的门合上了："好嘞。"从善如流钻到了副驾的位置。

等陆召坐上驾驶座，白历一边把番茄往后座放一边压低声音对陆召说："陆少将，你有时候特像我爷爷。"

白老爷子说话就这语气，平静，但你要是不服从，就让你感受一下他教育人时的波澜壮阔。

陆召没吭声，看了他一眼，隔了一会儿才纳闷："你喜欢当我孙子？"

白历噎住。陆召见白大少爷直翻白眼的模样，没忍住笑出声。

白历无奈："你学坏了……"

话还没说完，就听见有人在车外喊："白历！"

司徒身上的研究员白大褂还没脱下就从大楼里跑出来，手里举着个白色的小圆球。

"我昨晚做的这个，差点儿忘了，"司徒从车窗把手里的小圆球递进去，"小型安保机器人，里面有自动报警装置，检测到对方有攻击倾向还能释放使人昏迷的气体，接触皮肤可以电击……"司徒介绍了半天。

白历拿着手里的小圆球，没明白："你给我这个干什么？"

"你不是前一段被堵拍了吗？"司徒指着那个小型安保机器人，"这种被动型反击的安保机器人要是把那帮狗仔打了算自卫，你要是揍人就说不准了。前一段还有个人因为被狗仔纠缠，没控制住精神力外溢，这事还被不少人说是不道德呢。"

白历刚想说"你看我像讲道德的人吗"，就听司徒又道："少将拿着也行，昨天晚上时间太短我就做了这一个，过两天我再做一个。"

想想司徒熬了一通宵的红眼，白历又把话咽回了肚子里，掂了掂手里的小圆球，笑道："谢了啊，司老师。"

陆召也对司徒比了个手势："谢了。"

被陆召一感谢，司徒有点儿不好意思："嘻，小……小事！哦对，这个我还没测试过，可能不稳定，你们自己注意点儿啊。"

以前司徒搞小发明，从来都是直接在白历身上实验，招呼都不打。今天猛地这么叮嘱一句，白历竟然感到了久违的兄弟情谊，感动之余问："那什么，司徒啊，我给你送的零食你是不是还没吃？"

"啊？"司徒从白大褂里拿出一小包热辣鱼干，"拆开了，还没吃，怎么了？"

"没事，挺好吃，你尝尝。我们就先走了啊，谢谢司老师。"白历面带微笑一口气说完，跟司徒挥手道别，扭头又在陆召耳边小声说，"我就知道他还没吃，他要吃了不会对我这么和蔼。"

陆召一边发动车一边笑："缺德。"

"哎！你怎么突然夸我？"白历装出一副羞涩相。

车开出去好大一截，就听到后面远远地传来司徒惊天动地的咆哮："我靠！"

"他吃了。"白历狂笑，"你看看，我就说'我靠鱼干'这名字没起错吧？"

陆召又无语又好笑，顺手把白历笑得东倒西歪的毛脑袋给推开。

悬浮车驶出研究所大楼的安保系统监控范围，要提速拐上高架路，陆召正准备提速，视线里猛地窜出一个小小的黑影，直接撞上了车的前挡风罩。

"什么玩意儿？"白历骂了一句。

陆召倒是没慌，及时刹车停下，刚才撞的那一下声音不对："好像不是活物。"

"我下车看看，"白历推门往外走，又对也要下车的陆召道，"鲜花，你先别出来，这段时间你比我还不适合在公共场合露面。"

陆召犹豫了一下，还是点头坐回去。

从车上下来，白历先是下意识地看了眼车，才想起来现在悬浮车的材质都是耐磕碰的，比古地球那会儿当面来一家伙挡风玻璃全碎的情况要好得多。

又顺着找了找，在地上发现一台被撞得稀烂的悬浮型拍摄机器人。

白历笑了一声，这帮人是真不把人命当回事，拿机器人撞车逼停这种下三滥的手段都做得出来。

拿脚尖拨弄拨弄，在机器人的碎片上看到一个画上去的红色三角形。

白历的脑子"嗡"的一声。

一个个子小巧的人喘着气跑过来，一边跑一边用手里的相机对着白历的脸拍照。

白历猝不及防，被闪光灯闪了眼，抬起手臂遮挡，手里拿着的司徒给的安保机器人掉在了地上，咕噜噜滚到了一边。

跑过来的人有一头火红的短发，巴掌大的小脸上一双眼睛格外灵动，看着白历，边跑边用兴奋过度才有的颤声问道："白先生！我想问问您对最近一些新闻的看法——"

红色的头发，精致小巧的长相，机器人上用红色颜料涂的个人标识，以及因为跑动而微微泄露的属于稀种的精神力……

白历的脑子里出现一个名字，他半眯着眼脱口道："蒯乐？"

红头发的稀种愣了一下："您怎么知道我的名字？"

因为看见白历举起胳膊遮挡的动作而下车的陆召也愣了，却看见白历转过头看向自己。

白历的双眼在傍晚昏暗的光线中看不清晰，只能看到他抿起的嘴唇。

在白历的梦中，唐开源在返回主星后结识同样调任主星没多久的一位娱乐新闻记者，两人关系颇好，他经常从这位记者手里得到重要信息。

这位有着红色发色的稀种喜欢在自己的设备上画上与头发同样颜色的三角形标识，白历记起那个红头发稀种的名字——蒯乐。

天色继续暗下去，白历闻到雨水的气味。

第二十四章
卡丽花

傍晚的光线已经收拢，空气里弥漫着一股暴雨前的潮湿气味。

白历没有动，陆召绕过悬浮车，走过去拉了一把他的胳膊："不舒服？"

刚才白历抬手挡眼的动作陆召还记得，那动作里透出白历的不悦。

隔了几秒，白历放下胳膊，对陆召笑了笑："没事，闪了下眼。"

"撞了个拍摄机器人，"白历指了指地上的残骸，"是这个缺德……嗯，这位记者的，这不正要我索赔呢，都拍了我七八十张照片了。"

蒯乐没听明白怎么就索赔了，索赔怎么跟照片又挂钩了。

白历大手一挥："这些照片算我送你的，你拿出去卖，就老子这张脸，不是你拍的那些小明星能比的。"

蒯乐虽然听不懂，但他觉得白历这上下嘴皮子一磕巴，能跑一艘大型舰艇。他也没工夫和白历瞎扯，陆召一走下悬浮车，蒯乐就直勾勾地盯着陆召："陆召少将，您……您好！"

小记者长了一张有点儿稚气的脸，五官精致，看陆召的眼神明晃晃的，七分是对强悍稀种的崇拜，三分是见到这几天舆论风暴中心正主的兴奋，脸都给憋红了。

陆召瞥了蒯乐一眼，他身材高大，却头都懒得低，只垂了下眼，就收回目光，侧头问白历："认识？"

这算认识还是不认识呢？白历总不能说是在梦里认识过，就摇摇头："不认识。"

说完就见陆召的眉头皱了皱，不认识还知道人名字？

白历也反应过来，咳嗽一声："啊！那什么，以前好像听说过。此人工作认真，敬业刻苦，比较出名。"

就冲往悬浮车前砸东西逼停的手段，工作是挺认真，也不知道有多少倒霉蛋差点儿被他给"认真"没了。

陆召听出白历话里的漏洞，没吭声。

相处这段时间，白历可能自己没意识到自己是个挺不会撒谎的人，尤其是上心的事，白历基本一撒谎态度就不对劲儿。

他撒了谎，陆召也没追究。

"嗯，"陆召的语气很平淡，"上车。"

看也没看蒯乐一眼，就想回去。

没想到被蒯乐冲上来拦住了去路，一边拦还一边抖着兴奋过度的声音说："陆召少将，我早就想采访您……不，我就想见见您本人！从您获得第三朵金色卡丽花的时候我就想见您！"

卡丽花是帝国主星才有的一种花，盛开时格外艳丽，生长习性较为敏感，对气温、水质等各方面的条件要求很高，因此数量稀少，成为贵族花园里的宠儿。

这种花淡粉色较多，偶尔能见到白色或是浅紫色的，也有淡黄色，但实属罕见。军界以卡丽花为主要元素设计的金色勋章被称为"金色卡丽花"，用以奖励在重大战役中做出杰出贡献的军官将领。

在帝国之鹰的头衔落在陆召身上时，他已经获得了三朵金色卡丽花，成为帝国成立以来连获三枚勋章的稀种中最年轻的一位。这个成绩就连强悍的同龄特种也难以比肩，这让无数稀种感到骄傲与憧憬。

蒯乐对陆召早就崇拜已久，这一点白历倒是很清楚。

白历记得在他反复经历的梦中，唐开源在扳倒陆召的过程中还是从蒯乐这得到的小道消息，打听了陆召的习惯，反复琢磨他的生活、工作和交际，到处找缝隙。

梦中蒯乐是个挺励志的人，身为稀种，一心一意地扑在事业上，不甘心居于特种之下，对稀种群体受到的各类歧视感到不满，多次发声。

可能是因为这样，梦境所示的命运中陆召和蒯乐在都和唐开源结契后关系还算不错。

跟陆召不同的是，蒯乐的性格比较直率，因为说话太直接得罪过不少人，但唐开源曾表示"你固执坚定的性格适合成为我的伙伴"，将蒯乐也纳入自己的麾下，收为小弟。

白历一想到这话就打了个哆嗦。

他实在不理解这话唐开源到底是怎么说得出口的。

这会儿陆召的脸上没有什么多余的表情，白历有点儿吃不准要不要把蒯乐从陆召面前扒拉开。

按照白历对梦里时间线的记忆，蒯乐这时候不应该出现。陆召和蒯乐第一次正式相识应该是在某次贵族的聚会上，蒯乐作为同伴跟唐开源一起到场，结识陆召。

从对梦境的观察来说，白历感觉到陆召和蒯乐的关系一直都很不错，白历不知道自己插手会有什么影响。

剧情已经出现了微妙的偏差，在梦中陆召没有牵扯进这次军团骚乱，因为他当时陷入精神力不稳定的困扰中，根本没空去军团。

白历的嘴唇动了动，他不知道这些改变意味着什么。

以前他觉得自己能改变命运的发展，甚至一度以为自己已经成功，但现实却给了他一个沉重的打击。

这种打击他不确定自己还能不能承受第二次。

白历没说话，陆召被蒯乐拦住，也没说话。

就听蒯乐兴奋地直嚷嚷："陆召少将，我真的真的真的特别喜欢您！我和您一样都是稀种，也都热爱自己的事业，我一直以您为榜样！如果可以，我希望能对您做个采访，我准备了一些问题，希望您能结合此次军团骚乱事件……"

陆召的嘴唇抿成一条线，但还是没多说什么，只淡淡地道："有事请先和第一军团联系，不接受私下采访。"说完看了白历一眼，示意他上车。

白历没想到陆召是这个态度，这么公事公办。

比了个"OK"的手势，白历拔腿就要走。

"等等！"蒯乐见陆召要走，心里一急，抬手就去拉陆召的衣服，"陆召少将，您怎么能这样！我采访您，也是给您澄清的机会呀！"

陆召条件反射地抬手一躲，没想到把蒯乐要拉他胳膊的手甩到了一边。

这还真不怪陆召，他戒备的时候谁靠近都会反击。不然当时在精神力不稳的时候，霍存也不会提醒白历小心挨打。

蒯乐被不轻不重来了这么一下，就有些蒙了，愣愣地看着陆召，好像想不通偶像怎么能打人呢？

"不好意思，下意识反应。"陆召整了整自己的袖子。

"没……没事……"蒯乐回过神，看起来有点儿受伤，但还是打起精神说，"少将，我是诚心采访您的，我相信以您的性格会接受我的采访的，是吗？"

白历皱了皱眉，忍不住打断："不是，等会儿。'你诚心'和'他接受采访'难道必须得扯一起？"

蒯乐的脸憋得通红："白先生误会了，我就是觉得少将……"

"你觉得我会接受逼停我车的人的采访？"陆召打断蒯乐的话，语气淡淡。

白历主蒯乐都愣了一下，没想到陆召说得这么直白。

"我……我……"蒯乐急得不行，"我以为车上只有白先生，我听说白先生经常出入这里，所以我……"

白历回过神："停一下停一下，这话我怎么听着这么不得劲儿呢？"

感情今天要是没陆召在这，他的车还能连撞几个机器人是吗？

蒯乐的脸红得跟个大番茄一样。

白历这个不乐意啊，是不是人啊，都以为我好欺负还是怎么着？正想说点儿什么喷对方个狗血淋头，就听陆召又开了口，语气冷了下去："你觉得我会接受不尊重我契约人的人采访？"

白历没想到陆召会这么说，这才意识到自己是被维护了。

那边蒯乐的眼眶就红了，带着哭腔道："不是的不是的，陆召少将，我不是那个意思，我当时是想拦住白先生问几个问题，我很尊重他的！"

陆召的眼神冷得厉害。

蒯乐以前崇拜陆召能在前线驰骋，可等陆召真站在他面前，他才意识到经历过杀伐的人并不是他能接受得了的。

蒯乐觉得有点儿委屈："我是用了些手段，可这些手段大家都用的呀！况且我是个稀种，又不能跟特种一样通宵蹲点什么的，挤又挤不过……少将您也是稀种，您应该理解我呀！您怎么能……怎么能……这么说我呢？"

说着说着就开始掉金豆豆。

没想到把人给弄哭了，白历有点儿尴尬，看看陆召，觉得自己得控制住场面："啊，那个——"

就听见陆召说："我不理解。"

白历："啊，那个——"

陆召说："我也不用手段。"

白历："啊，那个——"

陆召说："可能因为我没输过。"

白历："啊，那个——这天是不是聊死了？"

三个人的对话，白历竟然感觉插不上嘴。

陆召看了白历一眼："你想跟他聊？"

白历头摇得像螺旋桨："不想不想不想。"

陆召的表情看不出什么情绪，"嗯"了一声："上车。"话刚说完，就听见一阵嘈杂的声音。

回头一看，从研究所大楼附近蹿出来好几架小型拍摄机器人，后面跟着一群你追我赶的记者，喊着白历和陆召的名字。

这帮人碍于研究所的安保系统没敢靠近，都在附近蹲点，本来想着白历的车都要上高架路没戏了，没想到半路竟然被截停了。

确认了白历和陆召同时出现，一帮人一窝蜂地跑了上来。

白历看到这阵仗也受不了："上车上车。"管不了蒯乐了，再管蒯乐自己就不快乐了。

没想到蒯乐哭是哭，逮人的时候毫不手软，又挡在了陆召面前，瞪大眼道："陆召少将，我没想到您是这种人！我不过是想采访您一下，问问您这次引起骚乱的原因，我实在不知道您有什么理由拒绝采访！"

陆召半眯起眼，很真诚地问了一个问题："我是哪种人，用得着别人怎么想？"

别人可能看不出来，但白历倒是明白，陆召这是真的疑惑，就像他搞不懂为什么会有人能对这种八卦刨根问底一样。

陆召活得很单纯，人生就只有训练和睡觉，他是真的不懂为什么要有人去对别人的人生指指点点。

白历这会儿真看不下去了，有点儿动了火气："这位记者小同志，您能别挡在我们哥儿俩前面吗？您没夜生活吗？大晚上的能不能去干点儿正事？"

蒯乐一张脸涨得通红，语气郑重地说："白先生！请您自重，说话的时候注意一点儿！"

白历："啊这……'夜生活'都能算屏蔽词了吗？"

也不知道是哪里让蒯乐感觉被冒犯了，他像被踩了尾巴的猫一样向后退了两步，正要跟白历好好掰扯两句："白先生，我警告您——"

正后退着就发出一声尖叫，脚底下像踩了个什么东西，直接滑倒在地，蛤蟆一样趴在了地上。

从他脚底下飞出一道白色的影子，咕噜噜飞速滚到已经快跑到这边的那群人的脚底下。也不知道是谁先踩到了，"妈呀"一声摔倒了，将紧随其后的人也绊了个狗啃屎，一群人就跟保龄球似的摔成一片。

在一群人的痛呼声里，白历和陆召看到一个白色的小圆球慢吞吞地滚了出来——司徒给的小型安保机器人。

白历和陆召对视了一眼，二话不说，各自爬上车座。

"赶紧啊，"白历把车门一拉，"跑跑跑！"

都用不着他催，陆召一脚油门，两人直接蹿上高架路，顺着晚高峰的车流消失得无影无踪。

剩下一帮记者互相搀扶着才从地上爬起来，还没搞明白怎么回事呢。

蒯乐摔得不轻，勉强直起身坐在地上，觉得自己好委屈。忍不住哭起来，哭得梨花带雨，周围记者看到后不忍，想扶他起来，又被他用力推开。

正哭着，个人终端响了。

蒯乐擦了擦脸，抽噎着爬起来，拿着个人终端跑去没人留意的小角落接通了。

通讯那头的人看到他这样，关心了几句。蒯乐吸吸鼻子："我没事！这点儿小磕碰我受得了，我还要做能上头条的报道呢，怎么会在意这个！"顿了顿又说，"找我什么事？"

那头的人说了些什么，蒯乐越听越惊讶，两眼睁得大大的，嘴巴微微张开，隔了好一会儿才说："你是说陆召少将可能在上一次战斗时身体出了问题？很严重吗……都这么久了还经常出入军医院啊……消息可靠吗？"

那头的人给了一个肯定的答复。

蒯乐的眼神变了几变，重重地点头："我知道了，我想办法弄到详细情况。"

第二十五章
蓝色机甲

帝国军医院基本上只接收军界的伤患，战事频繁那几天忙得脚不沾地，还要负责军界人士的各类检查。

送走了几个来做定期体检的老兵，体检室的板寸才有空下来看起了个人终端。

平时他就负责给有需要的士兵军官做做体检，把体检报告传给来体检的人和主治医生，工作还算清闲，有不少散碎时间摸鱼。

这会儿他打开个人终端，虚拟屏上弹出的网页还停留在之前他浏览的一款悬浮车上。

这款车板寸馋了好久，越看越喜欢，就是差钱。

板寸的工作每个月就拿那么一点儿死工资，家里人想着他是个稀种，就找关系给他塞进军医院，也不指望他出人头地，能轻轻松松过一辈子就算不错。

可板寸挺不甘心，尤其当他看着各类奢侈品的时候。

就拿这辆车来说，板寸掰着指头数来数去，感觉自己不吃不喝可能也得存个小半辈子才买得起，可等那时候，更新型的车就出来了，他还是得开落伍货。想到这里，板寸整个人就不舒服。

网页浏览器上端浮起一个小框，播报着一些新闻热点，这会儿正写着一行字：军团骚乱事件后陆召少将首次在公众场合露面。

在军医院体检室工作还有个好处，就是能接触不少军界红人。板寸哼笑一声，这帮八卦记者就拍个陆召出行还好意思放上热点？他可是对陆召的身体情况一清二楚！

带着点儿微妙的优越感，板寸点开那条热点新闻。

这报道也没说什么内容，就说昨天傍晚在白历投资的研究所附近拍到了白历和陆召两人同行的画面，看起来关系还挺好，不像是因为利益才结盟。

板寸一眼就看见照片上那两人开的车，这不就是他馋了好一段时间的那辆吗？

白历和陆召结契时的照片他也见过，那时候白历开的可不是这辆！又想起以前的几条新闻，白历光换着开的车就好几辆，一辆比一辆贵，一辆比一辆潇洒。

照片拍的角度不算太好，但还能看出陆召与白历站得很近，倒真有些铁哥儿们的模样。

评论里一帮闲人议论纷纷：

"我看陆召少将和白历关系好得很，什么利用啊交易啊，没有的事！"

"搞不好是做给外界看的，这不好说啊！"

板寸翻了两下，这段时间网民的攻击性没那么高了，虽然在白历和陆召之间还是偏袒陆召多一点儿，觉得他跟白历地位不太对等，但最近大家也都看淡了，主要是白历除了腿伤原因不能继续在军界发光发热，其他的好像也确实不错。

各位帝国群众比较比较，发现白历长得确实太加分，帅也就算了，还是贵族出身，以前花边新闻是多了点儿，可没一条是实锤了的，人品方面真挑不出什么大毛病。

"长得再帅有什么用？"板寸哼了哼，"还不是个残废。"

其实他也清楚，别说白历是一条腿有毛病，就算两条腿全断了，都不会跟他有半点儿交际，更别说是称兄道弟。

又翻上去看，才发现报道说是陆召开车载白历出行，板寸盯着照片上的陆召看了好一会儿，就想起上一次他来做体检时冷漠的眼神。

板寸的自尊心被戳了个大口子："得意什么，这么牛最后不还是得依靠个断腿的契约人稳定精神力？"

骂完就开了自己在论坛上的小号，跑去闲聊版块发帖：有的人别看现在春风得意，搞不好私底下过得一地鸡毛，呵呵，老子要是心情不好就把他的事全抖搂出去，看他还过不过得下去！

又在一楼留下一行：说的就是某位红人，呵呵。

发完没一会儿，就看到几个好事之徒在下面回复，询问他到底说的是谁，又要抖搂点儿什么事出来。

板寸心里生出一股微妙的优越和快意，他当然不敢真把陆召的精神力还在康复期这事说出去，但就这种知道帝国之鹰的秘密的感觉就让他觉得舒心不少。

享受完这种单方面的发泄，板寸又慢悠悠地点开娱乐版块，准备刷刷帖子八卦八卦。

没想到一打开娱乐版块，被顶得最高的帖子又和两位老熟人有关，帖子上书一行字：天惹！白历博客发的那段机甲模拟对抗的录像你们看了吗？陆召VS白历，我愿称之为帝国之鹰怒砸混凝土！

板寸今天一上班就忙着给几个老干部体检，没空浏览论坛八卦，这会儿看到帖子一头雾水，正准备点开仔细看看，体检室的门就被推开了。

板寸慌忙收起个人终端："有什么事——"抬头一看，来的人是个陌生面孔，看起来还挺年轻，有一头红色的短发。

没等板寸说完，红发小青年就笑着走进来："医生您好，我姓蒯，蒯乐！"

"蒯……"板寸想了想，疑惑道，"不好意思，今天预约的体检名单里好像没有姓蒯的人。"

蒯乐把门顺手带上，笑得很和气："我不是来体检的，我来……是想跟您打听个事。"

板寸更迷惑："找我打听事？"

"嗯，我听说……"蒯乐的一双大眼格外灵动，扫视了屋内一圈，确定没有其他人，才又看向板寸，"陆召少将在您这里体检？"

板寸的脸一下就冷了。干他们这行最忌讳别人向自己打听手里的患者，板寸冷冷道："不知道，谁说的？你去别处打听，甭跟我在这里扯淡。"说完就要往外撵人。

蒯乐被他推着往外走了两步，急得连声说："我没别的意思，就聊聊……聊聊！"

"我跟你没得聊，你爱找谁找谁，别在我这里——"板寸的话说到一半就卡住了，他的目光落在蒯乐掏出的个人终端上，虚拟屏上是一个交易页面，金额一栏上的一串零让板寸数了好几遍。

蒯乐见他僵住了，又露出笑脸："咱们就聊聊，不白占用您的时间，您看行吗？"

板寸的嘴唇动了动。

白历字正腔圆且饱含感情地念道："陆召 VS 白历！我愿称之为帝国之鹰怒砸混凝土！"

陆召正拿着瓶果汁喝，呛了一口，直咳嗽。

"我愿称之为帝国之鹰怒砸混凝土！"白历又强调了一遍。

陆召好不容易把气儿给顺齐整了，一看到白历笑得瘫在沙发上的狗样子，就又无语了。

这人长了一头柔软的黑发，很容易就翘得乱七八糟，还特喜欢往沙发抱枕之类的软垫上蹭。这也就算了，蹭完了还得整理，因为白大少爷得保持光彩照人的形象才肯出门，保证每一次被堵拍自己都英俊潇洒。

回回整理回回乱，陆召就没见他在家的时候头发服帖过。

"头发，跟狗窝一样，"陆召只能提醒他，"不出门了？"他俩今天还要去研究所消磨时间。

白历"哦"了一声，急忙从沙发上爬起来，一边扒拉着头发一边往卧室走，还不忘回头嘱咐："鲜花，等会儿啊，我军出行得讲究仪容仪表……"整头发的动作太专心，后半句没说完就进卧室了。

陆召把手里剩下的几口果汁喝完，边喝边用自己的个人终端登录博客。

刚才白历念的是论坛的一篇帖子，帖子里讨论的却是白历发在自己博客的昨天他和陆召两人机甲模拟战的录像。

昨晚陆召睡前脑子里还过了一遍与白历的那场模拟对抗，白历对机甲的掌控比陆召想象得更优秀，陆召得承认自己打的来劲儿了，想和白历再来一场。

一打开白历的博客，陆召就瞧见一行刺眼的标题——是兄弟，就要勇于挨打！

陆召一看到这种白历式标题就脑仁疼。

视频还没点开，就看到热评第一条留言："录像挺精彩，但我希望有人教教白历怎么写题目才显得像个正常人。"

一条评论收获了无数点赞。

陆召的嘴角翘起来，点开录像看。

录像时间不长，白历一点儿没改就放在了博客上，是陆召和白历一开始手持光刀对抗的那一段。

陆召从旁观者的角度又看了一遍录像，白历机甲开得随心所欲，还挺潇洒，跟陆召的攻击完全是两种感觉。

这段录像录到两人打得难舍难分时戛然而止，短短五六分钟的时长就已经让评论炸了锅。

"这是什么这是什么？！"

"我多少年没见这么精彩的近距离对抗了！这真的是陆召少将和白历吗？"

"可以肯定白色那台是陆召驾驶的机甲，看到刚才那个反手斩了吗？那是陆召惯用的打法，很早之前我在军事论坛上见过第一军团放出的各类训练录像，是陆召没错。"

"那这么说蓝色那台是白历？可以啊白大少爷，能不能赢另说，能跟少将打成这样的贵族大少爷没几个吧？"

"我不信是白历自己上的模拟舱！可能以前白历真的不错，但现在白历的腿能上？"

"同意！不是都说白历开不了机甲吗，现在又能开了？当我是傻瓜？"

评论里吵翻了天，有人怀疑录像里蓝色那台机甲并非白历亲自驾驶，也有人表示说不准白历的腿这两年恢复得差不多了。

陆召这段时间也习惯了白历博客评论里的乌烟瘴气，这条博客里的录像可能太有冲击性，搞得评论区的各位竟然没再骂来骂去，质疑是不是白历本人倒是其次，还真有不少人在理性讨论机甲相关的问题。

又翻了几条评论，就看到一个实名认证的账号留言："仔细看了几遍录像，我个人也算是机甲方面的爱好者，也研究了几年，在这方面算是有点小成绩。根据我的观察，蓝色那台机甲并非帝国如今投入使用的机甲类型，合理推测是在研发中的型号。驾驶蓝色机甲的驾驶员应该具有相当高的水平，甚至高于当今一些军团的在职士兵。白色机甲的驾驶员也应该确实是陆召少将无疑，他的个人风格十分明显，机甲动作流畅，以进攻为主的个人习惯也很突出，呵呵，是一段相当精彩的对战录像。"

军界时不时会有一些训练时的录像流出，被放在帝国军事论坛，不少这方面的狂热爱好者经常浏览讨论，分析一些帝国较为有名的军官们的对战习惯等，因此不少人认出了陆召。

"是冥大！膜拜大佬。"

"活得冥大！冥大竟然还来这种地方闲逛！膜拜大佬。"

"冥大是论坛军事版块的精品区大佬，帝国军学院的在任教授，经常在军事版块分享干货，每次看他的帖子都会受益良多！啊啊啊啊啊，冥大看我！"

"问问冥大，蓝色机甲真的是白历吗？"

这位实名认证的用户在许多人的追问下又回复了一条评论："我并没有见过白历先生以前训练的影像，不过听说白历先生投资的研究所也有机甲方面的研究，或许这台尚在研发中的机甲就是研究所正在开发的型号吧。至于是不是白历先生本人操控的我无法确认，但根据他离开军界前的军衔和战功推测，即使是本人操控也并不值得惊讶，毕竟没有这样的实力是不可能在第一军团担任将级军职的。"

评论区因为这位军事版块大佬的几句话又展开了激烈的讨论。

白历淡出公众视野很多年，与陆召结契后的这段时间才又被舆论的浪潮记起。关注这场结契的人大部分是冲陆召来的，其实对白历并不怎么了解。

"顶冥大！以前我就想说了，白历退出军界前怎么说也是个少将，我就纳闷有的人怎么就替陆召打抱不平，觉得白历配不上他。"

"有的人别在这放马后炮，现在又开始说白历好了？呵呵，你们骂得凶的时候都忘了？"

"啊这……白历在军界本来待了没几年，谁知道他是少将级别啊……"

"就是，在军界没几年就退了，还怪我知道得少？"

"有的人别跳脚啊，以前骂白历说人家没用，现在被打脸了还搁这儿狡辩？恶心不恶心啊您？"

"别吵别吵，录像这么精彩多看两眼，白历先生和陆召少将都帅帅哒！我能问问最后结果是谁赢了吗？"

"肯定陆召赢啊！白历都退伍多久了，再说了，也没确定是白历自己开的吧？我寻思你们怎么都一副确定是白历的样子？"

"顶楼上！反正我不信，我承认白历没别的问题，但他腿伤都严重到退出军界了，那肯定就是确认开不了机甲了，开不了怎么能和陆召少将打得旗鼓相当？"

"那啥……就……我想问问白历的腿到底怎么伤的啊？"

"听说是某次救援任务失败，白历就那时候受的伤。"

"原来失败了啊？我还以为多牛呢，该不会是觉得丢人才退伍的吧，哈哈哈哈哈！"

"好像帝国没怎么报道啊！既然损伤这么严重，我怎么一点儿印象都没有，按理说这算是大事了吧，搁现在媒体不都报道疯了？"

"不知道，不想知道！我就想继续看陆召少将开机甲的录像！白历先生再来一段！"

评论区乱七八糟的，说什么的都有，陆召的目光在那几条讨论白历腿伤原因的评论上停顿了一会儿，正要再往下看，就听到白历卧室门打开的声音。

白历已经换了一身外出的衣服，头发也重新打理齐整，边给司徒发简讯边对陆召说："研究所那边都准备好了，现在走吗？"

陆召回头看了他一眼，目光下滑，扫过他裹在休闲裤里的左腿。

"陆召？"白历没听到回答，又喊了一遍。

陆召"嗯"了一声，在虚拟屏上又翻了翻，在白历评论区选了一个看着顺眼的留言点了个赞，才关上个人终端站起身，没提刚才自己在网上看的东西，跟白历一起往门口走。

"今天我可能得挨打。"白大少爷心平气和地说。

陆召脑子还没拐过来弯："挨打？"

白历把头凑过去跟陆召说："我把司徒预定的菜给摘了的事被他发现了，他从昨晚一直骂到现在。"

这两人凑一起天天就这点儿破事。陆召笑得不行，抬手想把白历的头推开，忽然道："白历，你认识昨天那个逼停我们车的小记者，是吧？"

白历心脏差点儿骤停，看着陆召开始结巴："啊？"

"想说了再说。"陆召看了白历一眼，才走到门口去换鞋，"我就是有疑问，但不想憋着而已。"

白历不想说，陆召也不打算一直打听。但昨天晚上白历的表情和神态明显不对劲儿，开车回来的路上似乎也心事重重，陆召问了他几次，他都糊弄过去了，搞得陆召也不知道说点儿什么。

他就想告诉白历，对这事我有意见，但老子很横，不想憋着。他自己说完，见白历张着嘴满脸茫然，顿时心情愉悦了不少，拍了拍白历的肩膀，又撂下一句："想说的时候告诉我。"

说完转身就朝门口走去，留下白历反应了半天才回过神来："大哥，你能不能别老是突然蹦出一个话题啊？"赶紧小跑着跟上去，朝陆召肩膀上轻推一下，"你最近在耍酷这方面进步神速，刚才那两句确实挺潇洒。"

陆召知道他这是又想糊弄过去，有点儿无奈，但没再继续逼问，反倒也轻推了一把回去。

两人打打闹闹地走出公寓，还不知道陆召刚才的一个点赞又给两人添了多少八卦。

当天某帝国网民打开自己的个人终端，刚登上博客，就发现系统发来一条提醒：@陆召点赞了您的评论留言！

他揉了揉眼，又揉了揉眼，做梦一样打开这条提醒，去翻自己留过的评论，就看到自己在白历博客留下的评论内容，一行大字："蓝色机甲是白历？那白历还挺帅的！"

第二十六章
军团声明

陆召的小年假没休多久就结束了，第一军团没几天就发表了正式声明，将军团骚乱当天的事情大致讲明，只提了因新兵身心压力过大造成短时间混乱，陆召也被波及这一点两三句就带了过去。

声明一发表，前几天还针对陆召是否应该退下一线军团要职的言论就消停了下去了，打脸的滋味显然不太好受，所以话头一转，各位闲人又开始叫嚣着无良媒体引导舆论，什么需要被制裁、帝国机构审核不严谨、实属腐败无能等。

风口浪尖上的时候无人发声，到了浪头小下来，倒是又有人站出来品评一番，还不忘替陆召少将喊几声委屈，又谴责报道得不清不楚是烂良心，顺道嘲讽一下跟风网民的无脑幼稚。

这种马后炮的行为无疑又激起一波谩骂，吵着吵着就越吵越没意思。

早几天在论坛上恶意揣测此次事件的帖子有多火，现在就被骂得有多惨。帖子的楼主被骂得受不了，回复了一句："既然某位军界红人在这件事里并没有责任，那一开始为什么不站出来解释？他要是解释了还会有这么多破事？"

帖子里的回复精彩万分。

三岁带病电竞："666，一开口就是倒打一耙。"

芝芝莓莓："好大的脸，你谁啊你？就要陆召少将解释？"

三点一个撇："楼主说得没错，支持你。"

轰轰烈烈吵了几百层楼，终于有人回了一句。

小不懂很懂："一群傻瓜，陆召少将，没必要解释！"

白历瘫在沙发上浏览网页，一看到这层楼立马来了精神，坐直身体开着自己的账号就噼里啪啦地回复。

白历："回复2901L：小不懂真的很懂。"

刚发完还没乐呵两秒呢，就听到身后陆召幽幽地道："消停点儿。"

白历回过头，看见陆召站在沙发靠背后面，已经穿好了军团统一配发的制服，正在整理领口的一块褶皱。

风头已经过去，陆召今天打算开始正常训练，刚好白历也要去研究所，顺带载他去军团。

"你这人……"白历把个人终端丢开，转过身趴在沙发靠背上对陆召说，"你怎么能看人家隐私呢，坏人。"

把陆召给膈应得够呛："没看。"

压根儿就不用看，一瞅见白历跟打了鸡血一样噼里啪啦打字，就知道他准没干好事。

白历强调："我消停着呢，真的真的，我从不主动搞事！"

陆召接口："你只是火上浇油。"

白历鼓掌："看来友军又对我军的作战风格有了更深的理解。"

一大早就听白历在这胡扯，陆召忍不住挑了挑嘴角："昨天霍存说周家那边在压消息，恳请当天知情的几位尽量不要回复网上的任何消息。"

在帝国贵族的眼里，家族的人在公众场合精神力崩溃实在不是什么说得出口的事。陆召对周家的请求倒是无所谓，他本来也不会在网上浪费精力。

白历想了一会儿，才想起那天出事的新兵姓周，"哦"了一声："周家跟你费什么劲儿，咱们少将哥哥两耳不闻星网事，一心只想搞机甲。"

正说着回头一看个人终端，投映在半空的虚拟屏上正好弹出论坛的热帖推荐：惊！陆召少将博客点赞网友评论，评论内容让人浮想联翩！

白历话说了一半就没动静了，陆召没听见白历继续说下去就觉得奇怪，转头去看白历，就瞧见对方对着个人终端一脸痴呆的表情，喊了一声："白历？"

白历看看个人终端，又看看陆召，隔了好几秒才说："少将哥哥，您可秀死我了。"

一直到坐上悬浮车，白历还一个劲儿地刷着论坛上的那条帖子。

前几天陆召点赞了白历博客评论区的一条评论，被点赞的网友激动得一宿没睡，凌晨发帖广而告之，还贴了截图为证。

凌晨发的帖子直接让一帮夜猫子当场失眠。

白历看了一圈，有说图是假的，有说陆召手滑了的，到最后网友们纷纷对这种"之前我不看好的契约人关系好像其实还可以"的突发事件感到茫然。

茫然的白大少爷坐在驾驶座上，又翻到一楼楼主的截图看了好几遍，最后干脆点开自己博客，发现那条被陆召赞过的评论愣是被论坛涌进来的大军给水成了热评，高高地飘在评论区头条。

白历一个字一个字地读评论："'蓝机甲是白历？那白历还挺帅的！'"

副驾上坐着的陆召没什么表情，等白历读完了，才拍了拍方向盘："开车。"

车开上路，一直到提速上了高架路，白历都还没把那条帖子的内容从自己的大脑里丢掉。

他用余光看了陆召好几眼，陆少将心平气和，正回复着霍存发来的几条信息。刚才白历念评论的声音大得像打雷，陆召没一点儿反应，脸不红心不跳，仿佛点赞就是举手之劳。

白历清清嗓子："那什么……"陆召转过头看他，"啊，那个……"白历吞吞吐吐了好几声，"怎么还想起来点赞评论了？"

陆召淡淡道："顺手。"

白历看他一眼："怎么还捡了那么一条评论点赞？"

陆召回着简讯，头也不抬："顺眼。"

可以，很棒，很陆少将。

白历感觉话说到这里好像也没什么好继续的，可他就是还想问点儿什么，于是装模作样地说："那您是觉得那条评论怎么就顺眼了？"

陆召被他问住了，歪着头想了两秒："因为他说得对？"

"没错！"白历一拍操作盘，"确实如此！"

陆召没反应过来，一直等车在第一军团门口停稳了，车上的两人，才互相看了一眼。

"你怎么老变着法子夸自己啊？"陆召诚恳发问，"这个算是癖好吗？"

白大少爷表情认真地道："好兄弟都这么干，你不夸我你怎么还算我的好兄弟呢？"

陆召是真不明白，拍了拍白历的胳膊，客观地评价道："当你'好兄弟'的条件有点儿低。"

"你还是快点儿上班去吧！"白历说。

陆召没听出来白历的无奈，点头道："我下车了。帮我跟司徒道个谢，研究所模拟舱的机型挺全的，这几天玩得挺好。"

白历摆手再见。

一大早的第一军团大门口还没什么人，这个时间段挺清净。

陆召刚把车门带上，就瞧见另一个方向也开来一辆悬浮车。不是军团配的车，一看就价值不菲。

车一直开到第一军团大门口才停下，驾驶座上的司机跑下来开门，从后座上走下来一个西装革履的中年男人。

这男人头发梳得一丝不苟，人到中年，脸上略有些时间留下的痕迹，却让这张英俊的面孔显得更加成熟稳重。

这张脸跟白历有六七分像。

中年男人的目光和陆召对个正着，转头跟司机说了两句，就朝陆召的方向走来。

车里坐着的白历见陆召站在车外没走，觉得奇怪，顺着陆召的目光方向也跟着看过去，在看清楚中年男子的脸时愣了愣。

"白历。"陆召俯下身，从车窗外跟白历说道，"没事，你先走吧。"

白历转过头，冲陆召笑笑，没吭声，只是拉开车门也走了下来。

中年男人走到一半，正想跟陆召打招呼，没想到车上又下来一个白历，猝不及防地僵在半道。

就听见白历用那副吊儿郎当的语气道："嚯，唐先生！这么长时间不见，您瞧着还这么健康，一点儿都看不出是七十八岁的人！"

唐骁脸色一黑："我今年才六十八！"

"啊！"白历说，"我知道啊。"

唐骁无言以对。

陆召别过脸，轻咳了一声，以免笑出声。

想起来霍存以前说过的一句话：好好一个白历，就是长了张嘴。

第二十七章
老派贵族

唐骁很有帝国老派贵族的气质，礼貌的态度里夹杂着高傲，五官跟白历有六七分像，眉眼间倒是少了些白历的纨绔不驯。

被白历开局就给呛了个半死，唐骁的脸色有点儿不好看，干咳了一声："没想到在军团里能见到白先生，白先生最近身体还好？"

陆召的眉头皱了皱。

白历跟唐氏的关系并不是什么特别隐秘的事情，当年白老爷子并不看好唐家，对女儿嫁给唐骁这事一直心有不满，一直觉得唐骁对白小姐的追求动机不纯。奈何当年的白小姐爱唐骁爱得不得了，又哭又闹了挺长一段时间，白老爷子才松了口。

但不看好还是不看好，白老爷子一辈子都是个手段强硬的倔老头，女儿是嫁出去了，可唐家想要从白家这里捞好处，就不得不答应白老爷子的要求，让白老爷子把白小姐与唐骁的第一个孩子抱走了。

这事就像一记耳光，打得唐家好几年都回不过神，也在脸上留下了清晰的五指痕。

唐骁那几年过得相当憋屈，直到白小姐又生下第二个孩子才扬眉吐气，大办宴席，却在宴会上当着白老爷子和白历的面宣布这个姓唐的新生儿是他的独子。

从那天开始，白历就彻底成了白家的大少爷，石头缝里蹦出来的那种。

这些陈年破事陆召也多少了解一些，外界也都知道唐白两家的关系相当微妙，白老爷子死后就只剩白历一个人，更是跟唐家没有往来。就连白历负伤那会儿住院，也没听到唐家去看望的消息。

可能是因为这样，这会儿唐骁问起白历的身体，陆召竟然觉得有点儿不痛快。

白大少爷倒是云淡风轻，慢悠悠地踱步到陆召身边："我还行，这不是一大早就送我们家少将来上班嘛。"拿目光扫了唐骁一圈，"我顺道送我契约人上班，唐先生来军团是送哪位？"

唐骁还没说话，白历又说："哎哟喂，瞧我这脑子，差点儿忘了，您家里没人可送。"

唐骁虽然是个特种，身体却不够强悍，别说是第一军团，非一线军团的大门都没摸到。

白历那个异姓弟弟身体还行，但精神力一直不怎么样，勉强够格进一些附属星的驻地军团，但唐家不乐意这根独苗去那些小地方，铆足了劲儿找人把男主往第一军团送，没想到关系还没来得及打通，男主就在一次巡航任务里被星际海盗突袭，逃跑的时候被击落，下落不明。

算了，这关系也不用找了，先找人吧，一找就是两年多，所以唐家哪里有人在第一军团上班呢。

唐骁提白历的身体戳白历心窝子，白历就提唐家没人够格进一线部队戳唐骁肺管子，一点儿都不肯吃亏。

显然老派贵族没干过纨绔子弟，唐骁一张脸气得黑如锅底，没憋住吐出一句："你说的是人话吗？那是你弟……"说到一半又停下了，可能是觉得跟白历说这些没用，平复了一下心情才继续道，"我来军团有些私事，听说前段时间陆召少将休假，正好今天遇到，能不能借我一些时间聊聊？"

陆召在被查出有镇静剂抗药性后见过来找上级提意见的唐骁一次，这会儿听唐骁这么说，张开嘴正想说点儿什么，就听到白历的声音。

"不能，不借。"白历懒懒地道，"他得训练，您让让道，省得他还得费力绕开，您这占的面积绕开可得费点儿时间呢。"

唐骁人到中年略微发福，倒不是很明显，但他这人特注意形象，最忌讳有人说他中年发胖。这会儿被白历拐着弯骂，反应了好几秒才明白过来，气得嘴唇都差点儿哆嗦："白先生，你难道能替陆召少将做主？契约人关系可不包含这个吧？"

"我……"白历的话说一半，瞥了一眼陆召。

怼人归怼人，白历还记得陆召在这里站着呢，白历不想陆召觉得自己拿他当找事的借口。

陆召跟白历对视了一眼，嘴角不着痕迹地翘了翘。

白历立马昂首抬头，跟唐骁说道："我当然能！"

理直气壮，好险没把唐骁给气厥过去。老派贵族稳住自己的表情，克制着没跟白历计较，转头专心跟陆召讲话："少将先生，我的确有些事情想跟您谈谈，您看？"

"有事先联系军团。"陆召的表情倒是很平静，语气淡淡的，"让一让。"之前没觉得，白历一提，还真懒得绕道了。

唐骁以为自己对陆召也算是了解。这位少将打小就跟着身体不怎么好的父亲在附属星生活，进了帝国公民学校没两年父亲就死了，陆召从此在公民学校就读到年纪后直接进入军界。

可能是因为这些，唐骁潜意识里并没有将陆召放在和自己同等的位置上，没想到陆召也没把他放在眼里，他被陆召的态度搞得脸色难看："那少将您什么时候有时间？"

"唐先生，您要是闲，我建议您多去健健身。"白历又插话，转头对陆召笑了笑，"陆少将，要不委屈你一下绕个道？你先去军团吧。"

唐骁的脸色彻底沉了下来："白先生，我个人觉得您不应该对陆召少将的行为指手画脚，他是去军团还是跟我聊一聊，都应该让他来决定。"

"看您说的，我这怎么就成指手画脚了。"白历抱着胳膊，微微扬着头，显得格外嚣张，"我俩是契约人关系，是兄弟、同盟。"白历的目光扫过唐骁的脸，语气里带着毫不遮掩的嘲讽，"您觉得您算那根葱呢？"

也不知道是不是错觉，陆召感觉白历在唐骁面前态度格外尖锐，鄙夷又厌恶。这还是陆召头一次在白历身上看到如此明显的负面情绪。

"这样，既然少将暂时没时间，我正好和白先生聊聊天。"唐骁吐出口气，又看向白历，"我们也有很长时间没见了，一直没有机会聊聊，不如找个地方坐坐？"

"唐先生，"陆召皱眉，"到底有什么事。"

白历开了口："鲜花，你先进军团吧。"陆召转过头看他，白历还带着笑，"没事，我也没什么闲工夫，还得去研究所呢，最多就扯几句。"

陆召隔了一会儿才"嗯"了一声，但没走开，犹豫一下想说什么，又不知怎么开口。

白历拍拍他的肩膀："走吧，有话回来说。"

这动作让陆召皱起的眉头缓和了一些，点点头，扫了眼唐骁，没再打招呼，直接朝第一军团的大门走去。

那一眼太过冰冷凌厉，饶是唐骁自负年纪大、见识广，也被这一眼扫得心头一凉。

看着陆召一路走进军团大门，路过的军官对他都客客气气的模样，唐骁对家族没能拥有这样一位助力而感到万分可惜。

"行了，"白历抱着手臂不咸不淡地说，"有屁快放，行不行？"

唐骁忍着脾气，当没听见这粗俗的话："白先生，这附近有家小餐厅我个人十分喜欢，不如去那里谈谈？"

白历的目光追随着陆召，等他的背影消失在视线，才缓缓收了回来，看向唐骁。脸上带笑，笑不达眼底："那走着吧，唐先生。"

小餐厅这个点没什么人，安安静静。

本来唐骁要坐包厢，没想到白历走进去随便找了个靠窗的位置就一屁股坐下了，胳膊伸开往靠背上一架，就没打算站起来。

有的人天生就这副样子，你跟他说什么都不好使。

唐骁的眉头拧成一团，最后还是在白历的对面坐下。坐之前先抚好衣摆，坐下后再次整理袖口领口，一系列动作做完，才又摆出一个贵族式的笑来，清清嗓子："白先生，这里——"

白历做了个"打住"的手势，拿起个人终端看了眼时间："唐骁，咱俩谁不知道谁，有话直说。"

一句话就让唐骁脸上的笑给冻了个彻彻底底。

是啊，白历要是个好相处的，早几年就低了头，哪里会像现在这样梗着脖子呢？

唐骁脸上的笑一点点儿淡下去，最后开口道："半个月前开源联系上我们了。"

白历翻看个人终端的手顿了顿，有点儿意外。

唐骁嘴里的"开源"不是别人，正是白历的异姓弟弟。让白历意外的是，梦中唐开源至少得等到唐氏晚宴之后才和主星的唐家联系上，怎么这会儿就有消息了？

看见白历愣住，唐骁的表情多了一丝得意："白历，你弟弟要回主星了。"

白历另一只放在桌上的手动了动，手指敲了敲桌面："什么时候？"

"开源说下个月月底吧，本来我想让他在晚宴的时候露面来个惊喜，不过他说他现在还有其他事要处理，得等等。"

其他事要处理？白历忍不住想笑。是得处理自己在附属星上混乱的契约人关系吧？

按照白历梦中的情景，唐开源在流落荒星时不得不寻求庇护，靠贵族特种的家世笼络了一帮人结契，其中最有地位的那位契约人并不想太快来主星，也非常不满唐开源左手拉着自己家族右手却还惦记其他势力的行为，唐开源费了好大劲才解决这些乱七八糟的事情。

白历笑了一声，心脏却仿佛沉入深海。

唐骁没听到白历的回答，自顾自地继续道："我跟你妈商量了一下，觉得这次开源回来身上是有军功的，趁机努努力，往第一军团送一下也是可以的。你不是在第一军团还有不少熟人吗？还有陆召，他现在既然是你的契约人，你跟他说说——"

"唐骁，"白历抬手，打断了老贵族的话，"我可真是给你脸了是吧？"

声音很轻，很平静，但压下来的精神力却让不远处端着两杯饮品走来的服务生手上一抖，托盘掉在地上，连着上面的杯子一起摔了个稀巴烂。

唐骁自己也是个特种，却像被钉在了座位上一样起不来身，咬牙怒道："白历，你不要太过分！"

白历笑了笑："我没跟您说过？老子的名字写作'白历'，读作'过分'。"

他前倾身体，看着唐骁，屈起手指敲了敲桌面："您也一把年纪了，说话什么地方要注意，还得我教您吗？"

这精神力压得人喘不过气，唐骁的精神力本来就不怎么样，这会儿头疼欲裂，没坚持多久就妥协了："我和我伴侣商量了一下，想请你和陆召少将帮我儿子打点打点。"

白历"嗯"了一声，唐骁感到那股压力撤了下去，还没松口气，就听见白历说："那你想得还挺美。"

唐骁一口气没提上来，差点儿气出毛病。

就是这个态度，跟白老爷子一模一样！

唐骁看着白历那张似笑非笑的脸，又想起白老爷子在世时曾几次痛斥他无能的模样……那老头子教得真到位，活脱脱把白历照着他自己的模样又复制了一遍。

打白历落地那一刻起，唐骁就知道，这小孩儿和他根本不对付！

要是平时唐骁早就走人了。可现在不行，唐家自打唐骁的父亲过世就显出颓势，在军界也基本没了什么门路，想把唐开源往第一军团送，最快的路子就是白历和陆召。唐骁觉得自己还真有点儿忍辱负重的意思。

"白历，你也别这个态度，我今天就是跟你说一说，你要是不想帮忙也没事。"唐骁扯了扯嘴角，"回头我再跟陆少将联系，他现在在军界的人脉很广，我相信他会替开源说几句话。"

"你觉得？"白历觉得唐骁的脑子非常奇妙，歪着头诚恳地发问，"你觉得我的契约人会帮那孙子？他算个什么东西？"

唐骁被白历那副鄙夷的模样刺到了神经，白老爷子的脸几乎立马就占据了他的脑海，他下意识地抬高了声音恨恨道："我知道你跟你家那老爷子一个样，从来就没瞧得起过我们唐家！我告诉你，我说陆召会帮他就会帮！要不是他不答应……他早就跟开源结契，还轮得到你个残废！"

就听到"咔哒"一声轻响，白历把个人终端轻轻放在了桌面上。

唐骁发泄完才觉得说错了话，再抬头去看白历的脸色，不禁浑身发冷。他一点儿都不了解这个他从来没养过一天的儿子，所以他也从来没见过如此令他胆寒的眼神。

白历的手指在桌上点了点，动作很轻，很柔和："他不答应什么？你说说。"

这会儿没人敢往白历这边送水，唐骁觉得喉咙有些发干，也只能空咽唾沫，想起陆召临走前瞥向自己的那一眼："没什么，我记错了。"

"上一次我在你伴侣的脸上看到伤口的时候就跟你说过，"白历前倾身体，凑近了一些，从外人的角度看，他的动作里透着点儿亲近，声音里甚至还带着一丝笑意，"别跟我撒谎。"

唐骁其实对白历说的这件事已经记不太清。

那时候白老爷子还在世，白历年纪不大却飞扬跋扈，在公众场合直接就朝唐骁的脸上来了一拳。他想还手，却被因为狂怒而直接精神力暴走的白历按在地上打得爬不起来。

后面的事情他已经记不清了，就记得头晕，鼻子在往外淌血。这事也由白老爷子负责压了下去，消息没走漏出去半点儿，白历除了被白老爷子打了一顿，没有任何惩罚。

再怎么样这都是一件极其丢人的破事。白家道了歉，唐家也就借坡下驴，两边一起扯了块遮羞布，把这事这么含糊了过去。事后白历被打了一顿，没多久又活蹦乱跳了，只有唐骁在床上躺了小半个月，还羞得不敢出门见人。

自那之后唐骁对这个跟自己没半点儿感情的儿子，连表面功夫都懒得做了。

这就是个混蛋，是个疯子。谁惹他不开心，他就让谁头破血流才甘心。

唐骁有点儿后悔，这么多年过去差点忘了白历是个什么样的人……早知道这样，陆召要走那会儿他就不该拦。

白历的指头又在桌面上点了点，就跟当年一下下落在唐骁身上的拳头一样。

第二十八章
别再去招惹陆召

白历对唐骁的了解其实也没多少，但他就是知道跟唐骁来餐厅不能进包间。

有时候包间的四面墙就是人的脸面，在外头人得自己兜着脸皮，在包间里人就可以不要脸。

可能是气得不轻，白历感觉唐骁脑门上的青筋直跳。但碍于他俩现在还在公共场合，唐骁还得稳住自己的贵族形象，压了好几次火，再开口时声音才没拔高："你想知道可以自己去问陆少将，你们不是感情很好嘛。"

白历笑了笑："少跟我打马虎眼。"

"你就这家教？"唐骁受不了，"不能好好说话？"

那边白历摊摊手，懒懒地道："没办法，爹妈死得早，没人教。"

这话好险没把唐骁给气晕厥过去。

在这地方也不能发火，唐骁活这么大，最受不了的就是丢人现眼。白历不一样，他根本不在意什么丢脸不丢脸，你要在这地方惹火他，他照样会把你揍得半个月走不了路。

唐骁的嘴角扯了扯，带起一个略显嘲讽的笑："看来陆少将也不是什么话都跟你讲，要不然你能这么大脾气？"

"得了，少跟我玩心眼。"白历看看时间，不耐烦地摆摆手，"没事我走了。"

他对唐骁这种把话往陆召身上带的小人行径感到十分晦气，尤其是这副自以为拿捏了什么弱点的嘴脸，更让白历膈应。

白历是知道陆召和唐氏之间有些矛盾的，除了最开始唐开源和陆召对第一军团名额的竞争，估计还有别的事情，但他没问过。

没想到唐骁竟然还有脸来找他。

"你可能不知道，陆少将的身体比你想象的要糟糕。"唐骁察觉到了白历的不耐烦，急忙道，"除了精神力不稳定，他因为自幼生活压力沉重和常年在一线工作，所以有一定的精神创伤，即使他自己都不太能察觉，只有一线的个别随军医生知道。这是很大的隐患，再加上长期使用镇静剂，这些问题一旦一起爆发，后果非常严重，这对他的契约人是很大的压力，这些他跟你说过吗？"

说完又去看白历的表情，却没在白历脸上看到意想中的惊讶和愤怒。

唐骁反应了好一会儿："你知道？"

在唐骁掌握的情报和印象里，陆召并不是一个好相处的人。出身贫民窟，却高傲谨慎，除了极少数的几个人他很少对人敞开心扉，唐骁不认为陆召会把自己的身体状况对一个地位不如他的残废契约人和盘托出。

但看白历的表情，并不像完全不知道。

没等唐骁再仔细想想，白历的手指就敲了敲桌面："往下说。"

这反应跟预想的差了很多，唐骁的两只手交握着，拇指因为焦躁而磨蹭着："没什么好说的，你如果知道，也该明白和这样一个契约人建立关系对你来说并不安全吧？"

本来想拿这事恶心一下白历，没想到这人一点儿都不意外。

"我知不知道，跟你说不说，这能是一码事吗？"白历的声音挺淡，"你倒是打听得很清楚，怎么，打过别的主意？"

白历的眼里满是看破唐骁心思的嘲笑和鄙夷，被这样的目光注视，唐骁心里满是愤怒，却不知为何不敢发作，腮帮子咬起又松开。

服务生小心翼翼地端上两杯饮品，唐骁端起来抿了一口，情绪逐渐稳定：

"也没什么……当时我们发现了这个问题，就向军界提出异议。毕竟是第一军团的新锐，我也是为他好，他这问题嘛，确实有点儿麻烦，但也不是没办法解决，我们唐氏可以帮一把。"

白历愣了几秒，把这几句话在脑子里过了几遍，忽然明白了唐骁说的是什么意思。

"哈！"白历眉毛倒竖，露出一个凶狠且讥讽的笑来，"你把爪子伸到了陆召头上，指望拿他的病痛拿捏他，迫使他急迫之下和唐氏结契？唐骁，你的脸还真的是好大好厚啊！"

唐骁被白历这么直白地撕破心思，脸色涨红，急忙左右看了看，见没人听到，才低声呵斥："是帮他！你简直是在扭曲事实！唐氏条件够硬，开源性格又好，凭借唐氏的能力，迟早是要在军界站稳脚的，这样的盟友对陆召少将来说也是一大助力！"

白历怒极反笑，竟然从唐骁这套逻辑里找到一丝滑稽："你跟他提了这事？"

"他刚回主星的时候，唐氏邀请他见过一面，"唐骁压着火道，"我们唐氏愿意承担风险和他结契。"

一股怒火烧得白历头疼无比，他确实知道唐氏与陆召关系不和，原本以为只是给陆召一些压力迫使他离开军界，但没想到比这事还要龌龊。

这对陆召来说，简直是一种侮辱。

"说重点。"白历心中怒火翻腾，面上却冷冷的。

"还能有什么重点。"唐骁对白历也不敢发脾气，拧着眉头又喝了一口热饮，"我们提出建议后，陆召少将并未同意，说了句'知道了'就走了，没想到后来传来他和白氏结契的消息，我觉得你有知情权，看在你妈妈和你爷爷的面子上才特地来告诉你……"

"唐骁，"白历摆弄着自己的杯子，看着唐骁淡淡地道，"你再敢提我爷爷半个字，我就让你今天横着从这里出去。"

他的模样并没有暴怒，但唐骁却感到一股无形的压力。这小子是个疯子，白老爷子是他发疯的点之一，唐骁住了嘴。

白历却已经明白了唐骁的目的，他的手指点着杯子的手柄，慢慢地道："你是觉得如果我知道了这些事，会考虑取消契约人关系。"

"这也是为了你考虑，白氏只剩下你了，没必要为了一个契约人承担风险惹麻烦，"唐骁说得十分诚恳，"唐氏撑得起来，如果陆召少将愿意，我们再洽谈结契的事情也没什么问题。"

白历喝了一口热饮，类似咖啡的苦味在口腔里蔓延开。

这都什么烂人、什么烂事啊，陆召。

唐骁的劲儿又上来了，继续说："白氏就你一人了，你现在又这样，身体上的问题也会影响精神力，你也是知道的。开源不一样，他还是很健康的。陆召少将的情况我们也知道，现在开源也要回来了，他只要搭把手，帮开源进第一军团，结契的事情……"

白历听懂了，唐氏不仅想把已经要回来的唐开源弄进第一军团，还想要陆召这个人来当他们的台阶。

从头到尾，唐氏都认为自己是该高陆召一头的。

就看见坐在对面的白历直接站起了身，看也不看唐骁一眼。

"哪儿去？"唐骁没反应过来。

"走啊。"白历拿起个人终端，"一分钟都不想在这里待。"

唐骁气道："你什么意思？"

白历连回答都懒得回，抬腿想往外走。

"那之前说的事呢？"唐骁也站起身追问。

"等着吧。"白历冷笑了一声，谁给你办事谁孙子。继而略微俯下身，在唐骁耳边低声道，"还有，别再去招惹陆召。"

这次没有精神力的压迫，唐骁却依旧感到白历言语间的凶狠。

等白历走出餐厅，调出自己的悬浮车时，雨丝已经飘了起来。

天空压着一层厚厚的铅灰色，把白历压得喘不上气儿。

梦中给陆召的镜头并不多，他坚韧高傲，在被唐开源击败之前并未有过任何败绩，仿佛许多事情在他面前都不值一提，他总能胜利。

从没有人说过他是受过这些折辱的。

陆召长这么大，什么时候低过头。

白历站在梦中的上帝视角看这个世界的时候，最多的是膈应，但此刻他只觉得窒息。

在契约人关系建立的这段时间里，他亲眼见到陆召是如何生活的——压根儿没有生活。

一丝不苟地训练，严于律己，认真对待所有任务，克服自身天生的问题，不抱怨任何不公，闷头前进。他或许不善言语，却并不冷漠自私，可以为了自己热爱的事业付出全部心血。

帝国之鹰走到今天的地步，从不是因为幸运，而是日复一日的孤独努力。

那不是梦中的一个角色，那是活生生的有血有肉的人。

他不是一个陌生人，他走到今天都是一步一步拼出来的，对于这些白历再清楚不过了。他的存在不是谁的衬托，他挺直的脊背不是为了让哪个混蛋压垮的。

白历拉开车门，坐上驾驶座。

车外的雨大起来，他在车内静静地坐了一会儿，猛地砸了一下操作盘。

一天的训练结束，陆召洗完澡后换回了便服，看了一眼个人终端。

星网上乱七八糟的新闻通过弹窗不断弹出提示，但个人简讯却干干净净，除了工作信息，半条私人简讯都没有。

"少将，您可是走神一天了啊。"霍存也换好了衣服走出来，"状态不好？"

陆召转过头看他，把霍存看得头皮发麻："嘿！我这破嘴！您状态好着呢，打我的劲儿可一点儿都不小！"

陆召"嗯"了一声，才又去翻个人终端。

把霍存给"嗯"的噎住了，像这种坦然承认自己揍人不放水的，霍存就只见过陆召少将一个。

给陆召当副官这么久了，霍存对陆召的状态也掌握得七七八八。他还是觉得陆召今儿有点儿分神，但没再继续就着这个问题问，换了个话头："少将，您今天可是看了十几次个人终端了啊，看啥呢？"

陆召自己根本没意识到这茬儿，被霍存说破了，才愣了愣。从早上到现在，白历脸上的表情都在陆召脑海里挥之不去。

唐骁出现的太突然，陆召以为这人基本已经可以从自己的交际圈里划出去的时候，他偏偏又冒了出来。

考虑到唐氏和白氏的恩怨，再加上自己和唐氏的一些问题，唐骁的出现实在让人觉得晦气。

也不知道这两人都聊了些什么。

霍存喊了声："现在走吗？少将？我估计韩渺少将都等不耐烦了。"

陆召反应半天。

"就是前段时间战后报告的那件事。"霍存一提到那件事就皱眉，"韩渺少将气得不行，非得喊着去喝两杯。您忘啦？他可是早上才刚跟您说过啊！"

陆召想了几秒才想起。前几天他在家休息的时候，关于最近一次荒星开拓战的报告书送了上去。本该算在陆召和韩渺头上的功劳被领导转手一抹，愣是分了一部分给到了第二军团的几个关系户头上，这件事让韩渺气个半死，找江皓闹了好几回。

江皓也没办法，报告不是他写的，也不是他递给上头的，只能安慰安慰韩渺，别的也不好说什么。

其实陆召想想这件事也膈应，但他这几年膈应的事多了，所以比韩渺能抗一些。韩渺就不行了，听说陆召上班了，一大早就来找他，非得今晚喝两杯骂骂领导。

光顾着想唐骁和白历，陆召差点儿把这茬儿忘了。

反正训练也结束了，陆召和霍存就打算直接去韩渺说的地方找他。走了两步，陆召又停下了。

霍存回头看他："少将，怎么了？"

陆召比了个手势，示意让他先走，自己拿出个人终端，在通讯录上找到白历的名字，手指在输入栏上停了一会儿，才打下一条简讯：有事，晚点儿回。有事跟你说。

信息发出去了，陆召等了一会儿，白历没有回复，也不知道是在忙还是怎么回事，白历今天一天都安安生生。

车一路开到约定的小饭馆。

陆召和霍存进包间的时候，韩渺已经快把自己灌趴下了。旁边坐着的是韩渺的契约人陈楠，正拿着筷子夹菜吃，一边随便拍两把喝大了的韩渺的后背。

见陆召和霍存进来，陈楠打了个招呼："来啦？坐，再点几道菜。"

"这还吃得起来吗？都喝成什么样子了。"几个人都挺熟，霍存在军团外说话就挺放得开，一瞅见韩渺这样子就直乐。

"没事，脑子还比较清醒，"陈楠拍了一巴掌韩渺，"就是说话会结巴。"

陈楠是第一军团后勤部的稀种，平时对陆召也挺照顾，一开始是怕陆召在军团受欺负，后来是怕陆召在军团欺负人家，好在陆召事少，这俩项担忧都不存在。

陆召前脚坐下，后脚韩渺就支棱起身子，把面前倒满酒的酒杯往陆召面前一推，大着舌头说："喝！"

陆召险没吓一跳，正准备喝，想起来晚上还得跟白历商量事，就停住了，"晚上有事，我喝不了。"

倒是霍存一点儿都不见外，自己给自己倒了一杯，就开始美滋滋地喝酒夹菜。

韩渺瞪着眼看了看陆召，因为喝得有点儿醉而开始结巴："不……不应该啊，以前喊你……你也不少喝啊。"

陆召不知道怎么解释，干脆不解释。

韩渺倒是自己开始理解了："你看看，还是影响……影响心情了吧！我跟……跟你说，第二军团那几个就……就就……就是臭虫！你、你说，上回荒星打起来的时候，那……那几个人哪个敢往前冲？还不是……是你和我顶在前头？好嘛，逮猪……猪的时候找不着人，吃肉的时候全蹦出来了！"

"就是。"霍存也愤愤不平，"当时我就差点儿跟这几个王八蛋打起来，这帮贵族关系户就是烂狗屎，咱们进军团是实打实地要上战场，这帮贵族出身的公子哥呢？人家就是来镀个金。"

陆召夹了口菜进嘴里，不知道炒得什么肉，味儿有点淡，没有白历做的好吃。

"我跟……跟江皓中将说了！结果江……江皓跟我说：'你叫唤什么？我有什么办法？'，给我骂蒙了。"韩渺条理还挺清晰，大着舌头都不耽误骂人，"最后他还来了脾气，一开始还……还安慰安慰我，后面骂得比我都狠！"

"江皓骂人？"陆召听得想笑。

主要是江皓外表太儒雅，平时说话比较讲究，虽然也骂人，但和军团这帮痞子比起来简直就像是加了点儿语气助词而已，实在是想不出韩渺形容的"骂的比我都狠"是什么样。

"啊！"韩渺喝口酒，"我跟他……他说：'你不也贵族吗，你咋不能搞他们'，你猜怎么着？嘿，他直接就骂上了，说：'贵族跟贵族能一样吗？你还大得过那家去？'"

包间里因为这句话没了声音。

贵族跟贵族确实不一样，就算是白历这种帝国建立之初就存在的老贵族，也有比不上的。大家心里都清楚，你再老派贵族，能比得过帝国皇家的姓氏？

韩渺喝大了管不住嘴，还往外秃噜："我寻思也不至于啊，第二……二军团那几个货色，也不是姓——"

话还没说完，就挨了陈楠一拳，韩渺挠着后脑勺看看自己契约人的脸色，讪讪道："哎呦哎呦，说秃噜嘴了。嘻，我……我这不是瞧不起那几个小贵族嘛。"

"别跟这儿搞群体攻击啊！"陈楠没好气，又给了韩渺两拳，"江皓中将不是贵族出身？我看你也挺服的。再扯远点儿，白历不是贵族出身？我可听说了啊，那天你们几个特种都被吓得——"

"别提了！"韩渺挺尴尬，他想起那天他在白历的精神力下动都没动一下这茬儿就脸红。

陆召后来从霍存嘴里对那天的事多少有了些了解，听到后也没吭声，就是感觉他越见不着白历的时候，好像所有人都在跟他提白历。

韩渺狡辩："没有群体攻击，我这不是给气的嘛！谁知道江中将比老子还气呢？"

"他那也不是没有原因的。"陈楠边吃边说，"我比你们早几年进第一军团后勤部，这种事我听得多了。别说是你们几个，就是江皓跟白历也吃过这种亏。"

陆召的眉头跳了一下，还没开口，就听霍存凑过来说："展开讲讲！"

陈楠正准备开口八卦，突然想起来陆召和白历已经结契，尴尬地看了陆召两眼。

按说这事陆召本不该继续问，这是白历的私事，可今天不知道怎么着，陆召不由自主地开了口："没事。"

他回得含糊其辞，其余三人都没听出来。

"嘻，估计白历也跟你讲过吧。"陈楠把筷子放下，倒了杯酒喝了两口，脸上露出一丝愤愤，"以前那家不也插军团的事，他家那位也只是来镀金的。"他伸手指了指上面，意思是所有人头上的"那家"，"是个旁支，不过好歹也是姓那个的。我听说就这位瞎指挥，结果赶上救援任务，一船人都没救下来，还倒贴了好几条命，跟白少将的一条左……"

陈楠顿了顿，说得火大，顺手又给了韩渺一拳。韩渺正听着呢，莫名其妙挨了打："哎！你打我干什么？"

"后来这事也给盖下去了，不让说也不让传，"陈楠不搭理韩渺，继续说，"我也就是听说，后勤部这种八卦多了去了。具体我也不清楚，反正后来没多久，那次参加过救援任务的人都被调任，升了军衔，这事就没人提了。"

说完又打了韩渺一拳。

韩渺被打得抱着头："行行行，老子知错了！我刚才真不是想搞群体攻击，我这不是急了吗？本来还想今年能得一朵金色卡丽花呢，陆召都仨了，我就一枚！"

霍存半晌没吭声，这事听得人心里不得劲儿。他看了陆召好几眼，少将的脸上还是没有多少情绪，只反复把玩着手里的个人终端。

"我也就是听说，"陈楠又给自己和陆召各倒了一杯，"挺不痛快的，要不是今天韩渺这劲儿上来了，我也不会提这茬儿。哎！白历跟你具体讲过吧？"

这回陆召没拒绝，一杯酒闷下了肚，隔了几秒才"嗯"了一声。

个人终端上传来一声提示音，白大少爷终于回他简讯了。

白历发了一个比着"OK"手势的狗狗头表情包，还附带俩字：等你。狗狗头上翘着一撮毛，让陆召想起白历怎么弄都不服帖的柔软发丝。

陆召看着白历发来的简讯，喝进肚子里的酒蒸腾起来，闷得人难受。

第二十九章
雨夜

本来是要骂骂领导的小团体聚餐，在韩渺连着挨了陈楠好几拳之后彻底给打歪了。

韩渺倒也看得开，反正今年估计也轮不到他再上一线，再添一枚金色卡丽花的理想彻底泡汤，韩渺干脆破罐子破摔，准备把自己年假用了，缓缓劲儿。

刚提了一嘴要喊着陈楠去某附属星散散心，就被对方当头泼了盆冷水："不行，快年底了，后勤部忙着呢。"陈楠一心扑在工作上，"我抽不开身。"

韩渺也是喝大了，平时被拒绝连个屁都不敢放，这次借着酒劲儿壮着胆子开口："你就一……一后勤部干事，那我就想不明白都忙啥……"

陈楠看了他一眼。

韩渺接着刚才的话说："……主要原因是我生的憨，脑子不好使想不明白，劳驾您给指点指点？"

旁边传来霍存咕叽咕叽的憨笑声。

陆召有点儿走神，有一搭没一搭地听着，听到韩渺这句有点儿想笑，但嘴角扯了扯，还是没扯起来。

"来了批刚从军学院毕业的新人，我得带带。"陈楠被韩渺临时改口的样子整得哭笑不得。

没解释之前韩渺脸色还成，没想到陈楠越解释，韩渺的脸就拉得越长："不都带了半个多月了吗？"

"后勤部事多了去了，半个月能学个啥。"

"那什么时候能带完？"韩渺大着舌头，也不管霍存和陆召还在旁边了，光顾着和陈楠说话，"还是你老提的那几个小兔崽子？那个叫张什么的和秦啥玩意儿的那两个普种吧？还有那个……那个叫什么来着的那个特——"

陈楠没等他说完就反应过来了，气得直笑，顺手抄起块炸肉硬塞进韩渺嘴里："滚，我看你是有毛病，喝大了就废话多是吧？"

一顿饭吃到晚上九点多，直到散场韩渺的脸上都写着"老子委屈"四个大字。

陈楠懒得搭理他，和陆召、霍存三人该吃吃该喝喝，相当自在。

结完账，陈楠说去趟洗漱间。

包间的门刚关上，霍存就发出了惊天动地的嘲笑："行啊，韩少将，当您的契约人是真麻烦，除了精神力互帮互助，还得腾时间出来陪您玩儿是吧？"

韩渺脸红脖子粗地吼道："问两句不行啊，契约人关系和别人不一样你又不是不知道！"

陆召放下酒杯："陈楠好好的，你非得惹他生气。"

韩渺张张嘴想反驳。

"就是。"霍存附和，"真烦人！"

韩渺喝大了，脑子有点儿跟不上，没吭声，搓了搓脸，隔了一会儿才说："霍存，你小子知道个屁！"

霍存不乐意："好好说话！"

"你又没建立过契约人关系。"韩渺嘟嘟囔囔，"我们特种，本来大部分脾气就不好！单纯靠利益维系起来的契约人关系也就算了，要是真处得来的，那就跟亲人兄弟没两样，在特种眼里，自己的契约人跟别人是不同的，你懂个屁！"

特种的偏执是刻在骨子里的臭毛病，改不了。

可能是喝大了，韩渺这会儿显得格外智商低，语气里的蛮横把陆召听得一愣一愣的。

陆召关系好的人就那么几个，还头一次见到特种酒劲儿上头后这么不遮不拦的霸道，觉得有点儿好笑。

说是"头一回"，陆召想了想，是真的头一回见，因为白历从来没这样过。白大少爷从没跟陆召生过气，脾气好得有点儿不像个特种。

"就你们特种臭毛病多！"霍存在一旁搞人种歧视，"我们普种就从来不这样！"

韩渺露出一个"你小子别高兴太早"的表情："换成是你你也这样，有时候你就会发现自己脑子里住着个傻子，天天撺掇你干傻事。"

霍存真诚地发问："啊……这……您平时不也这样？"

韩渺今天是彻底喝多了，口齿不清道，"跟你们说，管……管什么人种，这是人种的事……事吗？你越关心谁，你就会想让他更重视自己，恨不得啥都跟他聊，是个人都这样！"

韩渺还嘀嘀咕咕抱怨，说陈楠最近忙得脚不沾地，他们哥儿俩很久没一起玩儿了。

给霍存听得不耐烦，侧头跟陆召小声说："他还没完没了了……"说到一半，看见陆召抱着手臂坐在椅子上想事，根本没听见他说话。

霍存喊了他两声，陆召才回过神。

"少将，您这次可是真走神了啊，"霍存觉得挺稀奇，"怎么了？想啥呢？"

前几天的风波刚过去，霍存一直挺担心陆召在意这事，但碍于陆召本人常年都一个表情，看不出什么情绪，也就一直没问，这会儿逮住了机会才开口。但没等陆召回答，陈楠就回来了。

陆召站起身，和霍存一左一右把喝得烂醉的韩渺往外拖。陈楠一边埋怨韩渺酒量不好还喝酒，一边还得替韩渺操心第二天的精神力会不会受影响。

等韩渺和陈楠的车开了自动驾驶模式离开，陆召才回过神。

他有些后知后觉心想"白历是否在隐瞒"这件事，他其实是想追问那天那个红头发小记者的事，也想知道唐骁跟白历在说什么。这些他都很在意，并非在意事情本身的内容，而是在意这些事情会对白历造成什么影响。

关心谁，就恨不得对方把所有的事情都说明白。

陆召其实也不明白自己怎么就不痛快，他以前没这样过，周围的人再怎么着，他都没正儿八经地在心里撮火过。

他得承认，他和白历发过脾气，虽然是事后才意识到的。但白历没有对他发过脾气，一次都没。

雨下大了，从公寓的落地窗往外看，帝国主星笼罩在一片细密的雨帘中。

白历背靠着落地窗坐在地板上，在个人终端上查资料。

根据白历对梦里的记忆，唐开源精神力突破之后一度不稳定，差点儿跌回原点。在这时候他遇到了一个帝国研究院的稀种，帮他稳定了精神力。

在这期间醉心研究的技术流稀种也拜倒在唐开源的主人公光环之下，成为了他的又一小弟，一直为他提供技术支持。白历查了一圈，还让司徒联系了以前在研究院的同事，都没查到这个人。

现实中命运的轨道好像在白历不知道的地方悄悄发生了改变。

按理说，唐骁本不该这么早和唐开源联系上，在白历的梦里，唐开源应该在唐氏晚宴后一段时间才回到主星。同样的，蒯乐也并不应该在这个时间段调任主星。

从左腿出事之后，白历就没再关注过梦中剧情的发展。世界似乎是一直围绕唐开源展开，他梦境的视角也一直是唐开源本人，从他被迫降落在某荒星开始，都是在看唐开源在荒星的经历。梦境视角对主星这边的具体状况没提起过一星半点。

但很多细节却发生了改变。在梦中，陆召没被搅和进这次的军团骚乱事件中去。他和原本的白历的交际一直不深，在这段时间应该也一直被精神力的问题折磨得焦头烂额，直到唐开源回到主星后将他挤出在军团的位置，彻底击垮陆召的自尊心，又将其收服，并以结契为手段令陆召和唐氏联盟，彻底拧到一起。

然而因为白历的插手，结果忽然就变了。

唐骁因为提前联系到了唐开源，所以找白历想活动一下通往第一军团的门路，从而说漏嘴，令白历得知原来唐氏曾想和陆召结契联盟，试图拆开白陆两人的联系。

以及……白历的目光又一次扫过虚拟屏上的研究院人员名单，依旧没有找到他记忆里的那个稀种。

白历不知道这些细微的变化意味着什么，他心里升起一丝希望，又很快被自己压了下去。

没什么能比希望之后的打击更为沉重。

圆滚滚的管家型机器人顶着放了一瓶营养液的托盘过来，撞了撞白历的腿，提醒他得劳逸结合，不能这么一直坐着。白历这才站起身，拿着营养液看向窗外的大雨。

他已经很久没这样迫切想搜集关于梦中情节的一切信息了，从他被左腿的疼痛折磨得彻夜难眠那段时间开始，白历就认命了。但今天见过唐骁后，白历发现自己还是受不了。

他可以认了，反正也就是黯然收场、郁郁而终的结局，人再难受，时间长了也总能跨过去。但陆召不能认。

白历也不知道为什么，反正陆召不行，他可以和他没联系，可以去任何想去的地方，做任何想做的事，但他就是不能被这狗屎一样的"命运"裹挟着成为唐开源的一块垫脚石。

一想到这里，白历心里就撺火。

他拧开营养液的瓶口，正要往嘴里倒，就听到开门的声音。

陆召下车的时候淋了点儿雨，带着些水气，弯腰在玄关换鞋，一抬头就看见白历探着脑袋往他这边看。

"回来了？"白历拿了条毛巾递过来，"擦擦。"

陆召的目光在白历的那张笑脸上停了几秒，才接过毛巾"嗯"了一声，边擦边往里走。

动作间传来薄薄的酒气，白历吸吸鼻子，有点儿惊讶："喝酒了？"

陆召点点头："不多，没事。"

"真行，我那会儿跟哥儿们聚餐，次次都得被灌得找不着北。"白历给他竖了根拇指，"那你早点儿休息。"说完又往沙发上一瘫，打开个人终端。

虚拟屏上弹出的网页还是之前没关闭的，陆召扫了一眼，既不是论坛也不是博客，没等他看清，白历就给关了："霍存跟你一起没？他要是喝多了今天肯定打不了模拟战，我赶紧上线享受一下没有他的快乐游戏。"

还是那副嚼瑟的白大少爷的语气，听不出半点儿异样。

谁都猜不出唐骁到底跟他说了什么。

陆召把毛巾放在管家机器人的手上，转过头道："不是说晚上回来聊吗？"

"啊？"白历反应过来，"你这不喝酒了吗？改天也行。"

可能是酒劲儿上来了，陆召这会儿觉得脑子有点儿木。白历的话传到耳朵里，不知道怎么就让陆召有点儿昏昏沉沉。

不能改天，陆召觉得不能再改天了。要不今天唐骁出现时他也不会觉得措手不及。陆召道："就今天。"

白历觉察到陆召语气里的强硬。

认识陆召这么久，白历还是头一次见陆召喝酒。也不知道他喝了多少，但脸上看不出一点儿不同，只有一双眼被酒气蒸得有些湿润。

"行行行！"白历被看得没脾气，招呼陆召在沙发上坐下，"友军有什么指示？"

陆召在沙发上坐下，却没开口，盯着白历的脸看。

把白历看得发毛："看什么呢？"

看什么呢？陆召也没明白。他第一次发现，白历对着他的时候，好像一直都是这么个笑脸。

那就是个面具，罩在白历的脸上。白历躲在这层壳子下面，谁叫都不出来。

陆召一度以为自己曾撬开过这壳子的一角，了解过白历的内里。可他现在觉得，可能就连那层内里都不是真正的白历。

"白历，"陆召终于开了口，"唐骁跟你说什么了？"

这问题问得相当直接。白历愣了愣。他跟陆召一直都心照不宣，从不对彼此的事情多加询问，白历没想到陆召这一次问得如此直白。

白历笑了笑："没什么，就一些破事，想找我帮他儿子跑腿，老子答应才有鬼……"没一句话说在了重点上。

陆召看着他，没给他继续胡扯的机会："白历，我们是契约人关系。"

他这话说的没头没尾，但白历似乎能意识到这话是什么意思。

"在认识你之前，我没有过类似的经验，所以对维持关系的尺度拿捏并不擅长，"或许是因为喝了不少，陆召的语速略有些缓慢，眉头也微微皱着，非常努力地整理自己的语言，"但我想契约人之间理应相互支撑，至少我得知道我能给你什么支撑，而不是只做那个享受你付出的人。"

陆召并不怎么懂得婉转地试探，他认定了要怎么做，就会直接说。或许也正因为这样，白历才会觉得心中像被轻轻撞了一下，竟然有些晃神。

他打出生就活在主星的贵族圈里，人还没走稳当就被白老爷子宣布成为白氏唯一的继承人，从此就滚在各色眼光和八卦流言里，一出门就得绷紧神经。

好在白历本就桀骜不训，从不把这些人看在眼里。日子久了，他渐渐发现只要不去在意别人的评批，他们也就伤害不到自己。

但陆召过于认真和耿直，过于不会拐弯儿，和白历在这个世界见到的其他人太不一样，太难以融入，也太真实了。

白历竟然有些不知所措。

估计是酒劲儿上来了，陆召坐在沙发上捏了捏鼻梁，眼神里有些轻微的茫然，但眉头仍旧皱着，显然对白历并不回答这态度很不乐意。

白历被他这喝大了还记得干正事的模样逗乐了，整天都沉得不行的心情骤然一松，向后仰着倒在沙发上，叹了口气："你真是……我本来是不想提这些事的，你也知道，我跟唐家不对付，有时候唐骁说话就专门是来刺激我的。"

陆召并不知道这话是什么意思，但还是"嗯"了声，等着白历继续说下去。

"其实也没说什么，就是提了一下……"白历摸摸下巴，停顿几秒，"你和唐氏的事情。"

陆召愣了愣："我？"

白历咳了一声，没把唐骁的原话直接说出来，挑挑拣拣地整合了一番："你刚回主星的时候，曾经和唐氏见过面，这你还记得吗？"

当然记得的，只是陆召并没有跟白历提起过。

陆召坐直身体，微微皱眉，语气略快了不少："确实是见过面。并不是向你隐瞒，只是没当回事，当时也并没有提过你，只是说了些琐事。"

见他有些紧绷，白历笑了笑："急什么，这都不算事。你还记得你们当时说了什么吗？"

陆召估计是真没少喝，坐在沙发上边揉着额角边思索："……有点印象，好像是一些关于主星贵族的介绍……"

白历没听懂："啊？啥？"

"一过去，那个家主就跟我说了一堆主星现在贵族的关系和影响力，"陆召老实回答，"我也没太听明白，反正后面是说唐氏正在上升期，年轻一代也正在崛起，大概就这样。"

白历联想到唐骁那个非要摆老贵族架子的做派和行为逻辑，竟然发现自己好像猜到了一点儿这话是什么意思。

如果他猜的没错，唐骁估计是想表达唐氏现在在主星的贵族内有钱有势很有未来，以此来让陆召认清与唐氏合作是个很好的选择，没想到话到了陆召这里，竟然压根没听出下一层意思。

白历整个人从沙发上坐了起来，看着陆召小心翼翼地问："那你是怎么回答的？"

"我说'挺好的'，"陆召说，"然后就走了。"

白历愣了好几秒："就走了？"

"那天挺忙的，"陆召想了想，"那个唐什么的说了半天，有点儿烦。"

有点烦，所以就走了。

白历想象了一下当时的场景，没忍住，彻底笑起来。

他笑得太厉害，整个人趴沙发上抖得像发癫，陆召眉头紧锁，用费解的眼神审视白历："为什么笑？"

白历一想到唐骁可能会有的表情，就觉得这实在是太可乐了。虽说对白历来说有无数种方法膈应到唐骁，但陆召这样干脆利落甚至完全不在一个层次的忽视简直是痛击唐骁的自尊心。

难怪唐氏只找了陆召一次就端起架子不愿意再提，看来是还等着陆召自己后悔后主动上门呢。

主星贵族这些年不能说是完全废掉了，但也养了大批华而不实的"花架子"，贵族们早已将自己视作仅次于皇室的最高存在，尤其是像唐骁这种自诩为老贵族的人，必然是被陆召气得不轻。

"不是，"白历笑得喘不上气，擦着眼泪问，"你就没听出来唐骁什么意思？他想拉拢你，借着你身体出问题这个机会让你跟他儿子结契，和唐氏绑在一起！"

陆召愣了几秒，恍然道："难怪他一直说其他贵族已经不行了……"

"跟你这儿间接夸自己强呢，你真的没听出来啊！"白历解释，"没想到你扭头就走了，再也没回去找过他，你是真想气死他啊。"

陆召终于咂摸出味儿了，自己也觉得有点儿好笑，他当时整个人都忙得脚打后脑勺，是抽空出来见唐骁的，根本没精力听什么话里的含义："真没。他说了半天，我只觉得浪费时间，他也不说重点。"

他就是这么一个人，其实非常简单，但架不住周围人都太复杂。

白历这段时间偶尔会想，如果陆召复杂一点儿，白历也不至于这么替他憋屈。

但陆召单纯且高傲，从不会为任何人任何事低头，要进第一军团，就凭本事挣到名额，不管什么出身家世，即使竞争对手出身贵族，在他看来也不过是需要迈过的一道台阶而已。

他的人生就是不断跨越台阶，所以没空去听作为台阶的唐氏的胡言乱语。

白历今天的心情一百八十度大转弯，对陆召说："你当时就没觉得这是在折辱你？"

"没有。"陆召很耿直，说完又反应过来，"唐氏难道是这意思？"

白历乐不可支地摆摆手："也不能说完全故意吧，他们这样的人，基本上是意识不到自己的态度是什么样的。端惯了贵族架子，就真觉得别人都该舔他。估计唐骁也是头回遇到你这样的，油盐不进。他当时没气死吧？"

回想了一下当时的情况，陆召若有所思："……确实表情不怎么样。"说完，自己回味一下也乐了，小骂了一声，"我才知道怎么回事。"

白历对陆召这反射弧佩服的五体投地，他下午那会儿还觉得憋闷，没想到陆召这个当事人根本就没把唐骁往脑子里放。

"哎！"白历用腿碰了碰陆召，他俩是并排坐在沙发上的，这动作方便又随性，还有点儿像一道缩在教室最后一排的哥儿俩，"早知道你根本没把唐氏当回事，我也就不跟你说这茬儿了，现在旧事重提还给你分析明白了，你会不会觉得挺晦气挺撮火的？"

陆召靠在沙发上，抱着胳膊考虑了几秒："是挺晦气，但不撮火。"

白历略有些不解地看他。

"浪费时间和精力在这种事上没意义，唐骁不知道我是什么样的人，我也没必要跟他解释我是什么样的人。"陆召平淡道，"仅此而已，他跟我，不在一个等级。"

这话多少有些自负，但陆召却说得十分自然。

"您真是一点儿都不谦虚啊，"白历竖起根大拇指，"不过说的没错，唐氏在这儿，"白历把手放在最低处比个高度，紧接着又把手抬得老高，"陆少将至少也得在这儿！"

他这毫无保留地胡乱夸奖把陆召逗得嘴角微弯，继而问道："你们就说的这事？他跟你提这个干什么？"

白历脸上的表情顿了顿，又慢慢重新歪回沙发上。他本没想跟陆召解释太多，实在是这些年白历已习惯了独立处理这些垃圾事，况且唐骁找他说的这些都透露出一个信息——唐开源要回主星。

这事对白历和陆召来说都算不上什么好消息。

对陆召来说倒还不至于太过焦虑，只不过是曾经的竞争对手又出现在视线范围而已。但对白历来说，梦中自己除了与异姓弟弟的竞争失败且声誉一落千丈外，还因为无法忍受身心双重打击而最终精神力出现问题，腿伤复发，并最终在医院郁郁而终，白氏也由唯一还在世的他的生母继承，并转而落入异姓弟弟的口袋，全部成为唐氏的家产。

白氏没落得无声无息，仿佛没有存在过。

一个与帝国建立时同期存在的家族，出过数位战功卓越者的世家就此消失。

白历并非没有想过改变这倒霉蛋一样的命运，他从发现梦境里的事情在一一对照发生开始就意识到事情不对头，所以努力训练拼命向上爬，用比梦中更短的时间进入第一军团，也算得上是年少有为，没想到现实还是让他瘸了腿——还是自愿瘸的。

救下江皓，瘸了一条腿，他的命运从此又回到梦中的规划上来。

这几年他还以为自己已经接受了现实，只是还有些许不甘，所以才组建研究所想重开机甲，所以才插手了陆召的人生，不愿见他也被裹挟。

没想到唐骁带着唐开源的消息重新出现在他面前时，白历发现自己还是无法接受。这感觉非常矛盾，像两股各自使力的麻绳，拉扯着他的思维和理智。

他胡乱地想着事情，却感觉自己的腿被碰了碰。

白历回过神，发现陆召正模仿着他刚才的动作，也用自己的腿撞他。

陆召本来喝的就不少，好在这人酒品人品都好，不会发酒疯，只是行为上难免显出几分迟缓，也不太兜得住脾气，见白历又有点儿自闭的苗头，便下意识地做了白历刚才的动作，低声问道："不能说？"

两人都靠坐在沙发上，歪过头时离得很近，陆召身上还有淡淡的酒味儿，并不难闻，反倒让白历的神经也仿佛在酒中浸泡了一把，稍稍松弛。

白历觉得陆召这样完全放松的状态很难得，平时的陆少将可以说是一丝不苟，倒衬得白历这个年纪更大些的人像是个小年轻，这会儿陆召的脑子有些跟不上身体反应，就显出了些附和年纪的举动，而这举动模仿的对象下意识选择了白历。

白历心里有点儿软，也不知道是让陆召身上的酒气熏的，还是让陆召这种能在他面前放松自己的行为弄的。他小叹口气："也没什么，唐骁主要是来跟我说你身体情况比外界想象的差，估计是想用这套说辞让我放弃和你的契约人关系。"

陆召缓慢消化着这句话，眼睛微微眯起，眼神露出些许凌厉。

"开玩笑，咱哥俩儿身体什么样互相还不知道吗？用得着他这老王八蛋来嘱咐几句？"白历赶紧又说，"就是利用这点心理战术挑拨一下关系，万一咱俩闹掰了，他还能继续跟你交涉，你要是碍于精神力问题妥协，跟唐开源结契，唐氏可就捡了个大便宜。"

陆召却并没被他这调侃的语气敷衍过去，抓着了关键词："唐开源？他在主星？"

"具体我也不清楚，"白历道，"唐氏想让他进第一军团，找到了我这里，其实也就是找到了你这里——"

陆召头回果断地打断白历的话，斩钉截铁地道："他不行。"

"你跟他也算有些过节，我知道，"白历笑道，"所以我当时直接就走了。"

"跟以前的事情没关系。他不行，各方面都不行。"陆召搓了把自己的脸，仔细解释，"不具备第一军团驾驶员应该有的实力，抗压能力也很差，训练强度也不够，驾驶能力也有些勉强，他应该有不错的资源，能力本不该如此。"

语气里很是不理解，白历竟然还听出了一些惋惜。

这种惋惜并非对唐开源，而是对庞大资源，被莫名其妙地浪费掉的惋惜。

陆召对这种情况十分费解。

白历笑了笑，靠在沙发靠背上看着天花板，思索着解释："因为就没把自身实力放在第一位吧。我们这些贵族子弟，相当一部分都烂透了，从出生开始就靠着家族的关系一路顺风顺水，对世界的认知很有自己的一套狗屁逻辑。唐骁靠着他父亲的拉扯走到今天的位置，唐开源自然也会走上这条路。对他们来说，像你这样从他们看不到的底层上来的人的生活方式和处事方法才是离谱。"

陆召若有所思地沉默了片刻，忽然扭头，看着白历道："但你不是这样。"他说得很坚定，也很理所当然。

也不知道是因为喝了酒还是其他原因，白历总觉得陆召的态度比以往还要直白，让他这种"厚脸皮"都莫名有点儿不好意思，摸了把自己略略发热的脸，又扒拉下红红的耳朵根，咳了一声："那是，我要是敢跟唐家那小子一样，我们家老爷子得一天把我打三顿！"

白老爷子在帝国大名鼎鼎，征战在外以杀伐果断和铁血无情著称，对待孙子的态度也大多不讲什么柔情，白历小时候没少吃他家老爷子沙包大的拳头，也因此自幼就开始高强度的训练，实在没什么能发展成真正纨绔的机会。

陆召并不认识那位帝国战神，但从白历无意提起的话里脑补出了一个大概的形象，倒是觉得这位白老爷子和别人不同，并不因为已经注定的家世地位而对白历有多少溺爱，反倒将唯一的孙子练出一身本事。

他惊讶地发现就这么个特立独行的大少爷，竟然还会脸红，这红还顺着脸颊蔓延到耳根，实在是有些稀奇，陆召觉得挺有意思。

"你跟唐开源——"陆召又问，"关系很差。"

他以前从不说这些白氏和唐氏之间的私事，两人虽然是契约人关系，但始终在彼此之间保留一丝若有若无的界限，并不主动去询问牵扯隐私的事情。

这段时间相处下来，这条界限愈发模糊，可能是因为彼此对对方面临的困境都能理解，又能彼此无条件支持，所以这界限逐渐节节败退，在这个带着点儿酒意的夜晚更加不值一提。

白历很少跟人扯这个话题，哪怕是司徒这样和他已经拧到一起的哥儿们，或者是江皓那样一起经历过生死的兄弟，都很少能从他嘴里听到对唐氏的太多看法。

一是因为两家交恶基本是主星尽人皆知的事情，另一个是白历也并不会拿这些事来给自己的朋友们说三道四，尽管司徒、江皓等人是清楚他的想法的，但白历始终觉得这是自己的生活，自己要处理的麻烦，别人最终都是无法插手他的人生的。

但陆召是个例外。

契约人关系真的很不可思议。

白历半闭着眼，沉默片刻，才慢慢地说："他和唐骁并不完全一样，我很难解释清楚对他是什么感觉，这世上大概也没人能理解。"他说到这里，自嘲地笑了笑，"但你说的没错，我就是看到他和他那个老王八蛋爹就撮火，恨不得大晚上翻墙进他家给这爷俩几巴掌，是不是挺傻的？"

陆召本来是皱着眉的，听到后半句，突然乐了，"嗯"了一声，继而又道："下次一起。"

白历愣了愣："啊？"

"翻墙。"陆召哪怕是喝大了，说话也是一本正经。

白历反应了好几秒，才明白陆召是什么意思，立刻脑补了一下陆少将和他一起翻墙拎着板砖去砸唐家窗户的场景。

画面过于精彩，白历笑得够呛："行，一定一定，回头我就去摸清楚唐氏老宅的地形，咱俩精准打击，先奔唐骁，再找他儿子，可以吧？"

"战术上来说，"陆召说，"应该可行。"

白历边笑边伸出拳头："可以，咱俩是统一战线，对吧？"

陆召看着面前白历握成拳的手，指节处，手背上还带着些旧伤疤，这原本该是一只握着机甲操作仪的手。

也许是酒精的作用，陆召这会儿竟然觉得有些心酸，却并没有表现出来，只用自己的拳和白历碰了碰，继而又张开手，在白历还未反应过来时裹住他的拳头，手指用了用力："对。无论你要干什么，有什么事，都能跟我说，白历。"

白历的嘴唇动了动，但没有说出什么话来，最后只笑了一下。

窗外大雨倾盆，雷鸣轰响。室内的交谈声逐渐小下去，最终彻底归于静谧，只能听到雨水击打窗户的声音。

酒后的困意逐渐吞噬陆召的意识，白历公寓的沙发相当舒适，他靠在沙发靠背上慢慢地闭上眼，隐约还记得自己并没有听到白历对他的话的明确回答，有点儿不明所以的恼怒，但即使闭着眼却还能感觉到身边坐着的白历，两人肩膀挨着肩膀，体温和精神力提醒着彼此的存在。

这种侵犯到安全距离的感觉原本应该会让两个精神力都顶尖的人感到不适，但陆召和白历却都只感到平静。

"有一天吧。"白历的声音很轻，"等我能对我现在的人生有个交代，等我能确定自己还可以继续走下去，我什么都可以跟你说，什么都可以。"

陆召睁开略沉重的眼皮，却忍住了没有转头去看白历。即使他现在很想看看白历脸上的表情，即使他并不明白这话是什么意思，但白历语气里复杂的情绪让他莫名有些压抑，不忍心去看。

帝国的雨夜漫长而沉重，窗外的夜色被雨水淋成一片。

白历和陆召沉默地听着雨声，互不惊动。

第三十章
邀请函

翌日，天光大亮。

白历坐在床上发了好一会儿呆，昨天夜里的记忆才逐渐复苏。他捂着脸发出一声哀号，白大少爷怎么混到了今天这个地步，跟个喝大了脑子都不会转弯的人说了那么多。

酒精，一定是因为酒精！真是害人不浅，他白大少爷都没喝酒竟然也受到了连带影响！

给自己找了个差不多的理由，在床上磨叽了好一会儿，没听到外面的动静，白历才换好衣服，偷偷摸摸地拉开门。

一拉开门，就跟站在客厅喝营养液的陆召对了个正着。

陆召还是那副模样，看不出什么异常，目光在白历愣在半道的毛脑袋上停留了几秒，继而面不改色地喝完手里那瓶营养液。

"陆少将。"见陆召好像一切正常，白历也有了些底气，又露出白大少爷一贯的笑来，"起这么早啊。"

陆召淡淡地道："去军团。"

白历才想起来，陆召工作日去军团，每次都这个时间点，是他自己脑子乱七八糟的，把这茬儿给忘了。

"啊……那啥……"白大少爷表面还挺正儿八经，像模像样地点点头，"这不是慰问慰问友军嘛，你昨天可喝了不少，还记得吗？"

陆召"嗯"了一声："韩渺请客，他契约人也在，多喝了点儿。"

"哦，他……"白历想起谁是韩渺后，点点头，又瞥了眼陆召，装作不经意地顺势问道，"昨天晚上都说了什么你还记得吗？"

以前在军团，白历也没少参加这种小团体私下的聚会，一帮人喝起来毫无顾忌，一顿饭下来统统断片。第二天白历再醒，根本想不起自己是怎么爬回家的。

还有几次，他跟司徒一起喝大了，第二天发现两人把对方揍得鼻青脸肿，但根本想不起来因为什么打起来的，怎么打的。就这么顶着一脸青紫各自上班。

这种事发生的次数太多，白历对身边这帮"饭桶"有了深刻的认识，喝多了连祖宗都不认识，连亲兄弟都敢打。抱着这种希望，白历指望着陆召也记不得昨天晚上的事。

陆召看了他一眼，却没回答，把手里的空瓶子递给机器管家，不紧不慢地又打开修复型的营养液，慢悠悠地喝了一口。

白历急得抓心挠肺。

陆召终于开口："一般人喝多了都记不得。"

这话一说完，白历的心就"扑通"一声落了地。

他倒是记得自己说了什么，虽然含糊，但冷静下来想想，自己都觉得说的话奇怪又隐晦，解释起来十分困难。

他并没做好告诉陆召自己是个"有预知梦的人"的秘密，从出生到现在，他已经学会了怎么应付周遭一切，哪怕活得不怎么开心，不怎么痛快。

他实在不知道该怎么对陆召开口，也不想被当成是个胡诌的疯子。

为了缓解紧张，也因为觉得陆召八成是不记得了，白历这才放松了神经，边扒拉头发边往洗漱间走："你昨天到底喝了多少啊？这可不成啊，你怎么能让韩渺给灌成这样，霍存那小子怎么不劝着点儿？"

白历说个不停，一大早的，话全让他给说完了。

陆召把手里的那瓶修复型营养液喝完，又在恒温柜里抽出两支，学着白历平时的习惯搁在桌上。

等他换好军团制服站在玄关换鞋的时候，白历才洗完澡，又整理好那头乱毛，光着脚踩了一地的水走出来，看见陆召还没走，愣了一下："今天怎么走这么晚？宿醉难受？"

"不是。"陆召半垂着眼，"下周就是唐氏晚宴，既然说好一起去，就先问问你具体出发时间，我得跟霍存说一声。"

军团里虽然管得宽松，但时不时也有些临时的差事交代下来。副官一般都得替将级军官们安排好日程，以免发生冲突。

白历这才想起来他一直都没看唐氏晚宴的具体安排，点点头："我看看，一会儿发你简讯。"

说着还又逗了两下脚边跟着他擦地上水渍的机器管家，把圆胖子逗得直嚷嚷，他笑得不行。

陆召看着白历那张笑脸，想到的却是昨天晚上白历被夸了一句就发红的耳根，及雨夜里他轻轻说出的那句话。

白历正逗着机器管家玩儿，就听见陆召开了口："一般人喝多了会忘事……"

白历没反应过来："啊？"

陆召站在玄关看着他，声音很平静："我不会。"

白历一口气没提上来，站在原地感觉整个人有点儿麻木。

"我说了什么我记得，"陆召换好鞋，把有点儿褶皱的裤腿抚平，抬头看了一眼白历，"你说了什么，我也记得。至于你想不想继续说，那是你的事。"

他说完拿起个人终端看了眼时间，转身走出门去。房门合拢，发出"咔嚓"一声响。

白历觉得，那是自己裂开的声音。

已经过了平时陆召去军团报到的时间点，陆召的悬浮车还在高架路上没下来。

陆召一想起白历站在那儿一副被雷劈到了的狗样子，就觉得昨天晚上的憋闷顷刻间烟消云散。

快乐还是得建立在白历的尴尬之上才能翻倍。

昨晚他一宿没睡好，白历雨夜里说的话仿佛自带重播功能，在他脑子里一直回响，以至于后半宿他都想直接起来去白历卧室给他两拳，但一想到那句"等我能确定自己还可以继续走下去"和"什么都可以"，陆召就觉得难受。

即使是契约人关系，白历依旧"不是什么都可以"地活着。

他不知道自己想要白历一个怎么样的回答，昨天也是喝大了才钻牛角尖，一开始只是不明白白历为什么和他隔着一层，但喝了酒脑子就转不过弯，说不出个所以然。

白历倒是和他说了很多，但陆召觉得自己并没有看到全部的白历。

陆召长这么大，一直都很清楚自己想要什么，以前是想进入军界，后来是想开机甲，再后来是要去一线军团。他的目标清晰明朗，每一步都走得踏踏实实。

可他昨天晚上想了一宿，发现自己好像不知道到底想从白历那儿得到什么，他希望白历能像自己一样，安心将体检报告、身体现状以及精神力波动时的感受一股脑地告诉契约人，把他当作可以安心托付的对象。

他想要白历从他不知道是什么的那团阴影里走出来。

研究所早上出了个小事故，司徒那个小白球一样的安保型机器人做出了第二代，几个研究员拿去测试性能，人还没进测试房几分钟，小白球就喷了一股催眠气体，直接撂倒了离得近的三位研究员。

剩下的两个强撑着说了一句："工伤，赔钱。"便去跟周公打拳击了。

司徒彻底较上了劲儿，一头扎进自己的小实验室准备闭关调整，一进门就看见白历瘫在小实验室的单人沙发上。

把司徒吓了一跳："我还以为你今天不来了呢！我说，您能甭老往我这实验室钻吗？休息区那么多沙发软椅，您搁那儿养老成不成？"

要是以前，白历非得跟司徒再贫两句，可今天司徒说完都过去半分钟了，才听见白大少爷有气无力地回答："休息区太吵，你这里没人。"

"我不是人？拐着弯儿骂人当我听不出来？"司徒拿着小白球走到自己的工作台，"图清净还不如回家呢。"

谁说不是呢？白历瘫在单人沙发上闭着眼，他也想在家待着，以前那公寓里就他一个人，特清净，就是他一个人的避难所。现在不一样了，现在多了个陆召，他就觉得看哪儿都是陆召的影子。

尤其是今天早上陆召临走前撂下的几句话，像是把白历挤到了角落里，他下楼钻进悬浮车的时候，觉得自己跟落荒而逃的战败者一样狼狈。

司徒看了他两眼，也感觉到白历状态不大对头，问了两句："怎么回事啊？白大少爷，你这精神头可相当不足啊。"

白历"嗯"了一声："没休息好。"

"上回你去医院，老郑怎么说来着？让你少想烦心事，能吃能睡，安心养腿，"司徒觉得自己这个军师相当心累，但还得耐着性子跟老板嘱咐，"我寻思你最近也没啥烦心事啊，也就是唐家那个晚宴比较膈应人。"

白历闭着眼愣了两秒，才想起来自己忘了跟陆召说一声具体的晚宴安排。

他抓着一头乱蓬蓬的头发叹了口气，心想这都什么破事："唐家那叫事吗？谁把他们当事谁孙子。就当去旅游了，不过唐氏老宅也不是随便就能进的，我上回进去还是我们家老爷子在世的时候呢。"

梦中唐氏晚宴的地点设置在老宅，主要是为以后唐开源的回归做铺垫。在这场晚宴上，白历与唐氏的那点儿破事被重新提起，白历当众发火，差点儿搞砸晚宴。

"老宅？你记错了吧。"司徒带着点儿疑惑的声音传来，"不是在观光游轮上办吗？"

白历回过神来："啊？"

司徒拿出自己的个人终端，点开唐氏的邀请函，推过去给白历看："瞧见没，游轮！什么老宅，唐家那老宅有什么好看的。"

投映在半空的虚拟屏上，唐氏发来的邀请函在地址一栏上写得清清楚楚，将于下周五晚七点于翡翠之星号游轮举办晚宴，并为前来赴宴的客人安排好房间，以供诸位在宇宙中航行游览时也能有一夜的安好睡眠。

白历有点儿蒙。

他把司徒那份邀请函看了好几遍，又调出自己收到的那份，地址一栏上和司徒的一模一样，都是设在一艘环主星外围航行的豪华游轮上。

不知道是哪里出了岔子，这一次唐家并没有和梦中一样将老宅作为晚宴的招待地。

司徒一边关上个人终端一边哼笑了几声："这回你可甭想说一声'上厕所'然后就脚底抹油溜了。"

那几声哼笑传到白历的脑子里，震得脑袋嗡嗡作响。

白历没空搭理司徒，他看着邀请函上那一条和记忆里并不相同的地址，突然意识到他得和陆召在这艘游轮上共度一夜。

之前陆召还说过，让白历找机会遛的时候喊他一起。这下可好，一艘船将他俩直接兜在一起。

白历连着捶了单人沙发的扶手好几拳。

把司徒笑得不行，他以为白历这是没法中途遛走而憋气，笑得肚子疼："好兄弟，宴会上咱俩多喝几杯。"

白历看着司徒笑得前仰后合，再一次觉得人的悲喜并不相通。他寂寞地说："真羡慕你，宴会上还能找兄弟，不像我，只能找契约人。"

司徒像被人掐了脖子一样猛地收了笑，隔了半晌从牙缝里挤出几个字："有病吧你。"

邀请函上的地址有了变动，但白历一时半会儿也想不明白这是因为什么，也不知道会有什么影响。最近他发现许多细枝末节的事情开始和原本梦境有些偏离，这些细微的偏离带来的结果将会怎样，白历说不好。

他没敢多想。

"上次让你帮忙查的那个人，有消息没？"白历一边把邀请函转发了一份给陆召，一边头也不抬地问司徒。

司徒还气着呢，瞪了白历好几眼，才说："查了，查不到。帝国研究院那边我托人打听了，根本没你说的那个稀种。"

又多出一件对不上号的事。

白历皱皱眉。

"你查这人干吗？这人到底谁啊？"司徒把小白球往工作台上一搁，扭头质问白历，"说，是不是你哪个老相好？我告诉你啊白历，你要敢闹出点儿什么乱七八糟的事，老子第一个给你头打烂！"

说归说，司徒也知道白历不是那种人。

白大少爷看似人脉宽广，其实生活里处得来的人少得可怜，除了司徒这样多年的老朋友，也就是陆召作为契约人走进了白历的生活，不然估计到现在白历还在跟"拟战"过日子呢。

"你查就是了。别污蔑老子。"白历有气无力。

司徒觉得白历今天特别不对劲儿，又多看了他两眼："要不你让陆少将帮你查查，他在军界人脉广，你找的那人要是不在帝国研究院，也可能去了后勤部，那边偶尔也得有人参与机甲维护什么的，和研究院联系比较多。"

沙发上的白大少爷没吭声，跟死了一样一动不动。

司徒琢磨出味儿了："你是不是跟陆召吵架了？"

白历心想，他吵得起来吗？他现在就只剩下心虚和头疼。

个人终端发出一声提示音，白历回过神，拿起来一看，陆召收到转发的邀请函后回了一条信息：嗯。

隔了一会儿，陆召又发来一条：昨天的事没说完，今晚继续。

白历感觉陆召开了台机甲直接就朝他撞了过来，势必要把他撞个稀巴烂。

司徒自顾说了半天，没听见白历回复，正觉得奇怪，一回头就看见白大少爷手里拿着个人终端，在沙发上缩成了一个球，球里发出一个闷闷的声音："司老师，您这儿能借我住一晚上吗？"

陆召站在训练场的角落里喝水，刚结束了上午的训练，他擦了一把脑门上的汗水，捞过个人终端看了一眼。

一上午过去了，白历没回复，连他总喜欢发的狗狗头表情包都没。

陆召向上翻了翻聊天记录，白历除了今天转发的这个邀请函，最后一次给他发简讯，还是那个带着"OK"手势的狗狗头表情包，附带"等你"两个字。今天白历连这两个字都没了。

旁边霍存的大嗓门嚷嚷："哟！韩少将，您这嘴巴还能喝水吗？真不会漏出来？"

"滚啊！"韩渺也刚下训练场，从陆召旁边的恒温柜里抽了一瓶水，一边拧一边回头喷霍存，"就你小子屁话多！"说完又按了按嘴唇，扯到了伤口，疼得直皱眉。

韩渺昨天喝得比陆召多，什么话都往外秃噜，把陈楠气得够呛，当着霍存和陆召的面就揍了韩渺好几拳。

今天上午韩渺再出现在训练场的时候，下嘴唇就多了个豁口，看来两人回去至少又打了一架。

"没见过这样的人！"霍存也练完了过来休息，一屁股坐在了椅子上，嘴上还一直说着，"您就直说吧，是不是回去让陈楠给揍了？大家都是兄弟，说出来让兄弟高兴高兴。"

韩渺抽了一瓶水往霍存嘴上怼："问问问！我送你一拳让你也高兴高兴怎么样！"

反正他跟陈楠的相处模式陆召、霍存都知道，韩渺也懒得再遮掩。说昨天晚上喝大了，惹陈楠发了火，早上又拒绝承认错误，反倒要求陈楠请年假跟他出去旅游，两人一言不合互殴了几拳，陈楠一拳刮在他嘴角，韩渺就豁着嘴来上班了。

韩渺的外貌是相当标准的特种特征，高大健壮，这会儿小声跟陆召和霍存嘀咕这事，一脸的委屈，跟他这副强壮的外表完全不符，把陆召听得想笑。

"真没看出来。"霍存喝着水，笑的呛住了，直咳嗽，就这还断断续续地说个没完，"陈楠……咳咳咳……陈楠还挺厉害！"

韩渺："小时候他打架就凶，那会儿我还没蹿个儿，真把他惹毛了，他认真起来揍我也不是一两次了，都习惯了。契约人不就这样嘛，打完还是好兄弟，没隔阂。"

以前这话听了也就听了，陆召认识韩渺、陈楠这么些年，早听够了这两人的破事。

可今天韩渺的那句"契约人不就这样嘛"也不知道怎么回事，跟钉子一样扎进了陆召的耳朵里。

那边韩渺和霍存正你来我往地斗着嘴，就听见陆召开了口："契约人到底该是什么样？"

韩渺跟霍存一愣，没听明白，互相对视了一眼。

陆少将倒是语气平平，好像真好奇似的又问了一遍："到底该是什么样？"

"这哪有固定的模式。"韩渺还头一次回答陆召的这种问题，挺不习惯，"就……互相都越来越好呗，我觉得就是挺不错的契约人关系了。"

霍存乐了："韩少将，陈楠有说自己越变越好了吗？"

韩渺虚踹了霍存一脚，给霍存踹的一边乐一边跑出去老远。

到了中午，训练场上的人基本下来休息，韩渺没大声说话，只转过头又看了陆召两眼，才小声问："是不是昨晚你喝酒，白历说你什么了？"

特种可能是因为天性，生来就比较强势，大多数特种脾气不好，在契约人关系中往往属于掌控的一方，尤其是白历还在家世和精神力上都高人一等。

韩渺一想起那天白历按着高业的脑袋往地上撞，就觉得白大少爷肯定脾气不好。

陆召摇摇头："没。"

"那就成，我还以为你们吵架了。"韩渺跟陈楠三天一小吵，大吵倒是一次都没有，"还没见过你问这种事，吓我一跳。"

陆召笑了笑，没吭声。

他跟白历确实没有吵架，他们根本吵不起来。

一直到一整天的训练结束，陆召处理完霍存转给他的一些必要文件，白历都没有回复。

车一路开到公寓楼，停稳的时候已经是傍晚。陆召把车调回车库，把脑子里的事都理了理，才迈步进公寓楼。

打开门，室内没有开灯。他走进去，在窗外还未彻底暗下去的光线里环顾四周。

白历没回来，一直等到黑暗笼罩，窗外帝国的夜色照进这间公寓，白历都没回来。

陆召站在没有开灯的房间里，忽然发现这公寓确实很大，又大又空，显得他很渺小。他已经很多年没有感觉到自己的渺小了。

以前和父亲在附属星住的房子很小，军团配发的宿舍也很小，他一个人就能填满。

在这里，没有白历的聒噪，陆召填不满这地方。

悬浮车绕着主星的主城区开了好几圈，白历才在凌晨的夜色中回到公寓楼下。

他在车里坐了好一会儿，又赶上下雨，倒是不大，细细密密的柔软雨丝落在车窗上，白历坐在驾驶座打开个人终端，看了看两个小时前陆召发来的最后一条简讯。

陆召：在哪？

白历没回复，陆召也没再问。

白历不敢回复，他怕一说地点，陆召会去找他。

肯定会去找他，陆召就是这么一个人。想什么就做什么，没有顾虑，也不会害怕。

白历本来是想在研究所先住一晚上，可他兜兜转转了一天，回过神来的时候发现自己还是回到了公寓。

白历知道陆召一根筋，他怕陆召还在等他。

算了，白历自暴自弃地想，有什么大不了的呢？

想到这儿，白大少爷做了几次深呼吸，才拉开车门走下车。一抬头，刚才鼓起的那点儿勇气就一下子不见踪影了。

公寓的门口站着一个人，也不知道站了多久，一声不吭，只看着白历。

陆召站在细软的雨丝里，终于等到白历走下车。

隔了好一会儿，陆召的声音响起，还是很平静，在黑夜里听不出有什么波澜，淡淡地道："我以为你不回来了，跟我打时间战呢。"

白历干笑了两声："哪儿能啊，我就开车兜了兜风。"说完合上车门，开玩笑道，"这大半夜的你怎么还在外面？准备找我去？"

说完觉得这话很没意思，但白历又不知道说些什么好。

两人沉默了一阵儿，白历听到陆召"嗯"了一声。

白历感觉自己在陆召面前像个懦夫："那你要找不着我呢？"

确实是找不着，陆召想了很久，发现他对白历的了解其实并不多。除了公寓和研究所。研究所那边他问了司徒，得到了"白历已经走了"的回复之后，陆召根本想不到白历还能去哪儿。

他下了楼才想起来自己不知道该往哪儿走，就这么站在原地，像个傻子。

哪有连人都找不到的契约人关系？

陆召的表情终于有了变化，他被问住了，露出一丝茫然，回答倒是很坦诚："不知道。"

从见到陆召第一面至今，白历从来没在陆召的脸上见过这种表情。他像是站在一个岔路口，没有一条路的路牌上写着"白历"，因为白历从来都没告诉陆召想要找他得往哪里走。

即使这样，陆召还是在往前走。即使没有路，也在往白历这边走。

白历的慌乱和倔劲儿被雨水浇得熄灭下去，但他却在这熄灭的火堆中感到了前所未有的热意。

自白老爷子去世，他已经很多年没有体会过在雨夜回家时还有人等待的感觉了。

第三十一章

原来爱很疼

　　细密的雨丝落在身上，带来的冰冷也细细碎碎，不如暴雨一般浇个彻底，却总缠得人无法挣脱。

　　陆召站在这里的时间比白历要长，头发都已经被打湿了一层，微微塌下来，陆少将的锋芒也显得软化了三分。

　　白历终于从长久的无言中找到自己的声音，他走过去拍了拍陆召的肩膀，触手一片冷冰冰的湿润："先上楼。"

　　可能是站久了，陆召的动作带着一点儿僵硬。他动了动，却没往回走。

　　这一动，就有水珠顺着刘海划下来，落在他脸颊上。白历伸手把陆召已经被雨水湿润了大片的刘海拨弄了一下："怎么都这样了，你站这里多久了？"

　　"没多久。"陆召并不怎么在意，甩了甩湿漉漉的刘海，"白历，我没别的意思，我只是想像你对我这样对你，我觉得契约人关系就该是这样。"

　　白历没有说话，他看着陆召的脸，雨水将他的刘海打湿，黏在他的额头，让他少了平时的精练，多出些许稚气。

　　"白历，"陆召表情多出一丝得不到答案的困惑和失望，"我不太懂这些事，你得跟我说明白。或者你告诉我，你跑了我得去哪里找你。"

　　他的声音在浓重的雨夜里压得很低，像是想把一切都压缩成薄薄的一片，好顺着白历紧闭着的那扇门的门缝塞进去。

　　白历却感觉那薄薄的一片就像是刀片，把他的神经一点点地给划断。

陆召的嘴动了动，还想再说什么，后背却被白历拍了一巴掌。

这一掌并不重，白历的手掌覆盖在陆召的后背上并未拿开，特种略高的体温透过已经半湿的衣服传来，平稳又坚定。

"走，先回家。"白历道，"我不会跑了，以后都不会。"

陆召的嘴唇抿了抿，还是没动。

白历看着他，又加了一句："我契约人等着我呢，是吧。"

这话声音并不大，却非常清晰。

白历说这话时脸上带着笑，并不像平时白大少爷那副张扬的模样，却带着点儿暖意。陆召在这个笑容里意识到自己到底想要的是什么样的契约人关系，他想要即使白历兜兜转转，还是会穿过雨帘回到他俩都在的地方。

"是，"陆召也笑了笑，低声道，"等着呢。"

白历在他后背上推了一把："那走着，快点儿，咱俩都是康复人群，让康复基地的人逮着站这儿淋雨，肯定得是一顿臭骂。"

俩落汤鸡狼狈落魄地小跑回家，前后脚进门，立马引起机器管家圆胖子的尖叫怒骂。圆胖子操着清洁设备直奔门口，又顶着干毛巾丢给两人，在屋子里转了几圈，才又转到门口来，尖声尖气地道："欢迎回家！"

白历和陆召两人边擦头发边乐了。

这话真不错——欢迎回家。

天快亮时，唐家老宅里的通讯才到了尾声。

挂断通讯前，虚拟屏上英俊儒雅的男人还不忘又提起之前说过的那件事："父亲，我想见见他，说不准事情可以有转机，虽然是竞争对手，但毕竟他现在也有困难。"

唐骁的脸上浮起慈爱的笑容，点点头，还不忘说两句："开源，你的气量真的很不错。"

他本来想说前段时间他见了白历和陆召，但一想到这么多年白历就像是一座大山，一直压得唐开源抬不起头，话到了嘴边就变成："行，到时候你去见

247

见他。"

虚拟屏上唐开源含笑点头，那边传来了几声敲门声，他匆匆跟唐骁又说了几句话，让唐骁注意身体，才挂断通讯。

等书房重新安静下来，唐骁才靠回软椅靠背上，拿起放在一旁的热饮喝了一口。

温热的饮品入口，让唐骁从里到外都觉得轻松舒适。他打开个人终端，又随便看了几页新闻，才打了个哈欠，起身往书房外走，准备去补个觉。

一开门，就跟外面站着的人对了个正着。

唐骁吓了一跳，等看清是谁之后，皱着眉头开口："你怎么还没睡？站在这里干什么？"

"睡醒了，就睡不着了。"曾经的白小姐、如今的唐夫人站在门口，披着外衣的身体看起来娇小柔弱，一双手交握在一起，有些紧张，"我……我刚才听见开源——"

听到儿子的名字，唐骁的表情缓和下来，"嗯"了一声："刚才谈了几句，没什么大事。"又看了一眼唐夫人，伸手去拉她的手，"看看，都凉成这样了。这几天变天温度低，你怎么还大晚上乱跑？我说过，你的体质不行，你就老老实实养着不行吗？"

这句"你不行"这么多年也不知道说了多少遍，唐夫人听得多了。一开始她还解释两句，表示自己在父亲白老爷子从小的训练下其实并不怎么娇弱，但每次一提起白老爷子，唐骁就会气得不行。

唐夫人顺从地被唐骁牵着手往卧室走。等两人快到卧室，唐夫人才斟酌着开口："我听见你和开源提起白历……"

唐骁看了她一眼："怎么？"

声音听不出情绪，唐夫人壮着胆子说："没怎么，我就想问问。我挺久没见他了，也不知道这孩子的腿……这孩子最近怎么样他开心不开心？"

"哟！"唐骁笑了两声，"想儿子了？"

唐夫人低着头，不敢说是，却不想说不是。

唐骁讥讽道："可惜，咱们把他当儿子，他可不想认咱俩当爹妈！"

后半句话因为愤怒而有些语调走音，唐夫人的肩膀一颤，下意识地想向后退，手却被唐骁紧紧拉住。这毕竟是特种，力气大得吓人，把唐夫人的手捏得一阵剧痛，低着头不敢吭声。

"我说过多少次了，我说话的时候，你得看着我！"唐骁抬起另一只手，铆足了劲儿正要落下。

但白历那张脸忽然闪过脑海。那张似笑非笑的脸，和那双冷冰冰的眼睛。

扬起的手停在了半道，唐骁想起来，没几天就是晚宴了。

唐夫人闭着眼等了一会儿，预想中的耳光并没有落下，反倒是脸颊被唐骁轻轻柔柔地抚摸了一下。

"看你吓得。"唐骁的声音又平静下来，透着老派贵族的柔和，"脸色这么不好可不行。这次晚宴你是主角，得好好准备准备，嗯？"

唐夫人感觉自己的脸上一片温热，唐骁把手拿开，在她脸上亲了一下。

这么多年了，除了发脾气的时候，唐骁对她还和年轻时一样。会拉着她的手散步，给她买喜欢的东西，时不时地亲昵一下，就连晚上睡觉，也常常得拉着她的手说上好一会儿话才入眠。唐骁每天都说他爱她。可唐骁一发脾气，唐夫人就觉得她受不了这份爱。

帝国的雨季漫长潮湿，一直到天色渐亮，下了一夜的雨也没有停歇。

唐骁已经睡熟了，轻微的鼾声响起。

在卧室里转了一圈，唐夫人还是没有半分困意。她想起刚才趴在门缝上听到的几句话，唐开源在和她相处时说的话题与跟唐骁相处时说的截然不同，她听不太清，只听到白历的名字。

唐夫人坐在梳妆台前，镜子里映出她的脸。她尝试把自己的头发扎成马尾，想在镜子里找到年轻时自己的模样。

头发撩起，露出她的后脖颈，以及从脖颈蔓延至后衣领里的交叠的青紫色的牙印。她的手指摸了摸那些坑坑洼洼的痕迹，下意识地打了个哆嗦。

反反复复被精神力诱导和压制的感觉让人胆寒，唐夫人想，也不知道她还能再承受几次这样精神与身体上的双重痛苦。

可唐骁说，这是对她爱的证明。

唐夫人想，原来爱很疼。

睡了没几个小时，白历就听见陆召起床洗漱的声音。

他睁开眼摸到自己的个人终端打开，看了看时间，已经是早上九点，到了陆召平时去军团的时间了。

他从卧室走出来，按照以前的习惯准备了两人份的营养液。陆召还在洗漱间没出来，白历一边拧开一瓶营养液一边往沙发走，他这人就这毛病，能坐着就不站着，哪儿舒服往哪儿坐。

等陆召把自己打点好走出来，白历还瘫在沙发上不起来。

见陆召已恢复平日干练少将的精英形象，白历对他挥挥手："上班啊？"

陆召整理着衣领，他身着整洁的军团制服，昨天雨水打湿的头发现在已回归正常，闻言微微点头："嗯，你不去研究所？"

昨天晚上他俩落汤鸡一样回公寓的时候已经是凌晨三点多了，各自洗了个澡，简单说了两句就回屋睡觉了。

白历并没有对那天雨夜的话做过多解释，陆召也没有再继续追问，即便如此，他俩的感觉却都比以往更松弛了一些。

这种感觉十分奇妙，如果说之前还是单纯的室友，或者是因为治疗关系而拧巴到一处的利益共同体，现在就像是晚上要进一个家门的兄弟俩。

比朋友更上一层的关系，这是白历和陆召彻底感觉到契约人关系带来的改变，连一大早起来互相关心一下对方今天的安排都变成了自然。

"去，我又不急。"白历扒了扒自己鸡窝一样的头发，他显然还没完全睡醒，半眯着眼道，"你有空也去一趟？之前的数据又调整了，你看看驾驶的感觉怎么样。"

陆召不带犹豫地答应下来，收拾完毕就要出门，临走前看看白历，表情略显犹豫。

哪怕两人的关系已经更近一些，但陆召依旧不太能掌握一段关系的相处方法。

白历看出他的纠结和无措，乐了乐，却没点破，反倒从沙发上站起身，一步三晃地走到门口，先在陆召的后脑勺上抓了一把，这是他当教官时的习惯性动作，现在竟然又带了出来，并且捎带着释放精神力。

因为之前微妙的僵持，陆召挺久没接受过精神力镇抚，白历的精神力一释放，他的表情稍微松缓不少。

"有些事……"白历顿了顿，"我还不知道怎么说，但咱哥儿俩有的是时间。我知道你想让我缓缓，等我确定我踏着的路是稳固结实的，我的人生是稳定的，一定跟你掏底全说，你看行吗？"

陆召并不太理解白历回避的是什么，也不懂为什么白历会认定他现在的生活并不牢靠，但他还是点了点头。

一句话他觉得白历说的没错，契约人关系是长久的，他们还有很多时间。

"行，拜拜，路上小心。"白历拍拍他的肩膀。

陆召拉开门又转回身，对着白历伸出拳头。白历愣了一秒，随即笑了起来，举起自己的拳头和他碰了碰。

"晚上见。"陆召说。

"晚上见。"白历笑道。

这话他们已很多年没对别人说过了。

等陆召下楼，白历才终于从一种很久没有的情绪里缓过来，发现自己嘴角还扬着，赶紧咳嗽两声，摸了把脸。

在机器人管家的催促声里，白历洗漱换衣，从公寓出发去研究所。

车还没开到研究所，白历隔着老远就看见研究所的大楼外围停了一辆医疗车。这车形状跟个大型甲壳虫似的，模样挺奇怪，但特种基本不陌生。

还是早上，研究所来的人不多，都从楼里出来站在外面的开阔地，有几个平时熟悉的研究员一看见白历的车，就比比画画地让他靠边停。

白历停稳车，从驾驶座下来："什么情况？你们司老师被逮进去面壁思过了？"

一边刚好走过来的司徒给气得不行："你能不能想我点儿好？"

"那怎么回事，"白历笑了几声，还没忘问问情况，"隔离车都开来了。"

话音刚落，就看见几个医护人员把一个人围在中间带出来，径直上了甲壳虫一样的医疗车。

司徒看着那边的人进去了，才说："有个特种精神力波动了，脾气上来差点儿把实验室的机器给砸了才感觉不对。"

无论是哪个人种都会有精神力波动的可能，特种虽然因身体素质天生较好，而少有因身体压力而出现精神力问题的，但每个人承受能力都不同，所以出事的也常见。

特种出现较严重精神力问题且有崩溃倾向的需要立刻隔离，在这个时间段里特种其实还保持着一定的理智，这是一段理智和欲望互相较量的痛苦时期，自制力较强的可以靠自己撑过去，较差的则需要他人介入治疗，治疗方式各人种都通用，无非是镇静剂或精神力镇抚。

但特种生性好斗，精神力崩溃时极易对周遭人造成伤害，所以一旦产生此类问题就会立刻联系医院。

停在研究所门口的医疗车负责把在公众场合无法控制自己行为的特种带去医院，为了保证特种不会用蛮力破坏医疗车，医疗车特地选用坚固材料制成，就是形状比较奇怪。

白历也眯着眼睛往那边看："动静不小啊，年轻人自制力忒差。"

"你自制力好，"司徒嘲笑，"在军学院的时候差点儿把宿舍给砸了。"

白大少爷两手一摊，显得很不当回事："那不是也忍住了吗？老子活这么大就没坐过'甲壳虫'。"

甲壳虫是针对特种研发的医用隔离车的称呼。

这话白历也没说错，他的波动期情绪起伏再大，自己关房间里一两天也就撑过去了。跟他比起来，司徒就差一点儿，被甲壳虫逮进医院过一次，幸好没出大事，就是把饭馆的餐桌给掀了。

那一次车还是司徒自己叫的，这事差点儿把军学院的几个同期笑死。

司徒哼笑了一声："我寻思你以后也用不上甲壳虫。"

那边医疗车已经开走了，外面站着的其他研究员也开始往大楼里走。白历没反应过来司徒在说什么："啊？"

"你那契约人，"司徒说，"满帝国也找不来几个能超过他的好吧？"

白历看着司徒，很嚣张地点点头："是啊，怎么着？"

司徒搓了把脸，心想我怎么就跟这孙子搭话了呢？

甲壳虫抓人的事不少见，大家都习以为常，等人被带走之后就各自回到研究所楼内，继续手头的工作。

白历把车停到以前固定的地方，和司徒一起往楼里走。

"对了，瞅见医疗车我才想起来，"司徒一边拿个人终端给白历看最近几天研究所的一些琐事，一边跟白历瞎扯，"我最近又是通宵又是连轴转，身体也有点儿扛不住了，得注意些，省的也给逮进去。"

白历直笑，精神力波动时情绪最敏感，平时越自信，到了那时候就越容易被刺激，自己把自己关起来也就算了，要是被人给关起来冷静，那简直就是往特种自尊心上砸大锤。

"看这条，之前跟你说了，研究所要招新员工，已经收了不少简历，我这几天正让他们加紧看。"司徒指着虚拟屏上的一条工作记录跟白历说了两句，想起来关心一下自己的好兄弟，"哎，最近还行吧，身体和精神都休息好没？"

"还行吧，"白历懒懒地道，"每天除了吃就是睡，要么跟陆召打打游戏，剩下的时间就来研究所转转。"

"你别说得跟度假似的成不成？"司徒挺无奈，"别又跟那一次似的，精神力出问题脑子就不清醒，伸腿就往墙上踹，等劲儿过去了再去老郑那里的时候腿都成什么样了。"

老郑是白历和司徒在军学院时候的学长，现在在帝国军医院任职，也是负责白历治疗和后期恢复问题的医生。

这事被司徒重新提起，白历才想起来那次是挺不好受，点点头："我注意点儿。"

难得这孙子这么听话，司徒的气顺了不少，"嗯"了一声："不过现在也用不着我在这嘱咐你，有陆少将呢。"

白历没吭声。他下意识地不想将陆召跟那种状态下的自己联系在一起。

他怕自己跟那些以脑子不清晰为借口而伤害他人的特种一样卑劣，对陆召做些什么事。

他想让陆召记忆里的白历一直都是个挺好的人。

白历从思索中回过神扒拉了两下刘海，又恢复了白大少爷的模样："对了，你刚才说什么来着？招新是吧……"

两人说着走进六号研究室。

第一军团的日常训练其实相当枯燥，霍存结束了一场模拟战，累得跟狗一样蹲在模拟舱旁边，旁观韩渺和陆召的又一轮模拟对抗。

两人都属于驾驶机甲的好手，很难分出胜负，一上午才打了两场，各自赢了一场，现在在打第三场。

几个刚下模拟舱的军官也走过来看，这帮人有一点儿好，平时嘴再碎，心里想法再多，可在绝对的实力面前都挺坦诚，相当佩服地站在那里讨论，分析韩渺和陆召各自的长处和短板。

机甲模拟室里的虚拟大屏上，陆召驾驶的机甲几个后移，诱导韩渺进入自己擅长的地形范围，等韩渺意识到时已经晚了，眨眼之间就被陆召逮到了空隙击落。

虚拟屏上弹出一个框，显示胜利方为陆召。

韩渺一从模拟舱里出来就嚷嚷："不行不行，再来一局！刚才没发挥好！"

周围的军官们哄笑起来，把韩渺笑得直骂娘。

陆召把头盔拿下来，见韩渺跳着脚骂人，笑了几声："下午再来。"

有军官邀战："下午带我一个！"

另有几人附和，陆召都点头应了。他对这种事来者不拒，来几个打几个，输赢不计较，反正一般也是他赢得多。

霍存拿了两瓶水，一瓶丢给韩渺，一瓶亲自拿来递给陆召："少将，您干吗都答应了？多费事。"

"也就再打一会儿。"陆召接过水，拧开喝了一口，"我跟白历说过，康复期会注意上模拟舱的时间。"

语气淡淡的，可霍存就是感觉跟平常不太一样。他看了两眼陆召，壮着胆子问："那什么，少将，你今儿心情好像挺好？"

陆召喝水的动作顿了顿，隔了几秒开口："嗯。"

把霍存给"嗯"傻了。

当陆召的副官也有不短的时间了，霍存自认为对这位年轻的少将大佬相当了解，陆召其实挺好懂，高兴不高兴能看得出来，高兴了也会笑，不高兴了倒不会乱发脾气。

可霍存还没见过陆召这样。就算没有笑，可你还是感觉得到他很高兴，这样的陆召倒是有了不少人情味。

也不是说以前就没有，但霍存老觉着陆召缺点什么。想来想去，他觉得陆召是缺点记挂。

陆少将的人生里长久以来就只有自己和机甲，他疲于抗衡周遭的一切，把所有拖累自己的东西能丢的都丢了，也只有这样才能爬得更高。

现在不一样了，现在像是有人在坠着他，他知道，可他不愿意撒手。

霍存跟看见一个猪圈的兄弟终于知道长膘了一样，感动得不行："少将，您成长了！"

陆召扬起巴掌，霍存缩着脖子跑了，没跑出去两步，听见陆召放在模拟舱旁边小桌上的个人终端响了一声，回头看见他打开个人终端，虚拟屏弹出一个简讯框——白历发了一段视频。

陆召点开，视频里拍的是研究所那片小菜地，地里的蔬菜长势喜人。

"给友军一个点单的机会。"白历的声音从视频里传出来"你看中哪个了直说，我给你偷过来。"

刚说完就听见司徒一声暴斥，白历一个手抖，视频画面跟着晃了两下就没了。

总共加起来没几秒的视频，陆召却看得想笑。

他回了白历一条简讯：挨打没？

那边隔了半分钟，发来一个爆哭的狗狗头，白历说：呜呜。

陆召直乐，白历跟司徒次次见面都得互相打几拳，以前也没见他怎么样，这会儿倒是"呜呜"上了。

陆召回复的语气倒是很正常：好好说话。

白历又发了一遍那个爆哭的狗狗头：好凶哦少将。

也不知道从哪儿学的这语气，陆召很纳闷白历天天在星网上看什么。

白历又发了一条：腿痛痛，伤心心。

叠词的恶心劲儿陆召还没来得及感觉得到，就看到"腿痛"两个字。陆召眉头一皱，刚想回复，白历的下一条就跟上来了：我装的！

陆召无语，心想你真的是有病，不是腿，是脑子。

韩渺把几个围着自己要约模拟战的军官打发走，喝着水往陆召这里走，目光往陆召的脸上刚一扫，就呛得连连咳嗽。

陆召回过神，看了他一眼。

"不是，咳咳咳——"韩渺弯着腰咳嗽，"没见过你这么笑，把老子给惊到了。"

陆召懒得搭理他。

韩渺感觉自己被冒犯到了："我就想说，大名鼎鼎的陆少将刚才笑得跟吃了嘻嘻屁似的，忒憨。"

陆召懒得跟他多说，又回了白历一条简讯，就听见有人喊自己，抬头一看，江皓正站在模拟室门外，曲起手指在门上敲了两下："陆召，有空吗？"

因为主要负责的工作不同，陆召很少能见到江皓。他想起之前白历提起腿是怎么负伤的经过，觉得江皓要是再问能不能到家里坐坐什么的，他得拒绝。

陆召"嗯"了一声，见江皓的意思好像是单独要跟他说话，就和韩渺、霍存打了个招呼，自己走到门口。

两人找了个没人的休息区角落坐下，刚落座，陆召就直接开口："白历没空。"

江皓反应了好几秒，才意识到陆召这是在回复老早之前他问能不能去家里坐坐的事，笑了笑："不是说这个。"

陆召"嗯"了一声："什么事？"

江皓问："下周唐氏的晚宴你也去吧？"

陆召点点头。

"我想了想，还是得向你提前嘱咐一声。"江皓压低声音，"我大概查了查，高家和周家也在受邀人里。"

高家就是那时候被白历打的头破血流的高业的家族，在更衣室出事的周临山则是周家人。这两人从那天之后就都没再露过面，陆召倒是收到过几次周家表示感谢的消息，不过没怎么上心。

江皓看陆召没反应，解释道："周家还好，主要是高家，那一家子都挺……咳，反正到时候你看情况，别又被狗追着咬。"

平时江皓说话还算斯文，这句"被狗追着咬"就显得相当不客气。

陆召淡淡道："他们应该绕着我。"

声音不大不小，语气也没什么起伏，短短几个字从陆召嘴里过了一遍，愣是显出七八分傲慢。

陆少将是真的就这么觉得，也因为这样，这句话才更加傲慢。

"你这——"江皓哭笑不得，"你跟白历某方面真挺像。"尤其是这股目中无人的劲儿。

说归说，陆召还是知道江皓这是怕他到时候为难，专门来给他打预防针的，道了声谢，站起身准备走。

江皓没动，还坐在座椅上，表情看起来有些欲言又止。

"还有事？"陆召问。

江皓吞吞吐吐了半天，最后搓了把脸："到时候你可能还得看着点儿白历。"

陆召愣了一下，没听明白："白历？"

"我也是刚知道，林胜到时候也会去，算是代表……吧。"江皓的声音干巴巴地，竖起一根手指指了指上面。

帝国皇室的姓就是"林"。

江皓斟酌着继续："这人以前也在第一军团待过，不过后来因为一些指挥上的失误被扒了军装踢出去了，有几年没露面了……"

陆召的心里猛地疼了一下。

第三十二章
精心准备的礼物

白历傍晚回到公寓，可能是因为早上看到甲壳虫，心里老觉得不怎么吉利，所以比平时回来的时间还早一些，还没到晚饭的点，他歪在沙发上把个人终端调成人工念读的模式，听最近的一些新闻。

这段时间还算太平，主要都在讲一些小明星的八卦丑闻。白历听到某十八线稀种小明星出入某会所那段的时候，陆召正巧进门。

白历把个人终端的声音调小了一些，笑着对陆召说："我跟你说，哥们儿今天可是冒死偷菜，差点儿就交代在研究所了……"

话说到一半，白历的目光落在陆召脸上，顿了顿，试探性地问："怎么了这是？您这脸色可不怎么好看啊。"

陆召进了屋，却没照常先去换下军团制服，反倒走到沙发前，脸上没什么表情，半垂着眼，只有嘴唇微微抿着，泄露出一丝情绪。

"怎么了？"白历又喊了一声，犹豫了几秒，伸手拍拍沙发示意他坐下，"陆召？"

陆召沉默着坐下，紧挨着白历，缓缓开口："江皓说，林胜也会去晚宴。"

陆召说完就觉得白历的身体僵硬了一下。很细微的一个动作，却像狠狠抓了陆召一把似的。

"白历。"陆召转头看着白历，"你不开心，能不去吗。"

后半句话说得有点儿轻，白历意识到，陆召怕自己在宴会上出意外。

陆少将在这方面有时候很笨拙，他是真的不知道怎么哄人，也不知道怎么说软话。他就只能轻点儿声，再轻点儿声，跟怕声音能把白历压垮似的。

其实白历也知道这茬儿。他已经打听过宴会的具体安排，人员名单并不难搞到。

可他没想到陆召会这样，他还没觉得怎样，陆召就已经替他不痛快了。

"契约人——"白历咧了咧嘴，"你是心疼我是吧？"

陆召眉头微微皱起，认真地说："是。"

他说话一向直白，这个字让白历的厚脸皮瞬间破防，他挠挠脸，又挠挠有些发红的耳朵，咳了咳正要说话，就听旁边个人终端有了动静。

个人终端读完了那些乱七八糟的八卦新闻，已经沉默良久，突然念了一条刚收到的简讯："司徒：好兄弟！你让我查的那个稀种终于有消息了！"

陆召原本看着白历的眼睛微微眯起，侧头看了一眼他的个人终端。

隔了几秒，陆召才转过头，声音很平静："这事能跟我说吗？还是你先做做心理建设？"

屋里陷入尴尬的沉默，窗外灰蒙蒙一片，雨季的天就没怎么放晴过。

坏了事的个人终端被调成了静音，委委屈屈地被丢在了茶几上。

白历抓抓后脑勺乱糟糟的头发，又清清嗓子，陆召抱着肩膀倒是没再说什么，只是饶有兴致地看着白历在那抓耳挠腮的一套表演。

等白历已经开始支支吾吾说了一堆废话后，陆召才开口："我没问什么，白历，这些事情你觉得不愿意说就不要说，我只是想让你知道，只要你想找人聊，我随时都在。"

他平静的语气和坦诚的模样让白历略有停顿，胡乱挠头发的手放下来，白历叹了口气："你真是……"

窗外一声炸雷，暴雨将落地窗冲刷的只能看到帝国斑驳的灯火。

白历盘腿坐在沙发上，被雷声吸引后就侧头去看。他看着窗外成片成片的光斑，觉得太过亮眼，不过也因此，主星被称为"璀璨帝国"。

但白历并不喜欢。他既不喜欢主星压抑的气氛，也不喜欢这个称呼，就像他不喜欢众星捧月的感觉。白历跟这个世界格格不入。

世界并不在乎白历，但陆召在等。

陆召不太理解地看着他。

"不，确实是我的问题。"白历小声自语一句，他拍拍手，让机器管家拿了两瓶饮料过来，递给陆召一瓶，自己又拧开一瓶，喝了两口，想了想继续说，"你还记得之前我们开车回家遇到的一个红头发的小记者吗？把咱俩截停差点儿撞上的那个。"

陆召很快想起来了，那天白历的表情非常奇怪，他记得很清楚。

"那个小记者和我让司徒查的那个稀种，其实我都不认识，他们也不认识我。"白历说，"但他们都跟唐开源有关系。"

原本正把饮料瓶盖往机器管家手里放的陆召听到这话愣了一下，他看了白历一眼，直起身，嘴唇动了动，却只"嗯"了一声。

"现在没关系，但以后会有。"白历转过头来，对陆召笑了笑，"很难解释我是为什么会知道这些的，要不你就当我是神机妙算算到的怎么样？"

白历原本以为陆召至少会质疑一下，但陆召并没有对这件事做出任何疑问，反倒皱起眉想了想："唐开源？"

白历没想到陆召对自己说的这些事毫不迟疑地接受了，甚至并不在意他是怎么知道的，也不在意他查这些事情的目的是什么。

陆召是完全信任他的。

想到这里，白历心里有点儿隐秘的高兴。

"他是……"白历想找一个合适的形容词，一只手下意识去摸自己的左腿，"世界的中心。"

陆召还是听不太懂，但他没有出声打断。他的直觉觉得白历在说一件让他难以理解的事情，可白历不打算解释，只是把一个结果放在他面前。

他脑子里很快过了一遍白历的话，小记者和另外那个人都和唐开源有关，或许"现在没关系"，但"以后会有"。

白历长长地呼出一口气："有些事我还在查，跟我想象里的不一样。"顿了顿，又加了一句，"等我确认了，我都会告诉你，成吗？"

陆召"嗯"了一声，隔了几秒才开口，却没继续白历的话头："我还以为你在夸他。"

白历刚从自己说了一件大事的微妙情绪中回过神，冷不丁听了这么一句："啊？"

"'世界的中心'……"陆召的嘴唇动了动，琢磨了一会儿，"听起来很牛。"

白历有点儿接不上话："啊，嗯，是啊。"

陆召看了他一眼，没吭声。隔了一会儿，又看了他一眼。

白历被看的心里七上八下，他刚才可能是精神太放松，藏在心里的一些事顺着就给说出来了。

说得太自然，以至于白历自己刚才都没意识到。

他只想着陆召那句"我随时都在"，就没管得住嘴。

就听到陆召淡淡道："我没见过真牛的特种。"

很平淡的一句话，冷冷淡淡的几个字，听得白历回不过神。

他想起来陆召就是这么一个人，一个字——狂。陆召不放狠话，他从来就只说实话，不添油加醋，但没人能反驳。

白历看着他，觉得心里的阴霾一点点儿在变淡。他忍不住大笑，然后一前倾身体："别啊少将，那我呢？"

陆召被他来了这么一下，略眯了眯眼："你也不牛啊，大少爷。"也就比其他人厉害点儿吧。

"牛！"白历举了举手里的饮料，"如果以后我真有机会重回军界，您不得罩一下兄弟？"

陆召和他碰了个杯，听到这话笑了："这次的唐氏晚宴，你还是会去对吧？"

认识的这段时间，陆召也算是搞明白白历是什么样的人了。

他会为这些鸡零狗碎的事情烦恼发愁，但短暂的恼怒过后，白历的选择还是迎头面对。

这可能是因为白历这么多年只能自己去面对这些事情，他无处可退，无处可藏。

果然，白历露出了一个"烦死个人"的表情，一口气闷了饮料，但说出口的还是："去。"

唐氏这次的晚宴主要是为唐夫人六十五岁的生日准备，也因此赴宴的人都准备了各自的贺礼。

这事陆召也知道，他们这样的一般都是军团给准备统一贺礼，但考虑到唐夫人是白历的生母，所以还是想自己准备，但被白历以"契约人关系，两人一起给就行"为由给打发了。

之后的几天，陆召也没看见白历准备的贺礼，倒是见他经常往超市跑。赶上拟战有比赛，白历就躺在客厅的沙发上看比赛，一边看一边吃从超市买的零食。有几次陆召也跟着看了两眼，比赛还没看懂，就被白历逮着一起上号打游戏，两人倒是真有些康复期"游手好闲"的样子。

一直到晚宴当天，两人的悬浮车一路开到研究所，等司徒和他弟弟一起去游轮那边的时候，陆召才看见白历拿出一个包装精美的盒子，在他面前晃了晃。

"我就说我备了礼。"白历把盒子往陆召手里一塞，"给友军瞧瞧。"

陆召拿着盒子掂了掂，不算重："是什么？"

白大少爷心情不赖："猜猜。"

搁以前陆召都懒得理，看到白历笑得很嚣张，就知道准没什么好事。

今天得去正式场合，白历穿了身西装，把一头乱毛也收拾齐整了，那张脸显得格外俊朗。这会儿这么一笑，陆召就感觉媒体以前老传他跟什么小明星之间的绯闻不是没道理的。

就这张脸，往网页上一挂就能勾得人点进去看。

陆召没能挡住这种"魔法"攻击，语气倒是很平淡，可还是接了白历的话头："首饰？"

"有条项链，"白历倒也不遮掩，大大方方说了，继而又压低声音，凑到陆召耳边小声道，"还有……"

陆召听完他后半句，反应了好几秒才骂了一句："你——"话没说完就被白历一把捂住嘴，后半截就堵进了嗓子眼里。

白历还挺理直气壮："好日子就得火上浇油！"

"你那是火上浇油吗？"陆召又好气又好笑，"你那是往一桶油里擦火星子。"就怕人家不爆炸。

白历眼疾手快，趁陆召还没把盒子外花里胡哨的包装给拆开，就先给抢了过来，往对方够不着的角落一塞。

一回头，看见陆召还盯着自己，白历难得有了点儿心虚，干咳两声，目光瞟左瞟右，就是不跟陆召对视。

半分钟之后，白历被陆召有如实质的眼神盯得受不了了，凑过去小声道："这就是个小玩笑。再说了，您就不想看看到时候唐骁脸上是什么表情？"

陆召的嘴唇动了动，他想到唐骁那张总是带着得体笑容的脸，和那副老派贵族的做派，顺着白历的话往后一想，终于没憋住："太损了！"

两人想一块儿去了。陆召边笑边评价："缺德。"

"老子这辈子什么都不缺。"白大少爷懒懒地道，"就只能缺缺德，算是经历人生遗憾了。"

陆召笑够了，抬手松了松领口。他今天穿的是军团统一配发的军礼服，平时穿惯了舒适简便的衣服，这种正装竖起的领口让陆召下意识地感觉有点儿紧。

手刚碰到领口，就感觉白历在看自己。陆召看了白历一眼："怎么？"

"我以前就挺喜欢这套衣服。"白历用手替陆召整了整衣领，"看你穿这身，我就更喜欢了。"

陆召笑了笑，心里却不是滋味。如果没有之前的事，白历本该也是在这些场合里穿军礼服的。

"我今天……"白历正想往下继续不要脸，余光扫到车窗，顿时一个激灵。

陆召回头一看，也被车窗上贴着的一张大脸吓了一跳。

车外也不知道什么时候站了个年轻小子，愣头青一样伸着脖子顺着车窗往里看，一双大眼亮得跟千瓦的大灯似的，"噌噌噌"往外冒光。

白历摇下车窗，隔着陆召朝外骂："小子，来来来，有种你的头往里伸！"

"我不，"车外那小子表情严肃，"伸进去被你揍肿了，我怕拔不出来。"

陆召笑了一声，就瞅见车外那小子伸了只手进来，看着陆召，眼都不带眨的："陆召少将，我能跟您握握手吗？"

这小子天生长了张严肃的脸，说话的时候都不带笑，语气倒是挺软和。

陆召知道这是白历的熟人，也没拒绝，握了握手："你好。"

"你你你……"那小子面无表情，等陆召以为他要说什么的时候，他才说完，"你好！"

陆召："……嗯。"原来前边那一串"你"是结巴了。

说话间白历已经拉开车门走下去了，边走边跟那小子说话："司懂，你哥呢？"

原来这小子就是司徒那个稀种弟弟。

"换衣服呢，估计快出来了。"司懂说，"他昨天在实验室熬了一夜，才休息。我也困着呢，昨天刷论坛刷太晚了，一会儿上车得补补觉。"

昨天晚上白历也熬了半宿，看比赛。

可真行，陆召心想，一车四个人，就没人把晚宴当回事。

白历扫了一眼陆召，把司懂拉到旁边小声嘀咕，"你什么时候站这儿的？"

陆召精神力高，听力也就灵敏，坐在车座上也听得见。

司懂很耿直："就刚才你扒拉人脖领子——"

白历一把捂住他的嘴："算了，你还是甭说了。"

等穿了一身晚宴礼服的司徒揉着眼睛走出来，白历劈头盖脸就是一通教育："司老师，你怎么这样？你弟四处乱窜你都不管管？哪有这样往我车里看的，车内属于隐私懂吗？"

"你嚷什么？"司徒挺不忿，"都是好兄弟，计较这个干啥？"

陆召清晰地看见白历在听到"好兄弟"三个字时拳头紧了又松，松了又紧。

吵吵闹闹，好歹四个人总算都上车坐好了。

后座的司懂又把手伸到陆召眼前："我能再跟您握握吗？刚才太快了，没真实感。"

陆召一直觉得自己是个实诚人，没想到有生之年还能遇到更实诚的。不过一想到之前白历说过，司懂还收集了他以前开过的每一台机甲的模型，他就觉得这手不握都不行："嗯。"

司徒跟陆召简单介绍："这是我弟弟，司懂。现在在军学院，学的机甲实战。"

陆召愣了愣，机甲实战他听说过，但这专业极少有稀种能读，主要是这个年纪的稀种精神能力还不算特别稳定，怕出意外。

"没那么严格了。"司懂看出来陆召的惊讶，解释道，"少将这样的人越多，我们后来的人就越轻松。"

话很短，但其余三人都听得懂。

从来就没有一条路是一开始就在的，是有人先开了路，先摸爬滚打，后面的人才渐渐能走得轻松一点儿。

陆召的心里不知道是什么滋味儿，他是全凭喜好走到的今天，第一次知道身后也是有很多人跟着的。他做的事原来并不是只有他一个人需要，他的成就除了是自己的荣耀，也可能对无数人有不同的意义。

他对司懂点点头："谢谢。"

那边司徒跟白历正说着机甲的事情，两人因为一些问题争论起来，白历一脚油门一个大拐弯，差点儿把司徒拐得贴在车窗上。

两人开始骂骂咧咧地满嘴脏话。

"又吵了，他俩就没一次不吵架。"司懂在自己偶像面前话还挺多，追着找话题，"不过我倒是希望我哥和历哥研发的机甲能投入使用，少将你上模拟舱体验过没？"

陆召道："我跟白历模拟对抗过，他开的是研发的机甲。"

"下回可以试试自己开。"司懂点点头，由衷地说，"会减轻普种和稀种在驾驶中的很多负担。以前历哥说过，到时候所有人都能开机甲，不分种族，只看实力，我肯定能气死那帮在学校跟我过不去的特种。"

也不知道怎么着，那句"所有人都能开机甲"像一道光似的，让陆召感到特敞亮。

陆召觉得，如果有一天世界上的人不会再因为他是个稀种而欣赏他，那感觉应该也很不错。

陆召发现，他跟白历其实真的是一类人。他们都知道这世界并不怎么样，可他们都还在挣扎，不想罢休。

车一路开到港口，这里是帝国面向贫民使用的舰艇停靠口岸之一。

晚宴开始的时间定在八点，但七点之前停靠在这里的豪华游轮"翡翠之星"就会开船，所以六点五十之前所有人都要登船。

这会儿已经是六点多，口岸附近的车库人来人往，西装革履的贵族和富豪们结伴前往"翡翠之星"。

"贺礼别忘了带。"白历从车里拿出自己那个准备好的小盒子，一边还不忘嘱咐司徒、司懂，"你们先往那边走，我把车调进去。"

拿出个人终端，一边连上这里的系统一边跟陆召说："你要不也先跟着司……"

陆召还坐在副驾上，对白历招招手。

"怎么了？"白历见他不下车，以为他不舒服，拉开副驾的门弯腰探头进去询问。

却听到陆召认真地说："不是军礼服，你这样穿也很帅。"

声音很轻，但落在白历耳里字字清晰。白历的表情略带微笑："这点我还是心知肚明的。"

第三十三章
唐氏晚宴

唐氏虽然早已不是当初鼎盛的模样，但这场晚宴依旧办得相当有牌面。

帝国到了今日，老贵族们需要注入新的血液，新贵族则需要更稳定的人脉和更高贵的头衔，唐氏的这场晚宴无疑成了新老贵族和各地富商的交际场。

白历和陆召一登上"翡翠之星"游轮，就已经引得不少人侧目。

除去这一张扬一冷厉的两张英俊面孔，光是陆召军礼服上挂着的勋章就足以引人注目。

"瞧见没？"白历脸上还带着白大少爷的笑容，却压低了声音跟陆召说，"早跟您说了，您往这儿一站，整个儿就一香饽饽。"

陆召没听懂："香……什么？"

白历道："意思就是说您是朵鲜花，谁瞅见都想过来扯您一片花瓣下来。"

这形容让陆召挺无语，白大少爷用胳膊肘撞了撞他："所以一会儿要是被包围了，你得离我近点儿。我替你给丫拍得爹妈不认。"比画了一个拍板砖的动作。

陆召毫不怀疑白历说到做到，还没结契前他就听人提过白大少爷的光辉历史，这位能当着宴会上所有人的面动手掀桌子揍人。

不过这消息传的模模糊糊，关于白历的这些小道消息都挺捕风捉影，一会儿说他是揍了某位附属星的小贵族，一会儿又说是打了哪家管不住嘴的特种，反正传来传去，光这一茬儿陆召就听过好几个版本。

刚想到这，就看见江皓从四五个人的包围里挤出来，脸上带着尴尬又不失礼貌的笑容，一扭脸看到白历和陆召，便急步往这边走："我真是服了，就刚才一会儿，已经有三波人跟我打听他们家孩子进军团的事了。"

"这不挺好吗？"只要江皓不往糟心事上扯，白历其实还是乐意搭理他的，便打趣道，"光找你走门路，没惦记给你找伴侣。"

江皓冷着脸："他们想让孩子进军团，还能增加跟我的相处时间，原话是'事业感情两不耽误'。"

白历说："失策，没想到敌军的套路升级了。"

"我还是跟你们一起吧。"江皓跟陆召打了个招呼，"还能让陆少将替我分担分担烦恼。"都是军界的年轻军官，前途大好，得有不少人上来套近乎。

陆召摇摇头："一般没人找我。"

他是平民出身，年纪到了就直接进入军界，基本没参加过这种晚宴，即使偶尔参加一两次，也极少遇到江皓这样被人捧着的情况。

"你早几年还是一般下级军官，这群人眼光高着呢，当时肯定是没想跟你搭关系。"江皓从路过的侍者手里的托盘上拿了杯酒，挡在嘴前，低声说，"现在你混起来了，他们倒是想跟你搭上关系，可总得找个托词吧？"

陆召道："托词？"

说完就看见白历指了指自己："那可不就是我吗？"

军界红人和贵族少爷结契，想跟陆召搭上关系的人自然就有了突破口。两人结契后，让找不到通往军界门路的小贵族们发现了新的契机。

白历看到陆召露出了然的表情，笑道："是不是觉得这种宴会没意思？"

陆召没否认。

军团每个月的聚会还能放开了吃喝，到了这里所有人都穿得光鲜得体，明晃晃的灯光下连喝口酒都得注意仪态。

"习惯了就好。"江皓脸上摆着客气的笑容，和几个跟自己打招呼的贵族小姐、少爷问好，"我们这帮人早就习惯了。"

白历也拿了两杯香槟，一杯递给陆召，漫不经心地说："哥几个的童年可都是一场场的华丽宴会串起来的。"

打出生那一刻起，家族的一系列宴会就已经安排上了行程。小时候的玩伴是将来家族之间的助力，你的玩伴不是你的玩伴，你的玩伴是成年人之间的利益交换。

宴会不是宴会，宴会是一场场画满了通道的地图，你想往哪条道走，就去找能给你门路的那个人。

"你可算了吧。"江皓忍不住打白历的脸，"你们家老爷子够意思了，你青春期最叛逆的那几年砸了多少场宴会，你前脚砸了他后脚在后面追着打你，打着打着就没影儿了——两人全跑了！这事贵族圈里谁不知道！"

白历没来得及捂他的嘴，让江皓全给抖搂出来了。

陆召笑出了声，他没见过白老爷子，这位已经去世的军界神话早些年四处征战巡航，极少在主星享乐，伴侣死时他人都在宇宙里飘着没来得及落地，也就是白小姐、如今的唐夫人需要亲人抚养，他才渐渐把工作重心转移回主星。

即使如此，白老爷子也有大半的时间在工作，后来白历出生，他才算是彻底放下手头的事业，专心培养起家族这一代唯一的继承人。

"你别听这小子胡扯。"白历把江皓推到一边，赶紧岔开话题，"宴会是挺无聊的，不过咱们能自娱自乐啊！"

他晃了晃手里的盒子。

陆召一看见这盒子就头大，他忍了忍，没当着这么多人的面从白历手里把那小盒子抢过来。

盒子一晃，江皓也跟着看了两眼，挺稀奇："可以啊，白少将，你今年可算是记得备礼了，怎么没放那边的礼品收存处？"

江皓一时半会儿改不了这习惯了多年的称呼，还管白历叫少将。

白历也懒得纠正，手里的盒子掂了掂："礼物得亲手送才显得有诚意。"顿了顿，又问，"唐骁那王八……在哪儿呢？"

话说到一半非常生硬地改了口，陆召跟江皓各自喝了口香槟当没听见。江皓拿手一指："哪儿人多您顺哪儿找。"

抬眼顺着去看，唐骁站在人群簇拥的中心，唐夫人穿着一身高领长袖的礼服，挽着他的手臂，笑得温柔得体。

这场晚宴会有皇室出席的消息在几天前传出，让不少原本打算随便应付一下的贵族富商们临时改了主意，连贺礼都换了一批，皇室的人还没露面，唐骁夫妇身边就已经聚了不少来打听消息的人。

司徒和司懂比白历他们先上船，这会儿已经和唐骁打完招呼，费了老大劲儿才从里面挤出来。

司徒一走出来，就看见白历和陆召正往这边走，赶紧过去把白历给截下来："那什么，这会儿人挺多，你们等会儿再去？"

白历还没说话，江皓伸头看了一眼，也道："等会儿再去吧。"

这回陆召也听出了这两人语气里的不对劲儿，顺着抬眼一看，就瞧见唐骁身边站得最近的两个人，还挺眼熟，不就是高业和他父亲高先生嘛！

因为陆召，白历打了高业一顿，这事对外虽然没声张出去，但江皓和司徒都知道。司徒是从白历这里打听到的，没具体问过，但也知道白历和高家不对付。高家因为军团骚乱的事情连带着也恨上了陆召。所以司徒才在这里拦一下白历，以免闹得下不来台。

江皓和司徒两人苦口婆心了好一会儿，才瞅见白历终于有了动作。

白历看看陆召："少将，好戏得自己争取。"

"嗯。"陆召整理了一下自己的袖口，淡淡地说，"他们得绕着我走。"

两人说完，也不等江皓和司徒再劝两句，便迈开腿朝前走。

明亮夺目的灯光之下，白历和陆召走向聚集着贵族和富商的"华丽中心"。

唐骁这几天过得不错，因为这场晚宴，那些从他父亲死后逐渐感情淡了些的家族又开始和唐家有了联系，他好像又回到了年少时风光的那几年。

被人簇拥着站在灯光下的感觉特好，唐骁感觉到唐夫人柔软的身体紧紧贴着自己，他知道自己是她的浮板，是她的救命稻草，是主宰她的上帝。从这个有着高贵姓氏的女人身上，唐骁能得到他想要的高高在上把握一切的愉悦感。

等唐开源回到主星，唐氏的未来将是一片光明，到那时，他也不会只从唐夫人身上得到这种掌控感，唐氏将会站得更高。

这种得意洋洋的感觉并没有持续多久，就被白历那张似笑非笑的脸给打断了。

白大少爷还是那副吊儿郎当的模样，和陆召一走过来，就吸引了所有人的目光。

"哟！唐先生。"白历人还没走近，就大着嗓门喊道，"您今天这打扮可真不赖！"

唐骁今天穿的这套礼服做工精细，价格不菲，为了让自己的形象能更亮眼，唐先生饿了好几天才把肚子给饿扁了一些，想显得更有气质一些。

周围的贵族倒也知道白大少爷说话做事的习惯，一听他开口，就纷纷闭了嘴看热闹。

陆召和白历并肩走来，对唐骁和唐夫人点了点头："恭喜。"

语气淡淡。唐夫人从白历一出现就没再移开过目光，盯着白历一个劲儿地看，听到这声"恭喜"才反应过来，柔柔笑道："谢谢，陆召少将。"

"白先生，陆少将。"唐骁整了整自己的衣领，挺直了几分自己的腰杆，"谢谢白先生刚才的夸奖。"

白历一摆手："见外了不是？您这套礼服，花大钱做的吧？能做出这做工的人，估计主星都没几个。"

众人闻言纷纷点头附和，唐骁难得能从白历嘴里听到夸奖，晕乎乎地说："还行，还行。"

"人靠衣裳马靠鞍，您往这行头里一套，嘿！"白历竖起一根拇指，"有点人样啦！"

众人："确实确实。"

众人："等等……这夸得怎么不大对味儿？"

唐骁的一张脸红了又黑，最后定格在青紫上，从牙缝里憋出来一句："白先生夸人还是这么……别具一格。"

陆召握拳挡住嘴，轻咳了一声才没笑出来。

这人骂人非得拐上好几个弯，带着一票人一起掉坑里才算完。

余光看见唐夫人也转过头，在唐骁看不见的角度以手挡着嘴唇，垂着眼努力在压上翘的嘴角。

陆召对这位唐夫人的印象并不深，上次去唐氏碰面，留在记忆里的也只是一个温婉的影子。

今天再次遇见，从看见唐夫人的第一眼，陆召就觉得遗传真的挺奇妙。白历长得其实更像唐夫人，尤其那双眼，眼尾拖出的一丝微妙的柔情蜜意，让人难以忘怀。

只是唐夫人那双眼已经没有多少光亮，可能是年纪大了，看起来多少有些疲倦和唯唯诺诺，挽着唐骁的动作像是依附他而生长的丝萝，柔弱且无力，说话更是没有半分和白历相似的地方。

陆召想不明白，唐骁和唐夫人这样的一对夫妻，到底是怎么生出白历这个飞扬跋扈的儿子的。

可唐夫人转过头偷笑的这一个动作，让陆召竟然又看到了白历在星网上搞完事之后偷乐的影子。

"白先生，这么长时间不见，您说话做事还是这么特立独行。"高先生的声音让陆召回过神，他正看着白历，脸上还挂着笑，眼神却不带半点儿好意，"我最近都在教育我儿子，要他和白先生好好学学，别被人欺负了还要讲究贵族的素养，不愿意还手。"

这话说得含含糊糊，周围的人不知道真正的情况，听得云里雾里。

不放心跟着挤进来的江皓和司徒一听就撮火，有这么说话的吗？明明是自己的儿子嘴贱挨了打，愣给说成有素质的不跟没素质的计较！两人当即就有点儿忍不住，想往前挡，被司懂一手一个给拉住了。

陆召回头看了一眼，听见司懂悄声道："你们别影响历哥发挥。"

再把头转过来，就看见白历摸着下巴瞥了高先生几眼，犹犹豫豫地说："你还有儿子？"

高先生脸上的笑都挂不住了，拉过一旁不吭一声的高业："白先生记性不太好，您前一段时间跟高业还见过一面，您不记得了？"

白历的目光溜了高业一圈，扭头看陆召："你认识？"

"嗯。"陆召在众人闪烁着各自心思的目光下淡淡道，"你也认识，你还打过呢。"

白历恍然大悟："哦哦，没认出来。"

陆召顺着接口："可能血把脸糊着了，你记不清。"

江皓和司徒不往前走了，他俩开始捂着脸往后退，听不下去了。

周围的人议论纷纷，唐骁的脸色不太好看，冷声道："白先生，麻烦您稍微注意一下自己的言辞。"

白历根本没搭理他，走过去拍了拍高业的肩膀："兄弟，你怎么不早说你爹是高先生呢？"

看得出高业很反感白历的动作，他动了动，肩膀却被白历捏得生疼，只能皱着眉，不耐烦地"嗯"了一声。

白历转头就对陆召兴高采烈地说："陆召，听见没，我一直以为这小子没爹呢！"这句话说完，各位贵族当即就没了声响。

"我……"高业被逼得来了火气，刚捏紧了拳头要往白历脸上砸，就被白历的精神力压得一个哆嗦。

他是败在白历手下的特种，即使火气上涌，但记忆和身体还记得上一次的惨痛。果然恐惧才是最容易烙印在人脑海深处的情感。

白历松开了那只捏着他肩膀的手，拍了拍高业的脸："看看，脸还是不带血好看点儿，是吧？"

高业的脚动了动，没有上前，反倒后退了一小步。

"白历！"唐骁率先回过神，他忍耐着等级高出自己一大截的特种精神力的挑衅，"今天是你妈——"见白历一眼扫了过来，他立马改口，"是我夫人的生日，大家都是来庆贺的，别闹得不愉快。"

白历冷笑一声，还没开口，就听见陆召冷冷淡淡的声音："唐先生。"

众人不由去看这位年轻的少将，他极少在这种场合露面，结契后也是第一次和白历一起出现在这种场合。

陆召招来一个侍者，拿了片用来净手的消毒纸巾递给白历。

白历嬉皮笑脸地接过来，擦了擦刚才拍过高业的手。

"唐先生，"陆召这才继续道，"我和白历腾出时间来庆贺，别闹得我们不愉快。"

四下静悄悄的，只能听到外围还在饮酒谈天不清楚状况的人的嬉笑。

唐骁的脸色相当难看，他下意识地想问问是什么意思，余光扫过高氏父子的脸，一看见那副愤怒中却略显心虚的表情，心里就咯噔一声。

原本只是习惯性膈应白历两句，这会儿陆召开了口，唐骁再不清楚内情也多少猜得到陆召这是对高家不大满意。不由得有点儿后悔，不该为了一个上不得台面的小贵族就驳了军界少将的面子。

唐骁被迫放缓了语气，笑道："那是当然，那是当然。"

不着痕迹地捅了一下唐夫人，心里责怪她木木讷讷，不懂得替他打圆场。

唐夫人挨了一下，下意识地缩了缩肩膀，很快便又露出笑容："能邀请到白先生和陆少将，也是我的荣幸。大家不要站在这里呀，我们特意准备了各色美食佳肴，和附属星的特产美味，等一会儿'翡翠之星'就要起航，希望大家能有一个美味、美妙的夜晚。"

周围的贵族商人们点头致谢。刚才僵持的气氛现在松弛了不少，高氏父子借坡下驴，阴着脸没再说话，只是一直盯着陆召。

"差点儿忘了。"白历倒是没打算闭嘴，大大咧咧地把手里的礼盒往前一递，"礼物。"

以前每年唐氏办宴会庆生，白历要么不参加，要么就空着手过来，难得见他准备礼物，唐骁还挺意外："客气了，白先生。"

唐夫人的脸上闪过一丝激动，一双原本死寂的大眼有了点儿水光，看了看唐骁的脸色，急忙伸手接过白历的礼盒："谢谢，我很喜欢！"

"别忙着谢，先打开看看。"白历道，"除了给唐夫人的贺礼，我还准备了个小小的礼品给唐先生。"

唐骁夫妇愣了一下，互相对视了一眼。唐夫人在唐骁的示意下拆开礼盒，原本已经散开一些的人这会儿又被吸引着凑过来看。

盒子里是一条造型朴素的银质项链，有一朵小小的银色樱花盛开在其间，花心镶嵌了一枚闪亮的小钻。

另外还放着一小袋看不出是什么的东西，用小丝带在上面绑了个小蝴蝶结，包裹得还挺花哨。下面还压着一张小纸条。

唐夫人拿起那条项链，指尖都在颤抖。她的眼眶红了一圈，再说话时已经略带哽咽："谢谢，历……白先生，我很喜欢，真的很喜欢。"

这条项链做工简单，样式朴素，跟其他人的贺礼比起来显得平平无奇。周围传来些细碎的议论，都没搞懂怎么唐夫人会如此激动。

陆召看了一眼白历，嘴唇动了动，没出声。

他知道，唐夫人叫白樱。但她只要嫁了人，还能有多少人记得她的名字呢。

唐骁拿起用丝带系着的小袋子，好奇地用手碾了碾。再看那张小纸条，上面写着一行小字：B17附属星特产，服用后可保容光焕发，带您重拾青春体验。

唐骁感觉相当微妙。小纸条一翻，背面还写着几个字：唐夫人五十岁生日宴，我们过得很愉快，希望今天也依旧如此。

唐骁感觉自己的鼻子又开始疼了起来。

唐夫人五十岁那一年，白历在宴会上大打出手，第一拳就打在了他的脸上，揍得唐骁好长一段时间都下不了床。

这字条瞬间打破了唐骁这几天来飘飘然的状态。

唐骁犹豫了一下，还是拆开了包装袋，拿出里面一小袋零食一样的玩意儿，看着白历："这是什么？"

站在白历身后的司徒看了一眼，立马低下头骂了一句："我靠。"

"小零食。"白历皮笑肉不笑，"有毒，敢吃吗？"

唐夫人感觉到身旁的唐骁浑身抖动起来，和每一次发怒前的反应一模一样。她下意识地想抬手遮住自己的脸，长袖衣服随着动作一扯，陆召敏锐地看见她雪白的胳膊上的瘀青。

即使知道白历不会在这时候动手脚，但唐骁还是觉得无比愤怒。他几乎立刻就想到白老爷子那张脸，也曾这样皮笑肉不笑地抛出类似的问题，看他忐忑不安，欣赏他的挣扎犹豫，嘲笑他的胆小懦弱。

他撕开包装袋，一口就吞进了嘴里。

白历一把拉住陆召，一手揽着司徒的肩膀扭头就跑："他上当了，他上当了！"

江皓和司懂虽然还没明白是怎么回事，但一听到唐骁惊天动地的剧烈咳嗽和唐夫人的惊呼后，立马迈开腿一溜烟跟着跑了。

第三十四章
皇室成员

"翡翠之星"在唐骁剧烈的咳嗽中起航，顺着既定航线驶离口岸。

白历站得老远，伸着脖子看侍者和机器人七手八脚地把唐骁略显肥重的身体从地板上扶起来，唐夫人轻手轻脚地跟在后头，一起往休息室走去。

"他可真行。"司徒刚从狂笑中缓过劲儿，"也不怕呛死，好家伙，一整个直接就往嘴里吞。勇士，真正的勇士。"

江皓还没闹明白："到底怎么回事？白历，你疯了吧，这种场合你想弄死唐骁？你好歹偷摸着来啊。"

陆召忍不住笑了一声。

江皓赶紧改口："偷摸着也不行啊，法治社会！"

他当然没想过真把唐骁怎么着，这种场合，又是在游轮上，真闹得不好看谁都无法收场。

"我就送个土产。"白历从裤兜里又掏出一小包零食，往江皓手里一递，"还有，你尝尝？"

零食包装袋这回没被换掉，上面还明晃晃写着四个大字——热辣鱼干。

陆召算是看明白了，白历的缺德根本就是无差别攻击。

等江皓"嘶哈嘶哈"地吸着凉气搞懂刚才唐骁是往嘴里塞了什么东西的时候，游轮也已经进入轨道，开始缓慢围绕着主星航行。

供宾客观赏的巨大透明墙面外，主星如同一颗璀璨的明珠，浩瀚星河流淌在其周围，簇拥着帝国跳动的心脏。

众人感叹过主星的美丽后，唐骁和唐夫人才再次出现在宴会厅。

可能是因为刚才咳得太厉害，唐骁失手打翻了酒杯，香槟洒了一裤腿，这会儿他再出现，身上已经换了一身礼服。

白历看了一眼唐夫人，为了显得和唐骁搭配，她也换了一套衣服，淡粉色的礼服在她身上看起来得体且温婉，只是依旧是高领长袖，除了一双手和脸，再没露出半点儿皮肤。

刚才玩闹的乐呵劲儿就这么削弱了不少。

白历对白樱的感情很复杂，无论是梦中还是现实，白樱对他这个儿子似乎都没有太多交际。梦中的白樱更多时候像个背景板，只是跟着唐骁出入一些公众场所而已。

如果是梦中的白历，或许会对这位跟自己并不亲近的母亲没多少好感。毕竟一直到他身败名裂，唐夫人都没有露过脸。

但现在的白历倒是不太一样，他现在是个知道未来并且已经在梦中经历过无数次死亡的人。白历本来和这位存在感稀薄、从头到尾都没认过他这个儿子的老娘没有过什么交际，直到他上贵族小学那一年，在放学等司机的空当，见到了乔装打扮偷偷溜出家门的白樱。

白历的手被人紧了紧，他回过神，发现陆召正盯着他看。

"不舒服？"陆召低声问了一句，怕白历站久了影响左腿。

有的人天生就不太会说软话，连句关心都一直只会用"不舒服"这三个字表达。

白历笑了笑："没事。"

热辣鱼干的劲儿不小，唐骁站在宴会厅的中央时，还在拿着杯子狂灌水。帝国人的口味早就被养得淡了，这种刺激的味道差点儿没把唐先生当场送走。

等唐骁开口时，声音跟卡壳的发动机也没什么两样："感谢各位……咳咳咳！"

白历这边几个人很缺德地笑了。

"感谢各位参加我夫人的生日宴会。"唐骁恨恨地瞪了白历一眼，却没敢在他那张似笑非笑的脸上停留，再开口时已经是面带微笑，语气温和，"我爱人一直很喜欢从宇宙欣赏主星，为了让她开心，我特意准备了这场在'翡翠之星'上的宴会，也想告诉她，在我心里，她和主星一样璀璨明亮！"

说完侧过头，在众人的掌声和笑声中吻了吻唐夫人的脸颊，吻得唐夫人红了脸，挽着唐骁的动作又软了几分。

"这都多少年了，这两位的感情还是这么好。"

"唐先生和唐夫人可是模范夫妻。"

"还是自由恋爱好，也没枉费当年唐夫人在白家大闹的那一场……"

周围人小声议论，又是羡慕又是祝福，话倒是越说越偏，一提到白家，就有人下意识地回头看了眼白历。

就瞧见白大少爷正侧着头笑眯眯地跟陆少将说话，偷看的人顺着看，正对上陆召一双没什么情绪的眼，心里一惊，各自移开目光，没人再提白家和唐家的旧事了。

唐骁继续道："这次的宴会还有一位尊贵的客人！不久前，我和爱人有幸收到陛下的亲笔信，在信中，陛下表达了祝福和庆贺，这是唐氏的荣幸。在我真诚地邀请下，终于邀请到那位替陛下送信的使者一同登上翡翠之星！"

这场晚宴的重头戏终于到了，一时间气氛格外热烈。

"下面，由我为大家请出今晚的贵客。"唐骁微微侧身，用略显笨重的身体行了一个礼，"林胜先生！"

一片掌声中，一位身着华贵礼服的男性特种在几个随从的保护下走来，微微颔首，笑道："唐先生客气了，我就是来蹭顿饭。"

众人被这一句略显俏皮的玩笑逗得哄笑。

站在一旁的江皓一口闷掉了手里的香槟，把空杯子往侍者手里的托盘上狠狠一撂，低声恨道："装什么装。"

"搞的跟真有人会暗杀他似的。"司徒忍了忍，也没忍住，"带那么多随从干什么呢？上厕所有人帮着扶？"

陆召侧过头去看白历的脸，明亮的灯光下，白历的每一丝表情都清晰无比。但你别想从他脸上找到一点儿破绽。

这一刻，陆召好像看到了传言中年少时的白大少爷。他一个人站在觥筹交错的晚宴上，不服软，不低头，也不给别人看笑话的机会。

而白历的童年就是这样一场场的晚宴串起来的。

作为这两年新抬头的贵族，高先生带着满脸的笑意站在林胜身边攀谈："听说林胜先生在尝试研究新型机甲？"

"只是出于爱好。"林胜谦虚一笑，"我从小就喜欢机甲，在军团时驾驶机甲实战的感觉一辈子都无法忘记，现在退伍了，希望可以以这种方式离机甲更近一些。"

众人感慨林胜对机甲的热情，这在皇室子弟当中也不多见。

高先生笑道："说到林胜先生在军团的事迹，我记得您和白历先生都曾在第一军团任职？"

林胜的脸色微不可察地僵了一瞬，继而点头："没错，不过我们各自退伍后很多年没见了。"

"那真巧了，我记得他就在——"高先生的目光一转，落向白历，"就在那儿呢。"

白历和林胜的目光短暂相撞，在林胜的目光中看到了一丝闪躲和心虚。但很快，皇室独有的那分自信又重新回到他的脸上。

林胜用轻松愉快的语气说完了场面话，又打趣了几句今日的主角"恩爱夫妻"后，又转向了这边，侧头和周围的人说了几句："很久不见，得去打个招呼。"

众人显得有些惊讶，林胜和白历到底有什么交情，外界无人知晓。这会儿被高先生提起，算算时间，两人踏足军界的年份似乎的确有所重叠。

高先生笑道："我陪林胜先生一起。"说着落后林胜一步，朝着白历等人走来。

江皓的脸色很不好看，他抱着手臂，下意识地摆出很有防御性和警惕性的姿势,往前一步,跟白历肩并肩站着。

在所有人的目光里,林胜一边挥手一边朝这边走,笑道:"几年不见啦,白少将!"

陆召的眉头皱了皱。

饱受贵族教育的江中将骂了句脏话:"我以后再也不这么喊你了。"

白历喝了口香槟:"知道自己多给我添堵了吧。"

陆召想开口,但发现自己插不上话,也帮不上忙。他跟白历之间,就算了解了说透了,其实能做的也没多少。

此时此刻,林胜就像行走的聚光灯,他到哪儿哪儿就会成为众人瞩目的焦点。他一开口就是"白少将",众人的或是惊讶或是略带惋惜的目光就都往白历的身上扎,时隔多少年,这才想起来白家其实到了白历这一代,也是混迹过军界的。

只可惜时间太短,流星一般转瞬即逝。

林胜隔着老远走过来,手已经伸出,做出一个要握手的姿势。

就看见白历也从容地伸出手,带着白大少爷标准的嚣张笑容,众目睽睽之下上前两步迎了上去,然后朝着林胜的手心就是狠狠的一巴掌。

一声脆响,在场各位蒙了。

林胜的手还伸在那儿,愣愣地看着白历。

白大少爷懒懒地笑道:"击掌。"林胜、高先生错愕无言,白历却很诚恳地继续,"真的,我跟好兄弟都这么打招呼。"

为了表达真实性,白大少爷转过身对着江皓举起手:"好兄弟!"

江皓也举起手一击掌:"得嘞。"

又转向司徒。

司徒击掌:"耶!"

挨个儿击完掌,白历最后转向陆召,估计是怕他不配合,还喊了声:"我最铁的契约人!"

把陆召膈应得够呛,又忍不住乐,白历就算气人都能让他笑得不行。

就这么一圈拍手拍下来，周围的人基本也没几个能接上话的了。

都知道这位是打小就没个正经的混世魔王，宴会上能离多远就多远，这几年白历是不常出来露脸了。今天这一通操作，各位来宾的记忆突然清晰，看向林胜的眼神里还带着点儿同情。

林胜的手掌发麻，他看着白历，感觉这一巴掌不是拍在他手上，而是打在他脸上。

当年那一场救援任务，他和白历、江皓三人大吵了一架，官大一级又顶着这个姓氏，他到底把这两位和他意见不同的贵族公子哥给压了下去。为了这场口角上的胜利，他当时还得意了好一会儿。

之后的事……林胜没继续往下想，收回了手，温和一笑："白少将还是和以前一样豪爽。"继而又看向陆召，"陆召少将，虽然是第一次见面，但我一直很欣赏您。"

陆召看了他一眼点点头，算是回答。

"这几年我一直想找机会和白少将谈谈。"林胜的脸上露出一丝愧疚，"当年的意外我一直很痛心，白少将退出军界也是帝国的损失……"

江皓冷冷地道："意外？"

"自然是意外。"林胜平静地笑了笑，"这一点军界高层也给出过解释，我记得江中将当时也在场，似乎没提出什么异议。"

江皓的脸黑了下去。

当年因为林胜指挥出现重大失误，导致解救失败，星际海盗引爆整艘观光艇，连同上面数位潜入的士兵一起葬身宇宙星海。事发后白历重伤住院，能站着听高层给出解释的就只剩江皓一人，他妥协了。

在此之前他也愤然反驳过，但他还背负着家族的重担，无法拿整个家族的前程和皇室抗衡。这么多年，江皓一直活在愧疚和煎熬里，无法抬头。

几人隐晦的言辞交锋引得周围的人群窃窃私语，白历眯了眯眼。他对林胜今天的主动攀谈挺意外，当年那档子事过后，林胜连个面都不敢露，被皇室送去附属星避风头，连致歉信和慰问礼都是另找人送的。

"林胜，"白历把另一只手插在了裤兜里，略扬着下巴漫不经心地道，"用不着这样。"

从以前开始，白历给林胜的感觉就和江皓不一样。江皓骨子里就是个被家族培养出的狼，外表再具有攻击性，那点儿血性都已经随着一代代的约束而磨灭了。他脖子上套着家族前程，这辈子都挣不脱。

白历不一样，白历是条疯狗。白老爷子管不住，家族到了他这一代也就只剩他一个人。当年事发之后，皇室最怕的就是这位白大少爷不管不顾地把事闹大。好在白家也已经走在了没落的路上，白老爷子去世，白历一个人不足以搅起大浪。

林胜的脸色慢慢回温，他看着白历，两人的目光短暂交锋后，林胜缓缓地笑道："白少将误会了，我没别的意思。"

如果不是今天被人提起他跟白历是旧识，林胜根本不会和白历有这场会面。

"我早就不在军界了，"白历道，"您喊我声'爷'就成。"

高先生一直在看热闹，听到这话眉头皱起："白先生，你说话未免太放肆了！"

"我意思是把'少将'换成'少爷'。"白历一脸纳闷，"怎么就放肆了？"可能是他的表情太真诚，周围传来几声没忍住的偷笑。

"白先生。"林胜的表情没有多少变化，也没顺着白历的话往下说，微笑道："之前我有幸和唐开源先生一起游玩，曾听他提起您也在机甲研究方面很感兴趣。以后我们可以多交流，如果白先生有需要的地方尽管开口，我一定尽力帮忙。"

他再一次伸出了手，看着白历道："我真的很遗憾白先生没能在军界实现抱负，如果可以，我希望白先生能在机甲研究领域开辟一片新天地。"

陆召心里的一点儿火星因为这一句话，如同浇了一把热油，"腾"地蹿起了火。

"没能在军界实现抱负"就如同一根刺，精准地扎在陆召和江皓等人的心里。

白历皱了皱眉头，和江皓的关注点不同，他率先留意到的是那句"有幸和唐开源先生一起游玩"。

按照梦中所示的情节，白历负伤的时间更早，负伤后没多久就退伍离开军界，而林胜这个人从头到尾就没有在梦中出现过。但现在，林胜的出现是因为他躲过原本的负伤节点吗？出乎白历意料的是，听起来林胜和唐开源竟然已经认识了。

唐家和皇室竟然有了牵扯？

白历看着林胜伸出的那只手，无数念头划过脑海，觉得有点儿讽刺。

"打扰一下。"一个陌生的声音打断了白历的思绪，他似笑非笑地瞥了一眼林胜，装作没看到那只手，跟着所有人一起去看说话的人。

林胜的手在半空中顿了顿，面无表情地收了回去。

说话的是个年轻贵族，身形略显消瘦，长相并不出色，五官间却透出些许刚毅。他怀里抱着个用避光罩遮盖的物件，穿过人群走来："打扰一下，我是来向陆召少将道谢的。"

白历愣了一下，转头去看陆召。

陆召摇了摇头："不认识。"

"陆少将。"年轻贵族并没有因为这句话而尴尬，反倒郑重地一弯腰，"我姓周，周岳。感谢您之前对我弟弟的照顾，一直没有机会亲自登门感谢，实在抱歉。"

姓周，白历"哦"了一声，周临山。

前段时间因为精神力出问题引起骚乱的那个新兵。周岳则是周家现在的主事人。

军团骚乱事件也算是一度闹得沸沸扬扬，虽然事后在军团的澄清下得以翻篇，但陆召从未正面回应过这件事。周家因为各方面的顾虑，也一直遮遮掩掩，没敢在风口浪尖时挺身而出，澄清事实。没想到时隔多日，在贵族和富豪云集的场合，周家选择了当面致谢。

在所有人探究与好奇的目光中，周岳直起身："我弟弟因为身体尚未完全康复，不能前来感谢。他托我给您送来一份小礼物，希望您不要嫌弃。"

说完，将手里的物件拿起，去掉那层遮光罩。

那是一盆花，纤细的枝叶，柔弱的绿色之间，两朵淡金色的卡丽花开得正盛。

在明亮如昼的灯光下，花瓣的色泽如同军界象征着荣誉功绩的勋章"金色卡丽"。

有人惊叹："淡金色的卡丽花，已经多少年没有见过了！"

"这是我们花房培育的一株淡金色卡丽花。"周岳的脸上露出一丝真心实意的笑容，"我实在不知道要怎么感谢陆召少将，希望您不要嫌弃。"

在帝国，卡丽花的意义无人不晓。

那是对征战星空的勇者们最好的赞扬，是帝国最明亮的奖章，也是无数投身军界的年轻人的理想与目标。而在这艘华贵的游轮上，只有陆召曾三次让金色卡丽在胸前绽放。

这边的动静吸引了所有人的注意，唐骁夫妇和其余宾客也看见了这盆淡金色的卡丽花。唐骁的脸色很复杂，倒是唐夫人柔声道："它很漂亮。"

"确实，"林胜适时开口，"是配得上陆召少将功勋的颜色。"

白历的目光从那两朵卡丽花上移开，落在陆召的脸上。年轻少将的表情少见地有了一丝波动，直勾勾地盯着那盆卡丽花。

"别愣着呀。"白历用只有两人才听得到的声音说，拍了他一把，"去吧。"

陆召转过头看了一眼白历，他的眼神里浮动着些细碎的情绪。没有说话，走上前去从周岳手里接过了那盆卡丽花。

"再次向您表达我和弟弟的敬意和感激，"周岳说，"希望您的未来永远光明。"

陆召的手指轻轻触碰了一下淡金色的花瓣，抿抿唇，像是一个极小的微笑："谢谢。"顿了顿，他又说了一句，"能摘一朵吗？我送人。"

这种品相的卡丽花，其价值已不是金钱可以衡量。陆召话一出口，离得近的林胜和唐骁等人都没反应过来。周岳短暂的惊愕后，点头笑道："当然，它已经是您的了。"

陆召在众目睽睽之下，抬手就摘了一朵盛开的淡金色卡丽花，然后转过身，将它别在了白历胸前的西装口袋上。

白历站在那里，看着陆召伸手过来，指尖的卡丽花在炫目的灯光下花瓣分明。

这里是浩瀚宇宙，群星所在。这里灯光璀璨，觥筹交错。这里有各色的目光，有不知善恶的心肠。但陆召只看着白历，他把金色卡丽别在他的胸前。

一片无声中，陆召看着白历说道："他们欠你，我补给你。"

白历感觉那朵花隔着衣服，根茎却穿破了他的胸膛。

他的耳内嗡嗡一片，司徒侧过头抹了下眼眶，再转过头时旁若无人地鼓起掌，司懂和江皓紧随其后，唐夫人没有抬头去看唐骁的脸色，跟着鼓起了掌，她看着白历，眼里水气蒸腾，可又不敢掉下一滴泪。

林胜的脸色复杂难辨，随着鼓掌的人增多，他和唐骁也不得不加入其中。那句"很遗憾白先生没能在军界实现抱负"就这么轻描淡写地被翻了篇，显得有点儿可笑。

掌声扩散开去，在这艘华美的游轮上，没有人追问为什么鼓掌。

有些答案似乎早已尘封心底，可不知为何，大家从未提起。

陆召并不在意那些掌声，他就这么一直看着白历。他和白历一直如此，即使了解对方再多，能做的事情也少得可怜。

陆召想，那他最能做的就是永远记得。

永远记得这一刻白历的表情，永远记得这一刻白历站在灯光之下，永远记得白历看他的目光。永远记得白历本身就该与光和荣耀并肩同行。

即使他人无一知晓，我也将永远记得你曾经身披荣光。

让金色卡丽花在你胸前绽放。

第三十五章
死人的规矩，还管得了活人

当夜，帝国论坛娱乐版块上一条帖子被顶成热帖。

娱乐版块的话题基本上两三天一换，以紧跟时事为荣，以节奏过慢为耻。这两天娱乐版块的网民正揪着几个十八线小明星出入酒店旅馆的八卦新闻讨论得火热，这条帖子却愣是挤掉了刚盖了一两千楼的热帖，占据了首页头条。

标题就写了一行字：我看到了让我尊重的契约人关系……

点进去是一段视频，楼主配了一小段话。

小不懂很懂（楼主）：今日终于有一双手，擦拭蒙尘数年的勋章，有幸得见，我热泪盈眶。愿卡丽花永远绽放在二位胸前，荣光永存，热血难凉。

一般在娱乐版块发带实锤的帖子的楼主都习惯匿名，以免被人顺着 ID 扒出真实身份。这条帖子的楼主却直接用大号发帖，似乎根本不介意其他人来扒他，只是单纯想发这个视频。

在好奇心的驱使下，正嗑着瓜子议论明星私生活的网民们放下了手头的八卦新闻，纷纷点开视频。

这段视频拍摄的角度并不怎么专业，镜头在晃动间能听到不同人的窃窃私语。即便镜头摇晃得有些厉害，但还是一眼就能看到穿着军礼服站在灯光下的年轻少将，和他手里托着的一盆淡金色卡丽花。

尚未等人感叹这两朵卡丽花与少将的身份有多匹配，年轻的军官就已经抬起手，没带半点儿犹豫地摘下一朵，转过身将它别在了站在他身后的男人的胸前。

他摘花的动作干脆利索，别花的动作又显得小心轻柔。他把那朵卡丽花别在男人的胸前，手却没有移开，好像是说了句什么。

身着西装的男人有着一张英俊的面孔，张了张嘴，却说不出一个字。

周围是身着各色华贵礼服的人群，身后巨大的透明墙外星河流转。宇宙静谧，人群低语，他们在璀璨的灯光下对视，连随后而起的掌声似乎都无法传入耳中。

陆召为白历佩戴了一朵淡金色卡丽。

发完这个视频和一段话，楼主就再没有任何只言片语。

几分钟后，无数条评论从帝国各地及各附属星角落的不同个人终端发出。

三岁带病电竞：是陆召少将和白历？

用户0088566：这是"翡翠之星"吧？以前登过一次！

刀不染血：什么情况？这两人可不像一些媒体说得那样是单纯的利益关系啊？

小只儿：我是口岸工作人员，今天晚上"翡翠之星"被唐氏包下了，这应该是唐氏晚宴！

三岁带病电竞：疯了，淡金色卡丽花一朵能值多少钱，你们知道吗？

三点一个撇：我迷惑了……

不过五六分钟，帖子就已经盖出去了一百来层。从陆召和白历结契至今，这应该是两人第一次出席贵族宴会。外界对这两人议论纷纷，但当所有人看到这段视频，看到那朵被陆召夹在指尖别到白历胸口的卡丽花时，流言蜚语都显得格外单薄。

很快就有人认出站在两人身旁的消瘦男人的身份，周岳的名字在帖子里被人提起。

胖胖漂移：我去，这不是周岳嘛……周家的花房应该没人不知道吧？那里边产的卡丽花连皇室的花房都比不上，这盆淡金色极品肯定是周家养出来的。

芝芝莓莓：楼上说了我才想起来，当时军团骚乱事件闹得沸沸扬扬，帝国公民网后来发的新闻不是提过是因为一个周姓的新兵精神力崩溃引起的吗？都姓周？

大头大头：是同一个周。

三岁带病电竞：楼上？我记得之前就是你说自己是第一军团新兵来着吧？所以当时引起骚乱的真的是那个新兵，他是周家的？周岳送卡丽花是道谢？

叽叽吃小鸡：我就说这么多年陆召都没事，怎么就那次动静闹得那么大！

大头大头：新兵是周岳的弟弟。我当时说的都是实话，你们有人信吗？你们就只会看掐头去尾的新闻，什么刺激看什么，不看事实。

芝芝莓莓：呜呜呜呜，我就知道陆召少将是最棒的！

用户900987：原来当时只有帝国公民网的报道是对的？我服了我服了，媒体能不能别引导舆论？拿我们当枪使有意思？

用户9988566：多亏陆召军衔高没受波及，这要是换个下级军官，当时估计被喷的都直接退出军界了吧？

三点一个撇：这也不能证明什么，再说陆召也没损失什么。

出鞘：楼上就硬杠呗？第一军团后来都澄清了，说和陆召无关，当时有人信？一帮人借机嘲讽稀种担任军团要职的事你们选择性遗忘？流言蜚语就不算伤害呗？

大哥等等我：我有点儿难受了，各位……当时我还跟着嘲讽了两句，原来压根儿跟人家没关系……

猪头：这视频可信吗？别又是什么唬人的东西吧，为了洗白……

舰艇一号：不可能，楼上你看看这是什么场合，你仔细看看后面的人都有谁，我就直说了吧，我今天因为精神力不稳在家休息，没能参加这次晚宴，但我对晚宴的事情很清楚，这次的晚宴是有"双木"的人出席的，你们懂的吧？

9120830：周岳够狠的啊，选在这种场合跟陆召道谢，打了多少人的脸……

原本已经翻篇的军团骚乱事件因为周岳的这盆卡丽花重新被人提起，再度引发争论。一部分人表示舆论蒙蔽了公民的双眼，一部分人则开始删除自己的骂帖，还有一部分人认为即使陆召和事件无关，但稀种不适合担任要职这一点并没有改变。

人们在争论中逐渐发展出各自的观点，直到有人再次把话题引回视频本身。

大道无情：我想知道陆召这个动作是什么意思？卡丽花象征什么我相信没人比他更清楚，但他摘下了花，并且给了白历。

76897098：是呀，陆少将什么意思啊？

清风抚柳：而且周围人都在鼓掌……

东来一片雨：啊？没人知道白历以前是少将吗？

芝芝莓莓：知道是知道，不过好像一直没什么正面报道……说实话，要不是他跟陆召少将结契，我都想不起他以前也是一线军团的……

硬核打碟：还有，楼主说"蒙尘的勋章"是什么意思？听起来很厉害呀！

12837908：有没有人科普一下白历啊！

三岁带病电竞：有没有人科普一下白历啊！

饺子真的很好吃：有没有人科普一下白历啊！

帖子发出后一个多小时，就已经在帝国公民的个人终端被无数次转发，扩散的速度快到难以想象。

没多久，热搜"陆召给白历佩戴卡丽花的含义"和"白历""白少将""白历个人功勋"等词条就压过了花边新闻和舆论骂战。

当人们开始自发搜索，才意识到这些年的新闻报道都只围绕着白历的贵族身份打转。

几个小时后，一个名为"推我以前的老上司一把"的新注册没多久的论坛ID账号发布了一条帖子。

帖子内容不多，贴出了一些军界网站内部白历的个人功勋记录，并附带了几条帝国公民社的旧新闻。

新闻报道了多年前的一场星际海盗劫持观光艇并最终引爆的惨案，以及一些追踪报道的后续，但最后只草草收尾，似乎并没有报道完整。

除了这些内容，楼主并没有多余的解释。只有帖子名略引深思，他选取了发视频的楼主的一句话：今日终于有一双手，擦拭蒙尘数年的勋章。

绕主星航行的"翡翠之星"依旧一片辉煌灯光。

白历从洗漱间走出来，他刚洗了一把脸，才让自己无法思考的脑袋恢复了运转。

宾客们已经散开大半，只剩下一小部分还在和陆召交谈。江皓、司徒等人也不知道去哪儿了，这会儿就只剩陆召一个人应付场面。

白历站在远处，背对着他的陆召在和周岳谈话。陆召站的很直，光是一个背影就让白历挪不开眼。

他下意识地停下脚步，摸了摸胸口的淡金色卡丽花。

"我弟弟还在恢复期。"周岳语气平和地说道，"虽然他出了那样的问题，但我还是会支持他参与下一次的军界选拔。不过因为有了不良记录，可能短时间内无缘第一军团，只能从非一线军团开始接受捶打。"

陆召点点头，随意道："挺好。"他自己就是从底层爬上来的，稳扎稳打，也因此升任少将时除了人种原因，其他人再也找不出半点儿毛病。

高先生的脸色一直不怎么好，尽管那盆淡金色卡丽花已经由机器人带去妥善保管，但这会儿他的眼前还不断闪过陆召轻松摘下花朵的场景。

那动作无比随意。也是，陆召年纪还没有高业大，却已经拿了三枚金色卡丽，这些荣耀固然光辉，却也不过是让陆召胸前的一排勋章再添一抹光亮。

多少人却连这一抹光都得不到……高先生想起高业在军界混了这几年，连金色卡丽的边都没摸到。

特种们还没得到，现在连稀种都要掺和进来竞争。

"周先生，我说句话可能您不爱听，但确实真情实意。"高先生又拿了一杯香槟，打断了周岳和陆召的交谈，"与其让您弟弟和一堆特种混在一起，还不如早早开始给他找合适的契约人，干轻松些的工作什么的。"

周岳的眉头皱了皱，消瘦的脸上略显不耐烦："谢谢，但您这话我的确不爱听。"

高先生没想到这人还挺横，愣了愣。

林胜刚才已经离开，这会儿唐骁夫妇还在，不得不打圆场："高先生说话直来直去，请别介意。"

唐骁清了清嗓子："不过高先生的建议也不是没有道理，人种不同，分工也就不同嘛。我们特种和普种在外奔波，稀种打点后勤，几百年不都是这么过来的吗？按老祖宗的规矩走保准错不了。对吧？"

周围的几位贵族富商也附和了两句，却没人敢说得太直白。众人都时不时瞟一眼陆召，这里毕竟还站着这么一位特立独行的稀种少将。

"老祖宗也死得差不多了。"周岳的声音很沉，他的目光在高先生的身上扎了一把，"死人的规矩，还管得了活人？"

前几年周家遭逢变故，老家主突发疾病变故，体弱多病且精神力等级极低的周岳不得不承担家族重任。也因此，周家很是坎坷了一段时间，一直很低调。

没想到就这么个身体不怎么样的低级稀种，一开口就不给人留半点儿脸面。

陆召觉得挺有意思，他看着高先生的脸色由红转黑，周围人想反驳又张不开嘴，就感觉自己这场宴会没白来。

"什么样的出身就要有什么样子。"高先生感觉自己喝到肚子里的酒这会儿都化作怒意直顶脑门，"不自量力去做超出自己能力的事情……"话说到一半，高先生猛地停住了话头，看向陆召。

酒精上头，高先生没管得住嘴，心里那点儿烂话差点儿就全给抖搂出来。

这场宴会来宾众多，听到这话的也不仅仅是特种、普种，几个贵族稀种少爷和小姐的脸色早就有点儿不好看。

"周岳先生，"一直没开口的陆召整理了一下自己的袖口，淡淡道，"其实只要训练得当，稀种的拳头也挺硬。"

众人愣了一下，都没反应过来。

陆召又说："告诉周临山，我可以教他。"

这话陆召并没有多想，可传到别人耳朵里，话里的意思可就相当耐人寻味。

陆召自己是个稀种，但他似乎从未在意。他一不在意外界的看法，二则根本不把自己当一个稀种看待，甚至从未在任何有关"稀种是否应该踏足军界"之类的话题上发表过看法。

今天他短短几个字，就像是跟所有人表达了他的立场。

周岳短暂的怔忪后浮起一抹笑容："十分感谢，陆召少将。如果我弟弟知道您这么说，他肯定会激动得失眠。"

一位稀种贵族小姐忽然开口："精神力出问题后的人会经历漫长的康复期，我家在这方面有些研究，也有相应的康复产品，可以送给您弟弟使用，看看有没有什么帮助。"

周岳有些意外："谢谢。"

"不客气，"贵族小姐相当优雅地点点头，"我喜欢看稀种们穿军服的样子，像陆召少将这样的人越多，我越能大饱眼福。"

周围几个人笑了起来，气氛轻松愉悦。

高先生的酒劲儿一股一股地往脑门上顶，他从儿子高业被打了一顿后就一直过得不怎么顺，原本以为能借着宴会再和林胜搭上一层关系，没想到刚才陆召和白历闹了那么一出之后，林胜竟然扭头就走了，根本没给他搭话的机会。

被人拉了两下，高先生回头，看到自己的儿子高业正对他使眼色，一刻也不想在这里多待。

高先生放下手里的酒杯，冷着一张脸道："我看到了熟人，先去打个招呼，祝各位今晚玩得愉快。"顿了顿，忽然露出一个笑容，看向陆召，"也祝陆少将和白先生身体健康。"最后四个字说得清晰无比。

陆召的眼睛猛地眯起，转过头在今晚第一次正视高先生的脸。他的目光冷厉凶狠，带来极强的压迫感，高先生剩下的话就全咽回了肚子里。

陆召的嘴唇动了动，正要开口，却听到白历的声音从身后响起："哟，我突然发现，高先生的脑袋长得和高业还挺像！"

回头一看，白大少爷撩着头发走了过来，胸前那朵淡金色卡丽花开得正盛。

他旁若无人地在陆召耳边说："没事，老子替你出气。"

陆召的心里不知道是什么滋味儿，刚被高家人点起来的火瞬间就熄了下去。

白历："高先生，您这脑袋，一看就跟您儿子一样适合挨打！"

司懂缩在走廊的一个小角落，手里的个人终端调了静音，不然这会儿它一准响得跟打鸣没两样。

投映在半空中的虚拟屏上的网页正是帝国论坛娱乐版块的帖子，他开着自己的大号"小不懂很懂"浏览着自己帖子里的回复。

不过几个小时，他的帖子就已经盖起了千层楼。

关掉自己的帖子，司懂点开此刻也被顶得极高的另一个帖子，发帖人 ID 是"推我以前的老上司一把"。正翻着里面的评论，就听见有人一边交谈一边朝这边走。

司懂头也没抬，却听到一个还算熟悉的男声道："你哭什么哭？陆召身体状况不怎么样你第一天知道？白历那瘸子你是第一天见？"

心头一道惊雷炸开，司懂几乎立刻就屏住了呼吸，缓缓地蹲下，缩在角落的阴影里，装饰的半人高的花盆植物把他遮挡得严严实实。

唐骁不耐烦地扯了扯领带，四下看了看，见没有旁人，才又说道："要不是我把你拉走，你当场就因为高家那句'身体健康'就哭成这样，这晚宴还继不继续了？"

唐夫人捂着眼，不断有泪水顺着指缝往外渗，可她连一声抽泣都没有。

"行了。"唐骁扯了一把她的手，"现在他落下这么个精神力波动不稳的毛病，我也好借着这个机会看看能不能把开源顶进第一军团去，或者想想办法，让他和白历分开，和开源结契。唐家就开源一根独苗……"

司懂捂住嘴，小心翼翼地从兜里掏出一个小白球。这还是司徒刚改良过的玩意儿，兄弟俩今天一起去的研究所，他哥就随手送了他这个，改进之后的小白球有了录音功能，本意是模仿其他安保机器人做一个执法记录仪的感觉，但没成功，只能单纯录个音。

司懂犹豫了一下，还是启动了录音功能。但隔了挺久，唐骁和唐夫人都没再说话。

半晌，司懂听到唐夫人带着哭腔的细细声音："白氏只有白历一个人了，好不容易有个能搭把手的契约人，你这样对白历，他怎么办啊？"

"白氏这不还有你吗？"唐骁冷笑了两声，"不是还有开源吗？他就不是白老爷子的孙子？"

唐夫人错愕地松开手，看了唐骁两秒，扑上去抱住唐骁的胳膊："你答应过我父亲，唐家和白家再没牵扯啊！"

被这样拉扯，唐骁心头火起，一把甩开唐夫人："周岳刚才不是还说了吗？'死人的规矩，还管得了活人？'"

唐夫人被甩开，身体撞在了墙壁上。她只觉得脑袋里嗡嗡作响，白历的脸又出现在她眼前。

等唐氏夫妇离开走廊，前往休息室后，司懂才缓缓地吐出一口气。

金色卡丽

三碗过岗 ——

著

全三册

中

九州出版社
JIUZHOUPRESS

有人看见一朵花，会觉得美丽幸福。有人看见一朵花，会想到它终将凋零。

让快乐的人面对痛苦是一种折磨，同样，让悲观的人强行乐观也是一种折磨。

你没法去改变很多人的想法，你也没有太大的能力去改变多少现状，事实上你能做的事情很少很少，因为你是一个小角色。

第三十六章
录音中的秘密

碍于这是唐夫人的生日宴，白大少爷无疑把事情闹得有些下不来台。

他的手在高先生梳得油亮的头顶上拍了拍，周围还没散去的几位贵族小姐、少爷的心瞬间提到了嗓子眼儿。

高业几乎就在同时感到头皮隐隐作痛，抬手就去拉白历的手，半道就被白历捉住了手腕。

"你看看。"白历按着高业的手，他的精神力释放的不多，就在这小小的范围内，压得高先生这种等级并不怎么样的特种难以动弹，"年轻人就是容易冲动。"

三人站得很近，当精神力的强度足够高时，高业已经基本没了反抗的能力，只能感到白历无须言语的威胁。

高业本能地也释放精神力对冲，心虚和恐惧依旧让他处于劣势。

也不知道是不是错觉，白历这一回的精神力比之前更凶更狠，带着点儿隐隐的暴戾。

两个高于自己等级的特种精神力的对冲让高先生立马就感受到了天赋的差距，他的额头渗出冷汗，压着自己的白历的手仿佛有千斤重。

"不愧是父子俩。"白历的声音很淡，带着点儿略微饮酒后的松懈，传进高业和高先生的耳朵里，"连想的事都一样。"

高业从牙缝里挤出几个字："别太过分，白历。"

白历却连一个眼神都没给他："好好的脑袋，怎么光想着管别人家的事呢？"

梦中所示的命运中陆召在一次战斗中身体受损，外界只知道他是在战斗中查出了精神力问题，休息后就可以及时恢复，但恢复的艰难程度却不为人知，按白历的推测，其实直至唐开源回归他都并未完全康复到巅峰状态。

有了这个破绽，就给了唐开源向他施压的机会，也因为这样，陆召最后和唐开源的结契好像就成了理所当然，倒好像是唐开源不计较两人以前的竞争，大度接受了陆召似的。

当时在梦里看到这儿时，白历就恶心得够呛。

陆召从来都不是一个满当当的圆，但这都不该成为他的弱点。没人能把这些损伤当成是攻击他的借口。

白历胸腔里有股说不清道不明的劲儿在来回冲撞，他无意识地收拢五指。

空气中精神力浓重起来，高业一开始还能勉强和白历对冲，但随着白历的沉默，高业只觉得巨兽一般的强悍精神力几乎猛然将他吞没，他无意识地露出了真实的恐惧。

耳边响起陆召压低的声音："白历。"一只手拉住他的胳膊。

白历回过神，才发现陆召已经站在了他身侧，伸手去抓他的胳膊，眼睛却看着白历。

"白历，"陆召用只有两人听得到的声音又说了一遍，"你得松手。"

胸口翻涌的怒意和暴躁在这一声平静的提醒中略有缓和。

再看周围，半径两米内包括周岳在内的几个贵族和商人都露出了有些痛苦的表情，白历的精神力太重，刚才骤然扩散，如同一只手骤然掐住了他们的喉咙。

高业早就没劲儿释放精神力对冲了，他的手被白历捏得疼痛无比，咬着牙腮帮子鼓起，全凭着一股子倔劲儿死死瞪着白历。

"哟！"白历反应过来，手劲儿一松，"走神了，不好意……"

话说到一半，就发现自己从高先生头顶上拿下的手上还抓着一团黑乎乎、毛茸茸的玩意儿，那东西脱离了高先生的脑袋，露出了他油光锃亮的头皮。

高先生刚缓了口气，就觉得头顶上微风吹拂，他伸手摸了摸，又摸了摸。

"啊这……"白历干巴巴地道，"这个我真没想到。"

陆召一手扯着白历，一手握拳，挡在嘴前轻轻咳了一声。

不光白历没想到，在场的所有人都没想到——高先生人到中年竟也秃顶了。

发出一声急促的低叫，高先生几乎感觉到所有人的目光都集中在他的脑袋上，他甚至来不及从白历手里拿走自己的假发，捂着脸转身就跑。

刚查完事情回来的司徒和高先生撞了个满怀，正准备骂两句，一抬眼就被高先生反光的脑壳晃了一下，眨着眼让了条道。

高先生溜着墙根小跑着没了影。

人在戳别人痛处的时候从不留情，但好像总会忘记自己也身有痛点。

"父亲！"高业回过神，追出去两步，又扭头狠狠看了白历和陆召一眼，"白历，走着瞧，白家也就只剩你……"

他没说完，但陆召听出来他的意思。

等高业的背影也消失在人群的视线中，周围压抑不住的笑声和议论声才大了起来。司徒还在揉着眼睛："我眼瞎了。"

"这确实……"周岳压着声音里的笑意，"估计高先生短时间内不会出现在宴会上了。"

白历随手拿了杯香槟喝了一口，才说："司老师，你刚才哪儿去了？"

"联系了一些以前的同事。"司徒回答，"你刚才没听见林胜那孙子怎么说吗？他也在搞机甲研发，说不准以后还会是竞争对手，就咱俩这样干得过皇……吗？我得先侦查侦查，就找人问问林胜研发的方向。"

陆召不太了解这方面："竞争对手？"

"帝国研究院每隔一段时间会公开向私人研究所征集机甲研究的新产品新数据。"周岳对这位少将有问必答，"可以理解为小型的机甲研发竞赛，通过帝国研究院的评审和考核后有机会与研究院共同研发，私人研究所提供数据和技术，帝国研究院可以提供制作机甲的不同材料。"

司徒补充道："能用在机甲上的金属材料都很特殊，一直是由帝国严格掌控开采和使用的。"

"军界会有举荐私人研究所的资格。"周岳淡淡道，"我想林胜先生之所以来和白历先生打招呼，一部分原因也是因为陆召少将现在风头正盛，况且二位和元帅的关系一直不错。"

陆召了然，侧头去看白历，就看到他又在走神。

白历的脑子里过了几遍梦里的事情，确信林胜并非原本梦中人。梦中的白历负伤后始终处在抑郁中，根本没有心思做别的事情。而现在的他主动选择和司徒一起研发机甲，试图重回军界。

或许是因为这样，所以林胜出现了。就和他躲掉了本来的负伤命运时一样。

他开辟出一条路，命运就在路上又给他添了堵。

蛮不讲理，但世界对唐开源以外的人一向如此。

那边司徒说道："可惜林胜的研究一直都在附属星进行，我的同事关心主星的研究所居多，不太清楚附属星的情况。"

周岳笑笑："林胜先生的研究方向和你们应该不同。他选择的是能与特种的强悍身体更契合的机甲研发方向，希望能进一步增强攻击力。"

司徒惊讶："你还挺了解的。"

"近几年，我们家和特殊金属的开采工作有些关系。"周岳没有多说，"如果有需要，陆少将和白先生可以尽管开口，我会尽我所能提供帮助。"

白历有几秒怔忪，他刚才想起周岳的家族。在他的梦里，周家并未没落，反而有昂头的趋势，还为唐开源进行精神力稳固提高方面提供过不少技术支持。

他没想到现实中周岳的态度会是如此，但还是笑着点头："谢了。"

陆召也点头致谢。

"应该的。"周岳把手里的香槟一饮而尽，"虽然机甲的研发无论从哪方面得到提升，都是为帝国做出贡献。但出于私心，我还是希望白历先生的机甲能投入实战。"他叹口气继续道，"进入军界是我弟弟的理想，我一是支持他，二也是家族需要助力，所以用了各种办法将他送去军界，他也争气，并不是没有能力的人，但……"

司徒多少知道点儿情况："他差点儿搞砸。"

"是，对这点我没有辩解的借口，"周岳说，"但我弟弟不该因为自己的人种而和理想失之交臂。"

这回没人吭声，这个话题很沉重。

有侍者走上前来，在周岳的耳边低声说了几句，周岳的眉头皱了皱："我有点儿事，先失陪了。"

和陆召、白历等人打了声招呼，周岳走出去两步，又回头看了白历一眼。

"白历先生，这朵卡丽花和您很配。"周岳笑着说，"二位能成为契约人是一件好事。"

他和侍者一起走远了。

机甲研究是一项既困难又令人沉迷的长期工作，司徒基本上一天三分之二的时间都泡在研究所，今天来一趟宴会，对他来说就跟出差一样痛苦，别人不说还好，一提到机甲相关的话题，他就浑身难受，想一头扎进研究所，和自己的研究过日子。

"我也不在这儿待了。"司徒显得很没精神，"我要回房去，司懂估计这会儿都睡熟了。"

白历问："江皓呢？"

"在哪个角落被堵了吧。"司徒回答，"他虽然是个普种，但也不是不能结契，不少人惦记着呢。"说完，顿了顿，又调侃着加了一句，"别的不说，要是能找个和你俩一样关系融洽的契约人来相处，应该也不错。"

"且找着吧，"白历说，"我俩这样优秀的人，契约不契约的都是好兄弟。"

可能是很久没有饮酒，白历感到有一丝困倦。

梦里的情节在他的脑子里不停地重现，他的情绪有些起伏不定。他知道自己情况有些不对劲儿，白历自认为自制力过人，一向对精神力的管控很有一套，但今天他略有失控。

"你脸色不太好。"陆召在他身边轻声道。

白历回过神，司徒已经走了。

"没事。"白历靠在透明的墙壁上，"有点儿困。"

陆召招手喊来一个机器人，从托盘上拿了条消毒巾给他。

"哎！"白历拿着消毒巾擦手，想起来刚才的事，"可吓坏历历了，那假发做得也太逼真了。"

陆召想到高先生头顶那块飞出去的毛绒黑发，没忍住也乐了。

手擦干净了，白历才去碰了碰胸口的那朵卡丽花。

白历说："我还是第一次离卡丽这么近。"

这话像是蜂尾一样蜇了陆召一下。

"我得让司徒弄个什么玩意儿把它给保存一下，"白历又说，依旧看着那朵卡丽花，"不然很快就枯萎了。"

陆召道："还有一朵。"

白历反应了几秒，没忍住笑道："你要把那一朵也给我？"

陆召看了他一眼，淡淡道，"只要你喜欢。"

没人不喜欢金色卡丽，但对白历来说，意义并不一样。他曾经无比接近那朵花，但最终在纵身飞跃的途中摔入谷底。

白历调笑道："你知道这玩意儿得值多少钱吗？我要是喜欢个更值钱的，或者更牛的，您是不是也得给我整一个？"

陆召也笑了笑，淡淡道："嗯。"隔了几秒，他又说了一句，"只要我能给。"

在陆召的人生清单里只有一个一个的军衔，和一台一台不同型号的机甲。宇宙和群星曾是他梦里唯一出现过的场景，他从没考虑过会和什么人建立什么关系，产生什么牵挂。

白历……白历是意外。这个意外带来的感情，也都是意外。陆召并不懂得这些事情，但他愿意为了这个意外尽力而为。

白历看着陆召，心里有些平静的温暖，他伸出手来："我知道，谢谢。你应该知道我也一样吧？"

"嗯，"陆召握住白历的手，"知道。"

两只手坚定且有力地相握。

陆召没什么表情任由白历一手扶着自己，单脚跳着往前走。

"我的契约人，你能不能扶着点儿老子，"白历还挺委屈，"装就得装得像一点儿，我腿疼！"

你疼个屁。陆召僵硬地伸出手扶了一把白历。

快走出宴会厅的门，就又有人举着香槟朝陆召这边走来："少将先生——"

陆召还没回话，就听见白历"哎呦"了一声："腿疼！受不了了！要不你抱我吧，陆少将？"

往这边走的人立马就转了个道，神色尴尬地走开了。

"你就非得这么……"陆召想找个形容词，但他实在想不到有什么词语可以精准形容白历。

白大少爷挂在他身上，凑到他耳边说："只要我不尴尬，尴尬的就是别人。"

说得挺对。

至少在白历一路"哎呀哎呀"和"我的娘啊"的呼声里，两人一路没遇到半个攀谈的人，竟然毫无障碍地走出了宴会厅。

前脚刚上电梯，后脚白大少爷就站直了身体，像模像样地扒拉了两下头发："这帮人就这样，你要是跟一个打招呼，就得一路打过去，没完没了。"

陆召对这种事真不怎么了解，他就是想不通白历的脑子到底是怎么长的，连自己的腿伤都能拿出来当脱身的借口。

"说个正事。"白历一边整理自己的头发一边又说，"你的身体情况真的只有我、唐家和医院知道？"

陆召想了想："嗯。"

但白历就是觉得高家人话里话外都是在针对陆召的身体状况，语气里颇有些幸灾乐祸，很明显是知道了陆召的情况。

想到这里，白历的心里腾起一丝焦躁和愤怒，他深呼吸了几次，才压下那股邪火。

电梯直达宾客入住的客房层，依靠个人终端，来宾可以找到自己被分配好的房间入住。

两人走下电梯，顺着房号一路找过去，陆召跟在白历身后拐了个弯，走在前面的白历忽然停了下来。

"怎么了？白历？"陆召喊了一声，顺着白历的目光向前看去。

唐夫人站在走廊上，两只手交握，略显紧张地看着白历。

走廊的灯光是柔和的暖色，将唐夫人那张略显苍白的脸映得更加温柔。她的目光在白历的身上停顿了很久，才移向陆召，含笑微微颔首："陆少将，白先生。"

陆召点了点头当作回答。

"我想和白先生单独说说话。"唐夫人的声音很轻柔，"可以吗？"

陆召下意识地去看白历，却没等白历回答，就拿出自己的个人终端去找房间："嗯。"

"谢谢。"唐夫人露出一个喜悦的笑容。

陆召正要走，就感觉胳膊被白历拉了一下，在他耳边道："等会儿找你去，反正也没事干，咱俩就对着吹牛算了。"

陆召笑了："嗯。"他绕过唐夫人，又顺着房号的顺序拐了一道弯，终于找到了邀请函上的房间号。

用个人终端刷开房门，陆召走进去的瞬间听到了唐夫人的声音。

唐夫人略带颤抖的声音很小，但陆召还是听得很清楚："历历，你和陆少将的关系还好吗？这契约人关系，你是不是好开心？"

陆召站在门口，没有进门，他觉得这样的行为和偷听一样可耻，但他没有动。

陆召呼出一口气。原来白历在白樱的心里，不是白先生，是历历。

他听见白历的声音，很短，只有一个字："是。"

陆召微微闭上眼。

第三十七章
金鱼去不了大海

在白历的记忆里，家族一直都只有他和白老爷子两个人，以及老宅墙壁上挂着的历代家主的画像。

这是个很贵族的习惯，不过在白老爷子认清自己可能只有白历一个后代后这个习惯就被抛到了九霄云外，一直到白历被接进白家都没捡起来。

陪伴着白历长大的，除了一场场的贵族宴会和白老爷子的铁拳，就只剩下墙壁上那些陌生的家族成员永远不会改变的脸。

他见过白老爷子的伴侣的影像，用虚拟屏投映在老爷子卧室的墙壁上，是个长相温和秀气的人，影像永远都只会说一句话："按时吃药，按时吃饭，我爱你。"

白历感觉这句话翻来覆去说得怪没意思，况且白老爷子都已经习以为常，每天放着那段虚拟影像，自己该吃吃该喝喝，剔牙咂舌一个不落，还当着虚拟影像揍他，很不给去世的人面子。

白老爷子去世前躺在老宅卧室的那张床上，意识浑浑噩噩，墙上的影像还在说："按时吃药，按时吃饭，我爱你。"

白老爷子神志不清，但还是含糊着说了一句："我也是。"后面的话说得很不清晰，白历把耳朵凑上去才听清。

"我爱你们。"

军界的神话在那张床上停止了呼吸，白历走过去，关掉了那个从他有印象

306

开始就没关闭过的虚拟屏幕，他恍惚觉得自己在短短的几分钟里同时失去了两个亲人。

白历觉得老爷子临走前那句"我爱你们"应该还是包含他的，但他不知道有没有包含白樱。

走廊上的暖光将唐夫人的脸映得五官柔美，和记忆中白老爷子卧室虚拟屏上的那位有些相近。

唐夫人开口，声音把走神的白历拉回现实："历历，你最近……最近过得好吗？"

"还成。"白历脸上还带着白大少爷的笑，声音不冷不热，"您有什么事？我忙着呢唐夫人，赶时间。"

唐夫人面色憋得有些发红："我……我也没什么事……"

"得嘞。"白历拔腿就想走。

唐夫人愣了愣，急忙又说："我就是想跟你说，你和陆少将结契那天我有点……有点儿事，没能赶过去，我有托人送贺礼过去，但退回来了。"

"嗯，"白历淡淡道，"你送的是最新型的浸泡用修复液。"

"对对！"唐夫人欣喜道，"我听说那款很有用，我一直放心不下你的……但怎么退回来了呢？"

白历停下步子，看了她一眼："因为我对大部分浸泡式都过敏。"

唐夫人愣在原地，隔了几秒才轻轻道："对不起，我不知道……"

"没事。"白历笑了笑，"你能知道什么？你什么都不知道。"他笑得很随意，唐夫人脸上的血色一点点儿褪了下去。

"对不起，"唐夫人的嘴唇动了动，声音很小，"对不起，我以后不会这样了。"

她的一只手不自觉地抠着裙子一角，低着头不敢看白历的脸，却不让步，不愿意就这么走开。

白历觉得他和白樱都很可笑，他们站在这里，搞得好像他们之间真的有什么深厚的亲情一样。

他想起来他刚上小学那一年，白樱从唐家偷跑出来，半路崴了脚，一瘸一拐地躲在角落里看他放学。

司机来迟了，白历站在校门口等了挺久，久到白樱终于忍不住从角落里溜出来，问他怎么不回家，问他站得累不累，问他在几年级几班，喜欢什么科目，将来想做什么工作。

白樱以为白历不认识自己，红着一张脸，说自己是学校老师，只是问问情况。最后又问白历，问他爷爷最近有没有按时吃药，按时吃饭。

白历已经记不清自己是怎么回答的，只记得当时他也和现在一样，觉得他跟白樱都很可笑。

司机来了，白历坐上悬浮车，等车开出去一段距离才回头看了一眼。白樱小跑了几步，脚疼，最后还是停了下来。

白樱一直都这样，无论遇到什么困难她都会停下来，除去啪嗒啪嗒地掉眼泪，对任何问题都束手无策。

白历总觉得自己对白樱的感情应该趋于冷淡，但或许是因为他并不是梦中的白历，所以行为举止有了不同，导致在梦中剧情无法覆盖的细节里，白樱又曾几次在宴会上偷偷接近他。

那时候白老爷子的身体已经不大好了，白历顶着白家继承人的头衔参加贵族的一场场宴会，喝大了酒，上厕所的时候被溜进男洗漱室的白樱吓得差点儿当场"解放"。

白樱还是那样，问他最近过得怎么样，又问他白老爷子怎么样。

可能是喝多了酒，控制不好情绪，白历猛地一下就来了火气，骂的很难听，告诉白樱别再提白老爷子，也别再玩这套苦情戏。

白樱那次没有哭，她被骂得缩着肩膀，一遍一遍地说着对不起。

自那天之后，白历发现自己对白樱感到愤怒。

愤怒、失望、无法理解和一点点的酸楚。

白历回过神，他意识到自己今天总是走神，按了按自己的额头道："行了，你要没别的事我先走了。"

"历历……"唐夫人扯住白历的胳膊，"你别生气，我就是想问问你身体好些没，开不开心，我那时候……那时候你住院的时候我是想去看你的，但我有事……"

"你有什么事？"白历终于受不了了，转过身去看白樱，"你有什么大事，让你在老爷子死的时候都回不了家？"

他转身的动作太大，带着白樱的手向前一扯，露出长袖礼服袖口下一截白皙的手臂，和上面青紫色的瘀痕。

白历的目光落在上面，脸上似笑非笑的表情僵住了，他的这张"白大少爷"的面具终于裂开，愤怒充斥了整张脸。

唐夫人惊慌地收回手，拉着袖子向后退了两步想跑，被白历一把拽住，拉开袖子。

白历看着这条挂着瘀青的手臂，声音很轻，"他又打你了。"

"是意外。"唐夫人颤抖着说，"真的，历历，我没事。"白历没吭声。

唐夫人又说："时间不早了，你快去休息吧。哦对，帮我和陆少将问声好，你们都很好，契约人关系就和亲兄弟没有区别，你们要相互扶持。"顿了顿，又加了一句，"不要听别人挑唆，别管其他人说什么。"

白历的脑子一片杂音。

暴怒、痛恨和无力感交杂着，充斥了他的胸膛，袭击着他的每一根神经。他无法理解白樱，他觉得白樱像是一摊烂泥，永远无法被人捞起。

白历的嘴唇动了动："你就一定要……"

唐夫人没听清，这次她很轻松地从白历手里抽回了胳膊，却敏锐地觉察到属于白历的精神力波动。她的身体虽然娇弱，但精神力尚算优秀，顶住了这股压力，感觉白历状态不对，试探性地说："历历，我真没事，你别担心好吗？"

下一秒，白历无比愤怒的吼声响起："你就一定要吊死在唐骁这棵树上是吗？我怎么说你才能长点儿脑子？"白历的声音不受控制地从胸膛挤出，他又扯回唐夫人的手臂，却不敢再看袖口下的皮肤，"我说了那是个人渣！我说了你得离开他，我给你钱，你去你任何想去的地方，我说了多少遍！啊？白樱，你还知道你叫白樱吗？你还知道你姓白吗？"

唐夫人的眼眶里溢满泪水，她咬着嘴唇不肯说话。

"你知道老爷子死在哪里吗？你想过他到死都没见到你是什么感受吗？"这么多年了，白历第一次问出口，"你要是选了这条路，你就别在我面前装妈了，成吗？"

可能是最后这一句话扎破了唐夫人的心脏，她捂着脸，终于拔高了声音："他说我父亲还好好的，说帝国有新的治疗手段了，只要我乖乖听话，过几天就能回家见他！"

白历站在原地，感觉被浇了一头冷水。

"我都想好了，我要好好道歉，怎样都行，只要我父亲好好活着。这么多年我都没脸见我父亲，这次见面我一定不惹他生气……"唐夫人说，"对不起，对不起。"

隔了很久，白历开口，声音哑得厉害："腿长在你自己身上，你不会自己回来吗？"

刚才的发泄像是抽走了唐夫人的精气神，她缓缓摇了摇头，小声道："历历，你不知道，你根本不知道长期被精神力压迫诱导是什么感受，会对对方有多依赖。光是闻到一点点儿残留的精神力，就足够我臣服。"

臣服？白历闭了闭眼。

如果说精神力镇抚是一种疏导，那么反复的精神力诱导则是一种特殊的霸凌，身体稍差些的人经过诱导会出现类似喝酒上头的状态，在这种状态下人会很亢奋，对疼痛等感觉的感知力也会下降。在帝国早期制度混乱时，曾有贵族富商大规模精神力诱导圈养普种、稀种的情况，在对方成瘾后甚至有逼迫其卖淫的事情发生，十分恶劣，这情况随着帝国制度的逐渐完善才消失。

久而久之，被诱导者身体的臣服会逐渐深入，进而发展成心灵的臣服。

倒也不是不能治疗，只是带给身体的损伤会更大，也会有一定的后遗症。唐夫人已经不年轻了，她的身体也相对羸弱，这些年金丝雀一般的生活早已把她养得弱不禁风，她不确定自己是否还能承受戒断的痛苦。

她就是这种人……只会停下。

"其实也没那么糟。"唐夫人擦掉了眼泪，"真的，他都会道歉的，也会哄我，还会给我买很多礼物。他说他会一直爱我，我们之间还是很有感情的。"

白历看着她，感觉自己和白樱都很可笑。

他可能是活得久了，真把自己当回事了，竟然觉得自己能把白樱拉出泥潭。

没人能拉白樱出泥潭，她活在她自己编织的梦里，一旦醒来，就要面对无法承受的事实。

金鱼去不了大海。

"你说你没来祝贺我结契是因为有事。"白历哑声问，声音平静了下来，"什么事？"

唐夫人沉默了一会儿："我去医院的时候问了一声怎么戒断长期诱导的问题，他很生气。"

他很生气，所以她好几天没法出门见人。

白历冷淡地笑了一声："你把这个叫'感情'。"

唐夫人垂下眼，略带鼻音地道："我以为是。"

好没劲。白历心想，太没劲了。

"你走吧，"白历揉着额头，"我今天……状态不好，可能喝得有点儿多。"

唐夫人有心想问一问白历的身体情况，但看到白历皱起的眉头就又忍住了，轻轻点了点头，却没走，犹犹豫豫地站在那里。

白历问："还有事？"

"那个……"唐夫人的眼睛还带着点儿红，情绪倒是控制住了，有些局促地道，"陆少将他……他……身体受的伤你了解吗？"

白历放下揉着额头的手，半眯起眼睛看向她，想从她的脸上找到些蛛丝马迹。隔了半晌才道："他没瞒我。"

唐夫人松了一口气，双手又交握在一起，拇指摩擦，轻轻地道："我怕你误会，既然你知道那我就没什么说的了。"顿了顿，她看着白历的脸色，斟酌着又开口，"历历，陆少将的身体损伤不是他的错，你不要不开心，你们俩要好好的。"

走廊里陷入一阵沉默，白历的眉头略微松开了一些："嗯。我知道。"

唐夫人点点头，她并不清楚陆召身体的真实情况，只道："不过，还是要坚持治疗，白家就你一个人了，你还是需要有个帮手——"

"你不明白。"白历看着她，淡淡地道，"我不需要帮手，我只需要能跟我同行的人。"

唐夫人愣愣地看着他。

"我们是朋友，是兄弟，是契约人。"白历说，"我只要他自在。"

走廊的灯光是一片温暖的色泽，唐夫人走的时候步子有些踉跄，她的鞋跟很高，差点儿又崴了脚。

等她彻底离开，白历还站在那里，四下一片沉静，他想起白樱离去时的背影，她的头发高高挽起，本该露出天鹅一般的脖颈，却被高领的礼服遮盖得严严实实。

白历想，其实他又知道白樱什么呢？他送给白樱的那条项链，或许白樱根本无法佩戴。

他在一片温暖的光亮中缓缓蹲下身，感觉自己被什么压得无法呼吸。

有人走过来，站在他面前。白历顺着向上抬起头，看到陆召的脸。

陆召还是那样平静的表情，没有多余的情绪，只有一双眼，看着白历的时候会倒映出白历的轮廓来。

两人都没吭声，隔了一会儿，白历笑了笑："我是不是刚才声音有点儿大。"

陆召看着他："嗯。"

白历问："你听到了？"

陆召说："嗯。"

白历惊叫着："都听到了？"

"嗯。"陆召平静地道，"偷听了，抱歉。"主要是没忍住。

"您可没半点儿抱歉的意思啊。"白历歪着头看了他一会儿，最后还是把头又低了下去，"哎！烂账，烦死了。"

从认识白历到现在，陆召还是第一次从白历嘴里听到这种话。自暴自弃，无能为力。一点儿都不像白大少爷，陆召想，可他还是不讨厌。

白历蹲在地上，头深深地埋下去，陆召喊了他一声："白历。"

没有回应。陆召站了一会儿，也蹲下身，离白历很近。

他抬手拍了拍白历的肩膀："回房吧，白历。"

白历点点头，但还是没有动。他知道自己该站起来回房间，总这么蹲在走廊上算什么事呢？可他就是站不起来。

他站不起来。

"你不知道。"白历的声音闷闷地响起，"她被养得太乖太乖了，家里说什么她就做什么，从来都没反驳过，又听话又乖巧，跟我不一样，她没主动要过什么，结婚之前都活在没风没雨的世界里，她把所有人当好人。"

陆召的心里堵得厉害，他对自己的母亲已经没有多少记忆，不清楚白历的感觉。但他光是看见白历这样，就堵得难以呼吸。

"她就任性了那么一次，就那么一次。"白历的声音里透出一丝压抑着的不甘和愤怒，"我受不了她，我也帮不了她。"

陆召按着他的肩膀："嗯。"

白历感觉到肩膀上陆召手心的热度，他闭上眼，觉得自己今天格外疲惫。

电梯响起正在运作的声音，有人搭乘。时间已经不算早了，陆陆续续会有人离席，前往各层的客房休息。

"先回吧。"白历撑着膝盖站起身，对着陆召笑了笑，"回去说。"

陆召的嘴唇抿了抿，没吭声，站起身回房。

两人的房间安排在同一层，但并不算近，陆召看白历今天的状态很不对劲儿，于是把他带到了自己的房间。

刚才虽然已经打开过房门，但陆召并没进去，他从听到白历的回答开始就没控制住，一直站在拐角处听，房门这会儿已经自动上锁，得再刷开。陆召拿出自己的个人终端。

"我刚才有点儿没控制住。"白历的声音依旧略带沙哑，"怪丢人的，你别介意。"

陆召知道他这是在说刚才有一瞬间，白历的精神力因为情绪波动而狂飙，即使隔了道拐弯陆召也感受得到。他摇摇头："没事，不严重，唐夫人也没受影响。"

时间很短，白历也没有表现出攻击性，陆召当时犹豫了一下，还是没有走出拐角制止。这毕竟是白历和白樱之间的事。

白历垂着眼，看着陆召手指灵活地在个人终端上点了点，房门打开。他说："她精神力很高，就是身体不好，老爷子回主星后要她锻炼，才慢慢好了一些。"

"嗯。"陆召不知道怎么回答，但又不想白历一个人说话，就只能发出单调的音节。

两人走进房间，客房很大，临着巨大的透明墙，可以在星河中入睡。房间没有开灯，两人站在门口，默默地看着透明墙外的宇宙。

浩瀚宇宙，渺小的烦恼，可人面对的永远都是这些烦恼。

黑暗中，白历开口："我有想过，如果我有个柔弱的孩子，或者我不是特种，我要怎么办。"

陆召沉默。

"如果我的孩子是个普种、稀种或者身体柔弱的人，我要怎么教他才行。"白历声音平缓，"老爷子给了白樱保护，让她无忧无虑地长大，过得比许多从小就被安排了结婚对象、负担起家族交际工作的人轻松愉快，却没能带她看看更宽广的世界，认识更多的人，学会自己担当。"

陆召沉默了几秒，低声道："其实大部分稀种都这样，因为选择不多，所以很多稀种毕业后就可能会结婚。"

白历第一次听他说这个，有些惊讶："你最后还是选择了进入军界，你也知道这个选择其实要面对很多困难。"

"我父亲很早就去世了，没有人管我。"陆召淡淡地道，"困难也是我自己选的。"

白历又问："如果你双亲都在，从小按照一个稀种的传统流程长大，你还会这么选吗？"

没人说话。

如果陆召的双亲都在，家庭也还算富裕，那么他一出生就会被安排上稀种的传统生活流程，接受自己的人种，顺从自己的境遇，服从世俗的管理。

当然，或许他骨子里也依旧会保持这份倔劲儿，他还是会选择这条路，这也并非不可能。

世界上总有那么几个人，天生就是要突破框架的。但框架里的，毕竟才是大多数。

"我听说她以前对机甲研究很感兴趣。"白历又说，"她的房间里有这方面的书，但年纪大些后老爷子的伴侣就把那些东西收起来了。贵族子弟，天赋能力一般的人年纪到了就会被分配结婚，婚后大部分会离开工作岗位，还是相夫教子更安稳。她一直听人这么说，到后来自己也这么觉得。"

陆召不知道要说什么，只能"嗯"了一声，安抚性地回握白历的手。

今天白历的话很多，比平时更多提起他自己的看法和回忆，陆召以前想听白历说这些，但不是今天这样，也不是今天这种场合。

白历看着一片星海说："我刚开始参与机甲研发的时候，司徒提出过两个方案。一个只针对身体有缺陷的特种的研发方案，一个是现在这套提升精神力连接降低机甲对整体身体连接要求的方案。第一套方案已有先例，只是并不完善，第二套方案则需要从头摸索，是否能成功并不确定。"

那时候研究所刚起步，一切还是一片混沌的困局。

陆召侧头去看白历。

"我看到第二套方案的时候就在想，如果真有一天，不管是稀种还是普种，甚至是身体残疾者，身体素质一般的人……"白历的声音很轻，他回忆起那天的抉择，"如果所有人能有更多选择，如果孩子生活在一个能自己做出选择、自己承担责任的世界，是不是能活得更自在。"

白历的话像是滴温润的雨水，轻轻滴落在陆召的心湖上，却连带起了巨大的涟漪。

他还是选择了第二套方案。

陆召不知道白历这些年有没有过哪怕一丝的后悔和动摇，他甚至无法了解当白历一次次从实验失败的模拟舱上走下来时，要怎么忍受左腿的疼痛。

"我希望她从拿起机甲研究的书的时候就有更多选择，我也希望周家那小子和司懂能不被人左右自己的选择，我是真的期待所有人都能有更多选择的那一天。"白历的声音到了最后，压得太低太沉，都变了腔调，"陆召，我希望你有更多选择。"

他按着陆召的肩膀，手劲儿很大，可依旧无法平息轻微的颤抖。

"去你想去的任何地方，做你想做的任何事，我是你的契约人，我会无条件尊重你的任何选择。"白历说，"你能明白吗？我希望你永远不要为了任何事情低下头颅。"

人类在一次又一次的选择下走上一条条不同的道路，世界是由这些道路编织而成的。有时候陆召觉得那些放在眼前的选择真的太少太少，但他在结契的时候选择了白历。

谢天谢地。真的，谢天谢地。

陆召转过身，单手狠狠地抱了一下白历，在他的后背上重重地拍了拍。

"永远不会。"陆召说，"不会低头，你也一样。"

第三十八章
噩梦

机器侍从将冰镇好的酒水饮料和一些食品送进房间，可能是因为这空间里只有陆召，白历难得在并不熟悉的房间里放松身体，随意吃喝起来。

白大少爷私下并不怎么端贵族少爷的臭架子，这会儿更是直接靠窗坐下，舒展着长腿，还拍拍身边位置，盛情邀请陆召一起不讲究。

陆召对白历的任何行为都已经见怪不怪，穿着军礼服直接挨着白历一起坐下。

刚才的话题有点儿沉重，两人默默无言地各自喝了一会儿，陆召一撇眼，瞧见白历的耳尖又开始泛红："你怎么老红耳朵？"网上冲浪的时候可没见你有多害臊。

"这我哪儿知道，我要知道了早就控制得住了。"白历闭着眼懒懒地道，"遗传吧，老爷子也老是脸红。"

陆召想象不出来："白老爷子？"

"是，"白历随意道，"我小时候把他反锁进洗漱室的时候，或者开他车撞树上的时候，嘿，他那脸红的跟肿了似的。"

陆召差点儿接不上话："那是被你给气的吧。"

白历把头往旁边一扭，拒不承认："反正就遗传的。"

其实陆召多少还是相信有遗传的成分在的，毕竟唐夫人也这样，害羞的时候会很快就红了脸。

以前没注意过，认识白历后再见到唐夫人，陆召才发现这两人的确有相似的地方。

大概是精神稍微松弛，白历说话也开始有些漫无边际："其实老爷子根本没想养继承人。"

陆召愣了愣。

"他伴侣的身体一直不好，生了白樱之后就没办法再生了。"白历往陆召这边挪了挪，靠得很近，说话的声音就不需要太大了，"其实那时候他对家族是否要找人继承这种事看得很淡了，如果不是觉得会便宜唐家，他也没有想过要白樱生的孩子改姓。所以从他那代开始白家就注定没落了。"

这已经算是家族的私事了，陆召从未听说过。他只知道当时白历被白老爷子抱走这事闹得挺大，在贵族圈传得沸沸扬扬。

陆召道："我以为白老爷子把你看得很重。"

"也是，也不是。"白历笑了笑，"他看重我是因为我们是亲人，不是因为我是继承人。"

陆召沉默下来，不知道伴侣去世、亲女儿放弃一切离开时，对家人看得如此重要的白老爷子是什么感觉。

他忽然明白为什么这么多年过去，白历依旧对白樱没能去见老爷子最后一面如此在意。

"其实也都不是。"白历忽然又说，他的声音很轻，有点儿像是自言自语地呢喃，"从伴侣死后，他就谁都不看重了。"

因为最重的那个人已经不存在了，没有人可以和那个人的重量相等。

白历又说："他的感情其实很匮乏，对白樱和我都很缺乏耐心。当然，他还是爱我的，毕竟他就我一个孙子。哎！就可着我一人揍呗。"陆召翘了翘嘴角。"老爷子这辈子的耐心和感情都给了伴侣，没多余的给其他人。"白历呼出一口气，"所以伴侣死了，带走了他的大部分感情。有时候我会觉得，他爱我和白樱，是因为我们是他和伴侣感情的见证者。"

白老爷子的脸在白历的记忆里清晰起来。

很多时候他都只是卧室里沉默喝酒的模样，白历从门缝偷偷往里看，白老爷子坐在沙发上，像是一座垮塌的山。

时至今日，他忽然对那些年的白老爷子有了些理解。

"他爱她的每一部分。"白历若有所思，"他爱和她有关的一切，所以包括白樱，包括我。他的感情很匮乏，这已经耗费了他的所有。"

陆召闭着眼听白历的声音，曾经的军界神话的轮廓渐渐变形模糊，找不到一个固定的形状。

有的人的感情沉默得如同一潭平静的池水，你只有跳下去才知道有多深。

这段感情不会轰轰烈烈，也没有撕心裂肺，顺其自然地发生，悄无声息地结束，只是带走了白老爷子生活的重心。

认识这么长时间，白历还是第一次絮叨家里的私事，这些家长里短本不像是一个帝国少将，一个贵族少爷会在晚上谈论的事情，但陆召并不反感，反倒还会接上几句话。

"你呢？"白历唠叨了半天，忽然用脚踢踢陆召的脚。

并没说具体问的是什么，但陆召也没准确地说什么，只是想到哪里说到哪里："我家里人……不多。母亲因病过世的时候我年纪还小，父亲带我在偏远附属星生活，他身体也不怎么好，在我快小学毕业时也去世了。"

这些事情其实白历也不是完全不知道，但从陆召嘴里听到，心里还是不太舒服。

偏远附属星的情况白历很清楚，早些年经常有星际流民聚集，治安混乱，身体相对柔弱、处境相对弱势的稀种在那种地方生活，必须得十分小心。

父亲死后的陆召尚且年幼，即使在全封闭的学校里生活，想必也十分艰难。

"我俩真是谁也别跟谁比惨啊！"白历举起杯子与陆召碰杯，"没事，以后咱俩一起混，你要什么我都给你整，我被欺负了你给我打回去。"

陆召笑了："好。"

"咱俩就可着劲儿吃喝玩乐。"白大少爷来了兴趣，滔滔不绝地说起来，"我跟你说，我早想腾个地方出来放我存的拟战周边了。还有好几套机甲模型呢，都搁舱库里吃灰，我腾个房子出来，一天看三遍。"

陆召接不上话："……哦。"

"要么就出去转转。"白历说到了兴头上，比画了两下，"今年估计是赶不上了，明年雨季去那几个网红附属星看看，听说这季节那边风景挺不错。"

陆召听白历提了几个附属星的名字，很陌生。他对吃喝玩乐并不了解，但光是听白历讲就觉得挺可乐，陆召说："嗯。"

"那这么着算下来，其实咱俩还是有不少闲工夫。"白历歪着头道，"等你有空还能跟我一起打打拟战排位，下次线下赛可以一起去看。"

陆召没拒绝："嗯。"

白历加了一句："不带霍存和司徒。"那俩人太坑了。

"嗯。"陆召回答，忍不住觉得好笑。

这种没什么营养的话题越说越偏，两人最后已经不记得都说了些什么，只知道地上撂了好几个空酒瓶，两人靠着最后的精神力摸回床上，一人一边倒头就睡。

夜很漫长，宇宙里仿佛连时间的流逝都不再重要。

白历的梦里是一片急速切换的场景。他被束缚在一个旁观的角度无法动弹，只能被迫跟随唐开源朝前行走。

无数场景不断闪过，四壁惨白的医院和周围机器护工冷硬的模样反复出现，唐开源驾轻就熟地推开一间病房的门。

门内的病床上躺着的虚弱的人和白历有着同样的一张脸。

梦中的白历早已被身体的疼痛和精神的压抑折磨得憔悴不堪，他的身体被捅进各类仪器的管子，没了这些滴滴作响的仪器他估计也活不了多久，无疑是在苟延残喘，眼神阴霾忧郁，想死却又不甘心。

唐开源的身后跟着形形色色的人，他们围绕着病床，告诉病床上的白历他曾怎样为难血脉相连的兄弟，他曾做过何等卑劣的事情，但他高尚的弟弟选择理解和原谅。

梦中白历身体已逐渐衰败，无法再支撑白氏庞大的家业，异姓弟弟理所当然地拿走了家族的掌控权。

唐开源的身后，有个人正沉默无言地看着他。

那双眼平静冷淡，毫无波澜。那是陆召的眼。

唐开源拍着陆召的肩膀告诉躺在病床上已无法活动的哥哥，这是自己最近结契的契约人，是他在军界强有力的助力。现在的白氏也算是重新回到军界了——只是不再需要这位白大少爷了。

白历从噩梦中惊醒，猛地坐起身。左腿隐隐作痛，他大口呼吸，一只手死死捏住左膝盖，脑子里嗡嗡作响。

梦境里的命运折磨着他的神经，左腿的疼痛却真实地摧毁着他的精神，巨大的恐惧和愤恨让他的每一次呼吸都竭尽全力。

黑暗中，陆召的声音还带着刚睡醒的含糊，道："白历，你哪儿不舒服？"

"没。"白历闭了闭眼，尽量平复了声音，"我没事。"

陆召被白历不由自主泄露的精神力压得有些不适，他很少在白历身上感受到这种带着警惕感的波动。

黑暗中白历低着头，只能看到模糊的轮廓。陆召顶着那股不适，轻声道："你状态不对。"看见白历的手覆在膝盖上，又问，"腿疼？"

白历没有回答。

陆召的声音和梦里的一切重叠，他感到自己好像还在那副躯壳里，躯壳的情绪还残留在他的血脉深处。

陆召没有得到回应，犹豫了一下，伸出手去碰白历的左腿。

白历猛地一下按住了陆召的手，用力过大，陆召感到手上传来一阵疼痛。很疼，但陆召没抽回手。他任由白历无声地攥着他的手，感觉到白历抬起头，晦暗不明的目光落在他脸上。

这目光有些陌生，陆召感觉到一丝不安，但很快他又发现白历攥着他的手在轻轻颤抖。

"你腿不舒服。"陆召立刻作出判断，"我去联系治疗。"

白历摇摇头，放缓了手上的力道，声音有些嘶哑："算了，习惯了。"几个字，让陆召心里酸成一片。

白历掀开被子，按着自己的左腿，那双开过机甲的手抚摸过狰狞丑陋的伤疤。

陆召用手势唤醒小夜灯，伸手过去帮着按摩，试图舒缓白历的痛苦。

"陆召。"白历开口，"如果我的腿彻底废了怎么办。"

陆召愣了一下，抬起头看向他："不会的。"

白历的脸上浮起一个笑容："万一呢？"

不知道怎么着，陆召觉得这个笑很让人难过。他摇摇头："不会有万一。"

白历还想再开口，陆召厉声道："不会。"

他不想听白历再说这个，白历明白。两人陷入微妙的沉默，陆召的手却没有停，努力想要缓解白历腿上的不适。

"如果真的废了。"白历轻声说，"陆召，我谁都不怪。"

陆召听不明白，正想询问，就感觉到房间一阵轻微的晃动。白历伸手扶住他，两人警惕地感受着这艘游轮的动静。

角落里的小型管家机器人发出"滴"的一声轻响，有通知传入。

"怎么回事？"白历直起身问。

管家型机器人的提示灯亮起红光，发出轻柔的女声："请各位宾客不要慌张，有私人艇要与游轮对接，游轮暂时停航，将有新乘客登船，登船后会继续航行。"

陆召和白历对视了一眼。

几秒过后，机器人的红灯灭下去，转成了绿色的灯光，继续道："乘客身份验证通过，将与各位一同享受本次航行之旅。现在已是早晨六点二十七分，早餐将于十三分钟后准备完毕，各位宾客可前往宴会厅享用。"

白历看着那台管家型机器人，心头猛地一跳。他闭上眼，感觉自己仿佛被漆黑的宇宙包围。

第三十九章
你精神力波动了

宇宙里没有黎明，机器管家报时后白历才意识到已经是第二天的早晨。

"翡翠之星"将会在早饭后不久驶回主星，停靠在出发时的口岸。

有了刚才的惊动，白历和陆召早已没了半点儿睡意。洗漱后机器管家将已经重新打理得当的军礼服和西装送来，白历抖了抖自己的西装，打定主意一下游轮就得去医院跟老郑见个面。

"你脸色不好。"陆召把军礼服拿了起来，目光却落在白历脸上，"再睡一会儿。"

白历这会儿已经勉强稳定了情绪，摇头："得了，回笼觉更容易做梦。"

这回陆召有点儿听懂了："做噩梦了？"

白大少爷拒不承认："没有。"

陆召多看了他一眼。

白历抓着衣服往身上套，腿还有点儿不舒服，但并不妨碍他起身换衣服。

很不好的梦，白历一边穿衣服一边想，可能最近过得还算顺心，以至于他都差点儿忘了梦中预见的未来他是怎么身败名裂的。

在唐开源回到主星后，开始对他全方面地打压，白历在反击的过程中与唐开源扭打，却被已经开了金手指的唐开源击败，原本就瘸了的腿再次受创，彻底残废。

梦中白历在跌入谷底后，根本缓不过来，身体上的疼痛和精神上无法接受的现状让他对周围的一切都怀有近乎病态的抵触，唐开源拿走白氏，简直是致命的打击。

梦中白历羞愤交加，病情加重，最后死在了病床上。

白历觉得这位梦里的自己真是很地道的反面炮灰，为推动唐开源的人生发展作出了巨大贡献。

现实中命运的发展似乎与梦境中的有了不少变化，他和陆召有了交集，并非原本的陌生人。有时候白历不得不承认，他内心深处是有那么一丝希望在的。现在的白历脑子里乱得很，整理衣服的动作有一下没一下，理了跟没理差不了多少。

陆召的手伸过来，替白历抚平了领口的皱褶，又帮他系上扣子，垂着眼道：“你有些不稳定。”

“有点儿。”白历自己也不得不承认，他自己也觉察得到了精神力的泄露，顿了顿，“没绷住，没太干扰你吧？”

陆召拍了拍白历的胸膛：“说过了，你没那么牛。”

“其实我还挺牛的。”白历说，“主要是陆少将太牛了，显得我不行。”

很有吹捧的嫌疑，但陆召相当不客气地点了点头：“确实。”

白历噎了一下，笑得不行。

这一笑脸上的阴郁少了不少，陆召问：“什么噩梦？”

白历抬头看了陆召一眼：“梦到我将过得很差，最后死了。”

陆召愣了愣，有点儿不知道怎么接口。但白历也没打算得到什么回答，他换上鞋，又推着陆召去换鞋，要赶紧去吃早饭。

两人收拾妥当准备出门，白历拉开门要往外走，身后陆召喊了一声：“白历。”

白历回过头。陆召的手指间夹着那朵淡金色卡丽花，又一次把它别在了白历胸前的口袋上。

白历低着头正想说点儿什么，就听到拐角处传来一声“哎呦”，白历一扭脸，就瞧见司徒一脸无语地看着自己，身后还跟着两眼发亮的司懂。

"真行啊！白历。"司徒调侃道，"一大早的契约人就又奖励你一朵'乖宝宝优秀花'。"

白历神态自若地整整衣领："那是，你倒是想呢，搞得来这么贵的花吗你？"

司徒被气了个半死。

这两人又杠上了，陆召想笑，最后扫了一眼客房，确认没有落下的东西后带上了房门，跟着那三个闹哄哄的人一起朝电梯走。

"我昨天专门查了一下，"司徒在电梯里跟白历说道，"你还别说啊，林胜搞的那个机甲还挺不错，拉了个合伙人，猜猜是谁？"

白历懒懒道："唐骁呗。"

"哟！"司徒说，"可以啊，白少将，掌握一手军情。"

白历不耐烦："这算军情？我眼睛没瞎，那两人的热乎劲儿还用得着你专门去查？动动脑子成不成。"

司徒噎了一下："我们做科研的，脑子都用在研究上了。"

一直不吭声的司懂说："哥，你那小白球昨天晚上漏电，我做了一晚上雷公打雷的梦。你科研科研这个行不行？"

白历和陆召直乐。

被自己弟弟下了面子，司徒绷着脸："你自己晚上非捧着那玩意儿睡觉，一准是你流口水，给它浇漏电了。"

司懂挠挠头，想说什么又给憋了回去了。

白历笑得不行："可以啊，司懂小朋友，你就这么喜欢你哥做的这玩意儿？"

"也不是……"司懂看了看白历，又看了看陆召，"历哥，回头跟你说点儿事。"

还没整明白司懂要说什么，电梯就到了宴会厅楼层。四人从电梯出来，昨夜酒味弥漫的宴会厅已经换了副模样，机器人和侍者已经将各类菜品上齐。

白历在陆召耳边小声道："看看，下血本了，一大早吃得还挺花哨。"陆召点头。

那边江皓也来了，估计没怎么睡好，一路揉着眼打招呼："都起来了？我真服了，这都快到点回航了，还上什么人。"

"蹭顿早饭也成啊。"司徒已经吃了几块面点，"我天天在研究所喝营养液，再这么着老子都要吐了。"

江皓和司徒也熟，一个是因为白历，一个是因为司徒早几年是帝国研究院的，经常在军团见面，说话也挺放得开："大早上来这里蹭早饭？我估计是图方便，从别的地方直接过来的。"

陆召琢磨了一下："想跳过入境检查？"

"也算不上吧。"白历没什么精神，但陆召开口他就也跟着说，"这游轮的系统和入境口岸那边有连接，通过游轮身份检查就不用在入境口岸那边等排队了。算是半个贵族通道吧，方便。"

白历说到一半忽然停了下来，皱了皱眉，一股异样的精神力骤然出现，白历的脑子里有根神经抽了一下。

他从早上听到有人登船的通知开始就持续的心神不宁终于有了解释。这感觉他其实并不陌生，早在白老爷子还没去世、他还得经常出入贵族宴会的时候，时不时就能撞上。

他们曾被无数次捆绑在一起，当作同一个话题被人提起。

白历转过身，看向宴会厅的正门。

已经到了正式入席的时间，关系要好的家族之间结伴而来，宴会厅里已重新恢复昨夜的热闹。

明亮的灯光下，几位新派贵族正簇拥着林胜和唐骁走进宴会厅。白樱依旧挽着唐骁的胳膊，脸上的笑容温婉娴静，正侧着头和身侧的年轻特种小声低语，对方似乎说了什么，逗得白樱笑出了声。

白历看着，觉得白樱侧头笑的时候，晃动的耳坠反了光，刺得他眼疼。

觉察到了白历的不对劲儿，陆召喊了白历一声，没得到回应，就顺着白历的目光向宴会厅门口看去。

正对上白樱身旁那位年轻的特种抬起头，两人的目光一交，对方先是一愣，随即露出一个温和的笑容。

"哟！"司徒嘴里嚼着东西，"还真回来了啊，白历，那不是唐开源吗？"

如果说白历的长相是张扬的那一款，那唐开源的五官大概就算得上是典型的贵族模样。

或许是经历过几年的历练，唐开源的模样和陆召记忆里模模糊糊的那个轮廓已经有了些许出入，眉目深邃，唇角含笑，带着沉稳的自信，彬彬有礼，态度随和，吸引了周围不少年轻贵族小姐少爷的侧目。

灯光仿佛将他笼起，这笑里竟然还带着点儿缱绻。他的声音很柔和，嗓音低沉："好久不见，陆召。"

不是陆召少将，也并非陆召先生，唐开源唇齿间吐出的两个字，几乎在一瞬间就让白历头晕目眩。

梦中也是这样，唐开源重回主星，在见到陆召的第一眼，就是这句话。

"开源和陆少将以前有些交情。"唐骁微笑着和周围的人解释，"他们都是从地方附属星的军团干上来的，算是有战友。"

林胜笑道："原来如此，唐先生怎么不早说。"顿了顿，又加了一句，"如果唐开源先生能通过年底的考核进入第一军团，那二位就又有并肩作战的机会了。"

周围的人纷纷慨叹少年有为，唐开源虽说早年间还是个毛头小子，一直被白历的名号压得有些抬不起头，但经过这几年的磨炼，已经有实力参加第一军团的选拔了。

唐开源大步朝陆召走来。他走得近了，包括陆召在内的几人都感觉到了唐开源身上那股淡淡的精神力。

陆召有些诧异，特种的精神力泄露基本跟情绪起伏有关，唐开源的精神力却很稳定，这也意味着他的状态相当平稳，能维持着持续散发却不会影响周遭。

这种等级的精神力绝对不容小觑。

几乎就在嗅到气味的同时，陆召感觉到身侧的白历拉住了他的胳膊。短短的几秒，白历就又松开了手。

陆召愣了愣，那几秒太快，甚至没给他反应的时间。

"我听说你已经是少将了，陆召。"唐开源走到近前，伸出手，"在地方上时我们见过面，那时候我就一直觉得你能行。"

陆召的眉头微微皱起，他对唐开源的记忆并不深，但总觉得这话并不友善，哪怕对方仍是彬彬有礼的样子，但重复提起地方军团时的事情，就好像在不断提醒陆召当年和他的竞争。

出于礼貌，陆召还是握了握手，淡淡地道："我不记得了。"

唐开源并没有因为这句话而尴尬，他笑了笑："正常，陆少将并不是个会关注周围人的人。"

这话说得相当委婉，但周围的人还是听得出他嘲讽陆召"眼高于顶"。话已说完，他却并没有放开陆召的手。

"陆召，听说你目前在主星修养，好像有一些小问题。"唐开源的目光始终落在陆召身上，这时才略带审视地扫了一眼白历，"你过得还好吗？契约人的水平真的可以帮到你吗？"

空气中唐开源毫不收敛的精神力似乎越来越重，但并不具有任何威胁感。陆召只感觉握着自己的那只手覆盖在皮肤上，传来一阵细细碎碎的麻痹感，电流一样顺着胳膊传导而上。

一瞬间，陆召只觉得头脑发胀，自己的精神力瞬间开始浮动，脑子里似乎有根神经扭去一个奇怪的方向，让他想要对唐开源表现出一些并不符合他性格的愤怒或畏惧。

陆召的眉头越皱越紧，感到一股难以言说的痛苦，却并非单纯的精神力对冲造成的压迫感，太阳穴跟着跳了起来。

他下意识地张开嘴，遵从本能地脱口道："白历。"

陆召感到一股从未有过的恐惧，他的直觉告诉他事情不对劲儿。他抽不回手，身体像是钉子般钉在了原地，只有嘴唇张合，又喊了一声："白历。"

紧接着，一股巨大的压力猛然压下，仅仅一瞬间就将唐开源异样的精神力驱散，陆召感觉到唐开源握着自己的手一抖，那股被牵引的感觉骤然消失，陆召回过神，额头起了一层汗，定睛去看，才发现不知何时，白历的手覆盖上来，扯着他向回收。

　　"手拿开。"白历的声音很轻，和他不受控制狂飙的精神力毫不相符，"别碰他。"

　　这股劈头盖脸就压得人无法喘息的感觉唐开源并不陌生，他的笑容僵在嘴角，几乎下意识地就想后退。

　　年少时不愉快的记忆重新浮上心头。如果对唐骁来说白老爷子是一座压在头上的大山，那对于唐开源，白历无疑是他少年时一座的永远不可逾越的高峰。

　　这位异姓哥哥仿佛天生就是"强悍"的代名词，他总是顶着那张招蜂引蝶的脸穿梭在贵族华光交织的舞会上，穿着那身令许多人羡慕憧憬的军礼服，轻描淡写地投给唐开源一瞥。

　　贵族的小姐少爷们总是议论着谁有幸能和这样的白历结识，每到这时，唐开源的名字也会被顺带着提起。跟在后面的永远都是那句话——"就算是亲兄弟，也不是个个都有出息"。

　　白历曾经是一道光，将唐开源映得晦暗不堪。那道光曾一度勇往直前，披荆斩棘，战无不胜，但现在……

　　唐开源站在明光闪烁的宴会厅，看着白历那张没有表情的脸，又顺着向下划去，目光落在白历的腿上，他心里忽然稍微松了一口气。

　　现在，白历已经熄灭了。

　　唐开源重新去看白历的脸，那双曾经投给他轻蔑眼神的双眼里翻涌着无数情绪，敌视，警惕，愤怒，狂躁。

　　那不再是记忆里骄傲如初的眼。

　　唐开源庆幸之余又有些失望，他此次回主星，也有想再和曾经压自己一头的白历交手的心思。他知道陆召和白历结了契约，而没有选择唐氏和自己，竟然觉得十分惋惜。

他觉得像陆召这样的人，理所当然地应该选择自己。

此时此刻白历的精神力的攻击性根本无法克制，这种狂躁的特种怎么可能给自己的契约人该有的尊重和镇抚？

"白历先生。"唐开源的声音里带着一丝不满和愤慨，"你这样的状态，很难让人相信你有作为帝国少将的契约人的水平。"

白历听到自己脑子里有一根神经崩断的声音。

不可控制的特种的精神力带来巨大的压力，司徒只觉得头皮发麻，一股狂躁感随即被牵连起来，头痛欲裂。

"疯了！"江皓的声音传了过来，"疯了！白历，你精神力波动了！"

司徒的余光看到弟弟司懂已经承受不了压力，捂着头蹲在地上。周围稀种的惊呼声和特种的低吼声响成一片，此时此刻，这股带来暴虐感的精神力几乎让在场的所有人陷入焦躁和痛苦。

"得拦住他！"司徒想扑过去把白历拉开，大声喊着，"白历精神力波动时就是个炸弹！他失控了！"

另一道精神力猛然飙起，和白历发起对冲。唐开源向陆召伸出手，急急地叫道："陆召，你得先离开这里！你也看到了，他并没有你想象中的那么具有契约人资格！"

众目睽睽之下，白历抬起腿就朝唐开源踹了下去。

第四十章
谁都别想撒开手

即使古地球已经成为宇宙中的一抹尘埃，人类的本能却从未随着星球的陨落而消失。

在场的低阶特种们露出狂躁的表情，稀种普种们则或是缩在角落，或是倚靠在契约人身边，试图用彼此的精神力掩盖这劈头盖脸一般的精神力狂浪。

两个特种的精神力对冲几乎掀翻半径五米内的一切活物，连普种都感受到了窒息般的压迫感。白历的愤怒将要化为实质，扎破唐开源的胸膛。

白历的那一脚没有给唐开源反应的时间，他侧身一闪，还是被擦到了腰部，黑色的礼服上立马多出一个脚印。

"白历！"唐开源怒道，"你一点儿自制力都没有吗？"

话音未落，就见白历的拳头已经落了下来，动作太快，连站在白历身侧的陆召都没反应过来。

唐开源脸色一变，双臂举起挡在头部，白历的拳头砸在了他的胳膊上，瞬间一阵剧痛。年少时军学院仅有的几次交手败北后带来的挫败感重新浮起，唐开源心头火起，在白历第二个摆拳挥来的瞬间弯腰下潜，朝着白历的腹部猛出一拳。

"别！"

"白历！"

两道声音同时响起，分别来自两个尚有意识的人。

陆召来不及去看唐夫人惊叫时的模样，欺身向前想要阻隔两人。

特种的精神力压在身上，也不断在挑战陆召的神经，他的动作比平日迟缓，只来得及伸手去把白历往自己身边扯。

唐开源的拳头却已经镶进了白历的腹部，白历闷哼了一声，自幼就接受高强度训练的身体已先做出反击，几乎没有考虑就提起左腿，屈膝直撞唐开源面门。

"拦住他！"司徒忍着头痛吼道，"膝盖！他的膝盖！"

江皓站得略远，此刻和司徒一左一右猛冲向精神力对冲风暴的中心，试图牵制唐开源的动作。

周围的吵闹声很大，但都无法传进白历的耳朵。他隐约知道陆召在喊他的名字，但那声音很快就沉没在他大脑深处的泥潭里。

泥潭里有人说：命运不会放过你，那你就杀了他。

眼前唐开源的脸和每一次精神力不稳时都会持续出现的梦境重叠，白历躺在病床上，而唐开源看他的眼神轻描淡写，带着胜利者的怜悯。

那些噩梦伴随了白历很多年，并且在他负伤住院的时间里夜夜重现。他在梦里无数次目睹自己的死亡，看着自己拖着瘸腿躺在病床上残喘，醒来时也依旧在病床上忍受腿疼的折磨。醒着和睡着好像没有什么不同。

这些记忆和情绪被白历的大脑自动压缩在了角落里，经年累月，早就堆积得不知多高，一朝爆发，就如同猛兽一般吞食掉他的理智。

白历从来都对自己精神力波动期间的行为没什么印象，他的大脑选择了遗忘。

膝盖却没有撞上唐开源的头，陆召的手及时递到，柔软的手心承受了白历的一记撞膝，连带着手背狠狠擦过唐开源的眼眶。

眼眶的疼痛让唐开源倒吸了一口凉气，意识到撞到自己眼眶的是陆召手背的指骨骨节。

在这种高强度的特种精神力施压下还能有所行动，帝国之鹰的精神力可见一斑。唐开源对这种强悍的稀种的欣赏从不遮掩，也因此更加惋惜陆召选择了白历作为契约人。

如果和他一起，那就是强强联合，他相信陆召的加入会让唐氏更上一个台阶。

司徒已经钳制住了唐开源的肩膀，刚才也是他和江皓动作快，才让唐开源的身体偏了偏，给了陆召插手的机会。司徒对陆召喊道，"少将，没事吧？这时候的特种感觉不到疼，下手也特别狠！"

江皓刚才冲得太猛，被唐开源撞了一下嘴，这会儿吸着凉气说不出话，心里却暗暗对唐开源的爆发力和能跟白历抗衡的精神力感到惊异，这和唐开源离开主星时的等级可差太多了。

被击中眼眶的短暂怔忪过后，唐开源听见司徒的话，回过神来："陆召，你确定需要这样的契约人？"顾不得被司徒和江皓钳制的气恼，伸手要去拽陆召的胳膊。

白历的视线被精神力波动带来的眩晕感冲击得有些模糊，余光看见唐开源的动作，怒火上头，恍惚间也知道有人在牵制他的腿，于是猛一用力，把牵制着他的力道掀开。

陆召的手被白历的力道甩开，受过一次撞击的手心感到钝钝地疼痛。稀种的身体远不如特种扛揍，饶是陆召身经百战，天生的短板也依旧无法克服。

"你太暴戾了。"唐开源痛心地说，"白历，你难道不知道吗？契约人之间应该互相尊重！"

一切发生得太快，从白历精神力爆发到现在不过短短几分钟时间，宴会厅就已经乱成一团。陆召从没如此近距离地接触有精神力崩溃倾向的特种，更没想到白历能有这么大的反应，他被甩开手，眼看着白历抬起脚，对着唐开源的腹部就是一击。

力道过大，连带着司徒和江皓也被这劲道带着向后一退，三人站立不稳几乎摔倒在地。

"别打！别打！"唐夫人带着哭腔的声音响起，她撑着身体推了推唐骁，"不能这样，得先把所有人带出宴会厅！"

唐骁早就头痛得要死，斜倚着墙壁喘气，根本听不清唐夫人的话。

倒是另一侧的林胜终于找到了理智，咬着牙站起身，开始指挥受影响较小的普种和机器人搀扶着已经站不起身的人离开宴会厅。

精神力已经出现崩溃倾向的特种是个巨大的威胁，甚至出手伤人。低等级的特种倒还可以控制得住，但像白历……林胜略带不甘地看了一眼风暴的中心，他得承认，在场的特种里可能也只有唐开源能正面和白历对战一波。

空气里弥漫着各类精神力，使得白历狂躁异常。一脚过后他向前一步，左腿却一软，身体晃了晃。

即使是感觉不到太疼痛。即使陆召的手已经给过白历膝盖一次缓冲，但这一晃还是反映出白历左腿的脆弱。

唐开源挣脱司徒和江皓的束缚，特种的力量爆发时很大，他的腹部挨了一脚，疼得反胃："白历，你太让人失望了……我以为这么多年你会收敛收敛你的脾气，没想到你还是这么蛮不讲理……"

白历的脸冷得吓人，从以前开始唐开源就十分热衷给他并不怎么好的名声火上浇油，梦中更是喜欢不断强调白历的恶劣，导致梦中白历在承受周围人各色目光和舆论贬低时精神压力颇大。

陆召回过头，看了一眼唐开源，剩下的话都被这个眼神冻住了，唐开源愣了愣，他意识到陆召看他的那一眼里带着戒备和冰冷。

这不应该啊，唐开源有片刻的迟疑，这是他这几年来第一次在一个稀种身上看到如此凌厉冷漠的眼锋，却始终冷静。

唐开源失神，他总觉得陆召和他的关系不该这样，想说点儿什么，陆召却已经转过头。

那只承受过一次撞击的手再一次拉住了白历，从唐开源的角度只能看到陆召的急切和关心，皱着眉顶着压力在喊白历的名字。白历站在原地，脸色晦暗不明，目光里燃烧着怒火，翻涌起暴虐的烟尘。

好像从小到大，白历总是能拥有唐开源没有的东西。以前是高贵的姓氏，后来是过人的天资，现在是……唐开源的目光落在陆召的脸上。

两个儿子的交锋让唐夫人感到前所未有的恐惧，大部分人已经被疏散离开了宴会厅，唐夫人一把推开拉着自己向外走的唐骁，跌跌撞撞地跑了过来。

白历刚才那一晃让唐夫人差点儿晕倒，她边跑边颤抖地说："历历，你别生气！开源，你快点儿离开这里！你不要刺激他，好吗？"

"这是第二次了，"唐开源看着白历，"你毁了母亲的生日宴。"

那次白历朝唐骁的脸上来的那一拳，让唐夫人那年的生日宴一度成为贵族圈的笑柄。

白历的脑子里一片混沌，他听见"母亲"两个字，想起白樱侧头时耳坠的反光。他被那一抹亮光刺得眼疼，头也跟着疼痛不已，不断翻涌起晦暗情绪。

他的嘴唇动了动，声音不大。陆召听见了几个字。

白历说："关我屁事，反正老子没爹妈。"

唐夫人跟跄了一下，脸色惨白。

这句话很短，但比精神力更压得人难以呼吸。

陆召突然意识到，白历面对的从来都不是愤怒和狂躁，他面对的是失望和孤独。

能陪在他身边的人太少太少，能懂他的人也太少太少。年少的时候他还有理想，负伤后他就只剩下自己和那间空荡荡的公寓。

"白历。"陆召感觉到白历又想甩开他的手，他一把抱住白历的身体，骂了一句，"真是疯了。"

在一片模糊的视线中，白历感觉到有人抱住了自己，熟悉的精神力终于穿过特种之间的交锋，蛮横地挤进白历的大脑。

精神力镇抚。

不断缠绕在脑海的梦境情节忽然淡了下去，那些画面都变得安静无声。白历的视线终于有了些清明。

陆召把白历勒得很紧，他只大概知道精神力镇抚的方法，却并不清楚要怎么才能做到最好。

他只能把白历勒得更紧，耳边是白历沉重的呼吸声，他用手拍了拍白历的后背："白历，没事。"

声音透过让白历发疯的耳鸣，白历在混沌中感觉到陆召的一只手在轻轻颤抖。那只手承受过来自白历的伤害，却依旧覆在他的后背，没有离开。

几分钟前还一片喧嚣的宴会厅，此刻已空空荡荡，只留下璀璨的明光和几个刚从精神力对冲中缓过来的人。

白历的精神力虽然略有收敛，但依旧压得人难受。司徒头疼得想跳楼，此刻终于能开口说话："马上回航，通知口岸，有高等级特种精神力呈崩溃趋势。"

也不知道在跟谁说，反正先把能交代的都交代了。

江皓认命地晃了晃脑袋，往宴会厅门外走。目光却还看着白历那边。他和白历认识的时间不算短，也知道白历的毛病，每次出现这种情况都得单独找个房间把自己关起来才算完。

这还是头一次，有人用精神力安抚白历。

不容易啊。江皓又瞥了一眼脸色难辨的唐开源，隐约觉得这人不对劲儿，但现在不是说这个的时候，只得快步跑出宴会厅，去安排后续工作。

唐开源看着几步外的两个人，陆召压低了声音在说些什么，白历没有回应，却似乎略有缓和。

看着眼前这一幕，他的心头浮起一丝失落感，好像原本该有的关系出现了转折。这感觉很不好，钝刀子一样折磨着他的神经。

冷不丁被一把扯住了手，扭头一看，唐夫人眼眶红得厉害，一手拉着他往门外走。

唐开源想挣脱："母亲！"

"走。"唐夫人说，"马上就要回主星，历……白先生会稳定下来，你没必要留在这里。"

唐开源不满："这是他第二次搞砸您的生日宴了！况且还有……"他看了一眼陆召，咬咬嘴唇，"机会难得，如果陆召对白历失望——"

话还没说完，就被唐夫人激动的声音打断："胡说！"

唐开源没见过母亲这样，惊讶地闭上了嘴。

唐夫人颤抖着摇摇头："生日宴，我很开心。一直都很开心。"

声音很清晰，传到了白历的耳朵里。他没有抬头去看唐夫人，也不想去看，陆召的精神力安抚着他，沉稳而温和。

唐开源还想再说些什么，却不好和唐夫人争执，只得被拉着离开。

司徒一屁股坐在地上，擦着头上的冷汗。

就听见白历嘶哑的声音："司徒，联系军医院，派一辆甲壳虫来口岸。"

司徒应了一声，犹豫了一下道："那什么，陆少将，你要不要……"

"你去联系。"陆召冷静道，"我是他的契约人，不能离开他。"

司徒出了宴会厅，将门再次闭合。

让人眼晕的光线下，只有白历和陆召站在那里。

没人说话，白历的情绪还是差，他感觉得到陆召的手笨拙地拍着他的后背，像是哄小孩儿似的。

白历去抓那只手，因为挡了白历的一击，陆召的手背撞在了唐开源的脸上，现在已经一片青紫。

陆召握了握白历的手："没事。"

陆召的手是要开机甲的，和他不一样。

"我没想这样，"白历喃喃道，"我没想这样。"

梦中陆召在唐开源回到主星后没多久，便因精神力问题得不到更好的镇抚而在一次格斗训练中失误，手掌挨了很重的一下。伤的也是这只手，甚至一度影响他操作机甲。

白历原以为有自己插手陆召的人生，他或许不必经历这种一次又一次的挫折。

陆召道："真的没事。"

得不到回答，隔了好久，只能听到白历说："对不起，对不起。"

"翡翠之星"提前返航，于上午七点三十分重新回到主星口岸。

在工作人员和医疗人员的引导下，宾客们率先离开，司徒安排司懂也跟着下船后，才转身和江皓一起回到宴会厅，通知白历。

宴会厅的门打开后，几个医护人员率先进入。

"怎么样？白历先生的情绪是否稳定？"领头的医护人员问道，"陆召少将有没有受到影响？"

屋内的两人也不知道在那里站了多久，陆召摇了摇头表示没事，听见白历道："送我去军医院，通知老郑，我需要腿部检查。"

领头的医护人员应了一声："好的。我们准备了最高等级的隔离车，请问是二位一起上车还是……？"

契约人本该一起行动，但此时的白历仍处于狂躁状态，且精神力过高难以控制，所以医疗方出于安全考虑，都会询问契约人是否愿意在这种时候和对方相处。

"我可……"陆召开口。

"只有我。"白历的声音响起，"他手受伤了，麻烦处理一下，小心一点儿。"

陆召愣了愣，转头去看白历。

白历的脸色很差，半垂着眼，精神还有些恍惚。可能是因为做了一宿的噩梦，眼底隐隐有些青紫。他对陆召露出一个微笑："我状态不好，可能会控制不了自己。你开车先回家。"顿了顿，他鼓起勇气，"有些事情，我回去会告诉你，这回都告诉你。"

他松开陆召的手，压制着心里翻腾的负面情绪，在医护人员的看护下走出宴会厅。

主星又在下雨，雨水夹杂着凉意浇了白历一脸。

他的脑海里交叠闪过梦境和现实，他再次感受到当年在病房里醒来，发现自己左腿没有知觉时的那种强烈的挫败感。

甲壳虫的密封性极好，最高隔离等级的隔离舱甚至没有留一扇窗户。口岸的人群躁动不安，远远地看着白历从"翡翠之星"上走下来，坐上那辆密封严实的隔离车。

隔离门在白历面前缓缓合拢，舱门慢慢遮盖外界的光亮，白历坐在车内的昏暗角落里，看着天光逐渐被掩埋。

一只手赶在舱门完全合拢前卡了进来，陆召"唰"地一声拉开舱门。

白历被猛然亮起的光线照得眯起双眼，他站起身来，看见陆召逆着光站在那里，雨水落在他的肩头，却无法模糊他的轮廓。

有医疗人员劝说："白先生有狂躁失控的症状，请少将您——"

"他疯不了。"陆召回答着，目光却死死看着白历，径直走上隔离车，反手拉上了车门。

车舱内的空间并不宽敞，白历不可自制的精神力充满了整个隔离舱。

白历没反应过来，愣愣地看着陆召。

陆召站在那里，既不靠近，也不后退。他看着白历道："我们是契约人关系，白历，谁都不会在这时候让对方一个人。"

胸膛里仿佛有一头巨兽，在一下下踩踏着白历的心脏。他看着陆召，无法出声。

"你不相信我？"陆召平静地问，"你真是个傻子。"

白历觉得自己狼狈不堪，他半垂着眼，甚至有一瞬间差点儿大叫起来。

他想说你懂个屁，知道什么，又不是你活在整夜整夜的煎熬里，又不是你用了好几年的时间才仅仅做到走路不一瘸一拐，又不是你忍受着乱七八糟的人生，还要迎接身败名裂的未来。

话堵在嗓子眼，白历看到陆召那只手。

那只手一片青紫，却依旧敢往下一秒就合拢的舱门缝隙里塞。

陆召真实地存在在这里，作为他的契约人，作为朋友，作为兄弟。他们的关系即使没有血缘，也依旧紧紧捆在一起。

一种在外遭受社会毒打后拖着疲惫身体回家，开门的瞬间看到家人站在门口的感觉忽然席卷白历。这感觉足以让一个成年人变成孩子，让原本建立起的坚强轰然倒塌，露出委屈的内里。

白历没有控制住自己的声音，道："我早就知道我的腿会废掉。"

陆召愣了一下，皱起眉头。

"我知道我的腿会废掉，我也知道你会在和唐开源的竞争中落败。"白历的声音里仿佛压着各类情绪，"我还知道唐开源会回主星，你会因为精神力问题最终选择他，建立契约人关系。"

前半句陆召还勉强听得懂，后半句就越来越想不明白。电光石火间，他猛然想起唐开源握着他的手时他出现的莫名其妙的情绪波动。

他似乎抓住了白历话里的意思。

白历又说："我的腿会因为第二次被重创，彻底残废。命运把我安排得明明白白，而且桩桩应验！陆召，我怕了，我是真的怕了，我不想再住院了，我在梦里已经住了几百次院，一个人死在病床上无数次了。"

陆召无法处理这话里的信息量，他愣愣地看着白历，无法理解。

他根本不懂白历在说什么，只是下意识地伸出手，扶住白历的身体，让他缓缓坐下。

白历的脸埋在掌心，显得格外疲惫，陆召的脑子里回响着白历的那些话，他觉得荒唐，却又不知道如何回答。

"我知道这事很扯淡，所以我一直不知道要怎么跟你解释……"白历低声道，"我爷爷死了，和梦里的时间点一样。我残废了，只比梦里迟了几个月的时间，这就是我的命运。我不知道你会怎么样，陆召，我在和你结契前也是想过的，如果你最终也要走向和唐开源结契的命运，那么我也要做好接受命运的准备，反正这世界也没什么好留恋的……但现在不一样了，陆召，我老是希望这段契约人关系能久一点，再久一点……"

他说话颠三倒四，组织不起完整的语言，但他知道自己得说出来。

他被那个逆光而来的陆召折服，在这个世界发现自己其实有人陪伴，这感觉太好，他不想撒手。

陆召觉得心里被撞了一下，他觉得白历跨过了一道坎，真正站在了他面前。

他呼出一口气："我不知道你是什么意思，但我知道唐开源有问题。"他顿了顿，又说，"我不明白你说的'命运'是指什么，但有件事你得搞清楚。"

白历没吭声。

陆召说："如果命运让我离开你，那就让命运去死。"

白历抬起头，看向陆召。

"我们互为契约人。"陆召不回避他的目光，"白历，谁都别想撒开手。"

他平摊开双手，站在白历面前，就如同当时在第一军团的更衣室，白历撤掉脸上的面具，毫无防备地站在他面前时一样。

第四十一章
他是……世界的中心

　　隔离舱里只有一盏暖黄色的小灯，有的人在精神力不稳定时畏光，这个颜色的灯光不会太刺激到他们。

　　两人四只手交握，舱内双方的精神力互相影响，原本杂乱暴躁的特种的精神力随着时间推移而逐渐缓和。

　　白历已经很多年没经历过如此精神力波动了，从唐骁带来唐开源的消息开始就慢慢堆积起的精神压力在今天彻底爆发，也或许是这些年他的精神从来就没放松过。

　　精神力偏向崩溃时的感觉非常痛苦，大量负面情绪会将人包裹，拖着人向下沉沦，身体也要承受头痛眩晕、四肢无力的不适，白历的左腿旧伤也受到影响，一直传来阵阵痛感。

　　但拉着陆召的双手，感觉到对方有些笨拙的精神力引导，白历像是从死水般的压抑中找到了一块浮板，终于稍微能换口气了。

　　暖色的灯光下，陆召手背上的青紫就像是一片灰暗的疤，白历用拇指碰了碰，问："怎么没处理一下？"

　　陆召原本正犹豫要怎么开口，精神力引导的流程说起来简单，其实十分复杂微妙。当时在军团更衣室里白历之所以会不断地和他说话，其实也是为了分散他的注意力，方便精神力能够更稳定地进行镇抚，不至于因为被镇抚者的紧绷和抵抗而事倍功半。

但交谈本就是陆召的短板，他正努力想着话头，就听见白历先开了口，心里稍微松了松。能主动说话证明白历并没有丧失神志，虽然声音还听得出虚弱和嘶哑。

"小伤。"陆召道。

"我腿断的那次，也是这样。避开了所有时间节点，几分钟前都好好的，忽然就出事了。"白历低声道，"我本来以为至少你能避免这种程度的伤害。"

陆召听他说这句，就想起刚才他说他是知道腿会负伤的。

"你可以理解为命运已经给我们定好了大框架，写成了一本书，或者电影，在这本书这部电影里，我必须残废。"白历解释，"我们之间并没有多少交集，你因为精神力和身体问题一直没能恢复到巅峰状态……最后和唐开源结契。有段时间你很苦恼，差不多也就是在唐开源回主星这段时间吧，手受了伤，和今天一样。我没想到命运会用我来让你的情节回到正轨。"

这些话压在白历心里太久，他一度以为当自己说出的时候会嗓子干涩，言语艰难，但这会儿白历发现自己说得很顺畅，甚至有些不想停下。

他憋了太久，像个充满水的气球，扎破了一个洞就要爆炸，得说个痛快才行。

白历又说："我知道自己会负伤，找机会躲过了，没想到几个月后腿还是瘸了。"

陆召心里不好受，手指蜷曲，更用力地握住白历的手。

"我没躲过残废这一茬儿，也改变不了命运。"白历喃喃道，"我小时候还觉得白樱会听我的话离开唐家，结果她现在还是这个鬼样。"

精神力不稳定造成的思维混乱让白历的话有些凌乱，陆召只能听懂七八分，但这七八分足以让他不忍心再听下去。

陆召握着白历的手："不是你的错。"

白历点点头，又摇摇头："你不明白。疼痛不算什么，知道要发生还阻止不了才让人受不了。"

他的头又开始隐隐作痛，一旦说起这些事，那些梦里的场景就会塞满他的脑子。狂飙的精神力被陆召安抚过后，身体的五感也随之回归，白历的腿撑不住了，左腿开始微微哆嗦。

陆召感觉到白历的异样，扶着他坐在隔离舱准备的长软椅上，蹲下身撩开他的裤腿查看情况。

一掀开裤腿，白历就看见自己腿上狰狞的伤疤，他略显恍惚地说："梦里这条腿还会再挨一下，彻底废了。我住院，住很久，住到死。"

陆召抚摸着白历的膝盖，声音发涩："不会，白历，你不会……"

"等那天到了怎么办？"白历看着他，"等那时候你就知道你什么都改变不了，太折磨人了，真的，陆召，我一直在想如果作为契约人的我不在了，你怎么办？"

陆召嗓子仿佛被一团酸涩的东西堵住，无法回答。

白历说："到时候，你别因为我难受。如果精神力到时候还没恢复到巅峰状态，一定要好好挑选新的契约人。白氏还是有些以前留下的根基和人脉的，我会联系元帅帮忙，即使没有我，白氏也会持续支持你……别找唐氏，别浪费你的天赋，别轻易低头，知道吗？"

他这些话说得非常顺畅，即使脑子不是特别清楚，还是显得条理十分清楚。这些念头和想法，白历已经考虑过不止一遍。

他自己过得已经相当提心吊胆，但还惦记着自己的契约人。

陆召眼眶酸痛。这烂透了的世界上怎么会有白历这种人。

甲壳虫开得很快，到了军医院门口也没停，医院开了专用通道，甲壳虫直接开到了住院部的大楼门口。

门口已经站了好几个专门挑选出来的医护人员，老郑在门口等着，远远看见甲壳虫就紧走了几步迎上去。

甲壳虫后面还跟着一辆悬浮车，先一步停稳，司徒和江皓一左一右走下车。

"准备好隔离室没？"司徒看见老郑就问，"弄个没多少硬物的。"

老郑道："嗯！早准备好了，刚才通知的不清楚，白历情况怎么样？"

江皓道："别提了。"

司徒道："要不是拦了一下，又得跟那回似的抬过来了。"

听到拦了一下，老郑的脸色才好了一点儿："可以啊，司徒，勇气可嘉，你拦的还是江皓拦的？"

江皓张了张嘴，正要说话，甲壳虫就开了过来。

隔离舱的门开得很缓慢，避免里面的人被外界的强光刺激到。

老郑几人没再说话，跟江皓和几个医护人员一起围上去。

门缓缓打开，一股强悍的精神力残留涌出，老郑皱了皱眉头，喊了两声白历，要判断他目前神智是否清醒。

就看见隔离舱上下来两个人，白历神色疲倦地把手搭在陆召肩上，走路的时候看得出腿上有些不利索，老郑心里咯噔一声，再看白历的表情，除了有些见光后的焦虑和厌烦，倒是没什么怒气。

"别喊了。"白历嗓子很哑，"死不了，喘着气儿呢。"

老郑赶紧招呼后面的机器人推了把轮椅过来，又对几个拿着镇静剂的医疗人员打了个手势，意思是用不上了。

"腿怎么样，撞哪儿了？自己还记得吗？"老郑问道。

白历皱皱眉不想开口，医院是公众场所，周围不可避免地有各类杂乱的精神力，即使非常微弱，但他也感觉得到，压不住那股烦躁劲儿。

"打斗的时候用膝盖撞了头骨。"陆召的声音响起，"我用手缓冲了一下。但他还是不太舒服。"

老郑愣了愣，这才意识到穿着军礼服的稀种是谁，"哦"了两声，赶紧道："辛苦了，陆少将。"

陆召摇摇头。

"我说这回怎么没那么严重，原来是有镇抚。"老郑道，"那咱们直接先去检查腿，然后再去隔离室观察。"

几个医护人员伸手想搀扶白历，就见白历自己迈了两步，不让除了陆召之外的人扶，自己坐上轮椅。

白历特厌烦坐在轮椅上，这感觉太熟悉了，屁股一挨着轮椅，就下意识地想站起来走人。脸色很臭，几个举着镇静剂的医护人员警惕地看着他。

这会儿白历的精神力稳定了不少，司徒虽然隐隐觉得不舒服，倒还是忍着上来问了陆召两句刚才车上的情况，一看见白历那臭脸就小声道："上回他来的时候动静太大，医院这边都有心理阴影了。"

陆召听见了，也看了一眼白历的表情。

以前白历都是那张白大少爷的笑脸，这会儿已经找不到半点儿笑意，往轮椅上一坐，谁都看得出他的心情，臭着脸显得挺跋扈，还带着点儿委屈。

陆召安抚性地拍拍他的肩膀，白历看他一眼，眼神颇有些可怜，但到底表情缓和了一些。

医疗人员各自松了口气，说要往检查室走。

检查室离得很近，紧挨着住院楼，为了方便还设立在一楼，只能患者单独进入，即使是契约人也没法跟着一起进去。

白历本身就因为人生经历而比较缺乏安全感，精神力问题加剧了这种感受，在检查室门口达到一个小高峰。

老郑看见他那张黑臭黑臭的脸就头疼，又担心他不配合，无奈地说："十几分钟就出来，多大人了，十几分钟你都待不了？"

白历压根儿不搭理他，左右看了看，下意识地把目光落在陆召脸上。

陆召始终站在白历身后，见他看过来便微微点头："我在这等你。"

检查室的门闭合，就剩下陆召、司徒、江皓三人还在外面站着。

"都没吃两口东西吧？"江皓揉了揉额头问，"我去弄几瓶营养液。"

陆召点头道谢，江皓出去联系军医院的后勤科了。

司徒摸出个小白球递给陆召："司懂让我把这个给白历，我看他八成今天都没什么精神了，给你也行。"

"司懂呢？"

"我让他打车先回家了，那小子刚成年没多久，哪能顶得住白历的精神力。"

小白球握在手里，陆召还不清楚司徒给这个是什么意思，余光看见司徒欲言又止的表情，抬头问："有事？"

"那什么……"司徒道，"没事，挺感谢你。"

陆召没听懂。

司徒又道："那会儿，总感觉你拉了他一把。"

特种精神力不稳定时的脆弱只有特种能理解，看起来狂暴失控，但失控的根源大多来自内心的阴暗。负面情绪越少，影响也相对较小，司徒一直都知道白历不正常，但他帮不了。

"以前我也进过医院隔离室。"司徒道，"待上一会儿，出来的时候就能看到我爸和我弟。心情就会好很多。"顿了顿，他看向检查室紧闭的大门，"白历不行，白老爷子死了之后，他最疯的这几天都是一个人过的。"

其实就算白老爷子在世，也不能做到多少陪伴。

那是个不允许白历服软的老头，白历的童年过得相当硬汉。

两人都没再说话，沉默地依靠着墙壁等待着白历从门里出来。

隐约听到身后人声嘈杂，军医院今天还挺忙碌。有人似乎正在通讯，声音里透着喜悦："开源，我刚忙完工作，听说你回主星啦……"

陆召回过头，看见一个红头发的稀种和穿着白大褂的人说了几句话之后小跳着从楼梯上下来，一边和个人终端那头的人说话，一边快步朝外跑。

电光石火间，陆召认出这是当时逼停他和白历的车的那个小记者。陆召又想起白历的话来。

——那个小记者和我让司徒查的这个稀种，跟唐开源有关系。

——现在没关系，但以后会有。

——他是……世界的中心。

陆召半眯起眼，目光又顺着看回去，那个穿着白大褂的人影走远了，只能看到一个大概的轮廓，和那位负责给他做体检的医生有八分像。

是真的有关系，白历没说错。

陆召把头转回来，握着小白球的手太用力，骨节泛起白。

他看着那扇紧闭的门。

等白历出来，陆召和司徒都会在外面，这一次没人离开。

唐氏老宅铺着柔软的地毯。

唐开源的皮鞋踩在上面，心里却感到像踩在一块无处着力的泥潭上一般，烦躁不安。

"那就先这样。"林胜的声音响起，"马上就年底了，我那边得赶在明年的帝国研究院征集赛之前完成研发，你们别掉链子。"

唐骁赔着笑脸道："放心，放心。"顿了顿又道，"之前说和周家联系，问一问他们的意思……"

"别提了。"林胜的脸上倒是还摆着温和的表情，只是语气里透出一丝恼怒，"周岳没答应合作。"

唐骁惊讶："这……"

林胜面露不悦："早让高家的人少说废话，要么干脆就别来参加宴会。你非要邀请，昨天晚上惹了那么多麻烦。"

昨天宴会上高先生和周岳并不愉快的对话被重新提起，唐骁的表情有些讪讪。

林胜看了一眼唐开源："之前你不是说陆召和白历并没有多紧密的关系吗？怎么我看今天，他和白历倒比白历和你更像哥儿俩。"

唐开源的脸色差了一些，还是温声地回道："他这次应该会发现，白历那么暴躁，又有残疾，并不是最好的契约人，届时我会再和他联系。"

"是吗？"林胜狐疑，紧接着又笑了一声，"但我觉得白先生和陆少将的感情倒是很好。"

唐开源皱皱眉："或许吧。"

两人又随口说了些别的，林胜叮嘱唐开源在第一军团选拔时好好发挥，也算是为他们在军界又开辟了一条道路，便要告辞离去。

走之前还不忘又加了一句："最近都低调些，那位身体不大好，估计心里已经在做打算。大少爷那边正是露脸的时候，别影响了他。"

唐骁急忙答应，送林胜出门。

这话说得很隐晦，唐开源久不在主星，反应了几秒才意识到林胜在说什么。在贵族圈里，私底下都把第一皇子称为"大少爷"，他是第一顺位继承人，林胜和他的关系还算不错。

"父亲。"唐开源有些惊讶，"咱们家什么时候开始掺和那家的事了……"

唐骁摆了摆手："哪有那么严重，就是帮忙做点小事。"扭头看了一眼儿子，又道，"对了，刚才白历突然发疯，你没事吧？"

"没事。"唐开源摇摇头，"我没想到他竟然这么没有自制力，在这种场合失控。"

唐骁冷哼一声："白家的家教不一直这样吗？跋扈、嚣张！你也别跟他计较，他从小野惯了，不把我和你母亲放在眼里，你们不一样，我一直相信你能为唐家争光。"

从小到大，这几句话唐开源听了不下百遍。

也不知道怎么着，他心里一直隐隐觉得自己的确是该高白历一头，甚至压过这位异姓哥哥。但年少的记忆一直盘踞在心头，他一直活在白历的阴影下，这阴影逐渐长到了他心里，蔓延到了全身。

唐开源回过神，笑了笑："我这次回来，就是要大展拳脚的。"

昨天的忙碌再加上早上的突发事件，唐骁的精神有些不济，一家人又说了几句话，唐夫人默默扶着他朝两人的卧室走。

唐开源跟在身后，有一搭没一搭地应和着唐骁的话。

走到卧室，唐夫人回头看了他一眼，小声道："开源，你带回来的那位稀种是你的契约人吗？"

唐开源愣了愣，意识到母亲说的是谁之后道："是啊。"

"可是刚才，我听到你和另一个契约人通讯……"唐夫人咬咬嘴唇，"是怎么回事呢？"

"母亲。"唐开源笑着打断她的话，"虽然契约人大部分都是两人建立关系，但我查过了，只要自愿，我也不一定只有一个契约人。这不是很好嘛，家族的发展需要更多人的支持，我对他们也都很好啊。"

唐夫人愣愣地看着这个儿子，她听不懂，但她觉得这个儿子很陌生。这个被她一手带大的儿子让她感到沮丧和失落。

唐开源又叮嘱了几句，让父母好好休息，就先行离开了。

卧室里拉着窗帘，窗外帝国雨季的惨淡光亮透不进多少。唐夫人呼了一口气，走进卧室。

一个拳头就抡圆了砸在她身上，唐夫人小声叫了一下，摔倒在地。

"看看你们白家做的好事！"唐骁的怒火让他微微发福的身体颤抖起来，"还嫌我不够丢人吗？你父亲不把我放在眼里，白历那个小子也不把我放在眼里！"

唐夫人抱着头啜泣道："他没有，他特殊情况下是控制不住呀……"

"闭嘴！闭嘴！"唐骁咆哮道，"你替他说话？早上那会儿还敢推我，白樱，你别以为我不知道昨天晚上你偷偷溜出去干吗了……看见了吧？人家根本不把你当妈！"

唐夫人瑟缩在角落，哆嗦着说不出话。

卧室里弥漫起唐骁的精神力，唐夫人只觉得眼前一片昏暗，额角青筋一跳一跳地抽搐起来。

唐骁还在压低了声音怒吼，但唐夫人已经听得不是很清晰。她手脚不听使唤，根本站不起来。

父亲生前的面孔在昏暗里闪过唐夫人的脑海，没多久那张面孔又模糊下去，白历的五官又清晰起来。

唐夫人想起在游轮走廊那片温暖的灯光下，白历和陆召结伴而行时，两人表现出的平和与尊重。

又想起刚才唐开源提起自己的契约人们时，表情不自觉地带着势利与高高在上……

　　身体被唐骁拉了起来，唐夫人从被泪水模糊的视线里看到他的脸，眼底闪过一丝茫然和恨意。

　　隔着厚重的门，唐开源在走廊上回头看了一眼，他现在的精神力很高，觉察到父母的房间内传来不太正常的精神力波动。

　　他站在原地，心里隐约有不太好的感受。这感受他自小就有，但他从来没想过是否应该去印证。

　　这会儿唐开源的心情并不怎么样，预想中重回主星的愉悦感并没有到来。今天他再次见到了陆召，也见到了白历。

　　在精神力的对冲下，唐开源惊恐地发现了一个事实：即使精神力已经拔高到这个程度，但他依旧无法在平稳输出方面赶超白历。哪怕是不稳定的白历，对精神力的掌控也依旧强到吓人。他压不过白历，因此也挨了白历一脚。

　　那一脚把年少时埋在灵魂深处的胆怯踹了出来，唐开源这几年建立起的自信差点儿垮塌。他的心里惶惶不安起来，总觉得自己不该是这样，他闭了闭眼，转身朝自己的房间走去。

　　烦心事已经很多了，得先想办法稳定精神力，唐开源心想，等他腾出时间，再去问问母亲和父亲是不是有什么不愉快的事吧。

　　帝国的雨水冲刷着唐氏老宅，他在轰隆隆的雷声中抬起头看向窗外。

第四十二章
高等级隔离房

江皓带了几瓶营养液回来，还顺道在军医院附近买了两套便服。

"把军礼服和西装换了，隔离房有洗漱室。"江皓把衣服递给陆召，"白历呢？老郑怎么说？"

陆召道了声谢接过衣服，两件普通的套头衫，松松垮垮的。

"大卖场买的吧，这是老头才穿的款式。"司徒喝了口营养液调侃了两句衣服，又道，"老郑给白历开了点儿镇痛药，省得过会儿又腿疼。"

衣服款式确实很一般，不过陆召看了一眼就觉得白历十有八九不介意。这人在家就穿这种短袖衫，顶了张极具迷惑性的脸，愣是把大卖场的衣服穿出了不同凡响的味道。

江皓又问："白历呢？"

"隔离房。"司徒道，"在挨训。"

说完就看见老郑从走廊最尽头的屋子里走出来，表情挺淡定，迈着老干部一样的步伐，边走边道："精神力稍微稳定些了，吃了镇痛剂，等会儿就得发困，观察一晚上，明天没事就办出院吧。"

"他腿呢？"江皓问道，"严重吗？"

老郑的语气很有些多年从医养成的心平气和："你觉得他那腿还有严重不严重这一说吗？"

江皓不吭声了，表情透露出一丝内疚。他始终走不出当年那场救援任务带给他的心理阴影。

"其实白历还是挺注意保养的。"司徒宽慰道，"今天是特殊情况。"

老郑波澜不惊地说道："你少让他上两次模拟舱就是最大的保养。"

司徒也不吭声了，给噎住了。

在军医院当医生这么多年，老郑早就精准掌握了如何表情和蔼地骂人，问了问病号白大少爷最近的生活动向，就开始抱怨，医生不好干，遇到白大少爷这种不听人话不听劝的更不好干。

陆召走到隔离房门口，把门拉开了一条缝向里看。若有若无的精神力从门缝里往外挤，陆召不在意，目光四下看了看。高等级隔离房整间屋子都做了处理，没有留下硬物，房中间摆了一张大床垫，白历背对着门口躺着，用被子蒙着头好像是睡熟了。

"强效镇痛剂就这样，有副作用，犯困是正常反应。"老郑也站了过来，压低声音和陆召说话，"白历那腿，早几年有镇痛成分的营养液喝多了，只能用强效的，用了这种就不太敢用精神力镇抚药物了，幸好有契约人在场。"

床垫上白历用被子裹成了个大鼓包，陆召远远地看着，他知道白历不会有什么好梦。

在甲壳虫上的时候白历就说过，他不想住院，住院就睡得难受。

陆召嘴唇动了动，看着那坨鼓包低声道："他得一直那么睡吗？"

"为了情绪和腿伤考虑，睡着了比较好，情绪稳定，方便恢复。"老郑解释，"不过要是有精神力安抚肯定是最好的。"

陆召的脸色缓和了一些，"嗯"了一声。

沉默了几秒，老郑略显犹豫地说："陆少将，站在医生角度，有些话我还是得嘱咐。"见陆召侧头看他，老郑继续道，"这种时期的特种没什么自制力，很容易发生暴力事情……"

"我知道，"陆召转回头平静地回道，"没事。"

老郑松了口气，看了看陆少将那张曾多次出现在新闻捷报上的年轻侧脸，觉得帝国之鹰倒是真和传闻里一样话少。可不知怎么的，这几个字挺让老郑开心。

一开心就没兜住，多说了两句："那就行，精神镇抚之后的契约人能互相影响，不至于老这么吃镇痛剂了。白历刚负伤住院那半年基本就一直这样半睡半醒，中间还精神力崩溃过一次，可太难办了……"

陆召想起白历那句话，他说他在梦里住了几百次院，死在病床上无数次了。

睡着了是在病床上，醒了还在病床上。白历下甲壳虫的时候嘴里还嘟囔着："投胎崴了脚，姿势没选好，活该一辈子倒大霉。"

当时没太理解，现在陆召觉得白历是挺倒霉，不吃镇痛剂就腿疼，吃了就困，睡着了做噩梦，醒了继续腿疼，遇上精神力不稳定时更痛苦，那几年也不知道是怎么过来的。

有时候陆召觉得摆在白历面前的路有无数条，可不管他选哪条都不会好过。

司徒的个人终端响了起来，陆召回过神，听见司徒往外走了几步接了通讯，好像是研究所那边的事。

"精神力镇抚可以代替镇静剂。"陆召没再继续让他受不了的话题，而是问老郑，"那精神力诱导会有什么效果？"

老郑没明白怎么突然说这个，但还是道："这两个可是不同概念。"

"镇抚是让已经开始不稳定的精神力得到抚平，诱导可是要让精神力正常的人被带得波动，一两次还好，时间久了可是会有依赖性的。"江皓插话道，"以前出任务解救过几个被长期诱导的人，救出来的时候深度成瘾，根本离不开诱导者，脑子已经坏了，精神都不正常了。"

陆召心里咯噔一声，想起唐夫人。

"有没有特殊情况。"陆召的眉头微微皱起，尝试着问道，"即使镇抚诱导，精神力也可以影响甚至……"他顿了顿，"或者是灌输一些情绪。"

老郑面露疑惑，思索片刻道："理论上说是不可能的，陆少将怎么问这个？"

陆召摇摇头，没吭声。

唐开源越不对劲，白历说的那些事就越让陆召心惊。

就听见江皓也问道："我也咨询咨询医生，我知道特种的精神力会随着年纪增长而略有提升，那有没有可能一下升老高，跟以前判若两人？"

"这都什么破问题。"老郑挠挠头，还得解释，"这也不太可能。虽然市面上老有卖什么提高精神力的营养品，其实都没用，就心理安慰，屁用没有。"

司徒挂断通讯走回来，听到这话就说："也不一定啊，帝国研究院好几年前有个项目，就是专门研究成年特种精神力再提高什么的，据说确实有些成效。"

这话一出，其余三人都挺惊讶。

司徒道："问这个干什么？江中将，您一普种还关心特种的精神力提高？"

"我就是觉得不对劲儿。"江皓摊摊手，"唐家那小子精神力以前哪有这么高？这年纪了还能二次发育？"

一提唐开源，三个从游轮上下来的人心情都不怎么好。司徒皱着眉："帝国研究院确实是想让成年特种的精神力再提高，我当时还在研究院的时候就听说这项目取得了重大进展，确实做到了提高精神力这一点。"

老郑惊讶："这不行吧，听起来怎么那么玄乎？"

"没说完。精神力是提高了，但根本稳定不了，没法稳定输出的精神力根本没法发挥能力，所以后来又在寻找稳定精神力的手段。"司徒解释，这属于机密，他做贼般小声道，"不过后来项目负责人在出差的路上意外身亡，那之后项目一直没多少进展，就终止了。"

难怪没听到一点儿动静，原来根本没研究成功。

陆召的眉头皱得有点儿紧，半晌才缓缓地呼出一口气，现在白历的情况不适合多问，得等他情绪好一点儿再说。

研究所那边又来了一通通讯请求，把几人的讨论打断，司徒回了几条简讯，抬头对陆召道："少将，研究所那边本来说是要明天面试应聘的人，我看白历这状况，往后推了两天，麻烦您跟他说一声？"

这会儿白历估计是睡着了，也不好去喊醒他。

陆召点头应了，司徒又嘱咐了两句，告诉他小白球怎么跟个人终端连接后就匆匆离开了，去处理研究所的事。

早上的突发事件终于过去，江皓也松了口气，跟陆召打了个招呼，说有事再喊他，便也略显疲倦地回去了。

"白历心情不好，我也不能多说。"老郑跟陆召交代了几项注意事项后叹了口气，"陆少将要是有空，跟白历说说，腿还是得按时检查。"

陆召没想到白历连按时检查都没做到，心里不是滋味，点头应下。

提供给白历用的隔离房是单独的一个楼层，老郑等人走了之后就只剩下陆召站在走廊里，他推开隔离房的门走进去，站在门口看了一会儿白历。

那团鼓包一动不动，裹得很严实，只剩下头顶的几缕头发翘在外面。

陆召关上隔离房的门，感觉自己走进了白历的精神力里，房门自动落锁，把他们同整个外界隔离开。

他走过去，轻轻扯了扯白历蒙在自己头上的被子："白历？"

被子倒是很容易就被扯开，白历的脸露出来，原本闭着的眼缓慢睁开，略显松懈地眨了眨。

陆召问："没睡着？"

"睡不熟。"白历带着鼻音道，"医院不舒服。"

他不喜欢医院，更不喜欢这种强制入睡的感觉，一闭上眼就是光怪陆离的梦。

陆召"嗯"了一声："腿疼？"

白历翻了个身，半睁着眼笑了笑："又没撞铁板上，也喝了镇痛剂，没那么疼。"看见陆召不置可否的表情，又道，"你听老郑说会很疼是吧？别搭理他，他就喜欢夸大其词，没事，历历比较坚强。"

陆召想笑，但看见白历昏昏沉沉的模样又觉得心里发堵，他直起身想把手里的衣服和营养液都放一边。

白历却没让他走动，反倒向一旁挪了挪，拍拍腾出来的位置。

这动作陆召很熟悉，他也没二话地挨着白历坐下，一只手拍了拍白历的手臂："睡会儿？"

"嗯。"白历的上下眼皮已经开始打架，"唉！真不想做乱七八糟的梦。"

陆召的掌心贴了贴白历的额头，精神力借助这次触碰再次进行镇抚，他低声道："没关系，我在这陪你。"

也不知道是因为这句话还是因为陆召的声音非常柔和，白历的意识在这句话说完后迅速模糊，不过几秒就睡着了。

这回睡得很熟，只有偶尔会在睡梦中焦躁地翻身，每到这时他的精神力也会随之波动。

陆召将手伸过去触碰白历的额头，用自己的精神力安抚在睡梦中依旧不安的白历。

精神力的互相融合让白历在梦中逐渐平静，陷入更深层的睡眠。

白历感觉自己这一觉睡得很久，又沉又久。

黑暗里偶尔也有梦境闪过，但都能感到一股若有若无的精神力。白历在梦里又经历了"一生"，最后死在昏暗的病房里。

但这一回白历没觉得太恐惧，他在梦里头一次期待死亡，结束这一切黑暗，他就能找到精神力的源头。

白历睁开眼，耳边传来窸窸窣窣的声音。他侧过头，陆召正背对着他换衣服，也不知道谁给买的衣服，宽松的休闲短裤松松垮垮地挂在胯上，陆召正揪着一件短袖衫往头上套。

高等级隔离房全都采用软包，避免刺激患者，只亮了一盏小灯，白历借着灯光看到陆召的后背。

陆召的皮肤并不白皙，每一块肌肉都显出他的强悍。背上却错落着许多伤疤。

有大有小，大多都是陈年的老伤，还带着缝合的痕迹，有的足有半个手掌那么大，估计当时处理不到位，愈合不好，皮肤皱得厉害。也有许多细细碎碎的小伤口……

白历在陆召的后背上轻轻拍了拍，就和当年拍那些培训兵的脑袋时一样。

陆召的身体顿了顿，转头看了白历一眼："醒了？才睡了半个多小时。"

"嗯。"白历的声音很哑，刚睡醒，还带着些闷闷的鼻音，"这是怎么弄的。"

陆召背过手摸了摸："小时候在附属星的贫民区打零工，用机器的时候操作失误，烫了一下。"

稀种的身体不如特种坚韧，轻易就能留下伤疤，并且很难恢复如初。倒是也有不少可以淡化疤痕的药物，但价格昂贵，那时候的陆召肯定买不起。

白历又换了一个地方问："这个呢。"

陆召想了想："去荒星的时候遇到个星球原住民，打斗的时候被割了一刀。"

白历发现自己其实对陆召的了解很少。他看到的都是他风光的一面，以为有一份陆召的体检报告就是了解他的，却没想过裹在军礼服下的躯体是什么模样。

每一道疤痕，都是陆召挣扎过的证明。陆召从来都不是一个凭借运气就能走到今天这个位置的人。

白历侧着身，用手指过陆召后背的每一处疤痕，问陆召都是怎么来的。

陆召一一回答，有的是小时候在附属星弄的，有的是在帝国公民学校和人打架吃了亏，有的是在底层军团干杂活的时候磕碰的，有的是战场上落下的。还有的他都想不起来了，被白历摸了，才知道那地方有疤。

白历的手最后又回到那块烫伤的疤痕上，光是看着伤疤就能想象得到当时这块地方伤的有多重。陆召那会儿还小，这么小一个孩子，怎么能受得了这种疼。

可他没办法，人穷是错，生成稀种也是错，没地方讲理去。陆召也没工夫讲理，他活了这些年，能做的就是活成一个不需要跟人讲理的人。

"很吓人？"陆召问。

白历回过神，笑了笑："放屁。这些都是勋章，比卡丽花更漂亮。"

卡丽花陆召已经有了三朵，但白历这句话却让他想起当年拿到第一朵金色卡丽的心情，不由笑了。

"不愧是陆少将，比我牛。"白历小声道，"怎么我老感觉在您面前我显得特别渺小。"

陆召不知道怎么接话。

白历很能反省自己："还矫情。"

陆召笑了一声，他沉默了几秒，忽然道："白历，研发机甲是一件很漫长的事。你们研发的第二套方案即使成型，距离真正生产且投入使用，这过程要耗费很多时间，你知道吧。"

话题突然拐到这里，白历倒也没感意外，他跟着说道："嗯。"

陆召又说："也有可能不会被帝国研究院采纳，那所有工作就白忙活了。"

白历道："是。"

"你都知道？"陆召侧过头，轻声问道，"为什么还要做？"

白历在陆召的精神力下很放松，任由自己的思绪顺着陆召的话题起起伏伏，思索了片刻："其实就算做出来，也不能怎么样。"

陆召愣了愣。

"即使投入使用，机甲能改变的局面也很小。"白历淡淡道，"稀种无法改变身体上的劣势，普种无法做到精神力赶超特种，即使军界允许更多人种接触一线机甲战，但事实上在很长一段时间内，整个社会依旧不会看好这种情况。大环境就是这样，军界、机甲，这些都是小小的一角。"

陆召没吭声，他无声地表示赞同。

这是一种经年累月的规则，并非一朝一夕就能改变。

白历沉默了一会儿，又道："稀种保护法用了多少年才完善到这个程度，贵族和平民之间的差距用了多少年才拉小到今天的地步，皇室的专权能被削弱到如今这样，又耗费了多少人的心血……陆召，我是小人物，我从来没想过一台机甲就能改变什么。它能做出来当然好，它无法做成，也最多就是一件憾事。"

白历说："这世界上最不缺的就是憾事。"

这些其实陆召并不太懂，他出身平民，帝国公民学校的讲授内容一般从不牵扯这些，陆召沉默地听着，心里觉得有些茫然。

他对前路感到茫然，不知道未来会是什么模样。

"我能做的很少，只有做好眼前能做到的这一步。"白历的声音听不出遗憾，他平静道，"框架就在那里框着我们，但如果我撞上去，能让它晃动哪怕一毫米，我都想试试。"

一个人撞上那框架，就会有第二个人撞上去。

坐在那里唾骂框架的存在是不行的，你只有撞上去。即使知道这就像蚂蚁撼树，但你还得撞上去。

因为树从来都不是被一只蚂蚁就可以撼动的，树是要被成千上万、一代又一代的蚂蚁撼动的。

稀种保护法轻飘飘地添加上一行字，却没人去计较这行字耗费多少人的心血。

贵族和平民之间的差距缩小，架起的桥梁下掩埋了多少无名枯骨和前人哀愁。

帝国成立至今，又有多少人死在茫茫宇宙。

古地球破灭之初，无数人绝望落泪，但也依旧是一代代人追寻着那一丝丝的希望，前赴后继，才得以建立如今宇宙中的璀璨之星。

白历很渺小，白家没落，被迫退伍，他已经注定无法插足帝国的核心。他是一只蚂蚁。

可他要去撼树。

"白历。"陆召听到自己略显沙哑的声音，"我入军界，一开始只是想脱离泥潭。"

白历愣了愣："我知道，少将哥哥打小就牛……"

"你不知道。"陆召转过身，看着白历，"你不知道，我才是渺小的那一个。"

他的人生很简单——机甲，宇宙。

人种让他无法得到这些，那他就去和人种抗衡。他的强悍来自自身对机甲和宇宙的狂热，只是偶尔停下来，才发现自己已经走了这么远，才发现原来自己开辟了一条路，身后有人追随。

他偶尔会感觉自己和白历的差别，那差别让他震撼，让他几乎热泪盈眶。

他见到了光，小小的一团，但很明亮。

白历忽然叹了口气："我刚才说的那么荡气回肠，是不是很牛。"

陆召笑起来。

"无论初衷是什么，咱们其实都一样。"白历也笑，"咱们是两只蚂蚁。"

一旦决定撼树，就非得一条路走到黑。

白历刚睡醒没多久，眼睛还显得有些发潮，但眼神里的色彩却并未潮湿，他指了指自己，又伸出拳头："我，蚂蚁一号！"

陆召没有犹豫，和他撞了撞拳："二号。"

第四十三章
帝国心脏上的蚂蚁

隔离房内环境安静，隔绝了外界的声音，两股精神力相互压盖，终于达到一个微妙的平衡。

白历的腿还是很不舒服，但好在精神力正常许多，倒是能撑起上半身吃两口陆召带进来的食物，稍微恢复一些精神后才问道："之前你跟老郑在门口聊什么呢？"

"你听见了？"陆召问。

白历随便点点头："没听清，半睡半醒的。"

陆召犹豫了一下，暂时没提唐开源的事，只说："跟他了解了一下精神力镇抚和精神力诱导的事情。"

白历愣了愣，半坐起身拨弄自己的头发："因为白樱？"

"嗯。"陆召看着他道，"她对你的影响很大。"

白历盘着腿坐在那里，想了一会儿开口："我也不知道，我就是觉得她让我很……"他皱着眉，找不到一个合适的形容词。

陆召接话："很无力。"

"嗯。"白历点点头，"很无力。"

这种无力感在从小到大的每一天里逐渐积攒，越发把白历从白樱身边抽离。甚至有那么一段时间，白历觉得做那项并不知道会不会成功的机甲研究都比把白樱从泥潭里拉出来要容易得多。

陆召淡淡道："白历，你救不了她。"

白历扭头看他。

"人不能指望别人拉自己出泥潭。"陆召说，"人只会把其他人带进泥潭。"他停顿了几秒，"别陷进去，这些事都不怪你。"

白历沉默片刻，表情复杂地说："早些年我在出任务的时候，遇到过诱导成瘾的稀种，太惨了，解救出来的时候已经连自己是谁都不记得，诱导她的人被当场击毙，那个稀种因为长期被虐待根本站不起来，但还能遵从本能爬到诱导者的身边，去感受他最后残留的精神力。"

这种任务一般不会允许陆召参加，他相对年轻，这种案例随着帝国制度的完善也逐渐变少，而白历早早踏足军界，各类的任务参加的不少，不同的惨剧见证过太多。

"我那时候年纪还不大，差点儿当场吐出来。"白历摇了摇头，"太糟心了，我那会儿不懂人怎么能变成那个样子。当时带队的军官告诉我，成瘾后的人就是这样，等脑子完全坏掉，你踹他打他，他都不会离开你。"

声音很平淡，陆召听着却觉得有些心底发寒。

"后来白樱……"白历说到一半，停顿住，"我想拉她一把，哪怕她不回白氏。"

陆召淡淡地接口："但她从来没拉住你递出去的手。"

白历默默无言，半垂下眼。

"不是你的错。"陆召坚定地又重复了一遍。

白历这才抹了一把脸："我知道，我知道。"

日上三竿，白历跟陆召才从医院开车回到公寓。

白历穿着大卖场买回来的松垮垮的短袖衫，跟陆召一人一个拎着两大袋子，白历手里的是两人皱巴巴的已经不能穿了的西装和军礼服，陆召手里则是老郑临走前又给开的一批新药。

两个大口袋一兜，就回了家。

公寓不久前还是白历一个人的公寓，才隔了几天，再回来的时候竟然觉得有点儿家的样子了。

白历站在客厅里左看看右看看，房间还是那个房间，没多少家具，落地窗外一片繁华明亮，机器管家两天没见房间主人，展现出了无比的热情，一个劲儿往白历那条没受过伤的腿上撞，边撞边说："死鬼，又兜了一兜垃圾回家！"

这是在骂白历把那兜衣服搞的没法穿了。

房间里什么都没变，但陆召往那里一站，白历头一回觉得公寓里让他很踏实。

"研究所的面试往后推了推，司徒说具体时间会再联系你。"陆召把一兜药分了类，放在恒温柜的不同层里，继续刚才的话，"下个月你得去医院复查。"

刚才开车回来的路上，陆召把大概的情况都讲了一遍，包括他自己在轮船上的感觉和江皓的疑惑等。

白历已经了解了个大概，一边寻思着找司徒再多讨论讨论，一边应了一声，弯腰把那袋脏衣服丢给机器管家。

机器管家没拿稳，小白球顺着袋子滚了出来，咕噜噜滚到了白历脚边。

"这不司懂拿着玩的那个吗？"白历捡起来，"怎么落袋子里了？"

陆召想起来："司懂让司徒转交给你，你那会儿不舒服，他就给我了。"

小白球是司徒自己捣饬着玩的东西，不大稳定，摔在地上那一下挺响，也不知道磕坏了没有。

陆召按照司徒说的办法，将自己的个人终端和小白球连接，这东西做得简单，存储空间不大，只留着一段录音。

"看时间是上游轮的那天。"白历拿着两瓶饮料过来，挨着陆召在沙发上坐下，"点开听听。"

陆召看了白历一眼，有点儿犹豫。

这玩意儿是司懂说了要拿给白历的，他不清楚自己该不该跟着听。

白历笑笑："没事，一块儿听。"

录音一点开，率先传出的是一声闷响，似乎是什么重物撞击在了墙上。紧接着，唐骁压低了的怒喝响起："反正到时候白家没了继承人，还不得是开源顶上！等开源在军界走得稳当了，白历又算什么东西！"

陆召的手指一紧，攥住自己的个人终端，下意识地去看白历。这话仿佛并没有引起白历多大的反应，他的脸上露出一丝嘲讽的笑容。

录音又继续传来声音，是带着哭腔的女声："还有我呢，白家还有我呢！那些都是多少代人的心血，你答应过我父亲……"

"那老东西早死了！"唐骁老贵族的面具在录音里剥落了个彻底，"白家确实有你，你要不是姓白，我用得着围着你转，还费劲儿去捧那老东西的臭脚？千方百计把你追到手，结果最后便宜了白历那小崽子！"

唐夫人啜泣道："那也是我和你的儿子啊……"

唐骁吼道："他是白老爷子的孙子，不是我儿子！"

那一声吼伴随着拳头击打身体的声音，唐夫人发出一声细细地叫。

陆召的身体僵硬，他知道白家和唐家一向不和，也知道白历不待见唐骁，只是这还是头一次真正知道背后的阴暗。

他知道这录音是在往白历的心窝子上捅刀，伸手想关掉。

"没事。"白历拉住他的手，笑了笑，"听听，这就我们家的烂账。"

录音里传来唐夫人呜咽的哭声："历历还年轻，有朋友帮，有陆少将支持，白家垮不了……"

这一声尾音里竟然带起了一丝难得的坚决，唐夫人确实是这么认定的。她认定了白历，觉得只要白历在，白家就垮不了。

"那可不一定，我告诉你，我可听高家那边传了消息，陆召身体压根儿就不好，听说上回损伤太严重，再来几次，他还能活多少年？"唐骁冷笑，"白历？白历早就不行啦，白家的一切都得回到你这个白家大小姐的身上……"

后面的录音模糊不清，小白球磕了一下，录音后面还有小半段，但播放的时候就只剩下了电流声。

陆召感觉自己光是听这段录音就足以窒息，他沉默着把小白球断开连接。

两人都没吭声，隔了很久，白历开口道："高家在打听你。"

"嗯，可能。"陆召回答，顿了顿，侧头看向白历，"有录音，可以放出去。"

白历愣了愣："里面提了你的事，你愿意放出去？"

"不算什么。"陆召淡淡道，"无所谓。"

人大多在一开始时并不觉得自己某个地方是弱点，但被他人以此嘲笑，才知道那该是个弱点。

但陆召没觉得这是弱点，他看了一眼白历："你介意？"

"开玩笑。"白历伸开胳膊往他肩膀上一挂，"我介意我就是孙子。"

陆召的嘴角翘了翘，"嗯"了一声。

白历也没觉得这是弱点。

"但这玩意儿现在放出去也没大用。"白历把小白球捏在手里把玩，"最多算是贵族丑闻，在论坛上被星网网民八卦几天就没动静了，连帝国新闻网都上不了，掀不起什么风浪。"

陆召皱眉。

"录音有缺损，先送司徒看看能不能修复。"白历把小白球往旁边一塞，"有些信息得找准时机用，现在不到时候。"

时机就像个破绽，抓准时机，钝刀子都能割下来二两肉。

白历想到唐骁那张老贵族一样的嘴脸，和白樱手臂上青紫交叠的瘀青，心底里压下去的愤怒又翻腾着想要掀起。

陆召对白历的情绪变化比较敏感，他的嘴唇动了动，找不到安慰的话，只能生硬地说："有什么事，我帮你。"

摆在桌上的陆召的个人终端响了几声。陆召拍了拍白历，转手打开个人终端，也没避着白历。

投在半空的虚拟屏上，霍存发来一条简讯：少将你这会儿在哪儿呢？

没等陆召回复，霍存的下一条简讯又弹了出来：大新闻！元帅今天来军团了，中午那会儿江中将他们都被喊去开会了！

陆召和白历对视一眼，各自露出茫然的表情。

霍存：听说是因为当年的那场救援任务有内幕，网上都闹开了，引起了军界和皇室的重视，正压各路新闻呢！

"翡翠之星"游轮上陆召为白历佩戴卡丽花的一幕被放在了网上，经过一天两夜的发酵，事情已经从围绕陆召和白历两人的讨论扩散到更深层次的议论。

随着白历的个人功勋和当年那场救援任务的事被挖掘得越深，帝国公民们的讨论也就越激烈。

白历从一个少将到直接退出军界，到底发生了什么？官方为何从未给出正面回应？任务失败是否存在内幕？是什么样的内幕可以让一位贵族少爷无声没落？此事是否牵扯到更高层？

讨论的声音越来越大，在无数的讨论声中，有疑问也有嘲讽，有激愤也有观望，但公民们各自的疑问和意见仿佛终于突破了一道看不见的屏障，他们激烈地发言，要求官方给出回复，谴责无良媒体的遮掩和误导。

在这些发声的人中，退伍的老兵和军人家属以个人身份发出质问：我们的孩子，我们的伴侣，我们的父母，他们进入军界，驾驶机甲，为帝国开疆拓土，为帝国厮杀流血，难道是为了和白少将一样，连一个正面的解释都无法得到吗？

皇室震动，有关此事的言论被大批删除，但此举却如同一盆热油倒在了已经燃起火苗的公民头上。

"刺啦"一声响，油浇火起。

不仅是白历，开始有更多此类事件被人曝出，一夜之间登上各大社交平台的头条。

有些事情像是一只蚂蚁，它撞在了树上，树没有晃。但树永远都不知道，接下来不断撞在树上的蚂蚁，会不会有一只最终把它撼动。

曾经数代人打下的地基在今日终于略显成效，皇室早已没有往日的专权，军界早就受够了不断塞进军团镀金的那些贵族少爷小姐，从元帅上任以来一直在提出的军界整肃计划，再次被放到了台面上。

民意如同一把利剑，捅上了那层压着的黑暗屏障。

陆召和白历坐在公寓的沙发上，默默浏览着这些信息。

那张陆召为白历佩戴卡丽花的图片反复多次出现在公民的博客论坛账号下，有反对的言论，也有正面的评价。

白历放下个人终端，起身站在公寓的落地窗前向下看。

陆召也没有再继续看下去，他往后一靠，靠在沙发靠背上，沉默了几秒，道："白历，你怎么想的？"

"不算什么，不了了之的事情多了。"白历淡淡道，"或许不差这一件。"

他看得很清，群情激奋往往只是一段时间的事而已。人们都有各自的生活，黑云压不到他们头上的时候，他们总会忘记黑云的存在。

白历从来没指望过有谁能把他拉出泥潭。

蚂蚁撼树，得主动出击。

他看着窗外脚下一辆辆的悬浮车，匆匆忙忙的人群。白历道："不过我想，或许在这些人里，会多出几只蚂蚁。"

陆召侧过头看他，窗外的阳光将白历镀上一层温暖的轮廓。

陆召走过去，和白历一起看向窗外。

这里是帝国的心脏。

他们是心脏里的两只蚂蚁。

第四十四章
白大厨的手艺

从一朵卡丽花引发的话题愈演愈烈，到不断有近些年类似的案例被翻出，各类内幕被首次曝光。

对此，皇室和军界不得不各自出面，给出当年那场失败的救援任务的调查报告和声明，却因报告过于含糊，细节不够清晰，且责任划分不明，而引起公民更大的愤怒。

面对一片要求给出回应的声音，皇室选择了无声地镇压。随着有关此事的新闻被禁止播报，论坛的帖子被大片删除，博客封号等一波操作下来，一天的时间又要结束。

皇室深谙一个道理，相当一部分人的"热血"是有时效的，当有新的事情分散掉他们的注意力，大部分人就又去搞别的话题。

军界早就对这种破事烦透了，元帅更是厌烦皇室在军界没有明说的特权行为，借机提出军团统一管理，权力集中回军界顶层，且严控媒体对军界的指手画脚，反对媒体对军人形象的抹黑和不实报道等。

几方麻烦缠在一起，把皇室公关忙了个倒仰。皇室林家那位老爷子年事已高有些受不了打击，许多事也都是顺位的第一继承人在处理，元帅带着副官总结的一系列事件起因、经过、结果等报告来到老爷子跟前，好险没把老爷子给气厥过去。

外界闹得沸沸扬扬，其实都不过是一场博弈。

下层的公民想要得到一个正面的回应，要一个公道。军界想要借机获得更多的自治权利，建立更稳定的管理方式，取消皇室在军界的特权行为。皇室则更需要找一个轻松遮掩的办法，且不用付出什么代价。

白历其实并不怎么关心事情最后的结果，主要这种事一般也不会有明确的结果。

"你是不知道，那老爷子一张嘴，不气死几个人是压根儿不会闭上。"白历喝了一口粥，"忒损了，比我都损。"

桌上摆了几盘菜，都是从附近餐厅点的外卖，味道一般，跟白历的做菜习惯差得挺多。

陆召的口味被白历带着跑偏了老远，这会儿再吃这些餐厅做出来的帝国口味的饭菜，就觉得味儿不大对，只能沉默地咀嚼了几口咽下去，问道："哪个老爷子？"

白历道："元帅啊，我也没见过林家那位老爷子啊。"

陆召略显惊讶："你没见过？"

"哪能轮得到我见呢，我们家老爷子见过几次。"白历随意道，"那位身体不大好，不过我听说人还行，就是一直蔫蔫儿的，一年三百六十五天，有三百天都倒不上气来。"

白历这嘴也够损的，陆召笑了几声。

"我那事吧，十有八九一开始林家那位是不知道的。"白历慢悠悠地吸溜着粥，"他还能主事的时候军界还成，没这么多乱七八糟的事情，不然我们家老爷子也不会这么卖命。后来他身体不行，一大半的事都是第一继承人在办，那个玩意儿……"

白历冷笑了两声，但没继续往下说。

他心里清楚得很，林胜和第一继承人的关系相当不错，要不当年也不会费劲儿把这事压下去。

但皇室就是皇室，是一体的，是一个形象，出了一个臭虫，整个形象就都得沾上污点，况且也不止一个臭虫。

这些想法让白历很不舒服，他身体还没完全恢复，就算有陆召的精神力在，他心里时不时还是会翻腾着一些烦躁的想法。

白历吃了几口就没胃口了，筷子一撂就不想吃了："下回不吃这家的菜了，一点儿不好吃。"

陆召看了他一眼："粥喝了。"菜爱吃不吃吧。

"这粥也不好喝啊，"白大少爷很挑食，"没点儿味道，太寡了。"

白历发完脾气自己也觉得挺傻的，主要这菜是他点的，跟陆召一点儿关系都没有，而且这家餐厅还是白历以前常去的，味道都熟悉，这会儿倒是受不了了。

这种任性的行为白历还真没几次，别看白大少爷在外边嚣张跋扈，但好像都跟"任性"不搭边。白历做事有底线，虽然脾气不好，但不乱发脾气，更不会为一丁点儿小事就说话不客气。

以前都没这样过，毕竟家里也确实没人给他任性的机会。

就看见陆召站起身去厨房，隔了一会儿再走过来，手里拿了罐什么东西。

白历问道："拿的什么？"

陆召没吭声，把罐子里的东西拿勺子挖了半勺放白历的粥里，才淡淡道："搅搅。"

这会儿白历看清楚了，陆召拿的是一罐白糖。

放完糖，陆召相当自然地往自己位置上一坐，继续表情平静地把白历不乐意吃的那两盘菜往嘴里塞。

白历表情镇定地拿起勺子搅和自己碗里的粥，表情镇定地尝了一口，尝到一半脸红得受不了了，捂着脸含着半口甜粥，费了老半天劲儿才咽下去。

白大少爷打这辈子，就没喝过甜粥。

陆召道："还没味儿吗？"

问完等了足有半分钟，才听见白历蚊子哼哼一样的声音："还挺好喝。"

陆召想笑，忍得很辛苦。

"不是，你别……"白历轻声说道，"你能别跟哄小孩儿一样吗？"

"没有。"陆召道，"我以前也这么喝。"

白历抬起头："多久以前？"

陆召想了想，坦诚道："五六岁吧。"

"啧！"白历又把头低下了，"我不活了。"

陆召以为他不爱吃，顿了顿："那别喝了。"

这话一说完，白历手里的勺子就开始往嘴里送粥，动作相当流畅，喝得非常自在，边喝边说："你小时候喜欢这种甜粥？下回我做个试试。"

陆召道："还行，每年年底我父亲工作的地方会发些这类东西，他不会做饭，就只能熬粥，放点儿糖。"

现在他们两个已经能很平静地分享年少时的烂事了，白历心说这哪里是喜欢喝甜粥呢，这就是忘不了那个场景而已。

"现在也快年底了。"白历舔舔嘴唇上的粥沫，"以前就我一个人，懒得动弹。今年你也在，老子给你露一手，做几道硬菜。"

陆召没听懂："硬菜？"

白历笑道："大鱼大肉！"

帝国并没有大肆过年的传统，白历童年时的记忆里，跨年也基本是在一场场觥筹交错的晚宴上度过的。

酒味儿弥漫的跨年白历过得够够的，今年终于用不着了。

一顿饭吃得慢吞吞，最后白历也一勺子白糖撒进陆召碗里，两人重新体会了一下五六岁那会儿的感受，菜没吃完，粥倒是都没浪费。

没吃完的菜收拾进冰箱，等着明天二次加工，由白大厨重新改造。

两人终于能在熟悉的地方好好睡觉休息了。

腿伤不再作痛，白历和陆召就得各自开始各自的工作。

年底要解决的事挺多，陆召一大早就得去军团报到，明年开年就会有新一轮的军团选拔，没有一线任务的高级军官被叫到一起开会。

白历则被司徒叫到了研究所，没有了精神力的影响，白大少爷又恢复了往日的风采，迈着双长腿，一进研究所的大门就笑得相当开朗。

差点儿把司徒的眼给闪瞎："知道你要咸鱼翻身了，你也用不着这么笑吧？"

"翻什么身？"白历道，"我用得着翻身？老子哪面都是最帅的。"

司徒把一会儿要面试的人员资料传给白历，然后道："你那事不是又有新说法了吗？元帅跟你们家的关系在那儿放着，这回肯定给你一个交代。到时候林……那小子的破事往外一捅，你不就彻底翻身了？"

白历懒懒道："那我的腿能恢复吗？"

司徒愣了愣，失落道："是啊，能怎么着呢？"

"再说了，这事还不一定怎么说呢。"白历道，"元帅他老人家要是能给我个交代，早几年就给了。他给不了，他要考虑的事情更多更远，摆在第一位的是能借这个机会再给军界争取些好处和权利。"

两人说话的声音很低，司徒听到这里叫道："这还是关系好吗？"

"你小点儿声！"白历拍了司徒一巴掌，淡淡道，"像我当时的这种事太多了，一个一个地给交代，军界和皇室的脸还要不要了。能给交代自然好，给不了也得剐下些好处吧，至少以后能少点儿我们这种人、这种事。"

他顿了顿，又道："我刚负伤住院那会儿，元帅也不是没要过交代的。"

司徒就一搞科研的"死宅"，就算是贵族出身，其实也真搞不太懂这里面的弯弯道儿。

其实白历也不是特别清楚，他只靠着自己的理解去分析，反正他是没想着这事能有什么特敞亮的结局。

"那你这腿不等于白搭进去了吗？"司徒挺受不了。

白历笑笑，胳膊往司徒肩头一压："你得这么想，要没我这条腿，哪有今天闹这么大动静的局面呢？"

在梦中背景板一样只会在追捧唐开源时才会出场的新闻和舆论似乎有了不一样的改变，白历在这几天翻了不少报道，也逛了逛论坛或博客这种公民发声最多的地方，发现人们开始自发争论起来。

同一件事情，有支持也有反对。含糊不清的报道，有质疑也有猜测。曾经一边倒的群众似乎逐渐脱离了一个模板，有了更多的想法和意见。

不都是好的，也不总是坏的。

白历意识到，原本命运线中他负伤完全是一场意外，根本不牵扯道德方面的问题。但现在，因为他躲过了原轨道里的意外，命运不得不制造出第二场事故让他负伤，这场事故却给了整个世界一个逐渐苏醒的破绽。

这些真实发生的细节无法覆盖，所以至今无法强行扭回原本的模式。白历不知道这意味着什么，但他隐隐觉得自己似乎撞在了一棵树上，这棵树晃了晃，没有倒下，却掉了一片叶子。

或许他只要继续撞下去，叶子就会一片片掉落，露出光秃秃的主干。没有枝叶的主干，也自然谈不上繁茂。

"二十分钟后开始面试。"司徒的声音打断了白历的思考，"你就先放松放松，别想那么多。"挺担心白历钻牛角尖。

白历应了一声，又掏出那个小白球递给司徒："这玩意儿里面有段录音受损了，你试试能不能修复？"

"成。"司徒拿过去。

两人的话题又拐回面试上，讨论着面试者们的个人简历走进屋去。

第四十五章
面试

　　白历也算是当惯了甩手掌柜，研究所建立起来的时候他除了拿钱，基本没掺和别的事，最初一批人马还是司徒凑起来的。

　　在帝国，搞研究的基本上最高理想都是帝国研究院，像他们这种刚组建起来的"伤残下岗人士再就业基地"，压根招不来有能耐的人。

　　军师司徒四处挖墙脚，连夜拐带人，起早贪黑，才凑齐最开始的那帮人马。

　　现在研究所发展得不错，招新的时候终于能有挑拣的余地了，司老师和其他几个面试官眼光相当高，问问题像开炮一样狂轰滥炸，白历听不太懂专业问题，就抱着胳膊在旁边当背景板。

　　从下午三点半白历进面试间开始，一直到快五点司徒都没几个相中的。

　　"你也给提点儿意见啊！"司老师愁眉苦脸，"白老板，你要想网上冲浪你回家冲行不行？"

　　白历漫不经心道："放屁，我是正经人，从来不冲浪，低俗。"

　　司徒骂道："放屁，我看得一清二楚，你刚才把虚拟屏缩小了逛论坛，还回帖，还和人骂了十来分钟！"

　　"你能不能用点儿心面试。"白历说，"你要是认真面试了还知道我骂人？还给我计时？"

　　好险没把司老师给气死，其他几个研究员一阵哄笑。

　　白历把个人终端往司徒面前一放："再者说，我的目的很明确。"

虚拟屏上是之前司徒传给他的面试人的个人简历，白历放大的这一份简历司徒并不陌生。

简历上姓名一栏写着两个字——杨瀚。是个稀种。

旁边挨着的就是本人照片。看样子照片是他毕业时照的，还带着点儿学生的书卷气，五官清秀，眼神是常年只和研究打交道的人特有的那种专一单纯。

"你确定是这人？"司徒压低声音问。

白历把那份简历翻来覆去地看了几遍，毕业的学院和学的专业应该没错，外貌和梦中比较相似，白历记不太清名字，这人虽然是唐开源的契约人之一，但白历真的没有多大印象。

唐开源精神力不稳定，这人提供了可以帮助其稳定的方法，在这个过程中两人结契了，后面就不怎么出现了，毕竟唐开源身边的契约人太多了。

白历皱着眉思索，陆召跟他聊过唐开源的异样，这几天他也回想过和唐开源的那次精神力对冲。

得承认，唐开源的精神力确实提升非常多，白历在最容易精神力失控的边缘，竟然没能压过唐开源。

但白历隐约觉得，唐开源的精神力并没有他想的那样强悍。在梦中唐开源应该一上来就将怒气上头的白历压制，说了好一通大道理教他做人。

这段画面记录得很详细，但不知道哪里出了问题，似乎连唐开源的命运轨迹都出现了偏差。

白历道："应该是他，这人怎么没来面试？"

如果唐开源的精神力真的不稳定，那这个叫杨瀚的稀种就是改变的契机。他不为唐开源提供稳定的方法，那么命运就会出现迄今为止最大的偏差。

有个负责安排面试流程的助手解释："杨先生目前居住工作在 B24 附属星，赶过来需要时间，所以安排面试的时间也比较晚。"

白历又翻了翻简历。

杨瀚现在在一家附属星研究所任职，这一点和梦中白历了解到的不同。

正看着，个人终端收到一条陆召发来的简讯。

陆少将的言辞依旧精简：在哪？

白历立马坐直了身体：研究所，可把白少爷累坏了，干了一下午活。

要不是下一轮面试要开始了，老黄牛司徒现在就要给他两拳。

陆召回：你干活？

白历：我盯着司老师干活。

陆召发了个省略号。

白大少爷毫不在意，又发简讯：下班了？

陆召言简意赅：嗯。我去接你，有点儿事。

白历愣了愣，正要回复，陆召的第三条简讯又到了：干活，别回了，我开车。

别人三条信息连发一般都是话痨，陆召就很明确，回答问题、下达指示、堵白历嘴。省时省力，目的清晰。

白历把个人终端放回去，心里琢磨着陆召到底有什么事，一抬头对上司老师喷火的目光，终于摸到自己所剩不多的良心，清清嗓子坐直身体开始下一轮面试。

等陆召到了研究所，白历已经人模狗样地跟着司徒面试了两个人了。

研究所的人都认识陆召，带他一路到了面试的地方。说是个房间，其实就是平时的公共休息区隔了块空地，没遮没拦的，等面试的人都在另一个休息区，也就不怕人听见。

陆召没往前走，站得远些，但还是一眼就看见了白历。

白大少爷的好皮囊是经得起帝国上下网民点评的，往椅子上一坐，两条长腿一叠，一边把玩着手里的个人终端一边懒懒地打哈欠。因为那张脸，这嚣张的狗样子陆召感觉看起来都还挺顺眼。

其实也不能怪白历，他就奔着杨瀚来的，别的人他真不怎么关心。

他对科研方面懂得不多，一直奉行专业的事交给专业的人做的原则，把研究所的事全压给司徒。司老师一边觉得白历不插手给了他很大的自由，特感动，一边又觉得白历就是单纯想使唤他，恨得牙痒痒。

白历的哈欠打到一半，就看见陆召站在那儿，睡意立马就转成了笑意，跟周围人打了个招呼，两三步走过去。

"还挺快。"白历带着陆召往没人的地方走了走，"年底了，我还以为你得开会到晚上呢。"

陆召摇了摇头："开了，开到一半散了。"

白历皱眉："散了？"

陆召看了白历一眼，道："江皓被上面喊走了。"

"喊走？"白历挺惊讶，"怎么回事？"

"江皓登录军界内网，截了一些有关你们那个任务的事，还有些你的个人功勋，放在了网上。"陆召的声音很低，"上面说他泄露内部资料，抹黑军界形象。"

白历的嘴唇动了动，心里说不出是什么滋味。

当年那破事刚出的时候江皓就狠狠地闹了一场，但整个江家压了太多希望在他身上，他没能闹到最后。或许比起白历的那一挡，那时的妥协更让他无法接受他自己。

白历深吸了一口气："怎么处理说了没？他毕竟也是个贵族。"

"具体的不太清楚。"陆召道，"暂时只说让他放下手头工作，回家休息。"

那就是还留有余地。白历的眉头略松，他没想到江皓会来这么一出，也不知道这孙子登录内网的时候脑子是不是被门夹了。

陆召道："我让霍存留意着，一有新情况就告诉你。"

现在的白历已经不比当年，他在军界没有什么门路，早几年也得罪了不少人，陆召知道，所以一得到消息就直接开车来跟他讲。

以前陆少将哪里关心过这些乱七八糟的事。

白历狗胆包天，光天化日、朗朗乾坤之下，直接就把爪子伸到陆少将头上搓了两把。

"没事，江皓的家世在那儿摆着。"白历道，"别说踢出军界，就是降职调任都不一定有。"

陆召没想到他在人来人往的研究所都敢来这么一下，反应了好几秒才轻笑一声。

白历搓搓手："我随后问问江皓具体情况，这小子不知道发什么疯。"

说到底还是担心，还是得问问。

陆召看他心里有数，点头正要再说些别的琐事，就听见有人朝这边走来，边走边问："请问面试是在这里吗？"

回头看了一眼，不久前刚在简历上看过的那张脸出现在视线里。

杨瀚的额头渗出点儿汗水，估计是一路赶得太急，这会儿脸色不大好，也不知道怎么回事，没人领路，好不容易看见白历、陆召两人，就问了一句。

"是这里。"白历的目光在他的脸上停顿了几秒，"你来面试？"

杨瀚点点头："不好意思，我刚从 B24 附属星赶过来，比预定时间晚了点儿。"声音听起来有些冷淡，和陆召的冷淡不同，杨瀚更偏向木讷。

怎么和白历梦里那个杨瀚不大相似？

梦中唐开源的契约人个个都年轻有为，大好的青春前程。但这些人要么成了他的背景板，要么成了满足他征服感的必备条件。

"得，您等会儿，我去里面跟他们说声。"白历跟杨瀚嘱咐了一句，转过头低声问陆召，"要不要一块儿听听？"

陆召没明白。

"我说了，除了那天那个小记者，还有个稀种会和唐开源有联系。"白历道。

陆召恍然，又记起白历住院那天在医院看到的红头发的小记者。

这几天陆召把白历说的那些话想了好几遍，也包括小记者和这个稀种。这些事他其实到现在都充满疑问，他想做些什么，但他找不到突破口。陆召抿抿嘴唇，他想听，但毕竟这是研究所的事。

白历忽然笑了几声。

"别客气。"他凑到陆召耳边说："诚邀友军监督，互相督促，共同进步，共创和谐。"

陆召没忍住，抬手狠狠拍了白历一下，才把他那张破嘴给堵住。

杨瀚一走进面试间，白历心里的落差感就更大了一些。

个人简历上那张照片还多少能看出些意气风发的影子，现在坐在这儿的杨瀚却没有多少精气神。他的神情有些疲惫，眼底挂着两个浅淡的黑眼圈，眼神就显得更木讷了几分。

和梦中那位雷厉风行的帝国研究院精英差了十万八千里。

司徒和其余几位研究员问了些专业问题，杨瀚对答如流，语气淡淡。

看样子他回答的不错，司徒对着白历点了点头。

陆召没有进面试间，斜倚在外面的墙壁上，半垂着眼听见白历的声音。

白历看着杨瀚，问道："杨先生，我问一句啊，以您在校期间的成绩，报考帝国研究院应该不是问题吧？怎么跑附属星的地方研究所了？"

"我报考过帝国研究院，考了三次。"杨瀚声音疲倦地说，"都卡在了面试环节。"

帝国研究院的考试分笔试和面试，笔试针对专业成绩，面试针对考生的交流能力。不过也不是绝对的，只要关系过硬，面试就是走个过场。

杨瀚的出身一般，应该是没有找到能把自己送进帝国研究院的门路。

那这就奇怪了，按这个情况，梦中他怎么就进去了呢？

"我看你修了两个学位，"白历在个人终端上点了点，"一个是机甲方面的专业，另一个是……"

杨瀚捏了捏鼻梁："精神力辅助开发。"

"对！"白历看了他一眼，"这专业很小众。"

"也不算小众，主要就是研究是否可以通过外力手段提高精神力控制，可以运用在机甲研究方面，强化机甲与人体的精神力连接。"杨瀚解释，又问道，"我应聘的岗位和这方面的关系不大。"

白历道："你当时报考帝国研究院，是以这个专业为主的吧。"

这问题和面试的题目毫无关系，几个研究员对视了一眼，感到迷惑，司徒摇摇头，示意他人不用插话。

杨瀚略显惊讶："确实是……您怎么知道？"

要不是因为这个，梦中杨瀚也不会接触到前来帝国研究院寻求帮助的唐开源，更不会把新开发的产品用在唐开源身上，帮他稳定精神力。

"瞎猜。"白历笑笑，看着杨瀚问道，"看得出你挺喜欢这个专业，帝国研究院现在应该也没有这方面的人才，不考虑一下继续朝这个方向发展？"

杨瀚的表情多出了一丝复杂，他沉默了一会儿，才叹口气："我确实很喜欢这个专业，也很崇拜这个领域的一位顶尖教授，在校期间一直在上这位教授的课，希望可以进入帝国研究院继续在这个领域研究学习，只是可惜……"

白历的神经一下紧绷起来，他坐直身体，半眯起眼，语气却很随意："怎么可惜？"

"我们这类的研究本来就很小众，难度很大，风险也不小，有过失败案例，实验者落下过终身残疾，很惨。"杨瀚摇了摇头，"精神力是人类与生俱来的，一出生就已经敲定了等级，很多人认为强行掌控精神力是违反自然法则的事情。"

白历恨不得掐着杨瀚的脖子把他肚子里的话一口气挤出来，但他不得不耐着性子继续听。

"也因此这个领域的研究一直停滞不前。早几年帝国研究院提交的申请终于经过了皇室、军界和议院三方批准，开启了一项研究项目，主要针对强化精神力这一点。"杨瀚道，"那位教授就是项目的主要负责人，我在校期间一直希望可以进入帝国研究院，继续在教授身边学习。"

司徒猛地想起来这茬儿："我知道这项目，当时在研究院内部动静闹得挺大。不过后来因为负责人去世，这项目就终止了。"

"没错。"杨瀚失落地点点头，怅然道，"教授去世后，项目就一直无法推进，听说又出了实验事故，最后不得不终止。"

白历道："这跟你有什么关系？"

"这个项目的实验事故造成的负面影响很大，帝国研究院也表示不会再继续这类实验和研究，因此这个领域的工作机会也大大减少。"杨瀚叹了口气，"那位教授在世时原本是要推荐我进帝国研究院的，没想到他意外身亡，我就失去了这个内荐的机会，考了三次，也都以失败告终，不得不另找工作。"

他在学校参与的项目也都和这个领域有关，因此另寻出路找其他方面的工作，简历就显得有些单薄，辗转许久之后才进入一家附属星研究所任职。

或许是因为被社会磋磨过，杨瀚才没有了梦中的锐气。白历略皱起眉，他感觉自己并没有抓到问题的实质，改变这一切的是一位意外去世的教授，但在梦中根本没这一号人。

梦中杨瀚出现时就已经是帝国研究院的年轻新秀，对他的过去的镜头也不多。或许的确是有这么个教授的，但他并未在梦里出场。

没想到一个从未出场的人的死亡，会带来如此巨大的改变。

这个教授怎么就突然死了呢？

面试间外的陆召也在皱眉思索，杨瀚的大概情况和推动作用白历跟他解释过，按道理这应该是个比较关键的人物，难道轻而易举地就会有如此的转变？

面试间内传来几位研究员的唏嘘："看样子那位教授还挺关键，他要是不离世，或许项目还会继续。"

"确实。"司徒道，"我也是听说他是出差遇到意外事故，是什么事故？"

白历沉思中听到杨瀚的声音："教授出差时搭乘的那艘船遭遇星际海盗，救援失败，一船人都……"

"遭遇星际海……"司徒愣住，猛然转头看向白历。

有一瞬间，白历几乎听到自己血液在血管里奔腾的声音。气血冲上他的大脑，他的腰杆不自觉地挺直，死死地盯着杨瀚："具体是哪一年？"

杨瀚有些记不清。

"哪一年？"白历的声音加大了好几个度。

陆召早在"星际海盗"四个字从杨瀚嘴里说出时就忍不住走进了面试间，他看着白历，觉得白历在燃烧。

杨瀚吓了一跳，思索片刻，吐出了一个年份。这个年份在白历过去的人生留下了格外清晰的烙印。

以这个年份为界线，白历的人生一度被分为两截。前半截他风光无限，后半截他狼狈落魄。

在那一年，白历经历了人生最灰暗的一段时期。

在那一年，白历负伤，退出军界。

白历差点儿熄灭，他看着杨瀚，脑子里嗡嗡作响。他又问了一遍，声音平静，语气如常："你确定？"

"确定，不会记错。"杨瀚道。

白历站起身，拍了拍司徒的肩膀示意自己先走了。

"白历？"司徒有点儿迷惑，"没事吧？"

白历想说话，但感觉到一张嘴可能就会一嗓子叫出声。

一只手从一侧伸出来，拉住了他。白历看了陆召一眼，摇摇头。

陆召顿了顿，回头对司徒道："没事，我们先走了。"说完就拉着白历朝门外走。

白历感觉到陆召的手很有力量，将他拉扯着一步步走向研究所外傍晚的橘色光线里。

原来是这样，白历心想，竟然还能这样。

他躲过了命运轨道安排的第一次负伤节点，为了强行扭回正轨，命运安排了第二次事故。在这场事故里，教授身亡，导致杨瀚失去内荐机会，没能进入帝国研究院，项目也随着教授的去世没多久便终止，杨瀚压根儿没有机会接触项目的核心，也自然不会有可以稳定唐开源精神力的产品问世。

陆召拉着白历走出研究所，他在这几步路之间也大概琢磨出了事情的轮廓，心里像是揣着一团火，烧得他疼痛。

他听到白历的笑声。

"我服了。"白历站在研究所外的空地上，"陆召，你听明白没？我这条腿换来的原来不只是今天闹得乱七八糟的新闻舆论！"

陆召心里不知道是什么滋味："嗯。"

"老子用一条腿，换了一个命运的破绽！"白历的声音克制不住地拔高。

他放声大笑，有一种报复了命运的痛快，笑得肚子疼，弯下腰去两手撑着膝盖。

陆召站在他面前，觉得自己应该感到愉悦，可他看着白历，却只觉得呼吸都跟着颤抖。

从他认识白历第一天起，他见过白历各种各样的笑。陆召以为自己会喜欢他任何一种方式的笑容，但今天他发现，他受不了白历这种笑。

"白历！"陆召喊了一声，"别笑了。"

白历的声音停不下来，笑声不像笑，像是嘶吼。他需要这样大喊大叫，才能排解胸膛里积压了多年的东西。

他分不清自己到底是想笑还是想叫，就像他分不清自己到底是快乐还是难过。

衣领一紧，白历被陆召拉着领口直起身，陆召的眼睛里映出他的轮廓。

"别笑了。"陆召说，"谁稀罕这破绽！"

白历的心口被猛然撞击了一下，好像陆召长在了他心底，知道他最深的痛苦。要是能选，他要自由地人生，而不是漫长痛苦过后迟来的一丝回报。

这回报浸泡了这么多年的辛酸，早就变味了。他是觉得痛快，像手刃了仇人一般，但短暂的痛快过后，他坐在血泊里，发现曾经的伤痕还在，他的伤痛并没有消失，他还是要承受带着这伤痛的人生。

白历感觉到陆召的情绪波动，翻涌着丝丝缕缕的不甘和无能为力的失落。

不能这样，白历告诉自己，他怎么能让陆召露出这种表情。

"没事，其实我挺痛快。"白历张开手臂手掌重重地落在陆召肩膀上，"一条腿换了我战友一条命，换了今天的局面，值，真的值。"

他用一条腿换来了一个命运的重大转折，用这条腿保下了江皓一条命，也是用这条腿，换来如今沸腾的舆论，揭开了一层无形的屏障，炸出了沉在下层的黑色淤泥。

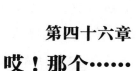

第四十六章

哎！那个……

唐夫人坐在书房的小沙发上看书，窗外淅淅沥沥的雨声让她有些走神，手里的书翻了两页就发起了呆。

帝国的雨季让整个主星都变得潮湿，她偶尔觉得自己每天都像是发了霉，浑身长满了青紫色的"霉斑"，在她的胳膊上、腿上、腹部。

脸上倒是没有，唐骁是个讲究人，从不会让"霉斑"长上她的脸，破坏这副无论在什么场合都很能拿出手的精致容貌。他喜欢唐夫人的那张脸，亲热的时候还会夸她是"被时间遗忘的女人"，一把年纪了，面孔还和当年一样带着清纯和温婉。

唐夫人觉得他说得很对，自己确实是被时间遗忘的人。不然也不会这么多年，好像都没有任何改变。

她既没有变得更成熟，也没有变得更从容。

只是手里的书变来变去，从《贵族小姐仪容要点》换成了《陪我们的丈夫共度一生——一个优秀贵族小姐一生要做的重要事情》。

怀孕的时候唐夫人还看过《如何培养一个优秀的特种宝宝》。但她没来得及把书里那套理论用在白历身上，白历就被她父亲抱走了，养得很好，是唐夫人心里数一数二的特种。

别人说白历嚣张跋扈，唐夫人却觉得白家的继承人就得这样，不是嚣张跋扈，是真有资本。

后来她生了第二个孩子，也没能有什么机会实践书上的道理。唐骁喜欢把唐开源带在身边，亲自教他为人处世的法则，唐夫人听不太懂丈夫教给儿子的那些"道理"，只能变着法子找理由往儿子身边多走走。

有一回她端着自己做的点心走到房门外，就听见唐骁告诉唐开源："我当年苦苦追求你母亲，都差点儿给白老爷子跪下了，本来以为能打动那老家伙，没想到反倒被骂得狗血淋头。开源，这次小考你可不能露怯，得压白家那小子一头，给父亲争争气。"

那时候唐开源被唐骁要求着跳了级，和白历在同一个学校同一年级就读。

唐夫人的一盘点心都被她自己端走吃了个精光，一边吃一边想，难怪开源从来不喊历历哥哥，她偷偷教了好几次也不行。

她说一句，唐骁就能说十句，说一百句。就像唐骁每次都会对她说"贵族小姐的体质太差，你什么都干不了"一样。

唐夫人记忆里的书差不多就是这几种类型，其实再往前倒一倒，回到她未成年的那会儿，她还看过不一样的书，只是后来都随着身体变差而被收拾掉了。

那会儿看的都有什么来着？

书房外间的小会客里传来的声音打断了唐夫人的思绪，唐骁压低嗓子正在通讯："是是是，一定安排好，地点还定在'富丽会所'？……放心放心，肯定没问题……"

唐夫人侧耳听了听。

"我知道，这帮媒体真是不长眼，还有那帮凑热闹瞎起哄的网民，什么都不知道，就会瞎嚷嚷。"唐骁道，"也就这一阵儿，他们闹完了不就过去了吗？当年的事早就翻篇了，再者说，您跟那场救援事故也没什么关系嘛，他们有什么证据……"

唐夫人的神经紧绷了一下，听得更仔细了些。

唐骁又道："我看多半是老二那边在使坏，刚回来这么会儿，就想给大少爷添堵……是……是，知道大少爷心情也不好……大少爷这次也来玩吗？散散心嘛。"

"大少爷"说的应该是顺位第一继承人，那老二多半就是第二继承人了。

这些事唐夫人了解得不多，她正寻思着找个唐骁不在家的时候上星网查查，省得让唐骁看到了，又说她一天天看乱七八糟的东西，又要发脾气。

正想着，就看见唐骁走出小会客厅，脸上还带着得意且风光的笑容。

唐夫人赶紧低下头继续装作看书的模样，余光瞥见他从个人终端上拔下个存储器，放进了保险柜。

等合上保险柜，唐骁才瞥见小沙发上坐着的唐夫人："你怎么还在这儿？不是约了和高夫人去喝茶？"

"高先生从游轮上回去之后身体就不舒服，高夫人要照顾他。"唐夫人解释，"昨天晚上告诉我她去不了了。"

可不难受嘛，他假发飞起来的那一幕连唐骁都记忆犹新。

唐骁笑了笑，看了一眼唐夫人，问道："刚才我在小会客室说的话你听到了？"

唐夫人的心里打着小鼓，面色却平静地回答："我看书的时候哪儿听得到其他的？就算听了也听不懂，都是你们的事情。"

"也是，你知道什么？"这个回答让唐骁很满意，他轻蔑地哼笑了一声，"我和林胜先生聊了几句工作上的事，他说过完年就替开源给第一军团那边打个招呼。"

后半句唐夫人没太听清，她就听见唐骁说"你知道什么"。

没来由地就想起白历在游轮上也这么说过——"你知道什么？你什么都不知道。"

"你别在这儿傻坐着。"唐骁道，"去跟别的夫人多聚聚。"

唐夫人思绪恍惚，应了一声就往外走，走到门口下意识地回头看了一眼保险柜。

她在这家里像块背景板，太安静，连唐骁都不太在意她，输入密码的时候也没在意她。

唐夫人走出门，一边想着刚才唐骁通讯时说的"救援事故"，一边脑子里过着多年前她得知白历负伤时的情景。那会儿她背着唐骁打听过，白历也是在一场救援任务里负伤的。

刚走下楼梯，一股陌生的精神力窜出，唐夫人的精神力不低，对这些也就格外敏感。

她顺着精神力的源头看去，一个红发的稀种正朝她这边走来，见到唐夫人便打招呼："早上好。"

"好！"唐夫人认出这是昨天下午唐开源带进家的那人，她惊讶道，"你是……"

"我叫蒯乐。"稀种清清嗓子道："昨天来的匆忙，没有和您作介绍。我是开源的契约人。"

唐夫人感到一阵头晕。

"您没事吧？"蒯乐扶了唐夫人一把，"脸色很差呢，要注意休息注意身体呀。"

这一扶就看见唐夫人手里的书，目光扫过书名，略带气恼地说："夫人，您怎么看这么落后的书呢？"

唐夫人才发现自己手里还拿着那本《陪我们的特种丈夫共度一生——一个优秀贵族小姐一生要做的重要事情》。

"这些书就是在限制大家的思想。"蒯乐大声说，"人要独立，要做自由的人！不能依附别人生活，要脱离旧时代寄生虫一样的生活！"

唐夫人尴尬得手足无措。

那边蒯乐继续铿锵有力地发言："夫人，您是贵族，应该做个表率呀！您和唐先生关系和谐，又是自由恋爱，听说您当年也是勇敢抗争过的，这些我都听开源说过……"

唐夫人的脸色变得很难看。

自由恋爱，抗争过，勇敢。

"抱歉，我身体不舒服，不能陪你多聊。"唐夫人闭了闭眼，犹豫了一下，还是说出口，"还有，我儿子……开源他的交际人脉，你还是多了解了解……"

她并不清楚蒯乐是否知道唐开源有许多契约人，根本无法把全部的关心和尊重都给单独某个契约人，这其实很不公平。

"开源？"蒯乐的目光有一瞬间的茫然和空洞，显得极其不自然，嘴里喃喃道，"我很清楚呀！我崇拜他，所以和他结契，他说我是最好的契约人。"

唐夫人早在他说完之前就提着裙摆跑下楼梯，她跑得太快，差点儿和已经收拾妥当准备出门的唐开源撞在一起。

"母亲？怎么这么慌张，"唐开源惊诧地问道，手里还拿着个人终端，正在和人发简讯，"看见乐乐了吗？我答应他和小伦去挑他们的新年礼物。"

他话音刚落，就看见记忆里一向只会温柔带笑的母亲竟然露出了愤怒的表情，在他的胸口推了一把。

唐夫人神情中透出无比的失望，她忽然发现，唐开源和唐骁长得真的很像，眼睛像，眼神也像。

像的让她害怕。

白历一觉睡醒，时间还早，甚至没到陆召起床的时间。

他精神倒是还行，昨天回来时倒头就睡，也不知道是压在心头的心事太多，还是骤然听到杨瀚所说的事情而心情起伏过大，总之他两眼一闭就睡着了。

把陆召吓得够呛，把他摇醒确认没事，才又把他拎到卧室床上。

白历轻手轻脚地从自己的卧室起来，陆召还没睡醒，这人生物钟特别准时，白历准备趁这段时间做个简单的早饭。

刚套上围裙，个人终端响了起来，有人发来通讯请求。白历拿起来看了一眼，是江皓。

昨天白历就给江皓发过好几条通讯，都没接通，他是真有点儿担心了，主要怕这老弟想不开，钻牛角尖，就发了几条简讯，嘱咐他给自己回个消息。

这会儿江皓发来通讯，白历立马就点了同意。

虚拟屏投映出江皓略显疲倦的脸，但看着情绪还好，一接通就开口："这么早是不是有点儿打扰你？"

白历把个人终端往餐桌上一放，自己拉开椅子坐下："没事，醒得早。"

话一说完，就看见江皓目不转睛地盯着自己看。

"昨天晚上怎么不接通讯？"白历问道，"陆召跟我说了，你小子被迫回家闭门思过了。"

"我挨了一晚上训，刚得空回屋休息，才有时间和你联系。"江皓回答，眼睛还盯着白历看，"哎！那个，你穿的是围裙吗？"

白历心里咯噔一声，光顾着接电话，完全忘了自己还穿着做饭用的围裙，毫无平时大少爷的潇洒，差点儿直接站起来揪掉身上的围裙。

白大少爷面不改色，继续道："你脑袋被门夹了？内网的东西你敢往外截？"

"也没截太要紧的，我级别也不够截要紧的啊。"江皓说，"哎！那个，你穿的是围裙吗？"

白大少爷镇定自若："我以前就跟你说了，这事翻篇了，你别多管，你真不把老子说的话当回事是吧？"

"你说归你说，我想做归我想做。我看见那卡丽花别在你胸口那会儿我就知道自己必须得做点儿什么了，你说得不算。"江皓随意道，紧接着又问，"哎！那个，你穿的是围裙吗？"

白历很真诚地问道："我说这是新时尚你信吗，明天我就给你也准备一套，你不穿我就打死你。"

第四十七章
鞋底脏了，我蹭蹭

跟白历玩得好的，脑子多多少少都不大正常。

江皓的不正常主要体现在他脑子里只有一根筋，要不也不会这么多年都一直放不下自己的老领导，逮个机会就要发声，直接给自己发得被迫闭门思过了。

"你能不能脑子转转弯？"白历恨铁不成钢，"你不是从小就接受贵族精英教育吗？精英脑子两点一线不带迂回是吧？非得给自己折腾得干不了，也从军界夹着尾巴走才行？"

江皓再提这事，语气倒是很轻松："无所谓，爱怎么着怎么着吧。"

白历还想再说。

"别，白少将。"江皓摆摆手，指指自己的黑眼圈，"看见没，我爸骂了我一晚上，我爷爷假都不度了，从附属星回来打了我一顿，我哥还没回来呢，回来又是一顿打。你就别费工夫了，省省，咱俩都别费劲儿。"

江家连着几代人都没一个能进一线军团，江皓他哥是个等级不太高的普种，整个家族铆足了劲儿把江皓送进军界，他自己也争气，一个普种能走到今天也是不容易，况且还年轻，前途无量。

"你爷爷没气死都算他老人家看得开。"事已至此，白历也没辙，向后一仰靠在椅背上，"你们家就指望着你在军界开条路呢，没想到半道差点儿被你走成死胡同。"

江皓淡淡道："当年要没你，路早成死路了。"

白历靠在椅背上，发现自己竟然这么多年头一回在跟别人提这事的时候心平气和。

他已经不觉得愤怒，也不觉得难过。一道坎，他跨了这么多年，终于跨过去了。

"得了。"白历笑了笑，"要不是替你挡了一下，可能我也没有今天这个局面。"

他救下了梦境中没有存在过的江皓，多年后，江皓以自己中将的身份登录内网发布当年事件的资料，也因为这个实锤，舆论被推向了前所未有的高度，被命运把控的背景板们逐渐苏醒。

江皓露出没听懂的表情，白历也没解释，只问道："有说怎么处理你这事吗？"

"就说了要处分，暂时保留军衔。"江皓道，"我见到了元帅。"

白历愣了愣："他来第一军团？"

"嗯，说是定期巡查，顺道训了我一顿。"江皓犹豫了一会儿，压低声音道，"还提了几句第二继承人。"

"老二？"白历半眯起眼，"他回来了？"

江皓点点头，竖起一指头："一个月前，悄悄回的主星。"

"那位是真不行啦！"白历略有些感慨，"这个儿子都叫回来了。"

皇室的秘闻一直是帝国公民津津乐道的话题，第二继承人的身世也早就被八卦得烂透了。

尽管从没被拿到明面上说过，但都知道这位继承人的诞生来自那位老爷子年轻时的一次意外冲动。一直到成年前，第二继承人都没被允许踏足过主星半步，据说很是受了些苦头。

后面是怎么回归主星，两位继承人明争暗斗，后来又是怎么忍辱负重离开主星，在地方军团发展……这些不用多提，反正和白历也没多大关系。白大少爷那会儿还是浪荡公子哥，整天穿梭在宴会上，根本跟这些事没一点儿牵扯。

"他一回主星，气氛就不大对了。"江皓道，"元帅的意思是……？"

白历看了他一眼："江家还想掺和掺和皇室的事？"

江皓无奈："我是在想当年那个任务的事闹得那么大，又牵连出这么多旧案，是不是跟他回主星也有关。"

要说一点儿关系没有，白历是不信的，以前一有这种苗头，消息就被压下去了，这次偏偏怎么压都压不住，军界死咬着皇室，非要收归各地方军团的统一管理权。

梦中没这些事，白历也不知道事情会怎么发展，他摇摇头："你跟我都是小角色，别往这种事上掺和。"

江皓表示赞同，两人又说起别的话题。江皓道："我也不知道什么时候复职，明年开年帝国研究院的征集赛就开始报名了，军界这边的举荐名额有限，我估计是赶不上了，你得跟陆召说声。"

白历懒懒道："他又不爱管这些事，用不着军界举荐，我走普通渠道也一样。"

"普通渠道就得浪费更多时间，还得从地区选拔开始打。"江皓不是很赞同，"你跟司徒商量好了没？开机甲参赛的人得先选好……"

白历道："用不着选。"他扬扬下巴，"老子往这儿一站，还选得出其他的？"

态度很嚣张，语气很狂妄。江皓反应了好几秒："你跟司徒商量好了？我怎么听说你们那个机甲还在研发阶段，会对你腿部造成负担？"

"收尾阶段了，再做几次模拟战的实验应该就差不多了。"白历道，"我今天就是去跟他说这事，是得加紧了。"

江皓点点头，面有难色地看着他。

白历："怎么？"

"没怎么，我就想迂回地问一下。"江皓指指衣服，"你今天穿这件出门吗？"

"穿穿穿！"白历把围裙揪起来骂道，"没见过吧，看不够是吧，等会儿我让快递机器人给你送一件，你穿给你全家看！"

江皓手忙脚乱地挂断了通讯。

白历笑得不行，摸着脖子一回头，就看见陆召正斜倚着门框看着他，表情写满了对白历脑内构造的纳闷。

白大少爷的笑声跟被卡了嗓子的鸭子一样，"嘎"地一声停住了。

"醒了？"白历清清嗓子，不动声色道，"赶紧洗漱吧，等会儿我开车，顺道给你送军团去。"

陆召"嗯"了一声，看了白历一眼，表情平静地往洗漱间走。

估计是没听见多少，白历松了口气，拿着个人终端往卧室溜，准备换衣服。

快走到门口的时候，就听见陆召问了一句："你要穿这个围裙出门？"

白历一个趔趄，一回头看见陆召表情相当认真，目光溜着白历的围裙看了好几圈。

"差不多得了！"白历面红耳赤地吼道，"就算穿这件又怎么了？老子就只穿条裤衩都是最帅的！"

话虽如此，但白历出门时还是穿得人模狗样，上车时还非常显摆地跟陆召抖了抖自己的新休闲西服。

陆召也没继续调侃他。

两人开车上了高架桥，陆召才忽然问道："军界的内荐名额怎么定？"

白历听到这话一愣，侧头看了陆召一眼："我跟江皓讲话的时候你听见了？"

陆召淡淡道："嗯，我级别可能不够，以前也没关注过，先去问问。"

何止是没关注过，白历知道他除了训练和机甲，根本就没留心过别的。他其实不想让陆召在这些事上多分心，明年开年就又要新一波的轮岗了，陆召可能还得出任务，白历不乐意让他在别的地方费工夫。

"其实也不用。"白历说道，"走普通渠道我也是有自信的，无非是多花点儿时间。"

陆召停了几秒才道："我查过，军界内荐，你能少打很多场展示赛。"

虽然机甲研发已经到了最后的稳定阶段，但白历却不能一直都维持在良好状态。尤其是这次住院，老郑提醒了好几次，让白历少上模拟舱，控制体能锻炼频率。

白历知道陆召是什么意思，解释道："真没事，我心里有数，机甲的数值也基本稳定了，不会对腿造成太大刺激……"

"白历。"陆召打断他，"我是担心你的腿，但你想做这个，我不拦着。你想做，就去做。"他顿了顿又说，"但你让我什么都不干，就这么看着，我忍不了。"

白历的嘴唇动了动，没吭声，车平稳地在路口停下等红灯。

眼前一辆辆悬浮车穿梭过去，白历心里有点儿温暖。要是以前，白历或许还会挣扎挣扎，矫情一下，但现在他觉得根本没这个必要。

"成。"白历呼出口气，"你帮忙打听打听，谢了。"

陆召点点头，他心里其实也不敢打包票就能办成事，他说到底只是个少将，名气大的原因也有他人种的因素在，级别毕竟还不如江皓，这点他自己很清楚。

白历开着车道："慢慢来，你得罩着我呢，这种麻烦事以后多的是。"

车一路开到军团门口，远远就看见了韩渺和陈楠。

两人走得慢慢吞吞，后勤部和军团本部一般不会一起上班，时间对不上，今天估计是年底了，都要开会，韩渺和陈楠才一起出门，也不知道车停哪了，还挺有闲工夫，散步上班。

白历的车也开得很慢，离两人近了才停下，从车窗里探出头来跟两人打招呼："早。"

陈楠之前没见过白历，表情有些困惑，韩渺却认了出来："白历？你怎么在这儿？"

"嗯，刚好顺路。"白历冲韩渺点点头，又向陈楠自我介绍，"你好，我是陆召的契约人。"

陈楠立刻明白这人是谁，也大概知道白历说的"顺路"是什么意思，略一低头，果然看到了副驾上的陆召。

陆召的表情没多大变化，但眼里却略有笑意。陈楠愣了愣，他头一回见着陆召这样笑。

车停稳，陆召和白历下车，四人互相打了招呼，韩渺又向白历介绍了一下陈楠。

"这几天的事我们都听说了。"韩渺对白历说，"网上传的沸沸扬扬，你也别介意，我听说军界已经有动作了，不会让媒体舆论影响你和陆召正常生活，上次的情况不会有的。"

上次的情况说的应该是军团骚乱那回。

白历点头道了声谢："其实我还挺乐意他们拍我的，就是有的记者拍照技术不行，没拍出我的英俊。"

几个人想起来他对着镜头比剪刀手这档子事，都笑了。

陈楠正准备说话，就看见远远又开来一辆高级悬浮车。车朝着四人站着的地方开，刚停稳，就有一个人摇下车窗来打招呼："陆召，真巧！"顿了顿，才又加了句，"白先生，你也在啊。"

白历几乎在车窗摇下的瞬间就感到唐开源的精神力，他下意识地绷紧了身体，半眯起眼看了过去。

"熟人？"韩渺问道。

陆召还没开口，唐开源就笑道："是，我和陆召是旧识。"

"见了两三面也能叫旧识？"白历懒懒道，"唐少爷对'旧识'的定义还挺宽。"

唐开源的眉头皱了皱，没有搭理白历，继续对陆召笑道："我带两个朋友来附近采办过年的礼品，刚好看见你和白先生。上次因为白先生身体不适，闹得不太愉快，我一直挺想找个机会再见见，聊聊天叙叙旧什么的。"

再看车里果然还坐着两个人，副驾上一个，后座上还有一个，都隔着车窗看着陆召和白历。

这人虽说声音温和，谈吐儒雅，但陈楠和韩渺老觉得话里不大对味儿。

军团建在相对人烟稀少的地方，往这里采办过年礼品？就算附近有些店面，那离军团也是有距离的，怎么就往这拐了呢？

白历心里冷笑了一声，梦中唐开源就是这样，几次"顺道"路过军团门口，和陆召制造了不少见面的机会，明示暗示着陆召可以用结契来缓解现状。

"不用。"陆召淡淡道，"没空。"

唐开源见他比在游轮上的神色更加疏离，心里有点儿着急，推开车门就想下车。车门刚开了一条缝，就听见"嘭"的一声巨响。

众目睽睽之下，就瞧见白历抬起脚把刚开的车门给踹了回去。踹完了还不算完，脚就踩在车门上，在高级悬浮车一尘不染的门上留下了几个清晰的脚印。

所有人都愣在原地，半晌，唐开源回过神来，怒道："白历！你想干什么？"

"没事。"白历漫不经心道，"鞋底脏了，我蹭蹭。"

韩渺和陈楠一副"哇哦"的表情。

白历站在车外，目光居高临下地看着唐开源。这种微妙的高度让唐开源的心里瞬间蹿起一团火，他没想到白历如此不给他留面子。

他下意识地看了一眼陆召，意外地发现陆召正看着白历的腿，眉头皱得挺紧，似乎不大乐意。

唐开源心里一动，正想跟陆召说些什么，替陆召缓解一下契约人的粗鲁带来的尴尬，就听见陆召开了口。

陆召看看白历："用右脚。"左腿能少动就少动。

白大少爷虚心受教，赶紧换了只脚，于是车身上的脚印成对了。

没人吭声，只有陆召，满意地点了点头。

嗯，这样挺好。

第四十八章
玩机甲，没人比老子强

白历下意识地不想让唐开源从车里出来，没过脑子就直接堵了车门。

原本梦境中的命运，唐开源每回下车都会跟陆召有近距离接触，握手是常事。白历知道这小子不对劲儿，更不乐意让他和陆召有一丁点儿的肢体接触，厌烦劲儿一上头，脚就上了车门。

一脚上去之后自己也有点蒙，他又找回了年少时在宴会上连掀几张桌子扬长而去的感觉。

爽爆了。

车里的两个稀种吓了一跳，唐开源用力推了两下车门，推不开。

"白先生。"唐开源看向白历，"你这种行为太粗鲁，不是贵族应该有的。"

白历感觉浑身通泰，前所未有的舒畅："你说得对。"把脚放下了。

唐开源皱着眉刚把车门推开一条缝，白历"咣当"一声，又一脚把车门给踢上了。

"白历！"唐开源怒道，"你干什么？"

"你车上有蚊子，我帮你打一下。"白历眼神很真诚，"助人为乐，贵族该做的。"

唐家和白家关系不合，主星是个人都知道，韩渺和陈楠也听说过白历做事没谱，今天算是开了眼。

上一秒还好好地跟他俩聊天，下一秒脚就蹬唐家少爷的车门上去了，快到韩渺和陈楠都来不及想这是怎么回事。

"你能不能收敛收敛，别每次见面都这么……"唐开源斟酌用词，"剑拔弩张！"

白历划清界限："先说好，我是弩。"谁爱剑谁剑。

唐开源一侧身，蓄足了力猛地去推车门。没想到白历同时收回了腿，唐开源推得太大力，自己差点儿从车座上掉下去。

"慢点儿。"白历说，"四个字的成语都学会了，开个车门怎么就那么难。"

他的声音慢悠悠的，和唐开源记忆里年少时的那个白历重叠在了一起。

那时候唐开源听从父亲的劝说跳了一级，在白历隔壁班就读。两个班的体能课一直都一起上，每一次体能测试，唐开源都跑第二。他朝第一名看过去，从来只能看到白历的背影，以及白历用漫不经心又嚣张无比的声音说的那句："哎！没挑战，不行。"

话不是对着唐开源说的，但唐开源记了很久。

唐开源的整个年少时期好像都活在白历的阴影里，活在白历这座大山的山脚下。每次仰头看去，都看不到顶。

他知道自己得跨过一道名为"白历"的坎儿，游轮上时隔几年的再见，有一瞬间他觉得自己要跨过去了。

他闭了闭眼，把自己胸口翻腾的那股怒意压下去，才下车看着白历道："白先生，你大可不必因为这件事针对我。我知道游轮上的事闹得不太愉快，但当时事出有因，我也是替陆召和周围人考虑才和你起了冲突，今天我只是碰巧遇到陆召，想打个招呼。"

"误会了。"白历笑了笑，"我单纯就是想针对你，跟事不事的没关系。"

"你说话就一定要这样针锋相对吗？"唐开源微微皱眉，"我知道你对我一直有所不满，但父辈的事情我们没法改变，你何必耿耿于怀。"

白历头一次发现唐开源其实很有脑子。

他很清楚自己比白历多出了什么，也知道怎么刺激白历的神经。

这话等于是把唐白两家的破事摆在了台面上，白历的行为显得像是在发泄对唐家的不满，别说是陆召，韩渺和陈楠也听得出这话不太和善。

陆召的眉头皱起，正要开口，就听见白历说了句话。

白历："听说唐骁年轻那会儿很喜欢开一辆暗红色的狼牌悬浮车。"

唐开源愣了一下，随即想起家里的车库确实有这么一辆车。车型帅气，颜色漂亮，但父亲从来没开出来过。

唐开源："什么意思？你不要扯别的话题。"

"去问问唐骁还记不记得。"白历两手插在裤兜里，随意道，"我们家老爷子用他的车擦过几回鞋底。"

当年唐骁为了追白樱，开着车在下雨天演苦情戏，站在白家老宅外面一等一宿，白老爷子气得不轻，在他车上踩了好几回。

唐骁连着几天开着带着脚印的悬浮车回家，之后再也没开过那辆狼牌的悬浮车。

有那么短暂的几秒钟，唐开源仿佛听见血液冲击耳膜发出的尖锐摩擦。

但白历的声音比摩擦声更刺耳："你不如你爹，你的车没他的顺脚。"

没人吭声。

陆召也是头一次见白历狂到这个地步，白大少爷年少时的风光果然不全是谣言。骂人不讲口德，攻击先提短板。

精神力猛地高涨，唐开源垂在身侧的双手缓缓握拳，狂飙的精神力直压白历，浑身紧绷，看得出在强压怒意。

但随即，另一道精神力也立马压回。白历的精神力绕过陆召和陈楠，几乎瞬间就将唐开源横冲直撞的蛮横气味隔开。

双方针锋相对，白历的精神力仿佛一把利刃，任凭唐开源的精神力铺天盖地，他也硬是能撕开一道口子。

高等级特种交锋产生的精神力对冲让韩渺立马进入戒备状态，回手护住陈楠，将陈楠往自己身边拉了拉，用自己的精神力安抚陈楠。

"唐先生。"韩渺谨慎道，"这里是第一军团，请注意自己的行为。"

唐开源脑子里的嗡嗡声逐渐弱了下去，他的拳头紧了又松，隔了好几秒才缓缓趋于平静。

"不好意思，失态了。"唐开源稳了稳心神，脸上显出一丝尴尬，混杂进还未彻底平息的愤怒里，让他看起来有些狼狈。

白历轻笑了两声，唐开源的嘴巴张了张，却没吭声。他想起父亲几次三番提起不要在军团选拔之前惹事。

这里站着的包括陆召在内的三人都穿着第一军团的制服，看配饰，刚才说话的特种的级别似乎不比陆召低。唐开源有些后悔没忍住白历的挑拨，这跟他设想的场景并不一样。他一直在潜意识里觉得，白历才应该是那个先发脾气的角色。

僵持间，车里坐着的稀种终于出声："开源，时间不早了。"

白历的目光顺着看了一眼，蒯乐坐在后座，副驾的稀种白历和陆召都不认识。刚才的精神力对冲让车里的稀种不太舒服，这会儿目光扫过白历和陆召，最后还是停在唐开源身上。

"抱歉，等急了吧。"唐开源顺势回身安抚了两句，露出愧意，"刚才我有些冲动，吓到你们了吗？"

车里的稀种略显不适，摇摇头："什么时候走？"

唐开源忙道："现在，礼物我都大概想好了，你和乐乐去看看还有什么喜欢的。"

言毕，唐开源又向韩渺和陈楠道了歉，自我介绍了一番后，再看向白历时，脸上已经又是一派平和。

唐开源道："白先生，我们之间的误会太深，已经没法好好坐下讲一讲了。"

"我同意。"白历点头，"废话还是少说为妙。"

"我一直很想和白先生再切磋交流，很可惜，我想我们无缘在军团一较高下了。"唐开源温和地笑了笑，"不过我最近有打算参与林胜先生的机甲研发的想法，相信过不了多久，我们将会在展示赛上见面。"

原本梦境中唐开源似乎没有参与机甲研发方面的事情，命运似乎又出现了偏差。白历略皱了皱眉。

白历的表情让唐开源的心情舒畅了不少，他拉开印了白历脚印的车门，坐上驾驶座前回头看了眼陆召："我为我今天的鲁莽道歉，陆召，之前在游轮上没能好好叙旧，下次我们好好聊聊，我个人觉得契约人的事情您还可以再仔细考虑考虑。"顿了顿，唐开源又加了一句，"虽然我们之间曾有过竞争，但如果你需要帮助，唐家可以是你的后盾。"

言毕，他略带警示地扫了一眼白历，他还没忘记白历在游轮上的粗鲁行为，结合外界传闻中这场并不和谐的契约关系……

刚说完，就听见陆召淡淡道："不用。"

也不知道是在说不用后盾，还是说不需要帮助，或者是不用跟他扯上关系。唐开源有些愣愣地看着陆召，他被陆召脸上的冷淡浇了一头冷水，几分钟前陆召和白历说话时脸上的笑容似乎只是一场幻觉。

他没再想下去，车里的稀种在催促他快些上路。

等那辆布满脚印的悬浮车开出去老远，白历还没从思索中回过神来。

从白历得知自己的腿伤间接导致杨瀚无缘帝国研究院的那一刻起，他就意识到所谓的"命运"开始出现了重大改变。这种改变带来了无法预判的未来。

"怎么回事！"韩渺问道，"那小子谁啊，真晦气——"话还没说完，就被陈楠踩了一脚，叫了一嗓子闭上了嘴。

"白历。"陆召压低声音，"机甲这事，梦境的情节里有吗？"

他一看白历当时的表情，就知道这事似乎不大对劲儿。

白历摇了摇头，见陆召皱眉，笑着用胳膊怼了他一下。

"没事，别的不敢说。"白历道，"玩机甲，没人比老子强。"

陆召看了他一眼。

可能是错觉，但唐开源总觉得这辆带着脚印的车开在路上，所有人都在看着他。他并不喜欢这种感觉，就像小时候他几次跟白历干架，都被打翻在地时的感受一样。

车里狭窄的空间翻涌着唐开源带着焦躁的精神力，蒯乐略有不适地缩了缩脖子："开源，你别生气呀，你收收你的精神力。"

平时唐开源就对自己的精神力很是放纵，总是任由它若隐若现地漂浮在四周。但因为他本人的平和，那些精神力对周围人来说更具有安抚和吸引的感觉，不像现在，充斥着急躁和愤怒。

"早说了我不想来这儿，你非要过来，说这边的店面有好玩的。"安伦抱着手臂不高兴，"结果遇到了你哥，你还非要上去打招呼，不知道图什么。"

安伦是唐开源的第一个契约人，也是他落难时救下他的附属星小贵族。

有背景，就是有些骄横。唐开源平时很喜欢他有一说一的性格，今天却觉得这话挺刺耳："小伦，你不知道，白历那人靠不住，我觉得陆召跟他结契不行。"

"你觉得？"安伦不乐意，"跟你有关系？"

唐开源耐着性子解释："虽然他以前和我是竞争关系，也抢了我进第一军团的机会，但我觉得他跟白历结契很浪费，他跟我结契才是互惠互利，白历那人真不行……"

安伦不乐意地翻了个白眼。

唐开源拍拍安伦的肩膀："哎呀，我的头号契约人。白历的样子你也看见了，你不觉得陆召不该跟那种人结契吗？"

手指接触皮肤的瞬间带起一阵酥麻，安伦脑子里有些浑噩，心中腾起莫名的崇拜与顺从，顺着开口："嗯，你哥确实有点……"

"他不是我哥！"唐开源的声音重了几分。

安伦回过神："不是就不是，你吼什么？"

"小伦，你上次联系你爸爸说要帮我问问稳定精神力的方法，怎么还没消息？"唐开源没搭腔，有些烦躁地扯了扯衣领。

安伦的嘴唇动了动，隔了一会儿才说："我今天再催催，他肯定有办法的，你当时受伤那么重，不也是我爸爸治好的嘛！"

确实如此。唐开源的脸色缓和了一些，"嗯"了一声。

今天他跟白历的交锋，再次印证了他心里的疑虑。

精神力的不稳定导致他无法正常发挥，就连像白历那样压缩精神力都做不到。

这可不行，再这样下去，他根本就没法驾驶林胜研发的那台机甲。

唐开源做了个深呼吸，不顾安伦的抗议，开着车往附近的车行拐去。他受够了白历留在车上的脚印，就像受够了年少时白历留在他人生上的烙印。

研究所还是一如既往地忙碌，白历一踏进第六研究室的大门，司徒就已经拿着数据板走过来了。

"这几天重新调整了一下，你先试试。"司徒把头盔递给白历。

白历接过头盔，边走边道："我今天跟唐开源打了个照面。"

司徒："怎么？"

"他说他要参与林胜的机甲研发。"白历道，"应该会跟咱们一起，在明年竞争帝国研究院的合作研发名额。"

司徒："他没有研发方面的经验和资历，是准备作为驾驶员参与？"

白历点点头。

司徒骂了一句，"我真不想跟林家的人同一批竞争。"

帝国研究院的公开征集虽然还算公正透明，但一牵扯上皇室，就没人能打保票还能一碗水端平。

研发了几年的心血，司徒不想这么白白浪费。周围几个助手也多少有些泄气。

白历看了司徒一眼，用身体一顶司徒，把司老师给顶了个趔趄。

"我砸了那么多钱都没说什么，你急什么？"白历顶完一个回身，躲过司徒的拳头，"你就放心加紧手头工作，给我一个最满意的机甲。"

司徒听到后半句一愣："你真……你真要当驾驶员？"

白历道："不然呢？"

司徒没吭声，他不敢确定在数次的选拔赛下白历是否能抗住机甲带给身体的重压。

虽说这台机甲开发的目的，就是为了白历这样身体残缺或精神力够高但身体稍弱的人开辟一条道路。但毕竟还在研发阶段，谁都说不准会有什么不稳定的事情发生。

第六研究室的大型虚拟屏幕上，一台蓝色的机甲被投映在半空。

白历抬起头，虚拟屏的背景是一片浩瀚星空，机甲在星河中漂浮，星屑擦过机身蓝色的喷漆，镀上斑斑点点的光亮。

唐开源今天的挑衅就像是一个火星，跳进了白历的脑子里，烧得他血液滚烫。

人生已经更改，白历不会再坐以待毙。

他要做的还有很多。

"我们投在这台机甲上的时间太多了，我年纪不小了，一线军团的年龄要求是有上限的。"白历看着机甲，轻声道，"我没有时间再来一次，也实在等不了了。"

他沉寂了太多年，都快忘了驾驶机甲穿梭在宇宙中的那种血脉贲张的感觉了。

白历每一次坐上模拟舱，每一次进入虚拟空间，他都幻想自己已经重新回到星河深处。

他告诉过陆召，他能接受研发失败带来的遗憾，这句话不是撒谎。但他没有告诉过陆召，他心里的期待早已在一年年的沉寂中膨胀。他既希望成为为许多人开辟道路的"研发者白历"，也渴望做回从前那个有着无限可能的"白少将"。

这很矛盾，但白历没有办法。他等不了这台机甲彻底研发稳定，必须奋力一搏。他要亲自驾驶这台机甲走上帝国研究院的对战台，他是最合适的驾驶员，没有之一。

司徒的嘴唇动了动，隔了很久才说："我知道。"

"还有一段时间，加快速度，增加实验次数。"白历转过头，拍了拍司徒的肩膀，"给我一台最棒的机甲，这回白少将带你飞。"

他把胳膊压在司徒肩膀上，就像当年在军学院时一样。

司徒心想，这人的嘴真没白长，也太会说了。

第四十九章
研究所合作人

除了研究所的事情，白历额外还有件事得好好考虑。

快过年了，年礼也得准备了。这倒好说，按往年的习惯买了送出去就成，但送陆召的礼物要怎么准备，白历一直没想好。

这是他和陆召头一次跨年，白历相当具有仪式感地想要准备礼物。虽然早早就想准备，但赶上最近事多，以前想的那几套方案，现在看来都太没新意了。

唐开源前几天带人上街挑礼物，在第一军团门口闹的那一出倒是又给白历提了个醒，他得抓紧时间准备礼物，不然就赶不上跨年的时候送给陆召了。

大街上随便就能买来的，太没意义。送手表，陆召要训练，这种玩意儿不能戴。

白历脑子里的选项全被毙掉，他从小到大，还没有一个比陆召更亲近的人。在交际方面八面玲珑的白历也在挑礼物方面犯了难。

白历只能寄希望于神奇星网，背着陆召在洗漱间打开个人终端，输入"送契约人的最佳礼物"，关键词"创意""独特"。

白历想了想陆召，又郑重地加了俩字："很酷。"

点击搜索，网页立马就弹出无数条结果。

点开第一条搜索结果，首推的 NO.1："B520 附属星稀有矿石：在这块独一无二的石头上刻下契约人的誓言！让你们的结契永不消退！"

一块乌漆墨黑的石头，刻着金灿灿的"结契一生，相伴永远"八个大字。

白历僵硬地点开购买评价，一眼就看见评论区买家配图，一个稀种面如死灰地捧着跟脑袋一样大的一块石头，眼神空洞，神情失魂。还带着买家的留言："谢谢店家，礼品又独特又酷炫，还能永远珍藏，我契约人说他很喜欢！"

真的吗？我不信，他的眼神都已经死了。

白历当机立断毙掉了这个选择。又往下浏览了好几条，越看越无语，正准备关闭网页，洗漱间的门就被打开了。

陆召一拉开门，跟白历对个正着，有点儿蒙："你在里面干什么？"

白历手忙脚乱地把个人终端收起来："洗漱间能干什么？解决一下个人难题。"

陆召服了："马桶盖不掀起来就解决？"

"你理解偏了。"白历稳坐其上，镇定道，"我的个人难题需要动脑，我觉得这个环境比较适合思考。"

陆召懒得搭理他，这人脑子不对劲儿："让一下，让我解决一下个人难题。"

白历捂着胸口站起来，做了一个"请"的手势。

"我的个人难题不用思考。"陆召说。

白历把马桶盖掀开了，表情严肃地从陆召身边挤出洗漱间："我给您腾出解决空间。"

陆召想笑，忍住了："几点走？"

"九点到就行。"白历站在客厅缓劲儿，"先去研究所，下午去军医院，你体检，我找老郑复诊。"

参加明年帝国研究院征集赛的消息一经确认，很多事情就得加紧了。机甲的调整和数据整理都到了最后阶段，需要大量的模拟实验。

人机模拟对战的次数增加是必须的，真人模拟对抗的频率也得提高。陆召下班或者放假的时候也往研究所钻，跟白历交手是一件挺痛快的事，他相当喜欢。

可能是放下了很多心结的缘故，白历的状态很不错，大大延长了在模拟舱内的时间，几次模拟对抗的成绩让司徒和研究员很满意。陆召来不了研究所的时候，白历也会喊江皓过来，时间排得很紧，赶上年底军团也忙，两人难得抽出来一天空闲体检复查。

就这还得挤出一上午的时间来打几场模拟战。

第六研究室的巨大虚拟屏幕上，两台机甲在炮火密布的荒星上急速穿梭，蓝色机甲回身抬手就是一炮，手部搭载的离子炮轰向落后半步的白色机甲，自身也因为后挫力略显倾斜。

白色机甲同时反轰，两发离子炮在空中接触，炸得火光四溅。

因后挫力而挪动的机身差点儿被流弹命中，蓝色机甲速度极快，庞大的身躯拱起，避让开探测器显示的几发流弹，随即发力，光刀出鞘，正接住自火光中劈来的一刀。

白色机甲更侧重破坏力，使出全力压在蓝色机甲的光刀上。眼看光刀要被劈碎，蓝色机甲猛地一侧手，刀身倾斜一个弧度，连带着白色机甲的光刀顺势滑下，卸去了大半力气。身体机敏地躲开，这一刀劈了个空。

沉重的机身来不及翻转，白色机甲尚未收回力道，蓝色机甲就已经侧身反手刺来，光刀直插驾驶舱。

"叮——"

"对抗结束，十秒后开始数据统计收集——"

黑掉的屏幕上弹出一个胜负提示界面，观战的研究员们发出几声赞叹。

两台模拟舱自动打开，白历从模拟舱上走下来，活动了一下左腿，一抬头就看见陆召也半站起身，正看着他。

"没事，基本没感觉。"白历笑着举起自己的头盔，"来，庆祝一下我的第二十六胜，可算是跟您打平了。"

陆召用自己的头盔跟白历磕了一下："全算上了？"

除了跟陆召交手，白历还跟江皓有过练习。

"那没有。"白历说，"您跟别人能一样吗？得另算，这是兄弟内部竞争。"

陆召直笑，从模拟舱出来的时候还有点儿意犹未尽。

白历对机甲的控制力太强悍，他有一句话说得很嚣张，但没说错——机甲方面就是白历的主场。

"厉害。"一位研究员接过两人的头盔，由衷地感叹，"白老板状态越来越好了。"

白历笑了笑，正要说话，司徒从第六研究室外走进来，脸色不大好看："结束了？刚好，前两天查的事情有结果了。"

杨瀚和另一个助手跟在他身后，和白历、陆召打了个招呼。

录用杨瀚是司徒和其他几位面试官的决定，白历没太干预，杨瀚和唐开源一直到现在都没交际，也确实没打算再从事提高精神力方面的行业。

"合作人确实是转投了主星另一家私人研究所。"司徒心情不大好，"这家研究所我知道，一直都侧重研发能搭载更多具有杀伤力武器的机甲，成绩不错。"

陆召对这方面不太了解，看了一眼白历。

白历的表情没有司徒那么凝重，"嗯"了一声："变卦变得这么突然，听到什么动静了？"

司徒叹了口气："也不知道哪传的消息，说帝国研究院明年更愿意研发破坏力较高的机甲，最好能发挥特种的实力。"

军界毕竟还是特种居多，这个消息很具有真实性。

"消息一出来，圈内就乱套了。"司徒没好气，"往年可没这样，真晦气。"

陆召听懂了。白历和司徒研发的机甲更专注于精神力对机甲的掌控，为了降低身体承受的压力，机甲研发的方向就偏向灵活度和速度，搭载的武器并不多，对驾驶员的要求相对较高。

但这个消息的意思是，帝国研究院需要碾压式的机甲，白历研究所的机甲和这个标准相去甚远。

不止司徒闹心，几个研究员也跟着闹心，陆召问道："问题很严重？"

"不是严不严重的问题……"司徒解释，"我们研发机甲的时候是要考虑材质问题的，尤其是现在的这台机甲，要保证灵活快速的同时还要保证稳定性，材质很关键，但市面上能公开使用的材质数据并不多，稀有特殊金属的数据都掌握在少数几家公司手里。"

杨瀚也道："这些公司也是帝国授权开采的公司，每年都会选择合适的研究所投资，一旦研究所在征集赛中夺冠，他们也会成为帝国研究院提供材质金属的首选。"

"对私人研究所来说，只有研究院允许，才能开始真正研发和制造机甲，否则只能使用数据模拟。我们的机甲一直都缺少大量的材质数据。"白历淡淡道，"本来前段时间谈妥了一家。"

陆召皱眉。

司徒："越接近成品，机甲也越有竞争力，帝国研究院一直都习惯采用可以直接投入制造的机甲，边制造边调整，否则耗费的时间太多了。"

气氛有些萎靡，刚才一出精彩的模拟对抗带来的雀跃也少了七八分。

白历心里冷笑一声。这感觉他不陌生，每回他稍有昂头的意思，就得出点儿事给他添堵。他早有心理准备，没打算就这么放弃。

他这几年放弃的东西太多了，忍无可忍，继续干。

"老板，我说实话。"杨瀚道，"咱们的研发方向确实不是主流首选，我挺佩服您和司老师的选择，但出于发展前途考虑，可能……"他话没说完。

陆召的眉头皱得厉害，他前两天让霍存提交了一份内荐申请，过程也不是很顺利。

捷径被堵死，正常途径走着走着都能差点儿绊倒。陆召想不明白，怎么事到了白历这里就显得那么难办。

周围几个研究员小声议论着怎么办，司徒也有些担忧。

半晌，白历开口道："联系周家试试吧。"

"周家？"司徒愣了，"周岳？"

"嗯。"

"能行吗，"司徒犹豫，"我知道你和陆少将跟他有交情，可圈内早就传开了，林胜要跟周氏合作。"

在稀有金属开采领域，周家的位置非常特殊。

除了开采，周家也涉及研发复合材料，在这方面的技术一直比较领先，这也意味着他能提供更全面更先进的数据和技术支持。近几年周家人丁凋落，这方面的研发也一直迟缓不前，周岳接管后以雷霆手段重新树起标杆，愣是让原本有些萧索的局面又立了起来。

周岳是个机敏的商人，也是个说一不二的家主。白历的研究所和林胜的研究所，一个是名气一般研发方向小众的小研究所，一个是冠着"林"姓的大型私人研究所，司徒真不敢确定周岳会不会把之前的交情放在利益之前。

"不是还没有确切消息吗？"白历道，"联系他。"

司徒带着几个研究员先离开了第六研究室，时间不多，得尽快联系周氏。其余人散去，只剩下了陆召和白历。

"我可以跟周岳联系。"陆召终于开口，"毕竟……"

"毕竟有他弟那事的交情？"白历笑道，"司徒刚才要不提，你记得起来？"

陆召不吭声了。他还真记不起来，说实话他早把周临山那事忘到脑后了。

白历知道他怎么想的，一点儿都不意外。陆召这人就这样，做了的事就是做了，没考虑要回报，顺势而为，跟利益毫不挂钩。

白历用胳膊肘顶了他一下："你就不适合干这种事。"他也不想让陆召拿自己做人情，给他牵这种线搭这种桥。

陆召"嗯"了一声，有些无奈。

"别这表情。"白历朝他后背拍了一下，"你帮我的够多了，没你，我跟周岳压根就不认识。"

仔细想想也挺有意思，梦境中白历和周家没有半点儿联系。现实中，陆召因精神力问题而在家休养，掺和进了军团骚乱事件，由此才和周临山产生交集。

陆召抿着唇角松了松，知道白历这是不想让他太挂心。

"我这是仗着您的势呢！"白历道，"您是幕后大佬，这种交际的事就交给小弟我……"

陆召看了他一眼："交给你？"

白历改口："交给司老师。"

交给白历那就谈不成了，破嘴一张，能把研究所说破产。

"你有把握吗？"陆召问。

"没把握。"白历摇摇头，"周家本来应该跟唐小王八蛋联系得更紧密。"

陆召正要开口，白历又说："没把握也得握，不握一回谁知道自己握不握得住。"

抗争不是喊在嘴里的口号，也不是他踹在唐开源车门上的那几脚。白历一直都觉得，抗争应该是明知道命途多舛，还要迈出去的那一步。并不一定有好结果，但关键是这一步。

他不再纠结现实会怎样，也不再徘徊在梦中命运上，他要做的事情有很多，他得准备给陆召的礼物，还得把体能训练重新提上议程，他还有很多年很多路要走。

以后的每一步都是崭新的人生。

陆召在白历淡淡的语气中感到了一丝踏实，冲淡了他一直以来都有的无力感。

门外传来凌乱的脚步声，一个小助手伸头进来喊道："白先生，周岳先生想跟您聊聊。"

白历愣了愣："这么快就有回复了？"

"我们一跟周氏联系，就被直接转接到周岳先生的办公室了。"小助手磕磕巴巴，"他……他说跟您谈谈！"

白历应了一声，回头看了一眼陆召。

"我在休息区等。"陆召说。

"下午还得体检，我忙完就走。"白历笑了笑，"中午喝了营养液，想想晚饭想吃什么，一会儿跟我说。"

陆召在第六研究室的门口站了一会儿，看着白历往楼上的会议室走。

他一手拿着小助手整理好的资料，侧过头跟人说话。走廊的光线很好，白历侧过的脸难得收敛了一些白大少爷的痞气。

陆召看了一会儿，等白历上了楼，他才跟周围的人打了招呼，去休息区等。刚一坐下，个人终端响了一声。霍存发的简讯，回复的是陆召昨天晚上问的事。

霍存：送礼还是得送对方喜欢的吧？您要送谁礼啊，我帮着想想他缺啥。

陆召：白历。

霍存：哦，缺德啊。赶紧又补了一句：是夸他。

前两天白历又被霍存坑得拟战掉分，好不容易抽时间打游戏还气得够呛，大晚上在游戏上骂了霍存二三百字的小作文。陆召没忍住翘了翘嘴角，没回复霍存。

指望不上副官，也指望不上韩渺。去年韩渺送了陈楠一条手指粗的大金链子，差点儿把陈楠压得喘不上气。

陆少将思来想去，点开了神奇星网。

搜索界面，输入"送契约人的礼物"，关键词"贵重""合心"。

陆召想了想白历的样子，又加了个词："好看。"

搜索界面弹出无数词条，陆召点进第一个。

映入眼帘的首推 NO.1："B520 附属星稀有矿石：在这块贵重无比的石头上刻下契约人的誓言！让你们的结契合心顺意！"

陆召看着图片上那个乌漆墨黑的石头，纳了个大闷。

别说，是挺重。

会议室内，司徒和几名项目骨干介绍着研究所的基本情况，白历进屋后坐下，没有打断。

"刚才我已经跟您基本说过了我们的机甲。"司徒把手里的资料抖了抖，"现在我再继续跟您讲一下……"

虚拟屏上映出周岳的脸，还是一如既往的消瘦。看见白历落座，他抬手打断了司徒，看着白历直接道："白先生，你要知道，林胜先生的机甲可能会在明年的征集赛上很有优势。"

其余几人愣了愣，直到白历进屋前，周岳都没有说过几句话，没想到猛然开口，话题竟然如此直接。

"是。"白历承认，"我知道。"

"可能还会直接通过内荐参赛，节省很多时间和费用。"周岳又说，"请问您这边准备怎么应对？"

"我会走正常渠道。"白历摊摊手，"打比赛，进决赛，夺个冠。"

语气很平常，平常的态度让白历显得更嚣张。周岳忍不住笑了一下："很有自信，看来驾驶员也已经确认了。"

白历笑了笑："我开。比赛我来打。"

这位白大少爷的腿部旧伤已经不是什么秘密，周岳愣了愣："你来打？你的……"他顿了顿，"你要打几场？"

"打到最后。"白历淡淡道，"打到不能再打。"

周岳的心里没来由地猛跳了两下。

这几天网上闹得满城风雨，许多军团内部的黑幕被曝光，首先被提起的就是白历当年的那场救援任务。

提起旧事，就不可避免地提起白历的伤势，当年的惨况加上多年沉寂的现状，许多谣言被戳破，白历的"内里"逐渐被公正地展现在公众面前。

时隔多年的舆论反转，尽管白历从未表态，但这些年的艰辛苦楚无须多言，就能猜到几分。

游轮上陆召摘下那朵卡丽花佩戴在白历胸前时，周岳就有过一丝惋惜。刀锋蒙尘，当然遗憾。这一刻白历坐在这里，周岳忽然意识到。刀锋蒙尘，也还是刀锋。

"我再问一句。"周岳看着白历的眼睛，"如果这次征集赛失败，你的机甲还会继续研发下去吗？"

白历愣了愣，没想到周岳会问这个，但还是道："会。"

周岳问："征集赛并不是每年都有，你可能还要等很多年才有下一次机会，你还会继续研发，不改动研发方向？"

"不改。"白历没有丝毫犹豫，他闭了闭眼，深吸一口气，"即使要很多年，即使会失败，即使我已经过了重回军界的年龄，这台机甲都会研发下去。"

周岳笑了笑："你很固执，也很理想主义。"

白历也笑了："我说了，打到最后，打到不能再打。"

屋里陷入了短暂的沉默。

白历的声音不大，但如同一只有力的大手，抚着其余人挺直了脊背。

林胜的附属星研究所内。

模拟舱打开，唐开源脱下头盔走下来。

蒯乐正用个人终端处理着一些工作，见他完成模拟对抗，急忙递过去一瓶水："累不累？"

唐开源笑着摇摇头："你又在忙工作啦，放松放松。"

"那不行，我得再加把劲儿，不能让他们以为稀种娇气受不了这个。"蒯乐撇撇嘴。

"行。"唐开源拍拍他，"我们乐乐最有骨气。"

蒯乐想起另一件事："对了，开源，之前你说你问问以前的同学，帮我调职的事怎么样啦？"

"在问，年底了，事多，一时半会儿肯定不行。"唐开源问道，"你不是干得挺好吗？怎么非要调职呢？"

蒯乐有些不高兴地抿唇，半晌才道："我的同事老欺负我，就因为我是个稀种。"

这话说了不止一次，唐开源感觉自己的耳朵都听出了茧子。好像不管什么事，只要不顺心，蒯乐最后都能总结出这个理由。

唐开源心里有些腻了，但还是安慰说："委屈你了。"

说着却没来由地想起另一个人。军团那种满是特种的地方，那个人也照样能往上爬，寡言少语，应该从不会抱怨吧……

　　唐开源有些恍惚，陆召的脸在他脑海里浮现，他想到这些，就越发觉得愤懑。白历早已被推出帝国的核心，无缘军团，前途尽毁，压根没能力做陆召的后盾。他不一样，他还有大好的前程，如果陆召结契的对象是他，他肯定比白历更能给他提供便利。

　　何况最先发现并且联系陆召的就是唐氏。

　　白历横插一脚，借着他不在主星的空档，才捞着了这么个契约人。

　　思绪恍惚间，他隐隐听见远处门外传来的说话声。

　　"消息放出去之后，已经有几家小型研究所决定放弃今年的征集赛了。"助理的声音，"觉得研发方向不能满足帝国研究院的需求，没有发展前途，主动放弃。"

　　林胜的声音压得很低："还有呢？"

　　"白历先生的研究所也出了问题，原本的合作人转投了另一家侧重杀伤力机甲的研究所，理由和之前说的一样。"助理回答，"找的是研究院内部的人放的消息，显得可信度比较高。"

　　离得有点儿远，但好在精神力提高后还算听得清。唐开源的眉头微微皱起，他不喜欢这些龌龊的手段，正觉得有点儿膈应，听见"白历"两个字后一愣，皱起的眉头又逐渐平复下去。

　　算了，唐开源想，反正是白历和林胜之间的事。

　　一阵脚步声，唐开源立马垂下眼，和蒯乐说着闲话。

　　林胜走进研究室，看见唐开源已经出了模拟舱，愣了一下："结束了？怎么样？"

　　"挺好的。"小研究员回答，"唐先生的精神力和身体都非常强悍，可以充分发挥机甲的能力。"

　　林胜笑道："我就知道这个驾驶员没选错。"

　　"过奖。"唐开源谦虚着。

　　"前几次的模拟对抗记录我都看了。"林胜拍了拍唐开源的肩膀，"很不错！到底是一家人，我看和当年的白历也不差多少，这次征集赛如果对上，你就能大展拳脚……"

唐开源心里一阵烦躁，淡淡道："请您不要拿我和他比较。"停顿几秒，又加了一句，"我也不是为了和白历交手才选择当驾驶员的，我只是想为帝国的机甲研发尽一分力。"

林胜愣了愣，心里冷笑了两声。不是为了白历？装得还挺像。

"嗯，我知道，你的抱负大得很。"林胜懒得继续这个话题，"不过还是不能放松，模拟实验还要继续，等结合上材质数据，我相信凭借这个机甲，我们能为帝国军团的机甲列队里再添一员。"

唐开源点点头："不知道我们是和哪家合作？"

"周氏。"林胜道，"我只会选最优秀的合作。"

唐开源惊讶："周氏？之前他们不是拒绝了吗？"

"没有拒绝，只是在考虑阶段。"林胜略有不悦，随即又笑道，"不过现在应该已经做出选择了，相信周氏会欣赏我们现在的这款机甲。"

话音刚落，刚才门外说话的那个助理匆匆忙忙走了过来。

"林胜先生。"助理拿着个人终端，压低声音道，"周氏拒绝了。"

上一秒刚露出的笑容，下一秒就僵在了脸上。林胜嘴角的弧度略显尴尬，他愣了几秒："不可能！"

助理不敢说话。

唐开源皱眉："他们是不打算参与这次征集赛了吗？"

"不是，他们选了别的研究所和合作人。"助理看了一眼唐开源，表情有些复杂。

林胜怒道："谁？"

助理的嘴唇动了动，小声吐出两个字："白历。"

唐开源和林胜的心脏同时一沉。

白历，怎么又是白历！

第五十章
体检医生

蒯乐拿着个人终端，缩在角落的沙发上听着林胜压着怒火的呵斥。

站在林胜身边的唐开源的脸色也不怎么好看，刚从模拟舱上下来没多久，他的精神力还没彻底稳定收敛，熟悉的压迫感直往蒯乐头上压。

这股精神力里夹杂着急躁和愤怒，和平时平稳的样子不大一样。

蒯乐不喜欢这种感觉。大部分时间唐开源都是谦和儒雅的，和帝国那些贵族特种不同，既没有高高在上的臭德行，也不会要求契约人这样那样，蒯乐对他很满意。

或许是这种满意，其他契约人的存在他也接受了。

虽然蒯乐老觉得哪里怪怪的，但每到这时候，唐开源就会不断安抚他，对他说一些未来的光明前景，说一些大家凑在一起才能互相扶持的理论。

有一句话唐开源时常挂在嘴边："上哪里找我这样尊重你的契约人呢？"

蒯乐听得多了，偶尔会觉得好像也确实如此。唐开源家世不错，出身贵族，有钱也愿意为他铺路，虽然有安伦……但他也从来没区别对待过。

这么想想，蒯乐觉得自己可能还真找不来这样条件的契约人了。

"为什么是白历？"唐开源的声音响起，"不是说他们的机甲不符合主流标准吗？"

声音里透出一丝愤怒，蒯乐皱皱眉。或许是看惯了唐开源谦逊的样子，偶尔看见他这样咬牙切齿说话的样子，蒯乐都觉得不大舒服，就好像窥视到了笑脸面具缝隙下的另一面似的。

个人终端响了一声，蒯乐的思绪被打断，他深吸一口气，把注意力重新集中在自己手头的工作上。

一条简讯弹了出来：想要实证，得加钱。

发信人的备注写着"体检医生"四个字。

蒯乐看着简讯，咬着指甲犹豫不决。

也不知道怎么回事，最近风头很紧。以前混乱的舆论状况被逐渐整肃，前段时间多条涉及军界内幕，皇室特权的消息曝光后，好几个有过故意抹黑军人形象的记者被炒了鱿鱼。网上也是一片骂声，公民的情绪格外激动，要求严格管控、依法管理，禁止再有断章取义报道，引导舆论走向的事情发生。

网上吵翻了天，民众自发组织曝光了新闻圈里的各类龌龊手段，闹得动静太大，"无良记者"四个大字被刷到了热搜，风口浪尖上以前蹦跶得欢的业内同仁都没了动静，连蒯乐也因为以前的事被领导警告了。

借着这个档口，军界发表声明，表明军人并非可供舆论消遣的群体。态度前所未有的强硬，立场也清晰明朗，与之相反的则是皇室的沉默和对各类问题的回避。

在这种情况下，蒯乐手里有关军界的八卦素材也都砸在了手里。

之前在帝国军医院搞到的消息一直因为各种原因迟迟未发，这会儿看着这条简讯，蒯乐有些犹豫到底还要不要继续下去。

他思考良久，一咬牙，还是决定先搞到实证再说。说不准这阵风头过去了之后，就能用上。

他给那人回了条简讯：可以。

陆召要给白历送礼物，这事最挂心的还得数霍存。

主要从来没见过陆召送礼，霍存实在想不到陆少将顶着那张八百年不带情绪起伏的脸，会送个什么礼物给契约人。

霍副官连着问了好几次送什么，给陆召烦得够呛。

他是真没主意，他看机甲的眼光非常独到，看礼物的眼光就跟得了老花眼一样，看什么玩意儿都重影。

陆召挑了一圈，搞不懂这些礼物到底有什么不一样。花里胡哨的不少，贵的也不少，但陆召觉得都差那么点儿意思。

那边霍存还在叽叽叽地问个没完，陆召烦不胜烦，随便截了几张图丢给霍存。

隔了好一会儿，霍存从他的截图里挑了一张返回来：这个好。

陆召看了一眼。

眼熟，这不就刚才那块能刻字的乌漆墨黑的石头吗？

霍存：这个真的好，低调奢华的颜色，彰显内涵的刻字，真是送礼的不二之选。

霍存：天啊，少将，我竟然从未见过如此优秀的礼物。

陆召半眯起眼睛，每回霍存用这种语气发简讯，陆召都直觉不是什么好事。

霍存到底怎么得出这个结论的，就听见身后传来嘈杂的脚步声和交谈声，陆召看了眼时间，已经中午了，这应该是和周氏谈完了。

白历一走到休息区，就看见陆召正关虚拟屏上的网页。他看见一个乌漆墨黑的东西一闪而过，还没看清就关上了。

陆召转过头，目光落在白历脸上。白历的嘴唇微微抿起，表情说不清是什么意思。陆召心里咯噔一声，下意识地站起身。

"别说话，我不能多说。"白历的表情很复杂，"我快绷不住了。"

陆召愣了愣。

"刚才在会议室我高谈阔论，豪言壮语，快把司徒他们给感动疯了，已经跟我表了一百八十遍决心了。"白历的声音里带着颤音，"那个气氛不大适合狂笑，但老子真的快忍不住了。"

陆召花了一秒理解白历的意思，原来这颤音是憋笑憋的。

再往后看，几个研究员跟打了鸡血一样信心满满，叼着营养液就往工作台一坐，很有今天不研究出个大的就不下班的气势。

白历憋得难受，头也不敢回。他难得在员工面前树立高大形象，不想三秒就垮塌，但这会儿心情实在是太好了，司徒感动得语无伦次的样子也太好笑了，白历憋得相当痛苦。

陆召彻底明白了，担心白历就纯属多余，恨不得给他脑袋上来两拳开个瓢，看看里面到底是什么构造。

"谈好了？"陆召问。

"差不多。"白历说，"从林胜手里抢下来的合作，要不是当时那么多人看着，我当场打一套军体拳。哎，咱俩能出去说吗，边走边说，找个没人的地方我好好笑笑。"

憋得脸红脖子粗，陆召看了一眼，忽然笑了两声。

"你别笑。"白历扶着沙发靠背，哆哆嗦嗦，"憋笑的时候最忌讳听见别人发出相同的动静。"

陆召坐回沙发上，笑个不停。

"哎哎！"白历忍不了了，趴在沙发靠背上笑得肚子疼，"陆少将，你故意的是吧，我刚装完，你让我多享受一下这种装出来的优越感行不行？"

陆召边笑边问："都谈什么了？"

"也没谈什么。"白历半撑着沙发靠背，"可能真是很关心他那个弟弟，周岳对这台机甲一直挺关注。他就问我，如果这回征集赛我落选，会不会改变研究方向。"

陆召"嗯"了一声。

"我说我就想做这台机甲，别的方向我没兴趣。"白历随意道，顿了顿又说，"又问我要是过了回军界的年纪，开不了机甲了，还会不会继续搞机甲研发。"

陆召的心脏猛地抽了一下。他突然想起来这个问题，白历年纪不小了，军界允许去一线的年纪是有上限的，连白老爷子年纪到了也不得不听从军界指示，转战指挥位，极少接触机甲。但对白历来说，上不了机甲，那回不回军界就都不重要了。

白历留给陆召的印象永远都具有欺骗性。陆召一直觉得什么事放在白历这里，总能解决。但他没想过，留给白历的时间真的不多了。

"你怎么回的？"陆召问。

他其实知道白历会怎么回答，但他还是问了。

"我说会。"白历揉了揉笑得有点儿疼的脸颊，"我年纪大了也会继续做这个，家底造光了也会，我这辈子没什么大能耐，要是自己飞不上天了，就指望其他人开我造的机甲上天。"

陆召半晌没吭声，隔了一会儿道："你就不知道'换条路'这三个字怎么写。"

"胡说，我读书的时候成绩可好了。"白历拿了根笔在手心上写了三个字给陆召看，"不就这么写的。"

陆召看了一眼，白历的掌心上写着：走到黑。

白历觉得自己还挺幽默，陆召的手却伸了过来，把他手心里没干的墨水给抹成了三个黑疙瘩。

"你这不叫装。"陆召狠狠擦了几下，"你能不能别这样。"

"哪样？"白历没明白。

"别把真心话说得像个玩笑。"陆召说，"别跟我也来这套。"

白历发现自己在陆召面前毫无秘密可言，他的壳被陆召剥了个精光，扔在地上踩成了稀巴烂，还搅弄了他的五脏六腑，清楚他灵魂深处的每一点不同。

"哎！"白历看着陆召，"怎么这就不高兴了。"

陆召正想说自己没不高兴，就是实话实说。

旁边白历伸手过来，扒拉扒拉他的脑袋。这动作还是当年当教官时的白历安慰人时的模样，陆召斜了他一眼，没给白历反应的时间，竟然也伸手扒拉起白历的脑袋。

两人默默无言，互相较劲地在沙发上扒拉了对方脑袋老半天。

悬浮车快速飞驰在高架路上，车内的娱乐新闻播报着几天前就出现过的内容，只是主角又换了另一个十八线的小明星："……据传多次出入会所，疑似与身份不明的特种有亲昵接触……"

这段时间以前混乱的报道少了很多，别说是军界，只要是涉及正面形象的工作岗位，报道时的措辞都显得谨慎郑重。

白历有一搭没一搭地听着，手指在虚拟屏上点来点去，司徒发来的简讯正好弹出来。

白历看完，冷笑了一声。

"有事？"陆召开着车，看了白历一眼。

这段时间白历需要频繁上模拟舱，陆召在的时候基本不让他开车。

"之前传的消息，说帝国研究院明年要选偏破坏力强的机型。"

陆召道："嗯，记得。"

"我觉得挺假的。"白历说，"就打听打听，刚才司徒说打听到源头了，确实是帝国研究院内部传出来的。"

陆召："那是真消息？"

"还在查，要是真消息，那老子自认倒霉。"白历关上个人终端，向后靠在座椅靠背上，"要是假的，这就算是赛前干涉了，手伸得也太长了，帝国研究院的征集赛都想摆布，真当军界是吃素的。"

帝国研究院的项目范围不局限在军界，但机甲方面却一直是军界牢牢把控的。别的研究领域什么样军界不管，但机甲这块元帅一直盯得很紧。

陆召"嗯"了一声："你心里有数就行。"

"你是不是想事呢？"白历侧过头看看他。

陆召笑了笑："没，我在想换个体检医生的事。"

白历愣了愣："怎么？"

"上次你住院，进去检查腿的时候我在外面看见了负责给我体检的人。"陆召提速超了一辆车，继续道，"他可能跟那个小记者有联系。"

"小记者？"白历顿了顿，"蒯乐？"

陆召看了他一眼："嗯。"

"你没跟我提过啊。"白历坐直身体，"我一点儿印象都没有。"

事情一牵扯到梦中出现过的人，白历就跟被拉了警报一样警觉。

"当时就看了一眼，只是怀疑有联系，没来得及细想，后来……"陆召道，"后来事多，我给忘了。"

"啊这……"白历想起进医院那会儿的兵荒马乱，"情有可原。"

"以后不会忘。"陆召表情平静，"影响正事。"

他知道白历在意什么，之前白历提过，梦中唐开源会频繁刷存在感。从上回在军团门口那一次之后，陆召几次上班都遇到过唐开源，理由各种各样，却跟白历说的差不了多少。

细节越是对上，陆召就越重视这类事。

白历靠着椅背想了一会儿，梦中蒯乐和陆召的关系不错，从唐开源的视角看的时候，蒯乐跟现在表现出的感觉也不太一样，白历对这人了解不多，但可以肯定没有陆召刚才提的这一茬儿。

"也行。"白历说，"换个体检医生比较保险。"

陆召点点头。

车下了高架路，没开多久就抵达军医院。

白历一看见军医院的大门就生理性反感，他理智上知道自己只是不想沉溺在不愉快的回忆里，但克制不了自己一看见军医院嘴里就泛起镇痛剂味道的反应。

不想定期复查也是这个原因，白历在座位上动了动。

"别动。"陆召说，"还想跑？"

"没有。"白大少爷道，"这是我会干的事？"

"是。"陆召淡淡道，"复个查，月初推月底，有意思吗？"

被揭了底，白历不吭声了，陆召看了他一眼。

"我就是……"白历抿抿嘴，"真不喜欢这破地方。"

陆召想起白历在隔离房里睡熟了还皱着的眉，语气软了不少："我知道。"隔了几秒，又说，"我先陪你？"

刚说完就听见车窗外路过的小孩儿跟他父亲嚷嚷："我不去幼儿园，除非你陪我！"

他父亲说："你今年都五岁了，已经是大人了，得自己上幼儿园！"

"不了。"白历缩在座位上，"历历今年八岁了，可以自己复查了。"

陆召从军医院大门外一路笑到进了军医院。

车刚开到体检楼附近，陆召的余光就瞥见了一个熟悉的身影，车速缓了下来。

"干什么？"白历问道，"不能因为我八岁了，就让我下去自己走吧，这还远着呢。"

"没事。"陆召看了眼窗外，"看见了我的体检医生。"

白历顺着他的目光看过去，在一个留着板寸头正摆弄个人终端的人身上停了下来。

对方走得很慢，似乎是在回消息，时不时地左右看看，表情有些紧张。估计是刚上班，还穿着便服，提着个崭新的手包正慢慢往前走。

"哟！"白历看了一圈，"你这体检医生还挺有钱。"

陆召看了他一眼："这能看得出？"

"别的我看不出。"白历笑了笑，"光他脚上那双鞋，至少得够他三个月的工资。还有那个包，这个月刚出的新款，具体多少钱我不知道，但肯定不少钱。"

陆召对名牌的研究不多，只能顺着白历说的去看。

板寸脚上穿着一双款式新潮的新皮鞋，一身搭配和以前见面时大不一样。

"他家境不错？"白历看着那人，问道。

陆召摇摇头："不清楚，但感觉不像。"

白历眯起眼，想起陆召提过的事。

上次陆召体检距今也就一个月，这人哪来的钱大手大脚地挥霍？

白历觉得可能是自己紧张，但事一牵扯梦里的人，他就放不下心。尤其是这人跟陆召有关联，白历就更忍不了。

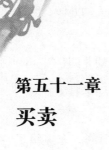

第五十一章
买卖

板寸最近过得不错，买了喜欢的新包，还不用分期还款。

手里有了闲钱，感情上也跟着有了起色。以前一直跟他搞暧昧的军医院同事终于肯明确关系，没几天就见了家长订了婚。

伴侣他挺满意，是医院一个小领导，病案科的副主任，特种，长得不错，不少人都喜欢，可还是被板寸追到了手。现在两人你侬我侬，正蜜里调油，恨不得天天腻在一起。

嘴上说着人种都一样，但其实板寸私下还是想和特种结婚。

以前都没发现，原来有钱的清闲日子这么舒服，而且来得这么容易。

个人终端上那个小记者的信息还在弹出，板寸说了一个价码，那边犹豫了一会儿，还是答应了。

板寸松了口气，嘴角弯起一个得意的弧度，起初的一丝愧疚早就随着旧的鞋子和手包被一起丢进了垃圾桶，只等着钱到账，他好去买那块看了好久的手表，他伴侣喜欢那一款。

到时候他伴侣带着他送的手表上下班，好好让周围人看看，他跟他们压根不是一个等级。

新闻头条弹出一个框，写着近期正着手整顿业内混乱的现状。

板寸看了一眼就给划掉了，他最近也没少看这些新闻，白历的名字反复被提起，但跟早些年的花边新闻毫不沾边。

自从内幕被曝光，白历负伤的事被重新翻出，各种类似的黑幕被层层揭开，公众的观点开始发生了转变。

再没人拿白历的腿伤说事，更有甚者扒出了作为军学院教材录像选用的一段白历的训练记录放在公众平台上，那些嘲讽过白历能力不足的人顿时就闭了嘴，就连跳着脚骂过白历和陆召结契的小粉丝们都没了动静，删了以前的发言记录，纷纷道歉。

人类有一个非常有意思的现象，苛待过谁之后要是后续出现了翻转，一夜之间就会又涌出无数补偿者，怜悯又愤慨，上一秒白历这样默默消失在军界的人还是块背景板，下一秒仿佛就成了光芒万丈的主角，什么样的夸赞都往他身上堆砌。

好像多夸几句，多捧一捧，以前他们打人的棍棒就不存在了似的。

但板寸很不屑。弥补要是有用，死人就能复活。

木头板上钉钉子，钉子拔出来了，洞也留下了。

板寸认为，白历和陆召这种站得高的人压根不需要弥补，有钱有势，过得滋润着呢。无非是以前被骂两句呗，有什么骂不得的呢？

这么一想，板寸就更没有愧疚感了。他卖消息得到的一点儿钱，搞不好还不够白历半个月玩乐的零头。

板寸哼笑了一声，把个人终端收回去，正准备加快步子往体检楼走，余光就看见一辆车。

高档悬浮车流畅的线条板寸光看一眼就挪不动道了，车身张扬的深蓝色就算在阴天里也显得格外漂亮。

板寸没忍住多看了几眼，等辨认出开车的人，他心里立马哆嗦了一下。

开车的年轻少将没什么表情，目光落在他身上。那眼神里连轻蔑都没有，看他像看空气一样。

板寸没来由地感觉不忿，恨不得现在就告诉陆召，他能做的事超出陆少将的想象，他能把这张没表情的脸撕得稀巴烂。

"陆少将。"心里的念头翻腾得再厉害，板寸的脸上还是摆出了一个笑容，目光对接了，他就得上去打个招呼，"今天体检是吧，来得挺早的。"

看不见真人的时候还好，一见到陆召本人，板寸竟然有了几分心虚。

车窗落下去，陆召冷淡的眼睛看着他，板寸不太敢对视，尴尬地错开目光。

一股属于特种的精神力从车里涌出，板寸愣了愣，意识到副驾上还坐着一个人。

"嗯。"陆召道，"来体检。"

板寸笑道："预约过了，我记着呢，一会儿直接上仪器就行。"

说完下意识地往副驾上看，一眼就看见白历那张似笑非笑的脸，比新闻上的更英俊。

"你挺忙的。"陆召淡淡道，"走路都不忘发简讯。"

板寸一惊，整个人瑟缩了一下，目光游移道："啊，嗯，跟同学发个简讯……"

"同学？"车里传来另一个声音，"表情不像啊。"

声音一响，精神力的压力似乎又大了一些。板寸咬咬嘴唇："同事，是同事，刚才说顺嘴了。"

白历盯着他看了一会儿，心里的猜疑又肯定了几分。

"那我先去准备准备。"板寸有点儿顶不住特种精神力的压力，看陆召像是毫无感觉，硬着头皮道，"陆少将停好车直接来上个月那间体检室就行。"

陆召还没说话，就听见白历冷淡的声音："他不找你体检。"

"不找我？"板寸愣了，"什么意思？"

"就是轮不到你。"白历倾斜了身体，离车窗近了几分，看着板寸道，"还听不懂？"

板寸反应了好几秒，才怒道："白先生是吧？你这什么态度，你说这话是什么意思？"

"你还真听不懂。"白历笑了笑，"脑子是不是小学二年级之后就没再发育。"

板寸气得满脸通红，弯下身对着车窗里道："体检医生是想换就换的吗？

这是医院定好的，谁都不能乱改，你不能替病人做主，病人也不能随便更换医生，得照章办事！"

"照章办事。"白历靠回椅背上，拍了拍陆召的手，"开车。"

陆召感觉白历脾气又上来了，侧头看了他一眼。

板寸在外面大声嚷嚷，路过的人都往这边看。

"白历先生，陆召少将，你们不能没理由就更换体检医生吧，军医院又不是你家开的。"板寸恨不得所有人都听见，"你们这样不是欺负人吗？"

"你先复查。"陆召启动悬浮车，"我去联系医院换体检医生。"

"去办公楼。"白历拿出个人终端，"老子去照章办事。"

一个通讯就打到了院长办公室。

板寸隔着车窗听到"去办公楼"四个字，冷汗一下就冒了出来。心虚加上恼怒，他跟着悬浮车紧跑了两步，才气喘吁吁地停下。

悬浮车头也不回就走了，根本不在意板寸怎么嚷嚷，也不在意周围人的眼神。

板寸站在原地气喘吁吁，刚才有陆召、白历在，还不觉得怎么样，这会儿他们走了，所有人就只看着他。看他站在路中心，跟个傻子一样脸红脖子粗，气喘如牛。

"粗俗。"路过的军官夫人小声跟同伴吐槽。

声音传到板寸耳朵里，他赶紧跑回体检楼。等他坐回自己上班时坐的位置，刚才的尴尬感还没下去。

他把包摔在桌子上，脑子里还一遍遍地过着刚才的镜头。

什么态度！那个白历！什么态度！有钱了不起？开个破车了不起？

板寸坐在椅子上，衣服也没换，耳边还回响着白历隔着车窗的"去办公楼"四个字，一阵心慌。

整整半个小时，他都坐在椅子上心神不宁，一边觉得自己跟小记者的事被发现了，一边又心存侥幸。

悬浮车没停在车库，直接开到了办公楼楼下。

白历从多年前负伤住院那次之后就没跟院长打过交道，逢年过节问声好，复诊看病照样走正规流程，这还是这几年头一回搞特殊待遇。

等通讯挂断，陆召看了他一眼，嘴唇动了动好像想说话。

白历也知道自己发脾气的时候不大好看，但他对陆召一向没脾气，表情缓了缓："那人不对劲儿，咱真得换一个体检的。你想说什么？"

陆召很坦诚地问："你怀疑他跟那个小记者有关系？"

"你不也怀疑？"白历说，"你要是不怀疑，也不会先提出来换人体检。"

陆召"嗯"了一声，虽然当时只看了一眼，但他本能地觉得不舒服。

"换了就行。"陆召没想那么多，"你还挺生气。"

"我就是觉得……"白历忽然意识到自己过得太舒坦了，对周围的事情警惕度降低了很多，还得陆召提醒，他是挺气，气自己是个傻子，"我表情很难看？"

"没有。"陆召说，"帝国最帅混凝土。"

白历气到一半憋出个笑。

"比你看见唐骁的时候气多了。"陆召把车停稳，又看了看白历的脸。

"能一样吗？唐老王八蛋最多跟我这儿蹦跶蹦跶。"白历拉开车门，回头道，"他要也这样跟你蹦，我让他鼻子嘴巴一块儿流血。"

陆召愣了愣，笑了一声。

办公楼本来应该禁止闲人出入，但白历表明了身份，跟陆召直接上了院长办公室。

院长办公室的门没关，白历走进去，手在门上敲了两下。

"白历。"院长正跟人说话，听到动静看了过来，笑道，"挺久没见了，之前还跟老岳问你恢复得怎么样了。"

老岳说的是元帅，元帅姓岳。

白历扫了一眼屋里的另一个人，是个特种，继而收回目光笑了笑："他也好久没见着我了，您跟他打听没用。"

"有用有用，你这边一有风吹草动他都知道，上着心呢。"

陆召走进来时就听见这么一句，看了眼白历，见到他脸上的笑意真了一点儿。

还是有长辈关心他的，可能关心的不多，但对白历来说足够了。

陆召的这张脸屋内的人都不陌生，院长起身跟他握了握手，他身边站着的特种医生也跟着寒暄两句。白历表明来意，简单介绍了两句。

"换个体检医生倒是没什么问题。"院长道，"不过怎么就要换了呢？"

话音刚落，旁边的特种医生好像憋了很久似的开口道："无缘无故更换体检医生不行吧，得给个理由。"

白历半眯着眼，不咸不淡地看了看对方。

"崔医生，你语气不要这样。"院长有些尴尬，"不好意思，这位是我们病案科的副主任，崔医生，和陆少将的体检医生有婚约，情绪有点儿激动，希望你们不要介意。"

病案科。白历多看了崔医生一眼。

那个体检医生最多只有查阅病历的资格，没有下载的资格。蒯乐想报道就得要实证，就需要正儿八经的病历，体检医生从哪里搞病历呢？

高等级特种的威胁让崔医生刚才还斗鸡一样梗着的脖子下意识地缩了缩："陆少将的体检医生是体检科的好手，我就是觉得这么随意更换对他不太公平，这不是欺负人吗……"

"我对大部分人都很讲道理。"白历淡淡地打断她，"但我最近发现，我这个身份和等级，最大的好处就是不用跟小部分人讲道理。"

崔医生皱眉："什么意思？"

崔医生还想开口，白历的下一句话就让对方立马闭了嘴。

"我怀疑军医院泄露病人个人资料给无良记者。"白历道，"我要求检查病案库的查询记录。"

崔医生的脸瞬间白了。

板寸在下午四点多的时候收到通知，让他去院长办公室。

他内心惶惶，从进医院工作到现在，他还没跟院长打过交道。

一路紧张害怕，终于板寸还是走到了办公楼。

院长办公室的门关着，里面隐隐传来谈话声。板寸不知道里面在说些什么，站在门口犹豫了半天，来往的医院职工好奇地看他，他才咽了口唾沫，忐忑地敲响了门。

门打开之后，屋里站着四五个人，院长和副院长都在，白历和陆召站在窗户边，而板寸的婚约人崔医生，正对着一块显示着病案库的虚拟屏浑身颤抖。

"我是……"板寸刚开口，话还没说全，就看见崔医生猛地转过身，一巴掌就扇在了他的脸上。

门还没来得及关，板寸被一耳光扇蒙了，扶着门框才没摔倒在地。

"混蛋！"崔医生的怒吼刺穿了他的耳膜，"我被你害惨了！"

板寸愣愣地捂着脸颊，难以置信地看着对方。

昨天他们还在计划蜜月要去哪个附属星过，崔医生还说要送他礼物，今天他就送了一记响亮的耳光。

板寸尖叫起来："你敢打我？"扑上去就跟崔医生厮打。

"为什么不敢？"崔医生把他狠狠推开，"你拿我的工号登了病案库也就算了，还私自下载病人的病历！你是不是非得要我和你一起完蛋，跟你一起混不下去才算完？"

板寸的心沉到了谷底，嘴上却狡辩："我没有！你们有什么证据？"

"登录记录查不到，但下载记录一清二楚！"崔医生指着虚拟屏上的一条条数据，"还有你自己非工作时间的浏览记录，你以为数据库是干吗用的？你个蠢货！"

崔医生像是一头发怒的猛兽朝着板寸狂吼。

"是你的工号下载的。"板寸心一横，"跟我有什么关系！我这个等级的员工是无权私自下载病历档案的，这事不是我做的！"

"放屁！"崔医生指着板寸的鼻子骂道，"下载的那天我跟你在一起，你缠着我要用我的个人终端，这件事我记得清清楚楚，你还想撇清？再说了，我跟陆少将不认识，我连他是来医院体检还是看病的都不知道，我下什么体检报告！"

板寸情急之下找不到解释的词，下意识地去看周围的人。

院长和副院长脸色铁青，医院出了个人信息泄露的事，院方也要承担责任。更别提招惹的是陆召，以及白家那个发起疯来能把医院给砸了的白大少爷。

争吵的动静太大，办公楼的走廊上很快就聚集了一群看热闹的人。伸着头认出了屋里剩下的两个不属于医院的人是谁，纷纷小声议论起来。

白历站在窗边，冷冷地看着板寸。

这个人他第一次见，陆召也根本没见过几次。他们之间本该没有多少交际，偏偏就能做出最恶心的事情。

白历忽然觉得很厌烦。他厌烦这个地方，厌烦这些人。他受够了这些无休止纠缠，以前他能忍受，是因为他一直都飘在半空，这些事这些人，好像都跟他隔着一层，他融不进这个世界，也就多出一分自以为是的高傲，能冷眼旁观。

但今天他突然明白，人不是你不招惹他，他就能跟你和平共处的。

他和陆召在一起，陆召也跟他一样，成了靶子。

如果白历继续这样，继续装作不在意这些事，摆着那副白大少爷玩世不恭的浪荡架子，那陆召迟早就得跟他一样被拉下泥潭。

他想起陆召那句话——人不能指望别人拉自己出泥潭，人只会把其他人带进泥潭。

原本梦境预见的命运中跟陆召关系不错的角色，因为白历的插手而站在了一个奇怪的角度。如果不是陆召警惕，那份病历报告现在就已经在蒯乐手里了。

命运的改变带来的变动不仅仅是好的，也有白历无法预料的地方。

他坐以待毙，泥也会浇在陆召身上。

"你心眼儿挺多啊。"崔医生还在那里吼，在得知自己不仅无望升职反被开除，甚至可能因医疗侵权而被问责后，再也没有一点儿理智，"平时甜言蜜语哄我是吧？又是换花样又是装痴情，骗我——"

板寸发出一声撕心裂肺的尖叫，伸长了手狠狠朝崔医生的脸上打了过去。

"你别想装干净。"板寸嘶吼道，"你看着我进的病案库，你以为我不知道？有本事别让我给你买这买那，别穿我给你买的衣服，别花我的钱！"

几道血痕立马出现在崔医生那张平日里满是微笑的脸上。

院长和副院长赶紧上去拉架，陆召皱着眉，他对眼前的这一切都觉得荒唐不经。

崔医生一拳打在了板寸的鼻梁上。鼻血流了出来，被板寸尖叫着抹开，一整张脸变得肮脏模糊。

陆召动了动身体，正要有所动作，就听见"咣"的一声巨响，白历抄起院长办公桌上的水杯，摔在了地上。

巨响过后，所有人都没了动静。

"有劲儿去捶墙。"白历说，"别当老子的面发没种的疯。"

崔医生看着白历，隔了几秒才说："装正义使者呢？你比我更想打他。"

"白历先生，陆召先生。"院长脸色相当难看，赶忙张口终止这场闹剧，"我们对医院发生这种事情感到很抱歉，院方一定严肃处理。"

白历走到板寸面前说，"病历你已经给蒯乐了？"

板寸缩在地上，白历因为愤怒而溢出的精神力压得他头疼不已，他狡辩的话到了嘴边，却没力气再编下去了。隔了好一会儿才摇了摇："他的钱还没到账，说好的是先给钱，我再传病历过去。"

这句话等于承认了泄露个人信息的事实，院长和副院长的表情难看到了极点。

"你怎么能……"院长气得不行，"你太没有职业道德了！"

"我就是一时糊涂……"板寸捂着脸呜呜哭，"记者找我之前我没想过要这样，他找我说能给我钱，我就……"

"现在给他发简讯。"白历道，"钱到账，六点军医院门口见面交易。"

钱到账则交易成立，有了交易记录就有了确实证据，人到了地方直接就别跑了。

板寸哽咽着问："我……我按你说的做，能原谅我这一次……"

白历冷笑了一声。板寸被这一声笑搞得浑身一凉，收起了自己那副可怜相，摸索着去拿个人终端。

白历半垂着眼看着这个人，心里一股一股地往外蹿火。

他吐出一口气，转过头的时候看见了陆召。

"问完了吗？"陆召的声音还是很平静。

白历点点头，转头冲院长和副院长道："这件事我们会如实汇报给第一军团和医疗卫生局，将由军团接手处理，立案和起诉都走程序吧。"顿了顿，他又加了一句，"我没别的本事，但老子不想在主星任何一家医院再看见这两个人。"

院长和副院长的脸色变了又变，这事到了军团，就等于通知了军界高层。军医院出了这档子事，又赶上最近军界内部整肃，实在是撞在了枪口上。

白历知道这事没完，军团最多处置板寸和崔医生，再加上个蒯乐。但白历要的不仅是蒯乐，他要知道谁给蒯乐透的消息。

手腕上一紧，陆召的手拉住了他的手腕。

白历抬起头，陆召看着他："说完了吗。"

"啊？"白历愣了愣，"还行，等六点的时候……"

门被陆召拉开，门外聚集着的人群还没散去。

白历被陆召拉着手腕向门外走去，剩下的话都消失在了嘴边。

陆召拉着他穿过人群，大步流星地走在透进阳光的走廊。他们把那间充斥着哭泣声和丑陋面孔的办公室抛在身后，把其他人的眼光当成空气。

"你脸色不好。"陆召背对着他，声音很轻，但白历听得到，"去透口气儿。"

这世界上有各色各样的人，但只有陆召能把他带出那个房间。

第五十二章
活得自私点儿

蒯乐把自己的东西一股脑塞进包里。

林胜已经离开了研究所，准备直接回主星。他在这里待的时间一向不多，蒯乐甚至没见到过林胜自己上过模拟舱。

就这样还是第一军团退下来的呢。蒯乐心里有点儿不以为然。

"要走？"唐开源走过来问，手里正拧着一瓶营养液，"去哪儿？"

蒯乐拿着自己的个人终端说："回一趟主星，我工作上有些事要处理一下。"

"要我和你一起吗？"唐开源问。

"你不继续上模拟舱？"蒯乐背好包，"不是说要等晚上回去嘛。"

唐开源的眉头皱了皱，还没从周氏拒绝合作转而与白历的研究所合作中走出来。但和蒯乐说话时语气依旧温和："不了，林胜先生那边出了点儿事，我也没心情继续了。"

"是白历……"蒯乐刚开口，看见唐开源的表情就下意识地闭上了嘴。

"合作人没谈拢。"唐开源没接蒯乐的话头，"问题不大，准备换一家。"

这事其实不该跟蒯乐说，没必要，这是他的事，一个稀种又帮不上什么忙。

但唐开源还是没忍住解释，他一听见"白历"两个字从蒯乐嘴里蹦出来，就知道刚才的话蒯乐都听到了。他下意识地想讲清楚，白历对整个研究所的影响不大，在他眼里算不了什么。

蒯乐"哦"了一声："那就行，换谁呢？"

"不清楚，还没决定。"唐开源拧开营养液的封口，"应该是高家的公司吧。"

高家最近涉足特殊金属领域，在业内混得还行，虽然比不上周氏，但提供大量的材料数据应该还是可以的。

"你要是不继续上模拟舱了，那就一起回主星吧，刚好送我去一趟军医院。"蒯乐看了一眼唐开源手里的营养液，修复型。

唐开源一直在喝修复型的营养液，他之前被迫降落在荒星的途中受伤，相当严重，是因为迷失方向而凑巧被路过的安伦家的商船救了。

根据蒯乐的了解，安伦的爸爸救治了唐开源，不知道具体用了什么方法，总之唐开源在苏醒时已经没有大碍，并且和随商船出行的安伦逐渐交好。

虽然身体已经没有了大毛病，但唐开源偶尔会觉得提不起劲儿，这种感觉他描述过几次，蒯乐没太明白，只知道修复型营养液能让他感觉好受些。

两人走出附属星的研究所，搭乘特快船飞回主星，又在口岸的停车场调出唐开源的悬浮车，往军医院一路开去。

白历坐在医院楼下的长椅上，手心里传来刺痛感。

刚才怒意上头，把院长办公室桌上的水杯砸出去的时候，他的手不知怎么被划了两道口子，这会儿才觉得有点儿疼。

白历把手翻过来，手心里的破口皮肉翻着，他用拇指按了按，血从里面挤出来一些。

他很久没在自己身上见到过伤口了，从军界退下来以后，他过的就是贵族少爷的生活。

一段时间没这样流过血，白历都快以为自己是钢筋水泥打造的，不会受伤了。

陆召挂断通讯，转过头就看见白历正用拇指把手心的血珠抹掉，走过去拉起白历的手看了一眼。

"得处理。"陆召皱皱眉，"划得有点儿深。"

"没事，这点儿小口子，特种的身体很快就愈合了。"白历回过神，想把手抽回来，"不碰它，睡一觉就结疤了。"

陆召没让他把手抽走，喊了一个路过的小护士，让他拿点儿消毒和止血药过来。

"别费这劲儿。"白历说，"等他把药拿过来，这口子都不流血了。"

"杯子碎片划的？"陆召没搭理他，看了看伤口形状。

白历"嗯"了一声："估计是刚才握得太紧，杯子碎了。手心的肉软，我也是刚发现破了个口子。"

见陆召的表情不大好，白历又说："真没事，硬汉特种的血小板也很硬汉，愈合速度你难以想象。"

"伤口就是伤口。"陆召没被白历拉跑话题，淡淡道，"长好了不代表没疼过。"

白历感觉自己差点儿被陆召短短这句话给击垮。

小孩子要是摔倒了，没人搭理，他最多抽噎两声就爬起来了。要是有人哄他，反而得扯着喉咙哭得鼻涕眼泪混在一起。

"您怎么跟哄小孩儿似的，"白历搓搓脸，"坐着等吧，你站着我坐着，我这个视觉感受好像我今年真八岁似的。"

陆召想笑，但一看见白历的手心就笑不出来了，沉默地挨着白历坐下。

"跟军团联系了吧。"白历问。

他那根筋又绷起来了，白历觉得要不是自己这根筋松了这么几天，早就得发现不对劲儿，也不会等蒯乐跟那体检医生都联系上了才琢磨出味儿。

"跟霍存说了，他气得够呛。"陆召点头，"说得直接上报给军团最高首长，六点会有人在军医院门口等着，接管小记者的事。"

在这种风口浪尖，军医院出了买卖个人信息的烂事，简直是上赶着拆军界的台。

白历估计元帅要不了多久都得知道这事，那老头相当看好陆召，又赶上他刚说了要整顿军界现状，说完还没多久呢就出这档子破事，老头得骂上个好几个月。

"我跟白家这边的律师联系了一下。"白历说，"走程序吧，全给老子坐牢。"

买卖个人信息在帝国不算小事，牵扯军界，这事更是小不了。

陆召看了白历一眼："你不高兴？"

拿药的小护士送来了一瓶消毒剂和一瓶止血喷雾，速度挺快，送过来的时候白历的血小板还没硬汉到给他伤口堵上。

陆召处理这种皮肉伤很老练，把消毒剂倒在棉签上，给白历的伤口消毒。

这种消毒剂和酒精差不多，蜇得伤口疼。

白历侧着头看陆召用棉签给他一点点查看划破的皮肉，知道这是在看有没有碎片残留在肉里。消毒剂往伤口一按，疼得白历下意识地松了口："我没跟你说过，原本的轨迹里你和蒯乐，就是那小记者，你俩关系不错。"

陆召的动作顿了顿，抬头看了白历一眼。

"本来不该有这一茬儿，他不会这样挖你的个人消息。"白历叹了口气，"可能因为我改变了轨道，所以他也'脱轨'了。你被迫承受脱轨的一部分后果。"

陆召皱皱眉："没发生。"

意思是没到最坏的地步，病历也没曝光。

"差一点儿。"白历半垂着眼，"就差一点儿。我都想不到要是真让那孙子曝光了，得有多少人嚼舌根子。你本来……"他顿了顿，"你本来应该一帆风顺的。"

也不知道怎么着，陆召心里猛地来了股怒意。

他不喜欢白历这种说法，更不喜欢白历现在的表情。

"就算真曝光，我也不在意。"陆召拿着棉签，坐直身体看着白历。

白历耐着性子："你以后是要继续向上走的，这种烂事能少发生就少发生，积毁销骨，你得爱惜羽毛。个人形象到哪儿都要紧，能注意就得注意，人都是不知不觉被毁了的。"

"我走到今天。"陆召说，"就是踩着闲言碎语过来的。"

白历愣了一下："这不一样。"

"没不一样。"陆召看着他，"我说我不在意，你就非要在意一份病历报告是吧。"

他语气里带着情绪，说得白历也急了。

"这不是病历报告的事，你这事曝光出去跟别的能一样吗？"白历道。

"哪里不一样？"

"你本来就不该有这种负面新闻。"白历一想到这就烦，手猛地往回抽了一下，"现在因为我，你也得跟着被牵连，这能一样？"

陆召抬手就把一整瓶消毒剂全都浇在了白历的手上。

消毒剂接触伤口带来的疼痛感让白历"嘶"了一声，不可思议地看着陆召。

陆召不看他，拿着棉签按在伤口上，头也不抬地冷冷道："你再抽个试试。"

白历被陆少将震惊得半天没说出来话。

"第二次。"陆召说，"没有第三次。"

说完低着头，用干棉签吸掉多余的消毒剂，再拿起喷雾往伤口上喷。

"你怎么……"白历回过神，难以置信，"你刚才是发脾气吗？"

陆召没吭声，朝白历的伤口上吹了吹气。

刚才消毒剂倒得挺猛，但陆召用棉签处理伤口的时候却小心翼翼，喷雾也喷得很仔细，这会儿处理完了，还跟哄小孩儿似的吹了吹。

要不是全程都冷着个脸，白历都不敢确定陆召刚才是发火。

"我也没说什么啊！"白历的气焰立马弱了一半，"你这……气什么呢？"

陆召也说不好自己气什么，他以前不这样，但跟白历在一起，情绪起伏似乎就变得格外大。

两人沉默着坐在医院的长椅上，阴郁的穹顶把周围压成一片浅灰色。

"我没想怎么样。"白历忽然开口，"我就是不想你也被这种破事影响。"

陆召听到那个"也"字，下意识侧头看了一眼白历。

白历靠在椅背上，没看陆召："我以前没觉得，刚才那个崔什么，说我装的跟个'正义使者'似的。我感觉他说得好像挺对。"

陆召皱着眉想说话，就听见白历又说："不是说'正义使者'对，是他说我装，我觉得没说错。"

或许是天色压得人难受，白历的声音明明不大，但在这个环境下，竟然显得有些沉甸甸。

"我以前觉得我还挺厉害，帝国最帅混凝土，机甲碎成那样我也就是断条腿，命硬得很，被人背后说两句，被小道新闻编排编排算什么，不痛不痒的。"白历淡淡道，"我今天发现不是这么回事，我特在意，我其实受不了别人那么骂我，也受不了他们戳我伤口。但我能装，因为我不装就没别的路走了。"

他要是不装，小时候一场场的晚宴上那些探究的目光就能逼得他抬不起头。他要是不装，就真的只剩下狼狈退伍的可怜形象。

人活着，不喜欢的事要是必须得做，就得装着喜欢，改变不了的现状，就得装作不在意。别人是不是这样白历不知道，但白历能想到的处理方法就只剩这一条。

他不愿意别人看见他软弱的一面，所以就一直装得像块混凝土。

"这就跟打麻药一样，只要打上去了，就算伤口肉眼可见地往外冒血，你都感觉不到疼。"白历侧头，看了一眼自己的手掌，"所以就觉得是自己厉害，就可劲儿打麻药，什么时候废了都不知道，我说人就是这样一点点儿毁掉的，不是骗你，是真的。"

陆召的心脏像是被捏了一把，挤压得变了形，闷得难受。他嘴唇动了动，说不了一句话。

他其实很懂这种感觉，他爬上来这么多年，别人走不了的路他也走过来了。

别人走不了，是因为受不了这种痛苦。陆召再强悍，也是个有感情的人，他现在不在意是因为他麻木了，但人从有感情再到麻木，都需要一个过程。

就像白历，就算给自己的精神打了麻药，他其实也是知道自己在承受伤害的。

"但药劲儿迟早都要过的，等药劲儿过了，才会发现自己哪儿都是疤。"

白历说，"陆召，我已经这样毁过一次了，我不想你也这样。"

他拍了拍陆召。

"你身上的疤也够多了。"白历说，"要是因为我又添一个，我真的受不了。"

他的药劲儿过了，不装睡了，醒过来了。

但陆召跟他不一样，陆召很清醒，所以能更直观地感受到这些沉重的折磨。白历可以忍受自己垃圾一样的人生，但他受不了陆召的人生因为他而被抹上一道黑灰。

"白历，你从来都不知道你最大的问题在哪里。"陆召垂着眼，"你活得这么累，不是因为装，是因为你老要当个好人。"

白历没听明白。

"既然怕腿受伤就别替别人挡那一下，想回军界就选最简单的那套方案，看不惯的人揍了就别觉得难受。"陆召的声音很平静，"你就是个普通人，更要命的是你还是个心软的普通人，却非得拿圣人那套标准往自己头上套。"

白历想反驳，但发不出一个音节。

"你觉得累，觉得恶心，是因为没人能给你同等的回应。"陆召掰开白历的手，看着那两道划痕，"你不是把自己装得很强，你是装作不需要回应。"

所有的付出都希望得到同等的尊重，这是大多数人都有的心态。但白历这么多年，在这个漏洞百出的世界里一直没有等到这种回应。

他在军界摸爬滚打，没有得到一朵卡丽花。他对白樱伸出援手，没能得到哪怕一瞬的回握。他对周围的人报以平等的视线，却只能得到各色的眼光。

白历靠在长椅的椅背上，忽然觉得这么多年的不甘有了一个明确的答案。

原来是这样。

原来我是这样一个普通人，白历想，我需要被认可，我需要被夸赞，我需要善意，我需要被回馈同等的爱。

但人总是希望能得到回应。他没有得到过，所以他打心底其实从来都不甘心。他错在明明不甘心，却还要装作不在意。

"我是个傻瓜。"白历看着头顶的树枝，喃喃道，隔了几秒，他小声问道，"你是不是觉得我这人特龌龊，付出了就想着要回报。"

陆召没有吭声，只是摇了摇头。

白历转过头看他。

"白历，你不明白。"陆召说，"付出已经是很难的事情了。"

世界上有无数人，没有付出，但还想要得到回报。

陆召有时候光是看着白历这样，就觉得累。但也因为白历是这样，他才佩服。

"活得自私点儿。"陆召声音有点儿哑，"至少在我这里活得自私点儿。"

白历在这一瞬间，感觉混沌中透出了一丝光亮，他像是得到了一个指令，明确地告诉他，在陆召面前他可以活得很自在。

陆召把他从壳里拖了出来，让他被迫面对光亮。暴露在白昼之下，他才发现自己已经生疮长霉，活得像条丧家犬，竟然还自认潇洒。

第五十三章
军医院门前

腿部检查没费多长时间，白历从老郑那儿听了一长串嘱咐才被放行。

他坐在悬浮车里等陆召，车载系统播报的八卦新闻没一会儿又扯到十八线小明星出入某会所的消息，白历有一搭没一搭地听着，感觉这新闻内容这个月就没变过，就是名字换了好几个。

这回换的小明星白历没听说过，听到一半儿播报里就针对这小明星多说了两句："据了解，本月二十六号也是他的十八岁生日……"

白历愣了愣，看了一眼今天的日期，离二十六号还有几天。

这小明星还没成年呢。

播报里没说出入会所是什么意思，但明里暗里的示意让白历挺不舒服。他听得不耐烦，抬手正要切频道，车窗被敲了两下。

陆召一只手敲车窗，一只手里拿着东西。

"做完体检了？"白历摇下车窗，"还挺快，上车等吗？"

陆召把手里的东西抽了一根给白历："一会儿霍存就到了，我在外面等。"

"这是什么？"白历接过来看了一眼，乐了，"哪里搞的这玩意儿，我都八百年没吃过了。"

花里胡哨的包装袋里是一根做成光刀外形的糖，这东西白历小时候吃过，带夹心的，有几十种口味。

"一起体检的有个小孩儿。"陆召说，"害怕，一直哭。科室主任哄他的时候顺道给了我两根。"

白历笑得不行："可以啊，跟小孩儿一个待遇。"

白历撕开包装袋，把光刀刀柄那边塞进嘴里，叼着糖"嗯"了一声："蜜饯桃味儿的。"附属星的水果，味道淡一些。"这味儿还行，不过我最喜欢橘子那一系列的味道。"

"以前常吃？"陆召也撕开包装袋。

"小时候常吃，老爷子还担心我蛀牙。"白历说，"后来被拖过去参加唐小王八蛋的生日晚宴，看见白樱送了一整盒这种糖给他，我就没再吃过了。"

那时候唐开源随手就把那盒糖放在了堆满礼物的桌子上，白历站在旁边看了好几眼，回家之后就把家里的这玩意儿全扔了。

他也说不好自己是什么心理，反正那时候不愿意再瞅见这东西。

时隔这么多年，白历再吃到这种糖，感觉自己还挺平静。

陆召看了他一眼，他对这些事一向不知道要怎么接话，只能默默把糖塞进嘴里，隔了几秒略惊讶道："还挺好吃。"

"第一次吃？"白历叼着糖棍问，"不能吧，这简直是童年味道啊，我就没见过小孩儿不吃这个的。"

"没吃过。"陆召坦诚道，"糖挺贵的。"

白历不吱声了。

陆召的童年过得贫穷艰辛，能吃碗糖粥就算过年了。这种糖棍白历小时候都快把牙吃烂了，但陆召连吃的机会都没有。

"咱家楼下超市就有卖的。"白历的手从车窗伸出去，拍了拍陆召的手臂，"一会儿回去买几盒，你尝尝别的味儿。"

等霍存赶到军医院门口，两人嘴里还各自叼着糖棍，毫无形象可言。

"我以为你俩出大事了，听少将说都打起来了，我一路上急得恨不得朝悬浮车抽鞭子跑快点。"霍存无语，"你俩在这吃吃喝喝怀念童年呢是吧？"

"没。"白历嘴里叼着糖棍直乐，"就你自己来了？军团怎么处理？"

说到正事，霍存也不开玩笑了，抬手指了指远处："时间太紧了，军团派人联系了警所那边，先带人回去问问情况，再跟他单位联系。医疗卫生局的也来人了，直接开进军医院带人去了。"

白历从车窗里探出头，顺着霍存手指的方向看了看。

两三个穿着警所制服和军团制服的人站在稍远的地方，正用个人终端一边调档案一边互相交流，估计还是在沟通今天的事。

"个人信息买卖不是小事，军医院都能泄露病人资料。"霍存叹口气，"我气都气不起来了，什么烂人。军团那边说了，查到底，从严处理。"

从接到消息到赶到军医院，霍存估计就没休息，一脑门汗。

"怎么穿着制服就来了？"陆召问。

"怕慢了赶不上逮人啊，"霍存道，"不是说这小记者跟唐家也有关系吗，我就怕唐家出面了这事不了了之，先把人扣了，警所的人带去问得一清二楚了再说，一点儿翻身余地都不能留。"

霍存这人虽然嘴上缺点儿德，但副官做的是真尽职尽责，陆召跟白历道了声谢。

"别，我就瞧不惯这帮孙子，上蹿下跳搞得满城风雨，舆论风气全被这种无良记者弄坏了，逮一个我扬眉吐气，逮三个我造福社会。"霍存摆摆手，又说起另一件事，"少将，之前申请军团内荐的事刚才来的路上有新通知了。"

陆召的目光从远处收了回来："说。"

"上面下了通知。"霍存挠了挠头，"说今年开始内荐要求提高了，得中将往上才有申请内荐的资格。"

白历坐在车里听得清楚，倒是没有多惊讶。他其实根本不相信自己能一路平坦，也早就做好了打正规渠道赛的准备。这么些年他也习惯了，他的人生拿的是"炮灰"的剧本，哪能过得顺心呢。

陆召的表情不太好，两手抱臂站在车旁。

新的通知明白地告知了他一个信息——他不够格。

这种挫败感已经很多年没有体会过了。

陆召一路走得还算顺畅，年纪轻轻就爬到了少将这个位置，已经可以俯视不少人。他偶尔会觉得自己混得不错，但今天他意识到他还差得多。

他以为自己跨过一道门槛就是战胜了一道难关，却没想过设定门槛的人从来都不是他。

设定门槛的权力永远掌握在更高层。

现在门槛的等级增加了。

"我还以为能成呢！"霍存有点儿丧气，"我还没见过白大少爷的机甲啥样呢。"

"正规赛你一样能看见。"白历笑了笑，转头看了眼陆召，知道他心里这会儿不舒服，开口道，"这事本来就不好办，你甭往心里去。"

陆召半垂着眼，缓缓摇了摇头："不好办是因为不够格。"

白历想说两句，还没出声，陆召就咬碎了嘴里的糖棍，淡淡道："迟早会够格的。"

白历感觉陆召身上的那股劲儿从来没变过。

有的人天生就是这样，要冒头的时候谁都压不住，他其实打心眼里看不起这些等级资格，但他不会去抱怨，他只会一个劲儿地往上爬，爬到可以无视这些等级资格的高度，再一拳把这些框架打得叮当响。

白历心想，所有人在陆召面前都特渺小。他觉得自己也挺渺小，但他喜欢这种渺小感，甚至愿意仰视陆召这个人。

悬浮车顺着高架路一路开往军医院，蒯乐坐在副驾驶的位置，手里的个人终端在转账过后就没了音讯。

唐开源感受到他的不安，开口问道："到底是要拿什么资料，你这么紧张。"

"没什么。"蒯乐看着窗外的风景，"就是一些档案。"

他知道唐开源对陆召有些想法，想结契，这让蒯乐多少有点儿不爽，所以也没把自己要做的事情和他说明。

"要去医院拿得档案应该不简单吧。"唐开源操作着方向盘，瞥了一眼蒯乐，"我知道你们行业有些……不好明说的地方，你得注意，别太过分了。"

蒯乐扭过头，不乐意："有什么过分的，大家都这么做，我做了就是过分了？是不是因为我是稀种，你就觉得我不该这么做？"

"我没这个意思。"唐开源心里有点儿不耐烦，表面还是温和安抚，"我是怕你出什么事，最近管得很严，要你留点心。"

蒯乐还是不高兴。

"别生气，你就算真遇到麻烦，我也能替你摆平。"唐开源安慰，"唐氏永远都是你的后盾。"

这话让蒯乐的脸色缓和了不少。

车开下高架路，没走多远就是军医院。唐开源看着前方逐渐清晰的军医院大门，"咦"了一声："出什么事了，怎么军团和警所的人都在门口？"

蒯乐顺着往前看，就见前方大门口站着几个人，穿着军团和警所的制服，盯着每一辆进入军医院的车看。

他心里的不安隐隐加重，正想低头回避视线，余光就看到军医院里走出几个人。

四五个人架着两人，被架着走在前面的看起来鼻青脸肿，被人扶着上了一辆印着医疗卫生局标志的工作车。车上下来个小领导一样的人，走到另一辆悬浮车前和一个背对着这边的人握手。

蒯乐心里"轰"的一声巨响，在唐开源开车拐进军医院的瞬间开口叫道："快走！"

唐开源吓了一跳："什么？"

"快走！"蒯乐尖叫，"他们是来找我的！"

"找你？"唐开源惊讶，"找你干什么？"

蒯乐来不及解释，就看见不远处那个背对着车的人回过了头，唐开源和蒯乐一眼认出那是陆召。

年轻的少将愣了一下，随即抬手一指，他身边的副官立马喊道："那辆车！"

唐开源今天开的车陆召认得出来，就是白历拿脚踩了好几个鞋印的那辆。

离得最近的几个第一军团的人立马往这边走，唐开源还没反应过来，下意识减缓了车速要停下。

"别停！"蒯乐扑了过去，"开车！开车！别停！"

方向盘被他带着一晃，车身就打了个摆子，唐开源赶紧推开他，怒道："你疯了？到底怎么回事！"

蒯乐的眼里满是惊恐，他看见板寸被带上医疗卫生局的车的瞬间就明白交易败露。他是干这行的，他很清楚买卖个人信息是什么罪责。

"开车！"蒯乐的声音尖锐刺耳，"我……我买了陆召的病历报告！"

唐开源有一瞬间的大脑空白。

他不可置信地看着蒯乐："你想拿陆召当你新闻的爆料？"

"开车！"蒯乐大叫。

唐开源下意识一脚油门，急打了方向盘掉头往外开。

他被蒯乐连着几声的尖叫刺激得太阳穴生疼，隐隐猜到了七八分。他没想到蒯乐能把手伸到陆召身上，更没想到这事竟还败露了。

车身急转，唐开源的目光却扫过远处那个站得笔直的身影。

陆召的脸上没有多余的情绪，看得唐开源心里发凉。

不能在这里的这种场合见面！军团和警所的人如果真是奔着蒯乐来的，那么一下车蒯乐就会被带走了解情况，唐开源自己也不得不和陆召打照面，光是想想唐开源都觉得难堪。

先开走，再想办法先把事压下去！

"这样还想跑？"霍存惊道，"堵死！别让这孙子跑了！"

车身猛地拐弯，差点儿撞上几个靠近了的警所工作人员和军团的人，众人叫骂着围堵，但赶不上唐开源一脚油门提起来的速度。

陆召和霍存正要帮忙，就感觉到一阵凉风吹过，白历的悬浮车如同离弦的箭一样蹿了出去。

深蓝色的车身在灰蒙蒙的天色下掠过，闪电一般劈出一道轨迹。猎豹一般直扑唐开源那辆黑灰色的悬浮车。

唐开源余光看到有车靠近，一咬牙就要提速离开。

没想到白历的速度更快，闪避开挡在前面的人，一个大拐直接莽到了唐开源的车头前，硬生生把唐开源逼得紧踩刹车，方向盘急打撞上了路边的清洁机器人才停下。

一切发生得太快，从唐开源决定掉头离开到白历逼停不过短短一分钟，所有人都还没回过神，愣在原地。

蒯乐发出几声尖叫，他吓得够呛，整张脸惨白，头在刚才的急转之下撞在了车窗上，疼得直掉眼泪。

"疯了，疯了！"唐开源坐在驾驶座上，心脏狂跳，"不要命了？"

就见深蓝色的车里走出一个人。那人反手带上车门，两三步走过来，在蒯乐的尖叫声里敲了敲车窗。

没人吭声。

唐开源从惊恐的余韵中回过神来，看着窗外那个半垂着眼似笑非笑的人。

这是压在他头上的一座山，是他无法横跨的鸿沟，是他想起就会觉得压抑的病因。

是白历。

"睁眼看看。"白历的声音从车窗外传了过来，声音还带着笑，"这才叫逼停。"

嘴里还叼着根糖棍，说话的时候一抖一抖，有着痞子一样的嚣张。

那是唐开源这么多年从来都无法做到的跋扈。

霍存等人一路小跑过来，给了白历一个大拇指："牛，白大少爷。"

警所的工作人员的脸色挺不好看，敲了敲车窗，扯着喉咙喊："下车！配合一下调查！"

唐开源的双手死死扣着方向盘，脑子里一片混沌。

这事跟他的关系不大，但刚才的掉头跑路就显得格外心虚。他本来没想到会被截停，如果他顺利走了，回头找找关系先把事暂缓也不是不可能，偏偏被白历给拦了下来。

白历，又是白历，哪儿哪儿都是白历！

蒯乐惊恐地抓着自己的包带："他们肯定是知道了，我不走，我不下去！"他用手推了推唐开源，"开源，怎么办呀？！"

"我哪儿知道怎么办！"唐开源吼了一声。这一声把蒯乐吼得一个激灵，愣愣地看着他。

唐开源喘了几口气，才缓和了些语气："也没说要怎样，让配合调查而已。先下车再说。"

蒯乐还没回过神，显得有些木木的。半分钟后，车门打开的声音才唤起他的神智。

他抱着自己的包缩在座位上，任凭几个警所的工作人员怎么拉扯劝说都不愿意走下车。

唐开源闭了闭眼，不管怎么说他都得先撇清关系，最近正是风口浪尖上，实在不能出一点差错。

他硬着头皮走下车，一抬眼就看见陆召抿着唇走过来。

一丝愧疚感让唐开源有些抬不起头，开口道："陆召，我……"

年轻少将一个余光都没分给他，径直走到白历身边。

没人搭理唐开源，他站在悬浮车旁，听着警所的工作人员劝导蒯乐的声音，和蒯乐时不时发出的几声尖锐的拒绝声，感觉自己像个笑话。

"开源！"蒯乐从副驾驶挤了过来，探着身子看向站在车下的唐开源，"开源，他们要带我去警所……"

唐开源深吸了口气，转过头看向警所的人："到底怎么回事？"

"什么怎么回事？"工作人员没好气，"你不知道怎么回事你跑什么？"

唐开源被噎了一下，皱眉道："我有急事，临时想走而已。"

军团的人冷笑了一声。

"至少得跟我讲讲是什么事情吧。"唐开源脸色不虞，"还有，白历，你不觉得你这么做很无耻吗？"

"礼尚往来。"白历拍了拍自己的车："问问你旁边这位，上回他撞在我车上的拍摄机器人修好了没？"

唐开源反应了几秒，铁青着脸去看蒯乐。蒯乐的肩膀瑟缩了一下，还是小声辩解："不能怪我……"

"请配合调查。"警所的工作人员不耐烦地重复了一遍，"根据我们了解，你涉嫌个人信息买卖，配合我们去一趟警所，随后会通知你的工作单位。"

"唐先生是吧？"工作人员转头看向唐开源，"您和他是什么关系？"

唐开源下意识地看了一眼陆召，才低声道："契约人。"

"他做的事情您知道吗？"工作人员问，"您也和我们一起回一趟警所吧，先问清楚情况再说。"

唐开源立马回答："我不知道！"

周围的人露出怀疑的表情。

"我真的不知道！"唐开源着急道，"刚才他才告诉我，是他扑上来扭方向盘，我才要拐弯走的。"

霍存乐了："刚才说的不是有急事吗？"

唐开源的脸色冷冷地，没回答。

"他涉嫌个人信息买卖，购买军人病历资料。"工作人员道，"我们有权将他带去警所接受调查，说不准以前还有类似的事情。如果唐先生知道什么内情，也可以一起去说一说。"

来的路上他还答应了蒯乐，说唐家是他的后盾，没想到这么快后盾就得派上用场了。唐开源心里厌烦蒯乐的做法，但这毕竟是契约人，也不能说甩手就甩手。

唐开源看了一眼蒯乐，嘴唇动了动，开口道："这样，我先带他回家，就在唐氏老宅等你们调查，我也会问问治安部的齐先生，或许有什么误会。"

这话里的意思很明显，唐氏是要保下这个人，只是需要时间。唐开源想让警所的人先回去，再赶紧找找关系，把事情压下去。

"第一军团只有一个准则。"陆召的声音响起，很平静，"谁的手伸到军团头上，就把谁的手剁了。"

蒯乐抖了一下，看了一眼陆召。

唐开源的表情凝固了，这是陆召头一回主动开口，说出的话却跟一盆冷水一样浇在他的头上。

"老子要看看。"陆召把个人终端摔在车的前盖上，淡淡道，"今天谁能把人保下来。"

个人终端投映出一块小小的屏幕，上面是陆召的军官证。

霍存的脸色很难看，几个第一军团一起来的兄弟也不怎么好受。

"带回去。"警所的人面色严肃，两个人一左一右就把蒯乐往车外拉。

蒯乐发出一声尖叫："你们怎么能这么对一个稀种！"

"等等！"唐开源急忙道，顿了几秒，看向陆召，"我替他道歉！陆召，这事我会给你一个交代，真的，我肯定给你一个交代！"

"给交代？"霍存开口，"你谁啊？你配吗？"

用不着陆召开口，几个第一军团的人就往前一站，指着唐开源的鼻子道："关你事吗？不关你事就滚！"

劝说声混杂着叫喊声，唐开源满头大汗，十分狼狈，让白历忽然觉得挺好笑。

白历笑了一声。这一声很清晰，传进了唐开源的耳朵里。

"跟你说个事。"白历淡淡道，"军团选拔是得审核有无违法恶劣记录的，你觉得第一军团会不会因为今天的事对你有什么想法？"

唐开源猛地僵硬了身体，他转过头，看向白历。白历也看着他。

这两个异姓兄弟在晦暗的天色中对视，这是很多年来他们第一次这样无声的交锋。

半分钟后，唐开源动了动，缓慢而用力地抽回了被蒯乐握住的手。

蒯乐惊讶地睁大了眼，愣愣地看着唐开源。

"你先……跟他们去。"唐开源轻声道，半垂着眼没有看他，"调查清楚了就没事了，到时候我会去接你，好不好？"

蒯乐的心脏仿佛扁了下去，但身体却不听使唤，脑子里蒙蒙的，按照唐开源的指示没再反抗，被拉下了悬浮车。

"唐先生。"警所的人继续道，"您要不然也跟着一起去趟警所？"

"这件事我没掺和。"唐开源的声音里压着怒火，"我不需要去！"

警所的人笑了笑："哦，行，我回头问问治安部的齐部长，看看您是不是跟我们有什么误会。"周围的人都跟着笑起来。

唐开源在这略带嘲讽的笑声中面无表情地看着白历，隔了一会儿，开口道："听说白先生的研究所无缘军团内荐，看来我们没机会尽快交手了。"

陆召的眉头皱起，霍存也气得够呛，正要开口，就听见白历的声音。

"那你应该吃点儿好的庆祝一下。"白历说，"感谢是军团内荐让你多做几天梦。"

"是梦不是梦两说。"唐开源扯了扯嘴角，"比赛时见分晓。"

唐开源坐回自己的驾驶位，不管围观人群投来的各色目光，甚至没顾得上看蒯乐一眼，开着车就要走。

"等会儿！"有个医院的工作人员跑了过来，敲开车窗，"你把我们的清洁机器人撞坏了，得赔钱啊！"

唐开源准备潇洒打方向盘的手僵在半道，摇开车窗，黑着脸转了一笔钱过去，然后立马带上车窗，开着车前盖被撞出一个坑的悬浮车驶离军医院。

一下午发生的事太多，直到第一军团的人和警所的车离开，白历才缓缓吐出一口气。

霍存跟着去了警所，了解事情后续。走之前白历交代了几句，让他一问出是谁给蒯乐的消息就立马联系自己。

帝国雨季的阵雨来得突然，唐开源走后没多久就飘起了雨点。

"回家吧。"白历站在雨里说，"我开车。"

陆召没吭声，沉默着坐到副驾驶的位置。

白历看了一眼军医院的大门，觉得大雨中的这个地方和梦里不再相同。他拉开车门坐上去，双手放在方向盘上，有些惺忪。

陆召侧着头看着他，半晌才喊了一声："白历。"

白历回过神，搓了搓脸："没事，我就是……"他顿了顿，"我就是突然意识到，我这些年一直回避的就是这么个玩意儿。"

他无法理解，梦中唐开源显得格外神勇，坐拥众多助攻，好兄弟遍布主星。

没想到今天白历就提了一句第一军团，他就放弃躺乐了。

白历并非对谁的同情，他只是忽然觉得特别没劲儿，就好像被抽走了一块骨头，整个人都有些垮塌。

"我感觉跟做梦似的。"白历趴在方向盘上，"没有实感。"

陆召不知道怎么接话，他其实一直无法对白历的这些经历感同身受，只能做到陪伴。

陆召拍了拍白历的肩膀。

第五十四章
伤疤只会变淡，不会消失

唐开源甩上车门，没搭理管家的询问，径直冒雨跑进老宅。

他胸膛里一半是怒意，一半是心虚，临走前连蒯乐的脸都没敢看，一路上打了好几个电话找人，但一听是这种事，那帮人就都推脱搪塞掉了。

最后他只能打给了治安部的齐部长，对方支支吾吾："怎么赶在这种时候出这种事……不是我不想帮你，那可是陆召少将啊，再说了，他的契约人是谁你也是知道的，那位少爷疯起来要是把治安部给砸了……"后面的话他没说完就被唐开源给挂断了。

白家的地位在帝国一直都高高压过唐家，就算到了这一代就只剩下白历一个活人，也犯不着为了一个小记者招惹白大少爷。

唐开源顺着楼梯向上跑，瞥见走廊墙壁上单薄的几张相框。

他年幼时去过一次白家的宅子，永远忘不了白家墙壁上一排身着军界制服的家主照片，和整整一面的功勋墙，以及摆满了柜子的金色卡丽勋章。

那时候他隐隐地浮起过一个念头，同样的血脉，为什么是白历得到这一切。

唐开源回过神，把刚才的思绪抛在脑后，现在他得想办法把蒯乐弄出来。

书房的门虚掩着，隐隐有谈话声传出，唐开源没多想，匆忙敲了下门就推开。

"父亲，有点事的……"唐开源的话卡在喉咙里，隔了几秒才道，"这是怎么了？"

唐骁坐在椅子上喘着粗气，手边的药打落在地，正瞪着蹲在地上捡药的唐夫人。

听见动静唐骁抬起头，指着唐夫人鼻子的手指僵在半空："谁让你进来的，不敲门就进来？"

"我敲了。"唐开源有些尴尬，"可能声音小，没听到。"

唐夫人将几粒药装回药瓶里，抬起头看着他笑了笑："淋雨了？怎么不去擦擦？"

柔软的笑容让唐开源的心神安稳了一些："母亲，这药是……"

"是我吃的。"唐骁调整好语调，脸上的表情也没有了刚才的狰狞，"年纪大啦，前段时间多喝了几杯就头晕头疼，刚叫了家庭医生开了些药。"顿了顿，他不等唐开源继续发问就自己开口，"刚才头晕没拿稳药瓶，散了一地，你母亲正帮忙捡呢。"

唐开源看向唐夫人，后者半垂着头，轻轻"嗯"了一声。

屋里的气氛有些古怪，唐开源竟然有点儿不敢问下去。

好在唐骁先开了口："有事？"

"啊，那什么……"唐开源清清嗓子，"父亲，我遇到了点麻烦……"

他把下午那会儿的事说了一遍，减去了让自己感到狼狈的情节，只讲了白历是怎么从他车上让人带走蒯乐的。

唐夫人越听越惊讶，等听到蒯乐把手伸到了陆召的病历报告上时差点儿没站稳。

"那个小记者是吧，我就知道这帮天天追着报道私事的没一个干净的。"唐骁皱着眉，松了松领口，"这事你不要管了，现在风头正紧，他撞在枪口上，你就别跟着凑热闹了。"

"这怎么能是凑热闹呢？"唐开源急道，"父亲，那是我契约人啊，我答应了要帮他的！"

唐骁的头还有些晕，不耐烦地挥挥手："不行。"

"父亲！"唐开源急了，去抓唐骁的手，"就这一次！乐乐是我契约人啊！"

唐骁的手被唐开源一握，竟然感到有些发痛。他已经老了，力道比不上年轻力壮的儿子，甩了几下都没甩开，不由升起一股怒意，猛地推开唐开源："你又不差这一个契约人！"

这话像是一把利刃，将唐夫人的心脏劈了个粉碎。

唐夫人觉得恶心。

"你在别的地方胡闹我不管，这件事说了不行就是不行！"唐骁吼道，"现在是什么时候，跟林家那位少爷刚搭上线，正要低调的关头，你拉着唐家搅和进那个稀种的破事里？"

唐开源被推得一个趔趄，他从来没见过唐骁这个模样，惊愕地看着自己的父亲。

"那毕竟是跟我有交情的人。"唐开源咬咬嘴唇，"而且您就看着白历把我身边的人送进监狱？他就是故意的，他……"

"闭嘴！"唐骁的脸盘子涨得通红，像是头发怒的熊，挥着拳头就要走过来，"你自己没用，从小就被他压着，还好意思说出来！"

唐夫人回过神，扑上去拦住唐骁："别。"她颤抖着小声道，"别跟孩子……那样。"

唐骁的动作顿了顿，猛地回过头甩开唐夫人的手。

药瓶又被打翻在地，药片滚落到了唐开源脚边。

"行了。"唐骁又松了松领口，喘着气道，"你也别在我这演兄弟义气了，等过段时间稳定了，你再把那个小记者弄出来也不是不行。"

唐开源看着地上的药瓶，又看了看被甩开却没有惊讶神色的唐夫人，一时间说不出话。

"再说了，过几天说不准你就不怎么想帮他了。"唐骁淡淡道，"等唐家起来，你就没时间想这事了。"

"等唐家起来"是唐骁一直挂在嘴边的一句话，唐开源从小到大都活在这句话里，就像活在父亲给他编织的梦里。

他始终觉得这个梦是真的，也一直觉得自己理所应当地站到更高的位置。但从回到主星开始，他就觉得自己离这个梦越来越远，而父亲也越来越陌生。

唐开源木木地"嗯"了一声。

"你准备准备，晚上一起去富丽会所。"唐骁缓过劲儿，弥补性地拍了拍唐开源的肩膀，"那位大少爷也要来，年末他在军学院还有几场演说，到时候会提几句林胜先生的研究所，和你这个驾驶员。"

这也意味着会在帝国研究院的比赛开始前替林胜的研究所拉波人气。这种机甲类比赛因受众面较小，一般不会在公众面前展示，但各大军团和军学院则一直都有关注，帝国研究院也一直面向这两方公开比赛过程。

唐开源的脸色缓和了很多，他知道，他已经在这一步上超越了白历。

"知道利害了吧？"唐骁哼笑了一声，"你先去准备，时间到了再喊你。"

唐开源没再拒绝，转身走出房间，关上书房门的那一刻，他听见一声拳头击打在身体上的闷响。

他没有回头看，关上门后失魂落魄地走回自己的房间。

安伦正躺在房间柔软的大床上发着简讯，见唐开源回来，手忙脚乱地关上虚拟屏。

"怎么啦这是？"安伦看了看唐开源的脸色，"出什么事了？蒯乐呢，不是说晚上一起回来吗？"

唐开源松开衬衣的两颗扣子，才觉得缓上一口气。

他走到床边坐下，有些浑噩地看着地面。

"问你呢？"安伦凑过来推了推他，"怎么回事呀？"

唐开源的脑子发麻，僵硬地又重复了一遍下午的事情。

"真是受不了。"安伦说，"星网上都闹成什么样了，还敢打这种主意。我跟你说，也就是白历和陆召懒得搭理，他俩现在但凡发个声把这事捅出去，光是网民的唾沫都能把蒯乐淹死！还有你，就冲你跟他的关系，唐家也得受牵连！"

唐开源道："难道要我看着契约人受罪？"

"那是他自找的！"安伦哼了一声，"我就不说别的，白历拿这事当由头，往元帅那边一告，军界高层全都知道了，你觉得你进第一军团的事会不会受影响？"

这话跟下午白历说的相差无几，唐开源没再吭声，太阳穴却一抽一抽地疼了起来。

所有人都在说白历，所有人都在提醒他他不如白历。

父亲指责他压不过白历，安伦也这么说，就连下午那会儿，陆召的眼里也只有白历……

唐开源晃了晃脑袋，不想再说这个话题。

安伦还在兀自叽叽喳喳，说了半天没得到回应，不满地推了唐开源一下。

"别闹。"唐开源还是耷拉着肩膀坐在那里，隔了一会儿，闷闷道，"我刚才……"话说到一半就说不下去了。

"刚才怎么？"安伦问。

唐开源半垂着眼，犹豫片刻，低声道："我感觉父亲和母亲之间好像……我不知道，我也说不好。"

"这有什么说不好？"安伦翻了个身，不以为然，"不就是你父亲打过你母亲吗？"这话跟雷击一样让唐开源跳了起来。

"你说什么？"唐开源惊道，"不可能！"

"有什么不可能，这在我们那里是常事，我本来还以为主星这种地方不会有呢。"安伦看看他，"你真不知道？不像啊，我之前觉得你是装作没看见，毕竟那么明显。"

唐开源的大脑一片空白，隔了好一会儿才挤出一句话："你胡说！"

安伦不乐意了："你要不相信，你把你母亲的衣服掀起来看看。我告诉你，被打惯了的夫人的眼神我见多了，看一眼就知道是怎么回事！"

话音刚落，唐开源就一把扯过床上的小枕头砸在了安伦脸上："我父亲不会干这种事！你知道唐氏是什么样的贵族吗？你那种小地方出身的贵族比不了！"

虽然枕头砸得不疼，但安伦还是尖叫了一声："你发什么疯！你别说你一点儿感觉都没有，你就是不承认而已！"

唐开源站在原地，手脚僵硬。他是不承认吗？他是一点感觉都没有吗？

书房那扇沉重的门又浮现在他的脑海，他发现即使是在回忆里，他也不敢去推开那扇门。

"我父母都是贵族出身，模范夫妻。"唐开源握着拳头道，"你懂什么，他们两个是贵族圈里最好的夫妻，我们是最让人羡慕的家庭！"

安伦看了他一会儿，忽然笑了一声。

"我知道了。"他轻声道，"你不是介意你父亲打你母亲，你是介意他们剥夺了你被人羡慕的亮点。"

唐开源的心脏停跳了一秒，眼前闪过自己生日宴上白历的眼神。

他左手牵着父亲，右手拉着母亲走过摆满了礼物的桌子时，白历看他的那个眼神告诉唐开源，他在这一刻战胜了白历。

他拥有白历一辈子都无法拥有的东西——完整且幸福的家庭。

满足感曾让他无数次以此为话题，在上学时当着白历提起。尽管白历从来没有任何表示，但他知道，白历在承受伤害。

这个认知一度让唐开源兴奋到战栗。

他不去推开那扇门，因为他知道，如果门后的真相是一片血色，那么他将永远失去这个彻底压倒白历的关键点。

他也要接受一个并不风光的父亲，和一个沾满血污的母亲。

唐开源一把推开想要安抚他的安伦，几乎是逃窜一样地冲出卧室。他一路冲到书房门口，站在那扇门前，手臂却似乎有千斤重，一丝一毫都抬不起来。

门被从里打开，唐骁愣了愣："你站这儿干什么？"

唐开源看着他，感到了屋内传出的残留的精神力。

"怎么还没换衣服？"唐骁皱皱眉，"快去收拾收拾，晚上见到大少爷的时候机灵点儿，别白费了父亲给你牵起来的这根线。"

父亲牵起来的这条线。

唐开源恍惚意识到，如果没有唐骁，他或许在很多事情上没有捷径可循。

"还不快去！"唐骁又催道。

唐开源站在原地愣了几秒，没有听到唐夫人的声音。他闭了闭眼，"嗯"了一声，缓缓地转过身去。

热油浇在调好的辣椒面上，"滋啦"一声激起一股直窜鼻腔的香味。

白历被这股味儿呛得直打喷嚏，手里的锅抖了抖："我好久……阿嚏……好久没做这种调料了，本来都忘了为啥不做，这会儿就想起来了。"

陆召也被这股霸道的香味熏得有点儿震惊，正想问为什么不做，就听见管家机器人发出一声尖叫。

"室内空气污染严重！"圆胖子用娇滴滴的声音尖叫，"冤家，你要死啊！"

然后开始在屋里疯了一样地转圈，往白历没伤的腿上撞，还跟陆召一直播报污染程度，全程捏着嗓子尖叫，要不是程序设定它不能离开这个房间，下一秒它估计就得夺门而出，带着门离家出走。

也不知道是被机器管家惊到了，还是被味道呛到了，陆召咳嗽了好几声。

白历一边笑一边打喷嚏。

"它能不能……"陆召捂着鼻子斟酌用词，"冷静一下？"

"不能。"白历说，"它得等屋里的味散得差不多了才不尖叫，但是还会持续骂我十来分钟。"

陆召服了。

家里又是辣椒味又是打喷嚏声，还伴随着发疯的机器管家，乱作一团，个人终端就在这时候震了一下。

陆召咳嗽着掏出看了看："霍存那边回信了。"

白历把拌好的调料浇在时蔬上："问出来了？"

"嗯。"陆召把虚拟屏放大，让白历也看得到，"调了通讯信息，查出来给蒯乐消息的是这人。"

虚拟屏上是一张陌生的脸，白历和陆召都不认识。

因为陆召和白历的身份，以及军团方面的施压，警所的办事效率很快。

确认白历和陆召都不认识这人后，警所用照片比对数据库，很快查到这人的信息。单从档案看，这不像是一个能把手伸到陆召头上的人，但一条此人入职过的公司信息引起了还留在警所跟进进度的霍存的注意。

没多久，霍存发来了关于那家公司的信息。

"看看。"白历笑了笑，"熟人。"

陆召快速浏览了一遍信息，愣了愣："高氏的公司？"随即回想起上一次体检时跟高家的那一次短暂冲突。

陆召基本是独自去体检，没见过什么熟人，也没几个人知道他战后受伤的情况，唯一一次被人撞见他在医院也就是高家那次。

"难怪之前在游轮上高家那样的态度。"白历放下碗筷，回了条简讯，"把这事跟警所说一下，证据警所应该很快就能找到，白家这边的律师也打个招呼，准备连高家一起收拾。"

简讯刚发出去，白历的个人终端就又震了震，发信人一栏写着两个字——周岳。内容很简单，还附带了一份调查报告。白历快速地看了一遍，没忍住发出一声冷笑。

陆召嘴里的蔬菜嚼了一半，抬头看着白历。

"之前一直传的帝国研究院的小道消息，关于征集赛的选择倾向的那个。"白历说，"还记得吗？"

陆召"嗯"了一声。

"消息来源查的差不多了，周氏的速度比我要快得多。"白历把个人终端推过去让陆召看。

其实周岳的想法和白历差不多，都觉得这个小道消息很古怪，所以早在跟白历谈合作前就已经着手调查，这会儿差不多出了结果，就顺道给新出炉的合作伙伴送了份情报。

报告太长，陆召没有细看，但周岳简讯上的信息简短明确，只有几个字：查到源头，疑似林胜手笔。

"他的手伸得太长了。"陆召皱了皱眉，"我可以报告给高层。"

白历把个人终端关上，摇摇头："你现在报上去，林家也会压下来。军界还是得给皇室面子，这种事查不到实证很难有个说法，就算有实证，只要没真闹大，他们都能想办法找块遮羞布，囫囵地掩饰过去。"

陆召有些食不下咽，白历调的凉菜配料麻辣爽口，这会儿进了口腔竟然都有些寡淡了。他有很强的无力感，这种感觉很微妙，让他意识到自己能做的事情太有限。

"吃啊！"白历夹了一筷子菜给他，"赶紧吃，我挨了圆胖子好一通骂才做的菜。"

"你夹给我的全是辣椒片。"陆召看了一眼。

白历笑得不行："菜椒又不辣。"

陆少将也不挑食，一口口塞进嘴里："准备怎么办？"

白历没当即回答他，只说："周氏是我从林胜手里抢下的，你知道吧？"

"知道。"

"周氏涉及的领域，同行不多，帝国出了名的也就那几家。"白历喝了几口粥说，"林胜那种人，不会和小公司合作，大公司也差不多都各自谈好了合作对象，林胜没了周氏，年底就得报名比赛，时间这么紧，他能选择的合作人不多了。"

陆召顿了顿，懂了："他会选高家。"

"他只能选高家。"白历撇撇嘴，"但高家现在搅和进了信息买卖的事中，他还什么都不知道，估计这会儿还美呢，觉得自己马上就能在征集赛上夺个冠。"

"你的意思是……"陆召琢磨了一下，"这事也会影响林胜。"

"高家这事，最多算是泄露个人隐私，搁以前随便糊弄两下就过去了，现在赶在风口浪尖上，军界肯定不会便宜他。"白历把最后一口粥喝完，"事出

464

来后舆论肯定要炸锅，光是骂出来的唾沫都够高家受的，跟高家有合作的林胜也得跟着膈应。"

世界上不缺好事之徒，更不缺盯着有缝的蛋深挖深掘的人。

只要立场站对了，顺着挖下去就是一件容易的事。合作人手段龌龊，你林胜知道还是不知道？知道了要怎么处理？撇得清也就算了，怕的是不仅撇不清，还跟着被挖出来黑料。

林胜这种人，从来都不缺黑料，只缺第一铲子。

知道白历心里有数，陆召的心情缓和了一些，没再吭声。

白历看了看他，陆召半垂着眼，看不出有什么多余的表情，但感觉得到他的情绪并没有因为问题得到解决而有所高涨。

一直到晚饭吃完收拾好碗筷，白历都感觉那种微妙的情绪持续围绕着陆召。他把手在水池里甩了甩，对着在冰箱里挑饮料的陆召喊了一声："哎。"

陆召站起身，拿了两瓶饮料走过来，将一瓶递给白历。

"你不大高兴。"白历喝了一口，看着陆召，"展开讲讲？"

这语气跟发现了什么新鲜事一样，陆召的眉头松了松，拧开瓶口："算不上。"

算不上不高兴。

"过来。"白历拉着他，拉到水池旁干净的台面旁，"让本少爷听听你有什么烦恼。"

陆召笑了一声，笑完了也没回答，背对着台面靠在桌沿上，思索了一会儿才开口："我就是发现，我能帮你的事真的很少。"

白历愣了愣。

陆召侧过头看他，"因为我和你都不是靠别人搀着扶着才能往下走的那类人。"

这种感觉很微妙。

陆召和白历其实是同一种人，不论人种，他们都有很强的保护欲。但这种保护欲在遇到同样强势的对方时就显得相当无力，因为他们很清楚彼此最深处的损伤并非身体，而是内心。

但这种损伤是不可愈合的，伤疤只会变淡，不会消失。

而他们永远无法插手彼此留下伤疤的那段时间。

白历几乎在陆召说完这句话的时候就理解了他的意思，这几天发生的事其实对陆召有了些打击。

先是旁观研究所面临的危机，随后又是被告知军团内荐申请被拒，陆召意识到自己原本的生活节奏太过简单，他在自己的领域是帝国之鹰，在白历的领域却插不上手。

"也不是所有人都得互相搀扶才算得上是感情至深相帮相助吧。"白历一手撑在台面上，想了想，"咱俩不是那种搀着扶着的关系。"

陆召看着他。

"咱俩是手拉手的那种。"白历说，"时不时还得掰一下手腕的那种。"

陆召想笑，没忍住，真笑了："还真是。"

白历直笑，"你刚才那算是情绪低落吗？"

陆召思考了一下，坦诚道："不知道。"

"这都能不知道。"白历叹服。

"不知道。"陆召说，"以前没有过这种感觉。"

白历一时无语，半晌才呼出一口气。他懂了，是他让陆召有了这种感觉，就像陆召把他从睡梦中推醒面对现实一样，他也把帝国之鹰从天上拽了下来。

两人互相对视一眼，各自露出无奈又舒心的笑容。

军医院在职人员泄露军人病历资料的事情一经报道，就引起舆论一片哗然。报道的用词非常巧妙，隐去了军人的身份和具体的病情，只针对病人个人信息被买卖这一点进行报道，狠狠扇了一把刚在军学院演说上言辞凿凿发表"绝对杜绝抹黑军人形象事情的发生"的第一继承人的脸。

早在前段时间不断有退伍军人以及军人家属得到不公平待遇的新闻传出时，帝国公民的怒火就已经被点燃，这篇报道就如同一盆油，直接扑在了公民的怒火上。

病历资料泄露！这是什么概念！

如果连军医院都无法保证军界人士隐私，那还有什么地方可以对这些战士们负责？

群情激奋，各大社交平台一片漫骂，军医院一夜之间撤掉了数位领导。

又有知情人士透露了泄露资料的医生身份和购买资料的记者身份。网民们没多久就把板寸和蒯乐扒了个底朝天，这一扒不要紧，板寸的社交账号被爆，顺着就查到了小号。

小号在论坛上的言论被曝光，措辞恶毒，言语极端，曾多次用小号在星网唾骂自己的病人。军医院的病人大部分都是军界人士，板寸辱骂的是哪类人也可想而知。

一同被扒出的还有蒯乐从业期间的各类恶行。蒯乐更是被网友贴上了"标准反面教材""无良记者的典范"的标签。蒯乐就职的公司领导焦头烂额，不得不出面给公众一个解释，并当场宣布辞退此员工。

皇室一度以为随着热度减退的话题再次被推向新高度，第一继承人在军学院的演说中，对于"如何看待现如今媒体肆意抹黑军人形象"的回应部分成了一纸空谈，皇室的脸面差点儿跟着被戳了个窟窿。

没过两天，军学院里的学生就将演说录像贴在了各大论坛。

白历坐在研究所的休息区浏览新闻，他刚结束一下午的人机模拟对抗，正觉得有点儿累，一听到第一继承人提起即将开始报名的帝国研究院机甲征集赛时差点儿没乐出声。

原本这只是一个受众面较小的征集赛，因为这段演说而顺带着有了热度。

更妙的是，第一继承人在演说最后还表达了一下自己对机甲的看法、偏爱的机型，顺带提了一嘴林胜的研究所。

这当中的意思白历明白，无非是想为林胜争取一些军学院和各大军团的关注，没想到因为信息买卖的负面新闻直接被摆到了公众面前。

白历在听到第一继承人说出"这个研究所有优秀的机甲研发人员和优秀的

机甲驾驶员"这句话时，有一瞬间特别想看看唐开源的表情。

他感觉看上一眼，自己能一直笑到明年。

"我笑疯了。"司徒趴在沙发靠背上跟着一起看，"我昨天看到这段的时候都惊了，本来该生气的，这和赛前拉票有什么区别，但一想到这段演说刚说完就被打脸，我就气都懒得气了。"

"这也算是拉了一波关注。"白历也笑，"至少这会儿更多人知道林胜的研究所了。"

司徒叹了口气："这都什么破事，真魔幻。"

白历转头问道："我记得你这儿还有不少普通金属的材料是吧？"

"啊？"话题转得太快，司徒还有点儿没反应过来，"有是有，干吗？"

白历："给我些不用的。"

马上就要到年底了，白历毙掉了无数方案后，觉得送陆召的第一份跨年礼还得经过自己的手比较靠谱。

司徒单独腾出一个小工作间给他，设备齐全，临走前看了一眼白历摆在一边的个人终端，虚拟屏上是白历找到的参考图。

"哎呀！"司徒瞪大了眼，"这不是……"

屏幕上是一台已经退役了的机甲，这个型号已经停产，最后一批也早就做了报废处理。这是陆召开过的第一台机型。

"你有事没事？"白历回身看他一眼，"没事出去行不行，跟你弟说一句，这回军学院演说的视频发得不错，替我谢他一声。"

司徒被推了一把，惊愕道："什么？视频是司懂发的？"

"他没跟你说？"白历也挺惊讶，"他发完就给我链接了，找我邀功，我还给他发了五千星币的红包呢。"

"没有！"司徒怒从心头起，"他到底是我弟还是你弟？"

白历笑得不行。

"你这是打算做什么？"司徒又问，"做这个机甲模型吗？"

"做个差不多这么大的吧。"白历比画了一个手掌长的距离，"我给……"他笑了一声，"给陆召做的。"

这是第一个，以后还会有第二个，第三个。

陆召开过很多类型的机甲。

他们还会有很多年要一起走过。

第五十五章
第一继承人

军医院泄露病人信息的事情影响恶劣，引起帝国各界的持续关注。顶着压力，警所没几天就顺藤摸瓜查到了高氏的头上。

消息传到白历这儿的时候，他的小机甲模型已经完成了三分之二。

警所调查期间要求军界积极配合，因此第一军团高层第一时间掌握调查进度，没敢隐瞒，全都上报给军界领导，消息直接就递给了元帅。

霍存花了十五分钟，仔仔细细地把元帅怎么骂人、军团高层怎么顶着一脸唾沫擦都不敢擦的场面描绘了一遍。

白历对元帅气成这样倒不是很惊讶，老头前脚才说了要整顿军界风纪，后脚就有人上赶着把脸伸出来让他扇。

调查进行的非常隐秘，军界要求深挖深查。警所没有惊动案件里的任何人，顺着一路查下去，把高业查了个底朝天，又直接摸到了高先生的头上。

调查的进度不需要白历刻意打听，陆召每天都会在饭桌上汇报，相当下饭。

陆召是信息买卖的受害者，又是军界的红人，元帅眼里的有为青年。遇到这种烂事，高层安抚了好几遍，对他提出想要了解调查进度的事也没怎么拒绝。

有些事就跟土里拔萝卜一样，拔出来了还带着泥，关于高家的调查进展没多久就牵连出更多糟心信息，光是混乱的私生活就让白历大开眼界。

霍副官挤出时间代表陆召了解调查进度，顺道还打听了不少高家的小道消息，一股脑儿跟陆召汇报。

陆少将语气平静地转述调查进度，面无表情地讲述小道八卦，态度非常严肃，评价相当严谨："我觉得霍存在小道八卦方面有些添油加醋。"

白历一手端着饭碗，一手拿着筷子，差点儿笑岔气。

太好笑了，帝国之鹰在一本正经地跟他扯八卦。

"说不准查着查着就查出来了，这种事不少，本来是查经济问题，顺带着就查出了生活作风问题。"白历笑够了说，"毕竟有经济基础才能搞生活情调嘛。"

陆召看了他一眼。

"我肯定没有啊。"白历强调，"我的所有经济都用来搞机甲了！"

这是实话，年底了白历也得处理些文件，带回家看到半夜。陆召扫过几眼，研究所的花费不低。白历是真的在砸钱。

陆召说："估计就是这几天了，警所已经拿了实证，高业牵连到他父亲，两个都有问题。"

"元帅想杀鸡儆猴，这事肯定得拿了实证，一击必中，而且还得闹大，闹得尽人皆知，不给高家找门路的时间，让所有人都看看撞在枪口上的下场。"白历慢悠悠道，"可惜不能当场看看老秃瓢和他儿子的表情，遗憾，相当遗憾，老子还想现场鼓掌一分钟呢。"

自从目睹了假发从高先生脑袋上飞起的一幕，老秃瓢就成了白历对高先生的代称。

陆召没跟白历再继续讨论这个话题，他俩最近都忙，餐桌上闲聊的时间挺难得，没必要让这种破事成为重点。

等白历的小机甲模型到了喷漆阶段时，陆召给他转了一份邀请函。

是军学院向各大军团发出的邀请，每年都会有几次，大部分是邀请军团内军官参与评审校内比赛，要么是指导在校生训练课程。军学院毕竟是直接往军团输送人才的地方，各大军团也乐意派人去，提前挖掘些有前途的年轻人。

但陆召转他的这份却跟校内学生活动不沾边，这是一场演说的邀请函。

第一继承人在经历了突如其来的打脸后，原本安排到明年的演说场次砍了又砍，最后一场定到了年前。

白历光是看着这份邀请函，就替第一继承人感到尴尬。

这位在原本"命运"中相当看好唐开源的继承人是心机深沉、赏识人才的设定，在第一军团一票人里一眼就相中了唐开源，直到最后都是唐开源的保护罩。

白历没搞懂陆召发自己这份邀请函的原因，除了这份邀请函，陆召的简讯上写了简简单单一句话：给你一个现场鼓掌一分钟的机会。

即使被打了脸，第一继承人今年在军学院的最后一场演说也办得相当漂亮。除了各大军团收到了邀请函，一部分帝国贵族也应邀前来。

军学院的学生们早已入场，按照排好的座位落座。军学的演说厅不小，除了预留下的座位，都被学生填满，黑压压的一片。

唐开源到得早，和第一继承人打了招呼后在预留的座位坐下，看了一眼身后的学生们。

"紧张吧？"高先生整理着自己的领带，"一会儿大少爷让你上台的时候你可别紧张得说不出话。"

唐开源收回目光："能和第一继承人站在同一个演说台上是我的荣幸。"

"真不紧张？"高先生问。

唐开源笑了笑，没有回答。

他是真的不紧张，或者说他对别人的目光都落在他身上这一点非常满意，他喜欢活在聚光灯之下的感觉，就像是活在世界的中心。

"唐骁的儿子有出息，比我儿子强。"高先生夸赞，"天天给我找气受，答应的好好的来听演说，晚上通讯就连不上了，不知道又去哪里鬼混了。"

唐开源对高业打心底是瞧不上的，但还是耐着性子道："可能是心情不好，去散散心。"

"可能吧。"高先生第十八次整理自己的领带，皱着眉嘟囔，"也不知道得罪了谁，走了这种霉运。年后还得想想办法，让林胜先生多费费心。"

前不久第一军团找了个不痛不痒的理由让高业停了手头的工作，暂时回家等消息。高先生气得够呛，问了儿子好几遍也没问出个所以然，父子二人这两天一脸的晦气。

今天的排场很大，除了唐家和高家，还有不少其他贵族，也有各大军团的军官来捧场，预留的几排快要坐满了。

林胜和第一继承人站在台下交谈，唐开源看了几眼，看到唐骁笑着站在一旁，试图插上两句话。

这让唐开源有些难堪，好在安伦终于从洗漱间回来了，挨着他坐下，小声道："刚才我听见有几个学生还议论你参加的那个机甲项目呢，听说是你要当驾驶员，还都夸来着。"

唐开源笑了笑，这次的笑容里多了几分自信。

离正式开始还有一段时间，但第一继承人站上演说台的时候，四周的议论声还是随之安静下去。

唐开源坐正了身子，他在脑子里过了一遍一会儿要上台配合第一继承人的演说稿子。

他知道这间坐满了未来军界年轻新秀的演说厅，会在几分钟后熄灭灯光，聚光灯会打在演说台上，而只有少数人才能站在那里。

这是他迈向军界的第一步。

稿子在脑海里刚过了三分之一，演说厅的门口响起机器人带着电子感的声音："欢迎白历先生、陆召少将。"

每一位来宾都会得到门口机器人的一句欢迎，但在未开场前闹哄哄的演说厅里基本无法听见，而此刻四周一片安静，这一声就显得格外清晰。

两个修长挺拔的身影并肩走进演说厅，所有人的目光都跟着移了过去。

陆召一下班就直接来了演说厅，身上的军团制服还没换，侧着头听身边的人说话。身边的特种穿着一身休闲西装，说到一半儿笑了一下，英挺的五官带着一股痞气，让那张招蜂引蝶的脸更具冲击性。

几乎一瞬间，四下的议论声又响了起来。

这是白历在舆论重提当年他负伤退伍的事情后第一次出现在这种场合，在场大部分人的心情都有点儿复杂。

这种感觉很微妙，在此之前白历还是个浪荡公子哥，废了条腿，没了前程，明里暗里没少被传闲话。没想到时隔多年，忽然就有人把事实摆在了公众眼前，告诉所有人白历是军界退下来的白历，他是个少将，就算没人记得，他也曾经是个为帝国洒过热血的少将。

白历站在灯光璀璨的演说厅，他在军学院度过了四年时间，并且在负伤后再没回过这里。

他有短暂一秒的停顿，陆召侧头看了看他。

"这地方还是这样。"白历小声说，"亮得人眼瞎。"

陆召想笑，跟白历一起往预留给他们的座位上走。

贵族之间多多少少都有些了解，白历一路打着招呼走过去，或许是错觉，这帮人的眼神少了些前几年的看热闹，多了些探究和隐晦的亲近。

白历笑了笑，没当回事。

他和陆召的预留座位在唐开源的斜后方，两人刚走过去，唐开源就站起了身。

"晚上好。"唐开源看着陆召打了个招呼，继而看向白历，"没想到白先生也来了。"

这两个人的关系不是什么秘密，多年不和的异姓兄弟站在一起，周围的人都看了过来。

白历还没开口，陆召淡淡道："坐那儿。"指了个靠里的位置让白历坐。

"我想坐外边。"白历也没搭理唐开源，"你这怎么还指定位置呢。"

"亲友坐里面。"陆召说，"你是亲友。"

白历愣了两秒："有这规定？"

"军学院没有。"陆召把他推进去，"契约人内部规定。"

后面几个军学院的学生发出几声善意的笑。

唐开源略显尴尬地站在那里看了几眼，他刚说了"没想到白先生也来

474

了"，陆召就给打断了，甚至没让白历回答，自己也没回答，但话里话外的意思很明白——关你屁事，这我亲友。

所有人落座，就剩唐开源一个人还站着，安伦扯了扯他，才把他拉下来坐回去。

被契约人内部规定安排的明明白白的白历也没什么脾气，嬉皮笑脸地坐到了里面。

"陆少将太横了。"白历在他耳边说。

陆召抿了抿嘴唇："别理他，影响心情。"

白历笑着还想说点儿什么，就听见身后有人压低了声音说："陆召少将，能跟您握个手吗？"

回头看了一眼，是军学院的学生，小孩儿挺兴奋，两眼放光。

坐在身后的几个年轻学生大部分是普种，离得远的还有几个稀种，和司懂一样对陆召挺崇拜。

陆召的眉头微不可察地动了一下，面无表情地"嗯"了一声，回过身跟人握握手。

"愿金色卡丽永远绽放。"小孩儿像模像样地学了一句军团里都喜欢说的祝福语，"这只手我不洗了。"

陆召的眉头又动了一下。白历想笑，他现在很能读懂陆召的面部表情，知道帝国之鹰现在内心深处尴尬得想撞墙。

"咳……"小孩儿咳嗽了一声，换了一只手，"白先生……白少将，我能跟您握个手吗？"

白历愣了愣。

"您别介意啊，主要这只手握过陆召少将了，得回味回味。"小孩儿说，"跟您用另一只手，方便分别回味。"

从小到大，白大少爷握过不少次手，这还是他时隔多年再次用"白少将"这个身份和军学院的学生握手。

白历"哦"了一声，抬手和小孩儿握了握。

"愿金色卡丽永远绽放。"小孩儿郑重道。

他刚握完就被旁边的同学给挤走了，又一个小孩儿伸长了手要和陆召握手，握完换了一只跟白历握。

等第一继承人咳嗽了好几声，后排几个军学院学生的握手活动才暂时中止，纷纷举着两只手坐回座位上，动作相当整齐。

白历直乐，他看了陆召一眼，陆召也侧着头看他。

演说的时间到了，四周的灯光熄灭，聚光灯打在演说台上。

在陆召的眼底凝成一小块光斑。

"你带我来感受一下握手的乐趣？"白历压低声音问，"手都快腌入味儿了。"

"不是。"陆召笑了笑，"我没想到这么多学生。"

白历说："军学院没学生像话吗？"

"这么多学生，"陆召说，"都记得你。"

后排的动静不小，唐开源忍了又忍，还是没忍住回头看了一眼。

白历的在昏暗的光线里看不太清，只能看到一双微亮的眼。

演说台上第一继承人的声音响起，这一次的演说内容砍掉了之前被打脸的部分，单讲军学院学生对于帝国的未来有多重要，又说起机甲几年内的发展方向。

"别太在意，一会儿你就得上台了。"高先生跟人换了个座位，专门挤到了唐开源身边，"我也看白家那个残……那个小子不顺眼，等征集赛开始的时候他就知道机甲这方面他没机会了。"

可能是觉得"残废"两个字太直白，不大符合他贵族的身份，高先生打了个磕绊，没有说完。

但唐开源自动补全了这个词，这种直白让他有一种爽快感。

现在唐家、高家都和林胜有合作，大家是一条船上的人，高先生也乐意捧唐开源两句："你这么年轻，白历已经不行了，等你拿下征集赛头名，进入军界，大好的前程在等你。"顿了顿，又加了一句，"叔叔跟高业都替你高兴。"

"谢谢高叔。"唐开源知道这话里的意思，但还是呼出一口气，"我的目标不是白历，我是要为帝国出力。"

高先生笑了一声。

不得不说第一继承人在演说方面挺有天分，相当鼓舞人心，振奋士气，军学院里都是年轻人，听到"用你们的机甲去赢得金色卡丽"的时候都跟着鼓掌。

白历在军学院的时候就听腻了这套，打了个哈欠，目光落在了前面坐着的人的脑袋上。

脑袋形状有点儿熟悉。

"这不老秃瓢吗？"白历小声说，"儿子都被军团停职了，还有心情参加演说呢。"

陆召刚才没注意，这会儿也看见了，"嗯"了一声，道："坐得挺近。"

"是挺近……"白历跟着说了一句，顿了顿，明白了陆召带他来听演说的目的。

正想说话，台上的第一继承人就开了口："同学们，今天坐在台下的人有你们未来在军团的同事、前辈，也有为帝国发展提供帮助的家族代表人，但还有一位有些特殊——"

白历看见唐开源直起了腰。

"他是你们的学长，也曾就读帝国军学院。"第一继承人的脸上带着笑容，语气激昂，"他从军学院走出来，加入军团，从驻地军团开始奋战，经历过大大小小数十次战役，也曾经历过挫折，一度流落荒星，但最终靠着自己的力量回归主星，并成为一名机甲研发方面的驾驶员！"

"在他的身上，我们可以感受到帝国军人的坚韧，感受到帝国军人永不服输的精神！"第一继承人的语气里带上几分真情实感般的感动，"我想请他上台，来为明年就将毕业的你们讲几句！有请唐开源先生！"

唐开源在掌声中站起身，聚光灯适时打在了他的身上。他在光辉的照耀下再一次回头，看了一眼白历。

白历坐在光亮无法照耀的地方，微微抬着下巴，似笑非笑地无声开合了几下嘴唇。

唐开源没看清楚，就被高先生和安伦轻轻推了一把，深呼吸一下露出一个笑容，从容地走上演说台。

"这是之前大少爷提过的研究所的驾驶员？"后排的学生小声议论，"可以啊，能当驾驶员应该不赖吧？"

"废话，你以为这种驾驶员那么好当？那是要打比赛的，帝国研究院征集赛的录像你刚入学的时候没看过？"

"我看过我看过。"另一个学生说，"有的选手虽然是驻地军团出身，但能把机甲的能力发挥到最大，比赛打完直接就从驻地军团升到了主星的一线军团。"

有人小声道："这人不是白历先生的……以前都传他挺弱的，现在看不是那么回事啊……"

"我听说他最近新测了精神力等级，等级都够录入高等级数据库了。以前是不是因为白历太强，显不出……"

身后的学生们窃窃私语，白历的精神力足够他听得一清二楚。

胳膊上感到一热，陆召的手覆盖了上来。

白历在议论声里小声说："抓紧点儿。"

陆召看看他。

"以免我现在就冲上台，把话筒夺过来高歌一曲，庆祝这个不平凡的晚上。"白历说。

陆召没忍住，笑了："唱什么？"

"我自创一首《帝国铁窗泪》，送给假发下的虚伪。"

坐在前面的高先生回头，有些狐疑地看了他一眼。

"你再看一眼试试。"白历的声音不大，淡淡的。

高先生愤愤地把头扭回去了。嚣张个屁，残废。

台上，唐开源拿着话筒，笑容温和，深邃的五官让他看起来很有气质。他站在聚光灯下，感觉上百双眼睛注视着自己，他站得很高，比白历高，白历也会扬起脖子看他。

"很荣幸能被邀请站上这里，林森先生的发言让我体内属于帝国军人的灵魂震荡。"唐开源温声道，"机甲是极具美感和力量的事物，它代表着理想和浪漫，相信在座的同学们都会有这种感觉。"

唐开源的演说简短但铿锵有力，一番演说带动着年轻的军学院学生跟着欢呼喝彩："……在此我也十分感谢林胜先生给我这个驾驶研发中的新型机甲的机会，感谢高先生为我们提供技术和数据支持。机甲的研发从来都不是一个人可以完成的工作，相信我们共同努力，可以为帝国的战力再添一抹色彩！"

掌声雷动，高先生激动地站起身鼓掌，两只手拍得跟安了马达一样快。

周围有些贵族和军官象征性地对高先生点了点头，他赶紧回报一个热切的笑容。高家作为一个新抬头没什么底子的新贵族，这还是头一回在这种场合大出风头。

唐开源感受着掌声包裹自己的感觉，他不知道这些掌声里有没有陆召的，他这些话也有说给陆召听的意思。他希望陆召知道，自己比白历更有实力。

场内气氛热烈，第一继承人也跟着鼓掌，清了清嗓子正要说话，就见林胜匆匆忙忙从后台走了上来，凑到他耳边低语了几句。

第一继承人的脸色肉眼可见地变了。

紧闭的演说厅大门发出一声轻响，缓缓打开。

一队身着警所制服的人走进演说厅，在演说厅内众人惊讶的目光中径直走向高先生。

门外，隐约可以听到嘈杂的人声，和悬浮拍摄机器人发出的"咔嚓"声。

唐开源还没反应过来，愣愣地站在演说台上，皱起眉问道："这是怎么回事？"

领头的警所的小队长没有回复他，拿着个人终端走上演说台，对第一继承人行了一个礼，才调出个人终端上的一份文件，道："大殿下，很抱歉打扰了您的演说，我们只需要带走相关涉案人员，耽误您几分钟。"

"没关系，这是你们的工作，我理解。"第一继承人的脸色黑得跟锅底一样，但还是温声道，"只是我希望你们可以换个时间。"

"不好意思，大殿下，这件事牵扯军界形象，我们得到了特批。"小队长拿着文件给他看，"二殿下批准，要求我们尽快逮捕涉案人员。"

第二继承人的大名就签在文件的下方，大殿下正要开口，小队长又加了一句："元帅也已经告知陛下。"

第一继承人隔了好几秒才道："父亲这么安排，一定有父亲的理由。你们尽快办吧。"

"殿下！"林胜没忍住，叫了一声。

第一继承人没有接腔，只是微笑着对在场的听众解释了几句。

但坐在前几排的人还是听清了小队长的话，议论声很快就从前排推到后排，学生们从只言片语中抓到了重点。

"牵扯军界形象是什么意思？"

"他们怎么冲着那个高家的人去了？"

"什么意思，高家做了什么抹黑军界形象的事？不会吧，他不是还和机甲研发工作有关系吗？"

"这找的什么合作人啊，想吃军界的饭还干着对不起军界的事？"

白历坐在座位上，高先生还站着，鼓掌的手都还没放下，就被警所的人堵在了座位上。

"干什么？"高先生惊道，"干什么！你们知道这是什么地方吗？你们想干什么！"

"高先生。"警所的工作人员十分客气，"我们已经调查到您儿子高业牵扯军医院信息买卖一案，他现在正在警所接受调查，根据他的供述，我们怀疑您也和本案有关，希望您能积极配合。"

高先生后背一凉，紧张道："什么信息买卖？我听不懂。"说完这句就像是有了底气，怒道，"我是什么身份，怎么可能牵扯这种事！"

"请您配合调查。"警所的人伸手，想把他从座位上拉走。

高先生一把挥开他的手："别碰我！我要去治安部举报你们！"

"如果您继续这样，我们将认为您是拒绝配合调查。"警所的人淡淡道，"治安部特批，可以强制带回警所调查。"

高先生还没反应过来，就被一把扯出了座位，他的高级西装立马多了几处褶皱。

"干什么？"他高声叫道，"你们干什么？"

在场的所有人被眼前这一幕震惊，第一继承人不知道什么时候已经离开了演说台，林胜站在台上的角落，脸色铁青。

"林胜先生！唐少爷！"高先生被架着走出去好几步，喊道，"帮我啊！帮我！"

唐开源手脚发麻，刚才让他受到万众瞩目的聚光灯，此刻却像是手术台上的无影灯，将他照得像是一坨烂肉。

他从警所小队长的话和林胜的反应就已经猜出是怎么回事，只是没想到高家也跟蒯乐那事有关，更没想到警所进入演说厅的时间那么巧，偏偏就卡在了他刚完成精彩发言的下一秒！

白历坐在座位上，看见高先生在两个警所工作人员中间挣扎，他的动作太大，假发被甩歪了，滑稽地挂在脑袋的一侧。

"你带我看演说。"白历侧过头，看向陆召，"就因为我说了一句想当场鼓掌？"

陆召"嗯"了一声："你说看不到表情，遗憾。"

"你是最直接的受害者，你不遗憾？"白历问。

"无所谓，不重要。"陆召淡淡道，顿了顿，又加了一句，"就是没想到演说又臭又长。"浪费时间。

白历看了他好一会儿，笑出了声。他发现陆召这人相当较真，而且根本不懂变通。听不太懂什么是玩笑，但只要是白历提了，他就记着了。

高先生被一路拖到演说厅门口，门外闻讯而来的记者们毫不留情地拍摄着。

拍摄他最丑陋的一面，拍摄他的秃头，拍摄他假发下的虚伪。

台上，林胜已经走了，只剩下唐开源兀自站着，他想不通事情为什么会发展到这个尴尬的地步。

在议论声中，忽然传出掌声。

白历慢悠悠地拍着手，从座位上站了起来。他一边鼓掌，一边吹了个口哨。

高先生和唐开源都看向他，白历的举止太过自然，就像是站在无形的聚光灯下，没人打断他的掌声，也没人能从他身上挪开目光。

在昏暗的光线下，白历对着演说台上被光芒笼罩着的唐开源鼓掌。

"说得好啊！"白历的声音在一瞬间陷入沉默的演说厅里显得挺突出，"唐先生，我代表我的研究所，向您和林胜先生，对，还有您的合伙人高先生——"

门口的高先生发出一声愤怒的尖叫："白历！"

"表达我最衷心的敬意！"白历说完，将手举得更高一些，旁若无人地鼓掌。

陆召忍不住想笑，他的掌声也响了起来。

也不知道是哪个看懂了情况的军学院学生先跟着拍起手，带动着越来越多的人不明所以地跟着鼓掌，整个军学院演说厅再一次掌声雷动，还夹杂着对高先生的嘲讽。

唐开源像是被钉死在了演说台上，他在聚光灯下看不清那些模糊的人影，却依旧能一眼辨认出站在那里的白历。

没有灯光，没有舞台，可所有人都一眼看得到白历。

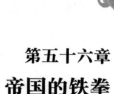

第五十六章
帝国的铁拳

唐开源从没有想过，掌声和灯光会让他觉得难堪。

他挥了好几次手，但演说厅的灯光还是没有反应，鼓掌的人隐没在昏暗里，声音好像从四面八方涌过来，要吞没站在光里的他。

演说台上的唐开源被笼在聚光灯下，而白历站在台下的灰暗里。

等掌声停止，坐在预留座后排的军学院的学生们才猛然发现过道上站着的两三个西装革履的特种，胸前佩戴着指甲盖大小的金属徽章，是第一继承人卫队的标志。

"不好意思，演说还未结束。"其中一人开口，声音很低，"请您暂时坐回座位。"

这话是对白历说的，但陆召坐在临近过道的位置，卫队只能隔着他说话。

陆召没动，卫队喊了一声"陆召少将"，他也没有任何回应。领头的人有些尴尬。

昏暗的光线中只能看到模糊的轮廓，周围的军学院学生们窃窃私语，有几个还伸长了脖子问："不能鼓掌吗？"

白历一直拍够了一分钟才停手，心满意足地叹了口气："这真是我这辈子难得一分钟里每一巴掌都拍的真情实感的鼓掌。"

"可以再来一分钟。"陆召看了看个人终端的时间，"时间还早。"

即使是看不清表情，但白历还是感觉得到卫队里几人的脸色随着这句话变得相当难看。

白历想笑，他发现陆召气人很在行。

"不了，手疼。"白历说。"

陆召点点头，站起身。他的身高即使在特种里也显得出众，坐着的时候还不明显，一站起身，卫队的几个人都下意识地后退了半步。

白历问："现在就走？"

"那你再来一分钟？"陆召愣了愣，"不然还有什么事？"

确实没什么事了，白历寻思了一会儿，意识到陆召特地弄到邀请函，就只是为了给他一个现场鼓掌一分钟的机会。

"没事。"白历笑道，"吃夜宵吧，回家吃。"

陆召从演说开始就皱着的眉头松了松。

"陆少将，要走啊？"后排的军学院小孩儿问，"我们同学还想等演说结束后找您聊聊机甲什么的呢。"

陆召本来想走，听完这话他想跑。

也有小孩儿喊白历："白少将，那什么，我们也想跟您聊聊……"

"别聊。"白历说，"我们家规定晚上十二点前得回家。"

几个小孩儿笑起来。

"坐在这里聊不了机甲。"陆召开口，淡淡道，"只有打起来才知道什么叫机甲。"

几个卫队的人有点儿发愣，木讷地让开了路，让陆召和白历走出去。

白历边走边笑，陆召估计自己是感觉不到自己刚才有多嚣张，在人家三分之二都在讲机甲的演说上说坐这里聊不了机甲，这话传到第一继承人那里，估计得气个半死。

大部分时间里白历觉得自己已经足够横行霸道，陆召出现之后白大少爷认识到了自己的不足。

快走到门口的时候，白历听到唐开源喊了一声："白历。"

白历回过头，看向演说台上的唐开源。

"白先生。"唐开源的表情很平静，平静得像是一层冰，遮盖着下面奔腾翻涌的暗流，"感谢您的掌声，很荣幸能邀请到您来这次的演说。"

白历站住脚，半眯着眼看了他几秒。

"我们研究所对像白先生这样的退伍军人非常尊重，在机甲方面也是如此。"唐开源的声音温和有礼，通过微型话筒传出，让演说厅刚才还议论纷纷的气氛暂时缓解，"我觉得白先生会喜欢我们研究所正在研发的这款机甲，我也由衷希望可以和白先生在征集赛来一次痛快的切磋。"

这几句话说得不卑不亢，倒是很有些老贵族的模样。

他站在演说台上，显得和灯光一样磊落。

白历向着演说台走了两步："刚才你回头看我的时候，看清我的嘴型在说什么了吗？"

没有话筒辅助，白历的声音只能被唐开源和前排几个离得近的军团人士以及贵族听见。

唐开源愣了愣，没吭声。

"那我再说一遍。"白历忽然举起自己的左手，握成拳，转动了三圈手腕。

演说台上的光将白历的轮廓框得清晰无比，他像是一道极黑的剪影，横在光芒的前方。

做完这个动作，白历转身离开。

没有一句话，但在座的军界人士还是当即就明白了其中的含义。

那是军团里老兵常用的一个战前手势——我将握紧拳头直至最后一刻。

陆召站在门口，看着白历大步朝他走来，隔着老远就把刚握过拳的手伸出来。

"走。"白历说，"吃一顿豪华夜宵。"

第一继承人年底在军学院举办的最后一场演说成了一场闹剧。

警所当夜就给出了调查结果，高氏掺和军医院信息买卖的事情拿到了实证，高先生进了警所没多久就交代得一清二楚，比高业交代的还快。

紧接着军界立刻发表声明，开除高业军籍，踢出军界，永不录用。

等帝国公民睡了一觉再起床看到新闻时，这起个人信息买卖的案子已经被火速处理了。对高氏的处罚还未定下，但看架势是绝没有从轻的可能，公民们这几天的愤怒终于得到了一点儿平息。

但得到处理结果的同时，另一则消息却引起了舆论热议。

高先生被警所带走配合调查的前一分钟，还在享受着掌声。这掌声来自军学院的第一继承人演说，鼓掌的原因则是高先生在机甲研发方面提供了技术支持，颇有贡献。

帝国公民相当震惊，干出这种龌龊事的人竟然风风光光地享受着掌声？

随即就有人顺着高先生这条线向上扒，没多久就扒出了林胜的资料和信息。冠着这个姓氏的人在帝国的身份自然不同，立马就有"皇室包庇纵容贵族"的言论传出，引起公众讨论。

林胜的身份被扒了个稀烂，连带着第一继承人也跟着受到影响。

蛛丝马迹逃不过帝国网民的火眼金睛，林胜的可公开资料中关于入职第一军团的那几条引人怀疑，有人提出疑问："退伍的似乎很仓促，不知道是否有什么不可告人的内幕？"

从高先生被警所带走到林胜被牵连，也就短短一夜加一上午，林胜的研究所也顺着又火了一把，只是公民们到底是看好还是不看好就难说了。

第一继承人在演说上几次三番提起林胜的研究所，再联想不久之后的帝国研究院征集赛，其中的意思相当微妙。网上骂声一片，对这种赛前引导公众视线的行为相当反感，又质疑第一继承人的行为是否是在滥用皇室身份。

皇室在年末做出声明，对演说夹带私货的事情予以否定，之后便着手控制舆论，不允许恶意揣度皇室。但往年都是第一继承人主办的年尾宴和对公民祝词前所未有地换成了第二继承人，这个行为未免显得有点儿心虚。

军学院一时间成为八卦爆料的中心。演说的细节从学生们的社交平台或口耳相传中被扩散开，从高先生被当场带走，到高先生的假发歪了，再到白历带头鼓掌，星网上吃瓜吃得飞起。

渐渐地，就有人发现了更深层次的细节。

白历说代表自己的研究所鼓掌，这是否意味着白历也会参加即将到来的征集赛？和这个疑问一起被议论的还有一张照片。

照片是军学院学生拍摄的，画面里是打着聚光灯的演说台，光圈之外，一个举起手握成拳的背影挺拔清晰，像是光亮中的一个洞，深深地烫在了上面。

这是白历在前段时间围绕着军人受辱等事件展开的舆论风暴后，第一次出现在星网上。

只有一个背影，和握成拳的手。

对军界了解不深的人没看懂照片的意思，但很快就有退伍的老兵们留下评论："太怀念了，这个动作。现在的新兵都不这么做了吧？"

"帅啊，兄弟！"

"退出军界快十年了，但这手势一出我觉得自己热血未凉。"

握拳的表情占领了星网关于这张照片的评论。留下评论的有已经离开岗位数年的老兵，也有今年刚刚通过年底考核正式进入军界的新人。他们却都因为这张照片而感慨激动。

许多人是第一次从这种角度了解军界，当这个动作的含义被公开的那一刻，终于有人理解了为什么热血不容侮辱。

在帝国繁华的灯火之外，在浩瀚的宇宙之中，曾有无数人握紧双拳迎接死亡。这就是帝国的铁拳！

这张照片是白历，也不仅仅是白历。它仿佛唤起了尘封在空虚世界观之下的真实，又像是终于搬开了一些堵着蚂蚁窝的巨石。

蚂蚁们爬出黑暗的洞穴，他们饥肠辘辘，他们终于知道什么是白昼。

见过白昼的人，就不会再愿意只活在黑夜里。

星网上因为个人信息买卖引发的一系列后续在这个年底掀起一片狂澜，顺带着让帝国研究院的征集赛受到了极大的关注。但这种比赛一般只在军学院和各大军团中公开播报，公民们一边表示理解，一边又觉得可惜。

帝国研究院的征集赛主办组在年末发布了一张海报，海报上是帝国历代受关注机甲的剪影合拍，海报上写着几行字：传承与改变。

这等于就是否认了前段时间关于"征集赛偏向更具有攻击性机甲"的传言，机甲研发圈内一片愤慨，有因此而选择放弃比赛的研究所把事情捅了上去，警所和军界刚平息了个人信息买卖事件后，不得不又开始着手调查这件事。

当军学院机甲实战学院的宣传部学生向白历发出采访请求的时候，白大少爷正偷偷摸摸往家里运货。

跟星网上一浪更比一浪高的舆论相反，白历这段时间相当低调，研究所的工作终于赶在年末完成，在周氏毫无保留的帮助下，机甲完成度已经达到参赛标准。司徒激动得差点儿没当场给模拟舱磕个头，被研究员们拦住了，最后改成聚餐狂饮才算完。

而白历的小机甲模型已经完工，明天就是今年的最后一天，他赶在最后一天的头天晚上把小模型带回公寓。

跟研究所的人聚完餐到家已经快十二点了，白历换完鞋轻手轻脚准备回自己寝室，陆召睡得一般比较早，他准备趁这会儿把模型带回来，明天给个惊喜。

没想到一进门就跟陆召打了个照面，陆召估计是睡一半口渴起来喝水，脸上还带着点儿半睡不醒的迷糊，白历一个激灵，把手里的模型"嗖"地塞进兜里。

"怎么这点还醒着啊？"白历故作冷静地问。

"刚才接了个通讯，醒了，起来喝点儿水。"陆召见他古里古怪的模样，挑挑眉，"手里拿的什么？"

白历两手插着口袋，走得像是火烧屁股一样着急："睡迷糊了吧你，我什么也没拿。那啥，我换衣服去了啊，你也赶紧休息，晚安晚安！"

他这一副心虚模样陆召看的都挺可乐，但也没点破，任由白历狗狗祟祟地溜了，自己也回到卧室拿起个人终端。

网页还停留在他浏览过的照片上，是白历那个很嚣张的背影，现在星网上到处都是，他看了几眼才关了，发了条简讯给陈楠：明天能好吗？

陈楠是个夜猫子，很快就回复：放心，明天好了我用快运给你邮过去。

陆召道了谢，松了口气。

他做了个小礼物给白历，参考了一下那块星网上查到的大黑石头，他其实觉得那块石头也不错，陆召订单都下了，卡在了刻字环节。

陆召不知道刻什么好，白历好像配得上所有载满荣誉的词。

犹豫了好几天，陆召还是取消了订单，找陈楠帮了个忙。他就陈楠这么一个亲密些的稀种朋友，一听说他要送东西给白历，陈楠激动得差点儿落泪。

他没走心地送过礼，霍存说的"贵重"，到底怎么个"贵重"陆召也没法衡量。

研究所和军团都放了几天假跨年，白历一觉睡到快中午，直到被个人终端的几声提示音弄醒，揉着眼爬起来去客厅。

陆召也已经醒了，见白历睡醒起床，便把已经提前拿出来的营养液递给他。

白历打了个哈欠，跟陆召闲聊两句，又歪在沙发上打开个人终端看信息。

虚拟屏上弹出几个简讯框，白历一条条看过去，有几条是司徒、江皓和周岳发来的，都是同一个内容。

林胜为了撇清关系，和高氏终止了合作。

江皓则多发了一句：没有高氏的数据支撑，他的机甲完成度太低，军团拒绝了他的内荐申请。

白历瞬间神清气爽，打开网页浏览今天的新闻。

既然是为了撇清关系，那林胜肯定要公开宣布终止合作的决定。果然没费什么事，白历就在新闻上看到了这一条。

弹窗弹出来一条八卦新闻，标题就是一行大字：某正被热议的富家子弟再爆丑闻！频繁出入某高级会所，疑似与多位情人纠缠不清！

白历关弹窗没关好，直接点开了新闻。他快速看了一眼，目光落在了新闻的配图上。

那是一张有些模糊的监控截图，但白历还是一眼认了出来，这不是高业吗？

再看所谓的"某高级会所"，正是前段时间一直在报道的有娱乐圈十八线小明星出入的那一家。

白历吹了个口哨。

这事估计是顺着查出来的，白历也没多想，关了网页继续看自己的简讯。

早上七八点的时候有一条系统发送的简讯很陌生，白历点开看。

"帝国银行：账户绑定终端提醒：证件认证方式已通过审核，您的个人终端已成功绑定 1652358320445 账户，余额……"

白历坐直身体反应了好几秒，发出一声略显疑惑的感叹。

陆召在他坐起来的时候就醒了，只是闭着眼懒得动，听见声音才带着鼻音问："什么？"

"谁账户绑我终端上了，"白历挠挠头，"我联系银行问一下——"

陆召闭着眼："我的。"

白历回过头，没反应过来："啊？"

"我的。"陆召说，"我的工资账户。"他顿了顿，睁开眼试探性地问了一句，"这个当礼物算不算'贵'？"

白历坐在床上愣了一分多钟，猛地爬起来开始套衣服。

"你等着。"白历说，"我先整理一下白家的产业再发你。"

第五十七章
唯一的成功实验品

帝国今年的最后一天也依旧笼罩在雨雾之中。

雷声阵阵，轰轰作响，唐氏老宅在雷雨下显出几分破败。

唐夫人擦了擦儿子唐开源额头的汗，后者躺在床上紧闭着双眼，脸颊因高烧而泛起病态的红晕。

"好好的一个演说，搞成这样！"唐骁坐在旁边的小沙发上，脸色发青，"这下好了，高氏跟林胜的合作没了，大少爷的名声和脸面也没了！"

唐夫人轻声道："小声些吧，开源得好好休息。"

"没出息！"唐骁不耐道，"说什么又气又急才病的，我看就是没出息。"

唐夫人没吭声，一直坐在床旁边的安伦咬咬嘴唇："又不能怪开源，是白——"

"少在唐家提那个混蛋！"唐骁猛地站了起来，"他算个什么东西，又瘸又废，根本不配做什么机甲，搞什么比赛！"

声音大得很，又兀自嚷嚷着什么"帝国的未来不能交给这种人""研究院征集赛就该禁止他这种残废参加"，安伦被吓了一跳，唐骁现在的样子和他刚来老宅时见到的那副温文尔雅的老贵族做派差了太多。

"别害怕。"唐夫人轻声细语，"他最近身体也不好，头疼，脾气大。"

安伦也小声说："真的不能怪开源，要不是白历最后那通嘲讽，还带着其他观众也跟着鼓掌，开源也不至于一下台就气得喘不上气儿，出门透气又赶上

491

下雨……"

听到"白历"两个字，唐夫人握着擦汗用的纸巾的手指紧了紧，没有搭腔。

"以前我就听开源说白家那位和他过不去，小时候还欺负他。"安伦抱怨，"今天可算是见识了，真是嚣张跋扈，在主星、在第一继承人的演说上都敢这样，迟早有人收拾他。"

沉默了一会儿，唐夫人开口："别这么说白历。"顿了顿，又说，"等开源醒了，我会劝劝他的。他如果是喜欢机甲，喜欢比赛，那就专注比赛本身，不要把时间和精力用在和那个人较劲儿上，也别总指望着什么捷径。"

安伦诧异地看了她一眼："夫人，您怎么向着白家那位说话？开源可是您儿子呀。"

唐夫人道："白历也是我儿子。"

安伦被噎了一下，确实如此。只是在唐家没人提这事，他下意识就会忽略这一茬儿。安伦说："可开源是您身边长大的，跟白历不一样。"

手里的纸巾丢进了垃圾桶，唐夫人十指交握，坐在椅子上看着唐开源的脸，轻声重复了一遍："白历也是我儿子。"

安伦有些生气，正要说些什么，家庭医生拿着一份体检单敲门进来。

"唐少爷的高烧应该很快就会退了，只是……"家庭医生犹豫了一下，"刚才我又检查检查，感觉少爷的状况不大对劲儿。"

唐骁不耐烦："直说，废什么话。"

"好像身体一直处于不太稳定的状态。"家庭医生解释，"精神力很不稳定，时间长了会影响少爷的精神和情绪，我个人认为少爷的身体似乎不大匹配这种高等级的精神力，长期处在超过能力范围的精神力高压下会让身体也跟着受损，变得虚弱。"

安伦的脸色一瞬间白了。

"什么意思？"唐骁说，"你是说我儿子不配有高等级精神力？"

"不不不，我就是……"家庭医生被唐骁的吼声吓到，"我记得少爷以前的精神力不是这个等级，想问一问他是怎么这么短时间里提升到这个地步的？

要是知道原因，或许我们也能配合用药……"

唐氏夫妇答不上这个问题，纷纷将目光投向安伦。

"安伦先生，开源离开主星这几年都是和你一起的。"唐夫人问道，"你对此有没有什么了解？"

安伦咬着嘴唇，脸色发白。

"说！"唐骁看出不对劲儿，"开源说他一睡醒就被你父亲救了，在睡梦中突破了精神力限制，是这回事？"

安伦抠弄着手，不知道怎么开口。

"如果是后天拔高的，我们也要了解具体的情况。"家庭医生道，"少爷的身体呈现虚弱的征兆，这次的高烧可能就是因为这个。"

唐骁头疼得要死，早不耐烦跟安伦耗时间，这段时间频繁的头疼让他失去了自制力，一脚踢在床沿："说！"

安伦身体一抖，才蚊子哼哼一样道："是我爸爸……用新研发的仪器刺激了开源的身体……"

"研发？"唐骁惊道，"你们家哪有研发的资质！"

"如果是刺激身体和大脑从而提高精神力，那就属于精神力辅助开发的领域了，"家庭医生也很惊讶，"帝国已经放弃这方面的研发很多年了，你们怎么会有这种技术？"

"我爸爸和一些黑市上的朋友有交情，他和朋友一起，从一艘被星际海盗劫持后因救援失败而沉进荒星的飞船上搞到了关于这方面的研究资料。"安伦小声说，"死的好像是帝国研究院的一个负责人，他的个人终端上有关于这个项目的详细记录……"

基本已经成型的项目落在了安伦爸爸的手里，安氏作为偏远附属星的小贵族，早有进军主星的野心，只是缺少门路和资金，于是决定顺势研发下去，做出成品销售，大赚一笔。

只是成品的研发非常困难，做出来后也曾做过许多实验，但效果都不理想。

"开源是唯一一个成功的。"安伦不敢看唐氏夫妇的眼睛，"那时候他已经很虚弱了，正常的医疗手段救不活他的，就算救活了也是个废人，我们就干脆……但他活下来了！是我爸爸救了他！"

说到后面，他又有了底气，抬头大声道："如果不是我爸爸救了他，他根本活不到现在！再说了，能成功就证明他有撑住高强度精神力的资本，你们不知道，他是唯一一个！在他之前和之后我们都没有再成功过，他是个奇迹！他很厉害！"

唐夫人震惊地坐在椅子上，脑子里一片空白。

她并非对这些事全无了解，帝国放弃的研发领域，要么是效果不理想，要么就是风险太高。唐开源遇到的显然是第二种。

她抚摸着儿子滚烫的额头，眼眶里溢满泪水。

唐骁和家庭医生花了好长时间来消化这个事实，家庭医生急道："之前帝国也有这方面的研发，但因为实验者在实验后出现身体过度虚弱、精神崩溃甚至死亡的情况，研发被叫停了！你们怎么……怎么能……"

安伦不服道："那是他们不够厉害，开源没问题的！"

"闭嘴！"唐骁呵斥，转而看向医生，"有什么办法能治疗？我就这一个儿子，他不能出事！"

唐夫人看了唐骁一眼，脱口而出的话才是真心话，唐骁是真的认定了只有一个儿子。

"这……我不好说，我对这方面了解不多……"医生叹口气，"总而言之先去医院做一个全面检查，然后暂时不要动用精神力，配合药物治疗，时间长了精神力应该就会逐渐衰退，回到身体可以接受的范围。"

唐骁的脸色很差，他知道这意味着什么，这意味着唐氏刚刚得到的一个高等级特种就此消失。

"可以！"唐夫人的声音响起，"可以！只要开源能恢复健康，什么都可以！"

唐骁瞪了她一眼，唐夫人却装作没看见。

一阵怒火伴随着尖锐的头疼让唐骁捏紧了拳头，正在他犹豫着这一拳要落在哪儿时，床上躺着的唐开源猛地睁开眼，虚弱道："不行。"

"开源！"安伦扑了上去，"你醒了，你醒了！"

唐开源本来就还病着，被安伦这一扑一砸差点儿没晕过去。他推开安伦，慢慢坐了起来，双眼布满血丝，呼哧呼哧地喘着气。

他在病中做了一个梦，梦里他重回主星，进入梦寐以求的第一军团，狠狠打了那些瞧不起他的人的脸，成为全帝国公认的新星。他饱受瞩目，被媒体追捧，接受各类采访，和第一继承人称兄道弟，最后半个屁股已经坐上了元帅的位置。

梦里他拥有数位契约人，他们崇拜他，追随他。这些人里，有陆召。

梦里的他让那个曾经高高在上风光无限的大少爷身败名裂，腿再次受到重创，彻底成为一个残废，在医院里咽了气。

他大发善心，安葬了白历，还带着陆召去过一次他的墓地。在葬礼上他不禁有些感慨，对媒体和公众表示自己其实很爱自己的哥哥，只是这么多年哥哥太过固执，两人无法和解。

在梦里他过得很好，掌控白氏，有了自己的金色卡丽，有了荣耀、权力和地位，他是英雄，是光。

这个梦境太真实，真实到唐开源直到醒来都无法忘记梦里的一切，他甚至有一瞬间无法区分现实和梦境。

他只知道，如果自己的精神力掉回原点，那么这个梦就会彻底破裂。

"不行。"唐开源又说了一遍，"我不会失败。"

抚摸着他后背的母亲的手顿住了。

耳边响起唐骁的笑声："好，不愧是我儿子，有志气！"

雨水砸在落地窗上，传来噼啪的声响。

浪费时间是对节假日基本的尊重，这一点从白历嘴里说出来的时候陆召竟然觉得有那么一点儿道理。

白历躺在沙发上，顶着一头乱蓬蓬的头发指着虚拟屏上一条条的信息跟陆召说："这套房子地段还行，就是比较小，下回可以去住几天，在主星郊区那边……老宅你没去过，也没什么东西了，回头带你去参观一下，一整面墙的勋章……"

陆召歪在沙发另一头有一搭没一搭地听着，白历正交代着白家的房产。

"挺多套房。"陆召说。

"是不少，有的是老爷子买的，再早些的我也没去过几次。"白历翻了几张图片给陆召看，"我就住这套公寓，之前住在老宅。"

照片是老爷子还在的时候拍的，白历还是个小孩儿，搂着老爷子的腰表情狰狞。

"这表情。"陆召想笑。

"他说只要我能把他拖动，他就带我上模拟舱。"白历也笑。

"这么小不能上模拟舱吧？"陆召诧异。

白历说："所以我这不是没拖动嘛。"

"给你看宅子呢。"白历把图片放大了让他看老宅的样子，"您克制一下欣赏我的冲动。"

陆召滑动屏幕，又滑到小白历的地方："你小时候还挺好看的。"

"我一路好看到大。"白历很得意，"有时候老爷子揍我，管家拦他的时候都会说：'揍肿了就没这么好看了。'"

陆召笑得不行。

"你有小时候照片没？"白历又让陆召看了两张，"让白大少爷看看有没有我好看。"

陆召想了想，从个人终端上调出自己的档案，然后翻出一张照片放大了给白历看。

"帝国公民小学留影。"白历读出上面的一行字。

毕业照上有二三十号人，白历看了一圈，很快就认出哪个是陆召。

也不知道是不是受到灰蒙蒙的天色的影响，其他小孩儿的脸色都显得苍白无力，眼神里透着小心谨慎和茫然，只有陆召的眼里带着光。

"这个——"白历指着小陆召说，"可以，我勉强承认你和我旗鼓相当的好看。"

陆召一时间竟然不知道该说谢谢，还是该捶白历一拳。

虚拟屏上弹出来一个简讯框，发件人是霍存，传来的是一份表格。

白历把陆召的个人终端还给他。

"我明年的轮值安排下来了。"陆召接过来点开看了看，"本来安排在上半年。"

白历愣了愣，军团的轮值都是提前下发，集中在上半年或下半年出任务，一出就没个准确的时间，十天半个月能回主星一趟就算不错了。

"本来？"白历压下心里那点儿不好受，问道，"现在有变动？"

陆召"嗯"了一声："我申请了延期，向后拖了一段时间。"

"有事要处理？"白历坐起身，"跟我说也行，我看能不能帮你。"

陆召看了白历一眼。

"真的啊。"白历笑道，"主星上的事我还是能插一脚的。"

"我没事。"陆召看看他，"征集赛跨完年就要开始了。"他顿了顿，又说，"我陪你。"

白历感觉到胸口堵了块儿柠檬，先是酸楚，劲儿过了就开始泛起热。

"你不用这样。"白历声音有点儿轻，"我没想影响你工作。"

"不影响，延个期而已。"陆召说，"我想看你比赛。"

白历没等他说完，扑过去抱着陆召的脑袋连搓带揉一通扒拉。

"谢谢。"白历闷声说，"但以后别因为这种事……"

"我能做的事很少，白历，"陆召任由白历把自己的头发弄成和他如出一辙的鸟窝，并不反抗，"陪你是我能做的最好的事。"

白历笑了笑，他的人生里其实非常缺乏陪伴，白老爷子注定只能陪他走短暂的一段路，司徒江皓也有自己的家庭和生活，家人的缺失让白历很难体会这种稳定的陪伴感。

他一度觉得自己不需要这种感觉，但今天他发现不是这样。

有陆召陪他，他感觉很好，很踏实。

两人正打闹，管家机器人在屋外扯着喉咙喊："快运到啦！给陆召少将的快运到啦！"

快运机器人已经和机器管家完成了交接，一个小盒子被机器管家顶在头上送到陆召面前："陆少将的快运！"

"你给它录入的称呼是'陆少将'？"陆召弯腰拿起来。

"没录入，是它自己识别的，"白历笑道，"什么东西，我能看吗？"

陆召点点头："送你的。"

"又送我？"白历有点儿惊讶，"我还以为你把全部家当都给我，已经是一份大礼了。"

陆召笑了笑："那个算'贵'，这个是'重'。"

"合理。"白历竖了个大拇指，"第一次见送礼解析成两份的。"

他接过盒子，放在餐桌上打开。看清里面的东西，白历愣了几秒，才伸手从一堆防压沫里把那个石头一样的东西拿了出来。

透明的石头，类似琥珀，里面封着一朵淡金色的卡丽花。

"这朵卡丽……"白历举着手里的透明石头，声音有些哑。

"之前别在你衣服上的，落在游轮上了。"陆召说，"这是另一朵。"

当时周岳送的那盆卡丽花有两朵，一朵被陆召别在了白历的西装上，一朵随后被游轮那边送到军团交还陆召。

"我上次跟你说了这一朵值多少钱。"白历摩擦着那块透明石头，"你怎么又……"

"你说过想永久保存，那一朵就算找到也损毁了。"陆召解释，"我就把这一朵做成这样，你可以一直拥有它。"

一直拥有一朵盛开的淡金色卡丽花。

一盆就两朵，全都砸在了白历身上。不知道周岳要是知道了，得是什么表情。白历不知道周岳是什么表情，就像他不知道自己现在是什么表情一样。

陆召记得白历的荣耀，也记得他说过的每一句话。

"你真是……"白历转过身，狠狠抱了抱陆召，"你给我颁了两次奖。"

这个说法让陆召反应了几秒，随后笑了笑："嗯。"

"光这一个就又'贵'又'重'了，"白历感动的声音都有些抖，"太重了，卡丽花对我来说……"

"是挺重的。"陆召坦诚道，"我专门称了称重量，比我之前看中的一块石头差了点，不过还行。"

"……啊？"白历愣愣道，"你的'重'是指重量啊？"

"重量啊。"陆召也愣愣道，"也有精神方面的考虑，但重量也有。"

白历捧着石头站了好几秒，脑子里过着那块儿大黑石头下面的评论区，那个捧着石头一脸绝望的人的照片。

"好！"白历一声大吼，"少将哥哥思虑周全！"

白历叹口气，"你这样，显得我的礼物拿不出手。"

陆召意外道："有礼物？"

白历看了他一眼，转身回卧室，拿着小机甲模型走出来。

"我做的。"白历有些不好意思，"有点儿丑，不过应该还看得出来。"

小机甲模型跟桌上的透明石头放在一起，看起来挺威风。

陆召弯下腰，看了好一会儿，才抬起头有点儿惊讶道："我开过这个型号。"

"是。"白历被他这个表情逗乐了，"是你开的第一台机甲。"

"很帅。"陆召用手指小心翼翼地碰了碰，"我小时候……一直想有机甲模型。"

"明年我做第二台。"白历看他想碰又怕碰坏的样子，心里酸软，把模型直接塞给陆召，"很结实，不会坏的。"

陆召拿着反复翻看了好几遍，才后知后觉："明年还有？"

"有，后年还有，还有很多年。"白历看着他笑，"你多开几台，我能一直做。这台做的不大好看，下一台会更好看。"

"这台很好。"陆召摸了摸机甲胸口驾驶舱的位置，那里刻着一个小小的"召"字，"这个怎么做的？"

"我用研究所工作间里的设备做的。"白历说，"焊接有点麻烦，不太熟练，不过效果还行。"

陆召看着他笑了笑："谢谢你跟我说还有很多年。"

帝国的大雨在今年的最后一天将主星浇了个透，窗外雷声轰鸣。

公寓里没多久就被填满了饭菜的香味和管家机器人埋怨空气变差的尖叫声。

小机甲模型跟封进透明石头里的卡丽花摆在一起。

雷声无法传进这里。

当天霍存收到了一份快运。

陆召少将很够意思地给霍存寄了一份新年礼，霍存拆开一看，一块绿油油的大矿石上刻着四个大字：友谊长存。

还附带着一张卡片。

卡片正面是店铺的宣传语：让这鲜亮的绿色温暖你朋友的心房！

翻到背面，是陆召留给他的留言：看你挺喜欢的，送你一块。

霍存哭着回了陆召一条简讯：谢谢少将，我很喜欢。

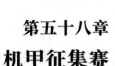

第五十八章

机甲征集赛

这个年跨得相当热闹，军医院泄露病人资料的事情并没有随着高氏被带进警所而结束，帝国各界人士的持续关注把舆论推向了一个难以想象的高度。

不断有新的消息被知情人爆料，媒体终于在行业内面临整顿的情况下找到了基本不会出错的可挖掘素材，可着高氏父子一个劲儿深挖猛打。

从假期开始的第一天，星网上几乎每天都能看到不同内容的爆料。从高业小学怎么欺负同学，再到高先生因为出轨而被伴侣的家族骂了好几天，鸡零狗碎的消息积压在一起，彻底把最近刚昂头的新贵族高氏给压得脸贴在地上摩擦。

林胜并没有因为跟高氏划清界限而躲掉被牵连的命运，媒体的鼻子和狗一样灵，顺着味就闻到了林胜身上的腥气。

被连累着跟记者斗智斗勇的林胜本身也不是无缝的蛋，一整个假期过得很是焦头烂额。

在这种舆论热潮的新年开局下，帝国研究院的征集赛的报名环节也到了最后的截止期。

研究所会议室里的争论终于结束，司徒灌了几大口水，扯着冒烟的喉咙最后喊了一句："我不同意，我得找主办方那边说道说道！"

"给他拿把光刀。"白历跟身边的研究员说，"让他拿着那个去说道，比较有说服力。"

杨瀚几个人坐在旁边，愁眉不展的脸有瞬间没绷住，乐了。

"现在说也没用，赛程都是已经定好的。"周岳通过虚拟屏参加会议，"我也没想到赛程安排得这么紧，这回赛事组对整个流程的保密工作做的太好，没打听到。"

另一侧的虚拟屏上是今天刚收到的赛程安排表。

整个比赛集中在开年的第一个月，分为主星和多个附属星赛区，先打地区赛，选出选手晋级，参加主星的终选赛。

机甲研发圈内这几年发展得不错，帝国对这方面也一直很扶持，大中小型的研究所不少，参赛的也比白历想象得要多。

"这排的也太缺德了。"司徒又开始絮叨，"哪有上午开幕式，下午就连打三场的，主星有这么多研究所？"

"听说是把周围几个附属星一起囊括进主星赛区了。"杨瀚把从以前的同学那打听到的情报说了说，"所以人多，排得就紧。"

赛程排得紧就意味着驾驶员会相当劳累，所有人都担心白历的腿受不受得了这种高强度的比赛。

"偏偏今年管得特别严。"有个研究员说，"虽然早就有规定了，第一、第二梯队的军团在职成员不能参加比赛，但往年偶尔也能有一两个特例。"

这也就是说陆召和江皓这样身经百战的人参赛的可能性彻底没了。

"军界要整顿风气，树立形象，那就不能跟这种面向公众的比赛搅和在一起。"白历不怎么在意，"人家是要真刀真枪地上一线的，不是出来耍猴娱乐大众的。"

一台机甲匹配一个驾驶员，这是征集赛一直以来的惯例，只有在第一驾驶员身体出现重大问题无法参赛的情况下才能更换替补。大研究所有多个研发项目的，通常会派出两到三台机甲参赛，但白历的研究所起步没多久，就只有一台机甲。

他们拿这一台机甲在赌，赌机甲能赢，赌白历能赢。

白历用会议室的公用终端打开帝国研究所机甲征集赛的报名界面，一条条地输入机甲和研究所信息，一边笑道："其实排得紧也挺好，只要我打得够快，还能赶上回家吃晚饭。"

"你要是跟其他人一样我也用不着担心。"司徒叹口气，"但你不是……你说你要真顶不住了怎么办？"

"我觉得你们可能是想错了。"白历说，"这台机甲，它的存在，就是为了让我这样的人顶得住。"

会议室里安静了几秒。

"没意见了吧？"白历抬起头看了看周围，"谁有意见，给他把光刀，让他去跟赛事组说道说道。"

司徒把用来擦汗的纸捏成团砸了他一下，白历歪头躲开，在报名表"驾驶员"一栏上填上自己的名字。

两天后，帝国研究院征集赛官方公布了本届大赛报名名单，军团内荐的那一栏上写着的却并非林胜的研究所。

林胜因为缺少高氏的数据支持而被认定机甲完成度不够高，帝国研究院驳回了他的内荐申请。

林胜的研究所被打回附属星赛区，不得不从分赛区开始打起，才能获得在主星参加终选赛的资格。

曾因为第一继承人的宣传而被关注的唐开源，也因此成为附属星赛区名单角落里不起眼的一个名字。

主星区的比赛永远是最激烈的，白历的研究所和研究所后面跟着的驾驶员的姓名引起了军学院和各大军团的关注。

随着帝国研究院赛事组对名单和机型的公开，各参赛研究所的资料也随之公布，研究所纷纷在主页展示各自机型的优势和特点，大多是偏向攻击性，且力求能将特种的身体能力发挥到极致。

今年的比赛因为去年年底的风波而比往年更受关注，不仅是各大军团和机甲论坛上的军事迷讨论激烈，就连军学院也掺和进了这场争论。

司懂坐在帝国军学院的公共休息区休息，用个人终端浏览着机甲论坛上对白历的机甲的分析。

帖子不少，让他有些失望的是并没有太多人看好。

白历的想法太过大胆，论坛上分为两派，一派彻底否认这类机甲的可行性，甚至觉得非常可笑。另一派则觉得这台机甲的出现为帝国的机甲研究开辟了一个新方向，白历愿意亲自驾驶，也的确对这台机甲很有自信，只是毕竟都是理论性的东西，能不能经得起战斗考验，还需要观望观望。

"其实我觉得，白历的想法是好的，但有点儿空想，"坐在对面的室友跟另一个室友说道，"身体缺损很影响驾驶的，而且人种缺陷也真的很难弥补。"

司懂皱了皱眉："很难弥补才需要外力辅助。"

"哪能说辅助就辅助了。"室友小吴道，"我自己就是稀种，我就承认我开不了机甲，身体跟不上，精神力不行，虽然我心里也想开机甲，但有时候老辈说的有道理，什么身份就适合什么工作……"

"那你应该回家准备准备结婚，读什么军学院。"司懂冷冷道。

小吴愣了愣，有点儿生气："我读的是后勤管理，将来要去后勤部的。你厉害你读机甲实战，但你别瞧不上我们读别的专业的行吧？"

另一个室友孙蓬赶紧插话："司懂没这意思，你别气啊，可别较真。"

军学院的稀种不多，司懂读的机甲实战学院的稀种就更少了，一个宿舍四个稀种，只有他和孙蓬是同专业的，另外两个都是学的后勤管理。

"我较什么真，我就说句实话。"小吴说道，"白历的机甲方向是不错，但我不看好有什么问题？我就是觉得人种的确存在差异，身体的构造也决定了很多事情，承认这个事实不行吗？"

孙蓬有些尴尬，他自己是读机甲实战的，心里觉得自己不输给任何人，但偶尔还是会觉得累。他努力十分达到的高度，特种可能只需要努力五分就能达到了。

"你说得也没错，但是……"孙蓬斟酌着用词。

"你说得没错。"司懂合上个人终端，"但这不是我们否定这台机甲的理由。你可以不喜欢，但你不要替所有人来用人种差异这个理由否定它。"

小吴张了张嘴，他是知道司懂的，跟条疯狗似的，一点儿都不像贵族出身的少爷。

训练起来不要命，体能跟不上就比别人多一倍两倍的训练，身体不够灵敏就二十四小时泡在模拟舱。第一个学期在真人对抗的时候被打得鼻青脸肿，第二个学期就能把班上一半特种揍得不敢说一个字。

都在同一个宿舍，努力不努力，大家都知道。

虽然心里知道这些，但小吴还是相当不忿。他也说不好是因为什么，佩服归佩服，欣赏归欣赏，但事情一到自己头上，他就是觉得不舒服。

他能就读军学院，也是顶了很大的压力。他希望能得到更大程度的自由，但心底又时不时会想起父亲在餐桌上习以为常说过的话"什么样的人就要干什么样的事，不行就是不行，天生的不行要是靠努力就能弥补，那所有人都能成事了"。

"司懂说的也对。"孙蓬开口，"我还是挺喜欢白历的机甲的，多好啊，以后我要是能开，搞不好还能进第一军团跟陆少将一块儿——"

"不行就是不行！"小吴大声打断了他，脸涨得通红，"要是行，以前怎么没人搞这种机甲？全帝国有几个陆召？天生的缺陷弥补不了，你以为你真能成为第二个陆召？"

孙蓬被这一嗓子喊愣了。

司懂把个人终端收起，站起身。

"以前没人搞，是因为根本没人往这方面想。"司懂看着小吴，淡淡道，"你成不了陆召，是因为你根本没想过要成为这种人。"

小吴还想说话，司懂扯了一把孙蓬，两人没再跟小吴说下去，径直走出了休息区。

"你别跟他生气，他其实挺欣赏你的。"孙蓬边走边说，"他进军学院之前跟家里吵了一架，他家里人要他结婚，他不乐意，硬是考进军学院的。"

走出休息区，呼吸到新鲜空气，司懂的心情好了一些："我知道。"顿了顿，他又说，"我就是发现，其实很多事很多想法，很多观念，就跟树一样扎根在人的脑子里。你砍了树，但根还在，扎得很深，挖不出来。"

孙蓬叹口气："我喜欢白历的机甲，也想跟陆少将一样，但我一年差不多总有一段时间会觉得我不行……"

司懂拍了拍他的肩膀。

下午没什么课，司懂开着车去了他哥的研究所。

虽然从来没说过，但司懂很喜欢研究所的氛围。偶尔他还能上几次模拟舱，白历跟陆召要是在，还能给他指点指点，不像他哥司徒，就会打击他。

司懂一路有些心浮气躁，等车开到研究所，走进第六研究室，他的心情才好了一点儿。

快比赛了，研究所在加紧进行检查，司懂一眼就看到白历站在巨大的虚拟屏前，双手抱胸，观看一场替补的对战。司徒站在他身边说着什么。

走近了，司懂听见他哥说："这人还行，就是精神力顶不上去，发挥不太稳定。"

"比其他几个强。"白历说，"就他吧，我们也没什么人可选了。"又听到动静，回头看到司懂，笑道，"小孩儿来了，坐下等会儿。你召哥正在模拟舱上，这一局快结束了。"

司懂知道这是在说替补的事情，他看着虚拟屏上对战的机甲，光刀碰撞带起串串光点，一路上堵在胸口的一团情绪蒸腾着顶上他的大脑，让他不由自主地道："历哥，我想当替补。"

白历没反应过来："啊？"

"我想当替补。"司懂说。

司徒张着嘴，隔了几秒喊道："啊？"

"我想当替补！"司懂比他哥声音更大，"我想当替补！我要开机甲！"

白历自小学毕业就没见过有小孩儿敢跟自己这么吆喝，半天没回过神。

一嗓子吼完，司懂竟然奇妙地感觉心情舒畅了不少，抬眼看了看，发现虚拟屏上的对抗战已经结束，模拟舱打开，陆召周围的研究员都被吼蒙了，愣愣地看着他。

"你再大声点儿！"司徒抽了他弟后背一巴掌，"给你个话筒，明天主星要是还有一个人没听到你吼的话我就抽死你！"

司懂挨了一下，皱着眉抿着嘴不吭声。

司徒一看他弟"锯嘴葫芦"的样子就来气："发疯呢？上这儿宣誓来了？你再添个乱试试，晚上回家我就跟爸说，你看他怎么收拾你！"

白历拦了一下，没让司徒继续抽他弟，一边又拿水递给刚走过来的陆召。

"怎么回事？"陆召拧开水问，就看见司徒拎着他弟骂个不停，"不管管？"

"他想当替补，司徒不答应。"白历看着司徒唾沫横飞地教育司懂，直乐，"没事，他家就这样，平时都是司徒管他弟。"

研究所里的人已经对这种场面见怪不怪，司徒最多也就抽他弟后背两巴掌，不轻不重的，倒是不打断他的话他能一口气唠叨他弟半个多小时。

这回白历没给司徒唠叨半小时的机会，等司徒说到"你小子三四年级站在屋顶朝夕阳宣誓那会儿我就该严打"的时候，白历架着他往旁边走："得了司老师，您先憋会儿，留着点儿唾沫等开会的时候喷。"

司徒一边被推着走，一边还回头伸着脖子跟司懂嚷嚷："我刚才说的你听明白没？啊？"

等白历把司徒架着走远了，司懂才一屁股坐在沙发上，蔫头耷脑。

就剩陆召和司懂在研究所的这个长沙发附近，陆召跟这个年纪的小孩儿没有过什么相处经验，有点儿不知道怎么开口。

"召哥，我就坐坐。"司懂最近也不喊陆召少将了，"你忙你的。"

陆召也没什么要忙的，今天就是来陪练的，从旁边的恒温柜抽了支代餐型营养液给他："喝吗？"

"嗯，我还没吃东西呢。"司懂接过来拧开，两三口就给喝干净了。

陆召在他旁边坐下，拿出个人终端连上研究所的系统，开始看刚才的对战回放。跟替补的对战录像没什么意思，陆召看了一会儿就换成别的。

刚一调成他跟白历之前的一场回放，就感觉旁边的司懂凑了过来，伸着脑袋往这儿看。

陆召心里有点儿想笑，这小子真不像司徒的弟弟，倒有点儿像白历的弟弟。他把虚拟屏放大了一些，让司懂一起看。

"很帅。"司懂边看边闷闷地道，"我也想开。"

陆召："腾个模拟舱给你。"

"我想当替补。"司懂说，"但我哥不让。"

陆召看看他。

"说我年纪小，精神力不稳定，撑不起这台机型。"司懂垂头丧气，"这个比赛对历哥很重要，需要实战经验丰富的驾驶员，我就一学生，没什么经验。"

陆召不知道说点儿什么好，他没跟迷茫期的青少年相处过，只能"哦"了一声："确实。"

司懂头垂得更低了："召哥，你不安慰我没事，你也没必要这么直白地认同啊。"

陆召笑笑。主要司徒说的也没错，这种比赛不是军学院的校内赛，司懂平时的训练对象也都是学生，真上了这种征集赛，遇到的对手要么是白历这种在军界摸爬滚打出身的老油条，要么就是私人卫队里退下来的厉害角色。

压力当前，不是所有人都能开好机甲的。

"其实我也不是想添乱，我就是……"司懂坐在沙发上，皱着眉用手扣着裤子想了想，"我就是憋屈。"

陆召没说话，司懂就跟竹筒倒豆子一样，把之前在军学院跟室友那点儿破事说了一遍。

说完觉得自己有点儿矫情，摸了摸鼻子，靠在沙发靠背上说道："我也知道跟他争这个没用，但我就是不得劲儿。别人觉得我们不行也就算了，我们自己都觉得不行……"

陆召听完点了点头，继续看录像。

司懂没得到他的回应，愣了好几秒，才直起身小声道："召哥，你是不是嫌我烦？我哥就嫌我烦。"

"没有。"陆召还真没觉得。

"那你怎么不说点儿什么。"司懂不好意思。

陆召没听懂，等对上司懂有点儿迷茫和渴望的眼神时，才有点儿理解了司懂的意思："你问我怎么看这事？"

司懂点点头："你肯定也遇到过这类事……以前在星网上，那些评论里……"他没说完，但两人都知道是什么意思。

"我不看这些新闻和评论。"陆召坦诚道，"浪费时间。"

这话把司懂噎了一下，他瞬间觉得自己跟陆召之间的差距又被拉大了一点儿，沮丧之余佩服之情倒是更多了些。

"那也没事，我就是有些搞不懂，也不知道怎么办，就问问。"司懂缩回沙发上，"我以前没地方问这些。"

陆召侧头看了一眼司懂，小孩儿没什么精神，很有迷茫期年轻人特有的颓废气质。

但陆召并不觉得司懂烦恼幼稚，他挺喜欢司懂这个样子，良好教育下养出来的好孩子，积极向上，有勇气有决心，陆召对这种小孩儿一向挺喜欢。

"没地方问这些？"陆召终于开口。

"嗯，我哥那样，我还没问完他就不耐烦了。"司懂说，"我爸天南海北地做生意，没空管我。"

陆召点点头，又问："你家人支持你上军学院？"

"还行。"司懂难得跟陆召说这么多话，坐直了身体道，"当时不大乐意，但我真考上了他们也没说什么。我哥就怕我受欺负，后来发现我欺负别人比较多，就不管了。"

司懂犹豫了几秒，问道："召哥，你家人……"

"都去世了。"陆召说，"没人管我。"隔了一秒，又说，"白历支持。"

以前他就父母两个家人，现在多了一个。

"啊，抱歉……"司懂张了张嘴，"真好。"赶紧解释，"我是说你跟历哥真好。"

司懂怕陆召误会："真的，就算是结契，也很少有完全无条件支持对方的契约人。"

"嗯。"陆召也明白，"不是所有人都是白历。"

司懂点头。

"也不是所有人都有像你我一样的生活环境。"陆召又说，他切换到下一个对战录像，"别太勉强他们。"

司懂愣愣地坐在沙发上，他挨着陆召很近，陆召的声音很平静，连带着他也跟着平静下来。

人跟人的不一样，其实有时候体现在他们的生长环境。有的人沐浴阳光，没有见过黑暗，所以一辈子天真烂漫，纯良无害。有的人活在泥潭，一辈子都闻着腐臭的气味，口腔里灌满了污泥，即使挣扎着爬了出来，洗去这些污渍也需要漫长的时间。

这并不是说人因为出身就决定了好坏贵贱，而是说成长的环境会影响人的一部分观念。

有人看见一朵花，会觉得美丽幸福。有人看见一朵花，会想到它终将凋零。让快乐的人面对痛苦是一种折磨，同样，让悲观的人强行乐观也是一种折磨。

你没法去改变很多人的想法，你也没有太大的能力去改变多少现状，事实上你能做的事情很少，因为你是一个小角色。

"那我要怎么做？"司懂缩在沙发上，靠得离陆召更近了一点儿，小声问道，"怎么做才能证明自己。"顿了顿，又加了一句，"怎么做才能改变一点儿现状。"

"我不知道。"陆召淡淡道，"这很难，我没有考虑过。"

他确实没有考虑过，他没有时间考虑。

司懂看着他："可我觉得你做的很好。"

陆召平静道："我没想过别的，就是一直朝前走。"

也不知道是不是崇拜心理在作祟，司懂觉得这话从陆召嘴里说出来，很听得热血沸腾。

"有人考虑过。"陆召又说，"他做得很好。"

司懂还没开口问，就感觉头被人搓了一把。

"你还不赶紧跑。"白历站在沙发后面笑道，"等会儿你哥就下来了，他刚跟我说了，还要教育教育你。"

司懂很是不服气地说："我就是想当替补。"

"你接着想。"白历说，"但是别说出来。"

陆召笑了一声。司懂贫不过白历，抓着头发不吭声。

"要不这样。"白历说，"你这几天抽空过来，这边模拟舱有空闲的你就上，那个替补人挺好，你跟他过几手当练习，你要是能把他打趴下，你哥那边我来说。"

司懂"嗖"地一下站起来，朝着模拟舱就跑。

"你觉得他行？"陆召抬头看着白历，"你那个替补还可以。"

白历笑道："无所谓，反正有我在，轮不着替补。"

这话很嚣张，但陆召没反驳。在机甲这方面，陆召从来没反驳过白历。

正说着，司懂又窜了回来："对了，还有件事。我有个学长想采访采访你。"

"采访我？"白历愣了愣。

"嗯，他是我们学院新闻宣传部的，说是跟你联系过，但你没回复，就托我问问。"司懂解释，"他人还行，写校刊新闻稿什么都挺好，不像有的无良媒体胡写八写的。"

司懂打小就跟在白历和司徒屁股后面跑，很有些白历的跋扈和司徒的倔强，对瞧不上眼的人一律没好的称呼，被教育了好几次也没改正。

"啊……"白历停顿了几秒，"再说吧。"

陆召看了他一眼，没接话。

"行，我去跟他说。"司懂点点头，但还是踌躇着说道，"历哥，我觉得你可以跟他谈谈，你不解释，那外边真的想怎么说就怎么说了。"

白历还没开口回答，司懂又说："我知道，拿事实说话嘛，但我觉得您偶尔也可以用嘴说句话。"

"我一会儿就用嘴跟你哥说你坏话。"白历说。

司懂一溜烟跑了。

"费劲。"白历绕过来坐在沙发上，拿陆召喝过的水喝了一口，"跟这个年纪的小孩儿说话最费劲了。"

陆召看看他："你不打算接受采访？"

"我没想过。"白历抓了抓自己的脖子，叹口气，"我都能想得到采访会问什么，但我答不上来。我这么多年就顾着闷头搞这个机甲，没想过怎么跟别人说这个机甲。"

其实也不是说不上来，可能是想说得太多，不知道从哪儿开始。

他就跟哑了很多年似的，哑的时候想唱歌，想骂人，连慷慨激昂朗诵点儿什么都想好了。但等真治好嗓子，一群人围着他让他说两句的时候，他发现脑子一片空白，想不到第一句话该说点儿什么。

陆召没劝他，"嗯"了一声："我知道。"

这种话不用说齐全就能得到理解的感觉很好，白历半眯着眼很享受这种感觉，陆召调出之前和替补的对战录像，两人讨论了一会儿。

"我发现你比司徒适合教育他弟。"白历说，"很有教书育人的范儿。"

陆召反应了几秒："什么教书育人？"

"就刚才。"白历拍拍沙发，"司懂坐这儿，问东问西的。"

陆召听懂了："你都听到了。"

"我把司徒架一边就回来了。"白历理直气壮，"但是我不会处理迷茫期青少年的烦恼，所以我决定让青少年的偶像来替我解决青少年。"

青少年的偶像陆少将很无奈："没教育他。"

"挺好。"白历说，"比我和司徒加起来都说得好。"

陆召摇摇头。

"真的，你比我俩像哥。"

"你不用说。"陆召道，"你一直在做，他懂。"

白历想了想："那是，毕竟我也是哥。"

"嗯。"陆召笑了笑，"历哥。"

虽然白历年纪本来就比陆召大，但这还是陆召第一次喊他"哥"。

白历的耳朵立马又红起来了，把个人终端一丢，躺在沙发上闭着眼回答："历哥睡一会儿，等我醒了，就开机甲干一票大的。"

帝国研究院的征集赛开赛当天，军学院和各大军团的关注度达到了前所未有的高峰。

开幕式是征集赛历年的传统，在这场开幕式上，所有驾驶员将会齐聚主赛场，向评委组和军学院以及各大军团展示自己驾驶的机甲。

巨大的主赛场可以容纳数万观众，但因为比赛面向的群体具有针对性，放票数量不多，观众席并未坐满，取而代之的是悬浮在赛场外围的悬浮型直播机器人。

数以千计的悬浮型机器人穿梭在赛场上空，拍摄灯的亮光填充了庞大的空间，融入虚拟出的宇宙和群星之中，成为流动的星群。

这些悬浮机器人后，是一块又一块的屏幕，和前来参加开幕式的观众。

机甲论坛上的讨论已经刷得停不下来，尽管开幕式还没有开始，但光是在主赛场外拍到的前来参赛的各研究所驾驶员们就足以令人惊叹。

今年的征集赛人才齐聚，群星争辉。

"再给我拿瓶水。"司徒站在赛场后台，紧张得浑身冒汗，"我怎么这么渴！"

"你再……再喝八瓶都没用。"杨瀚一紧张就结巴，"小……小心一会儿上……上厕所。"

赛场后台划分出数块场地，供给研究所技术人员和驾驶员休息调整。

技术人员不需要上场，他们只负责调整数据和模拟舱，但司徒依旧紧张得不行，自己拿了瓶水，拧了半天都没拧开。

一只手伸过来替他拧开了。

"喝。"白历说，"你替我多喝两口，瞅见你我就噎得慌。"

司徒拿着水，捶了白历一拳："你一点儿都不紧张？"

"小场面。"白历撩了撩刘海，"我的脸经得起任何角度的拍摄。"

几个研究员笑了笑，还是紧张得搓手跺脚。

就是走个过场的开幕式，但不知道为什么所有人都绷紧了神经。

江皓带着韩渺和陈楠也来到了后台，等一会儿他们会坐上观众席，现在提前来后台看看情况。白历跟他们简单聊了几句，走到后台通往赛场的门口。

陆召背对着他，双手抱臂看着门外长长的黑暗的走廊。走廊的尽头，是闪烁着星群灯光的赛场，但从这里看，那边只是小小的一个豁口。

这个豁口，是白历即将通往的地方。

"兄弟。"白历走过去，朝他竖个拇指，"你今天很帅。"

陆召今天穿的是军礼服，这是他在所有重要场合才会穿的一身衣服。

陆召看了看白历："你很紧张。"

"嘘！"白历小声说，"别让他们听到。"

陆召把手搭在白历的肩膀上，用自己的精神力进行一些简单的镇抚。

"一会儿我就会去那里。"白历说，"我会站在灯光的中心，虚拟屏上会有我要开的机甲。"

"嗯，我就在观众席上。"陆召说，"看着你，和你的机甲。"

白历的颤抖停止了。

随着一声巨大的轰鸣，主赛场上空，一台虚拟的帝国初代机甲俯冲而下，在观众们的惊叹声中砸在主赛场的台子上，化作斑斑点点的星光，四散开去。

机器人温和的声音响起："在初代机甲的指引下，新生机甲将为帝国再点燃数颗星光——"

"这里是帝国研究院机甲征集赛开幕式现场！"

第一位驾驶员从他被安排好的通道走向赛场，在他踏进赛场的瞬间，他所驾驶的机甲以虚拟投影的方式在他身边出现，随着他的脚步一同前进，走过赛场。

观众席上爆发出惊叹声，悬浮机器人们如流星一般划过。

陆召伸出手，替白历抚平肩膀上的一道衣褶。

"一会儿见。"白历笑了笑，"陆少将。"

陆召点了点头："一会儿见，白少将。"

后台的所有观众被要求离开，前往各自的座位观看开幕式。

白历站在门前，看着那条漆黑的长廊。

"我等这一天很久了。"司徒走到他身旁站住，"我知道你等得更久。"

白历被他推了一把，"带着我们的机甲，"司徒挥了挥拳头，"干就完了！"

杨瀚和几位研究员都挥了挥拳头，发出一声大吼。

白历整理了一下自己的西装衣领，笑了笑："这回白少将带你们飞。"

他转过头，深吸一口气，走进黑暗的长廊。

他在这黑暗中前进。

已经前进了很多年。

巨大的赛场上，一台台虚拟机甲和他们的驾驶员走过，人工智能在播报着各自的型号和驾驶员姓名。

白历踏进赛场，侧头看去，那台巨大的深蓝色机甲出现在他的身侧。星屑从他每一步前行的路上飘散开，他的机甲和他一起前行。

白历忽然很想大叫一声，他听到了掌声，他感受到了灯光。

这是他的赛场，他的战场。

场外有陆召在看着他。

"white01号机型，由白氏研究所研发。"人工智能的声音清晰无比，"驾驶员，白历。"

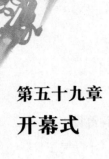

第五十九章
开幕式

在虚拟的星辰和宇宙中，巨大的深蓝色机甲半透明的身躯于光斑星海中穿过。

荧蓝色的光泽将和它一同前行的驾驶员的五官映得清晰且明亮，白历侧头看向机甲，在后台司徒等技术员的操作下，white01 号机型也侧过头回视。

白历朝它竖了竖拇指。机甲缓缓举起手臂，竖了两根拇指。

观众席上除了掌声之外又发出几声哄笑。

悬浮型机器人配置的摄像头不断地闪烁着光亮，那是正在拍摄照片的证明，在这浩瀚的场景中如同正在燃烧的一颗颗星星。

几分钟后，星网上将会不断有帝国研究院征集赛开幕式的照片流出，引发话题热议。

这一年的征集赛让帝国掀起了前所未有的机甲热潮，驾驶员们潇洒的身影和机甲冷厉的线条俘获了无数人的心。白历和机甲对视竖拇指的模样让帝国公民有些忍俊不禁，又有点儿感慨。

即使在多年的沉寂中，有人依旧没有熄灭光芒。

白历对那些围绕着自己保持安全距离拍摄的悬浮机器人没什么反应，他看着自己倾注心血的这台机甲，感觉到血管里的血液都在沸腾。

他像是回到第一次驾驶机甲的那一天，白老爷子难得当了回细心人，带着他去看他的机甲。

白历站在那台现在已经淘汰了的机甲前，竟然对自己能开这么个大家伙感到难以置信。他像是被推向一个更高位置的幼兽，茫然中又带着些炫耀和兴奋，回过头看向白老爷子。老爷子对他点了点头。

在一片光亮中，白历看着自己面前的这台机甲，他张了张嘴，猛地回过头看向观众席。

观众席隐没在黑暗的虚拟宇宙之中。但白历知道，那里依旧有人对他点了点头。

他抬起左手朝着观众席的方向竖了个拇指。

观众席上，陆召笑了笑。

"老领导。"江皓坐在他身边，伸长了胳膊竖了个拇指，"帅惨了。"

人群里有人喊了一声："我支持你的研发理念——"

他的声音被现场的掌声和议论声掩盖得七七八八，但陆召坐得比较近，还是听得清楚。

"白少将！"

陆召几个人回头看了一眼，是个穿着附属星驻地军团制服的女性普种。

观众席上的叫喊传不到主赛场上的人的耳朵里，但白历还是笑得很痛快。

主星的驾驶员走过主赛场后，轮到各个分赛区的驾驶员依次上台。

白历一走到后台，就跟几个留在后台还没离开的主赛区的驾驶员打了照面。

同赛区的研究所基本上都互相了解过对手的情况，驾驶员之间也不算陌生，有一两个其他研究所的驾驶员友善地笑了笑，跟白历握握手。

"白历先生，很期待接下来的比赛。"一个驾驶员笑道，"我妹妹一直跟我念叨您的研究所，我也很想跟您交手。"

语气里有些淡淡的自傲，但态度倒是挺礼貌。

现在的白历和以前留在人们印象里的不同，人们开始有了各自的想法和观点，以前那种一股脑的恶意已经很淡了，驾驶员们对白历礼貌尊重。

白历的手被这个手劲儿挺大的驾驶员握了握，也不怎么反感，特种之间挑衅太正常了："成，你要是能一直赢，迟早会遇上我。"

话里的意思再明显不过，白历是要一直赢的。

和传闻里吃软饭的形象不同，这种回应让实战出身的驾驶员们产生了一点儿认同感。

周围几位驾驶员也跟着握了握手，分别自我介绍了一下各自隶属的研究所以及驾驶的机甲类型。

不需要白历自我介绍，就有人已经跟白历搭上了话头："白先生的机甲很……独特，不知道是放弃了攻击还是准备另辟蹊径？"

语气有些试探的意思，不过保持着基本的尊重。

"听说是为了特殊人群研发的。"另一个驾驶员问道，"我们都挺好奇的，您别介意，就是问问，毕竟您这边的研发理念和帝国一直以来的研发方向不太相同。"

这句话让其余几人都下意识地看了眼白历的腿。传闻中受伤严重导致无法驾驶机甲的左腿裹在西裤里，看不出任何异样。

白历笑了笑，淡淡道："打几场，就知道我的机甲是什么样的了。"

几人跟着点头，最开始说话的驾驶员道："也是，谁的机甲什么样，打几场就——"

"还能怎么样？"一个刚走下主赛场没多久的驾驶员冷笑了一声，"投机取巧，讨好小众人群，哗众取宠的玩意儿罢了。"

白历看向说话的驾驶员，块头挺大，是帝国主流的那类剽悍型特种，剃了个寸头，脸上还带着几道疤。

"说话就说话，你这样有点儿过分啊。"最开始跟白历搭话的驾驶员皱皱眉，"我们说我们的，你不乐意听就甭插话。"

"我就是把你们想说得直接说了而已。"大块头不屑道，"一个个的装得正儿八经，搞得跟真稀罕似的。你们就是心里看不上，还非得装个样子问问，当我不知道？"

周围几个人都很尴尬，忙跟白历解释。

白历摆摆手，毫不在意地掏出个人终端跟司徒他们联系。

见白历没吭声，大块头更肯定了外面对白历的各类谣言，挤开一个想劝架的驾驶员，脸朝着白历道："白先生，我尊重您这个人，但您这种迎合小众人群的研发行为我实在不敢苟同。您也别怪我说话难听，我实话实说，您这就是鼓动一些人产生不正常心理，扰乱传统秩序。"

"高海，你找事吧？"有个驾驶员撮火，"发疯滚出去发。"

叫高海的大块头推了他一把："我说的有问题？你们就没人这么想？"

还没离开的驾驶员们有几个人劝了两句，有几个闭口不言，只多看了白历两眼。

这里基本是特种，大家的想法难免有些重叠。大众的想法其实从星网上就看得出来，白历并不怎么意外。

空气里弥漫着不稳定的精神力，躁动着，互相碰撞着。

司徒带着研究员们抱着设备走进这边的休息区，就被扑面而来的各类精神力冲击得有些缓不过劲儿。他皱着眉，略带反感地看了一眼叫高海的大块头，走到白历身边："别跟他起冲突，比赛禁止私下斗殴，否则会被取消参赛资格。"

白历点点头，他原本也没打算跟这人较劲儿，反正迟早要赛场上见。

休息区滞留了不少刚下主赛场的驾驶员，正准备收拾收拾各自散开，就听见主赛场外的观众席上爆发出一阵惊叹声。

驾驶员休息区的虚拟屏正播放着最新一位走过主赛场的驾驶员，这惊叹声让休息区的所有人都下意识地看过去。

虚拟屏上，一台造型传统却极具刚毅感的重型机甲投影随着驾驶员的脚步一同穿过宇宙星河。

司徒只看了一眼，就骂了一句极其难听的帝国脏话，并且立马转头看向白历。

白历站在虚拟屏前，在他眼中的那台机甲他很熟悉，只是已经很多年没见了。

KL223 机型，戏称"苍蝇拍"。

这台机甲竟然有 80% 模仿了已经淘汰的 KL223 机型的外轮廓，就连出厂的喷漆颜色都大致相同。

"LIN23 号机型，由胜世研究所研发，外形沿用了已淘汰的重型机甲 KL223 机型，以此向先辈致敬。"人工智能为这个沿用了老机型的机甲做了一段额外的介绍，"驾驶员，唐开源。"

这段介绍成功获得了又一波的掌声。

在光辉笼罩的重型机甲之下，从容走过主赛场的年轻特种露出一个温和的笑容，并且将手放在胸前轻拍了一下。

这是帝国军人对先辈的致敬礼。

周围响起一片议论声。

"有心了，这台机型还挺特殊的。"

"这小子我有印象，唐家的是吧，也算名门之后了。"

"还有人惦记这种老机型，不容易。"

白历的目光盯着那台走过主赛场的机甲，这轮廓他太熟悉，这是他开过的最强悍的一台机甲，是他最中意的一款机型，也是他离开军界前开过的最后机型。

从 KL223 机型宣布全部报废处理的那天起，白历就再没从网络之外的地方见过它。

"白历。"司徒在旁边撞了他一下，"这就是个仿品，很拙劣。"

白历回过神，朝司徒露出了个笑："我就看看。"

也不知道怎么着，司徒被这四个字冲击到了神经，心里有点儿发酸。他拍了拍白历的肩膀，深呼吸了好几下，才没气得当众骂娘。

赛前司徒他们也不是没做过调查，胜世研究所的这款机甲本身和苍蝇拍只有三四分相似度，没想到后期加工再喷漆选色，竟然把相似度拉到了 80%。

同样是重型机甲，同样侧重破坏力，同样的外轮廓。

白历的表情很平静，在周围的议论声里和司徒等人往外走。

"特种就该开我们这种重型机甲。"高海的声音穿过人群而来，"开不了的就该让道。"

杨瀚回头看了一眼。

"看什么看？"高海哼笑一声，"老子最恶心在外乱跑的稀种。"

杨瀚的脸白了白，没忍住回道："没见过这么丑的，多看了两眼。"

司徒和其他几个研究员略带诧异地看了他一眼，杨瀚刚进研究所的时候还挺木讷，没想到跟他们待久了，说话竟然都开始带劲儿了。

这话让周围的驾驶员发出了几声笑，高海脸色一黑，精神力猛然拔高，直压杨瀚。跟杨瀚站得近的研究员有普种有稀种，被当头压下一股精神力，当时就头疼腿软。

下一秒，两道精神力迅速反击，白历和司徒的精神力很快形成一道屏障，隔绝了高海的压迫。

"什么时候征集赛都能有这种杂碎随便出入了？"高海骂道，"我——"

下半句话如同被人捏住了脖子一样梗在喉头，白历的精神力压缩到一个恐怖的范围，如同钢刀一般割在高海的神经上。

原本闹哄哄的驾驶员休息区因为这股强悍的精神力压制没了声音。

"说得对。"白历淡淡道，"什么时候征集赛能让你这种杂碎随便出入了？"

高海的脸色相当难看。

外界传闻，白历早就是个身体不行了的特种，他几乎是肯定了白历靠着门路才进的征集赛。

"冷静冷静。"一个驾驶员强忍着被白历精神力施压的焦躁，"私下斗殴是会被取消比赛资格的。"

"用不着斗殴。"白历走过去，伸出手拍了拍高海的脸颊，"我就站这里，你敢动手吗？"

高海瞪着眼，猛地举起拳头就要朝白历砸过去。没想到白历的精神力又飙升了一个等级，高海双腿一软，坐在了地上。

白历在所有人的注视下蹲下身，拍了拍高海。

"别着急，"他叹了口气，"比赛的时候再弄死你。"声音很轻松，很愉悦，语气彬彬有礼，就连末尾的三个字都显得格外温和。

弄死你。

站在周围的几个驾驶员咽了口唾沫，刚才跟白历说话时语气略冲的几个错开目光，装作没看见高海的狼狈样。

白历站起身，朝周围的驾驶员点点头，没再看高海一眼，跟司徒一起朝门外走去。

身后有人喊了一声："白先生。"

白历回头看。唐开源刚从主赛场上走下来，站在下场口，面带微笑地看着他："向您致敬。"

白氏和唐氏两家的恩怨在帝国几乎无人不知，休息区内静悄悄，驾驶员们互相交换着眼色。

白历看了唐开源一眼，没吭声，带着人走出门去。休息区的人松了一口气。

"不好意思。"唐开源略羞赧，"他就是这个脾气，你们不要介意。"

话音刚落，就看见门外白历又走了回来，当着所有人的面朝唐开源向下竖了竖小拇指。

"我就是这个脾气。"白大少爷说，"你不要介意。"

又当着所有人的面大摇大摆地走了出去。

休息区半晌无言，隔了好一会儿，听到有人没憋住地一声笑。

第六十章
首战告捷

开幕式在掌声和灯光中结束，数台悬浮型直播机器人暂退回观众席，等待下午的第一场比赛开赛。

机甲论坛上已经刷了好几页，今年比较被看好的机型和驾驶员都贴了出来分析，白历的研究所和 white01 型机甲因为独特的研发方向也被论坛讨论了好几波，但大部分人还是保持不大乐观的看法。

陆召坐在观众席上翻看个人终端，手在简讯界面上敲了几下，又删除了信息。

韩渺从悬浮车上拿回来几瓶营养液，边分边问："江中将呢？"

"去见熟人了。"陈楠挨着陆召坐，回道，"他有个同学在征集赛后台工作，顺道见见面。"

韩渺点点头坐下来，正准备跟陆召讨论刚才的几台看起来挺不错的机甲，就听见身后其他观众的声音。

"今年比赛的阵仗不小啊。"一人道，"重型机甲多，偏破坏性的也多。"

"都一样的机甲没意思，战场上也不是光需要重型机甲。"另一个人回道，"我就是奔着 white01 来的。"

陆召回头看了一眼，是之前开幕式时大喊支持白历的那个普种。

"狂热粉啊。"陈楠用胳膊肘顶了陆召一下，"白大少爷也是有粉丝的人了。"

陆召翘了翘嘴角。

"我也不是不支持，但你看看今天的局势，重型机甲多，就显得白氏研究所的机甲有点儿……"刚开始说话的人斟酌了一下用词，"弱势。"

陈楠的表情一下就变得不怎么好看，小声跟韩渺嘀咕："这群人懂个屁。"

陆召听得清楚，但没什么表示，只是盯着手里的个人终端，在输入框打上几个字，又删了。

"你是不是心烦，都删了好几次了。"陈楠侧头过来问，"我觉得你不用担心白历，他挺强的。"

倒也不是担心白历的机甲问题，陆召对白历和他的机甲比所有人都有信心。

他想的是别的事。

从唐开源的机甲走过主赛台，陆召的脑子里就只剩下白历放在研究所的那块深蓝色布满斑驳的机甲碎片。

韩渺喊了一声："江中将回来了。"

江皓走得有点儿急，脸色不大好看，一坐下就压低声音道："后台出了点儿事。"

他坐在陆召的左手边，陆召侧头等下文。

"驾驶员休息区那边。"江皓的表情显出几分复杂，"我同学说好像是有人找事，被白历压制了，对方现在在跟赛事组举报他公众场合释放攻击性精神力。估计这会儿整个赛事组都知道了。"

陈楠急道："先找事的还有脸举报啊？这怎么办？"

"其他驾驶员作证说白历没动手，是对方先挑衅。"江皓安慰，"应该没什么大事。"

陈楠和韩渺松了口气，就听见陆召问："唐开源？"

江皓愣了愣，很快反应过来陆召是在问找事的是谁："不是，好像是姓高，高氏的旁支吧。"

陆召点了点头，他脸上依旧没什么表情，语气也平平淡淡，其他三个看不出陆召的情绪，但多少知道唐氏和白氏的破事，也知道陆召这会儿心情肯定好不了。

陆召握着手里的个人终端看着主赛台，模拟的星屑光斑依旧在黑暗的宇宙中闪烁，他第一次在这种环境里感到压抑。

白历肯定很喜欢这种虚拟投影，他连卧室的屋顶都是类似的虚拟影像。

他喜欢宇宙，但宇宙公平地接纳所有人，并不会偏向他。他喜欢KL223机型，但那台机甲也并非专属于他。

白历喜欢的机型今天以另一种方式穿过他喜欢的宇宙，但他已经不是当年的白历了。

这种感觉很不好，陆召没继续往下想，站起身往观众席外走。

"哪儿去？"陈楠问。

陆召道："透口气。"

"别错过比赛时间啊。"江皓说道，"专门把轮值延后来看的比赛，要是没看着就得不偿失了。"

陆召点点头，拿着个人终端走出去了。

走廊窗外是飘着雨丝的灰蒙蒙的天空，陆召找了个人少的角落打开虚拟屏，霍存刚发的简讯跳出来。

霍存：少将，轮值延后时间太长可能会影响年中评比，上面问你要不要再考虑考虑。

陆召算了算时间，比赛最快也得小半个月才能结束，他回了两个字：没事。

年中的评比没有年末更重，陆召把重点偏移向了年末。

又点开跟白历的简讯框，输入栏上那条"别在意"还没发送，他犹豫了一会儿，删了。

他跟白历的聊天记录基本是有事说事，主要是因为陆召实在没什么聊天天赋，平时不觉得，这会儿陆少将开始为自己匮乏的语言感到纠结。

站了好一会儿，陆召才试探性地打上去一行字：你有粉丝了。

手指刚挪到"发送"键上犹豫了两秒，身后的陈楠喊了他一声，陆召手一抖，点击发送。

有点儿懊恼地皱了皱眉，跟陈楠打了个招呼，个人终端就响了一声。

白历也不知道在干什么，信息回得挺快：是你吗？

陆召回：也有别人。

白历发了个表情惊讶的狗头表情包。

没等陆召回复，就又发来一条简讯：那陆少将是我的狂热粉吗？

紧接着是第二条：整个开幕式就觉得我最牛的那种？

第三条：别的都不爱看就看我开机甲的那种？

白历发简讯尽管啰唆，但还算是有条有理，喜欢设个语言套给陆召钻，很少有不等陆召回复的时候。

这种连发几条信息的情况很少见。

陆召感觉得到白历的情绪起伏，但他不知道怎么安抚。他对自己的木讷感到一丝说不出的失望，只能抿着唇，在输入框打了一个字，点击发送。

陆召：是。

这一回那边隔了很久才有回应。

白历：晚饭只能吃素了，家里就剩青菜了。

话题拐得莫名其妙，但陆召还是老老实实地回复：好。

白历发了个流口水的狗头：陆少将，吃肉才有劲儿打比赛。

陆召：我去买。

白历回：一起买。

陆召愣了愣。

白历又发来一条简讯：好兄弟就要下班逛超市，我打个比赛就走。

见他这自信的模样，陆召忍不住想笑。

走廊上搭载的语音系统发出"叮咚"一声响，人工智能的声音通过系统扩散开："第一场比赛将在十分钟后开赛。"

陆召站直身体，手里的个人终端同时震动了一下。

白历：来支持我，狂热粉。

赛场内，观众席上爆发出一阵热烈的掌声。

陆召踏进门内，看到半空中巨大的全角度虚拟屏上摇出的双方对战人时，才明白白历的话是什么意思。

星屑和宇宙包裹的中心，白历的名字赫然出现。

"帝国研究院机甲征集赛首场比赛即将开始。"人工智能的声音响起，"双方驾驶员将进入虚拟舱，对战影像将通过全息投影实时展出——"

主赛场上，两台最新型虚拟舱升起。

"红方，森事研究所，重型 BK482 号机型，驾驶员高海。"人工智能继续介绍，"蓝方，白氏研究所——"

白历将手里的个人终端递给司徒，又从司徒手上接过模拟舱的头盔。

有个女同事骂道："是不是搞我们，第一个就上？"

"都检查了吗？确定没问题吗？"杨瀚神经质地一遍遍询问，"都真的搞好了是吧？"

白历在这种闹哄哄的气氛里竟然笑出了声。

"准备好没？"司徒站在他身边，朝他伸出一只拳头，"去给他们开开眼。"

白历用头盔撞了一下司徒的拳头："准备了好多年。"

他在研究员们的一遍遍叮嘱声里戴上头盔，目光看向即将去往的主赛台。

在观众席传来的喝彩声和人工智能的播报声里，司徒等人听见白历头盔下传来的三个字——弄死你。

通道在人工智能念到"蓝方"时彻底开放，白历走向闪烁着虚拟星屑和悬浮机器人闪光灯的主赛台，他已经脱去了西装换上赛服，毫不拖泥带水的赛服将他整个人衬得更加笔挺高大。

"蓝方，白氏研究所，white01 号机型，驾驶员，白历！"

在一片璀璨的蓝色灯光中，白历走向属于自己的那台模拟舱。

初赛就是本届争议最大的机甲和重型机甲的对抗，除了已经激动不已的现场观众，悬浮机器人连接的无数虚拟屏前也站着各类情绪高涨的观众。

白历登上自己的模拟舱，站在他对面不远处的另一台模拟舱外，高海正抱着手臂，没有戴上头盔，而是以一种挑衅的目光看着他。

虽然在后台时高海被白历的精神力压制得没有反抗余地，但在机甲里又是另一个局面。

毕竟精神力配合强大的肉体，调动机甲的最大能力，同时配以自身的战斗经验，这些才是机甲战获胜的关键。

"赛前最后一分钟倒计时。"人工智能播报。

高海发出一声相当爷儿们的吼声，赢得观众席的大片叫好。继而朝着白历握了握拳头。

白历已经一只脚踏进了模拟舱，被高海这一声吼得好悬没脚底打滑，他实在搞不懂这种通过声控来控制个人情绪的方式，只能伸出手，朝着高海比了个大拇指。

高海不屑地笑了笑。随即，白历的大拇指在众目睽睽之下翻了过来，朝下竖着。

"我们可以看到，驾驶员白历的大拇指很有灵性，除了表示'看好你'之外，还具有'骗你的'一样的欺诈性，"一个语调高昂语速奇快的声音接替了人工智能，"驾驶员高海又扬起了拳头！比赛前最后一分钟，两位选手已经充分表达了对对方的不屑——我是本届机甲赛解说员，碍于紧张的局面和观赛体验，我就不过多自我介绍了！"

解说员话音刚落，最后的倒计时就只剩下十几秒。

白历坐进模拟舱，舱门缓缓闭合，将场外的声音隔绝。

"将为您连接模拟对抗地图，祝您好运。"

白历的手搭上操纵器，没有像以往一样闭上眼等待地图加载。他的视线被黑暗吞噬，但浑身的血液却奔腾叫嚣着要冲破血管。

"地图加载完成。"

比赛开始。

模拟舱外的全息投影上，刷出的地图是一片石峰林立的某荒星，头顶是被炮火和军舰压制的低沉天空，一旦上飞过度就会面临被军舰击落的风险，战斗位置只能选择被一座座石峰覆盖的荒星表面。

"这烂运气。"江皓骂了一句，"这图我打一年都不一定能匹配到一次。"

陆召的表情不大好，这图他打过几次，最重要的就是要在交手的同时躲避石林制造的障碍。

"好的，地图已经加载出来了。"解说员的声音响起，"哇，是一张对双方都有些不友好的地图。重型 BK482 机型因为庞大的身体不方便在狭窄的空间内挪移；white01 机型则为了提高灵活度而放弃了一部分受创能力，一旦撞上石林受到的影响则会比 BK482 更大。"

白历的随机刷新点相当微妙，他的视线一恢复正常，机甲搭载的监控仪就发出强烈警报，一枚光炮几乎是擦着白历的机身头部划了过去，击打在他身后的小型舰艇上。

舰艇瞬间爆炸，白历第一时间下坠，躲开了飞溅的碎片。

这位置真绝了。白历忍不住在心里骂了一句，运气还是一如既往的背。

这张图白历从第一次上模拟舱到现在也算是熟悉了，就没点背到直接在接近地图边缘的炮火区刷新出来过。

因为白历的刷新点太过奇葩，镜头第一时间就跟在了 white01 机型身边。

"见过倒霉的，没见过这么倒霉的。"

"有种'天不佑我'的既视感……"

陆召抱着双臂盯着投影，他看不见机甲里的白历，只能从机甲灵活的躲避和应对来判断白历此刻的心态。

"不愧是以灵活度作为优先考量的 white01 机型，闪避的速度相当快。"解说员也挺给力，"这种反应速度也证明驾驶员白历的实力……是 KB482 机型！高海的刷新点在白历的正下方！"

一片惊呼声中，一记凌厉的等离子炮从白历的正下方袭来。

白历在闪避碎片和流弹的过程中难以挪移，第一时间从肩部发射小型离子炮，利用后坐力倾斜身体，避开正下方的攻击。

解说员感叹："厉害！"

炮击过后，高海驾驶的机甲追上白历，两人在半空中近距离对击了一波。white01 在 KB482 的衬托下，竟然显得有些脆弱单薄。

一波对击，white01 没有占据上风。

"可急死我了。"陈楠没开过机甲，急得不行，"白大少爷就别端着了，赶紧给丫弄死啊！"

韩渺也在座位上坐立不安："重型机甲就是以高破坏力著称，皮糙肉厚不怕近距离对轰，远距离战斗它又搭载了大量武器……"

"意思就是打不过呗？"陈楠不乐意，"少在这泄气！"

"白历擅长近距离战，是因为他的精神力相当高，对机甲的掌控度也极强。"陆召看着投影，声音平静，"跟 KB482 正面对冲，这些都派不上用场。"

在陈楠不解的目光里，陆召道："所以他得抓准时机，或者制造时机。"

话音刚落，投影上 white01 机型就对着高海比了一个朝下竖的大拇指。

顿了顿，另一只手也伸出来，比了两个朝下竖的大拇指。

"驾驶员白历……"解说员的声音里带了一丝笑意，"嗯，很擅长挑衅。"

观众席上发出一些笑声，也夹杂有"当比赛是玩吗"或者"这么搞就没劲了吧"的不满议论。悬浮机器人们围着虚拟投影拍摄，机甲论坛因为第一场就相当劲爆的比赛而吵得热火朝天。

但白历都感受不到，他凭借天生气死人的本能挑战了高海的神经，随即一个下沉，机身猛地钻进脚下的石林之中。

他的机甲除了灵活度，最大的优势就是速度极快，根本不给高海反应的时间。等高海追上去时，白历已经沉入石林，快速穿梭在林立的粗糙石峰之间。

"白历选择了进入石林！"解说员说，"石林狭窄的缝隙是 white01 机型可以自由穿梭的地方，却是 KB482 机型障碍最多的区域！高海要怎么应对呢？"

重型机甲的应对方式永远直接粗暴。

高海驾驶机甲贴近石林飞行，机甲手部抬起，搭载的小型光炮直接轰开了阻挡自己的石柱。肩部抬起，等离子机关炮对着白历出现的地方狂轰滥炸，倒塌的碎屑阻挡了白历的视线。

随即又换另一只手，手臂上搭载的激光炮射线一般轰向白历身旁最大的一个石柱。

石柱轰然倒塌，white01 机型的机身淹没在尘埃和碎屑之中。

"搞什么？"

"就这？"有人大叫，"什么新型机甲啊！强还得是重型机甲强！"

"吹得那么牛，果然还是不行。"

观众席上发出一阵嘘声。

"看来重型机甲的优势相当明显，强劲攻击开路，破坏力惊人。"解说员有些遗憾，"white01 机型的短板也很清楚，为了灵活度和速度放弃了许多大型武器——等等！"

陆召的目光死死盯着那片烟尘，只见晃动之中，一道蓝光闪过，劈开一块掉落的碎块。

深蓝色机甲自烟尘中跃起，手里的光刀泛着一层光芒。另一只手臂搭载的小型离子炮飞起就是一击，直轰 KB482 机型的面门。

"是 white01 机型！它没有受到损伤！"解说员激动道，"看来是它极高的灵敏度让它躲过了攻击，搭配武器防御，也避免了被落石击中的命运！"

上一秒还喝倒彩的观众席瞬间变了风向，刚才被迫闭嘴的支持者们跟打了鸡血一样叫喊。

"不得不佩服白历的驾驶技术。"解说员感叹，"这台机型的流畅度建立在驾驶员的精神力上，可见白历的精神力有多恐怖——离子炮击中了KB482！哎呀，看来是庞大的身体降低了反应力，没有完全躲过这一击！"

白历吃准了高海这类人的脾气，知道狂轰滥炸之后，他绝对会站在原地欣赏自己制造的美景，所以没有犹豫，直接就是正面的一击强轰。

谁说我不敢跟重型机甲正面对刚？

虚拟投影上，white01 机型对着 KB482 机型竖了根中指。

"啊这……"解说员咳嗽了一声，"麻烦白历选手注意一下挑衅分寸，我们是现场直播，来不及打码。"

尽管知道解说员的说话内容传不到驾驶员那里，但陆召还是笑了一下，他能想象得到白历现在嚣张的表情。

高海挨了这一下，机甲受到一定程度的损伤，虽然不算要紧，但侮辱性极强，他在驾驶舱里骂了一句"软蛋"，朝着白历就又是一发光束炮。

白给的攻击，白历轻松躲开，还顺带在空中刷了个后空翻。

紧接着立马又下沉进石林，高海紧随其后，强轰开道，在一片爆炸声和烟尘中，虚拟投影一片模糊，只能看见 white01 机型深蓝色的机身自由穿梭。

"我去，这算是放风筝？"

"放什么风筝，我看白历就是逗高海玩儿。"

"white01 机型这么丝滑吗……我有点想……"

"但这么搞没意思吧，重型机甲虽然耗能比较大，也不至于被白历吊死啊。"

观众席上议论纷纷，机甲论坛也炸了锅。

一开始对白历的机甲评估过低的人这会儿都啧啧称奇，承认了 white01 机型在灵敏度和速度上攀上了一个新的高峰。

陆召两手十指交握，等待着白历制造出的那个时机出现。

在白历第三次钻出石林，对着高海比出中指的时候，高海终于受不了侮辱，大骂一声，急于追逐白历的心态让他的机甲低飞，也沉入了石林。

探测器告知白历身后高海的尾随情况，白历笑了笑，来了。

white01 机型的速度逐渐降低，和 KB482 的距离被拉近了一大截。解说员和观众都有些不解，就看见高海的武器重新恢复使用，朝着白历猛轰。

炮弹伴随着轰炸声，以及周围石林的倒塌，飞落的大石块和攻击几次险些击沉白历，观众席上因为这惊险的一幕幕多次发出惊呼。

眼看即将击沉白历，高海猛地提速，朝着白历飞速前进，顺带着轰出一枚离子炮。

没想到正前方的白历抬手一拦，直接抓住一根石柱，借着惯性身体侧滑出去，硬生生拐了个弯。

高海的重型机甲根本来不及闪躲，离子炮没有轰到白历，倒是轰塌了白历闪开后露出的正前方的石柱，一瞬间灰尘四溅，掉落的巨石砸在高海的机身上。

探测器发出严重警告的瞬间，高海只觉得机身一沉。

白历操纵着机甲杀了个回马枪，利用侧滑滞留到了高海身后，此刻一跃而上，踩在了重型机甲的后背，光刀随即从机甲脖颈部位的缝隙狠狠插下！

刹那间火星四溅，光刀斜劈，带起一串火花！

高海急忙发射一枚强力光炮，让自己的机甲急速转身，试图甩掉白历。但white01机型惊人的灵活度再次展现，翻身躲避开高海转身的攻击，光刀再次插下。

这一次直接捅穿了驾驶舱。

白历抽出光刀，狠狠又插了一下。

庞大的重型机甲在狭窄的空间丧失了所有优势，头部被毁，半个机甲脑袋耷拉在一侧，驾驶舱被一刀一刀，捅了个稀巴烂。

这是绝对的近身战，在"无坚不摧"的重型机甲的面前发生的近身战。

从这一刻起，许多驾驶过多台机甲的老牌驾驶员们隐隐感觉到，近身战的强者可能要换机型了。

虚拟投影上，光刀捅进驾驶舱的动作还没有停止。

KB482机型如同一个大号玩具熊，被white01机型毫无感情地刨开了腹部的驾驶舱。

因为比赛结束的标准是一方驾驶员失去驾驶能力，所以直到虚拟对抗中高海彻底丧失意识，这场比赛才最终结束。

投影上，高海和KB482机型的名字灰掉，蓝方白历和white01机型的名字被放大，一阵星光闪烁，以示谁才是这场对抗赛的胜者。

观众席上陷入一阵无法言说的沉默，有战栗，有惊骇，还有一丝隐晦的恐惧。

许久后，解说员才发出声音："white01 机型以它超乎寻常的近战能力、灵敏度以及速度刷新了我们对机甲另一方面的认知，也再次印证白氏研究所的研发理念——'任何选择都有无限可能！'让我们恭喜白氏研究所首战告捷！"

陆召站起身，看着虚拟投影上白历的名字，鼓起了掌。观众席随即也响起排山倒海的欢呼和掌声。

帝国评判强大的标准从来都没有改变——胜者为强。

模拟舱舱门开启，早已待命的医疗队随即冲上台，将因不适反应而头晕干呕的高海从模拟舱中拉出。

白历去掉头盔走下模拟舱，朝着后台冲出来站在入场口大吼大叫的司徒等人举了举头盔。

星光和宇宙将他包裹，悬浮机器人的闪光灯星河一般在其身边流淌。

白历在欢呼喝彩声中握紧了拳头。

第六十一章
白少将一如当年

帝国研究院机甲征集赛第一场比赛结束后，各分赛区比赛正式开赛。

在比赛激烈进行的同时，军学院、各大军团以及机甲论坛上对于开场赛的讨论仍没有停止。

并不被看好的 white01 号机型取得无损伤首胜的战绩超出所有人的预期。

从看直播的观众手里流出的比赛录像被转发播放，这也让许多对机甲并未有过了解的帝国公民第一次感受到机甲战所带来的震撼。

有人表示胜利代表一切，white01 机型的战绩证明白氏研究所的研发理念可行，未来战场并非全部依赖重型机甲的大火力炮轰。

重型机甲对身体素质要求极高，能驾驶自如的驾驶员基本全是特种。帝国的人口逐年下滑，特种的占比毕竟较少，普种才是多数，如果 white01 机型真的能够降低驾驶门槛，那无疑又为许多人提供了一条道路。

也有人依旧咬死了重型机甲才是帝国的主流，靠小聪明获胜的机甲并不能撼动绝对破坏型机甲的地位。

大部分人还是觉得仅仅一场胜利并不能代表什么，赢到最后的才是真正的强者，也足以用最终的战绩说明一切。

但不管三方如何争论，白历本人在比赛中展现出的精湛的驾驶能力和强悍的精神力以及超出常人的反应力却是不争的事实。

在许多人的观望下，主星区的比赛打得如火如荼。开场赛结束后，主赛台被划分成两个区域，以供两组对抗同时进行，避免比赛时间拖得太长。

有了开场赛的精彩开端，接下来的比赛受到持续关注。

白历的第二场比赛，对手还是重型机甲。

地图相对正常，也是白历和陆召模拟对抗时经常抽到的一张图，布满藤蔓的未开发荒星。

白历的烂运气一如既往，一刷新就被倒吊着挂在藤蔓上，差点儿大头朝下摔个头晕眼花。

而重型机甲的优势非常明显，无论具有攻击性的藤蔓怎么纠缠，凭借自身的炮火压制，愣是轰出一片可供站立的范围。

放弃了部分破坏性武器的 white01 机型几乎在这个地图被刷新出来的瞬间，就在机甲论坛上被判了死刑。

观众席上的韩渺和陈楠看得心梗，陆召和江皓倒是没什么反应。

"你俩说说话啊！"韩渺拍大腿，"分析分析打法也行啊，就我真情实感着急是吧？"

江皓很冷静："这图都让白历打烂了。"

"啊？"陈楠一个不开机甲的听不太懂，看向陆召，"什么意思？"

陆召抱着双臂，看着全息投影上白历飞速穿梭在扭动的藤蔓之间，平静道："没人玩得过白历。这是他的主场。"

就像是为了印证陆召的话，在随后的一段时间里，原本一直承受重型机甲炮火压制的 white01 机型在一片嘘声中画风一转，直击对手。

在解说员相当迷茫地问出"是不是疯了"的同时，由藤蔓编织起的大网紧随白历身后，被他勾着铺天盖地裹向重型机甲。

重型机甲内的驾驶员顿时慌了，立刻调动起所有可用的搭载武器，对着藤蔓群全力炮轰，但单个的藤蔓好解决，被人为调动的藤蔓如同巨浪般席卷而来，成功耗费掉重型机甲的能源。

在藤蔓上耗费了过多能源的重型机甲在白历面前如同一个大号铁皮熊，在随后的交手中被 white01 搭载的小口径离子炮轰得像个筛子。

第二场比赛耗时较长，但 white01 机型最终取得了胜利。

当全息投影上白历和 white01 的名字闪过一道属于胜者的特有蓝光时，观众才从看傻了的状态找回一点儿神智。

几分钟后，机甲论坛炸了锅。

"打啥呢？这算是机甲战还是益智类通关比赛？"

"white01 又赢了？这怎么赢的，我看不懂啊！"

"白历能不能正面刚啊？能不能？"

韩渺刷了一会儿论坛，颇有些感慨："真是赢了也不消停。"

"其实这种比赛的意义对一线实战来说没有那么大。"江皓道，"宇宙战有宇宙战的打法，陆地战有陆地战的打法，不同的战场需要不同的应对方法，白历就算开重型机甲，也是这么打的。"

但这也只是江皓这种对白历熟悉的人的解释，论坛上一片质疑声。

陈楠等人也讨论得很热烈，观众席上嗡嗡作响。

一直没怎么说话的陆召在目送白历走下主赛台后，才开口："重型机甲有一个一直无法引人重视的短板，就是耗能过高。"

离得近的几个人都停下讨论，看向陆召。

"强火力一直掩盖了这个短板，导致帝国驾驶员一般都习惯打快战。"陆召拿出个人终端，在机甲论坛上看了两眼，抬手给一个夸白少将厉害的帖子点了个赞，才继续道，"战时一旦拉长，就很容易因耗能过大而无法行动。这种例子一线其实不少，但因为有补给舰跟随，大部分人并不在意。"

他说到这里，没继续说下去。周围的都是懂门道的，很快理解了陆召话里的意思。

白历开过重型机甲，对这类机型的了解相当深刻。他能赢，一方面是利用了地表植被，另一方面则是因为对重型机甲的熟悉。

这并非一场抖机灵的战斗，这是一场经验战。

主赛场星光轮转，很快下一组比赛开始进行。

陈楠侧着头看了陆召一眼，隔了一会儿，又看了一眼："哎！我发现……"

陈楠凑到陆召身边道，"你这是头一次因为一件事解释这么多。"

以前就算是战况汇报，陆召都一向言简意赅。

陆召愣了愣，陈楠调笑道："因为是白历？"

这个问题让陆召有片刻的茫然，他没想过那么多，说话做事也一贯随心而行。他理解白历，其实打心底也希望白历能被更多人理解。

陆召侧着头想了一会儿，在一片观众的呼喊声中，陈楠听到他的回答："是。"

没多久论坛上就开始有懂行的老兵或者一线军团在职人员给出分析。

"不得不说，白历是真没愧对'少将'军衔，对帝国机甲的现状吃得太透了。"

"有点儿服了，我开始看好 white01 了各位！"

帝国研究院帝国征集赛开赛第一天，比赛热度居高不下。

不被看好的 white01 号机型用两场胜利堵住了一部分人的嘴后，迎来了今天的第三战。

比起外界对于机型本身能力的激烈讨论，司徒等人更担心的其实是白历的腿。

第三战，对手依旧是重型机甲。

一连三场重型机甲对抗下来，就算是其他驾驶员都有点儿吃不消，更别提腿带旧伤的白历。

虽然 white01 机型已经降低了对身体的要求，但毕竟还是要承受一定的压力，白历的腿在打完耗时略长的第二把比赛后，膝盖部位已经有些隐约的不适。他一下场，助手立马开始进行腿部按摩。

"你能不能行？"司徒压低声音问，"我带的有镇痛剂，要不……"

白历摇摇头。镇痛剂有一定的副作用，绝对会影响白历集中精神力。

"垃圾赛事组。"司徒又开始骂，"有这么排比赛的吗？一下午打三把，把把都重甲！"

"给司老师递把光刀。"白历跟旁边的人喊，"让他去宰了赛事组的垃圾。"

司徒轻推了白历一把。

"咱们的机甲本来就是做给特殊人群的，老子要是不行，这机甲不就歇菜了吗？"白历耐着性子道。

司徒叹了口气，有点儿说不出的沮丧，坐在白历身边看白历腿上的疤。

赛场内，赛场外，所有人都在为 white01 机型的胜利议论纷纷，所有人都差点儿忘了白历是因为什么沉寂多年。

白历知道司徒心里不好受，好兄弟是真的好兄弟，平时再怎么互喷，到底是看不了这么一道疤。

"我不想让替补上，一个是因为我真的想打比赛，一个是因为替补身体健康，还是个特种。"白历拍了拍自己的腿，"没人比我更能开 white01，因为没人比我更适合当金字招牌。"

只有让特殊人群驾驶这台机甲夺得最终的胜利，才具有最强的说服力。

白历严重受损的腿将会成就这台针对特殊人群研发的机甲。

司徒把头扭到一边，不吭声。

"哎！跟你说话呢司老师。"白历拍了他一把，"怎么不理人啊！"

司徒把头扭回来，眼眶有点儿红，哑着嗓子吼："老子知道！"

短暂的休息过后，白历重新拿起头盔。

"要真不舒服直接喊停。"司老师絮叨，又带着其他研究员再次检查数据。

"别老嘱咐这一句行不行？"白历无奈，活动了两下左腿，接受过按摩的腿有了些缓解，不至于疼，只有些困困的乏力感，"不过确实不能再打第二把那样的耗时赛了，真拖不过这帮重型机甲。"

司老师愁眉苦脸，忧心忡忡。

"速战速决，让白少将引爆全场。"白历把头盔戴上，看了眼休息区的时钟，"老子还得赶时间吃饭。"

比赛宣布开始，驾驶员各自走上主赛台。

white01 机型无疑已经是开赛第一天主星区的关注焦点，白历在灯光和欢呼声里走上主赛台，又在众目睽睽之下左右手食指交叉，比了一个"X"。

　　没等解说员理解清楚是什么意思，就跟对手打了个招呼后钻进了模拟舱。

　　观众席上的韩渺和陈楠露出不解的表情，倒是陆召和江皓，因为和白历打模拟对抗的次数多，相处的时间长，多少猜到了这个手势的意思。

　　"他就不能收敛收敛？"江皓很无奈，"就非得这么惹人眼招人恨？"

　　很快，所有人就明白了那个"X"是什么意思。

　　真的很快。

　　第三场比赛的对手依旧是重型机甲，这类机甲一直都是历届征集赛的重点机型。

　　地图是一片被可见度极低的脏海覆盖的荒星，脏海是对未开发星球未知属性海洋的总称。

　　白历的刷新点依旧非常"天不佑我"，刷新进了海下二十米的混沌之中，而对手则占据了海面上一处露出海平面的军舰残骸，白历一露头就是一记光炮。

　　这种蹲点打兔子的方式具有相当的侮辱性，白历被憋在混沌的水下半分钟才搞清局势。这次的对手搭载了可供远程轰炸的光炮，白历拉开距离也依旧差点儿被轰个对穿。

　　机甲大多用以宇宙战和陆地战，并没有搭载太多水下作战的武器，更不要提为了灵敏度而放弃了一部分破坏力的 white01 机型。

　　被困在混沌的海下太久，对白历来说并不是什么好事。就在观众席对这种打探头的作战方式大感膈应之时，就见水下急速窜出一个黑影，直击重型机甲面门。

　　这一次重型机甲的驾驶员明显作战经验不如前面的高海足，加上开场赛时白历展现出的实力带来的压力，探测器一响，神经紧绷的驾驶员没看清是什么东西就抬手一记光炮。

　　黑影和光炮碰撞间迸发出一道炸裂的光，却并没有显示任何机体受损的提示。

随即，距离重型机甲最近的水面之下，白历的机甲蹬着军舰残骸借力，以惊人的速度离开水面，肩膀刚一进入空气，肩部搭载的 white01 机型杀伤性最大的中口径离子炮就轰出，从下而上，重重扫过重型机甲腹部的驾驶舱。

"驾驶舱严重受损！"这一系列动作太快太猛，隔了几秒解说员终于跟上了进度，"白历利用抛出水面的光刀刀柄作为诱饵，水下加速接近对手——看来探测器发现诱饵和 white01 本身的时间间隔太短，对方驾驶员并没有区分出重点！"

重型机甲的缺点在于反应略显僵硬，庞大的机身让它们丧失了一部分的灵活度，在一次攻击后会有零点几秒的反应期，而 white01 机型的则利用了这短暂的反应期，给予对手致命的一击。

白历的机身彻底脱离水面，却并没有直立身体站直，也因此躲过重型机甲的离子炮，反手抽出第二把光刀，横切向重型机甲腿部的连接处。

重型机甲身体倾斜，尚未来得及站稳，白历光刀一个上挑，在机身表面带起一串火花，直接插进了驾驶舱。

解说员惊叹："我相信驾驶员白历本人的格斗技术应该非常出色，他让 white01 机型的优点发挥到了极致，而 white01 机型也成就了他这样的驾驶员！"

就见全息投影上，white01 机型飞起一脚，踩在已经被捅碎的驾驶舱上，原本就因一条腿受创而站立不稳的重型机甲向后一仰，光炮打歪，错失良机。

white01 手部搭载的小口径离子炮数炮连发，近距离轰炸在重型机甲较为脆弱的腹部驾驶舱。

毫不留情的手法和干脆利落的判断，让解说员和观众只剩下惊叹和战栗。

在一片炸裂声中，全息投影上重型机甲和其驾驶员的名字变灰，white01 机型和白历的名字闪过一道蓝光。

"比赛结束，获胜方：white01 机型及驾驶员白历！"

在掌声中，模拟舱弹开舱门，白历卸掉头盔走下来，再一次比了一个"X"。

全息投影上，一系列统计数据也在一一显示，白历比出手势的同时，战斗用时也跟着刷出。

比赛用时，九分二十八秒。这是从开赛到现在用时最短的一场比赛。

观众席上，陈楠听到身边陆召淡淡道："十分钟。"

"啊？"陈楠回头。

陆召学着白历的样子，比着"X"，但略有倾斜，就成了"十"。

韩渺看了一眼，小声嘟囔："很狂啊，白大少爷。"

短短半分钟后，在场所有人都理解了白历这个手势的意思。说十分钟就十分钟，只赶早，从不晚点。

这种嚣张的态度引爆了主赛场，以及在成百上千台悬浮机器人后观看比赛的观众。

"这小子是不是太狂了点儿？"

"这态度绝了……我怎么这么看不惯呢？"

"我服了白少将，开赛第一天，我服了。"

相当一部分人看不上白历的张狂，但没人敢说白历配不上这份张狂。

白少将一如当年。

第六十二章
给助理加薪

用时九分二十八秒结束的对抗赛，成为帝国研究院征集赛开赛首日用时最短的一场比赛。

并非由重型机甲炮轰出的战绩，而是一台与主流大不相同的新型机甲。

掌声和喝彩在观众席爆发，悬浮型直播机器人拍摄灯闪烁。

白历的三连胜总计用时也不到两个小时，战斗录像在随后的多年依旧被用作军学院新生课程参考。重火力炮轰固然是帝国长久以来的机甲战风格，但对地形的灵活运用也是优秀驾驶员应当具备的素质。

对面模拟舱上的驾驶员走下来去掉头盔，被白历一光刀捅穿驾驶舱的感觉还在，脸色有点儿发白，但还是对着白历举起了手里的头盔。

这动作白历很熟悉，他愣了愣，举起头盔跟对方碰了一下。

"当过五年驻地军团守备兵。"对方伸出五根指头，"晚你一届从军学院毕业，见过你，白少将。"

白历笑了笑："有机会再打。"

对方也笑："以前实战课就挨过你的打。"

白历对此没什么印象，军学院偶尔会安排高年级给低年级上实战课，白历在课上打过的人太多了，记不过来。

"厉害。"对方竖了根拇指，"跟以前一样。"

这句话也不知道触动了白历哪根神经，他从主赛台上走下来时，竟然有种恍惚感。好像他走出的是军学院的实战教室，也好像是机甲驾驶舱外接梯的最后一个台阶。

后台司徒跟其他研究员早已经在白历没走出模拟舱时就已经欢呼雀跃过，这会儿见到白历，先关心的还是他的腿。

助理要按摩，被白历拒绝了："赶时间，把我个人终端拿过来。"

"不跟我们一起坐研究所的车回去？"司徒把个人终端递给白历，"开个会，你来个三连胜感言什么的。"

白历直乐："没打到最后一把，感言都等于放屁，前进的道路上只有呐喊，不存在感言。"

前进的道路上没空感言。

于是，司老师原本幻想的阶段性胜利小会被白老板用一句话做了总结："各回各家，吃饱了睡觉。"

主星区的比赛还没结束，但白历没打算看下去，交代了几句，让人把明天要对上的对手的比赛录像和资料发他个人终端上之后，就火急火燎要往外走。

司徒把人给喊住了，让白历带了个助理走。

"我刚才上厕所，看见其他有点儿名气的驾驶员都带助理。"司徒当没看见白历急吼吼的表情，慢条斯理地解释，"咱也得带，更何况你是老板，按理说得带俩助理才有牌面。"

白历懒得搭理他这套牌面理论，推门就顺着参赛人员通道往外走，助理跟在他身后一路小跑。

事实证明司老师难得正确了一次。

帝国研究院的机甲征集赛虽然受众面较小，但毕竟是机甲圈具有相当地位的比赛。白历快走出参赛人员通道的时候，就被蹲在门口等采访的机甲论坛和几个相关报社的记者给吓了一跳。

说句老实话，白大少爷对记者们的印象真的算不上好，可以说是带有很强的个人偏见，基本上看见记者就扭头想走，这主要是因为头几年被缺德记者给报道怕了。

这几个记者倒是没抬手就要拍摄，更没举着录音装置就往白历脸上怼，反而很客气地问："白先生，您有没有时间接受采访？"

"没有！"助理很尽职尽责，顶在白历前面绷着脸，"老板说了，没空感言。"

白历面不改色，心想这助理哪儿都好，但研究所里出来的助理，智商没有分给工作之外的事情一丝半毫。

机甲论坛的人道："我们就是希望白先生谈谈 white01 机型的研发想法，肯定不会乱问别的问题。"

"还用得着问别的问题吗？"助理很耿直，"多少人都等着老板说个话，他们好钻话里的漏洞，挑刺抬杠。一句话能扭曲出八百个意思，我清楚着呢。"

白氏研究所的机甲从一公布研发方向开始就被不断议论，主要是因为白历的目的很明显，机甲会降低对驾驶员身体的要求，变相为身体较为脆弱的普种和稀种提供了一条通道。

这让不少特种感到不满，认为这种行为会让一部分群体不安分，产生多余想法。不然高海也不会在赛前骂骂咧咧那么一长串。

而 white01 机型为数不多的支持者里大部分也的确都是普种或稀种，他们是被重型机甲拒之门外的那批人。

助理的耿直让记者们噎了一下，间隔了几秒都没人吭声。

白历决定给助理加薪。爽啊！

"我能保证我们肯定会照实报道。"一个记者有点儿尴尬，白历前几年被抹黑成什么样子他还是知道的，"至少白先生自己说，总比被外界的各类八卦谣言胡乱编排要好。"

这话白历觉得有点儿耳熟，想了想，司懂之前也这么说过。

白历没吭声，带着助理继续往前走。助理倒是尽职尽责，一脸英勇，想顶在前面帮白历开路。

奈何想采访的人挺多，你一句我一句，虽然没什么恶意，还是问得白历头疼。比起头疼，更让白历觉得神经紧绷的是他的左腿。

这会儿三场重型机甲轰炸过的后遗症有点儿显现，膝盖往下开始泛酸，第三把打完没有按摩，得不到舒缓，白历的太阳穴伴随着这股酸劲儿突突地跳。

机甲期刊的人还在尝试跟白历沟通，想针对white01机型做一个专访。

其实也不是白历不给面子，实在是他不知道要说什么。他花了很多年才做到跟亲近的人说几句掏心掏肺的话，实在是没有多余的语言去跟外人讨论自己在做的事情。

白历知道，一旦开口谈white01，就不可避免地要牵扯上他自己。他不想谈自己。

那边还在"白先生白先生"地喊个不停，白历的耐心耗尽，正准备开喷，就听见有人喊了他一声。

"白历。"陆召穿着军礼服，手里拿着个人终端，目光扫过周围的人，最后又落回白历身上，"我发简讯，你没回。"

那身军礼服让想采访的人一瞬间噤声，在仔细看清陆召的脸后，才有人咳嗽一声："陆少将。"

陆召淡淡点了个头，收回个人终端，径直走到白历跟前，将堵在白历面前的一切隔开。

"没来得及看简讯。"白历笑道，"接我？"

陆召点点头："走吗？"

周围几个记者的目光在陆召和白历身上来回打转，赶在白历回答之前又开口："白先生，简单谈两句也行。"

陆召看了说话的人一眼，转头又看白历。从上回司懂提起过采访的事之后，陆召就知道白历不大乐意接受这种事。他低声又问了一遍："走吗？"

声音不大，但白历知道，他只要点个头，陆召就会拨开人群，拉他走出这里。

有时候白历觉得，陆召因为太想帮他做点儿什么，以至于只要白历开口，他就都竭尽所能去做。

白历被一种无形的感情填满，太阳穴突突的疼痛停止，他吐出一口气。

"以后有时间再谈。"白历第一次语气平静地面对记者，他笑了笑，"今天我契约人来接我了。"

白历看向陆召，陆召微微抿着嘴唇，看不出什么额外的表情，只有一双眼，看着白历时眼底好像浮动着光。

"走！"白历一把拍在陆召背上，带着他向外走，"我快饿死了。"

第六十三章
争执

三场比赛下来，虽然白历不说，但陆召也知道他左腿肯定不好受，也没让白历开车，自己上了主驾驶，两人很快就开回了公寓。

白历又不愿意吃镇痛剂，那玩意儿的副作用就是让他睡不好，多梦，在比赛期间他不想因为这个影响状态。

陆召也拿他没办法，这小子还得寸进尺，不仅不休息，还要求去逛超市。

"买点半成品的菜，回家加工加工就成。"白历最后添了一把柴，"特快，在厨房都站不了十分钟。"

陆少将到底还是被白历拖着进了家附近的超市。

公寓楼下的超市这个点还做着促销活动，白历带着陆召在超市熟食区逛了一圈，随行机器人的购物筐就塞了一半。又往零食区溜达一圈，购物筐就塞满了。

从超市出来的时候已经过了七点，天色已经彻底黑了，空气里是雨后潮湿的气味，白历和陆召各提着一个大号购物袋走向悬浮车，后面还跟着个抬着最重的购物袋的超市随行机器人。

刚放了一个袋子在后座上，就听见陆召的个人终端响了一声。

陆召拿起来看了一眼："我接个通讯。"

"接呗。"白历没在意，把自己的购物袋也放上后座，转身又去接随行机器人抬着的购物袋。

下午的时候刚下过一场雨，地上都是水渍，随行机器人的款式有点儿老，底部的滑轮可能是进了水，等白历发现的时候它已经顺着水渍自由滑行出去了一大截。

白历看得直乐，干脆走过去接购物袋。

一走近就听见隐隐飘来的声音："……再跟您确认一下，延后可能会影响您上半年轮值任务的交接，真的没问题？年中评比要是受影响……"

白历愣了愣，分辨出是霍存的声音，于是顺着声音的方向看过去。

陆召背对着他在一个角落里跟霍存通讯，他这个位置选得挺好，要不是白历为了接购物袋往前走了一段，根本听不到通讯对话。

"没事。"白历听见陆召回答，"我自己承担后果。"

那边霍存又说了些什么，白历没再继续往下听，他把购物袋放上后座，自己坐在副驾驶的位置上，心里有点儿说不出的茫然。

梦境所示的命运中陆召因为身体和精神问题严重影响了工作交接，导致年中年尾的评比结果稀烂，阻碍了陆召的晋升。这让陆召感到非常沮丧，他的人生始终围绕着军界进行，对自己的工作抱有极大的热情，但命运操纵下，这都被毁得七七八八。

白历向后靠在座椅靠背上，不知道自己这会儿是个什么心情。

隔了几分钟，陆召拿着个人终端上了车。

"吃的喝的都放好了。"白历笑了笑，看着他，"霍存找你？"

陆召放在驾驶盘上的手顿了顿，"嗯"了一声："工作。"

"哦。"白历点点头，头靠在椅背上不吭声了。

陆召侧头看了他一眼，借着车外的光线，隐约觉得白历的表情有些淡漠，半垂着眼不知道在想什么。

一直到悬浮车拐出超市，开回公寓，白历都没再说话。

公寓就在附近，车开了不一会儿就到了，但陆召还是在这短暂的时间里感觉到白历情绪的不对劲儿。

白历其实也不想这样，他不是不知道陆召把轮值延期的这件事，他就是突然意识到，自己过得太顺心，以至于都不太记得年中年尾的评比。

他离开军界太久了，久到一些事情记得都有些模糊了。这让他感到非常失望，并不是因为模糊的记忆失望，而是对忽略掉陆召轮值延期后可能面临的结果的自己感到失望。

"白历。"陆召喊了一声。

白历回过神，车已经停在了公寓楼下。

"不舒服？"陆召侧过身看着他，"腿？"

他把手伸过来，轻轻按了按白历的膝盖。

"没有。"白历笑笑，"早没不适感了。"

陆召抬头看他一眼。

"真的。"白历叹口气，"要不你整个轮椅给我推回去。"

说完就感觉陆召按着他小腿的手指用了点儿力，用这种轻微的力道表达对白历这种说法的不爱听。

白历被这种略显幼稚的情绪表达方式逗得有点儿想笑，但又有那么一丝酸涩。

"你情绪有点……"陆召找不到用词，"说不上来，不太好。"

也不是不好。既不是难过也不是愤怒，迷茫中透出一点儿复杂，还有一丝难以表达的感动。

白历觉得自己的人生已经挺让人头大，他这辈子活到现在，酸甜苦辣基本尝过了，但没想过还会有新的体验。

"我就是——"白历顿了顿，半垂着眼道，"没想到会影响你工作。"

陆召没听明白。

"你没跟我说过会影响年中评比。"白历的表情有点儿复杂，"不在军界，我都记不得这事了。"

覆在白历腿上的手僵硬了几秒，白历解释："你跟霍存通讯，我听见了。"

"嗯。"陆召的嘴张了张，找不到别的话，干巴巴地道，"没事，年中没有年尾的重要。"

重不重要这种事其实真不太好说。

按道理来讲，当然还是都不受影响最好。

白历心里知道这些，但陆召这么说，他也没多言语。

"你下回得跟我说。"白历有点儿无奈，"我没想让你因为这事把自己手头的工作撂下。"

陆召愣了愣，看着他"嗯"了一声。

"得了，上楼吧。"白历拉开车门要往外走，"有速冻的东西，得赶紧放冷藏柜。"

陆召有点儿木讷地在驾驶座上又坐了一小会儿，等白历拉开了后座的车门往下拿购物袋，才回过神来，跟着走下车。

陆召隐约意识到白历低落的情绪是因为听见了他跟霍存的通讯，他没想到这种事情会让白历的情绪起伏这么大。

"你这边完事，第二天我就轮值出任务。"陆召从白历手上接过一个购物袋，又用另一只手拎起一个，低声跟白历说道，"不是大事，没必要说。"

"其实你……"白历说到一半停了下来，提着被陆召剩下的最轻的一个购物袋，站在原地叹了口气，"算了，回去说。"

陆召的眉头轻微皱了一下。这是白历头回用这种语气跟他说"算了"，陆召突然觉得很不爽。

两人提着大包小包进了公寓楼，等电梯下来的时候白历又说："其实你也没必要申请延期来看比赛，我把你的名字和司徒他们一起报上去，你可以用后台人员的账号在个人终端上看比赛。"

陆召没吭声。

"要么用直播机器人也行。"电梯到了一楼，白历率先走进去，等陆召也进来了才一边按关门键一边继续道，"主星区可供悬浮型直播机器人自由拍摄的位置还挺大的，你可以……"

"白历，"陆召打断他，淡淡道，"你不乐意我在现场看比赛？"

白历愣了愣："不是，我就是觉得你没必要申请延期来——"

"我想延期就延期。"这个话题让陆召的不爽直接扩大成了撺火,"你能别把事往自己头上套吗?"

白历皱皱眉:"我不是这意思。"

他声音不大,但透着点儿无奈。这无奈和依旧不大对劲儿的情绪跟针一样扎了陆召一下,他觉得很愤怒。

好像很多事情跟白历都没法讲清。

这里面有一部分原因是陆召的确不怎么会表达,但也有一部分是白历天生的极度敏感和让陆召都有点儿看不下去的自我忽视。

陆召提着袋子的手紧了紧,看着白历:"那你什么意思?"

白历张了张嘴想说话,电梯"叮"的一声到了,他张开的嘴顺势就闭上了,沉默着走出电梯。这种压抑的沉默一直持续到打开家门。

陆召很不习惯,白历基本没有过这么长时间的沉默,他们之间并不是没有争执,但白历基本上不会让气氛彻底进入一个死胡同。

他走进公寓,站在玄关看着白历把门带上,皱着眉想说点儿什么。

话还没出口,就被白历猛地按着抵在了墙上。

陆召的后背被压着跟墙面来了个亲密接触,后脑勺都跟着磕了一下,本来就有火,这一下差点儿爆炸:"你……"

"我承认,我是矫情,我的确是觉得因为我,你把手头的工作搁下了。"白历的声音很低,"有差不多半分钟吧,我觉得这跟梦境里你被迫放弃工作差不多,我就是很自责,后来又觉得自己特卑鄙。"

陆召因为后半句话而瞬间火大,几乎想给白历来上两拳,但手还没抬起来就被白历给压住了。

"听着。"白历压着他,声音因为用力而显得有点儿凶,"我不是因为这事觉得自己是个垃圾人。"

陆召挣扎了两下,考虑到白历的腿,又停下了,只抿着嘴瞪着他。

"我卑鄙,是因为后来我发现,你这么做,你愿意因为我搁下工作。"白历嗓子有点儿哑,"我竟然觉得很高兴。"

这个世界上很少有愿意为了白历停留的人。

白历有点儿不大习惯，有点儿受宠若惊，还有点儿因为被人照顾所以才有的窃喜。

"就算知道你可能因为这事错过一次晋升的机会，我也很高兴，我甚至不乐意让你取消延期。"白历叹口气，"太垃圾了，老子怎么能因为这种事高兴惨了。"

白历觉得自己的确是长能耐了，他头一回做了一件自己觉得相当自私的事，这种感觉很微妙。

但他感到满足。

陆召心里的火气儿却"扑哧"一下就熄灭了，只剩下一缕熏得人眼眶发热的烟。

"没有。"陆召的手在白历的背上抓了一下，却不知道该怎么说，只能略显木讷地小声道，"不垃圾，不卑鄙。"

这种很陆召的安抚方式让白历觉得很舒服，开口道："我怎么想你都觉得不垃圾是吧？"

陆召没有给他回答，而是用手拍了拍白历的脑袋。

白历还穿着赛服，在几个小时前，他还是那个主赛场上被星光环绕的白少将。今天有无数人为他欢呼喝彩，机甲圈为他掀起狂潮，他将穿着这身赛服站在灯光之下，赢得更多的掌声与关注。

他们会看到穿着赛服站在主赛台的白历。

他们看不到现在的白历。

这个真实的白历只有陆召能看到。

随着 white01 机型拿下第三胜，帝国研究院机甲征集赛首日关注度突破历史新高。

基本叛离主流的新型机甲 white01 以一个极其强势耀眼的方式横插在主赛场，负伤离开军界、承受了许多年流言蜚语的驾驶员白历在多年后重回公众视野。

以前诋毁性的新闻报道被扒出，但人们的反应却已经不再是早些年的一边倒。在这次以实力为准、无法作假的征集赛里，白历展现出的这一面告诉所有人，他不仅仅是贵族圈里一个公子哥，他也是在军界摸爬滚打、用自己实力换得少将军衔的白少将。

车内搭载的语音系统正在播报着某电台关于机甲大赛的专访，主持人道："可能一部分听众并不太了解，白历先生曾经受过重伤，以至于无法驾驶机甲，被迫离开军界，让人十分痛心。但今天他以这种方式再次驾驶机甲，也侧面说明了 white01 机型的确和白氏研究所所说的一样，降低了对驾驶员身体的一部分压力。我这么说没错吧，冥大？"

"确实是这样。"受邀被采访的嘉宾冥大回答，"我这几天也了解了一下，白先生的损伤是终身性的，已经无法驾驶帝国目前在役的机甲。他的参赛和获胜，可以说给了一部分人新的希望。"

主持人来了精神，略有些引导性地提问："冥大指的是哪些人呢？"

"因身体损伤而退下一线的人，身体略弱而无法驾驶机甲的人。"冥大笑了笑，"任何想开机甲，却因为身体原因而被拒之门外的人。"

"说得没错。"主持人跟着笑道，"不过也有许多人认为，white01 的获胜也是建立在白历先生本身驾驶经验丰富的基础上，对此您怎么看呢？"

冥大道："不可否认白先生是一位很出色的驾驶员。但我想参赛的每一个驾驶员应该都不会承认自己不够优秀吧？"

主持人笑道："确实。"

"经验可以积累，技巧可以通过一次次的训练学习，这些都是后天可以培养的，精神力是个门槛，但帝国目前的机甲对身体素质要求极高的同时，对精神力的要求也不比 white01 机型的要求低多少。"冥大说，"如果 white01 机型真能成功，我想帝国将会多出一大批驾驶员。"

主持人应了一声，继续说着这次的机甲征集赛。

尽管大部分人对 white01 机型是否能获得最后的胜利并不确定，但对白历本人的强悍却没有任何异议。

当广播里又提起白历这次的精彩比赛时，唐开源抬手换了一个频道。

"换之前那个美食栏目吧。"安伦道，"我都饿了。"

唐开源打起精神，笑了笑道："一会儿就到家了，今天父亲准备了大餐，庆祝我今天的胜利。"

分赛区 1 区的关注度虽然没有主星区那么高，但也算是人气火爆。

唐开源顺利拿下了今天三场比赛的胜利。LIN23 机型因为形似已经退役的 KL223 机型而在机甲圈备受关注。"苍蝇拍"是一代人的情怀，再加上它实在难以驾驭，因此被许多机甲爱好者打上了"只配强者拥有"的标签。LIN23 因为酷似"苍蝇拍"的造型而收获了一批粉丝。

机甲论坛上关于唐开源的帖子也有不少，他在打完前两场比赛的时候就抽空看了一圈论坛，这种被人关注且看好的感觉实在很妙，和他梦里所获得的成就感一模一样。

这种成就感很快就被打破。

主星区的比赛进行的相当激烈，即使是在聚集了许多优秀驾驶员和重型机甲的情况下，白历的名字依旧成为人们关注的中心。

九分二十八秒的比赛时长刷新了首日比赛用时最短的纪录，比赛录像也被放在论坛上热烈讨论。

唐开源没点开看，他从内心深处感到一丝惶惶，他有些害怕录像上的那个白历一如当年，所向披靡，无坚不摧。

"头又疼了？"安伦问道，"你都几天没睡好觉了。"

唐开源"嗯"了一声算是回答。

这几天他一直都在做梦，梦里的细节已经记不太清，但他无法忘记梦里他得到的一切。

几乎一步之遥的元帅位，风光无限的人生，陪伴在身边的数位契约人……挡在他路上的人都被一脚踢开，帝国的公民们每个人都为他着迷，他是媒体的宠儿，是帝国的新星。

梦做得越美好，醒来后的现实就越令人感到空虚。

安伦叽叽喳喳地说着话，挺兴奋。

唐开源打心底有些厌烦，他其实不大喜欢安伦这么一直说话的样子。

好在悬浮车停靠的口岸就挨着高架路，一路通到唐氏老宅，到了地方唐开源才吐出一口气，笑着催促安伦下车。

两人刚一进老宅，就跟急匆匆向外走的唐骁撞个正着。

"怎么才回来？"唐骁的脸色很难看，"明天一大早又要坐游轮去分赛区，早点儿睡，别乱跑，别惹事。"

唐开源没听明白"别惹事"是什么意思，只好道："赛后有粉丝找我，多说了几句就回来晚了。您要去哪儿，不是说好一起吃晚饭吗？"

"吃什么晚饭！"唐骁最近越来越暴躁，他的头很疼，一发脾气就更疼，"大少爷心情不好，我得去会所那边陪着！"

大少爷就是第一继承人。唐开源问道："怎么回事？"

"高氏的一帮蠢货！"唐骁整理着自己的衬衣领口。

从唐骁带着怒意的几句话里，唐开源才理清头绪。

白历大展拳脚的同时，也有人觉得他在第一场比赛末期用光刀刨开对手驾驶舱的行为有些无情冷酷，这种比赛大家都力求用时最短，也好在最后的评审里博得一些胜算。

白历的这种行为有些不合情理，倒有些像是对对手的惩罚或报复。

好事的网民们很快就从官网上扒到了白历第一场比赛对手的名字，顺着"高海"这个名字查了查，竟然发现这人是高氏的旁支。

高氏牵扯进个人信息买卖的事情还没过去，帝国公民对这件事的记忆还很清晰，立马就对高海没了什么好印象。

就在同时，也不知道哪个"有心人"匿名在星网上上传了一段录音，正是开幕式后台高海对白历的挑衅。高海嚣张的语气配上那句"这就是鼓动一些人产生不正常心理，扰乱传统秩序"，引起了相当一部分普种和稀种的不满。

而高海把白历的 white01 机甲说成是"投机取巧，讨好小众人群，哗众取宠的玩意儿"，则让机甲论坛炸了锅。

平心静气地讨论机甲优势劣势可以接受，但这种明显有个人情绪在里边的言论就让人觉得膈应。

高海就这么顺利地在赛后引起了关注，被骂得真叫一个惨。

再加上高氏的破事在前，网民们自发就给他查了个底朝天。

这人倒是没什么大毛病，就是查出来高海的未婚伴侣是个稀种，而且前不久刚跟高海解除了婚约，理由是"需要平等的爱情和追求自由的生活"。

人们几乎立马就理解了高海的那句"鼓动一些人产生不正常心理，扰乱传统秩序"是什么意思了。

好啊，你自己的未婚伴侣瞧不上你，关人家白历的机甲什么事呢？

外人不知道，唐骁等人倒是还算清楚。高海的这个未婚伴侣本就是个思想和经济都比较独立的人，一直不太接受家里人从小给她安排的这个婚约，最近鼓起勇气自己做主退婚，临走前还甩给高海一句"你不理解我，我欣赏的是陆召少将那样的人"，然后直接走人。

高氏最近过得本就不顺，起因也是高先生招惹了陆召和白历，未婚伴侣临走前说的话差点儿让高海气炸，没忍住就在后台挑衅了白历。

这些杂七杂八的事不提，总之因为高海，高氏的破事热度刚降下来两天就被重新挂起，林胜也因为曾经和高氏的合作而被挖出来又喷了一顿，连带着在演讲上给林胜研究所说过好话的第一继承人也被喷了一脸唾沫星子。

一个小时前，陛下把第一继承人叫进了书房，说了什么没人知道，总之大少爷出来时的脸色已经没人敢看了。

唐开源瞠目结舌，没想到事情还能这么发展。

大厅里唐骁抛去了贵族的仪态，愤怒地跟唐开源抱怨。

唐夫人躲在小书房的沙发上，偷偷打开了自己的个人终端，虚拟屏上正播放着一段视频，深蓝色的机甲从水中跃出，伴随着解说员激动的声音，攻向对手。

唐夫人两手合十，抵住自己的嘴唇，以免因为兴奋而发出声音。

这段仅仅只有九分多钟的录像她看了两三遍，要不是怕唐骁发现，她还想再看看前两场白历的比赛。

唐开源的比赛录像唐夫人倒是已经看过了，直播也看了，事关这个儿子，唐骁就显得格外热切，专程安排了直播机器人，夫妻两人一起看的比赛。

也是因为看了唐开源的比赛，唐夫人想看白历的比赛的愿望也更强烈。好在唐骁有了不得不去的聚会，才给了她一个机会。

解说员道："我相信驾驶员白历本人的格斗技术应该非常出色——"

唐夫人连连点头。以前她就在贵族宴会上听那些年轻的贵族少爷小姐们议论，那会儿的白历才刚踏进军界，已经成了话题的中心。

唐夫人不仅一次在听到白历的名字后，又听到"厉害"或者"太帅了"的用词。

没能亲眼见一见一直是她的遗憾。

视频播放完了，她又开始看帖子里的评论，看到不好的皱皱眉，看到夸赞的就赶紧点个赞。

唐骁晚上也不知道什么时候才回来，他每次去会所都不会带上唐夫人，这让她有了看视频和逛论坛的时间。

"明天下午还有白历的比赛，期待期待！"唐夫人的目光在这条评论上停顿了一会儿。

明天下午……她有一个和其他贵族夫人的下午茶要赴。

这种夫人之间的聚会，唐骁不会跟着。

唐夫人靠在沙发上，咬着嘴唇陷入沉思。

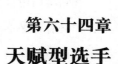

第六十四章
天赋型选手

　　含有镇痛效果的修复型营养液让白历睡得不是很安稳，他在半睡半醒间听见有人走动的声音，白历缓了好几秒，才想起今天上午陆召得去军团开会，这个点他已经起床洗漱了。

　　这一觉睡得有点儿昏沉，白历挠着脖子捞过个人终端接了通讯。

　　"醒了没？"江皓的大脸出现在虚拟屏上。

　　白历揉着眼没好气："没，梦游着接的通讯。"

　　"那你梦游着听吧。"江皓笑道，"看星网了没？"

　　白历找了个舒服的姿势靠着："没那闲工夫，你爱说不说，不说我挂了。"

　　跟江皓斗了两句嘴，白历的脑子彻底清醒："怎么样，效果强吗？"

　　"强，都炸了锅了。"江皓道，"高海因为那个录音被扒了个底朝天，顺带着林胜也跟着倒霉，昨天晚上肯定睡不好觉。"

　　一大早听到好消息，白历相当满意："行，等会儿我就开个小号去给骂他的挨个儿点赞。"

　　"别，你就专心打比赛，这种事让我来，我好几个小号呢。"江皓勇当水军，又问道，"不过这录音你哪里搞的，不会惹事吧？"

　　"开幕式后台这种公共场所有监控，还有带监控和录音功能的机器人。"白历伸了个懒腰，扒拉了两下头发，随意道，"我没搞，就是让人在后台说了几嘴，高氏惹的人多，除了我还有人看他们不顺眼，估计是黑进监控机器人调了录音吧。"

江皓听白历这么说也就放了心："你心里有数就行。"

"林胜是撇不清跟高氏的关系了，顺带着查呗，等时候差不多了，再把他之前造谣征集赛偏重甲的事抛出去。"白历歪在枕头上打哈欠。

白历感觉自己的比赛打得很累，八成是因为那所谓的"命运"还没彻底消失。

所有人的人生其实已经偏离轨道十万八千里，但梦中命运的轨道还在若有若无地干预白历前进的道路。

江皓挺开心，他巴不得林胜倒霉。跟白历又啰唆了两句，直到陆召推开卧室门才挂断。

"醒了？"陆召道，"还早，可以多睡一会儿。"

白历在床上打了个滚："不行，睡不着了。"

滚得很熟练，陆召看得想笑："江皓？"

"嗯！"白历点头，"跟我说林胜要倒霉了。"

这事昨天白历提过，陆召知道："要我帮——"

"你帮我把昨天买的速食馅饼和果汁拿出来。"白历懒洋洋道，"饿了，你也吃完再去军团呗。"

陆召知道这是什么意思了，白历不想让他麻烦。

就算白历不说，其实陆召能做的也很少。他心里有点憋闷，瞥一眼还趴在被子堆里的白历，见这人还不打算起床，猛地抬手朝他屁股上来了一下。

白历一下从床上爬起来，用了很长时间才反应过来刚才发生了什么。

"馅饼，果汁，是吧？"陆召问，但没得到呆若木鸡的白历的回应，只好走出卧室，还很贴心地带上房门，给白大少爷一个缓冲的时间。

门快关上之前，里面传出白历的大吼："你知道老子几岁了吗？老爷子都没打过我屁……臀部！"

陆召带上门，笑了好几分钟才从冰柜里找馅饼和果汁。

陆召坐在座位上看了他好一会儿，给白历杯子里的果汁倒满了。

有点儿笨拙的讨好行为让白历没绷住，嘴里的馅饼嚼了一半就开始笑，花了老大劲儿才咽下去。

"哎！"白历叹口气，"丢死人了。"

"不丢人。"陆召安慰，"就拍了一下。"

白历差点儿噎住，"吃饭！"

早饭吃得有点儿哭笑不得，但好歹吃完两人心情都还不错。

白历站在玄关看陆召换鞋，陆少将的动作很干脆，两三下就穿好了。

"你上午开会是吧？"白历问，"下午去看比赛吗？"

陆召直起身："嗯，从军团直接开车去。"

"哦。"白历点点头，等陆召拉开了公寓门，才又问了一句，"那你今天还去后台接我吗？"

陆召回头看了他一眼："去。"

白历笑了笑，他的心落在了一片实地上，一夜昏沉的梦都消散了。

晨会完又在训练场活动到中午，军团临时加了个会，陆召带着霍存赶在开会前五分钟到场。

江皓和韩渺早就在会议室等着，给陆召腾了个位置。

"可能出事了。"江皓低声道，"刚才来的消息，一个五人小组在荒星查到了点儿东西。"

五人组一般是探查未开发荒星的前锋队，陆召道："能源还是什么？"

"不是。"江皓的脸色不大好，"他们怀疑有虫族在那个荒星上活动过。"

"扯淡吧？"霍存小声叫道，"虫族不是早让帝国压得找不着影了吗？"

已经有许多年没有听过"虫族"二字，陆召的眉头皱了皱。

帝国近些年处在稳定发展的阶段，没有什么大型战役，整个环境相对和平，上一次跟虫族之间的较大战役已经过去了数十年，最终帝国靠机甲的铁拳取得了胜利，但也承受着无数人牺牲的惨痛代价。

江皓道："不过暂时应该没大事，只是提前让我们做好准备。"他顿了顿，"这种探查任务是你的强项，上面可能还是更希望由你带队。"

这也意味着陆召刚刚申请的延期可能会泡汤。

会议很快就开始了，这种临时会议一般都只说重点。大型虚拟屏上军界上将的脸一出现，陆召就猜到江皓说的事是真的。

果然，没几句话上将就已经把荒星上的事做了简略说明，会议室里的气氛有点儿沉重，几个少将军官都有些紧张，但隐隐又透出一丝兴奋。

拼杀意味着更多的机遇，意味着更大的荣耀，意味着胸前的卡丽花能多上一枚。

陆召几乎在听到"虫族"两个字从上将嘴里出来的那一刻，就知道自己期盼的机会到了。他在少将这个位置上已经坐腻了，机甲征集赛内荐的失败带给他的挫败感比他自己想象的要大。

但他不想离开主星，至少现在不行。

好在上层暂时没有追加更多人手去一线的意思，只是通知到第一、第二军团做好作战准备。会议中途点了几个人的名字，陆召和韩渺都在列，没明说，但陆召知道这是到时候要他们带队的意思。

从会议室出来已经过了十二点，韩渺因为另一个任务而不得不放弃到场观看今天下午的比赛，江皓作为高级军官，也得留下多开一个小会，迟一些去主赛场。

陆召看了眼时间，大步流星朝自己的悬浮车走。

"少将，少将！"霍存跟在后面一路小跑，"带我一个，我昨天实在走不开，今天下午的比赛绝对得赶上。"

陆召回头看了他一眼。

"白历粉！"霍存握拳，"实打实的！"

反正都要去主赛区，陆召一点头，霍存就坐上驾驶位。

"你还真要去看？"陆召坐上副驾，有点儿诧异地看看霍存，"工作做完了？"

"晚上回来加个班。"霍存摆了摆手，不是很在意，"工作做不完，比赛打完就没啦。"继而又道，"昨天的比赛我看的直播，好家伙，white01 太强了，不知道赛事组那边出不出模型，我肯定买。"

陆召想笑："你是真的挺喜欢。"

"喜欢，我当然喜欢。"霍存回答得没一点儿犹豫，见陆召看他，才笑了笑，叹口气，"我是真心希望 white01 机型能生产。"

他开着车拐上高架路，停顿了几秒才道："少将，你知道我机甲驾驶资格考了几次吗？"他比了个手势，"八次。"

陆召愣了愣，他还是头回听说。

"头一两次是因为我经验不足，后面是因为重甲实战输给特种，耐力不足，承受不了重型机甲长时间对身体的压力。"霍存慢慢道，"我花了很多时间在习惯压力上，在这期间我有很多同学都因为受不了而转去了别的岗位，或者去了驻地军团。"

陆召不知道怎么接话，只能"嗯"了声。

"我知道你是一次过的，天赋型选手气死人啊。"霍存拍了拍驾驶盘。

天赋型选手陆少将更没话说了。

"但我没什么可抱怨的，我好歹还是个普种呢。"霍存说，"不过我当时就想，要是机甲的门槛再稍微低那么一点点儿，就一点点儿，可能像我这样的人就能有更多的机会。"

车快速行驶在高架路上，一路朝着主赛场飞驰。

陆召看着窗外闪过的景色，脑子里想着霍存说的话。想完霍存，又想到那天在研究所的司懂，之后他竟然发现自己还记得周临山长什么样。

他意识到自己并不是不在意这些事，只是他从以前开始就知道，多思无用。陆召是个小人物，改变不了什么，他光是走到今天就已经要付出巨大的努力，实在是没有多余的精力均给其他人。

比赛进行得相当精彩，赛场内的欢呼声即使站在停车场附近都能隐约听见。

霍存头一回来看这种现场比赛，这种感受跟看直播不一样，听到场内的喝彩声情绪被感染，还挺激动："这已经开始了吧？咱们不会迟到吧？现在进去来得及吗？"

"白历的比赛排得靠后，来得及。"陆召把车调进停车场，目光却没从个人终端上移开。

他刚跟白历发了条简讯说自己到了。隔了半分钟，白历回了一张照片。穿着赛服，脸上和刘海上挂着水珠。

陆召看了几眼，有些纳闷。

白历：为了缓解紧张情绪，我给司老师讲了个笑话。

白历：他当时在喝水。

照片上的白大少爷的那张脸倒是没被水珠打了折扣，刘海向上一扒拉，看起来还是痞帅的嚣张劲儿。

下午的比赛已经开始，入口的人不多，陆召和霍存点开各自的入场证边往门口走。

走近了才看到入口站着一个探头探脑的人，光着脚，高跟鞋拎在手里，穿着身一看就价格不菲的连衣裙，脸上戴着个大的夸张的墨镜。

"这人什么毛病啊？"霍存看看头顶的阴天，"这天气用得着戴墨镜？"

陆召看了那人一会儿，径直走了过去。

那人站在门口正朝着里边张望，就听见身后喊了一声："唐夫人。"

"哎呀！"鬼鬼祟祟的唐夫人被吓了一跳，扶着墨镜的手一抖，连带着墨镜歪在鼻梁上，露出一双漂亮的眼。

陆召站在她身后，看着这双跟白历有八分像的眼睛，沉默了几秒："看比赛？"

"啊……嗯……"唐夫人认出是陆召，有点儿不好意思，小声道，"我看星网上说，历历……白先生今天下午有比赛，就想……"

"他的比赛排得靠后。"陆召道，"现在进去来得及。"

唐夫人的表情有些难堪："我是想进去，但是……"

"票估计没买到。"霍存也跟了上来，跟唐夫人打了个简短的招呼后，小声跟陆召解释，"挺难买的，都是紧着提供给军学院和军团的人，其他人不好买。"

陆召没有吭声，目光扫过唐夫人光着的脚。也不知道她是怎么来的主赛场，估计在门口站了挺久，高跟鞋站久了脚疼，才脱下来缓缓。

觉察到陆召的目光，唐夫人赶紧穿上鞋，咳嗽了一声道："陆召少将，副官先生，你们先进去吧！我……我一会儿联系联系朋友，他们肯定有人有票的。"

这张跟白历酷似的面容已经因为羞涩和慌乱而浮起一片红色，陆召忽然有点儿理解白历在提起白樱时的无奈。

要是能搞到票，也不至于在门口站这么久。

说她不关心这个儿子，偏偏又来现场看比赛。来了却没有票，没有票却又不肯离开。

白樱好像一辈子都活在矛盾和犹豫中，浑浑噩噩，找不到一个目标，也没有任何解决办法的能力。

陆召对白樱其实没有什么太大的感触，他觉得白樱像是白家的一个异类，既没有白老爷子的铁血坚毅，又没有白历的洒脱磊落。

和他们比起来，白樱是个彻头彻尾的俗世中人。庸庸碌碌，不知天明天暗，得过且过，遇难则退。

但陆召只知道一点，要是白樱来看比赛，白历或许会有些开心。

白历自己没有意识到，但陆召感觉得到他对白樱的感情比他以为的要多。这种感情很微妙，或许是因为缺乏亲情，以至于一点点儿的温情都会让白历难以割舍。

"进去吧。"陆召开口，"我找朋友借一下入场证。"说着拿出个人终端联系韩渺，这人今天下午都在一个附属星参加任务，没空来现场，也没空看直播，很快就把入场证可供一次使用的复制版发了过来。

唐夫人愣了愣，继而露出一个欣喜的笑容："可以吗？不会给您添麻烦吧？"

"看看比赛。"陆召淡淡道，"白历很厉害。"

有了入场证，三人都进入主赛场，在陆召的引领下坐上观众席。霍存的位置刚好也在附近。

陈楠今天自己来的，已经看了一场，见陆召带着霍存和一个陌生夫人来，打招呼："来啦？这位是？"

"唐夫人。"陆召简短介绍，"这是我同事，陈楠。"

唐夫人赶忙伸手和陈楠握了握，温和地笑道："您好。"

"您好您好……"陈楠的目光在唐夫人的脸上停留了几秒，这张脸长得很像白历，他恍然大悟，"唐！哦哦，您是白历的——"

他话说到一半儿没说完，霍存用胳膊肘悄悄捅了他一下。

唐家跟白家的关系实在是有些复杂，陈楠尴尬地笑了笑。

"我来看白先生比赛。"唐夫人不想让陈楠尴尬，急忙笑道，"多亏陆少将才能进来。"

陈楠也笑："那您这肯定是铁杆的白历粉。"

"什么？"周围喊声很大，唐夫人没听清。

"白历粉！"陈楠扯着喉咙道，"就是都支持白历的意思！"

唐夫人坐在座位上，隔了几秒，用比平时都大的声音回答："是啊！"

金属撞击声响起，预示新一轮的比赛即将在十分钟后开始。

一台重型机甲的投影从星光中闪现，这是这场比赛中的参赛机甲之一。解说员高声喊出机型和驾驶员的名字，博得了喜爱这台机甲的观众的欢呼，有人吹了几声口哨。

紧接着，主赛台上星光流转，全息投影上一台深蓝色的机甲袭来。

"white01 机型，"解说员亢奋的声音在主赛场回响，"迎来了它的第四场比赛！"

唐夫人紧张地坐在座位上，身体僵硬，心脏怦怦直跳。她没有来过这种场合，只知道这台有些眼熟的机甲出现的瞬间，周围的观众爆发出一阵掌声，悬浮型机器人的闪光灯亮如繁星。

"这是白历要驾驶的机型。"一直没怎么开口的陆召在她身边道，伸手指了指主赛台的一侧，"他会从那里入场，坐上右边那台模拟舱。"

"好。"唐夫人两手握拳，"好。"

陆召抱着手臂，没再跟唐夫人说话。

他没跟白历说白樱来了主赛场的事，这孙子很敏感，陆召怕会影响到他。

解说员已经介绍完先入场的一方驾驶员，紧接着又喊道："另一方white01 机型的驾驶员，白历！"

陈楠和霍存"嗷"一嗓子叫了起来，但夹在其他人的喝彩声里，倒是显得还挺正常。

唐夫人直起身，看向主赛台。

身着赛服戴着头盔的人走上主赛台，聚光灯跟着他前行，每一步都会带起星屑飞散。

白历站在主赛台上，朝着观众席竖了根大拇指。

而观众席上的各位已经有了第一天比赛时留下的默契，不少人回竖了两根大拇指。

"来了！"有人喊，"白少将！"

第六十五章
你不像白家人

白历的第四场比赛又落在了邪门刷新点，位于即将坍塌的建筑废墟中心。

一落地白历就在坑洼不平的站立面上歪了一下，错过了躲开的最佳机会，后背被掉落的石块击中。

地图是某遭到入侵的附属星。废墟不断坍塌，溅起大片的尘土，狂风卷起沙土，干扰视线的同时，过强的风力也对机甲的飞行造成了一定影响。

这张地图对重甲来说不算什么，但对 white01 来说就不大一样了。

重型机甲身体庞大沉重，受到的风力影响较小，white01 在狂风里像是一根麻秆，迎风而上时的速度明显降低。

这场比赛打的比白历想象中的要难，精神力高度集中的同时，机甲带给身体的压力也比前三场要大，几次差点儿被对手的光炮轰个稀巴烂。

堪堪躲过又一记炮轰，解说员都跟着松了口气。观众席上 white01 的支持者们拍着胸口喘气，对手的支持者们则发出几声惋惜的叹声。

"迟早得被白老板吓死。"陈楠猛地喝了口水，"太敢刚了，朝着正面莽，逆风也敢上。"

唐夫人其实看不太懂战局，只好细声地问道："是不是很险啊？"

"那可太险了。"陈楠道，"很容易正中驾驶舱，幸亏对面的技术不太行，没打着。"

霍存有不同的意见："他像是有点儿忌惮白历，所以不敢随便出手。

white01 现在必须主动，比不上重甲啊。"

"也是。"陈楠点头，见唐夫人听他俩说话听得挺认真，笑道，"您应该不怎么接触这些东西吧，重甲就是——"

"我知道的。"唐夫人赶忙道，"就是重型机甲，侧重破坏力，搭载重火力武器，体型较大。white01 是新型机甲，侧重灵活度和速度……"

她竹筒倒豆子似的说了一遍，陈楠听愣了，竖了根拇指："您这样的夫人能了解到这个程度，挺厉害啦。"

唐夫人笑了笑。

"这张图对白历不利。"霍存挺紧张，"输一把就没戏了，都没个复活赛什么的。"

陈楠骂他："就你小子天天说丧气话。"

唐夫人的心被霍存这句话吊得三丈高，全息投影上 white01 还在废墟间穿梭，躲避重型机甲的强力炮轰。

她下意识地看了眼陆召，这位年轻的少将从比赛开始到现在就没再说过话。

陆召双手抱臂，盯着全息投影上深蓝色的机甲，看得太认真专注，欢呼声他听不到，叹气声也听不到。

白历在驾驶舱里全神贯注，稳住机甲的平衡，钻进一处残破的桥洞，同时抬手向上一记离子炮。

桥梁垮塌，将身后紧追不舍的重型机甲压个正着。

压下的重物不会对重甲坚硬的外壳造成太大伤害，却溅起大片烟尘。白历回手给了烟尘中的重甲两发离子炮。

这一路上白历的手法都差不多，制造障碍，趁对方视线受到影响时给两炮，对手已经吃透了这个套路，迅速做出反应，肩膀发射小口径光炮，将白历的攻击挡在半道。

也差不多该习惯了，白历操作着机甲没有形象地狂奔。

逆风狂奔影响到了他的速度，重型机甲在身后紧追不舍。white01 猛地压低身体，从一栋荒废的房下穿过，身后传来重甲撞断墙壁的声音。

故技重施，房子在白历回身的轰炸下坍塌，重甲及时闪避没有被压到，在昏暗的烟尘中，对手警惕着白历的进攻。

"看来战斗陷入了僵局。"解说员焦躁道，"重型机甲并没有因为这种骚扰而有所动摇！"

观众席上不断有人发出不满的嘟囔，抱怨这场战斗拖延了太久，又觉得white01 的短板太过明显。

陆召没理会霍存的大呼小叫，他看着 white01 再次调转离子炮口，心里隐隐觉得白历已经等到了那个时机。

白历先是一记离子炮，只有一发，随即整个机甲冲向烟尘的中心，速度提高到最大，再加上是顺风，white01 如同一道闪电直接劈向烟尘中的重型机甲！

这速度连白历自己都没想到，他在驾驶舱吹了个痛快的口哨，光刀出鞘。

重型机甲的驾驶员全神戒备，只等着监测器勘测出离子炮的进攻路线。警示声响起，两个目标急速接近，他当即以光炮回敬，一发命中，成功抵消了离子炮的攻势，另一发却没有命中目标。

检测器上原本笔直攻来的目标一个微拐，躲开了光炮。

当重甲驾驶员意识到这是白历本人而非离子炮时，竟然有瞬间的僵硬，白历没有给他任何喘息的时间，光刀直劈驾驶舱，速度带起的惯性顶着重甲的身体向后飞，两台机甲一起撞向了废墟。

观众席上一片惊呼，解说员道："看来重甲驾驶员是被白历有意引导，习惯了白历的进攻模式，以至于丧失了主动攻击的意识，被白历抓了个正着——"

废墟被砸荡起的大片烟尘中，深蓝色机甲猛然跃起，阳光将它镀上一层金边。

"获胜者——"全息投影上，胜利者的名字闪过一道蓝光，"white01，白历！"

刚才还在抱怨战斗耗时太长的观众愣了好几秒，才反应过来在这短短的几分钟内，比赛方向猛然一变，直接结束。

片刻后，观众席上叫声一片。支持者的欢呼声和对手的叹气声搅和在一起，震耳欲聋。

白历走下模拟舱，头盔去掉，露出那张俊朗的脸。汗水浸湿了刘海，他五指一梳，将刘海撩了上去，笑着朝观众席举起了头盔。

人群里有人鼓掌大喊："牛，白少将——"

在星屑的包围和灯光的映照下，这张脸上的笑容还带着点儿少年人一般的得意。

唐夫人在这个笑容里，意识到自己缺失了这个儿子太多的时光，她都没有见过几次白历年少时的模样。

掌声和欢呼裹着她，这些都是给白历的嘉奖。她坐在这些嘉奖里，格格不入。

一下主赛台，司徒就带着助理围上来，白历被扶到后台的沙发上休息。

"不用。"白历被几个人架着走，"没残呢，能走路！"

司徒指挥着人收拾东西："把他那破嘴给我堵上！"

立马就有人拿了瓶修复型营养液塞进白历嘴里。

白历叼着营养液，左腿架在椅子上，膝盖往下有些酸胀，被强行按摩。

"white01虽然是服务特殊人群的，但毕竟不是完成品，你得缓缓。"司老师苦口婆心，"本来以为今天比赛最少，能轻松点儿，没想到摊上这么个破图。你运气怎么这么烂？"

"这你真得问问世界。"白历说，"可能世界不希望我走运。"

"有病。"司徒受不了他一副已经习惯了的狗样子，"你个人终端响了。"

比赛一结束就响，那肯定是陆召。

白历接过自己的个人终端，陆召给他发了条简讯。就俩字：门口。

以前白历从没想过他会因为一个只有两个字的简讯就感到踏实，他把营养液一口喝完，站起来就要往外走。

"这就走啊？"司徒喊道，"你这腿能开车吗？跟研究所的车走吧！"

白历看着司徒，唉声叹气。

"好好说话。"司徒气不打一处来。

"你是不是从来没体会过那种感觉。"白历说，"下班了有人来接你回家，家里有人关心你。"

司老师愣住了。

"好兄弟，要坚强。"白老板拍拍他的肩膀。

"我迟早弄死你！"司徒撕心裂肺地喊。

快到门口，不出意外又见到了几个记者，见白历过来都挺客气地点点头，眼神里写满了渴望。

白历有点儿无奈，助理撸起袖子准备替老板劈开一条路，就看见门口还站着个人。

陆召穿的是军团制服，往后门出口一站，路过的人都得看他两眼。

"来了。"白历心里一松，"我马上出去。"

陆召扫过几个站在门口的记者，心里知道白历还是放不开，点点头道："有点儿事跟你说。"

白历愣了愣，刚要开口，就听见门外大老远传来一声大叫："白……白先生——"

所有人都跟着看过去，就瞧见从远处跑来一个扛着小录像机器人的大块头特种，边跑边气喘吁吁："等一下！我想做个采……采访！"

跑得太快，说话都跟着打磕巴。

"我是军学院机甲实战院新闻宣传部的，想采访采访您。"大块头边喘边说，看见陆召更兴奋，"陆……陆少将好！"

陆召点点头，看了白历一眼。

白历这会儿感觉还行："司懂跟我提过。"

"司懂说您不太想接受采访，我理解我理解。"大块头五官间还带着学生的青涩，紧张地笑了笑，"我就想再努力努力。"

他笑的有点儿憨，把白历也逗乐了。白历叹了口气，知道今天是躲不过了。其实他要是强硬拒绝也可以，但白历心底知道自己得跨过这个坎。

他挠着后脑勺看了看陆召，陆召也看着他。

"你说有事，急吗？"白历笑道，"要是不急，等我一会儿。"

陆召从这个笑里找到了一丝轻松，连带着他的那根神经也松弛下来。白历在一点点儿重建风光时的自信。

"不急。"陆召的嘴角翘了翘，在白历的手臂上拍了一下，"我在这等。"

白历点点头，跟其他几个人道："给你们几分钟，我赶时间。"

"就在这儿？"机甲论坛的记者惊讶，"要不去旁边那间采访室吧，赛事组专门腾的。"

"就这儿。"助理插话，"一坐下来话就多，没完没了。"

这小助理跟上回一样说话噎人，几个记者也不多说，各自打开录像机器人。军学院的大块头看了白历一眼，在得到白历点头后喜笑颜开，赶紧跟着打开自己的设备。

陆召确定白历状态不错，才收回目光，转身看向身后。

不远处，唐夫人缩手缩脚地站在一个小拐角的后面。

"等等。"陆召道，"有采访。"

唐夫人点头道："好的好的。"顿了顿，又犹豫道："要不我还是别……"

话还没说完，就听见里面传来记者的声音："请问您是因为什么才会想到要研发这样一台机甲的呢？"

"这还要问？"白历懒散的声音响起，"我残了呗，想开机甲，就只有这一条路。"

直白地回答，一点儿掩饰都没有。门外的唐夫人感到自己喉头堵了个什么东西，噎得她喘不上气。

陆召靠在墙上，这应该是第一次，白历在外人面前毫不遮掩地暴露自己的伤口，光是听着就觉得不容易。

又有人问："您是怎么看自己的这台机甲的呢？"

"能不能问点儿实在的问题。"白历无奈，"我怎么看，牛呗。"

几个记者笑了笑。

"白先生，现在外界都在争论少数人到底能否参加机甲战的问题。"有个记者终于比较直白地问道，"请问您对这个问题怎么看？"

"不怎么看。"白历淡淡道，"机甲是武器，重要的是拿着武器的人要捍卫什么，而不是拿着武器的人是谁。"

他的回答没有多加思考，却让提问的人有了片刻停顿。

"您是否想过会失败？"有人问道。

白历抱着胳膊想了想："失败只是结果之一吧。"

"无论成功还是失败，都只是一个短暂的结果。往后的路要继续，成功和失败会交叠出现。"白历道，"可能会在今天失败，或者是明天，但我们在探索的道路上不会回头。"

众人无言。

"白历先生，我个人很敬佩您，这么多年您应该受了很多不公平的待遇，但您还是做了这样一台机甲。"一直插不上话的军学院大块头终于找到了说话的时机，"有人说您是哗众取宠，有人说您是讨好少数人，但我私心里觉得并非如此。所以我想问问您，除了身体损伤，您做这个机甲的初衷是什么？"

其余几个年纪大的记者回头多看了他两眼，这个学生还挺敢说。

大块头自己倒是没觉得有什么，他还沉浸在白历刚才的几个回答里，迫切想知道白历对这个问题的回答会是什么。

白历双手叉腰，皱着眉思索了片刻。

他其实不大能整理出一个合适的回答，他想了很多，但都是混乱的。这么些年，他其实只是遵从自己的本能在摸索，只有一个含含糊糊的概念。

没有高尚的理想，也没有明确的目标，白历自己也不知道自己能走到什么地步，他就是始终没有停下脚步而已。

隔了一会儿，他叹了口气，问道："你们有没有什么……比较小众的爱好？"

几个记者愣了愣，没听懂。

"你——"白大少爷扬扬下巴，随便问了一个人，"除了本职工作，平时喜欢做什么事？"

"做家务算吗？"那个普种记者挠挠头，"我就喜欢收拾打扫。"

其余几人哄笑，这人长得挺凶，没想到竟然有这种爱好。

"算！"白历也笑，问下一个人，"你呢？"

"收集《小虫快跑》的手办。"一个虎背熊腰的特种脸红道，《小虫快跑》是个面向6—12岁儿童的动画片，"不准笑！"

一个个问下去，问到军学院学生的时候，他犹豫着没开口。见白历一直看自己，才咬牙道："缝纫！"

他没管其他人诧异的目光，涨红脸道："我本来想学缝纫的，以前给我妹的玩具娃娃做小裙子，靠这个赚过钱……"

"挺好的啊。"白历道，"可以继续发展。"

"不行。"军学院学生摇摇头，苦笑道："我父亲不答应……这不是特种该做的事情，他说特种该做大事。"

其他人小声议论，有理解的也有劝慰的，也有赞同的。

"如果我给你一个可以选择的机会。"白历道，"你可以不用考虑该不该做，能不能做，你会选择缝纫吗？"

大块头沉吟片刻，点头道："如果有选择的机会，我会。"

白历看着这个学生，他比司懂大一些，但在白历看还很年轻。

年轻本该意味着更多的选择。

"我做机甲的初衷非常自私。"白历没再问下去，他一手摆弄着个人终端，边思索边慢慢道，"我想重回军界，重回战场。我在最绝望的时候希望自己能有一个选择，但是我没得选。"

记者们露出惋惜的神情，白历道："所以我决定给自己制造一个选择。"

"我能给自己一个选择，是因为我有这个实力和基础。但很多人还在挣扎，他们没有能力去创造这样一个选择。"白历说得很慢，但没人打断他，只有摄像机器人的提示灯在亮着，记录着一切，"我挣扎过，我身边也有在挣扎的朋友，亲人。如果我能够为他们创造这样一个选择的机会，那我为什么不去做？"

无人回应。

白历笑了笑："我能做的事情很少，white01已经耗费了我所有的精力，估计我这辈子走到头，能制造出的选择也就只有这狭窄的一条道。它很难走，即使道有了，路也是不平的，它可能并不是一个好的选择，但我尽力了。"

当"尽力了"三个字出口，白历忽然觉得前所未有的轻松。

他尽力了，没有回过头，没有停过步。他需要的不是继续被鞭策，他需要的是和自己和解。

"我的机甲不能代表什么，它是我一意孤行的产物，是我拖着我的团队陪我胡闹出的结果。"白历道，"它是我给自己的一个交代。说得自大一点儿，这应该也是我能为想走这条路的朋友、亲人做的最好的事了。"

白历的话里包含的人很少，只有他生活里的这些人。

有时候人们并不需要一个伟大的出发点。你会在前进的路上逐渐认清自己的渺小，然后直视庞大且无情的世界，但依旧向前走。

这一段前进的过程往往才是许多人真正的追求。不要太苛责自己，当你迈出那一步时，你就已经在路上了。

陆召站在门外闭了闭眼，心里翻涌着巨大的浪潮，却发不出声音。

世界上的确不会再有第二个白历了，他是最好的。

身后传来一声细微的响动，陆召转过头，唐夫人崴了脚，急忙用手扶着墙，身体略微颤抖。

"我……我先走了。"唐夫人小声道，"麻烦您替我转告一声，我觉得他很……很厉害。"

她说着就要离开，陆召道："他很快就出来，你可以自己跟他讲。"

"不了不了……"唐夫人摆手，"他正开心呢。"

陆召皱皱眉，不是很懂："你来现场，白历会高兴的。"

唐夫人走出去两步，回过头对陆召笑了笑。这笑容有些说不出的意味，陆召无法理解。

"是我自己的问题。"唐夫人轻声道，"我是他人生里的一道疤，就算痊愈，也不能否认带来过伤害。我不知道自己要用什么身份什么面目，站在这里。"

白历的人生才刚走上一个新的高峰，而唐夫人是他陈旧的那道疤。

陆召无言。

"还有就是……"唐夫人犹豫了一下，"之前我跟您说了，我伴侣和开源的事……"

"我会告诉白历的。"陆召道。

"谢谢！"唐夫人感激，"也可能是我多心，但这事我也不知道跟谁说好，唐家对白家一直都……您让白先生多留神。"

陆召点点头。唐夫人脚步略缓地消失在陆召的视线内。

这场采访很短，剩下关于机甲性能方面的问题有点儿琐碎，记者们没问多少就被白历一句"自己去官网查"给打发了。

其实大家心里也都清楚，这次采访的重点并非机甲性能，而是头几个问题。白大少爷不给面子地走人也没让记者们太难办，大家心满意足收起设备，等着下一个比赛出来的驾驶员。

白历跟助理道了别，一出门就看见陆召站在不远处。

"可说完了。"白历道，"唾沫都说干了。"

"腿疼吗？"陆召问道。

"不疼，按摩过了。"白历说，"你刚才说有事，什么事？"

陆召顿了顿："白樱来了。"

一路走到停车场，直到坐上悬浮车，白历才从陆召干巴巴的描述里了解了个大概，微微叹口气。

陆召看了几眼，白历的反应并不在他的意料之内。看不出有多开心，但也没什么反感。

"看什么？"白历乐，"是不是觉得我特平静。"

"嗯。"陆召开车拐上高架路。

"是没什么感觉，有点儿麻木，也有点儿惊讶。"白历看着车水马龙的高架路，"我没想到，她其实看得还挺清楚。"

陆召没听懂。

白历神色淡淡："不管往后什么样，她跟我之间，最多就这样了。"

白历自己相当清楚，他对白樱确实有些感情。但这些感情并不足以遮掩白樱带给老爷子和他的伤害，人在做出选择的同时，就得承担后果。现在的生活是后果，无法弥补的岁月是后果，一辈子的愧疚和无法再进一步的亲情也是后果。

很无奈，但生活里多的是这种乱麻。白历做不到对白樱冷酷无情，但他也同样痛恨白樱带给他和老爷子的伤害。

陆召没有吭声，伸手捏了捏白历的肩膀。

"倒是她说的另一件事。"白历坐直身体，"什么意思，她说唐开源的精神力怎么来着？"

唐夫人赶在下雨前回到家，刚换了一身衣服来到书房门外，就听见唐骁的声音。

"你说到头了是什么意思？"唐骁憋着火问道，"你是说我儿子就这点儿能耐？"

"人的身体是有极限的，我们只能尽量维持现在的精神力，再拔高就很危险了。"另一个声音是安伦爸爸前段时间送来的研究员，一起被送来的还有当初治疗并拔高唐开源精神力的那台仪器。

唐骁还想再说点儿什么，唐开源插话道："那就先这样，没事的，我现在感觉还可以。"

"如果有睡眠质量下降、注意力难以集中之类的状况要告诉我们。"研究员不放心，"这都是精神被影响的前兆。"

门从里打开，研究员走出来，和唐夫人打了个招呼。唐夫人侧身让他离开，抬头就看见一只手劈头盖脸地扇了下来。

她来不及反应，整个人被一耳光扇得趔趄两步，差点儿没站稳。

"你去哪儿了？你没去聚会！"唐骁的吼声震耳欲聋，"背着我去哪儿鬼混了？"

跟在他身后的唐开源被这一巴掌震得愣在原地，隔了好几秒才叫出声："父亲！你怎么能——"

"我没有……"唐夫人捂着脸，低着头咬着嘴唇，"……别当着孩子的面……"

这句话让唐骁短暂地找回了理智，他有些僵硬地回过头，对着唐开源露出一个变形的笑："这没你的事，我跟你母亲有话说。"

说完一把扯住唐夫人的胳膊，带着她往卧室的方向走。

"等等！"唐开源扑上去，"你不能这么……这么……"

"滚！"唐骁挥开他的手，"你也想反抗你老子是吧？用你的脑子想想，谁给你牵的线搭的桥！没有我你上哪儿和林氏搭上关系！"

唐开源被钉在了原地。

"还有你那台该死的精神力拔高的机器，没有我你哪来的钱继续找人研发！"唐骁怒不可遏，"可是你打的什么烂比赛，连白家那个残废都比不过！滚，现在就滚回你房间，好好反思！"

这段时间唐骁因为头疼越来越暴躁，无法管理自己的情绪。唐开源站在走廊上，手脚冰凉地看着唐夫人被拖进卧室。

门在他的眼前关上。

他浑浑噩噩地走回自己的房间，安伦正跷着脚吃甜品，见他失魂落魄的模样，忙放下吃的围上来问情况。

"我父亲打了我母亲。"唐开源颤抖着说道，"就在我面前。"

安伦倒是无所谓："这没什么啊，打两下而已，我们那边这种事见多了。哎呀，一个巴掌拍不响，你母亲肯定做了什么事让你父亲不高兴。"

"她没去参加夫人们的聚会，不知道去哪里了。"唐开源闷闷道。

"你看，这就是你母亲不对了，我们那种小地方的人都知道，出门得跟伴侣报备啊。"安伦拍拍他，见他还是难过，只好道，"你要是实在心疼，我们那儿也有搬出去跟孩子住的。"

唐开源抬起头看他。

"接你母亲一起出去不就好了。"安伦道。

"但是现在我还得……还得……"唐开源顿了顿，"我不能惹父亲不高兴。"

安伦理解地笑了笑："那就等你有能力的时候呗。让你母亲再忍忍，这有什么，母亲为了儿子，受点儿苦怎么了。"

以前唐开源受不了安伦这种小地方特有的世俗劲儿，但今天，他仿佛抓住了救命稻草一般，在这句话里缓缓放松了身体。

唐开源在晚饭时推开了卧室的门。一进卧室，残留的精神力让他直皱眉。他在一片昏暗中找到躺在床上的唐夫人，走过去轻轻握住了她的手。

唐夫人睁开眼，她的身体很痛，但思维却前所未有的清晰。

"母亲。"唐开源小声道，"我让人做了粥，一会儿就送上来。"

唐夫人轻轻握了握他的手，算是回答。

"我没想到父亲他……"唐开源艰难道，"我上午的比赛出了些问题，虽然赢了，但是精神力不太稳定，人有点儿狂躁，差点儿惹事。林胜先生责怪了几句，父亲不太开心。他可能因为这个才对你……"

唐夫人摇摇头。这种柔弱的反应让唐开源心里一阵难过，他清清嗓子："母亲，我想好了，等我稳定了，自己搬出去住，您跟我一起怎么样？"

唐夫人的眼里缓缓聚起些光亮，她颤抖着嘴唇，终于说出一句话："明天。"她一刻也不想在这里多留。

"这……"唐开源的表情僵在脸上，"不行，再等等行吗？"

"下周……"唐夫人沙哑着声音，"下个月好吗，开源？"

唐开源没有回答。在漫长的、让人窒息的沉默中，他握着唐夫人的手松开了一点儿。

"母亲，我现在还不能惹父亲不开心。而且你们的事情如果传出去闹起来，会有人顺着查的……"高氏牵连了林胜、第一继承人和唐家的事已经让唐开源有了心理阴影，他很清楚这种家暴丑闻会在这个节骨眼上造成什么影响。

他深吸一口气，祈求道："母亲，就当为了我，您再忍忍行吗？"

唐夫人在昏暗中看着自己的这个儿子，眼里的光一点点儿熄灭，心也跟着冷了下去。她缓缓地抽回自己的手，闭上了眼。

"你很像你的父亲。"唐夫人的声音很平静，"而我，不像我的父亲。"

唐开源听不明白，愣愣地看着自己的母亲。

"或许是因为这样……"唐夫人隔了很久才道，"你不像白家人。"

第六十六章
别太玩儿命

这句"你不像白家人"好像一记重拳，狠狠砸在了唐开源那根从小到大都绷紧的神经上。他难以置信地看着唐夫人，对方闭着眼一动不动，胸口随着呼吸小幅度地起伏。

"您这话是什么意思？"唐开源涩声道。

唐夫人没有回答，他在原地站了一会儿。

母亲心情不好才这样，她根本不知道自己在说什么。他安慰自己。

"我让他们把粥送上来。"唐开源尽量放柔了声音，"您放心，等几年我真的搬出去了，一定会接您一起住的。"

沉默。这样的沉默让人感到呼吸困难，唐开源站了一小会儿，有些无法忍受地开口："母亲，我已经答应了接您出去住，您还想我怎么样？反抗父亲吗？您也为我想一想，我现在——"

"没有，开源。"唐夫人的声音很轻，淡淡地，"我没有任何想要你做的事了。"

她好像从体内抽离了什么，和平日里有些不同。唐开源敏锐地觉察到了这种改变。

母亲的话一共也没几个字，却不知为何让他觉得难堪。难堪过后，竟然升起一丝愤怒——为什么母亲就是不懂呢？

他也没再说话，有些踉跄地转身离开。

卧室的门被带上，唐夫人睁开眼，撑着自己的身体在床上坐起。

空气里残留着唐骁的精神力，这感觉让她心理上感到恶心，但身体却无法克制地颤抖。

她并没有告诉唐开源，离开唐骁超过一天，她的身体就会感到极度不适，成瘾会让她崩溃。但她头一次觉得自己宁可崩溃，也不想在唐氏老宅这个华丽囚笼里再待一秒。

今天，她的忍耐濒临极限。她其实并未指望过唐开源能在短时间内带自己离开，她还是说出口了。

人在绝望的时候，是真的会克制不住自己的嘴巴的。哪怕只是一句安慰，也能让绝望中的人短暂平静，但唐开源没有给她任何安慰。

唐夫人发现，这个她带在身边养大的儿子非常会审时度势。他能第一时间理清到底站在哪个角度才能让自己得到最大的利益，为了这个利益又能放弃些什么。

唐夫人的手越来越用力，指甲扎进那些牙齿咬出的坑里，渗出血来。但奇迹般的，她感觉不到太大的疼痛。唐夫人的嗓子眼里发出一声嘶哑的低吼，抓着后脖颈的手在皮肤上留下几道深深的抓痕。

她活到这个年纪，终于清楚了一件事：人活在世上，只有自己站直了身体，那才叫站着。

白天比赛时有了压力，再加上今天发生的事情太多，唐开源一整晚都在做梦。

他只记得梦里那些围绕着自己的闪光灯，穿在身上的军礼服，和不断变换的陪在身边的契约人。

他没有辜负唐骁的厚望，重振唐氏，风光无限。

当唐开源在梦里和白历对峙时，他激动得整个人都在颤抖。

梦里的白历表情阴郁地站在他面前，轻蔑道："你不像白家人。"

这话让唐开源一直紧绷着的那根神经彻底断裂，他冲上去，将梦里的白历打倒在地。梦里的白历很弱小，残疾把他折磨成了疯子，被所有人唾弃。

唐开源在叫好声中感到畅快，他掐住白历的脖子喃喃："瞧不起我……你们白家都瞧不起我……你死吧，你该死了，我怎么觉得你从一开始就该死呢……"

"你要是能杀了我……"被他掐着脖子的白历却还能说话，"你就能得到很多。名誉，地位，契约人陆召。"

声音仿佛带着蛊惑性，唐开源在浑浑噩噩中加重了手上的力道，直到手臂上传来尖锐的疼痛，他才从梦中惊醒。

安伦被他掐着脖子，脸色憋得铁青，指甲在他的手臂上挠了好几道，唐开源急忙松开手。

安伦捂着脖子急促地呼吸咳嗽，惊恐地看着唐开源。

"怎么是你。"唐开源昏沉道，看了安伦一眼，"你来干什么。"

"我……咳咳咳，"安伦嘶哑道，"在隔壁听到你在叫，就来看看……"

唐开源像是没事人一样拉开被子重新躺下，没有再搭理安伦。

刚才的梦太好，他还想回到梦里。

安伦愣愣地看着唐开源的背影，无法理解发生了什么。半晌之后他对唐开源拳打脚踢："你是不是想杀了我！你把我掐成这样，连个道歉都没？"

唐开源还沉浸在美好的梦里，安伦的拍打不痛不痒，但是很烦人。他尽量耐着性子道："我做梦了，小伦，这是个意外。"

"意外？"安伦叫道，"你怎么能打完人，还心安理得地继续睡觉！"

"不然呢，我不是道歉了吗？"唐开源推开他，皱着眉下床上厕所，"别闹了，早点儿睡，明天还有比赛。"

安伦扯住唐开源的衣服道："不行，你不说清我就不让你比赛！"

"我精神不好，把你当成梦里的人了，就这样。"唐开源扒开他的手，叹口气，"我道歉还不行吗？回头给你买你喜欢的那套礼服。你还想怎样，不就是掐了你一下嘛！"

坐在床上的安伦愣住，一直到唐开源上完厕所都没回过神。

他想起自己昨天跟唐开源说过的那句话——"这没什么啊，打两下而已，我们那边这种事见多了。"

脖子上被掐出的红印像是一圈血淋淋的项链，勒得他喘不上气。

那边差点儿把他掐死的人重新躺好，温声说着梦有多真实，他都差点儿分不清什么是梦什么是现实。

唐氏老宅沉入雨夜之中。

白历坐在副驾上看着车外的雨帘，在心里把陆召转述白樱的话整理清。

"她是说，唐开源虽然因为那个什么仪器拔高了精神力，但身体却无法承受。"白历缓缓道，"所以精神不是很稳定，表现比较暴躁。再加上唐骁撺掇，这俩王八蛋背地里想挤对我。"

陆召点头。

这个消息让白历相当震惊，梦中唐开源回到主星就怼天怼地，所向无敌，就连精神力出现问题接受治疗都能跟杨瀚建立契约人关系。

按照梦中命运的发展，唐开源不该这么早就精神力出现问题，也不知道是什么刺激了他的神经，导致他这么早就出现异样，连白樱都感觉到不对劲儿。

感觉到白历的沉默，陆召喊了他一声。

"没事，就想了想。"白历道，"梦里没提过这种事，唐小王八蛋是天选之子，根本没什么仪器这种影响精神力的东西出现。"

陆召听他骂人有点儿想笑："本来什么样？"

白历也说不清："他流落荒星，受了重伤，可能是磕着头了还是怎么着，打通了任督二脉，一觉醒来就超神了。"

这一通乱七八糟的解释，好多词陆召都听不懂，他只从白历的解释里得出两个结论：一，不应该有这个机器。二，唐开源有问题。

陆召开着车陷入沉思。

"想什么呢？"白历问。

"唐开源。"陆召道，"他……"

白大少爷"啧"了一声，表情挺不乐意。

"不是……"陆召哭笑不得，"我跟你说过，在游轮上的时候我跟他握手，很不对劲儿。"

白历记得这事儿："你说精神和情绪好像受到了影响。"

"是。"陆召道，"意识恍惚，头疼。"顿了顿，又皱着眉道，"精神似乎不太稳定，好像被植入了一种观念。"

白历拍了拍陆召的腿安抚："现在还能想起那感觉吗？"

"我就想说这个。"陆召摇摇头，"时间越久，就越记不起来。只记得是一种'我应该臣服'的感觉。"

当时在游轮上的一幕重新浮现在白历的脑海，他挺后悔当时没揍唐开源一顿。

"这台仪器带给唐开源的精神力并不正常，并且可能会间接影响到被他接触过的人。"白历皱眉沉思，"但也有时效。你是间接的，所以影响比较快就消退了，唐开源是直接接触仪器，虽然精神力稳定了一段时间，但效果在逐渐变弱。"

因此梦中才会有精神力不稳定的情节，在现实中这样被补上了，让一切显得比较顺理成章。

但是，刺激精神力增长的研究在帝国早就被禁止，唐开源到底从哪儿搞到的那台仪器？

白历隐隐觉得这是一个巨大的"BUG"，他不知道"现实命运"会怎么顺下来，当务之急是搞清楚机器的来源："白樱跟你说了机器是哪儿来的没？"

"没有。"陆召道，"她说得很乱，很紧张。"

白历叹气。

这对白樱来说可能已经很不容易了，将唐家的事情透露给自己，已经是她这几年做过最出格的事。她根本无法整理出重点，只知道要白历小心。

"她还提到唐骁。"陆召又说，"说他可能在做不好的事，她不太清楚，只知道他总是和林胜、第一继承人联系，频繁出入会所之类的地方，找人抹黑你和你的研究所。"

这其实没什么大用，但唐骁一向喜欢看白家被人议论。

"唐骁的事我找人查。"白历道，"但那个什么机器，可能还是得问白樱。"

这种事关"命运"的细节，白历估计是没人能查到的。

提到白樱，白历的心情不大好。

"我没想到她会说这么多。"白历说，"可能因为面对的不是我，她能放松点。"

他和白樱永远都不可能像正常的母子，也很难成为正常的亲人。白樱带给他的是无法抹平的伤害，他带给白樱的是会延续一生的愧疚和自我厌恶。

"她说怕你受唐氏的影响，她就是觉得事情不对，但说不好哪儿不对。"陆召难得话多一些，语气硬邦邦地转述，"她说也可能是自己憋久了，这些话不知道该跟谁说。"

白历没吭声。陆召隔了一会儿，才犹豫着开口："我觉得……"他话说到一半又停下。

"说——"白历侧头看他，"咱俩有话都是直说的。"

"嗯。"陆召沉思片刻，"我觉得她精神状况不是很好。"

白樱今天全程都显得有些紧张分兮，除了看比赛的时候，整个人都有些恍惚。陆召没见过这种情况，但直觉告诉这不是什么好事。

白历停了很久，才"哦"了一声。

"我是不是——"陆召顿了顿，"不该跟你说。"

"没。"白历摇摇头，吐出一口浊气，"我做不了什么，她是成年人，得自己对自己负责。"

这话白历已经能毫无心理压力地说出来了。

他不是万能的，也的确不够坚韧，实在是负担不起更多的压力。

他要活得自私一点。

"嗯。"陆召拍拍他。

车一路开回公寓，这几天的晚饭都很简单，两人没花多久工夫就解决完温饱问题。

等陆召洗完澡出来，白历已经坐在沙发上看司徒发给他的比赛录像了。

公寓里的大型虚拟屏上两台重甲在进行对轰，这种没什么技术性的录像白历平时都当下零食的助兴节目，但这会儿看得格外认真。

陆召从冷藏柜里拿了两瓶饮料，走过去递给白历一瓶，顺带着看了两眼录像。

"这是今天上午唐开源的比赛录像。"白历拧开瓶盖喝了一口，"中间有一段发挥失常，不太对劲儿，我觉得是因为精神力顶不起这台重甲。"

陆召半眯着眼看了一会儿："现在还可以。"

后半程的比赛唐开源似乎找回了手感，打了鸡血一样疯狂攻击，动作间透出些许暴戾感，但机甲本身就是极具杀伤力的武器，这一丝暴戾隐没在炮火中难以察觉。

"我让人打听了一下，听说分赛区1区后台今天有特种精神力暴走。"白历切掉了录像，换成了自己即将交手的机甲录像，"但消息被压得很严，暂时不知道是谁。"

白历心里有数，分赛区出事的大概率就是唐开源。

陆召正看着录像，被白历不打招呼就换掉，愣了愣。

"他技术不行，没什么好看的。"白大少爷很傲慢，"浪费时间。"

陆召忍着笑："哦。"

"而且他已经占用我们很多时间了。"白历拍拍沙发，"刚才回来一路上都在聊他，咱能不能聊点儿别的？"

陆召笑出声，他也在沙发上坐下："我有事跟你说。"

"说呗。"白历看着录像。

隔了一会儿没听见动静，他才把目光落在陆召脸上。

陆少将的表情有些犹豫纠结。

今天军团的会意味着有大型任务，会耗时很久，其间难得回主星。

"一线发现虫族活动的痕迹。"陆召终于开口。

白历坐直了身体。他对虫族不算陌生，白老爷子在世时还赶上过跟虫族的战争，帝国惨胜。他皱起眉头，略有些担心。

"还在侦查。"陆召抿抿唇："上面想让我带队。"

白历愣了愣，随即惊喜道："这意思是你可能再拿一朵金色卡丽？"

"是。"陆召点头，"也有晋升的可能。"

白历捶了陆召的肩膀一拳："可以啊，陆少将，大好的机会！少将到中将，多少人得干一辈子才能混上去！"

肩膀上挨了一下，陆召看着白历道："我可能得去很长时间。"

这种任务估计耗时都不短，白历也清楚。他一想到陆召可能得飘在他去不了的地方十天半个月，或者几个月，心里就有点儿空落落的。

"你这人……"白历叹口气，"非得先给我打预防针吗？"

陆召轻声道："你要是需要——"

"别——"白历抬手，"打住。"

陆召不吭声了，盯着白历看。不用他说完，白历基本上能猜到他要说什么。

"哎！"白历无奈地挠挠脖子，盘腿坐好，"我先问问你，你想去吗？"

陆召犹豫了一下，点点头。

"可能我以前跟你说得还不够明白，我今天跟你说得清楚点儿，你记好了。"白历竖起一根指头，"第一，我无条件支持你干任何你喜欢的事。"陆召还没说话，白历又竖起第二根指头，"第二，别随便为谁放弃你的目标，我也不行。"

"第三……"白历竖起第三根指头，"我要回军界估计军衔就没你高了，你得罩我。"

第三条听起来有些滑稽，但陆召笑不出来。他知道白历绝不会阻拦他出这个任务，但他没想到白历甚至没有问他是否会在自己比赛期间离开主星。

白历是真的高兴，为他能再进一步而欣喜，都忘了他可能马上就得走。

"但有件事你得答应我。"白历又道，"这个要求可能比较不符合铁血形象，私底下偷偷讲。"

陆召"嗯"了一声："可以。"

"我还没说呢。"白历笑了笑。

"可以。"陆召说，"我答应。"

白历的嘴唇动了动，隔了一会儿才开口："要是真遇到什么事，别太往前冲，别太玩儿命。"

陆召愣住。

"别搞得跟我一样。"白历说，"往前冲之前，你先想想我，成吗？"

上前线的如果是白历自己，他还真不怎么觉得害怕。

白历第一次作为一个军人亲友感到恐惧。

陆召眼眶发酸，郑重地点头："好。"

随后两天的比赛没有什么太大变动，白历的对手大部分都还是重型机甲，搭载的武器各有不同，但好歹都能应付。

white01屡战屡胜，打响了白氏研究所的名号。

白氏研究所的研发理念再次被提到台面上讨论，和最初的嘲讽怀疑不同，现在的讨论大多都围绕着"投入使用是否可行"展开。

white01机型以一种独特的方式得到了认可，被列入可以考虑研发的机型之列。

在征集赛火热进行的同时，对研究所和驾驶员的采访也陆续放出。除了今年备受关注的几台重型机甲的采访，白氏研究所和白历本人的采访也引人热议。

军学院机甲实战学院第一次放出这段采访时，司懂正坐在投影教室里观看。

学院会在征集赛期间组织观看学习，外系的也能参加。直播结束后会放出这类采访，当司懂看到自己老哥的大脸出现在虚拟屏上时吓了一跳。

司徒在一次外出上厕所的途中被逮到，绷着脸浑身僵硬地接受了采访，用专业性很强但通俗性极低的话回答了记者们的问题后，就逃命一样地冲进厕所。

没多久老哥的脸就消失在屏幕上，取而代之的是白历的面孔。

司懂瞬间就坐直了身体，跟室友孙蓬道："历哥。"

"啊？"孙蓬看了一眼坐在另一侧的小吴，自从上次吵架后，小吴和司懂就没怎么说过话，"我知道，你佩服的白历嘛。"

白历的采访很短，地点更简陋，就在比赛后台的通道上，很符合白大少爷不拘小节的性格。

屏幕上，记者问出第一个问题："你怎么看自己的这台机甲呢？"

白历用那副漫不经心又嚣张无比的语气回答："牛呗。"

坐在前排的一个特种嗤笑一声："狂的不行了呗？"他的两个同伴也笑了几声。

司懂皱皱眉，这几个是班上最推崇重甲的人，家里有人在军界任职，家世好，一般没人敢招惹。

他没吭声，继续看采访。

在记者一个个问题和白历平淡的回答中，原本嘈杂的投影教室渐渐没有了声音。虚拟屏上，白历的表情很平和，好像在说一件非常随意的事情。

机甲是武器，重要的是握着它的人要捍卫什么。

我想要一个选择，所以有了 white01。

很多人都在挣扎。

这条路很难走。

白历没有承诺什么，也没有夸下海口。事情只是一直在做，顺其自然地走到这个地步。他的态度很淡，但司懂还是觉得自己的血液都在血管里冲撞。

他想起在研究所时陆召说的话。"有人考虑过，他做得很好。"

原来做得很好的人就在他身边。

做得很好的人，只是一直在做而已。

司懂终于有点儿明白，陆召那句"没想过别的，就是一直朝前走"是什么意思。

屏幕上，白历说："这应该也是我能为我想走这条路的朋友、亲人做的最好的事了。"

采访到这里戛然而止。

投影教室内静默无声。

隔了好一会儿，孙蓬才小声道："我去，不知道怎么说，我去。"他骂了好几句，才说，"有点儿懂你为什么佩服他了。"

"崇拜。"司懂纠正。

孙蓬道："这要是我哥，我的人生将不存在追星。"

一旁的小吴看了看他俩，没有吭声。

白历的话很短，没有明确指出什么，但不知道怎么着，他们觉得有些难以言明的感慨和激动。

沉默过后，投影教室里发出一片"嗡嗡"的议论声。

"这还不算哗众取宠？"坐在前面的特种骂道，"说机甲就说机甲，扯那么多别的有用？不就是博眼球吗？"

另外一个特种弱弱道："是记者要问的，这也不能怪白历吧，而且他驾驶技术本来也不错……"

"啊？"前面的特种瞪着他。

另外那个特种赶紧闭嘴。

"我哥就说这种人不行，浑身上下就一张嘴，靠小聪明赢得比赛。"前面的特种继续道，"也就是不能参赛，不然我哥开重甲，肯定能把他——"

他头上被人从后面狠狠给了一拳，整个人往前一趴，差点儿把桌子掀翻。

"闭嘴。"司懂看着他，"你有口臭。"

对方没有反应过来："有病吧？你凭什么——"

司懂没给他说完的机会，炮弹一样跳起，在所有人震惊的目光中扑上去，打了起来。

对方的同伴惊了："司懂！这稀种疯了！"

那人上手要帮自己朋友，拳头还没落在司懂身上，就被孙蓬给掀了个趔趄。

"打架就打架。"孙蓬有些看不过，"两个打一个太过分了啊！"

"神经病啊！"同伴怒骂，也不管那么多，回身打了起来。

投影教室顿时炸锅，惊呼声和起哄声在这群年轻人中爆发出来，桌椅掀翻，两拨人打成一团。

司懂跟孙蓬虽然是稀种，但格斗成绩一直都是学院前几，打上头了根本没把特种外泄的精神力放在眼里，就算浑身不自在也要猛刚。

跟对面两个特种一起来的第三个特种终于回过神，骂了声就加入战局，三个打两个，司懂跟孙蓬挨了好几下。

一声尖叫过后，刚加入战局的第三个特种捂着脖子坐在了地上。露出身后浑身颤抖，还保持着攻击姿势的小吴。

所有人都被这声尖叫喊蒙了，叫好声停了，连打架的几个人也停了，都愣愣地看着小吴。

"这，这……"小吴的手还是手刀的姿势，刚朝着第三个特种的后脖颈上狠狠来了一下，"他……他怎么能三、三、三……"

"三个打两个。"孙蓬补全。

小吴颤巍巍地点头。

司懂回过神，干巴巴地问道："你这个……哪儿学的？"他比了个手刀的姿势。

"我们系也是……也是要学格斗的……"小吴结结巴巴，"军学院没有废……废物。"

他声音很细，嗓音发尖。恐惧让他回不过神，但他还是出手了。

军学院没有废物。这是实训课上教官们挂在嘴边的一句话。

征集赛开赛后没几天，六名在校生因打架斗殴被记了过。当天六人被罚跑负重五公里，互相骂骂咧咧，比着赛跑完了全程。

金色卡丽

全三册

下

三碗过岗 ——

著

九州出版社
JIUZHOUPRESS

这里是浩瀚宇宙，群星所在。这里灯光璀璨，觥筹交错。

这里有各色的目光，有不知善恶的心肠。但陆召只看着白历，他把金色卡丽别在他的胸前。

一片无声中，陆召看着白历说道："他们欠你，我补给你。"

第六十七章
刷新点扫盲老师

除了第一天的比赛安排得比较多外，剩下的比赛排得都还凑合。上午下午各一场，机甲爱好者每天都在狂欢。

比起更关注比赛过程的机甲圈人士，对这种小众比赛并不太了解的其他帝国公民更关心的却是另一件事。

高海挑衅白历的录音被曝光后，高氏父子的丑闻就被重新提起，连带着林胜也没能跑掉。

好不容易压下去一些热度，帝国公民的目光刚从林胜的身上移开，帝国研究院内部就传出了正在整顿的消息。

研究院某领导在整顿中落马，在职期间贪污受贿，插手部分项目的材料采买。

这个消息一开始没掀起多大水花，但一家新锐报社直接曝出这位领导也曾短暂参与过机甲征集赛的筹备。

征集赛最近受关注度较高。消息一经报道迅速引起各方关注，尤其是机甲圈内的人，强烈要求对该领导进行更深层次的调查。

一查还真查出了问题。

前段时间疯传的"本届征集赛侧重高破坏性机甲"谣言坑苦了一些小研究所。帝国研究院和警所联合调查，一直没有进展，没想到因为这起贪腐案找到了突破口，查到了这位领导头上。

当这位落马小领导承认自己是在"某人"示意下散播谣言进行赛前干扰之后，机甲圈炸了锅。

最开始报道小领导和征集赛有关的报社相当敢说，不断报道最新进展，揭露小领导在被问到示意者是谁时，曾放言"不能说，反正你们惹不起"。

一个研究院的小领导因受贿垮台之后还敢大放厥词，可见"惹不起"是他强硬的后台。

挖，必须挖！别管你后台多强硬，帝国公民的铁铲都能给你掀翻！

一铲子下去，一个姓氏就冒了出来——林。

刚休息两天的老陛下差点儿气昏迷。

"直白地放消息不太好。"虚拟屏上，周岳的脸一如既往地消瘦，但精神挺好，"顺着挖下去，才让人有挖出宝藏的感觉，也比较能有新鲜感。"

白历被逗乐了："'宝藏'特种林胜先生现在肯定坐立难安，他带给人民群众的新鲜感可能有股腐臭味。"

"我想他能得到一个挺大的教训。"周岳冷淡地笑了笑。

"哥，我能上模拟舱了吗？"周临山在他身后问，"我看都准备得差不多了。"

虚拟屏的背景白历很熟悉，是他的研究所。

"你等几分钟再上。"周岳道，"我得看着。"

周临山"哦"了一声，隔着老远喊了一句："白少将比赛加油！"

"这款机甲负担不大，他身体受得了。"白历笑道。

周临山因为之前的事已经被第一军团除名，只能考虑去地方军团，现在还在准备参加审核期间。

没分化前操作的得心应手的机甲现在对他来说有些负担，周岳前几天来找白历，想让周临山一边继续适应重型机甲，一边用 white01 机型熟悉地图和对战技巧。

"谢了，"周岳道，"借模拟舱给我弟。"

周临山因为身体刚康复没多久，不适合长时间用重甲训练，现在他基本下午和晚上都去白氏研究所，偶尔还会和替补或者司懂撞上，打个模拟对抗。

"别。"白历道，"周老板再这么客气，我就得给您磕头了。"

之前要是没有周氏提供的材质数据，white01 的完成度肯定没有现在高。

在林胜这件事上，周岳也帮了不少忙，白历对他挺感激，周岳一提借模拟舱的事就答应了。

下午还有比赛，两人又谈了几句别的才挂断通讯。

司徒也刚好回复完简讯，走过来找白历。

"替补那边出了点儿急事。"司徒皱着眉道，"可能得晚到。"

平时比赛是不需要替补上场的，但以防万一，主赛场这边也给替补们留了等候室，以便于及时更换驾驶员，白历的替补一直都在等候室待命。

"无所谓。"白历给陆召发了条简讯，"今天下午的比赛应该也用不上替补。"

司徒满面愁容："我就是怕你撑不住。"

从昨天到今天上午的三场比赛打得都挺累。淘汰的机甲越来越多，也意味着留下来的越来越强。white01 并非速战速决型的机甲，白历的三场比赛耗时较长，给他的身体造成不小的负担。

"我就搞不明白，怎么你运气就这么狗屎。"司徒忍不住道，"多偏僻的刷新点你都能摊上，有的图你没出来之前，我都不知道还有这个刷新点。"

"这只能说明你对刷新点还了解的不够多。"白大少爷教育他，"每一张地图都有无限可能。"

司徒推了他一把："别装，好好说话。"

白历实诚道："我运气狗屎我也没办法。"

在一次次落在险些一出场就搞死他的刷新点后，白历逐渐确认这是"命运"不想让他走得太顺利，他没法跟司徒解释点背就是他命运的一部分。

下午的比赛挺早，白历的腿部按摩刚结束，那边就已经通知准备入场。

"我就是不放心。"司徒把头盔递给白历，"要不你考虑考虑，实在不行就换替补。"

白历戴上头盔，给了司徒肩膀一拳："你得相信白少将。"

主赛台上传来解说员兴奋介绍，全息投影下 white01 机型划过赛场，落在主赛台，等待着白历的出场。

白历和司徒对了对拳，走向主赛台。

司徒不知道，这对白历来说是一场不能有替补的比赛。

white01 机型的特点就是可以降低对身体的负担，适用于特殊群体。白历从打第一场比赛开始，就意味着他已经和这台机甲捆绑在了一起。

如果他因为受不了压力而腿伤复发，选择退赛更换替补，那就是否认了white01 存在的最大意义。

这场比赛可以赢，可以输，但不能退出。

他深吸一口气，坐上模拟舱。

这次的地图是白历训练时常常刷到的一张图，处于交战中的宇宙之中。

四周是飞散的飞船残骸，不断有爆炸带起的碎片飞溅，如有不慎就会被正在交战的军舰和小型舰艇的流弹击中。

白历一刷进地图，观众席上就传来一片咋舌声。

"他怎么每回都这么点背？"江皓皱眉骂道，"我从第一次上模拟舱到现在，就没遇到过这个刷新点。"

白历落在了一艘小型舰艇上，刚一落下舰艇就被击中，爆炸的气浪直接把较轻的 white01 掀翻，白历及时稳住机身，才没有开场就被擦过的流弹轰烂。

支持者松了口气，继而忍不住骂起赛事组准备的模拟器。

"白历是不是就没落在过正常的刷新点？"韩渺愤愤地拍腿，"现在论坛上都管他叫'刷新点扫盲老师'你们知道吗？都没见过像他这样把把开场直通阴间的驾驶员。"

陆召抱臂看着全息投影，这次的地图对白历不陌生，也没有前几场不利。

越是这样，他就越感到不安。

白历没有明说，但陆召清楚这种不正常的刷新点是在有意给他制造难度，一开始还只是掉落在不方便主动进攻的地方，从昨天开始刷新的位置基本就是想让白历开场受损。

这种明目张胆的针对连普通人都觉察得到，好像那股长久以来都掌控着白历的力量终于丧失了慢慢调整的耐心，它迫切想让白历这块绊脚石腾出位置。

白历也的确受到了影响，腿部酸胀，服用药物后睡眠质量下降。陆召很担心，但他知道劝白历放弃是不可能的。

这孙子很倔，不到彻底站不起来的那一刻，他都不会停止挣扎。

白历操作着机甲从一个残骸后面给了重型机甲一发离子炮，成功击中了对方的侧手臂。

这局对手驾驶员水平一般，但机甲搭载的武器却相当先进，配置有最新型的检测器。白历尝试了几次以离子炮为诱饵靠近，但都以失败告终。

白历全神贯注，准备一口气拿下这局，这样他可以有半个下午加一个晚上的时间休息。

这张地图白历已经玩透了，他用连续不断的小骚扰勾引着对手一路跟他深入巨型军舰的残骸深处。

对手果然上当，被这种不上不下的攻击打得恼火，不管不顾地一路炮轰，直接杀进军舰残骸。

这张图白历很了解，它两轮爆炸之间有间隙。白历算着时间，准备找准机会利用对方搭载的大杀伤力武器引爆军舰内的易爆品。white01 的速度很快，应该可以赶在易爆品被波及之前从残骸的缝隙里逃走。

到时候就让对方的重甲和整艘军舰一起来个壮丽火花。

白大少爷已经做好了秀一波的准备，他看着重型机甲用炮轰开路狂飙而来，吹了个口哨，握着操纵器的手轻轻一动，white01 迅速一个侧滑，又跟对方拉开了距离。

"两方已经在这个残骸内打了很久，看来短时间内是没有要出来的意思。"解说员道，"驾驶员白历擅长利用地形和 white01 的高灵敏高速度的优势作战，不知道这次要如何应对——好险！对方驾驶员差点儿被飞溅的碎片击中！被这么大块的金属来一下，就算是重甲也会受损吧！"

差点儿受损，对方驾驶员从满脑子的进攻中冷静下来，没有贸然再追赶白历，而是警惕地在较为安全的地方用远程武器进攻。

白历"啧"了一声，这可不行，他没精力继续耗下去了。正准备再引诱一下，驾驶舱内的警报装置却猛然发出尖锐的示警声。

不等白历反应过来，原本应该还有几分钟才发生下一轮爆炸的军舰内部却突然剧烈震动，爆炸带起的气浪直接将残骸内的两台机甲掀起，white01 相对轻巧的机身如同枯叶一般被卷起，直接砸向紧挨在军舰外的小型舰艇。

白历的心里咯噔一声。

模拟舱为了实现真正意义上的演习训练，带给身体的负担是和实际操作机甲几乎一样的。白历在被气浪冲飞的瞬间就感到头晕目眩，好在 white01 机型特殊，为他减轻了一部分压力。

尽管如此，被拍在小型舰艇上的感觉也依旧不怎么好。他咬牙准备立刻离开，却在下一秒眼前一黑。

并非因为身体不适而产生的眼黑，而是在撞击之后，模拟舱和地图的连接出现了短短一瞬的故障。随即，一阵剧烈的疼痛从左腿的膝盖传来。

白历猛地绷紧了身体，额头渗出冷汗。

"您与机甲的连接出现故障。"头盔内响起系统的提示音，"请尽快离开模拟舱，检查设备连接。"

"两位驾驶员都被突然的爆炸掀翻——"解说员惊叫，继而传出有些疑惑的自问，"这张图的爆炸有这么密集吗？"

陆召猛地站起身，死死盯着全息投影上被砸进小型舰艇里的白历。

"这图不对啊！"韩渺也站起身，"这图不对！"

变故发生得太快，观众并非都是精通机甲的人，大部分人不知道发生了什么，只见两台机甲各自被气浪冲击，一台被拍向小型舰艇，一台则被吹到一旁，被流弹擦中，受了点儿较轻的损伤。

重甲很快稳住身形，驾驶员还有些晕头转向，但没有放过机会，对着不知为何没有第一时间从小型军舰上出来的白历就是一通狂轰滥炸。

"白历怎么回事！"江皓坐不住了。

陆召紧紧盯着全息投影："他不对劲儿。刚才的爆炸提前了，这图有问题。"

就在炮轰击中小型军舰的前一秒，全息投影却猛然停住。

在所有人都发愣的时候，解说员的声音再次响起："抱歉，主系统程序似乎出现了一些问题！所有比赛暂停——"

观众席上一片哗然，上一次出现比赛暂停，还是已经在好几届之前某驾驶员在模拟舱内突然发病，不得不临时更换替补。

陆召的嘴唇抿成一条线，他站在原地，心沉到谷底。

第六十八章
突发故障

后台已经乱成一锅粥。

赛场主系统程序突发故障，连带着所有连接上的机器都跟着出现数据波动，比赛被迫暂停。

"以前从来没发生过这种事……我们已经修复了故障，保证不会再发生此类情况。"工作人员满脸愧疚，"如果这边的数据已经恢复，比赛可以继续进行。"

"这种突发状况，修复了就直接继续？"杨瀚问，"我们的驾驶员可能需要休息，刚才的数据波动很严重，可能会对他造成影响。"

工作人员表情有些尴尬："下模拟舱也可以，但是可能要重赛。"见所有人都盯着他，他解释，"主系统虽然修复了，但这场比赛的存档有了些损坏，如果现在断开模拟舱和地图的连接，数据无法恢复，只能重赛。"

研究所的人对视了一眼，脸色都很不好。

"主系统赛前刚更新过，可能是有些小问题……"工作人员也说不下去了，"不过比赛可以继续，同场比赛的另一个组已经通过了继续比赛的提议，我们会将因故障造成的机甲损伤修复，不会影响驾驶员们操作。"

研究所的各位被"小问题"气得半死。一直黑着脸坐在椅子上的司徒终于开口："不行，我们的驾驶员必须下来。"

"司老师，您再考虑一下，重赛可能会影响赛程安排。而且我们也问过其他组，一瞬间的数据波动影响不大……"工作人员说道。

"对 white01 来说不一样！"司徒站起身厉声道，"我们的机甲和驾驶员很特殊，白历必须下场休息！我们可能……可能要更换……"

"替补"两个字在司徒的嘴里含着，怎么都说不出口。他很清楚白历对比赛的重视，也知道更换替补对白历意味着什么。

不等工作人员再问一遍，那边结束通讯的助理低声对司徒道："替补在赶来的路上出了事，现在人在……"

司徒的表情从黑转青，大声骂了一句。

白历缓过来一些劲儿，他靠在椅背上平复呼吸，腿部仍有胀痛感，但稍微好了一些，在可以忍受的范围内。

模拟舱和地图的连接并未断开，驾驶舱内的虚拟屏上弹出一个暂停界面。五分钟后，系统轻柔的声音响起："十分抱歉，驾驶员，我们为因主系统程序故障而对您造成的影响感到抱歉，故障现已修复，因故障引起的各机器数据也已恢复。"

看来是后台和模拟舱连接的机器出现了问题，致使 white01 的数据变动，对身体造成了不该有的负担。

白历其他部位倒是感觉还行，但左腿实在是太过脆弱，即使只有一瞬的压力也依旧疼痛难忍。他再一次清楚地认识到自己是真的无法驾驶重甲了。

"因主系统故障，存储内容受损，如果断开与地图连接，数据将全部丢失，我们可以为您提供一次重赛的机会。"系统继续说，"您也可以选择继续本场比赛，我们会为您修复因故障而造成的损伤。双方驾驶员可在模拟舱内进行选择，如双方意见统一，则按照双方意见进行处理，如双方意见产生分歧，且协调后仍无法统一，则以重赛处理。"

重赛也不是不可以，但不知道下一个地图会是什么样。

这张地图对白历来说没什么难度，也比较熟悉，如果不是突发变故，他有把握直接拿下这一局。

白历揉着自己的膝盖苦笑，这也太点背了，主赛区的重大事故他都能赶上。

面前的虚拟屏上跳出选择框，以供驾驶员选择继续还是重赛。

白历刚坐直身体，头盔搭载的语音系统就响起提示音。

"你得下来。"一接通就是司徒的声音，毫不废话，"刚才的波动幅度太大，对重甲驾驶员来说不算什么，对你的影响我还是有数的。你先下来，检查一下再说。"

"别急。"白历安慰道，"我还成，没事。"

司徒说："放屁！我现在申请重赛，你赶紧点个放弃，听见没？"

白历从他的声音里听出点儿急躁忐忑，这跟平时的司徒不太一样。司徒属于条理清晰的那类人，告知白历一些新安排新变化时一般都会跟上处理结果，但这回司徒只一个劲儿地喊白历下模拟舱。

"出事了？"白历问。

司徒没吭声。

"你这回都没劝我换替补。"白历说，"你不一直撺掇我换替补保狗命吗？"

那头沉默了一会儿，司徒才干涩地道："高架路上出了事故，几辆车追尾，挺严重，替补是夹心饼干里那个芯儿，现在给拉医院去了。性命不用担心，只是肯定来不了了。"

白历心里咯噔一声。平时也轮不到替补上场，但白历和司徒心里都有个底，知道真的发生了意外，还是有人能顶上的，现在这个底都给白历戳露了。

这太巧合了，巧合的白历都想给命运起立鼓掌。

"你别急，先出来缓缓，重赛的事我们再想办法。"司徒已经过了脑袋空白的时期，"替补那边我想办法，我找以前学校的同期问问……"

他的背景声音很杂，后台现在估计乱得够呛，能听到工作人员的交谈，和分赛区的比赛直播。

估计是因为比赛暂停，所有人都忙着交涉，没人记得把直播的声音调小，白历听见分赛区的解说员正亢奋地说道："……二十三分钟四十八秒！这是今天到现在为止用时最短的一场比赛！让我们恭喜驾驶员唐开源取得本次比赛的胜利，刷新今天各分赛区及主赛区的用时纪录！"

"驾驶员唐开源这几天的表现相当不错，将LN23机型的性能发挥到了最大。"解说员狂吹，"不得不说LN23机甲的确有当年'苍蝇拍'的风范，很多人都觉得这是一种传承，还有不少人觉得当年唐开源先生没能真正开过'苍蝇拍'是一种遗憾，如果他真能驾驶，或许并不会比当年的那一批人差……"

"相信LN23机型可以一路高歌！也感谢唐开源先生为我们带来如此精彩的比赛！"

司徒还在说着什么，但白历的注意力都集中在了直播的声音上。

征集赛的解说员都是精挑细选出来的，虽然各自也有喜欢的机型和驾驶员，但在比赛期间的解说都相对客观。

直播中解说却在唐开源身上耗了不短的时间，白历立马记起梦中几乎每次打脸当炮灰时，都会用有关于吹捧唐开源的大量镜头。

白历毫不怀疑，自己可能要成为这镜头里的陪衬。

或许是因为这段时间既定轨道已经偏离太多，许多人的人生都发生了变动，让世界意识感到了威胁，它一直在用相当恶心的方式干扰白历。

中午林胜的事情被挖出，如果任由事情发酵，绝对会波及第一继承人和唐氏，主角唐开源难免受到影响。

比赛没有淘汰白历，而white01的出现也让白历的身体处在稳定状态，如果一直进行下去，白历觉得自己对上唐开源时会有不小的胜算。

这一点"命运"也相当清楚，它终于受不了了，迫切想让白历让开道路，甚至不惜在众目睽睽之下制造出这种意外，搞掉替补，断了白氏研究所的后路。

那一刻，白历觉得自己被一双无形的巨手箍住了身体，连挣扎的余地都不想给他。

白历坐在驾驶位上，却感到前所未有的窒息，像是头被人按进水里，无法呼吸的痛苦伴随着身体的疼痛折磨着他的神经。

"我说话你听见没？"司徒苦口婆心，"你就听我一回劝吧白历，白老板！白少将！"

"继续。"白历开口。

司徒愣住。

"继续比赛。"白历重复了一遍，他一字字轻声道，"老子这回不退了。"

他已经退让了太多次，也顺从了很多年。白历意识到自己被压到了一个极限，除了反弹之外，就只剩死路一条。

司徒没听懂后半句，但前半句他听得很明白："你怎么就是听不懂人话啊？你先下来，检查没事了重赛也可以，实在不行我也能找到替补——"

"你心里清楚，短时间找不来替补。"白历笑了笑，"你就是想哄我出模拟舱。"

司徒语塞。

"这次的对手水平一般，地图对我来说也比较简单，换一张图可能就没有这个优势了。"白历不给司徒骂他的时间，快速道，"我腿还行，没你想的严重，只要打得够快就一点儿问题没有。"

司徒好几秒没有开口，半响才道："白历，不比不行？"

"我都走到这儿了，你就让我走完吧。"

他比司徒清楚一点，没有替补，没有后路，他走下模拟舱的那一刻，就注定下一张图会更难打。

命运要他让道，就会断了他所有选择。

留给他的通道很窄，但他至少要莽一莽。

片刻后，司徒低声道："得相信白少将，是吧？"

白历笑笑："得相信白少将。"

他抬手，在虚拟屏的弹框上一点。

系统音随即响起："双方意见统一，比赛将在三分钟后继续，为您修复因故障导致的损伤，语音即将结束。"

看来上半场的比赛让对面重甲的驾驶员相当膨胀，觉得可以在这一把吃下白历，舍不得抛弃这张对重甲来说也相对简单的地图，选择了继续比赛。

司徒最后一点儿希望破灭了，他赶在语音彻底切断前喊了一声："别硬来！"

通讯挂断，白历才一拳砸在了座椅的扶手上。他从刚才就压着火，这会儿整个人都接近爆炸了。

"可着劲儿玩老子是吧？"他低吼道，"没完没了了是吧？"

虚拟屏上三分钟的倒计时已经开始，白历最后揉了一把自己的膝盖。愤怒几乎都要压过疼痛，白历现在满脑子都只有一件事。

他重新把手搭在操纵器上，牙缝里挤出来几个字："老子奉陪到底。"

主赛区的比赛出现突发事故，观众席上一片议论声。

白历的倒霉几乎已经成了一种习惯，莫名其妙的刷新点加上这次的事情。论坛上很快就出现了大量帖子，有精通机甲的人对地图到底哪里出了问题进行科普，又说碰上这种事真的只能说句晦气。

white01 机型在爆炸之后被拍在小型舰艇上的一幕太过惊心，白历方面似乎也出现了问题，并没有第一时间从舰艇废墟里离开。

不少人怀疑是因为爆炸的气浪掀翻机甲带给了驾驶员身体太大的压力，以至于白历旧伤复发。

正有人幸灾乐祸地说着"估计是要重赛"的时候，主赛台上却传来金属撞击声。

"欢迎继续观看征集赛比赛！我们为刚才的事故道歉，一切故障都已修复，赛事组也已经和驾驶员们协调完毕——"解说员高昂的声音响起，"——比赛继续！"

观众欢呼。

陆召的手捏成拳头，他不清楚到底发生了什么，但直觉告诉他白历遇到了麻烦，不然以白历的实力，不可能出现那么长时间的停滞。

全息投影上，两台机甲重新出现，解说员解释因为系统问题而导致的损伤已经修复，重型机甲在故障时对白历的那一通狂轰造成的损伤被视为无效。

尽管如此，轰炸造成的烟尘却没有消除，white01机型的身体隐没在小型舰艇深处，被飞溅的残骸遮掩。

"他是不是……"江皓有些犹豫，"腿……"

陆召强迫自己坐回座位，他看不见white01，也看不见白历。

所有人都在等待，但深蓝色的机甲并未出现。

重甲的驾驶员在等待几秒后丧失耐心，在周围盘旋了一圈，小型舰艇虽然体积不大，但也足够遮蔽white01机型的机身，他一时看不清里面的情况，但系统没有提出暂停，那就证明连接应该还是正常的，白历的确已经进入比赛。

对方终于忍不了了，抬起炮口对着白历砸进去的方向就是一记最猛的炮轰。

驾驶舱内，白历的精神高度集中，几乎在侦测器响起的那一瞬就一个下滑，整个机身顺着舰艇上的一个炮洞划出，冲出烟尘和废墟。

深蓝色的机甲顶破四散的碎片，以目光无法追随的速度冲刺，和那一发光炮以极小的距离擦过。光炮将他身后的舰艇击沉，而white01的离子炮则近距离命中了重甲搭载光炮的那条手臂。

火光四溅！

"是white01！"解说员大吼大叫，"白历一直在等对手这个短暂的空当！他要废掉重甲杀伤力最大的武器——成功了！离子炮精准命中手臂和机身连接的地方！"

那道划过赛场的深蓝色几乎映亮了所有人的双眼，太快了，比他们之前预料到的还要快。

白历的耳膜里只有血液流动的声音。

愤怒在长久的压抑后爆发，他发现自己多一秒都不想再继续忍受。

他不愿意让道，也不愿意认命。今天他放弃这场比赛，明天就会放弃重回军界的机会，后天呢，大后天呢？

陆召呢？

他不退了。人不能一感到疼就停下。

重甲显然方寸已乱，被废了一条手臂后立刻反击，将驾驶舱上方搭载的小型炮口推出，直接轰向白历的驾驶舱。

白历来不及扭身，只用离子炮的后挫力改变前进角度，但对方的炮弹还是击穿了驾驶舱上方。

陆召屏住呼吸。

"严重受损。"解说员有些可惜，"这应该是白历从第一场比赛至今受损最严重的一次，他是否要选择暂时躲——他没有降低前进速度！"

出乎所有人意料，在承受了一次攻击后，white01像是拼尽了全力一般性能全开，速度飙至极限，直接一光刀刺向重甲的驾驶舱。

对方驾驶员没有想到自己的攻击并未让白历有一丝一毫的动摇，新一轮的攻击还未展开，就在下一秒被捅穿了驾驶舱。

白历几乎能听到光刀刺破驾驶舱的声音，就像是他在这个世界上戳出了一个破洞。

去你的命运，大路朝天，老子偏要一走到底！

他的满腔怒火终于找到了一个发泄口，像是咬住猎物咽喉的狼，非得撕破一道口子才罢休。

光刀横切，直接将驾驶舱劈开。

"这……这……"解说员结巴了好几声，才捋顺了舌头，"这简直就是赌博，而白历赌赢了——"

投影上闪过一道蓝光。

获胜方，white01，驾驶员，白历。

紧接着，战斗用时等数据一一刷新，解说员激动道："二十一分五十一秒！驾驶员白历刷新今日所有赛区最短战斗用时纪录——在比赛出了如此巨大的变故下，依旧刷新了纪录！"

短暂的几秒回神期后，观众席掌声雷动。

之前唐开源的二十三分四十八秒仿佛从未存在过，人们只记得第一位的强者。

"那什么，我以为暂停前的比赛算是进行到了一半。"韩渺张着嘴，"没想到这么快就直接到了尾声，我都还没做好准备呢！"

在喝彩声里，白历走出模拟舱，没有去掉头盔，只是对着观众席比了个拇指，根本没等对手下模拟舱，就迈着慢悠悠的步伐走向后台。

"这嚣张劲儿……"陈楠正要笑，就看见陆召猛地站起身要往外走，愣了愣喊道，"刚结束又不急，你慢点——"

陆召挤开欢呼的人群向外狂奔。白历走路的姿势不对，他看得出来。

这是自在唐氏晚宴出事后头一次，白历遮掩不了走路带给左腿的负担。

"我简直就是小美人鱼。"白历在看见司徒的第一眼，就冒出这句台词。

司徒两眼含泪，伸出去准备拥抱的手僵在半道："啊？"

"看来你们不知道小美人鱼。"白历叹口气，"成年人没有童话故事。"

"那你能不能费劲儿跟我说点人话。"司徒问。

"简单点儿就是——"白历道，"赶紧给老子搬把椅子过来！"

后台的研究员们从目睹了老板的英姿中回过神，乱作一团，搬椅子拿水拿营养液。

"快把头盔取下来，让我们看看大佬的表情……"司徒已经被白历搞得没一点儿感动了，准备调侃两句，却在看到白历拿下头盔的一刻愣住了。

白历的刘海已经被冷汗浸透，脸色发白，嘴唇没有血色，只有一双眼闪烁着刀尖一般的光亮。

"二十一分五十秒。"白历把头盔丢给一边的人，隔了几秒，狂笑出声。

命运要他让道。他跳起来就给命运一耳光。

太爽了，这感觉无与伦比。

司徒被白历笑蒙了，负责按摩的助理的手稍一用力，白历的狂笑瞬间变成倒吸凉气的嘶声。

"我就知道！"司徒看着白历额头上的冷汗怒道，"你小子说腿没事就是扯淡！"

白历咬着牙让助理给他舒缓，僵硬地笑了笑："还行，要不是 white01，当时我这条腿就得……"

"闭嘴！"司徒眼眶发红吼道，"我当时就该强制退赛，你就是个疯子，我鬼迷心窍了才让你发疯，明天的比赛我找别人，我让司懂打我都不让你打！"

转头又跟身后一个研究员吼："把主赛场的急救医生喊过来，给这疯子灌镇痛剂！调车，联系军医院！"

研究员们你看看我，我看看你。

都知道白历有旧伤，但平时根本看不出来，就算是需要按摩镇痛，感觉也没像传闻中说的那么严重。这是他们第一次见到白历这样。

"别喊。"白历无奈，皱着眉小口吸着凉气，"没那么严重，让赛事组那边知道了还以为是 white01 不行。"

司徒恨不得掐死白历，他算是明白最后白历为什么选择那个打法了。怕再拖下去就撑不住了。

对于很多驾驶员来说可能没有太大影响的一瞬间的数据波动，对于 white01 和白历却相当致命。

"你得让老郑看看。"司徒忍着心酸道，"不然不能继续比赛。"

白历很头大，老郑恨不得他一天二十四小时除了睡觉全都坐轮椅："我跟你说，我真的没问题……"

话说到一半，门外传来一阵吵闹。

"先生，比赛期间请您在门外的走廊等候。"

"这里是驾驶员和研究员们的休息室，您不可以进去。"

"先生您真的不能再往里面走了……"

一连串工作人员的劝回声传来，却没听到有人回答。

"呼"的一声，半合的门被拉开，陆召出现在门口，身后跟着一个表情急切的工作人员。

白历的话堵在喉头，愣愣地看着陆召。

陆少将可能是跑得很急，微微喘着气，用目光把白历从头到脚溜了一遍。

"你怎么……"白历下意识想站起身，给他按摩的助理没反应过来，手上劲儿没把好，白历"嘶"了一声，跌坐回椅子上。

那边司徒已经走过去和工作人员交涉，陆召两三步跨过来，看着白历的腿。

白历赶紧道："还行，没事。"

陆召看了白历一眼。这一眼里的情绪让白历的心脏跟着一哆嗦。

"是有点儿疼，得缓缓。"白历笑笑。

陆召的嘴唇动了动："休息。"

"啊，肯定休息，我这不都准备回家了吗？"白历道，"我回去睡一觉……"他没想到陆召会直接进后台，脑子空空，想不到什么能让陆召放心的话。

陆召摇摇头："要治疗。"

白历顺着道："治，肯定治，我一会儿就找。"

"你得去军医院找老郑。"司徒跟工作人员说完，工作人员勉为其难地允许陆召在这里停留片刻，司徒关上门才清清嗓子，把眼里那点儿水给憋回去，"我不是跟你开玩笑，white01还没到能完全减少对人体负担的地步，你再这么搞下去，我会后悔一开始答应你做这台机甲。"

白历彻底没声了，他跟司徒认识这么久，打打闹闹什么话都敢说，但这可能是司徒说过最重的一句话。

这句重话也透露给陆召一个信息，白历这次确实是刺激到了旧伤。

陆召闭闭眼，他在进门的那一刻很想像司徒那样说点儿什么，但他说不出口。没有人比白历更清楚他自己的状况，也没人能替他分担。

很多事情只能白历自己忍受，陆召能做的仅仅只是不要再给他任何压力。

说不出口的话在胸口闷了半晌，陆召捏捏白历的肩膀，再开口时只道："走吧。"

也不知道怎么着，司徒的长篇大论没让白历有所波动，但陆召这个"走吧"却跟戳了白历一样，让他像是泄了气的皮球一样扁下去。

我好像是累了。白历想，我得休息。

他叹了口气，觉得有些难堪，并非因为腿上丑陋的伤疤，而是因为周围的人都因他而感到不安和担忧。

"很疼？"陆召听他叹气，低声问了一句。

"没有。"见陆召露出不信的表情，白历笑着开玩笑，"那要不这样，你把我背到车上，我就不用走路了。"

话刚说完，就见陆召要往下蹲。

"我就说说！"白历赶紧拦住，"堂堂特种用不着人背！"

动静有点儿大，旁边的助理笑了一声。

陆召没吭声，沉默两秒，俯下身把白历的胳膊拉到自己肩膀上。没等白历回过神，撑着他的腰直接把人给架了起来。

白历感觉自己耳朵开始烧了起来："慢点，你是真有劲儿啊。"

搂着他腰的手臂太有力，把他整个人都撑了起来。

"靠我身上。"陆召低声道，"我撑着你。"

白历的心脏缓慢地软下去了不少。

这个姿势很影响形象，但白历还是把身体的重量压在了陆召身上。他没说其实自己还能走，他发现其实被人撑着的感觉很不错。

"走！"白历说，"路上我仔细跟您吹吹我今天多牛。"

第六十九章
修复液

去军医院的这一路上陆召都没怎么说话，白历搭了几次腔，对上陆少将那张没什么表情的脸就说不下去了。

老郑早就在办公室等着了，陆召陪着白历走进，老郑跟陆召打了个招呼，转头对白历口气温和道："哟，您还知道来呢，是不是等走不动道了才记得军医院大门朝哪儿开啊？"

好一通冷嘲热讽，白历连连告饶才堵住老郑的嘴。

骂归骂，该治还得治，先是去做了个腿部检查，一通忙活之后，老郑才一边看着虚拟屏上的检查报告，一边撩起白历的裤腿，在膝盖和小腿上按了按。

白历"嘶"了一声："轻点儿，人腿经得起这么掐吗？"

老郑不咸不淡地看了他一眼："就没使劲儿。"坐回办公桌前在虚拟屏上打字，"本来就过度使用，又被刺激这么一下，这样要是都不疼，那就只有一个解释。"

"还能不疼？"白历支棱起耳朵。

"彻底坏死就不疼了。"老郑说，"要不试试？一了百了。"

白历噎了一下，从老郑这种前所未有的高杀伤力发言中品出了大夫的怒火。

"严重吗？"一直没怎么说话的陆召开口，老郑的表情太淡定，以至于他无法判断白历的情况。

"这么说吧。"老郑说，"他天天这么造，还能两腿着地走过来见我，我都觉得是我医疗事业上的一个巅峰。"

陆召也给噎了一下。

"我就纳了闷了，你是怎么劝动司徒让你比赛的啊？"老郑问白历。

"诚心诚意，真情实感。"白历说，"虽然期间他好几次想掐死我。"

"他还不如直接把你掐死，省得这么折腾，谁受得了？"老郑没让他继续贫下去，"谁看得下去？"

白历不敢反驳，他确实在下了主赛台后有了些内疚。

主要内疚自己带给周围人的不安和担忧。他自己是痛快了，连带着身边的这群人都跟着提心吊胆。

怼完不听话的病号，老郑又对契约人不拦着病号的行为进行了严肃批评。语气挺重，但陆少将没反驳，沉默着听老郑的教育。让白历想起那些家里熊孩子在学校惹了事被老师训得抬不起头的家长。

"那什么……"白历打断老郑，"有没有什么治疗建议，只要不耽误明天的比赛，我坚决服从组织上一切安排。"

"建议？"老郑气笑了，"我建议从现在开始你不准上模拟舱。"

白历没吭声。陆召侧头看他，听见白历低声道："不行。"

声音不大，但吐字清晰。陆召闭了闭眼，有那么一瞬间很想跟老郑说的那样上去掐死他。但一想到白历这些年是为了什么，陆召就下不去手，连"你能不能消停消停"都说不出口。

老郑手里拿着根笔，一边看着白历，一边在桌上戳，屋里没人说话，就听见笔尖戳在桌上的咔嚓声。

"站在医生的立场，我要求你立刻停止手头的一切活动，静养观察。"老郑说。

白历的心提到嗓子眼，老郑只要说一个"不"字，司徒就算敲晕他都得让他退赛。而陆少将会怎么做，白历猜不到。话少的人办事更狠。

老郑叹口气："去吧，去做个浸泡治疗，新来一批最新型的浸泡式修复液，没有你过敏的成分，配合按摩和镇痛剂试试，这几天除了比赛少走动。"

"啊。"白历发愣。

"但比赛结束之后立马来我这里检查，其间疼痛加重必须立刻终止比赛。"老郑说，"别让我把手术当成最终解决方案，你知道那个风险很高。"

陆召的神经跳了一下。

白历意识到老郑是妥协了一步，顿时大喜，赶紧一条腿蹦着站起来就要往门口走，生怕医生出尔反尔，给他逮去住院。

"谢了啊！"白历边走边说，"比完赛我再过来给您磕头。"

"滚！"老郑喊，"还嫌给我折的寿少啊？"

白历直乐，拍了拍陆召的肩膀往外走。身后老郑又喊了一声："哎，白历。"白历转头。

"多把自己当回事点儿。"老郑看着他，无奈道，"在我们看，白历比白少将要紧。"

朋友不需要看见你风光，他们就想你过得好。

白历的嘴唇动了动，花了老大劲儿才憋出俩字："知道。"

陆召扶着他胳膊的手抓得紧了点。

治疗室就在这栋楼的楼上，陆召扶着白历一路走上电梯。他今天没穿军团制服，但两人站一起，光是脸都能让电梯里的人多瞅几眼。

白历的形象岌岌可危，小声道："真能走，身残志坚，靠意志力我都能一路走回主赛场。"

陆召没搭理他，手上的动作也没变。

白历硬着头皮又扯了两句，陆召也不是完全没回应，但所有话题都能用"嗯"来解决。

电梯和走廊人都多，白历也不好说什么，只能任由陆召扶着他到了治疗室。

治疗室提前接到了老郑的消息，等白历到的时候修复液已经准备好了，他进入医疗稳定缸后即可注入。

白历的整条左腿都需要浸泡，小护士说明了情况，就要上来给白历脱裤子。

"等会儿！"白历拉住裤带，"我自己来，我还没残……"

陆召看他一眼。

"……没严重到那个地步，"白历改口，"自己来自己来，你先出去吧。"

小护士犹犹豫豫。

"出去吧。"陆召道，"有事喊你。"

小护士这才点头："行，按那个键就可以开始放修复液了，量都是定好的，不用管别的。进去前先按按腿，松快些了再泡效果好。"

等小护士走了，白历才松口气，单腿跳到治疗室的长椅上坐下开始脱裤子。

陆召抱着手臂站在旁边看。

白历硬着头皮，表情凝重地一寸寸向下拉，终于受不了了。

"您能别这么看着吗？"白历开玩笑，"搞得跟我当众耍流氓似的。"

陆召有点儿想笑，这笑意很快就被白历腿上那道疤给冲散了。

按小护士说的，两人拿捏着力道，轻轻按摩白历的小腿。

陆召蹲在白历面前，半垂着眼，只能看到微微抿起的嘴唇。

"鲜花。"白历动动腿，"生气了？"

陆召的手顿了顿："没。"

"别气啊！"白历说，"我都说了，我要是退出地图，下一张图肯定更难，这是个节点，只能跨过去，跨一次能安生一段时间，经验之谈。"

陆召叹口气："真没生气。"

"那您这一路上沉默寡言的。"白历说，"我还以为这是无声的抗议呢。"

"我就是——"陆召皱着眉不知道怎么形容，"不想多想。"

白历愣了愣。

"不是生气。"陆召平静道，"我也说不上来。"

陆少将的感情并不丰富，大部分感情都能划分成"高兴"和"不高兴"两大类，是一个彻头彻尾的老实人，所以他对认识白历之后滋生出的复杂感情十分陌生，甚至无法分辨。

白历的嘴唇动了动，他实在不知道该怎么开口，才能告诉陆召这叫后怕，而他是后怕的根源。

"那就别想了。"白历笑笑，"要不你跟司徒那样，骂我两句解解气。"

陆召："没生气。"

"骂我两句转移转移注意力。"白历从善如流地纠正。

陆召被他整得没脾气，无奈道："不想骂。"

"哎，我懂。"白历说，"舍不得骂，没办法，人之常情。"

陆召："就想掐死你个傻瓜。"

白历差点儿没被噎得喘不上气："不是算了吗？"

陆召笑了笑，骂完觉得堵在胸口的那口气确实顺了不少。

"我确实不想你继续比赛。"陆召道。

白历心头一颤，他最不想听陆召劝他，因为怕自己无法拒绝，又怕自己真的果断拒绝，会让陆召难堪。

"但选择是你自己做的，你要是觉得不这么选就受不了，选了也不后悔，"陆召淡淡道，"那我能做的，就是不给你添堵了。"

白历还是低估陆少将了。

他跟白历不一样，不会在这种事情上矫情，对陆召来说，他会尊重白历的所有选择，即使这个选择可能会让他很难过。

"能做得多了。"白历心里发酸，语气软得厉害，"要是我的腿真——"

陆少将面无表情地在他没伤的那条腿上来了一巴掌。

"你怎么连个假设都听不进去？"白历夸张地喊了一声，"我是说，我靠你罩着的事还得指望你呢。"

陆召看着他。

"真的。"白历说，"中将工资老高了，你努努力，争取早日实现两军合并，让兄弟我过混吃等死的好日子。"

"滚。"陆召忍不住笑道。

白历说："不乐意也没用，工资账户我都绑了，以后买菜都走你工资。"

陆召永远都搞不懂白历的脑子是怎么长的，但还是被逗乐了。

两人笑了一会儿，陆召又问："老郑说，手术？"

"哦，那个啊？"按摩的差不多了，白历站起身，"早些年接受治疗的时候，有手术的想法，能让状态再好点儿，彻底治好是不可能的了，但至少当时能不那么一瘸一拐的。"

陆召还是听不了"一瘸一拐"，但没吭声。

"就是风险太大，我当时也是真的被搞怕了，觉得上了手术室可能就得撂在那儿，就没接受。"白历拍拍腿，"选了保守治疗。事实证明强还是老子强，靠着不屈不挠的精神和无坚不摧的斗志……"

话还没说完，就被忍无可忍的陆召少将按进了修复液里彻底闭上了嘴。

修复液效果不错，至少出来的时候白历的膝盖已经没有刺痛感了，还有些酸胀，配合着吃点儿镇痛剂应该就没什么问题。

从老郑办公室出来的时候天都已经黑透了，悬浮车停在军医院的车库，白历终于争取到了自己走过去的权利，慢悠悠地往车库走，目视前方，神情专注。

陆召配合着他也放慢速度，两人老年人似的溜达到车库才停下。

陆召站在车库门口，正用个人终端调车，一个两人都很熟悉的声音响起："陆召。"

白历几乎一瞬间就绷紧了神经，顺着声音看过去，唐开源站在路灯下。

"白先生。"唐开源的声音有些沙哑低沉，"真巧。"

不知道是不是白历的错觉，一段时间没见，唐开源的表情比以前多出一些阴郁。

"哟！"白历道，"哪阵风不开眼，把您往我跟前儿吹。"

唐开源仿佛没听到他说话，目光还落在陆召身上，嘴唇动了动，似乎说了些什么，声音很低，白历只听见一句"契约人……回去得跟我解释清楚"。

白历愣了愣，这话他是真没听懂。

"分赛区的比赛已经到了最后阶段。"唐开源打了个小小的哆嗦，似乎回过神了，走过来要握手，"我来这儿做个小检查，刚巧遇到陆召和白先生。"

白历直接把唐开源的手截在半道，没让他碰陆召。上一次他分开陆召和唐开源时并没有受影响，白历认为自己应该并不在被影响的人的范围内。

"哦，我听说了，今天唐少爷发挥得不错。"白历笑道，"今天的战斗用时差一点儿就超过我了。"

唐开源的脸色又白了两分，死死看着白历。

军医院的冷色路灯下，唐开源的脸上没有任何血色，一双眼里透出些许恨意和忍到极限的愤怒，让他整个人看起来有些混乱和癫狂。

白历是真的有点儿毛了，唐开源这人在他看来纯粹就是个没担当又好面子的贵族少爷，他们俩之间厌恶是有的，白历也曾单方面对他有过恐惧，而唐开源对他则多是不满不屑和自己都有些分不清的嫉妒。

这么浓烈尖锐的恨意是头一次。

陆召也感觉到了，他对跟唐开源握手这件事有很强的抵触情绪，拉过白历另一只手道："车来了。"

悬浮车从车库里开出，停在几步远的地方。

"行，回家。"白历刚说完，就觉得唐开源的手上一用力，一股被电打过的剧痛感顺着手臂一直窜到头皮。

"公众场合。"唐开源看着白历，漆黑的瞳孔仿佛深不见底，路灯的光线都照不亮这双眼睛，他小声喃喃道，"不该这样。我们不该这样，你不该这样，你不该站着……"

后面的话白历听不清，他感到一阵眩晕。

阴暗的病房，残废的左腿。

梦中的画面急速闪过白历的脑海，陆召拽着他向后退，但唐开源的手跟钳子一样紧紧地握着他。

空气里弥漫起异样的精神力，陆召心中警铃大响，当即抬脚踹向唐开源。

白历在这股诡异的眩晕里找到一丝神智，借着唐开源躲避陆召攻击的空隙猛地抽回手。

"你……"他大口地喘着气，难以置信地看着唐开源。

刚才的画面他太熟悉了，他曾无数次被这种噩梦惊醒，但已经很久没再梦到了。没想到一个握手，这些已经逐渐淡忘的画面能再次清晰，并且脑海中似乎也有什么东西，有一种前所未有的情绪，想让白历向唐开源低头。

如果之前推断唐开源对陆召的影响是因为那台能够拔高精神力的机器，那么他现在应该还在继续使用。

"干什么！"一声尖叫，安伦从远处跑来，"干什么！你们对他干什么！"

他跑过来扶住有些恍惚的唐开源，对白历、陆召喊道："离他远点儿！比赛期间选手斗殴是要除掉资格的！"

白历还没从沉思中回神，陆召冷冷道："滚。"

"你！"安伦张口要骂，对上陆召冰冷的眸子，有些瑟缩，强撑着道，"开源今天不舒服，你们少招惹他！等他恢复了，赛场上要你们好看！"

白历懒得跟他计较，只盯着唐开源。

这人不对劲儿，太不对劲儿了。

唐开源没法控制自己的精神力，甚至整个人的状态都有了很大的问题。

是因为那台机器？那到底是哪儿冒出来的机器！

唐开源被安伦一拉，脑袋猛地清醒，脸色惨白道："不好意思，失态了，我这两天有些小病……"

"什么病？"白历看着他。

唐开源愣了愣，没想到白历会追问，敷衍道："发烧，已经没事了。"

"能烧坏脑子那种？"白历问，"烧到控制不了精神力的那种？"

安伦的表情一瞬间有些慌乱，唐开源倒是还能稳住，看了白历一眼道："不劳您费心。"

不等白历再问，安伦就推着唐开源催促道："快调车出来走吧，我都饿了。"

唐开源被他推着走了两步，目光却还看着白历和陆召。

"比赛的时候见。"唐开源说，"白先生。"

白历没有回答，陆召抓着他的手，低声道："上车。"

一直到坐上悬浮车，白历还能从后视镜里看到唐开源站在车库旁的路灯下。

他来军医院做什么？生的是什么病？

"没事吧？"陆召启动悬浮车，看看白历。

"跟你那时候差不多。"白历简单解释了两句，"这小王八蛋不对劲儿。"

车窗没关严，隐隐听到外面唐开源和安伦的声音。

"母亲呢？"唐开源问。

安伦："说是去一趟洗漱间，让我们直接去军医院门口等……"

白历和陆召对视一眼，没想到白樱也来了。

也没再多听，时间不早了，白历还得早点儿睡，明天一大早就要比赛。

悬浮车行驶在通往军医院门口的那条路上，借着路灯，白历一眼就认出那道娇小的身影。唐夫人正低头看着缩成小小一块的虚拟屏，咬着拇指指甲，沿着路的里侧慢慢往前走。

不知道是在看什么，注意力很集中，车停在她身边也没反应过来，直到白历走下车，站到她面前，唐夫人才吓得一个哆嗦，手里的个人终端差点儿掉在地上。

"历历！"认清来人，唐夫人惊喜道，"你怎么在这里？"

继而意识到，白历出现在军医院的理由，大概率是因为腿伤。

白樱的喜悦被冲散了七七八八，担忧而又小心翼翼道："没事吧？"

这种小心翼翼的神情白历已经看了很多年，他每一次跟白樱见面，对方基本上都是这个表情：唯唯诺诺，谨慎顺从，唯恐惹恼他。

"没事。"白历淡淡道，"你陪唐开源来医院？"

"啊！"唐夫人的脸上有一瞬闪过复杂的表情，小声道，"是，他最近精神不好，来看看。"

话说到这里，唐夫人的脸上烧起一片红。她不敢抬头去看白历的脸，她怕在对方的眼里看到厌恶和失望。

白历和唐开源都是她的孩子，但得到的待遇却并不平等。

"嗯。"白历笑了笑，"我们刚刚见了一面。"

唐夫人有些惊讶。

"差点儿打起来。"白历说，"他好像脑子不是很清醒，巴不得跟我打一架。"

"他……他……"唐夫人脸色不大好看，只低声道，"对不起。"

白历闭了闭眼，他已经厌倦了从白樱嘴里听到"对不起"这三个字了。

"别。"白历道，"我找你是想求你帮个忙，唐夫人。"

这个称呼让唐夫人感到一阵窒息，她勉强露出一个笑容，心情却好了一些。这是白历第一次找她帮忙，她很高兴："不不不，有什么事你说，我……我肯定帮的。"

"我想知道你之前说的唐开源用的那台机器是哪儿来的？"白历看着她，"你可以选择不帮，毕竟这可能会影响你儿子。"

唐夫人握着个人终端站在原地，一时间有些怔怔，她垂着头，目光扫过白历的左腿。

终于意识到白历今天哪里不对。他站的姿势很不自然，重心都集中在右腿，左腿虚虚地放在地上，显然是不敢用力。

有一瞬间，唐夫人觉得自己这几天已经干涩的眼眶里又要流下泪来。她过成这样是她糊涂度日，可白历过成这样又该怪谁呢？

他年纪轻轻，从来没虚度过一天一秒，怎么就成这样了呢？

等了片刻，白历以为白樱不会再回答了，他说不清自己心里是个什么滋味儿，只是觉得自己挺好笑。

白历随意道："没事，你不愿意就算……"

"可以。"唐夫人的声音拔高了两个度。

白历愣了愣。

"但是具体的我也不清楚。"唐夫人解释，"我就知道是安伦家里研发的机器，好像是从黑市上搞到的资料，当时说得很快，我记得不是很全，给我点时间搞清楚之后联系你。"

一长串话说得很快，白历都没想过白樱会这么不打磕巴地跟他说这么多话。

"行。"白历回过神，点了点头，"联系我或者联系陆召都可以。"

唐夫人答应了。

话说到这儿，他们两个似乎就没有别的话题可以继续。

白历也没打算再继续。唐开源应该也快过来了。他实在是懒得看母慈子孝的场面。

能让白樱帮自己查事已经很超乎他的预料，白历一度以为白樱会因为这件事牵扯唐开源而拒绝自己。

他走到悬浮车前，拉开车门，又回头看了一眼。

白樱站在路灯下看着他。

"原因我没法跟你解释，但我能保证一点。"白历对她道，"唐开源不招惹我，我不会怎么着他。"

"我知道。"唐夫人笑了笑，"你是个好孩子，多考虑自己就好。"

白历的动作顿了顿。这可能是白历认识白樱这么长时间以来，第一次听白樱用这种语气说话。

说不上来是哪种语气，白历心情有些复杂。

陆召坐在驾驶位上，抬眼看了看白历："走吧。"

白历回过神，坐上悬浮车，带上车门的瞬间，还是没忍住。

"唐夫人。"白历把头伸出车窗，"你状态不太好，没事吧？"

路灯下的唐夫人似乎有片刻的呆滞，但还是摆摆手："我没事，比赛加油呀。"

身后不远处响起悬浮车鸣笛声，陆召从倒车镜看了一眼，是唐开源那辆曾经被白历印上脚印的车。

"走吧。"白历拉上车窗，叹口气，"我想睡觉了。"

两人开着悬浮车驶离军医院。

唐夫人坐在后排的座位上，看着车窗外被无数灯光映照的帝国。

车里弥漫着若有若无的精神力，唐开源总是不知收敛，这几天随着他精神状况的不稳定而变本加厉。

安伦有些不舒服，还算能顶得住。唐夫人倒是无所谓，她摆弄着手里的个人终端，放空大脑。

"母亲。"唐开源的声音打破车内的沉默，"我刚才好像看见您跟白历在说话？"

唐夫人回过神，抬头看见唐开源从后视镜里看着自己，那眼神太像唐骁，她下意识地打了个哆嗦。

"说了几句而已。"唐夫人柔声道，"他问我是不是陪你来的，问你是不是生病了。"

唐开源警惕道："您是怎么回答的？"

"我说你是小毛病。"唐夫人安抚道，"医生说睡一觉就好。"

这个回答还算凑合，唐开源松了口气。

或许是那台机器用得多了，他这两天的状态不太对。偶尔会分不清梦境和现实。

"他还问别的了吗？"唐开源盯着唐夫人，"你们就说了这些？"

唐夫人垂下眼，靠在座椅上，语气一如往日的温和："就说了这些呀，我们能有什么说得呢。"

这话让唐开源有了一点儿说不出的满意。也是，母亲和白历能有什么说的。

无论是梦里还是现实，最让唐开源觉得相似的一点，就是他的确拥有白历没有的家庭。

这难得的相似让他觉得踏实。

"对了，母亲，你刚才干什么去了？"唐开源又问。

唐夫人的表情有些僵硬："洗漱间，补妆。"

唐开源"哦"了一声，对这个话题没什么兴趣，转而又和安伦聊起了那台机器。

机器带给唐开源的便利肉眼可见，但伤害却也无法避免。唐夫人不止一次提出过想要儿子远离那台奇怪的机器，但都被唐骁吼了回来。如果她说得多了，难免身上又要多出几处瘀青。

她觉得唐开源像是着了魔，而唐骁的施压和怂恿让他更加癫狂。

想到唐骁，她就觉得身体不可抑制地颤抖。

唐夫人攥紧了个人终端。

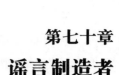

第七十章
谣言制造者

等唐开源的车停在唐氏老宅的大门外时，饭厅已经备好了大餐，来庆贺唐少爷今天又一次的胜利。

唐骁最近越发圆润的脸上带着满意的笑容，已经在餐桌旁等了有一会儿。

从征集赛开始，唐骁每天都要在餐桌上大谈一番，畅想儿子在比赛中发挥出色，为进入第一军团奠定基础，在军界发光发热，唐氏的未来一片光明。

"医院怎么说？"今天有些小例外，唐骁还是得关心一下儿子的身体状况，难得把豪言壮语暂时往后延一延，"怎么去了这么长时间，不就是个小毛病吗？"

唐开源塞进嘴里的一小块腌肉还没咽下去，就因为父亲的问话而回想起刚才在医院的事。

医生严肃的表情让他不是很舒服，再加上在车库门口和白历陆召的偶遇，获胜的好心情大打折扣。

"还行吧。"唐开源咽下嘴里的食物道。

"军医院的医生一直追问开源最近有没有受到什么刺激。"唐夫人坐在唐骁身边，替儿子说出他不太想说的话，"他说开源这样精神恍惚，夜梦频繁的情况很不正常，建议留院观察，减少近期使用精神力的频率……"

话还没说完，唐夫人细细的声音就被唐骁不耐烦地打断："夸大其词！那帮医生整天就喜欢小题大做，一丁点儿事就说的跟活不了了似的。"唐骁不屑，"开源就是最近有点儿累，所以才睡不好，晚上睡不好白天肯定会受影响。"

唐夫人小声道："我觉得那台机器……"

"那个破机器也是影响的一部分，但凭开源的能力没问题。"唐骁看向自己儿子，"你觉得呢？"

嘴里的饭菜有些没滋没味，从直面了父亲对母亲付诸暴力后，唐开源就越发留意到一些细节。

比如在父亲面前，母亲极少有机会能把自己的意见说完。

唐开源心里不大好受，但他又不想跟父亲闹得太僵。就像那台机器，他既不想用，又实在舍不得它带给自己的好处。

好像什么事都要他做个选择，什么事都不让他顺心。

"要不暂停使用一段时间。"唐夫人深吸一口气，硬着头皮道，"观察一下情况。"

唐骁不满她跟自己意见相左，但好歹没有在还有安伦这种外人在场的情况下爆发，只加大了一点声音："让开源自己说。"他又问唐开源，"你自己觉得行不行？"

语气有些微妙，仿佛在说"你不会真的不行吧"。

唐开源的心被轻轻刺了一下。这一下却跟刺到了最痛处似的，让他猛地想起军医院路灯下白历的那张脸。

五官还是那个五官，却没有梦里的半点儿阴郁。白历还是当年那个嚣张跋扈的白大少爷，而他好像也永远翻不过这座山。

反倒被山压得喘不上气儿，心里陡生出一丝恨意。

唐开源很清楚一点，如果他现在放弃这台能提高他精神力的机器，那他在白历面前就没有一点胜算了。

"没问题。"唐开源半垂着眼，声音平淡，"不算什么，我已经适应现在的精神力了。"

唐夫人的脸色发青。

"不愧是我儿子。"唐骁大笑，"我就知道你没问题，等你赢了征集赛，把白家那小子踩在脚底下，也算是替唐氏出了一口恶气。几十年过去，到底还是唐氏站得更稳，走得更远啊！"

后面的话唐夫人没听清，她味同嚼蜡一般地往自己嘴里塞着饭菜。

安伦从头到尾不发一言，他这几天安静了许多。

晚饭在唐氏父子的对话中草草结束。

唐骁喝了一点儿酒，回到书房的时候已经有些微醺，一屁股坐在书房的小沙发上，从药盒里捏出两粒缓解头疼的药片。

他头疼的毛病日益加重，又不肯遵医嘱导致药效减弱，反倒怪起医生水平不高。

唐夫人看他又在酒后服药，没有劝阻，只是等他咽下药片，才试探性地开口："以后能不能……别对开源说那些话。"

"哪些话？"唐骁问。

"让他为唐氏争光什么的。"唐夫人斟酌着回答，"我觉得那样不好，让他压力很大。"

"他不该为唐氏争光吗？"唐骁说，斜眼看了看唐夫人，冷笑一声，"还是因为我提了白家，你觉得难堪？"

唐夫人不想在这个问题上和唐骁纠缠："今天医生也提过压力对开源的精神有一定影响，他需要休息。我觉得至少需要暂停使用那台机器。"

"娇气！"唐骁不耐烦道，"他是个特种，没那么容易垮，就算是有些不舒服，为了自己和家族的将来，忍一忍就过去了。"

"可他已经很难受了！"唐夫人终于受够了，"你不能把自己做不了的事情强加在他身上，不能把自己的怨恨转嫁给下一代啊！"

唐骁不可置信地瞪大了眼睛，花了几秒钟的时间才意识到反驳自己的是谁。

"他自己也愿意！"唐骁大声道，"说得好像是我强迫一样！"

"你把他架在一个高位上，从来都不允许他下来！"唐夫人的身体在唐骁溢出的精神力下轻轻颤抖，声音却并没有变低，"你给他树立白历这个假想敌，把整个家族都压在他身上……家族会没落，但人不该为了一个名号折磨自己的亲人……"

唐骁觉得自己仿佛像是一个被怒气充到即将爆炸的气球，他瞪着站在面前的唐夫人，对方娇小的身体哆嗦着。

"你说得冠冕堂皇，搞得跟自己是什么好母亲似的。"唐骁笑了一声，站起身，"什么都不懂，只知道围着吃喝拉撒打转，遇到事也不会解决，就知道问别人怎么办……"

他站起来像是一座堆积了脂肪的小山，唐夫人被笼在山的阴影里，下意识地小步后退。

"……帮不上忙的妈，现在倒是怪我教育有问题了？"唐骁指着唐夫人的鼻子吼道，"你就是这种人！又蠢又无能，帮不上忙还瞎嚷嚷！"

唐夫人在唐骁的吼声里如遭雷劈，并非因为恐惧，而是被他说的内容感到震惊。

她的确懦弱，从不敢在唐骁面前插手唐开源的教育问题。她一度盲目地相信自己的伴侣。

她一辈子都在按照一个贵族夫人该做的事要求自己，温和顺从，操持家务，婚后也逐渐断掉了和外界的联系，生活的重心只有伴侣和儿子，于是成了"又蠢又无能""帮不上忙"的。

她觉得哪里不对，但哪里又很对。

"这个家我说了算！"唐骁还在大声说着，"我儿子不会像你这样软弱，唐氏也不会跟白氏一样，变成破落户！"

"你少跟我提白家！"唐夫人发出一声大吼。

唐骁被吼得愣住，书房在这一声吼后陷入沉默。

隔了很久，唐骁抡圆了胳膊——"呼！"

等一切重归平静，唐夫人从地上爬起来的时候，唐骁已经在小书房一侧休息室的小床上睡熟了。

发泄过后的呼噜声打得格外响亮。

唐骁老了。唐夫人坐在地上面无表情地想，他现在打她的劲儿都没那么足了，再加上头疼头晕，撑不了多久就得休息休息。

药盒被掀翻，药片撒了一地，她捏起一粒看了看，然后塞进药盒里。

书房里只有唐骁的呼噜声，和唐夫人捡药片的轻响。

现在还不算太晚，要是出门还来得及。唐骁租下暂时用作存放机器的小研究室离得不远，开车一来一回要不了多久。

那个跟着机器一起被送来的操作员应该吃住都在研究室。

幸好今天没有打脸。

唐夫人捡好所有的药片，开始思考另一个问题。

平时唐骁不允许她和外界有太多接触，研究室她也只去过一次，操作员基本只把机器的相关信息告诉唐骁和唐开源，她得找个理由和操作员搭上话。

她走进休息室，看着躺在床上睡得和死猪一样的唐骁，拿走了放在他枕边的个人终端。

帝国的夜晚弥漫着一股潮湿的气味，唐夫人穿着拖鞋狂奔到车库，一直到坐上悬浮车，她的心跳才勉强缓和了一些。

尽管身上还疼得厉害，但她还是忍不住露出点儿笑。

等车开到地方，她踩上带出来的高跟鞋，下车的时候又是一副贵族夫人的模样。

用唐骁的个人终端刷开研究所的门，唐夫人柔柔道："开源过两天又要用机器了，我伴侣有些不放心，让我来问问情况。"

白历在第二天的傍晚收到白樱的邮件，他刚结束一场比赛。这场比赛打得依旧艰辛，但让他拥有了主星区最终赛的资格。

明天将是主星区最后一场比赛，如果获胜，white01 就可以拿到终选赛的门票。

白氏研究所的成员激动兴奋，white01 的支持者们在刚才的比赛结束时的叫好声恨不得掀翻主赛场的屋顶。

连给白历按摩的助理都跟打了鸡血一样，十根指头哆哆嗦嗦，白历看得心惊胆战，唯恐他一个用力过猛，在自己左腿上掐个印子出来。

白历倒是还行，主要一下主赛台就看见白樱的邮件，心情有点儿复杂。

"我之前说的那台机器有消息了。"白历跟司徒道，"是唐开源身边那个稀种的家里搞的研发，好像是从黑市上弄到的资料，挺齐全，顺着就做下去了。"

这件事白历也告诉了司徒，没提原"命运"跟唐开源的改变，只单说这台机器的问题。

司徒皱眉道："这可能吗？能有这么齐全的资料数据，帝国早就着手继续了，怎么可能流落黑市？再者说了，要是真成功了那肯定轰动全国，那小贵族家里早发达了。"

"好像还没彻底成功，目前为止就唐开源一个成功案例，还不怎么稳定。"白历看着邮件，"副作用挺大，之前杨瀚说过帝国禁止这个领域的研发，就是因为出过事故。"

把邮件又看了一遍，白樱的叙述很简单，但白历还是从最后几句话里看出了一些不同寻常。

这些信息在外人看没有什么问题，但对于白历则大不相同。

"你知道这份流落到黑市的资料是哪儿来的吗？"白历笑了一声，"从一艘被击沉的游轮上搜到的，原主人已经确认死亡，生前任职于帝国研究院，精神力开发研究项目的负责人，同时也是一名教授。"

司徒愣了一会儿，猛地站起身："啊！"

他一指白历的腿，又"啊"了一声，随后"啊啊"叫着把杨瀚喊过来。

杨瀚跟这位教授走得比较近，也跟着教授做过一些项目，进了白历的研究所后跟周围人混得不错，说话也多了些，透露过自己曾在教授的允许下参观过帝国研究院当时正在进行的项目，也负责过一些比较零碎的工作。

白历把邮件里关于机器的描述和一些基本情况一说，杨瀚震惊之余道：

"确实跟当时那个项目里的机器有点儿像，不，很像！但是据我所知，项目停止后研究院就销毁了那台机器。"

"应该是他们根据教授的资料重新研发，做出了第二台机器。"白历说。

"不可能。"杨瀚斩钉截铁，"这个项目的所有资料文件都只能在帝国研究院进行，按理说教授不能私自将文件转移到自己的存储系统上带出主星。"

司徒问："但他不是出差吗？如果是谈工作，携带资料也是有可能的。"

"教授负责的项目不止一个，出差未必是因为这个项目。"杨瀚解释，"这个项目在研发期间就发现存在一定风险，对这种项目，帝国研究院一直都很谨慎。"

"这倒是。"司徒点头，"一般这种项目，不到把风险控制在最低的时候是不会外泄的。"

"我当时接触的关于这个项目的零碎工作，都是以实习生的身份在研究院进行，离开的时候都会接受检查，以免有人把资料带离研究院。"杨瀚道，"说起来，教授当时是乘坐民用游轮这点也挺奇怪，大项目的出差调研都有专配交通工具，只有可公开无风险的小项目才会这么随意。"

白历对帝国研究院了解不多，但从杨瀚和司徒的话里听出点门道。

这位间接导致了唐开源精神力拔高的教授似乎并不是通过正常手段拿到的项目资料，出差的事情也存有疑点。

"你刚才说，帝国研究院以前已经做出过一台机器？"

"是做出来过，也进行了实验。"杨瀚道，"但我之前也说了，实验效果不好，所以项目被叫停。"

白历问："具体是怎么个效果不好？"

杨瀚看起来不想多说，但司徒跟白历都等着听，他叹口气："人一出生精神力的高低就是定好的，身体能承受的精神力是有限的，强行拔高本身就存在巨大风险。"

"当时参加实验的几个人，程度轻一些的一段时间后精神力逐渐衰退，退到了低于原本精神力的水平。严重的会产生幻觉，久而久之分不清幻觉跟现实。"杨瀚顿了顿，"说白了就是彻底精神崩溃。"

军医院路灯下唐开源神情恍惚的脸迅速闪过白历的脑海。

白历直觉这不是什么好事，唐开源可能已经一脚踏进了旋涡中心，走在了精神崩溃的窄路上。

那白樱的担心就不是多余，她觉察到这个儿子的变化，有心阻止，但唐家上上下下都把她当背景板。

白历心情复杂，没有一点儿得知唐开源可能会自己把自己解决掉的痛快。

如果是以前，他可能当即就要通宵狂欢以示庆祝，但现在他比自己想的要平静得多。

你真不在意一个人的时候，他过得是好是坏对你来说都不会再起任何波澜。唯一的担心就是自己会不会被波及。

一直到坐上陆召的悬浮车，白历才吐出一口气，胸腔里憋着的污浊都跟着吐了出去。

"他再这么着肯定要完。"白历说，"他崩溃，'命运'也在崩溃，这狗日的地方一天天的，可真是变化莫测，多姿多彩。"

陆召已经习惯了白历这一口胡乱搭配的用词。

白历又跟陆召说了一遍白樱的邮件和自己的推想。

"我本来以为糊弄糊弄就得了，没想到现实的命运非得给个合理解释，"白历说，"搞出来个教授，没搞好，还给搞死了，现在圆不回去了吧，该！"

可能是面对陆召比较放松，再加上世界上只有陆召真正知道他的秘密，白历的情绪松弛了不少。

陆召被他的得意劲儿逗乐，想起来白历之前说过的一个词："蝴蝶效应。"

"别，我最多就一扑棱蛾子。"白历笑道，"扑棱蛾子的翅膀也是有些作用的。"又问陆召，"你刚才干什么去了，都没去后台等我。"

"接了个通讯。"陆召淡淡道，"军团上面的人找我问点儿事。"

扑棱蛾子的翅膀相当有作用。

之前主赛区比赛出现重大事故，除了参赛人员，也引起不少观众的不满，尤其是白历也被事故波及。

白历比赛没几天就已经喜提"刷新点扫盲老师"的称号，可见运气实在是背。但倒霉到没有一局比赛刷到正常地方，就有点儿让人看不过去了。再加上这次主赛区系统故障，white01和白历的支持者炸了。

不满很快发酵，有心人立马联系到不久前帝国研究院落马的那个小领导，这小领导也是参与过这次的征集赛筹备的，是不是动了手脚？之前散布谣言，说什么帝国研究院只看好高破坏力机甲，那不就是想把非此类机甲的研究所吓放弃吗？白氏研究所不就是非此类机甲中的一员？

有假设就得有论证。之前已经论证出了个"林"字，帝国群众再接再厉，直接把下个字也论证出来了。

林胜先生就这么光荣地出现在了大众视野。

在各方压力下，落马小领导终于承认，示意他散播谣言搞赛前干扰的确实是林胜。

实锤砸在了公众面前，掷地有声，反响巨大。林胜是皇室的旁支。皇室现在已逐渐凋零。旁支子弟也没剩几个，这些人本来也就活在大众的关注之下。都不用过多调查，林胜这些年的事迹就被扒了个七七八八。

在某些人有意地引导下，人们很快发现早些年林胜曾是第一军团的高军衔军官，和白历有直接接触——他算是白历的领导。

白历受伤退出军界的同时，林胜很快也宣布离开军界，并且被相当低调地送去了附属星发展。

如果落马领导真的是在林胜的示意下做出这些事，如果白历的"走背运"都跟这些事有关，那么是否可以认为针对白历的人是林胜呢？

两人唯一的交集是在第一军团任职的短暂一年，在这一年里到底出了什么问题，两人是否有私仇？

去年年底因在"翡翠之星"游轮上陆召为白历佩戴卡丽花而引起的话题重新被人提起，白历因伤退役，任务失败，消息却被压下，内幕重重，官方为什么始终没有给出任何正面解释？

这些疑惑在林胜的名字被挖出时迅速扩大。一个假设被提出——任务失败的根源会不会与皇室有关？

在信息爆炸的这个时代，很多事情一旦有了苗头，后续的发展就不是可以人为掌控的了。

没多久陆召就接到第一军团高层的通讯，问的还算委婉，但陆召还是听出对方在旁敲侧击地询问他跟白历有没有跟外界提过当年那场任务。对方告知陆召此事军界仍在处理调查，希望陆召能配合保密，暂时不要回答外界一些会引起议论的问题。

通讯打给陆召，其实也有希望他转告白历的意思。不打给白历是因为他已经退役多年，另一个原因是军团高层实在没什么脸面，还有一个原因是白历骂人太难听了，陆召至少话少。

"你怎么回答的？"白历挺惊讶。

陆少将言简意赅："我挂了。"

"啊——"白历愣了愣，"一句话都没说？"

"说：我挂了。"陆召心平气和地解释，"然后就挂了，反正他也说完了。"

人家说完了是要你给个保底回答的，不是让你抬手就挂的。白历在自己头上摸了一把空气放在陆召头上："今天开始这个'气人王'的王冠就换你戴了。"

陆召笑够了，一边打开个人终端一边说："还有个东西让你看。"

"什么？"白历凑过去，却看见了视频上唐骁的大脸，"你怎么能让我看这个东西！"

陆召只说："采访的时候你在比赛，这是霍存转我的。"

视频背景是分赛区1区的赛场外，唐氏夫妇在前往观看儿子唐开源的路上被外边等候的记者堵住了。

记者说话挺不客气，开口就问："唐先生，听说您和林胜先生关系匪浅，唐开源先生也在林胜先生的研究所担任驾驶员。请问您是否了解胜世研究所的一些所作所为呢？"

唐骁先是发愣，紧接着面露不满，但好歹还摆出老贵族的模样道："不好意思，我和爱人要看比赛，不能接受采访。"

　　"唐先生，唐氏和白氏的关系一直十分微妙。"记者追在后面不依不饶，"请问您是否借此机会打压白氏，针对白历先生呢？"

　　"你说什么？"唐骁转过头睁大眼，"你这是诽谤！"

　　记者趁机问道："白历先生和您与夫人的关系很特殊，您难道不会对这次胜世研究所的作为感到愤怒吗？还是您有其他想法呢？"

　　这基本上就是在问"白历再怎么样也是你儿子吧？你儿子被林胜这么搞你不仅不生气，还让另一个儿子跟着林胜干，你咋想得啊"。

　　唐骁的脸憋得通红，白樱站在他身边，很明显瑟缩了一下。这个缩肩的动作让白历皱眉，但他发现白樱的表情相当平静，既不恐惧，也不慌张。

　　没等白历反应过来，就听见视频里唐骁的一声咆哮："滚开！"

　　镜头在他伸手后一晃，显然是被摔在了地上。后面都是一片争论声。

　　白历沉默良久，才缓缓道："爽啊。"

　　陆召侧头看了他一眼，白历的表情看起来不是很高兴。

　　"真的爽，这老王八蛋。"白历说，"不过我最近从八岁长到九岁了，比较成熟，学会喜不外露了。"

　　主要是有一瞬间，白历从唐骁那张日渐向发面团进化的脸上看到了些许老态，从那双记忆里还算有神的眼里看到的只剩下浑浊的怨怼。

　　白历意识到唐骁这么多年都活在削尖脑袋也要出头的渴望和对白氏的愤恨里，他活成了怨怼本身。

　　跟这种人讲不清道理，他到死都不会觉得自己有什么不对。更甭想让他赔礼道歉，他不喷你一脸唾沫星子就算他口干。

　　唐骁倒霉，白历很爽，但他也的确没有狂喜。

　　这些人迟早都会成为一个无关紧要的路人，白历已经不会跟一个路人较劲儿了。

第七十一章
还有人记着你

外面闹得动静再大，林胜毕竟还是姓林的，暂时还没人能把他怎么样。

尽管如此，林胜和第一继承人也仍旧焦头烂额，星网上的话题得压，军界那边得打招呼，皇室这边得瞒着，一时间忙得脚不沾地。

和胜世研究所的一脚踏进流沙坑不同，白氏研究所这边顺利等到了主星区的决赛。

赢下这场，白历就能参加最后的终选赛。

比赛当天，white01机型和对手CL-17机型的虚拟投影盘旋在主赛场上空，观众席上人声喧哗。

"今天来的人挺多，我在门口撞见好几个军团的。"韩渺拿着几瓶饮料跨到座位，"赶上休假，都来看比赛。哎！江皓呢？他今天不是也休假吗？"

"听说是上面找他有事。"陈楠抽了两瓶饮料，递了一个给陆召，"说是一会儿赶回来是吧？"

陆召回过神，"嗯"了一声。

有了之前那次巧合到让人有些接受不了的比赛事故在先，他就对白历接下来的比赛一直有点儿提心吊胆。

他开始有点理解白历以前的小心翼翼了。知道头上悬着一把剑，随时都会落下来，还得摸着黑往前走。

倒是白大少爷自己已经跨过了那道坎，早上起来意气风发，把星网上骂林胜的段子都看了一遍，精神抖擞地来比赛了。

敌军的倒霉就是对我军最大的安慰，白历被安慰得神清气爽，连带着听司徒的唠叨都多出了几分耐心。

"我跟你说话呢，你得留神。"司徒又说了一遍，"CL-17机型比较特殊，对面驾驶员是第二军团退下来的老兵，身经百战，打人跟打孙子一样……"

白历不乐意："我跟其他人能一样？"

"行，你厉害。"司徒说，"你辈分高点儿，打你跟打儿子一样行吧？"

也不怪司徒反复交代，今天这局比赛太关键。

出乎所有人的意料，主星区的选拔赛最终进入决赛的两台机甲，没有一台是重甲。

white01不用多说，CL-17也并不是典型的帝国主流机甲。它侧重防御，甚至能抵挡一部分重甲的攻击，但对驾驶员的身体素质和精神力都要求过高，所以能开CL-17的人实力不低。

对方驾驶员是个面相凶狠的老兵，早几年因为个人原因提前离开军界，听说以前也是个狠角色。

White01是头一次面对和自己一样剑走偏锋的机型，白历要打的则是实力出众的对手。

戴上头盔，白历拍了拍司徒的肩膀："准备准备，一会儿我下台的时候，欢呼声大一点儿。"

司徒推了他一把，把他推向主赛台。

主赛台上星光流转，white01的投影落在地上，溅起飞散的光斑。

CL-17的驾驶员也在灯光中走上主赛台，手里拿着头盔，目光一直落在白历身上。

这人长得满脸横肉，一副凶相，但白大少爷一向嚣张，朝对方挑衅地比了个拇指。

CL-17的驾驶员先是愣了一下，随后扯起嘴角，露出一个皮笑肉不笑的表情。

双方驾驶员就位，主赛区最后一场选拔赛开赛。

"两位选手中将有一人获得终选赛的资格，而两台非重型机甲也终于在今天碰面——"解说员亢奋的声音响起，"让我们拭目以待！比赛开始！"

全息投影上，短暂的黑暗后出现一片废墟。

白历的视线刚恢复，就听见侦测器玩命般的嘶吼。他的刷新点落在了一座楼房废墟的顶层，左脚直接卡在了缝隙里。

要不是 white01 机型对驾驶员有一定程度的减压，以及采用了周氏的复合材质，足够坚硬，白历估计开场就得撂在这里半条命。

而 CL-17 的刷新点跟他就差了两米，对方精准无比地降落在废墟之上，落点跟白历没太大区别，只是人家毫发无损。

这开场已经不是点背这么简单了，观众席上骂声一片，解说员直接就忘了词。

主系统故障之后经过仔细排查，一点儿毛病都没有，但不知道为什么就是逮着白历一个人坑，连赛事组那边都有点儿嘀咕，是不是真让那落马小领导搞过什么手脚。

白历的心掉进了冰窟里，已经无暇多骂两句狗命运，精神力集中，试图将左腿从缝隙里拔出来。

CL-17 的驾驶员在原地站了两秒，忽然向前一步。

White01 肩部搭载的离子炮炮口迅速张开，但没等白历开炮，CL-17 机型朝他伸出了手。

白历没搞明白是什么情况。

CL-17 的驾驶员见他没反应，指了指白历卡住的左腿，比了个向上拔的手势。

比赛期间两台机甲无法交流，只能靠比比画画。比画完了，CL-17 又伸出了手。

白历这回明白他是什么意思了，抬手捞住 CL-17 的手站稳，转头对卡着自己左脚附近的金属墙来了一炮，解救出了自己的左腿，CL-17 机型上手一提，white01 较轻的身体被挪出了有坍塌风险的区域。

主赛场上的人看傻了。

解说员隔了好一会儿才找回声音："white01 的刷新位置并不理想，但 CL-17 机型并没有趁机进攻！他，嗯……他……哇哦……"

陈楠也跟着说："哇哦。"

全息投影上，CL-17 机型等 white01 一站稳，就松了手向后两步，拔出光刀。

white01 显然还没回过神，愣了好几秒。

陆召松了口气。等他这口气松完，才意识到自己刚才心提到了嗓子眼。

这种置人死地的刷新点，军团训练也只有最高难度时才能碰上几次，但一般都建立在双方刷新点都很缺德的基础上，白历这样的，陆召知道是命运不想让他走得太顺。

但没想到 CL-17 的驾驶员这么不走寻常路。

白历看着对面的机甲拔出光刀向后一跃，落在十米开外的另一栋建筑废墟上。

这人想跟他来一场没有外界因素的比赛。

白历缓慢地露出一个笑容，赛前和 CL-17 驾驶员那表情凶狠的脸他还记得清楚，刚才一瞬间他以为自己可能真完了，没想到满脸横肉的老大哥是这类型的人。

white01 朝对方竖了个拇指，随即抽出光刀。

"双方都没有急于发动攻击！这是什么意思呢……white01 比了一个手势！"解说员高声道，"是'五'的意思吗？ CL-17 似乎同意了！"

"五秒。"陆召看着虚拟投影道，"比赛才算开始。"

不等陈楠韩渺询问，就听见解说员恍然大悟："——四、三、二——"当"一"从解说员的嘴里吐出的瞬间，两台机甲同时跃起，光刀在半空相接。

光刃撞击，亮屑四溅。这是从征集赛开始至今，第一次有两台非重型机甲同台比赛。

和重甲之间纯粹猛烈的炮轰不同，两台都更重视驾驶员自身实力的机甲以一种极具野性的方式展开搏斗。

"很显然两位驾驶员对机甲的掌控力已经达到了令人惊讶的地步，机甲就是身体的一部分！"解说员唾沫横飞地激动道，"CL-17机型被击中驾驶舱——他拉开了距离，但white01的离子炮紧随而上！厉害！CL-17驾驶员宋泰已经预判到了这次攻击，在后撤的同时同样以炮击回应，两个攻击在空中抵消——"

白历可以感觉得到CL-17驾驶员的强悍，这场没有任何顾忌且机甲和驾驶员都实力相近的比赛让他感到前所未有的舒适。

他没有丝毫停顿，在一次攻击未中后提速而上，咬死猎物。而对于CL-17来说，他也同样是猎物，CL-17反击的同时，也想争得上风。

两台机甲展现出超高的近距离对战能力，在失去重武器的情况下驾驶员在战斗中的重要性凸显，帝国侧重机甲破坏力已有数年，驾驶员们自身的战斗能力略有停滞，对机甲的依赖已经胜过对自身后天能力提升的渴求。

但在这场比赛中，和轰炸带起的火光不同，white01和CL-17被强悍的驾驶员调动到极致。

精彩的近身战，辅以光炮、离子炮弥补远距离攻击。双方对于对方的预判以及几次绝妙的惊险躲避，让观众席上不断传出阵阵惊呼和喝彩。

"厉害。"韩渺感叹，"这两人要是都在军界，什么样的机甲都能开。"

只可惜两位驾驶员都因为各自的原因离开军界，只能在这张模拟出的地图上一较高低，各展光辉。

在解说员连连叫好和观众的呼喊声中，白历抓住时机，以佯攻换到CL-17的一个微小破绽，光刀反刺，横穿驾驶舱。

全息投影上，white01和白历的名字蓝光闪过。

"最终胜利方——"解说员叫道，"white01、白历！白氏研究所获得进入终选赛的门票！"

主赛台上两台模拟舱打开，白历率先走出，他摘掉头盔朝着另一台模拟舱走去。

走路的姿势没有问题，陆召放心不少。

随即才听到陈楠和韩渺的欢呼，观众席早已一片掌声，支持者们喊着"白少将"，朝着星屑飞舞的主赛台欢呼喝彩。

白历真的赢下了晋级赛，white01机型获得了主星区唯——张通往终选赛的门票。

"他干吗呢？"有人指着主赛台上朝另一台模拟舱走去的白历问。

白历下了模拟舱才感到一丝后怕，在CL-17机型走近的瞬间，白历已经决定放弃左腿，强行挣脱。

他无法判断强行挣脱会给机体带来多大的损伤，但他知道自己绝对无法接受倒在晋级赛的赛场上。

是CL-17给了他一个机会，白历有些愧疚和歉意，迫切想跟CL-17驾驶员道个谢。

对方驾驶员宋泰从模拟舱上走下来，头盔已经摘掉放在一边，露出那张表情凶狠的脸。

白历伸出手，带着抱歉和敬意道："谢谢您的——"

没等他说完，满脸凶相的CL-17机型驾驶员两三步走到他面前，粗壮的手臂一勒，给了白历一个差点儿让他断气的拥抱。

"看来两位驾驶员都很欣赏对方。"解说员笑道，"感谢二位为我们带来精彩的比赛，从另一个视角带我们领略了机甲的魅力和强悍——"

他还没说完，就看见宋泰的嘴巴一开一合，对着白历说话。

半个拳头大小的悬浮语音机器人捕捉到选手的声音而追踪过去，宋泰的话顺着就传了出来。

"……当年的救援任务里有个姓宋的小子，那是我儿子。"

白历呼吸一顿，他其实已经记不太清那场任务里牺牲的战友的面孔，但名字倒是还记得清楚。

"哦……"白历的脑子有些空白，他木木道，"对不起，节哀。"

"我早想见见你和江皓先生。"CL-17的驾驶员摇摇头，五大三粗的面孔上又露出一个笑，但因为五官凶狠，这个笑看起来也挺吓人，他说，"感谢你们这几年的接济，除了抚恤金，之外的钱都是你们打的，我知道。"

白历在一片空白的大脑里找到一个想法：原来这人比赛开始前的笑不是为了吓他，这人就是单纯的不太会笑。

他的思维短路，有些含糊地想说些什么，刚吐出了几个音节，宋泰就又给他来了个勒死人的拥抱。

宋泰先生很显然不擅长表达情绪，本能地选择了"力气越大诚意越深"的表达方式："我小儿子靠这笔钱念完学了，以后你们就别费钱了。"

白历："哦，没事。"

说完就感觉背后被宋泰沙包大的拳头捶了捶，小山一样的特种哑着嗓子抖着声道："这几年真的谢谢，我知道，白少将过得不容易，以后肯定会好的。"他顿了顿，又说了一句，"愿金色卡丽永远绽放。"

主赛场的声音白历已经听不太清。

星屑和悬浮直播机器人的拍摄光晃得他眼花。

命运在今天的比赛开场狠狠摆了他一道，但没人想到坐在 CL-17 里的驾驶员宋泰的儿子是当年救援任务牺牲的一员。

人活在世上，不可能完全单独地存活，建立起联系，就是建立起一根根丝线。这根跨越了无数年的丝线，终于在今天拉了白历一把。

白历从未像今天这样感受到一个事实：他们是人，活着的人，有血有肉的人，有感情且无法被预计的人。

交谈的声音很小，但还是通过主赛场的语音系统传了出去。

人群的欢呼声逐渐消失，主赛台上只看到宇宙和星星。

陆召看着站在赛台上的白历，一贯嚣张的白大少爷笨拙地拍了拍宋泰的后背。

没人说话，隔了很久，解说员说："感谢二位，辛苦了。"

响起掌声。

白历已经记不清自己是怎么走下主赛台的，司徒眼里浮着水光，揽着白历的肩膀拍了拍。

"这不挺好吗？"司徒说，"除了我们，还有人记着你呢。"

白历回过神，摇摇头："我不想要这种'记着'。"

这种"记着"太沉重，带着痛苦，血淋淋的几条命，还有他的一条腿，和江皓一辈子的愧疚。

司徒说不出话。

"我也不是不高兴。"白历说道，"我就是……"

各类复杂的感情让白历找不到一个准确的定位，甚至没法露出一个准确的表情，到最后就只剩下茫然。

助理把个人终端递给白历，上面有陆召发来的两条简讯。

陆召：走吧。

不知道怎么着，白历从简讯里感觉到陆召笨拙的安慰。这钝钝的闷闷的安慰，什么也不提，反而让白历觉得舒服。

唉！走吧，回家吧。

收拾好东西，白氏研究所的人从后台专用通道朝外走。

走出专用通道，门外站着的记者们已经等候多时。本来有一场赛后获胜方的采访，但当白历走出来时，记者们却没有一拥而上。

他们沉默地看着白历，有人小心翼翼地开口："白历先生，有时间接受我们的采访吗？"

陆召斜倚在悬浮车上，见白历走出来就站直了身体。

白历状态看起来还行，比陆召想象中的要好不少，跟陆召挥了挥手，才去应付记者。

记者们的第一个问题还没问，陆召就接到了江皓的通讯。

"哪儿呢？"江皓的表情有些奇怪，边开车边问，"白历不接通讯，他跟你在一起没？"

陆召看了一眼被记者包围的白历："在主赛场后门这，接受采访。"

话刚说完通讯就挂断了，没几分钟，一辆军团配备的悬浮车就冲了过来，停在后门附近。

江皓就从车上蹿了下来，没等陆召打招呼，就风一样地跑向白历。

"白历！"江皓隔着老远就开始大喊，"少将！"

白历一转头就看见江皓脸色古怪地挤开记者，可能是太着急，以前的称呼都喊出来了。

"有消息了……"江皓挤过人群，几乎是扑到了白历身前，"有……有消息了，就刚才、他们……林胜……"

"慢点儿说。"白历赶紧把人扶稳，一对上江皓的眼就愣了愣，江皓的眼眶红得厉害，白历和司徒打了个眼色，"我以前的战友找我有点儿事，你们先跟司徒谈。"

记者们赶紧让开一道缝，白历揽着江皓的肩膀往外走，陆召以为出了什么事，走上来两步。

还没等白历再问，就觉得江皓的身体开始哆嗦。

"怎么回事啊？"白历吓了一跳，"怎么了这是？"

他没见过江皓这样，像失了魂一样。

江皓摇了摇头，两滴眼泪就跟着甩到了地上。

白历像是被烫到了，愣在原地。

他们两个站得有些远，陆召没太听清江皓说了什么，就看见江皓凑到白历耳边说了几句，白历像个木头人一样，怔怔地看着地上的两滴水渍。

江皓说完了，推了一把白历，白历还是有些发愣，嘴唇动了动，没有出声，江皓又推了他一下："真的。"

"真的！"江皓又说了一遍。

他说完，忽然搂住白历的肩膀，发出一声嘶哑的哭腔："可有什么用啊，这么多年了，我都不知道该不该高兴了。"

陆召从来没想到江皓文质彬彬的一个人，哭起来动静这么大，哭得这么突然。

江皓捏着他肩膀的手太用力。白历几乎感觉他的手指都要陷进自己的肩里去。

他在这种疼痛中回过神，才发现江皓哭得鼻涕一把泪一把，他刚才说的话反而都没这么大的冲击力。

不远处的记者和司徒一帮人都蒙了，白历清清嗓子，拍拍江皓："别哭了，老大不小了，丢人。"

江皓擦着眼泪嘴里还不停地说着什么。

"差不多得了啊！"白历给了他一拳，"没完没了了是吧？"

江皓挨了一下，哭得动静小了点儿。

"怎么回事？"陆召走过来。

"军团那边出了点儿事。"白历在江皓抹眼泪的动作里感到一丝好笑，叹口气，"别哭了，江中将，回去睡个觉，别想那么多。"

江皓摇摇头，又点点头，狠狠擦着眼眶，手臂搭在白历肩膀上拍了又拍。

白历的肩膀被他连捏带拍，疼得头皮一紧。

今天是赶上什么日子，连着两人挂在他身上哭。

陆召在白历的脸上看出一丝疲倦，但没细问，江皓突如其来的情绪失控引起了周围人的注意，这会儿不适合多谈。

等白历把江皓送上悬浮车，看着车开出主赛场，才转身走回陆召身边。

陆召的目光一直落在白历脸上，比白历的神经还要紧绷。

"一会儿说。"白历笑了笑，"帮个忙？"

陆召点点头。

"你去跟司徒说一声，记者那边让他应付，我想先回家休息。"白历拉开陆召悬浮车的副驾车门，一只脚跨进去，转身道，"他要问怎么了，就先说我腿不舒服。回头我再跟他解释。"

陆召看了看他，没多问，转身朝被记者包围、满头大汗的司徒走过去。

白历坐上车，从后视镜里看见陆召走进人群，记者们多半认识他，自发让了条道。陆召跟司徒说了两句，司徒表情顿时有些紧张，连连点头。

让司老师担心了，怪不好意思的。其实白历的腿还成，但他今天实在没力气应付记者，只好把这个艰巨的任务临危受命交给技术宅司老师。

白历的肩膀上好像还残留着江皓捏他时的力道。这力道让白历意识到，这么多年的愧疚就跟刻在江皓的神经上一样，这辈子江皓都忘不了。

他连该不该高兴都不知道了，就谈不上忘不忘了。

刚才江皓说的话还在白历耳边回响，但直到他坐上车，周围没有其他人时，他才慢慢消化理解了每一个字的意思。

他感觉自己仿佛被人从腐蚀的液体里捞出来，还留着一口气，但已经累到了极点，一动也不想动。

这感觉很奇妙，一场噩梦到了结尾，但他没有感到轻松愉悦。他在今天发现当年那一场任务除了让他瘸了一条腿，还影响了很多人的一生。而这些就只为了成全一个人。他们认认真真活了这么多年，好像只为了活到能成全这个人的时候似的。

陆召拉开车门，看见白历坐在副驾上，深深地弯下腰，将脸埋在膝盖上，双臂蜷缩放在小腹，整个人好像被折叠起来，缩成一团。

"白历。"陆召赶紧带上车门，手忙脚乱地摸索白历的后背，"哪儿疼？"继而反应过来，急忙要发动悬浮车，"去军医院。"

"没事。"白历趴在自己膝盖上，"我就缓缓，一会儿就好。没不舒服。"

陆召听出来一些不对劲儿，他皱着眉，犹豫着用手抚摸白历的后背。

隔了好一会儿，才听到白历的声音。

"江皓接到上面的消息。"白历没有直起身，依旧趴着说道，"军界、警厅以及贵族议会等多方联手，向皇室提出调查林胜的请求。"

陆召愣了愣："那皇室那边……"

"第二继承人也加入请求行列，陛下允许了调查，由相对中立的警厅主查，军界高层协同调查。"白历说，"元帅……他让江皓给我带个话，说等事办完，比赛结束，跟你一块儿去他家里吃顿饭。"

从白历重新回到公众视野开始，元帅就跟他没有过多的交际。元帅的这句话听起来很家常，但也透露出一个信息，这件事会有个说法，等一切尘埃落定，他再和白历见面。

这句话对白历意味着什么不言而喻，陆召立马明白了江皓为什么会失声痛哭。

警厅公正中立，在元帅带领下的军界也不会允许这件事继续沉沙海底。外界也已经开始再次要求皇室军界给出合理解释。当年的案子已经没办法再压下去了。

多少年了，白历跟江皓终于看到了一点儿正义的曙光。但有些曙光来得太晚，看见光的人都快累死在路上了，已经没有力气露出笑脸。

"是好事。"陆召拍着白历的后背，他找不到别的词，只能翻来覆去地重复，"白历，没事，是好事。"

"我知道。"白历说，虽然碍于皇室的脸面，这事会低调进行，但只要元帅和第二继承人站在同一边，林胜跑不了了，"我知道，我就是……"

陆召不知道怎么开口。

"死了那么多人，江皓一辈子都有负罪感，多少个家庭都跟着遭殃受罪。"白历说，"为了一个人，搭上我们的命，我们的人生，我的这么多年，我一辈子能有几个这么多年？"

"就算这帮畜生都完了，狗屁命运也崩盘了，那也不能怎么样。"白历的一只手摸到自己的肩膀，江皓太用力，都快把他肩膀给掰断了，"死了的人活不了，留下的痛苦也还要承担。我的腿到死就这样了，江皓知道，所以他到死都会觉得欠我的。"

陆召感觉白历的身体都在抖。

"可我还是挺开心的，我跟江皓那孙子不一样，我还是知道该不该开心的。毕竟我走了这么多年伸手不见五指的夜路，终于看到了点儿人烟。"

陆召张了张嘴，想说点儿什么，却听到了一声压得很低很低的啜泣。

白历不知道自己为什么会这样，他很多年没这样过了。可能是因为今天一天充当了两个人的哭诉对象，白历觉得这里面有传染的成分在。

陆召抚摸他后背的手僵住了，但嗓子像是堵了棉花，怎么也说不出声。

"歇会儿吧。"陆召终于发出声音，"歇好了，再开心。"

白历感觉陆召的手覆在他身上，掌心的热度把他裹得很严实，像是树起了一道"结界"。

在结界里他可以不是安慰人的那一个。这个结界可以藏住很多哽咽。

第七十二章
崩溃迹象

或许是因为那句"歇会儿吧"起了作用，回到公寓白历就一头扎在床上，困得睁不开眼。

他在昏沉间感觉到陆召在他身边坐了很久，其间轻手轻脚地出卧室接过几次通讯，每当白历在睡意起伏间觉得陆少将公务繁忙，八成得在客厅待到晚上时，陆召都会折返回来，一声不吭地回到卧室。

他们对彼此的精神力已经非常习惯，这种意识到熟悉信任的人在身边的感觉很好。

这一觉睡得很放松，白历很奇妙地知道自己在睡觉，身体放松，大脑难得一片空白，他像是被拔了轴的机器，终于彻底消停。

梦里他又变成一个小孩子，独自站在白氏老宅空旷的训练场上发呆。突然屁股上挨了轻轻一脚，回头就看见白老爷子擦得油光锃亮的军靴。

梦里白老爷子说的什么他已经听不太清，但他还是挺开心，嘴上大声地抱怨，身体却扑上去挂在白老爷子的腰上。

白老爷子拖着他往前走，没走两步就下起了大雨。雨里白老爷子不见了踪影，白历站在大雨里，脚边蹲着一条狗，吐着舌头满脸无辜地看着他。白历用脚尖踢了踢它，它猛地跳起来，跟得了狂犬病一样甩着舌头往雨帘深处冲。

雨帘里有个人正往这边走，走着走着变成了跑，白历在原地站了几秒，继而朝着那人的方向蹿了出去。

他一会儿觉得是自己，一会儿又感觉与那条狗重合，心脏剧烈跳动，耳膜里是血液流动的轰响。

雨里的人多了起来，都在朝他走。他们边走边喊，声音穿过雨帘传递向白历。白历扑向那个朝他跑的人，张开双臂拥抱他。

梦在这里戛然而止，白历睁开眼。

陆召一直坐在床边看个人终端，感觉到动静便回了头，眉眼在小夜灯的映照下显得很柔和："睡醒了？"

白历搓了一会儿脸，才"嗯"了一声："我好像梦到老爷子了。"

窗外暮色四合，白历一觉睡了一下午，好在主星区选拔赛结束的比较早，腾出来了一段时间等待分赛区选拔赛结束，他有足够的时间休息。

傍晚带着暖意的橘黄充斥房间，白历头一次在漫长的午觉睡醒后感到平静，陆召什么也不问什么也不提，白历觉得很舒服。

"太亲切了。"白历打了个哈欠，"他踹了我一脚。"

陆召没忍住笑了。

"在看什么？"白历扫了一眼虚拟屏，"我好像听到你接了几个通讯，挺忙的。"

"军团那边有些事。"陆召说，面色有些犹豫。

白历问："还有别的？"

"我查到了一些东西。"陆召说，"本来想等你休息好再说的。"

"没事，睡够了。"白历笑了笑坐起身，"到底什么事？"

陆召把虚拟屏放大："之前你说过那个教授，我查了一下。"

"搞出来那个机器的教授？"白历愣了愣，"怎么想起来查他？我本来是要找时间再说的。"

"顺手。"陆召淡淡道，"你说'小齿轮可能也是关键一环'，我就查了查。"

这话白历已经记不得自己是什么时候说的了，但他很快理解了陆召的想法。比赛紧迫，白历被逼得无暇分心，但他对那台机器的挂心程度陆召看在眼里。

652

"我整理了一下资料。"陆召把虚拟屏推到白历面前。

白历愣愣地拿过来看，还没从陆少将竟然都会查这种事的震惊中回过神，就已经被虚拟屏上写的东西吸引了目光。

"王朗教授。"陆召说，"伴侣多年患病，一直在接受治疗。女儿也因为同样的疾病倒下，在他出事前三年不得不住院。"

资料不多，一条条逐一列出，陆召确实不大擅长做这种事，规整出的内容有些零碎。

"你怎么查到这些的？"白历惊讶道。

"王朗负责的项目很多，军界和研究院经常有合作项目，军界方面我查起来难度不大。"陆召解释，"我通过合作项目查到了王朗的名字，一些高等级项目里有参与人员的基本信息，就查到了他的家庭状况。"

"他家人得的病我听说过。"白历皱眉，"很难治，这是超出他能力范围的一大笔钱，更何况还要负担两个病人。"

这也意味着王教授很缺钱，从陆召查到的信息上来看，这位教授已经变卖了所有值钱的家当，但伴侣和孩子的药费依旧像个无底洞。

"在他出事前，曾有一笔钱汇进他伴侣的私人账户。"陆召轻声道，"他搞钱的门路不多。"

白历叹了口气："他接触的项目却是一座座财宝山。"

"我找人查了一下，他乘坐游轮出差的项目并不是有关精神力方面的项目。"陆召说。

白历："杨瀚也说过，他的个人终端上有高等级机密项目的资料，这点不太正常。"

"这个项目早已叫停，内容我查不到，但我可以找人查到这个项目的调阅和下载记录。"陆召在虚拟屏上点了点，"但什么都没查到。"

一张纪录截图被调出，白历看出些不对劲儿："他出事前一个月的调阅下载纪录都被删了。"

"是。"陆召道，"据说是当时帝国研究院断电，导致正在运作的机器出现故障，丢失了一部分数据。"

这也太凑巧了，白历不是很相信。

陆召没等白历开口，就又说道："但删除记录这种事情，通常都需要管理员操作，这套路有点儿熟悉，我就查了查当时管理员的名字。"

说到"套路"的时候陆召顿了顿，白历立马想起军医院那个泄露个人信息的体检医生和他的未婚伴侣。

陆少将举一反三的能力很强，白历有些感慨，他竟然是从这种龌龊事里学会的这些手段。

"查到了？"白历问。

陆召给出了一个名字。这名字两人都不陌生，甚至在这几天里，帝国公民对这个人都不算陌生。

"这不就那位落马小领导吗？"白历坐了起来，震惊道，"他可是因为贪污受贿被逮进去的！"他随即明白过来其中的关联。

王朗教授因为无法负担沉重的医药费而选择了盗窃帝国研究院的内部资料，当时他手头的项目都已经基本完成或已对外公布，价值不高，除了精神力拔高的这个项目。

但这个项目的机密等级很高，他无法将资料带出帝国研究院。他应该是给了有管理员账号的当年的落马小领导一笔钱，搞到了资料并且删除了纪录，又赶上帝国研究院的一场大规模断电事故加以掩盖，后来项目又被叫停无人问津，这件事就这么胡乱蒙混至今。

"他利用其他项目出差的机会，乘坐民用游轮前往买家那边。"白历推测道，"打进他伴侣账户的应该是一部分定金，这个机器太过精密，买家可能需要他提供一些技术上的帮助。或许还承诺了额外加钱，不然他不会那么急着离开主星，他很需要钱。"

陆召点头："我也是这么想的。"

白历重新看了一遍资料。

如果原本"命运"也是按照这个套路来的，那么王朗在成功卖掉手头的资料后重回主星，随后保送杨瀚进帝国研究院。

但从梦中从头到尾都没提这个项目且之后也没有出现过类似唐开源这样的人来看，这个项目依旧被叫停了。

也就是说，机器的缺陷始终存在，王朗心里应该也是清楚的，所以他才敢这么放心大胆地拿出去卖，因为外人根本不可能研发成功。

唐开源应该是唯一一个成功了的实验品。

但不知道为什么，当唐开源回到主星并且因为精神力下滑而寻求帮助时，这位教授却并不在研究院。取而代之的是杨瀚，他根据项目留下的资料，凭借过人的天赋和经验找到了稳定精神力的方法，从而保住了唐开源一条小命。

"这可能是梦境中'命运'无法解释的一部分。"白历跟陆召讲了自己的推测，"我不知道为什么王教授这个改变了事情走向的角色竟然从没出现过。"

陆召歪头思索了一会儿，开口："王教授在离开主星前，曾接受过几次心理治疗。"

白历没太听懂。

"我查他资料时了解到研究员有让他提前退休的想法。"陆召说，"他的心理医生反映他的状况不好，有些……"陆召停顿，"不好的倾向。"

"所以提前退休加重了他要搞钱的愿望，"白历沉思，"但钱到账后问题应该解决了才对……"

"解决不了。"陆召道，"对这个病来说，钱只能延缓他伴侣和女儿的死亡期限而已。"

白历诧异地侧头看他。

"我父亲也是这个病。"陆召淡淡道，"只能拖时间。他可能确实是延长了亲人一段时间的生命，这也只是将等待分离的时间加长而已。这种等待会折磨死人的。"

王朗受不了这种日复一日的等待分离的感觉，他本来就已经极度抑郁。亲人终于在漫长的折磨中咽气。他可能也结束了自己的生命，从此消失，而那时候唐开源甚至还没回主星，所以他根本不会被唐开源看到。

一个小人物因为家庭的重担而做出一个选择，间接制造出一个人造的"天之骄子"。

这个世界满是漏洞。

如果不是帝国研究院官僚腐败、管理不规范到了一定程度，王朗根本无法将资料买卖。

但如果不是帝国研究院已经成了这个样子，杨瀚应该可以凭借实力被录入任职，而不是因为王朗的意外死亡而失去这份工作，这间接造成了唐开源精神力的后续问题得不到解决。

同理，如果不是这些机构迂腐无能，藏污纳垢，司徒也不会被挤兑出帝国研究院，跟白历合作研发机甲。white01或许不会存在，如今挡在唐开源路上的白历也或许不会存在。

人生真是由一个又一个的巧合、一个又一个的悲喜剧组成。

埋下"善"的种子或许并不会结出什么果实，但"恶"的线头却也未必会织出理想的蓝图。

这些都只是推测，白历已经无法了解事实的真相，陆召的推测很有说服力，他在短暂的怔忪后意识到，这个推测是建立在陆召的经历之上。

白历接不上话，他只能小声道："感谢友军为我答疑解惑。"

"嗯。"陆少将很不客气地接受了感谢。

"事实证明友军办事能力还是很强的。"白历捧场，"我坐吃等死的好日子指日可待。"

陆召笑了一会儿："我不太会做这些。"

没等白历反驳，陆召又说："但我会学的。"

白历看着他，隔了一会儿才道："我倒觉得以后都用不着这些。"

陆召没听懂。

"今天那个CL-17的老大哥跟我说，以后肯定会好的。"白历侧躺着，"我觉得他说得有道理。"

以后肯定会好的。

世界是不会改变的，只有人会变，人会变得更好。

陆召"嗯"了一声。

"那什么……"白历犹豫着问道，"王教授的伴侣跟女儿……"

"死了。"陆召回答。

白历一时间不知道是什么心情，今天一天发生的事太多，他都有些麻木了，只钝钝道："哦。"

"我知道你会问，"陆召转过头看着他，"所以犹豫该不该说。"

"有什么不能说的。"

陆召言简意赅："心软。"

"说这事有什么好心软的？"白历好笑。

"你心软。"陆召忽然笑了一下，"矫情。"

白历"啧"了一声："放屁！"

陆召正要笑，就听见搁在旁边的个人终端响了一声。这提示音是专门设置的，一听就是军团那边的简讯。

陆召一边跟白历互相扭打一边打开看，愣了愣："军团的消息。"

白历不当回事："又怎么了？"

一抬头，就看见陆召的目光从虚拟屏上移开，落在他脸上："军团那边说让我明天去一趟开个会。"

"去呗。"白历说，"反正明天没比赛，分赛区最快也得明天下午全比完。"

"军团邀请你一起。"陆召看着他道。

唐开源从昏迷中苏醒，觉得脑中嗡嗡作响，干呕了两下。

他从混沌的记忆中整理出有用的部分，今天是分赛区 1 区选拔赛决赛，他在比赛中失控了。

梦境中的一切和现实穿插在一起，唐开源感到自己仿佛在海水中起伏，窒息和混乱的记忆一起折磨着他的精神，头疼欲裂，以至于差点儿无法驾驶机甲。

好在最后他还是撑过来了，只是依稀记得自己强撑着走下主赛台，在后台的研究员扶住他，之后就不大记得了。

唐开源环顾四周，发现自己正躺在一间病房内，病号服上印着医院的名字，是附属星上一家私人医院。

他看了一眼床头放着的胶囊，上面缺了两粒，翻过来再看，才发现这是抑制精神力的药品。

一阵寒意从头裹到脚。缺了两粒，是他吃了吗？他没控制住精神力吗？他怎么会控制不了精神力？

唐开源慌乱地丢开胶囊包装盒，东西落在地上，他才发现床边的小沙发上还坐着一个人。

唐夫人看样子已经很累了，趴在小沙发的扶手上睡着了，唐开源小心翼翼地穿上鞋，没有在病房内找到其他人，只好走出门去。

这间私人医院很小，没什么住院的人，只有他的病房显示入住中，走廊上空荡荡的。

刚一出门，唐骁压低的声音就传来："……是，我知道，但他还是赢了啊……麻烦您想想办法，要是被那帮记者知道了今天后台的事……"

唐开源顺着声音找过去，在拐角处找到正在和人通讯的唐骁。

"这就是个失误。"唐骁压着火气请求道，"我发誓他以后不会这样了。"

林胜的声音通过个人终端传出，听起来仿佛已经气到了一定程度："我有什么办法！我忙得要死，要应付警厅的那帮废物，还有军界那个老东西！"

唐开源意识到他说的是元帅。

"或者问问大少爷有什么办法。"唐骁的脸上带着一丝不耐，"他说过，等开源赢下比赛就保准他能进第一军团。"

"你以为他为什么会这么说？还不是因为他在军界的人脉都被断得七七八八，才指望着你儿子能重新开条路。"林胜冷笑道，"老二现在已经把他逼到了角落，大少爷自顾不暇，都没空搭理我，你以为他会管你的破事？"

唐骁的忍耐终于到了极限，他怒道："那你说怎么办？"顿了顿，又想起自己所处的立场，压下声音道，"现在这个情况，开源的事要是再闹大了，您和大少爷的麻烦就又添了一桩。"

林胜小声嘀咕了一句不干净的："行了，我知道了，等我先应付完调查再说。"没等唐骁再说什么，林胜就直接挂断了通讯。

"混蛋！"唐骁骂了一句，一脚踹在旁边的打扫机器人上，把机器人踢了个趔趄。

他一回头，就看见唐开源满脸惊愕地站在身后。

"开源。"唐骁被怒火扭曲的面孔上勉强挤出一个笑容，"醒了？"

唐开源低声道："发生了什么，我怎么在这儿？"

"哦，你……"唐骁的怒意又蹿了上来，但因为头晕而不得不扶着墙站稳，"你在后台泄了点精神力，有稀种受不了被诱导出了崩溃迹象，一部分特种被影响到了，乱了一阵而已。"

轻描淡写的几句话，却让唐开源的心冷到了谷底。他张了张嘴，没敢问到底是怎么处理的。

"要我说，赛事组也是一群饭桶。"唐骁骂道，"什么人都能录用，有些人就该在家带孩子操持家务，非要出来添乱……"

他絮絮叨叨地说着，唐开源艰涩地问道："会影响接下来的终选赛吗？"

"不会！"唐骁斩钉截铁，"这事不能让那帮苍蝇一样的记者知道！你放心，我已经在找人处理了，这事绝不会外传。"

"就算真……应该也不会影响到比赛吧。"唐开源带着一丝期望，"只是没控制住精神力而已，我……我可以说我是身体疲劳！他们会理解的……"

"理解？"唐骁难以置信地看着他，继而发出怪笑，"我的傻儿子！外界从不会理解你，外界只会相信他们听到的，越是片面，他们越会当作是真的。"

他被唐开源逗得直发笑，笑了半响才拍拍儿子的肩膀："人永远都不要有一条负面消息，不然就会没完没了地被人顺着挖空挖烂，慢慢被毁掉。"顿了顿，他又加了一句，"不然你以为白历那几年是怎么被毁了的？"

白历的名字对唐开源有很强的刺激性，他下意识地抬头，愣愣地看着唐骁。

"人一旦跌下来了，随便放出去几条捕风捉影的消息，再给些甜头，就足够其他人扑上去把他撕碎踩扁。"唐骁胖胖的脸上露出一个略显得意的笑容，"你不一样，儿子，你迟早是要站得更高的，我怎么会让你也那样。"

　　唐开源恍惚明白过来父亲话里的意思。从这个意思里，他意识到唐骁对白氏的恨意已经到了这个地步。

　　白老爷子或许做梦也想不到，他在世时的轻蔑与不屑，会对唯一的继承人造成什么后果。这老头一辈子没低过头，却没想到自己闭眼之后，白历的腰都快被人给打断了。

　　这大概就是唐骁感到舒心的原因之一。

　　白历太像白老爷子，看他跌进谷底，就像是看到整个白氏倾颓。

　　感情往往需要用心经营才能维系，而恨却可以来得轻而易举，并且与日俱增。

　　"你也不用太担心，我有办法。"唐骁看唐开源不说话，以为他还在想这件事，"林胜先生和大少爷都会有办法的。"

　　"但是刚才林胜先生也说了，他们都有各自的麻烦。"唐开源小声道。

　　"他们的麻烦不关我的事，我只需要他们解决我的麻烦，而且他们不得不解决。"唐骁冷笑道，"我难道是白白陪他们在会所浪费时间的？"

　　听到"会所"二字，唐开源的表情有瞬间的僵硬。

　　"好了，快进去吧。"唐骁道，"休息好了再考虑下一次上机器的事。"

　　唐开源脑袋发木地走回病房，他脑子里乱糟糟的，甚至没发现趴在沙发上睡觉的唐夫人已经变了一个姿势。

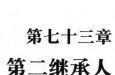

第七十三章
第二继承人

邀请白历参加的会议并没有告知任何内容，甚至直到第二天陆召开车和白历一起到军团为止，连参会的人都有谁也并不清楚。

这种做派和第一军团不太搭边，白历多少猜到了一些会议的目的。这个猜测在推开会议室的门，看清屋里坐的人时得到了证实。

屋内坐着四个人，其中一个穿着军团制服的人，陆召和白历都认识。这人头发已经花白大半，但声音中气十足，站起身道："你就不能早点儿到？非得踩着点来？"

"我要早知道是您，我连点儿都不踩，直接迟到。"白历放松了身体笑道，"亏了，我能多睡一个小时呢。"

元帅一向不乐意看白历嘴贫，笑着捶了他一拳，才转身介绍："认识一下，这位是警厅的佟队长和他的副手。"

坐在沙发上个头高大的普种带着自己副手站起身，跟白历和陆召打了个招呼。

"这位是……"元帅话未说完，另一个特种就站起身，分别和白历、陆召握手。

"林序。"他绷着脸道。

白历和陆召心里同时一突，林序是第二继承人的名字。

这还是白历第一次亲眼看见林序本人，梦中这位二少爷从小就被挤兑出局，基本无缘主星，长大后也因为第一继承人的缘故而常年留在驻地军团，和下级军官以及普通士兵一起生活，一度被称为"草根少爷"。

常年军团生活让林序看起来沉稳严肃，嘴角微微下垂，不苟言笑。

"我本来是打算等事都办完了再见你，但今天二殿下说要跟着佟队长一起谈话，我就跟着一起来了。"元帅指了指沙发，嘱咐白历、陆召坐下，"案子大体上都了解了，就是细节得仔细核对，不能辜负陛下信任嘛。"

这话怎么听怎么像是扯了个借口。

虽说林家那位老爷子的确是把事交给了林序代办，但也没到要让第二继承人亲自上场的地步。白历心里知道这事的目的不太单纯，皮笑肉不笑地看了元帅一眼。

元帅当作没看见，几人重新坐下。

"白历先生不用紧张，我们就是还有些小疑点需要确认。"佟队长人高马大，说起话来瓮声瓮气，"陆召少将如果有事可以先去忙。"

有点儿逐客的意思，陆召犹豫着准备起身，就感觉手被拉了一下。

"不用。"白历没让他站起来，"这事我契约人全都知道。"

元帅有些诧异地看了一眼白历，继而和佟队长一起看向林序。

林序点点头。

"那我们就直接开始吧。"佟队长用个人终端调出档案。

调查的问题并不算复杂，白历在询问下一点点儿地回忆，还原了事情的大概。

陆召对当年救援任务略有了解，但细节部分其实并不清楚。这是他头一次听白历仔细谈起当年的旧事，说实话并不是什么愉快的回忆。

"根据您的描述，在救援前您曾和林胜先生有过冲突。"佟队长一边说一边示意助手记录，"是因为指挥问题吗？"

白历喝了口水："当时我和副官都觉得他的部署有些问题，所以想和他谈谈。不过这王八蛋非说我是跟他对着干，那我就只能当场对着干一下，让他看看我之前没那个意思。"

陆召有点儿想笑，又有些无奈。

佟队长继续问："那么您觉得这件事是否还牵扯其他什么人呢？"

白历愣了愣："啊？"

"我们只是谈谈，您可以随意说的。"佟队长说，"您不仅可以说一下对当时发生的事情的看法，也可以说一下这些年对这件事的后续看法。毕竟——"他顿了顿，"这件事一度被压下，您觉得问题出在哪里呢？"

白历的眼睛眯了起来，目光依次划过佟队长和林序，最后落在元帅脸上。

"咳——"元帅尴尬地清了清嗓子，"你别多想。"

尽管早有预感，但事情真正摆在眼前时，白历的心情还是很复杂。

陆召也多少听出来了些不对味儿，眉头皱起，下意识地看了看白历。

"唉！"白历叹了口气，靠在沙发靠背上，"别搞这一套。"

佟队长："什么？"

"我理解你们想把这件事作为博弈的砝码。"白历说，"但别让我来加重它。我这几年已经过得很糟心了。"

他的话说完，佟队长的脸上露出一丝讪讪。

白历不难猜出他们的想法，无非是希望他能再狠狠剜上一刀，牵连上第一继承人。

现在第一继承人被第二继承人步步紧逼，两人掐得正凶。林序在家世上得不到什么支持，光杆一个，能混到今天实属不易，任何一个能咬第一继承人一口的机会都不想放过。

白历能理解，但他实在是不想再在这件事上多做文章。

当年那场救援任务带给白历的心理阴影太大，死了很多人，他希望翻案，但不希望是为了咬死谁而翻案，至少别从他嘴里说出来。

会议室内陷入短暂的沉默，林序则一直保持着那个紧绷身体的坐姿，双手习惯性地放在膝盖上，神情严肃。

没等白历再说什么，陆召站起了身。

"没事就走了。"陆少将淡淡道。

白历愣了愣，陆召拉了他一把，把他从沙发上拽起来。他从陆召的眼里看了怒意。

陆召没接触过太多处于权势中心的人物，在他的认知里很多事情被简单地划分为"该做"和"不该做"。翻案就是翻案，调查也只是调查，他无法理解这种掺杂着其他目的的行为。

这种无法理解让他感到愤怒。

少将还是太年轻。白历心想，难怪梦中他走到结局，都没能像唐开源那样混到最上层去。

这样也挺好。

"抱歉。"一个沉闷的声音说道，"没有为难白少将的意思。"

林序站起身，依旧绷着脸，说话显得有些一板一眼："今天的调查就到这里。"

他的话说完，佟队长和助手也起身，临走前和白历握了握手。

"为我刚才的问话道歉。"佟队长郑重道，"但我保证调查会公正进行。"

白历笑了笑，警厅的两位拉开门率先走出会议室，陆召紧随其后正要离开，林序又开了口。

"我很喜欢机甲，也在驻地军团担任驾驶员。"林序说，"所以一直关注征集赛，white01机型我很感兴趣。"

这个话题来得很突然，白历从这简短的两句话里勉强分辨出林序的赞赏："谢谢。"

"我很好奇。"林序道，"征集赛后，你有什么打算？"

没想到林序会问这个，白历停顿几秒答道："回军界。"

元帅轻轻叹了口气。

"你的意思是，赢下比赛，white01机型能够得到正式研发并且投入使用后，你也就有了重新驾驶机甲的机会，可以重回军界。"林序仿佛是块感受不到周围人情绪的木头，兀自道，"但根据我的了解，这很难。"

陆召的眉头皱了皱。

"是很难。"白历忍不住笑了一声。

难怪老陛下不大喜欢这个儿子。这人说话忒直接，根本意识不到自己可能已经得罪人了。

"不好意思，我是说据我了解，从机甲正式研发到大规模生产使用可能要很久，过程中也有过计划搁置的情况。"林序终于从元帅的表情里觉察到自己语气的问题，尴尬地补充，"这可能会影响你回军界。"

白历承认："是。"

"如果你需要。"林序说，"我可以让你现在就回到军界。"

陆召反应过来这话是什么意思后，迅速转头看向白历。这无疑是摆在饥饿者面前的一道美味，白历已经坐在桌前。

"第一军团或许不行，但第二军团我可以想想办法。"林序继续道，"你可以在第二军团内任职，等待机甲投入使用。"

白历沉默良久，开口道："我大概猜得到，这算得上是一笔交易。"

在和第一继承人互掐的过程中，林序没有太多的门路。白历很清楚自己在这场交易里的优势，白氏已经只剩个空壳，但名气却依旧响亮，白老爷子留下的人脉还没断光。他在这段时间有了翻身的趋势，在帝国公民眼里的形象不同以往，值得大做文章。

而陆召跟他捆在一起。

元帅无奈道："你小子说的也太……"没等元帅把"直接"二字说完，林序就给出了回答。

"我不否认我有其他目的和需求。"林序站得笔直，汇报工作一样地继续，"但抛去这些，我个人也愿意给你一个重回军界的机会。我看过你的采访，我认为帝国需要更多像你这样的人。"

他的语气硬邦邦的，把这种事说得毫不遮掩，让白历有点儿语塞。

陆召没听进去，他有一丝微妙的期望，他知道白历只要点一点头，就可以少走很多路。林序给白历提供了一条可以算得上是捷径的通道，只是开出了相对应的条件。

一旦和皇室挂钩，交易就成立了。

陆召一瞬不瞬地看着白历，几乎想按着白历的脑袋替他点个头。

白历站在原地愣了很久，才终于吐出一口气："谢了，二少爷，但还是算了吧。"

不知怎么着，陆召觉得这个答案并没有超出他的预料。但失望依旧是有的，他抿抿嘴，没有吭声。

"你不想回军界？"林序不解，"如果实在想去第一军团，我可以——"

"别误会，我想回军界。"白历挠了挠脖颈，"我做梦都想回。"他叹了口气，"但不是现在，也不是这样。"

不是现在，是因为时机不对。虽然大部分事情都已经脱节，但白历隐约感觉得到一切都没有彻底结束，他始终提心吊胆。

在这个状态下回到军界未必是一件好事。

不是这样，是因为他并不是有多渴望回到军界二线人员待的办公室，坐在那里一味地等待。也不是在一场交易下把自己和皇室捆绑，还得牵连上陆召跟自己一起上船。

"我想回的是可以让我开机甲、去宇宙的军界。"白历看着林序，缓缓道，"而不是搅和进帝国的乌云和泥潭。"

林序语塞，有些怔忪地挠了挠头，瞥了一眼元帅。

"我不适合在蓝宝石宫里进进出出。"白历说，"我不是想回军界，我是想开机甲，想做喜欢的事情，想做我自己。我很多年没做我想做的事了，我得回去。"

他的目的一向很纯粹，他想开机甲，并不是一定要回军界，而是只有回军界，他才能继续感受宇宙和星河。

白历要回去，但是不要身上多出枷锁。

别让这件事成为交易。

元帅的表情有些复杂，良久又慢慢多出一些欣慰。他摸了一把皱纹密布的脸，叹气道："犟货。"

未能谈拢似乎并没有让林序有太大的不满，他像是林家的一个异类，丝毫没有继承林氏的能言善语，反倒像个锯嘴葫芦，一直到白历和陆召打了招呼走到门口，才开口道："白少将，我是真的很欣赏你。"

白历回头。

"我会尽力调查清楚林胜的案子，让公众有机会了解事实真相。"林序的声音大了一些，"不过父亲那边很难应付，他不太喜欢听我说话，但我会尽量让他听的。"

他的直白把白历逗乐了，没忍住笑了两声："谢了，二少爷。"

"祝你赢到最后。"林序说。

白历走到门口，拉开门之前想起什么，转过头问道："二少爷，问你件事。"

林序点头。

"我说'乌云'和'泥潭'的时候，您想的是什么？"

林序皱着眉思索片刻，答道："我承认它们很难消失，但我会为了下一代能走在平坦的路上看着蓝天而竭尽所能。"顿了顿，抱歉道，"或许手段有些难看，但我有时没有别的法子。"

白历又问："你觉得理想的帝国是什么样的呢？"

这个问题问出口，元帅的脸上浮起一丝紧张，差点儿跳过来去捂白历的嘴。

但林序没有回避，他抱着胳膊踱了几步，低声道："它应该是每个人心里的'我的帝国'，属于所有人，不属于某个人。"

屋里一片静谧，林序就像是没有说过这句话一样，重新坐回沙发上。

这场目的并不单纯的会议在沉默中收场，白历跟老郑约了去泡他的那条左腿，陆召开车送他去军医院。

一直到车拐上高架桥，白历才缓缓吐出一口气，侧头看了一眼陆召。陆少将的表情很平静，只是从被超了几次车来看，白历还是觉得他有点儿分心。

"你是不是有点儿失望？"白历用手碰了碰他，"在我拒绝林序的时候。"

陆召坦诚道："是。"

白历："其实我只是想……"说到一半卡了壳。

"你只是不想成为砝码。"陆召淡淡道，"你光明磊落地走了这么多年，希望能光明磊落地走到最后。"他腾出一只手拍着白历的肩膀。

陆召轻声道："我就失望一小会儿。"

他其实很清楚白历会做出这个选择，白大少爷吊儿郎当，但心里一直都有一道线。那道线毁掉过他一条腿，让他放弃机甲研究时的有利方案，现在又切断了他的捷径。

那道线有点儿蠢，又有点儿让陆召钦佩。

第七十四章
洗漱室思考

"基因突变。"白历斩钉截铁，"要不是基因突变，林氏怎么能有那么个……实在人！"

陆召坐在他对面的椅子上，指头按在白历左腿的膝盖处稍稍用力，懒得搭理白历。

"再不然就是在驻地军团撞过头。"白历说，"你看到没，元帅一开始想捂我的嘴，走到半道准备拐回去捂林序的嘴，最后只能站到一边捂自己的嘴。"

军医院治疗室里只有陆召和白历两个人，说话的时候也就不怎么顾忌。

白历把左腿架在陆召腿上，自己也在按腿。

"你挺看好他。"陆召从膝盖往下按。

"说不上看好不看好。"白历说，"主要是横向对比之后，第一继承人用实力告诉各位他真的在很尽力衬托老二了，真是感人的手足之情。"

这嘴真是一点儿德都不积，陆召笑了半天。

"我对林序没什么感觉，最多就是不讨厌。"白历向后一靠，瘫在沙发靠背上叹口气，"长了张正儿八经的脸，没想到还是个梦想家。不过也有可能就是挂在嘴边的漂亮话，听听也就算了。"

陆召没太懂。

白历说："这么说吧，你觉得我能活得这么滋润是因为什么？"没等陆召多想，白历就给出了答案，"因为我的身份。"

"我得承认，我能接受高等的教育，拥有优秀的生活环境，广阔的门路和不愁吃喝的下半辈子，都得归功于我是个贵族，还碰巧挺有钱。我的身份让我在帝国有一定的特权。"白历懒懒道，"所以我才说我比很多人都有能力和机会去做出 white01 这个选择。从一开始，我的起跑线就比相当一部分人要高。"

陆召默认，他出身平民，童年过得并不宽裕，周围的人也大多如此。

他是混出了头，看起来只要努力就有未来，但他年幼时大部分认识的人自始至终都活在那颗灰蒙蒙的附属星。

"我的出身注定了我混得圈子，越有门路，就越有门路，越有钱，就越有钱。"白历笑了笑，"所以我们抱团占据上层，乌云和泥潭也就这么形成了。二少爷想要一个属于所有人的帝国，那他就只能把这个起跑线拉到所有人都能站的位置。"

白历叹口气："这很难。就算没有贵族，也会有富人和穷人，强悍者和羸弱者，就连贵族内部都分老派、新贵，人存在就会有等级之分，等级高的人自然会抱团，会成为新的阶级，起跑线就会被拉高。"

陆召无言。

"不过这都是我片面得想法。"白历瘫在沙发上笑道，"是'洗漱室思考'。"

"什么意思？"陆召问。

"就是坐在马桶上或者洗澡的时候偶尔会冒出来的想法。"白历说，"显得我很深入思考，是个文化人的样子。"

陆召一言难尽地看着他。

"干吗？"白历支棱起脖子，"你没发现人在没带个人终端坐马桶跟泡澡的时候最容易想事吗？"

陆召隔了好一会儿道："确实。"

"你看看。"白历说，"洗漱室思考吧。"

不太懂白历怎么能把毫不相关的两件事连在一起说的，但陆召还是被逗乐了。

笑够了，陆召继续问："这些，要怎么解决？"

他说的"这些"很含糊，简单的两个字下是庞大的事物。

"我哪知道，我就是个这个——"白历用大拇指掐住小指的指尖，比了只蚂蚁的大小，"不过我偶尔会比较幼稚地想，要是有一天让我摘去贵族的头衔，我应该也不是不乐意吧。"

陆召笑了笑。

"很理想主义吧，我也觉得。现实可是更深更沉更不讲情面，走在现实里的人都得摸索前进，还可能摸错了掉进沟里，"白历笑道，"我玩不来这个，你还不如我呢，咱俩就凑合着活吧。"

"嗯。"陆召说，"做好眼前。"

白历笑道，"我的洗漱室思考告诉我，我这样的人能做的最基本的事就是：站在这个位置的时候，留神别踩到下面的人。"

在帝国这个和白历梦境完全不同的地方，他经常会生出很强烈的无力感。但有一点白历很清楚，那就是不管在什么地方，站在什么位置，做个好人总不会错。

"我毕竟过得还不错，可能说这些大道理有些'何不食肉糜'的意思，但我也想不出别的了。"白历说道，"不过讲真的，我拒绝林序的时候还有点儿怕他不乐意，以后挤对我什么的。"

"怎么挤兑？"陆召抬起头问。

"我也说不好，但我总觉得提心吊胆，梦里预示的命运轨迹到底有没有彻底崩盘我不敢确定，在它没彻底坍塌之前什么事都可能发生。"白历叹气，"毕竟在那条轨迹上我的左腿得彻底断了才算完。"

"实在不行……"白历摸摸下巴，"我就只能靠着契约人混吃混喝了。"

对这个话题陆召一直都不大喜欢回答，他沉默了。

"说实话，自从上次主赛场的系统故障之后我就有点儿放不下心。"白历开玩笑道，"打不下去了还没替补，干脆陆少将替我上场算了。"

陆召的手顿了顿，"嗯"了一声。

白历隔了两秒才反应过来："你别'嗯'，我扯淡呢，主力军团的人不能参赛。"

"以前……有过参赛的。"陆召低声道，"我查过，最后处分了。"

"那是以前，现在谁要是还敢这么往枪口上撞试试？"白历说，"直接就能踢出主力团，离开军界都有可能。"

陆召看了他一眼，没吭声。

白历意识到这人是真的有想过这些事，不由坐直了身体："听见我说的没？以前不说好了吗？别因为任何事影响你自己。"

陆召想说什么，嘴唇动了动。

"我也是嘴欠多余说那么一句，你这念头给我掐死了。"白历说，见陆召不回话有点儿急了，"我跟你说话呢，陆召。"

陆召隔了一会儿才闷闷道："知道。"

白历抽回腿，又轻推了一把他的肩膀，陆少将才肯抬头看他一眼。

"我觉得吧，我是你的契约人，你的后盾。"白历说，"也是你好兄弟，对吧？"

陆召点了点头。

"好兄弟应该在你犹豫着上不上路的时候踹你一脚让你往前走。"白历看着他，笑了笑，"不是成为会让你绕远的岔路，对吧？"

他们的契约人关系建立在一开始的彼此欣赏之上，白历欣赏陆召振翅高飞的模样，从没想过要折掉他的翅膀。

"咱们都有各自要走的路。"白历轻声道，"看着对方走，也挺开心的。你只要在终点等我就行了，替跑可不行。"

语气很轻，却很温和，陆召心里刚积压起来的那点儿沮丧一触即溃。开口时，就只剩下了一个"嗯"。

浸泡式修复液的效果十分不错，再找老郑复查时对方难得没有唠叨一堆，开了点儿配合服用的药剂后就打发白历回去休息了。

"还是得注意用腿的时间和频率。"老郑道，"比赛结束之后立马放大假，来我这儿复查，这不用我多嘱咐了吧？"

白历答应下来，正准备拿了药剂走人，老郑又想起来另一件事。

"对了，你来军医院的事很多人知道？"老郑问。

"除了我跟陆召，估计研究所的都知道吧。"白历想了想，"有事？"

老郑表情复杂："你这两天没怎么上星网？网上有人说你比赛期间一直在军医院接受治疗，靠药物手段维持身体，white01 的性能其实很差，没你们研究所吹的那么厉害。"

"胡扯！"白历皱眉，"white01 还是半成品我不否认，但如果没有那场事故引起的数据波动，我的腿打完比赛不成问题。"

"我知道，但别人又不知道，有人带节奏就肯定有人捧。"老郑无奈，"我就觉得这事不大对劲儿，跟你说声。"

是不太对劲儿，白历的腿伤估计帝国没人不清楚。

去年年底那会儿闹得动静挺大，他身体受损的程度也被人扒得差不多了，能不能开机甲大家心里都清楚，white01 的出现能让白历这样的人重回驾驶舱，已经足以证明研发的成功。

所以这波节奏带得莫名其妙，不少人都觉得这个说法是在恶意挑衅，给白氏研究所添堵。但白历不能指望着所有人都站在他这边。只要节奏带得够快，很是能搅和起一些脑子不太清醒或是原本就酸了吧唧的人跟着起哄。

"是不是真不行啊，白氏研究所给个说法呗，一直不出面是不是心虚？"

立马就有人回怼："我就不懂了，白历的腿伤有多重你们不知道？他现在能开机甲，white01 的战绩都是板上钉钉的事实，你还想要什么说法？懒得搭理你们这群傻子就是心虚？"

支持者和质疑者吵得不可开交，愣是吵成了终选赛前比较受关注的话题之一。

人们的关注点很容易被带偏，这边吵得声音大了，就没人关注之前还在讨论的话题。刚议论过的分赛区后台出事的消息就这么被搁到了一旁。

"很突兀。"陆召开着悬浮车拐了个弯，"现在说这个。"

车载人工语音正念着一条条的论坛留言，白历听到一半抬手关了："聪明人都看得出来。"

陆召看了他一眼。

"夸您是大聪明呢。"白历笑着用胳膊肘撞了他一下。

陆召的嘴角翘翘："放着不理？"

"理不理得无所谓。"白历拿出个人终端，在联系人名单上划过，"让废物们闭嘴的最好方法其实很简单，赢就行了。"

陆召很赞同，但心里不大舒服。

谁都不会觉得有苍蝇贴着自己嗡嗡是什么舒服事，白历的压力已经很大了，这种嗡嗡只会让他分神。

"不过我最近心情很好。"白历说，"我心情好的时候，就见不得有人在我跟前蹦跶。"

没等陆召反应过来，白历一个通讯就打到了警厅，警厅领导的脸刚弹到虚拟屏上，白历就开口道："报个警。"

关于白历出入军医院是否意味着 white01 机型有问题的言论还在大规模发酵，就被兜头泼了一盆凉水。

白历直接以"调查日常行程算是骚扰"和"编造谣言算是诽谤"两个理由联系了警厅。警厅已经介入调查。

这盆冷水把看热闹的人泼得直骂晦气，却把支持者给泼醒了。

是啊，白历什么时候去军医院关你屁事？怎么你就知道人家去了呢？这不是私底下调查了是什么？

再者说了，白历的腿伤多少年前就有了，定期体检不过分吧？怎么抓着个线头就往 white01 上扯呢？

很快就有人从这件事里品出点不对味儿，前段时间帝国研究院落马的那个小领导造谣征集赛侧重破坏力机甲的事还没被遗忘，那一波赛前干扰直接让许多小研究所放弃了比赛。

现在又在终选赛之前搞这一出，说不是赛前干扰谁信呢？

帝国公民从去年年底至今一直备受冲击的神经绷得死紧，个个都像是安了雷达，看到什么消息都觉得有内幕。

支持者们的目标倒是很明确，谁能从挤兑白历中获得好处，那谁就有嫌疑。

嫌疑人倒是不多，除去白历本人只剩十五个。

分赛区的选拔赛终于彻底结束，主星区和分赛区共十六人获得终选赛的资格，齐聚主赛场。

在轰轰烈烈的议论声和帝国公民高速旋转的"黑幕雷达"扫射之下，机甲征集赛终选赛终于拉开帷幕。

主赛场观众席全部开放使用，新增观众入场通道，以便接纳各附属星前来观赛的机甲爱好者。

今年的征集赛人才齐聚，十六位驾驶员以精湛的驾驶技术征服了各大军团和军学院，在平静多年的帝国重新掀起一阵机甲狂潮。

比赛当天，主赛场外已是一片喧嚣，全息投影下十六台机甲轮流出现，时而俯冲向观众席，引起阵阵欢呼。

来自不同附属星的分赛区观众也在今日抵达主星，来为自己中意的机型和驾驶员助阵呐喊。

陆召和江皓等人已经提前入场，全部开放的主赛台比之前更加宽广，一块巨大的虚拟屏上正直播着赛场外的情形。

"白历他们什么时候到？"江皓把带来的饮料分了分，问陆召，"头一天驾驶员都得到场吧？"

陆召接过饮料："具体的我也不清楚，他跟司徒他们一起从研究所出发，应该已经在路上了……"

话还没说完，观众席上就传来一阵议论声，陆召等人抬头看去。

虚拟屏上，主赛场外一辆客运悬浮车驶来，白色的车身上刷了一道亮眼的深蓝，白氏研究所的标志烙印其上。

"来啦！白少将！"有人喊道。

悬浮车刚一停稳，蹲守在场外的各大机甲刊物的记者们就围了上来，倒是很自觉地保持着礼貌距离，只是白历一走下车门，还是被这种热切的目光看得很不自在。

"那什么……你们拍完修不修图啊？"白大少爷穿着赛服，手里还抱着自己的专用头盔，跟周围的记者说道，"修帅点儿，但是不要掩盖我本来的气质。"

记者们哄笑，有人说："这是直播。"

主赛场内观众席上也发出一片笑声。

"看到没？"江皓笑道，"这小子没出声，但嘴唇动得那么快，肯定在骂人。"

等白氏研究所的人都从悬浮车上下来，又有记者问："白历先生，请问您是否有信心在比赛中取得理想的成绩呢？"

"这个不好说。"白历调整好状态，司徒走在他身边，两人带着身后的团队一边走一边回答记者的提问。没给司徒捂他嘴的机会，白历就已经说道，"我还以为赛事组已经在奖牌上刻好我的名字了呢。"

即使是隔着虚拟屏，即使语气显得很平淡，但白大少爷依旧嚣张不减。

紧赶慢赶没赶上的司徒愁眉苦脸。

江皓、陈楠和韩渺已经大笑不止，陆召的目光在白历的脸上停顿片刻，从那双眼里看出点儿得意的光亮。

陆少将忍不住笑出了声。

有人不屑，有人鄙夷，有人追捧，有人效仿。不管周围人什么样，白大少爷走到哪儿都是聚光灯的中心。

进行了狂妄发言之后的白老板被研究所集体禁言，由专门找的助理回应记者们的一些常规问题。

"又来人了。"有记者说道，"胜世研究所。"

白历回头去看，不远处一辆黑红色的悬浮客车刚刚停稳，车门打开，一个穿着赛服的人率先走下，肩上还披着一件外套。

两人的目光在半空中对上，几乎同时感受到对方的警惕和敌意。

　　特种之间的气息一旦碰撞，就会给周围人带来一种非常微妙的感受，这种感受难以说明。记者们不约而同地将拍摄机器人对准了两人。

　　胜世研究所的研究员们陆续下车，黑红色的制服让领头人看起来潇洒俊逸，他披着外套看着白历，两人无声地对视了数秒，才露出一个温和的笑容，伸手走过来："白历先生。"

　　白历皮笑肉不笑地换了只胳膊夹着头盔："唐少爷，您怎么老这么不赶巧。"

　　胜世研究所在前段时间陷入舆论风波，林胜被警厅调查的消息不胫而走，至今没再露面。今天率队前来参赛的是驾驶员唐开源。

　　唐氏和白氏之间的关系不需要过多介绍，两个异姓兄弟几乎从未同时在外界露面，这或许是第一次以这种方式出现在同一块屏幕上。

　　"我去，冤家路窄。"江皓小声骂道，一转头看见陆召的表情，愣了愣，"怎么了？别担心，白历有分寸，打不起来……"

　　江皓的声音陆召已经听不太清，他在唐开源伸出手的瞬间就绷直了身体。上一次白历和唐开源握手后的样子他记得很清楚，此刻格外紧张。

　　"握个手吧。"和白历不同，唐开源彬彬有礼地笑道，"尊重对手，对吧？"

　　白历看着他，唐开源此刻没有半分在军医院时的阴霾，面色红润，精神焕发，状态保持的很好。

　　不知道是真得到了控制，还是重新上了一次机器。前者也就算了，要是后者……

　　"说得对。"白历冷淡地点点头，却没第一时间伸手，只是转头跟助理道，"把'那个'拿出来。"

　　没等周围人反应过来，助理就掏出一个密封袋撕开，从里面捞出一副手套。白历慢条斯理地戴上手套，在唐开源僵硬的表情里伸出手，握了握。

　　"我都买了好几天了。"白历对他笑了笑，"加厚，加绒，一次性。"

　　没人说话。

唐开源隔了一会儿才道："想不到白先生还有洁癖。"

刚说完，白历就装模作样地打了个喷嚏，摘掉手套擦了擦嘴："啊？你说什么？"

唐开源脸上的表情有一瞬间的扭曲，但很快恢复平静："白先生，我们之间好像连基本的尊重都不会有了。"

"别，你这么说就没劲了。"白历挑了挑下巴，"我们之间，只是用不着装模作样了。"

唐开源点了点头："说得也是，那就……"

"主赛台上见。"白历接道。

两人没再看对方，各自走进主赛场。

主赛场内，white01 和 LIN23 机型的全息投影同时点亮，两台机甲俯冲向观众席。观众们这才回过神，议论声再次大了起来。

白氏和唐氏的不和在刚才短暂的会面中尽显，也让不少好事之徒期待起白历和唐开源是否能有机会一战。

十几分钟后，随着最后一个研究所进入，主赛场上空响起一声金属碰撞声。

终选赛将在这一天淘汰八台机甲。

在欢呼喝彩声中，陆召感觉到自己的个人终端震了震，收到一条简讯。江皓和韩渺同时也打开了各自的个人终端。

三人收到的简讯均来自第一军团高层，这是一条不久前参加过紧急会议的高级军官都会收到的讯息。

——"已确认。"

第七十五章
赢到底才是我该做的事

终选赛开赛的第一天，十六台机甲将有八台被淘汰。

上午九点，随着一声金属撞击的声音响起，比赛正式开始。

白历的比赛排得略靠后些，没能和唐开源在十六进八时撞上，后者的比赛已经打响，LIN23 机型在占据半场的全息投影上划过。

"仔细看还真的和'苍蝇拍'很像。"司徒叉着腰站在白历身边，两人通过后台的直播观看比赛，"我专门查过，整个 LIN23 机型的设计倾向都很像'苍蝇拍'，只不过降低了很多驾驶难度，相对威力也有所减弱，搭载的系统和武器也更先进。"

白历"嗯"了一声，眼睛始终没有离开虚拟屏。

酷似"苍蝇拍"的机甲在一片狂风飞沙中急速穿行，狂风和脚下的沙地对前进造成一定影响，但如果飞高，半空中会有交战军舰的密集流弹，极易被击中。

终选赛的地图难度提升了几个等级，除了环境更恶劣，双方选手的刷新点也相对偏僻，更要命的是还有计时，如果时间截止时仍未有一方被彻底击落，则受损程度较低、能源储备较多、驾驶员稳定程度较高（以系统检测为准）方获胜。

有这个规则，主要是考虑到实战中会有打急仗的情况发生，要求机甲能在不利条件下短时间内解决战斗，也对白历这样偶尔会花时间布局的驾驶员施加了不少压力。

但白历此刻关心的并非这方面的压力，他观察着唐开源的一举一动，双手抱臂，渐渐皱起眉头。

司徒见他不说话，又一直看着LIN23机型，拍拍他的肩膀："这就是个大型仿品，你可是开过原装的。"

白历回过神来，换了个姿势靠在椅背上，侧头跟司徒道："不是，你觉不觉得唐开源有点儿奇怪？"

"哪里奇怪？"司徒盯着虚拟屏看了半分钟，"动作是有点儿不自然，这正常，LIN23虽然是重甲，但为了降低操作难度，材质比'苍蝇拍'轻点儿，在这种等级的风力下肯定受影响，脚底下是细沙，走起来也不稳，不方便用力。"

"你眼里是不是就只剩下机甲，我们这批驾驶员不在观察范围内啊？"白历就佩服司徒只看机甲本身的能耐，"你再看看，唐开源多余动作是不是有点儿多？"

从驾驶员观察的角度去看，司徒确实看出点儿门道。

在环境恶劣的情况下，有些维持平衡的额外动作很正常，但LIN23的小动作却格外多。偶尔有被狂风卷起的石块砸过，它的反应都相当大，几乎是用闪避炮弹的姿势躲开，有几次甚至石块都没接近，就被它的离子炮轰掉。

近距离对抗的过程中有几次被擦过的流弹吸引注意力，导致来不及闪躲，被对手逮个正着，造成了一定损伤。

"好像是。"司徒犹豫道，"怎么感觉有点儿……"他有点儿说不上来。

"神经质。"白历说，"过于紧张，注意力难以集中。"

司徒赞同："确实，这种水平的比赛，他难道有压力？"

有压力是肯定的，但能进终选赛的驾驶员抗压能力不至于这么差。机甲驾驶本身就是很严谨的事情，精神力必须保持稳定，不然肯定会出事。

像是为了印证白历的想法，虚拟屏上原本正急速后撤的LIN23忽然绊倒，身体侧跌在沙地上，足有两至三秒没能站起。

好在机型搭载的武器够多，侧手臂上的炮口张开，正面轰到了想要扑上来补刀的对手的驾驶舱。

"太悬了！"解说员大叫，"LIN23机型似乎是故意卖出一个破绽吸引对手，趁机攻击，这下可真是正中面门啦！"

司徒咂舌："哇，唐家的也很能耍心眼嘛。"

白历没回答，他始终觉得唐开源的动作太不协调。

这张地图白历也算熟悉，沙地确实会对行动造成一些不便，但沙地中却没有什么障碍物，LIN23摔得怪异。其次，两三秒的停滞已经足够对手发起进攻，万一对手没有上前，而是选择远距离炮轰，LIN23这个姿势、这个状态，基本无法躲避。

"我怀疑LIN23刚才是因为驾驶员精神力波动而出现瞬间的停滞。"白历站起身，"如果是这样，那唐开源的精神已经不适合再驾驶这个等级的重甲了。"

虚拟屏上，LIN23似乎终于找回了状态，一鼓作气压倒对手，以格外残暴狂躁的手段贴脸炸烂了驾驶舱。

主赛场上爆发出喝彩声。

唐开源走下主赛台时，感觉自己的视线有片刻的恍惚。

这种感觉并不陌生，这几天发作得更密集。伴随着仿佛要狂奔出管道的血液冲击感，他的耳膜充气，在"轰轰"声里好像又听到梦里碎片一样的交谈。

那些交谈并不完整，但唐开源依稀记得都是能让他产生强烈满足感和征服感的人们对他的夸赞。

眩晕和耳鸣过后，他的视线逐渐恢复，这才发现自己因为头晕而随手扯了一个人扶住。被他扯着的人面露惊恐，唐开源一松手就缩着脖子向后退了老远。

唐开源抬眼看去，后台胜世研究所的研究员们表情各异，都警惕地绷着身体看着他。

"恭……恭喜！"林胜的那个助手这回也跟着来了，要第一时间把战果汇报给老板。他小心翼翼地笑道，"不愧是唐少爷，又拿下一场！"

唐开源笑了笑："都是大家一起努力的功劳。"

"谦虚了唐少爷。"助手斟酌用词，"那什么，您有没有不舒服？累不累？要不……歇会儿？"

"有点儿，终选赛确实水平很高。"唐开源温声道，"我去趟洗漱室，回来还想看看其他驾驶员的比赛。各位也辛苦了，可以留下来一起看，也可以先行回去休息。"

助手连忙答应。

唐开源拿起之前披着的外套走出研究人员操作室，带上房门的瞬间听到屋内一片松口气的吁声。

他在门口站了几秒，才勉强克制住自己重新拉开门的念头，快步走向洗漱室。

洗漱室内隔间不少，他挑了一间最靠里的进去，顾不得反手落锁，就先从外套口袋里摸出一管贴着标签的注射剂，直接扎在手臂上。

特种用精神力稳定剂需要一段时间才能生效，唐开源只能靠自己扛过生效前的暴躁期。

他能感觉得到自己的精神力在剧烈浮动，不受控制地狂飙四溢，血液冲击着他的天灵盖，让他处在一个极端亢奋的状态。

皮囊仿佛要兜不住横冲直撞的力量，急需发泄，唐开源得咬着牙才能忍住那股想要把人撕碎的冲动。

手里空了的注射剂还没来得及处理，隔间的门被轻轻敲响。

"开源。"外面的人小声道，"你还好吗？"

唐开源在脑海的混乱中分辨出这是安伦的声音，他喘息着闭上眼，痛苦地挣扎片刻，抬手将隔间的门推开一条缝。

精神力顺着门缝涌出，几乎瞬间就让安伦双腿发抖。

他在比赛期间一直以胜世研究所工作人员的身份出入后台，唐开源刚下场时他缩在角落里没敢露头，但唐开源临走前看了他一眼，他在那一眼里略有动摇，还是没忍住，在推测对方已经注射稳定剂后才敢跟上来问问情况。

"开……"没等他说完，一只手从门缝中伸出，一把将他扯进隔间。安伦被狠狠按在地上，听见隔间落锁的声音，他惊恐地挣扎，"你不是带了稳定剂吗？"

"起效太慢，我好难受。"唐开源按着他央求，"快，把你精神力释放到最大，帮我镇抚一下。"

"最大？"安伦难以置信地睁大眼，"之前已经镇抚过一次了，连续让我释放全部精神力，我会枯竭的！"

唐开源被自己拔高到了一定程度的精神力顶得几乎疯狂，耳边一会儿是安伦的拒绝，一会儿是梦里不同人的呼喊，嘴里含含糊糊地说着"帮我""求你"。

安伦挣扎得很厉害，他虽然只是个小贵族，但也是娇惯着长大，没受过这种委屈，几乎骂光了自己知道的所有脏话。

唐开源又急又怕，这间专供后台人员使用的洗漱室虽然相对冷清，但毕竟偶尔也有人进入。闻到他的精神力也还能找些别的借口糊弄过去，要是听到动静过来查看，他就彻底完了！

想到这里，一股惊惧过后的怒意冲垮了他最后一点儿理智。一记耳光劈了下来，安伦尖叫一声，还没叫完就被捂住嘴。

"我都求你了！"唐开源说，"你还想怎么样？！"

安伦被打蒙了，怔忪间感到唐开源打过的地方麻木起来，原本强烈的反抗意识莫名僵硬了。

唐开源回过神，慌乱地嘟囔着："对不起，对不起……我以后不会这样，你听我的话好吧，我太难受了……"

颠三倒四的话仿佛从皮肤接触的地方渗透进血管，安伦的挣扎逐渐弱了下来，他茫然又不自觉地将自己的精神力全部释放，大脑一片混乱。

终选赛第一天的赛程安排的很紧凑，前两组比赛过后，白历的比赛就要开始。

司徒比他还紧张，终选赛的难度更高，压力更大。他从早上到现在已经上了三趟厕所，现在跟在白历身后一块去上第四趟。

"你是不是那里有问题啊？"白历边走边问，"尿频还是尿不尽啊？"

司徒声如洪钟："滚！"骂完才又拉低了声音，"你真怀疑唐开源有问题？"

如果以前只是怀疑，那今天在现场看完比赛，白历的怀疑基本已经得到了肯定。

强行拔高精神力对唐开源造成了极大的负面影响。白历不清楚这个影响对他来说意味着什么，担忧大过幸灾乐祸。

见白历没回答，司徒还要再问，尚未来得及开口就撞在了白历的后背上。

"走啊？突然停半道——"

白历低低"嘘"了一声，拉着司徒往走廊一侧靠了靠，隐没在阴影里。

走廊的另一头，洗漱室的门拉开，先走出一个穿着黑红赛服的人，司徒先认出这是胜世研究所的制服，随即才感到空气中若有若无的精神力残留，皱眉不耐地揉了揉太阳穴。

一般人对同类的精神力都不是很喜欢，平时也都注意收敛。司徒实在反感唐开源这样肆意释放的行为。

"这也太烦人了。"司徒不满，"上个厕所他装什么装呢？"

白历被逗乐了："精神力波动，肯定会一定程度上无法控制自己。"

先走出来的唐开源左右看了看。白历和司徒站的地方被一人高的装饰雕塑遮挡，两人的精神力都不低，屏气凝神。唐开源没发现，扭头似乎对门里说了两句。

隔了一会儿，又有人从洗漱室里走出，用大外套兜头裹住了自己，看不清长相，但从身形来看多半是个稀种。

稀种的状态似乎不是很好，跌跌撞撞，脚步虚浮，精神似乎有些恍惚。

等唐开源扶着人拐了个弯，彻底消失在视线范围内，白历才从雕塑后走出。

没理会司徒"怎么回事"的发问，他径直走向洗漱室，一推门就被残留在洗漱室内的精神力冲得打了个喷嚏。

"我去，这劲儿！"司徒捂着额头后退两步，"真冲！"

这残留很明显不对劲儿，唐开源确实有放任精神力外溢的毛病，但都保持在一定的范围，现在的这股残留倒有些像是崩溃爆发后的样子。

他顺着最浓重的方向找，推开洗漱室最靠里的隔间。

狭窄的隔间里没有什么多余的东西，白历四下扫了几眼，目光落在地上的一小块纸屑上。

"我待不下去了啊，走不走？"司徒一点儿尿意都没了，皱着眉跟在白历身后，见他弯腰从地上捡起什么，凑过去看了一眼，"这不是那什么嘛，稳定剂。"

状似纸屑的标签上印着帝国常用的特种精神力稳定剂标志，白历眯起眼，看来唐开源已经到了需要借助药物手段稳定的地步了。

这么说拔高精神力对他造成了非常严重的损伤，他已经知道要随身携带稳定剂，意味着之前曾有类似的情况发生。

唐开源应该失控过。

之前的失控可能带给他不小的打击，不然他不会这么驾轻就熟地在比赛结束后立刻到洗漱室注射稳定剂。这是否说明，他曾吃过赛后精神力失控的苦头？

那为什么从没有过类似的消息传出？

这个念头一划过脑海，白历立刻退出洗漱室。

"找人把征集赛期间分赛区1区的所有消息汇总一下，越细越好，多小的事都可以。"白历对司徒道，"小道消息也可以。"

这会儿残留散了一些，司徒才勉强喘了口气："怎么？"

"他这样不是一两天了，驾驶机甲的压力他都扛不住，我不相信他没闹出过乱子。"白历把那个标签递给司徒，走到洗漱台前冲手，"我去一趟军医院都能被人扒出来吵得沸沸扬扬，他怎么就一点儿负面新闻都没有？"

"什么意思？"司徒略一思索，"你觉得他压消息了？"

"本来突然又提我腿伤的事就挺蹊跷，随便扯个由头就乱带节奏。"白历甩了甩水珠，用半湿的手把散落的刘海撩上去，"唐老王八蛋我还是知道的，他压不住一个消息的时候，就喜欢挑一个更大的话头，把这个消息盖下去。"

金属撞击声通过语音系统在主赛场内外传开，随即响起人工智能温和的提醒，告知比赛还有二十分钟开始。

司徒强压下怒火，捶了白历肩膀一拳："破事你就别操心了，你还有更要紧的事。"

"我知道。"白历双手撑在洗漱台上，看着镜子里自己的那张脸，"赢到底才是我该做的事。"

曾经布满杂草的脚下终于显露出一条道路，又窄又崎岖，但他已经踏在了路上。

这是他好不容易找到的一条路，谁都不能挡在这条路上。

如果说流言蜚语在毁掉一个人的时候还能带来什么，那大概就是关注度。

"white01 机型和它的驾驶员也来到了这个主赛台！"解说员高昂道，"希望他再次为我们带来精彩的比赛——"

观众席几乎坐满，分赛区的观众在今天也齐聚主赛场，与主星区汇合，支持者们早已在解说员说出名字前喊出声："白少将！"

在金属撞击声中，虚拟宇宙中的星屑骤然汇聚，组合成 white01 的轮廓。

解说员喊出的名字将全场气氛推向一个小高潮："——白历！"

白历戴上头盔，和司徒对拳。

"再来场教科书级别的斗殴。"

白历走向主赛台。

终选赛的难度已经在前两场比赛中体现，论坛上已经开始激烈讨论。今年的终选赛强强碰撞，连带着观众都跟着热血沸腾。

"我看 white01 不行了吧。"观众席上有人说，"没恶意啊，但限时的话白历很多套路就玩不了咯。"

"有可能，这种比赛都讲究稳准狠。"

陈楠和韩渺听不下去，扭头朝说话的那边瞪了好几眼，倒是江皓和陆召没什么反应。

"哎你俩就不急吗？"韩渺道，"我都替白历捏把汗。"

江皓幽幽道："那是你手汗多。"没等韩渺发作，江皓又说，"没挨过白历打的人，估计都觉得白历是套路派吧？"

陆召笑了笑。

主赛台上，白历已经坐进了模拟舱。

"开机甲的人分两种。"江皓说，"开得了'苍蝇拍'的，和开不了'苍蝇拍'的。"

话音刚落，全息投影上比赛已然开始！

白历的视线恢复时，眼前是一片由巨大的树木组成的诡异丛林。

倒着的丛林，white01机型正朝着底下的沼泽扎去。

这一次他的刷新点是在半空，单脚被卡在树梢之间，在刷新出的瞬间树枝无法承受机甲的重量而断裂，正下方就是足以吞没他的泥潭。

机甲内搭载的侦测系统从他一连上地图就在重复同一句话："警告！该物质具有一定程度的腐蚀性，请勿接近！请勿接近！"

白历吹了个口哨。哇，刺激。

"啊这……"解说员开局就打了个磕巴，"'刷新点扫盲老师'不负众望地再一次带我们见识到了地图的新角落！"

观众席上发出一阵笑声和支持者的谩骂。

陆召前倾身体，感觉自己已经快要被白历这个倒霉体质搞得有点儿麻木了。

好在对手的刷新点也并不怎么舒适，在白历下坠的同时，重型机甲才轰掉周围的巨大藤蔓，朝着白历冲来，抬手正要来一发光炮，却见white01肩部离子炮连发，直接轰向泥潭。

腐蚀性的泥浆四溅，重甲因自身惯性过大来不及停下，被浇个正着，泥浆顺着机甲衔接的缝隙渗入，受损度瞬间上涨。

白历借着离子炮的后坐力偏转身体，他也被泥浆溅到，但因为 white01 的高速度而侥幸闪避掉了大半，此刻一手扯住垂下的树藤，借力一甩，整个机甲被甩飞的同时回身又是一炮。

重型机甲因关节受损慢了一秒，倾斜身体堪堪躲过这一炮。下一秒，white01 的光刀却已经递到了眼前。

"white01 的速度比之前更快了！"解说员惊道，"太惊人了——无论是能将速度提到这个程度的机型本身，还是拥有能调动这个速度的精神力的白历！要承受这种高速带来的压力想必不是一件易事——"

确实如此，高速行驶也意味着驾驶员的身体要承受更大的压力，也因此重甲的速度一直都维持在一个平均水平。

要驾驶重甲已经需要相当强悍的体魄，一般人很难再负担更大的重压。

"苍蝇拍。"江皓叹口气，"白历曾经是开的最快的那一个。"

white01 深蓝色的机身如电如光，疾驰而过，一个擦肩的时间就精准切掉了重甲的半条手臂。

观众席上半晌无言，只能听到解说员笑道："哎呀，这下得承认啦——白氏研究所确实做到了让机甲对身体的压力降低了大半。"

全息投影上，重甲反击的炮火，white01 亮眼的蓝，激烈的对撞和光刀出鞘后劈向对方的凛然。一开始的质疑逐渐被吞没，只剩下机甲爱好者沉迷其间的狂欢。

倒计时还差五分钟结束，两台机甲同时栽进泥潭，却像是两头拼死也不愿放过对方的野兽，死咬着对方的咽喉。

白历率先用光刀贯穿了重甲的驾驶舱，随即自己的驾驶舱也被光炮轰塌，直接被弹出地图断开连接。

"双方几乎同时被击沉！"解说员的声音里还夹着"呼"地一声响，激动地一巴掌拍在了桌上，"我实在无法分辨是谁先失去意识与地图断开连接，看来只能等待系统的计算——"

全息投影陷入黑暗，主赛场一片寂静。

在沉重、漫长的五秒时间里，陆召的耳膜里只能听到自己心脏狂跳的声音。

江皓等人伸长脖子，下意识地绷紧身体，几乎是虚坐在椅子上。

一道蓝光闪过。

"白历！"

主赛场上空，white01的虚拟投影一飞冲天，在爆发的掌声和喝彩以及解说员的狂吼中融进浩瀚星河。

模拟舱打开，白历走下来。

他听见无数呼喊，淹没掉之前的蜚语流言。

陆召看着他，想起之前白历的那句话——"要让人闭嘴很简单，赢就行了。"

强悍就是，无论是嫉妒还是诋毁，是追捧还是崇拜，都不能撼动它分毫。

白历对着观众席竖起拇指。

"你打算跟他说吗？"江皓开口，"上面的安排还没下来，但我估计就是这两天的事了。"

陆召把玩着手里的个人终端，目光落在白历的身上，没有言语。

"刚才的简讯你也知道是什么意思。"江皓继续道，"前边已经确认了，虫族的活动范围逐渐接近帝国边缘附属星，一旦上面商量得差不多，你跟韩渺可能就得被调到前边去了。"

"知道。"陆召淡淡道。

"我估计这回十有八九还是坐镇后方。"江皓抱着胳膊倚在椅背上侧头看看陆召，"你怎么想？其实你轮值延期的时间还没过，你要是想看完比赛再走，我看看能不能争取一下，先让韩渺去。上面也很谨慎，应该会先用最近的驻地军团探查，不一定马上就让第一军团动身。"

陆召沉默一会儿，摇摇头："如果下了命令，我会服从调遣，立刻动身。"

这回答让江皓愣了愣，他原本以为陆召会把轮值延期的这几天彻底用掉，毕竟白历的比赛还没有结束。

"也是，责任大于一切。"江皓叹息，"不过挺可惜，你看不到比赛最后，这孙子应该挺失望。"

主赛台上，白历竖完了他的大拇指，大步流星走去后台。

陆召收回目光，笑了笑："确实。"没等江皓宽慰两句，陆召平静道，"但比起失望，他应该会更看好我。"

江皓没听懂。

"他对我的期待比我自己还要多。"陆召站起身，"我会证明他没看错人。"

第七十六章
后台丑闻

White01 机型在倒计时结束前结束战斗，堵住了赛前奚落白历"抖机灵获胜"的人的嘴。

机甲论坛很快就上传了这一次的比赛录像，客观分析这一次 white01 获胜的原因，以及该机型在恶劣环境下快速解决战斗的方法。

帝国的主流机型基本是重型机甲，能有一台新型机甲供人琢磨，这让无数机甲爱好者相当沉迷，纷纷开帖各抒己见。

之前对白历出入军医院是否是想要靠药物手段掩饰 white01 的不足的说法彻底翻篇，当初借着这个由头挑事蹦跶的人现在成了被嘲讽的那一方。

"拿人家旧伤搞事添堵的人真的弱智，但凡有点良心都会先去查查白少将腿伤的问题。以前别人说我还不信，现在我是真的觉得有人在针对他，希望搞针对的弱智能摸摸自己的良心，白历能重新站起来不容易，他为什么负伤大家都清楚，希望他能得到尊重，谢谢。"

"不会吧不会吧，不会真的有人不知道征集赛上的机甲都是半成品吧？white01 的还没彻底完成，不会有人不知道吧？就算再健康的人开机甲时间长了都会累，白氏研究所都说了这是'降低对身体压力'的机甲，不是'让你没感觉的机甲'，白历能打进终选赛还不够打你们的脸吗？"

星网上讨论十分热烈，当看好 white01 的人和仍认为这个机型存在重大缺陷的人还在争论不休的时候，白历的个人终端收到司徒发来的一条简讯。

他坐在沙发上，一边用毛巾擦着腿上的水珠一边打开虚拟屏，机器管家絮絮叨叨地在他脚边滚来滚去，收拾地上的水渍。

陆召洗完澡就听见机器管家在发牢骚。白历变本加厉，把腿上的水珠甩到了圆胖子的脑袋上。

"别甩。"陆召从沙发靠背后面伸手过去，拍了白历的后背一下，"刚泡完。"

为了方便，老郑让白历把浸泡式修复液带回来用，虽然少了医院的稳定缸效果略有打折，但白历觉得还行。

刚泡完修复液的左腿不适合做大动作，白历挨了陆召一拍，才老实了一点儿，把骂骂咧咧的圆胖子轰走。

"还疼？"陆召问。

"本来就不疼。"白历把毛巾丢到一边，"有点儿酸，休息休息就行。"

为了配合终选赛的计时赛制，white01的数据稍作改动，以便于白历用精神力提速，也因此对他的身体略有些额外的负担。

白历点开司徒的简讯，看了一眼，嗤笑道："上赶着往我手上送脸。"

把虚拟屏放大了一圈，陆召会意，双手扶在沙发靠背上，前倾身体看简讯。

"这么严重？"陆召越看越惊讶。

"特种的精神力偶尔外泄不算少见，但一个成年特种能搞成这样绝对有病。"白历膈应得不行，"多亏1区的后台休息室都是隔开的，他那个研究所人也不算多，不然波及的人更多。"

陆召看完简讯，皱眉道："两个稀种，不少了。"

"是啊。"白历叹息，"一个到现在还没醒，医院里躺着呢。当时在场的特种还算清醒，否则后果不堪设想。"

陆召不想看了，觉得恶心，错开目光问："这事没人知道。"

"林胜满头官司，第一继承人也在关键时期，他俩应该都不想再让这事传出去吧。"白历关掉个人终端，侧趴在沙发靠背上离陆召近了点儿，"唐老王八蛋就这一个儿子，要是这丑闻传出去，几年内是指望不了他进第一军团了。"

"这种情况——"陆召淡淡道，"进军团，也是个占坑的。"

第一军团是精锐中的精锐，能进的人绝对都是实力过硬的角色。

一个连精神力都稳定不了的人，就算进去也派不上用场，纯粹多占了这年招新的一个名额而已。

"之前白樱说他精神不好，我没想到已经到了这地步。"白历咂舌，"看完他比赛我就知道了，他再上几次那个机器，就得废了。"

说完觉得自己比想象的要平静，唐开源的下场怎么样，对他来说都已经不能证明什么。

只是会觉得有些恍惚，梦中呼风唤雨的唐开源，其实还不如那些努力活着的小角色。

陆召道："别想了。"

白历回过神："用不着我想了，脸都递到我手边了，不打个响我就是缺心眼。"

陆召笑了笑，停顿几秒，才又说："我有事说。"

白历懒懒道："啊？"

"之前提过虫族的事，有了新情况。"陆召的声音里有些因为犹豫而产生的缓慢，"还没具体安排，但可能近期会调第一军团的人去前面。"

白历睁开眼，花了几秒才反应过来陆召话里的意思。

"如果调我去。"陆召看着他，"我会立刻离开主星。"

"哦。"白历半天憋出一个音，"这两天就走？"

陆召："不一定，我个人觉得应该会先让离得近的驻地军团去。"

白历点点头。

"如果我不能看比赛⋯⋯"陆召没说完，手就被白历握住了。

握得很紧，很平稳，没有颤抖，传来安静的力量。

陆召的心在这一握里彻底落在了踏实处，认真道："你也会赢的。"

"会。"白历说，"我比较强。"

陆召轻笑："嗯。我也会的。"

"您最强。"白历说，"回来拿了第四朵金色卡丽，借我玩两天。"

"之前的就放在我衣柜上面。"陆召老实道，"你想玩自己可以拿。"

白历忍了又忍，他也是前几天才知道陆召的前三朵金色卡丽直接就搁在衣柜上，就连白老爷子都知道找个架子放勋章。

大概对陆少将来说，功勋已经是昨天的事情，人永远不能止步在昨天。

"我以为……"陆召说，"你会挺失望。"

"有点儿遗憾。"白历感叹，"你将错过我今年最风光的时刻。"

陆召忍不住笑了。

如果说还有什么消息能盖过今天的所有八卦新闻，那应该就是快晚饭时被曝出的分赛区 1 区后台丑闻。

从去年年底开始，帝国公民好像就没有太多时间浪费在娱乐新闻上。和那些今天恋爱明天结婚或者昨天结婚明天出轨的八卦比起来，摆在眼前更能让人动怒的新闻往往让他们意识到帝国此刻并不是晴空万里。

好像是最近才终于睁开了眼，人们发现自己之前似乎一直活在浑噩的泥潭里，这个认知让人遍体生寒。

据有关人士爆料，最近正在火热进行的机甲征集赛分赛区 1 区某驾驶员在赛后暴走，疑似精神力混乱，导致后台隔间在场的两个稀种被迫进入崩溃状态，并因该驾驶员不愿声张而没有及时送医，错过最佳注射抑制剂的时间，身体受到不小的损伤。

这消息像是风一样刮过帝国星网，差点儿把所有人掀个跟头。

特种适当释放精神力还算正常，公开场合略有放肆都会被认为是没素质的行为，而直接这样放任精神力，这直接就能送进帝国监狱了。

征集赛出了这种事，人们震惊之余感到无比愤怒，让这种人参赛已经算是筛选不慎，而出事之后竟然不坦诚对外公布，试图掩饰，这简直就是在挑战道德底线。

无论是机甲圈内的人，还是并不关心比赛本身怎样的路人，都被这个爆料搞得火大，群情激奋，一片骂声。

只可惜爆料的内容并没有直接讲明白那个收不住味儿的蠢货是谁，如果能有一个明确的指向，那唐氏老宅的房顶这会儿估计已经被削平了。

唐骁像是胀满了气的皮球，脸色通红，要不停地松领口才能喘上气。他脚边是刚打碎的高脚杯，红酒洒在地毯上，血一样染了一片。整个书房就只能听到他一个人的咆哮。

"现在好了，全都怪在我头上！刚出事我就打了招呼，他们嫌麻烦不想插手，现在事闹大了才怕被牵连！"

摆在一边的个人终端还没关，虚拟屏上是第一继承人手底下的人发来的简讯，回复说大少爷正在想办法把这事遮盖过去，已经和医院里还在治疗的两名受害人联系，看看能不能用钱解决，要唐骁配合着一起活动活动。

虽说要帮着遮掩，但更多的是怕被唐家的事牵连。

林胜，唐氏和大少爷，早已经是一条船上的人，谁都堵着这艘船上的一处漏洞，一个人离开，船可能就得进水而沉。

也因此第一继承人对唐骁和唐开源相当不满，回复的简讯话里话外都有责备之意。

唐夫人安静地坐在小沙发上，捧着一杯热茶，手心被烫得发疼，但依旧没有松开。

唐骁暴跳如雷，走来走去的样子像个红弹珠，她得用这个烫劲儿才能提醒自己别笑出声。

"要不然——"唐开源站在一旁小声道，"我去跟那两位稀种道个歉，让他们别声张。"

话音刚落，就被砖头块一样的厚书砸到了额角。

"你还嫌找的麻烦不够多？"唐骁又砸了一本，吼道，"你去？你想所有人都知道是你让他俩进的医院吗？"

特种的身体相对强悍，这一砸并没有流血，只是被书脚剐蹭肿起一小块。

尽管如此，唐开源还是第一次直面父亲如此暴戾的一面，他心里无端升起一丝恐惧和惶惶，下意识地去看母亲。

唐夫人依旧坐在那里，不紧不慢地喝了一口茶，半垂着眼，平静且面带温和的笑容。

她披着唐骁理想伴侣的皮，并且已经相当习惯。

"我是想那两位稀种之前对我印象还不错，我去说一说，他们或许不会计较。"唐开源解释。

唐夫人扫了他一眼，就连唐骁都愣了半秒，气极反笑："你是不是活在梦里？"

这话虽然无意，对唐开源来说却如同一刀致命的攻击。他的脸色一白，梦里，他倒是想活在梦里。

"那两个人差点儿被废还用我多说？他们八成几年之内都不会想看见你。"唐骁不留情面地冷笑，"再者说，你一个贵族，也要有点儿尊严。"

唐开源低低应了一声。

一直到凌晨，唐氏老宅才在深夜中安静下来。

唐开源有些恍惚地顺着走廊慢慢走，今天的机甲比赛给他造成了不小的压力。

能挺进终选赛的驾驶员没有一个是好惹的，加上他在比赛途中几次受到幻听干扰，差点儿出现失误，好在最后精神力又进行了一次高幅度拔高，才稳住局面。

重型机甲对身体负担很大，唐开源觉得很疲惫。他想起来赛后在后台通过直播观看的白历的比赛。

华丽的拔刀和精妙的近距离交战技巧已经成为机甲论坛上对白历分析时常提的两个方面，但真正看到比赛时，白历带给人的震撼远比论坛帖子和机甲周刊报道上的文字要来得更具冲击性。

唐开源几乎觉得白历依旧是年少时那个万众瞩目的天之骄子，他不断提醒自己，白历是个残废，白历已经被打下了高台。

同样都有白家的血统，凭什么白历能有高强的精神力？

"到底是基因好，唐少爷新的精神力鉴定结果下来啦……很高，大概比那位白先生还要高……"

残废就该老实缩在角落里落灰，别跟健全的人来抢位置。

"我会替你在第一军团重新为白家和唐家开辟一条路的，白历先生。"

赢了又怎么样，肯定是对手失误了，要么就是对手经验不足。

你以为台下鼓掌的人是佩服你？他们那是同情！是怜悯！他们可怜你是个废物而已！

"你的人生真是可怜，把自己活在怨恨里。白历，我原谅你的所作所为，我都有点儿同情你了……"

现实里心中的呐喊和梦里一闪而过的片段交织，唐开源感觉无数声音压向他，几乎要把他压垮。

虚拟屏上白历走下模拟舱，拿掉头盔后露出毫无阴霾的笑脸，和对手握手。

唐开源知道，此时此刻白历只能听到掌声。而他，却要受到各类杂音的折磨。

人和人不一样，那凭什么高一头的永远都是你？

"开源。"有人轻轻喊了一声。

唐开源打了个激灵，神经质地左右查看，最后回头看见唐夫人站在身后，才知道没有幻听，松了口气。

"母亲。"唐开源清清嗓子，"这么晚了，还不休息吗？父亲会……会不高兴的。"

唐夫人平和地笑了笑："没事，他吃过药已经睡了。我有些事想再跟你说一说。"

"您说。"唐开源道。

"那台机器——"唐夫人顿了顿，终于毫不掩饰地说出自己的想法，"你不要再用了吧。"

唐开源愣了愣，脸色有些阴沉："我撑得住。"

"你的精神状况很差，我很担心，医生已经说过很多次，需要你接受治疗，稳定精神力，你已经到了牵连其他无辜的孩子的地步了。"唐夫人没有看他的脸色，继续道，"就算不谈撑住撑不住的问题，我觉得这台机器并没有让你变得更好。"

唐开源皱眉："什么意思？"他有些激动地大声道，"我精神力在提高，赢了比赛！我已经够格进第一军团，以后还会去前线开机甲！我在变好！"

"这不是变好。"唐夫人平静道，"是成瘾。高于你原本力量带给你的成就感让你成瘾，你负担不起，但又不乐意放下。这是成瘾之后的贪婪。"

唐开源如坠冰窟，他好像被自己的亲妈扯掉了遮羞布，才发现原来其他人早就看出他内心深处的龌龊。

"你凭什么这么说！"他从心底蔓延出一股怒意，"只有我上得了那台机器，这就是我本身的能力！我赢了比赛，赢的人就是强者，输的就是废物——"

唐夫人终于有了表情，她像是不愿看下去一样别开眼。她的心里却很平静，平静中略带苦涩。

"别这样说。"唐夫人轻声道，"脚踏实地努力的人，不该用输赢定义。"

唐开源的声音被卡在嗓子里，隔了很久才说："你的意思是说，我不脚踏实地？"

"我没有什么意思，"唐夫人解释，"只是希望你能停用机器……"

"停用了，赢不了了。"唐开源看着她，"然后输给白历？"

唐夫人愣愣地说不出话。

"母亲。"唐开源低声道，"你心里是不是只有白家跟白历？"

"你怎么能……"唐夫人不知道怎么说下去，自嘲一笑。

"你瞧不起我。"唐开源有些恍惚地说道，"因为我总是被白历压一头。"

唐夫人站在走廊上，这么多年来仿佛第一次认真地打量这个儿子，沉默许久，她开口："在我心里，你和白历确实不一样。"

唐开源愤恨地看着她。

"要说哪里不一样，大概是我可以在你面前自称母亲。"唐夫人说，"但没有脸面在白历面前这么说。"

这个回答让唐开源一时之间没有反应过来。

"我是个失败的母亲，失败的人。"唐夫人拍了拍唐开源的手臂，温和道，"好好休息，明天的比赛量力而为。"

她已经不会对他人感到失望，对自己的失望总会比对他人失望要来得更具有摧毁性。

昨天的爆炸性新闻发酵了一夜，第二天白历起床时已经发展为全帝国皆知的丑闻。

他只负责把消息开道口子，自然就有人愿意深挖下去。

白历在客厅翻了一会儿网页，光是看着这些铺天盖地的新闻和各类猜测，虚虚实实的报道和不断跟进的爆料，都觉得唐家和林氏现在应该忙得脚不沾地。

陆召洗漱过后也来到客厅："先去研究所？"

"来不及，第一场就是我的比赛。"白历放下个人终端侧头看，"直接从家去主赛场吧，送我吗？"

陆召从不会拒绝白历的请求，两人驾车从公寓出发。

公寓离主赛场有点儿距离，但好在一路都走高架路，在陆少将一路飞驰的车速下，两人到主赛场时，时间还相当充裕。

"我先进去，司徒他们已经在准备了，"白历穿着赛服，车就没停在惹人注目的正门，而是在相对人少又离参赛人员休息室近的后门停下，"江皓他们好像也到了，车就停这儿吧，接我的时候方便。"

每天都是陆召接送，白历已经习惯了。

"嗯。"陆召也走了下来关上车门，"你进去，我……"

个人终端响了一声。这个声音白历也已经能分辨了，是军团传来的消息。

现在这个时间，军团的任何一个消息都可能是把陆召调任的通知。

两人都没说话，陆召打开看了一眼，表情松了下来："通知下午开会，估计还在商定中。"

"行。"白历笑了笑，朝主赛场走了两步，又突然拐回来，紧紧抱了陆召一下，"我怎么想的你知道。"白历拍拍他的后背，"就算真让你马上调任，你也不用担心这边，懂吧。"

陆召表情带笑："嗯。"

等白历走进主赛场后门，陆召才把悬浮车调进停车场，一边回复简讯一边朝江皓他们等着的正门走。

简讯上没过多透露信息，但陆召跟江皓讨论过，觉得应该还是会先让驻地军团在边缘附属星进行大规模排查，第一军团则会负责更远一些尚未纳入附属星范围的荒星探查。

没走出去几步，余光就感到有人正朝后门方向走来，紧接着感到一股不太正常的精神力，陆召抬头扫了一眼。

胜世研究所的悬浮车停在附近，团队成员已经下车，正提着设备往这边走，打头的特种穿着赛服，面带笑容，正看着他。

陆召的目光没有丝毫停顿，扫过一眼，又落回虚拟屏上。

"陆召。"快要走过时，唐开源喊了他一声。

陆召头都懒得抬，边戳着虚拟屏边往前走，对唐开源的声音充耳不闻。唐开源却被陆召的态度刺了一下，心里顿时又开始翻腾起不悦的情绪。

"陆召。"唐开源又喊了一声，低声道，"我们聊聊。"后半句的声音很低，但喊名字的声音却很大。

周围路过的三三两两的路人侧头看过来，陆召这个名字太响亮，忍不住多看了两眼。

陆召停下脚步，回头看了看唐开源。

唐开源的目光落在陆召脸上，这张平静没有多余表情的脸和他梦里的一模一样，让他忍不住恍惚道："其实我很欣赏你……"

"你怎么总像是——"陆召开口，第一次正面和唐开源讲话，这让后者的心情很好，但陆召顿了顿，找到了合适的措辞后继续道，"活在梦里？"

比起这句话表达的本意，陆召语气中的诚恳倒更像是一巴掌，直接拍在了唐开源的脑仁上。

陆召淡淡地说完，连眼神都没再停留，不等唐开源再开口就大步流星地走了。

"你是不是活在梦里？"昨夜唐骁的话和陆召的声音重叠，反复回荡在唐开源脑海。

唐开源垂在身体两侧的手攥成拳头。

瞧不起他，全都瞧不起他。

"唐少爷，我们进——"助手走过来喊他，被当胸一拳捶得倒退两步，好在是个普种，只是痛呼了一声。

唐开源回过神，再回过头时，脸上依旧是贵族少爷得体的笑容："抱歉，没留神。"

助手敢怒不敢言，周围的研究员们也沉默不语，互相递眼色。他们都知道，昨天的新闻让唐开源一夜没有睡好，这只会让他更加狂躁。

在舆论哗然和各类爆料下，终选赛第二天的比赛即将开始，八台机型将淘汰四台。

在星网上还在为分赛区 1 区的后台事件深挖深掘时，唐骁打给林胜的通讯却并未被接通。

林胜已经无暇再去接任何通讯了。

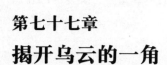

第七十七章
揭开乌云的一角

外界的风浪再大，暂时都搅和不到主赛场内去。

沉浸在虚拟宇宙和璀璨星河中的主赛场内，终选赛八进四的第一场比赛已经打到末盘，惊呼声与欢呼声此起彼伏，观众席喧腾热闹，悬浮机器人的闪光灯几乎点亮赛场。

全息投影上，深蓝色的闪电一晃而过，以极高的速度躲开轰炸，同时以小型离子炮连发回击，直接将对手头上一颗巨型蜂巢击落，巢内涌出大量荒星特有的大体型蜂，一拥而上裹住机甲。

大体形蜂虽然无法刺穿机甲的外壳，但因其凶猛剽悍又体积过大，组织起一团格外有力量的蜂雾。对手的视线和机甲受到干扰，炮口一歪，攻击节奏被打乱，被迫露出短暂几秒的破绽。

white01 机型也没多轻松，此刻损伤度已达 45%，即将过半，左腿在刚才的打斗中被重甲的武器轰到，关节衔接处受到一定影响，导致整体行动不协调，速度略有下降。

好在有 white01 本身的属性打底，驾驶舱内的白历身体虽然疲惫，左腿却没有之前数据波动那次受到的影响大。

双方在刚才激烈的缠斗中能源都已剩不多，驾驶员承受力已经到了一定程度，再拖下去就只能等到计时结束，统算各类数据了。

白历不敢把胜算堵在最后的数据汇总上，因此对手这短暂的破绽值得他奋力一搏。

white01 拖着受损度略大的机体，精神力高飙全力冲刺，从下向上疾驰攻向对手。对面的驾驶员还算冷静，没有心疼所剩不多的能源，毫不客气地朝着白历开出几发光炮。

白历在疾驰的过程中只能做到尽量闪躲，但左肩仍旧挨了一下，直接废掉了肩膀上的离子炮。

"太悬了！"解说员大吼，"虽然勉强躲掉了，但这一下让受损度直接超过了对手——"

观众席上支持者们恨不得站起来看比赛，江皓和韩渺等人伸长了脖子。

陆召的一只手掩着下半张脸，目光紧紧跟随 white01 的动作。

命中的这一下并没有让白历停下动作，左肩受损，右肩的炮口却已经张开，在受损的同时发射，直接击中了重型机甲的腹部。

震动波及对方的驾驶舱，对面的驾驶员立刻感到身体一阵不适，还未来得及稳住机型，光刀就已经插在了机甲侧腰部位，被固定住无法挣脱。

左肩和左腿的受损让 white01 的平衡大打折扣，白历放弃稳定，对手的破绽来之不易，他选择直接抓住，随即用剩下的能源调动右手炮口，近距离轰向驾驶舱。

炸裂的瞬间计时也已经结束。

所有人屏息凝神，盯着已经黑掉的全息投影。几秒钟后，white01 和白历的名字上闪过蓝光。

"再一次向我们证明了机甲和驾驶员之间的互相成就，展现高超的作战技巧！"解说员激动得声音高亢，"白历！杀进重型机甲丛林的强悍驾驶员——斩获终选赛第二场胜利！"

主赛场因欢呼喝彩而沸腾震荡。

模拟舱打开，两边的驾驶员一前一后走下，去掉头盔后两人的脸色都略显疲惫，但还是笑着握了握手。

"这回是累坏了。"江皓边鼓掌边笑道，"这一把完全是旗鼓相当啊，对面那个也够厉害了。"

韩渺附和："而且这次的刷新点两人都挺倒霉的，难得倒霉得这么一致。"

"这比赛才过瘾啊。"霍存今天也在，"要倒霉大家一起倒霉，起跑线一致，输赢才没可抱怨的嘛。"

陆召没有第一时间站起身，直到白历的身影走下主赛台，他悬着的心才放下。不知道是因为什么，最近的比赛顺利起来，反而让他有些说不出的异样感。

大概白历自己也有这种感觉，连着几个晚上都会被噩梦惊醒。

尽管白历从没提过，但陆召有一次半夜起床上厕所，听到白历在卧室走来走去的动静。

"我先走了。"陆召站起身。

周围几个人知道陆少将基本看完白历的比赛就走人，叮嘱了两句别忘了下午开会。

陆召刚从座位上挪出来，就听见江皓喊了他一声："等会儿。"江皓拿着个人终端站起身，目光却死死地盯着虚拟屏，"我也走。"

左腿传来钝钝的酸痛感，这种感觉在这段时间已经多少有些习惯了。

今天的比赛累死个人，不过整体倒是顺利，没什么让人头大的幺蛾子。

顺利得有些不可思议。

白历一手拎着头盔，一手把被汗水浸湿的刘海捋上去，一下主赛台就嚷嚷："按摩得快一点儿，我回去还得泡修复……"

话说到一半，才发现气氛不对。

之前每次回来，这帮研究员都跟自己亲自打赢了比赛一样一拥而上，以司徒为首，连吹带捧地把白历好一通夸。但今天直到白历都把头盔撂下了，那几个研究员还站在旁边，脸色通红地看着他。

"怎么了这是？"白历莫名其妙，"愣着干吗？"

"老板！"有个研究员大喊了一声，但嘴唇哆哆嗦嗦，后边的话好像一时间不知道怎么说。

白历被他有点儿泛水光的眼神看得头皮发麻："激动什么！说好了赢到最

后才发奖金！"

"不是——"杨瀚抱着台移动终端，结结巴巴了半天，"……老板啊！"

助理给白历拉了把椅子坐下，白历屁股一落座就成了最矮的那个，被研究员们围在中间，一阵阵地发毛："干吗？干什么？围攻啊？别冲动啊！"

"刚才留守研究所的同事发了条简讯。"司徒拿着自己的个人终端走过来，"你看看。"

白历正准备调侃两句，一抬头倒是先对上司徒略有些红肿的眼睛，心头一凛，不自觉地闭上了嘴。

简讯是一条链接，白历点开，弹出一个在他比赛期间发布的新闻。新闻平台倒是熟悉，就是前段时间第一个曝光林胜和研究院落马领导的那个新锐报社，这次的新闻依旧和林胜有关。

新闻播报："今日上午九点二十八分，警厅于林胜先生在主星的私人别墅将其扣押。据了解，近几日警厅与军界已低调调查多日，调查内容疑与征集赛赛前谣言干扰及一场军界案件有关。林胜先生现已被要求暂押警厅配合讯问，但当记者询问林胜先生是否与上述两案有关联时，警厅暂未给出回应。"

下面附上了一段视频，白历屏住呼吸点开。

视频上，林胜面色憔悴地被警厅工作人员左右夹着，以"护送"的姿态维持了一个体面，但停在门口等待他上车的悬浮车却毫不遮掩地直接调用了警厅总厅的车辆，把这点儿体面戳得满是漏洞。

记者们闻风而至，数台收声机器人几乎要蹿到林胜的脸上。

曾经风光一时的皇室子弟，此刻像是斗败了的公鸡，蔫头耷脑又不愿承认自己的失败，表情僵硬地坐上警厅车辆的后座。

视频到这里结束，白历拿着个人终端缓了几秒才抬起头。

"老板！"其中的一研究员大叫，"是真的！星网上都传开啦！"

他这一声喊，其余的研究员都跟着嚷嚷起来。

"真的！我有同学在报社，他们都在追踪报道！"

"我已经查过了，警厅带走林胜肯定是有确凿证据，不然不敢跟皇室较劲儿，这事板上钉钉了！"

"我也查了，你看这个——"

一帮技术宅们举着自己的个人终端，把一条条信息往白历眼前递。

"白历。"司徒伸出一只手，"恭喜。"

白历的心脏终于恢复了跳动，他站起身，叉着腰长长地叹了口气。

可能是因为不久前他已经哭过了，这会儿竟然觉得有些麻木一般的平静，但司徒递出手的这一刻，白历还是连叹气都有些颤抖。

"以后会好的。"白历看着司徒，"对吧，司老师。"

"是啊。"司徒红着眼眶笑道，"白老板。"

白历"啪"地一下握住司徒的手，两人手腕用力把对方扯得趔趄着撞到一起，然后又各自用手拍了拍对方的背。

"吃顿好的吧！"白历说，"餐费找我报销。"

司徒大笑："一顿哪能够啊，抠门。"

赢了比赛又有好消息，研究所的所有人都跟打了鸡血一样，收拾东西的动作都麻利不少。

和司徒等人愉悦激动的心情不同，白历却始终觉得自己的感触似乎已经僵化。

这种感觉挺奇妙，倒不是说不开心，但总感觉是踩在棉花上，因为太舒服太绵软，竟然一时得不到宣泄。

白氏研究所的比赛结束，一行人从后门走出，守在主赛场的记者们应该也已经知道了消息，看着白历的眼神直冒光，但还克制着保持距离，只是礼貌地询问是否可以采访。

助理上前解释今天白历很累需要休息。

"你要不然再去趟军医院？"司徒问。

白历正想回答，听见远处有人喊了一声。抬头朝着声音的方向找去，隔着来往的人群和记者，江皓和陆召的身影出现在人潮的另一头。

白历眯起眼，就看见江皓隔着老远伸出手指了指他，然后开始狂奔。

"哎呀！"司徒笑道，"我们的江副官——"

白历抬手挥了一下，江皓挤过人群，"啊啊啊"地狂叫着跑向白历，手里还举着个人终端。

白历朝着他的方向走，走着走着脚下就加快了速度，他的左腿隐隐作痛，但他在狂奔。

记者们的摄像机器人不断发出"咔嚓咔嚓"的拍摄声，白历不在乎，他像是又回到了自己年少时意气风发的那些年，只有不断狂奔呐喊，才能发泄自己过剩的情绪。

两只都曾在那场任务里操作过机甲的手掌心撞在一起，震得手臂发麻。

陆召跑慢了一步，等他赶到时，两个人高马大的成年人已经因为惯性撞在一起，差点儿没一起滚在地上。

"我还以为——"白历因为左腿不舒服，干脆压在了江皓身上大笑，"你小子又要鼻涕眼泪糊在我衣服上了。"

江皓被压得弯着腰喘不上气，骂着推他一把："放屁，我没流鼻涕！"顿了顿，笑着舒了一口气，"唉！哭都哭过了，以后就只剩笑了吧。"

陆召又着腰喘着气，看着江皓和白历勾肩搭背地狂笑不止，记者们都没反应过来，只剩下拍摄机器人还在一个劲儿地对着两位在军界摸爬滚打过的两人拍摄。

大概几个小时之后，江皓和白历的照片就会被挂上新闻报刊和论坛平台，和林胜灰头土脸被按上警车的模样搁在一起。

不过也挺好的，至少"帝国混凝土"还是最帅的那一个。

"惊险的一击！LIN23差一点儿就要在倒计时前被击落！"解说员的声音在主赛场响彻，"好在综合数据统计让他赢下了这场比赛——获胜方，LIN23！唐开源！"

征集赛仍在继续，外界的舆论风暴冲击着这方主赛台，但胜负却并未因而改变。直到被弹出地图，唐开源仍旧觉得心脏狂跳，额角的青筋暴起，太阳穴"突突突"地抽痛着。

精神力差点儿又跌下平均线，好在最后依旧急速提起。

我的状态才刚来，比赛竟然就结束了！

那所有人不就觉得我是侥幸赢得了吗？

唐开源坐在模拟舱内喘着粗气，觉得有股力量在撕扯着他的神经，让他想要继续发泄。

模拟舱打开，对面的驾驶员刚想上前握个手，却感到舱内大量精神力残留，立刻后退半步："我去。"

"你没事吧？"对面的驾驶员有些受不了，皱着眉问，"精神力崩溃？这样的人能比赛？"

这略带敌意和嫌弃的眼神刺一样扎进唐开源的大脑，他的耳膜鼓起一般，外界的一切声音都有些模糊。

为什么这么看我？瞧不起我？是我赢了吧，你算什么东西？觉得我是侥幸？也是，你差点儿就击沉我了，现在不服气是吧？

"你怎么总像是活在梦里？"陆召冷淡的声音伴随着"呼呼"的心跳声，冲破耳膜，头疼欲裂。

不应该这样——你们都应该仰视我！

对面驾驶员的脸在嘈杂的声音中逐渐模糊，而一张带着嚣张和嘲弄表情的脸却逐渐清晰起来。

周围的声音都消失了，只剩下视线里璀璨的灯光。

在灯光里，他是全世界的中心。

"疯了吗？"

一声低吼让唐开源回过神来，他猛然发现自己正一只手掐着对面驾驶员的脖子，拳头已经高高举起。

"唐先生，请立刻放开他！"负责分开二人的工作人员虽然还算镇定，但表情仍透露出被精神力影响到的不适，"您是疯了吗？这是主赛场！"

唐开源像是被烫到一样松开了手，喃喃地道："我就是……一时紧张，抱歉，我的精神力很敏感……"

被松开的驾驶员咳嗽了两声，他倒是没挨揍，或者说唐开源还没来得及揍他，只是被精神力压得难受。

这一切发生得太快，刚才还欢呼的观众此刻都有些回不过神。

主赛台上几个工作人员将两人分开，唐开源的精神力在他清醒后才有所收敛，好在征集赛考虑到大部分驾驶员都是特种，会有因过于兴奋而精神力外溢的情况，工作人员多是普种，在分开两人时才没受多大影响。

唐开源浑浑噩噩地被带下台，余光看到后台胜世研究所的助手脸色难看地跑去交涉，研究员们站得很远，没人上前。

观众席上议论一片，察觉到刚才的不对劲。

"喂！刚才他们是不是打起来了？"

"好像没打，但是赢的那个把输的那个推倒了。"

场面有些混乱，直播被及时掐断，几分钟后主赛台上人员清空，解说员的声音才再次响起："刚才出了些小状况，已经得到解决！距离下一场比赛还有一段时间，各位可以自由活动……"

主赛场上的所有声音在唐开源耳朵里都仿佛被无限放大，闹哄哄地压榨着他的思绪。

"已经和那边交涉过了，暂时以兴奋过度遮掩……"助手跑回来，顿了顿，换了个措辞，"解释了是兴奋过度，剩下的事情我会再安排，唐少爷先回去休息吧。"

唐开源感觉到自己的胳膊被人扯了一把，抬头看到安伦略有些闪躲的眼神，他像是被浇了一盆冷水，彻底清醒过来。

刚才他失控了。幻觉压过了现实，他把对手当成了白历。他的身体不受理智控制，直接就扑了上去……

唐开源打了个哆嗦，没再说什么，在研究所其他人冷淡的注视下拿起外套走出门去。

一走出主赛场后门，门外拍摄机器人的闪光灯就晃得他目眩。不等他回过神，周围的记者就已经挤了过来。

"唐开源先生！请问刚才主赛场内的混乱和您有关吗？"

"唐开源先生！您是想攻击您的对手吗？请问是因为私下有误会还是其他什么呢？"

"听说您的精神力似乎外泄了，我们现在也能感到，您能给个解释吗？"

"分赛区1区后台的丑闻您听说过吗？您有什么看法或别的呢？"

一拥而上的记者，如潮水一般的提问将唐开源淹没。他被挤得寸步难行，心中竟然有些恐惧。

他在今天遭遇到的和白历过去几年中时常面临的困境和窘迫相似，但他发现自己很难摆出像白历那样飞扬跋扈的表情。

记者中有人继续高喊："听说分赛区1区后台丑闻中，在医院接受治疗的两位稀种已经先后苏醒了，您对此事有什么——"

寒意顺着唐开源的后背直窜大脑。

唐开源尽量做出笑脸，没有回答问题，只带着安伦往悬浮车的方向走。

没关系，父亲会帮我摆平的，还有林胜和第一继承人。

大家是一条船上的人，倒了一个，就别想保证平衡。他们必须得帮我。

想到这里，唐开源微微松了口气。

"第二继承人于十五分钟前发表声明，代表皇室表态，会配合警厅的一切调查，允许警厅对林胜先生的一切询问调查，"有记者高声道，"作为胜世研究所的驾驶员，您对自己的老板卷入赛前干扰案和多年前的救援任务丑闻等事情有什么看法？"

唐开源猛地回头："什么？第二继承人什么？"一股剧烈波动的精神力把记者们压得有些难受。

"发表了声明，皇室已经允许警厅暂押林胜，警厅多半有确凿证据。"有记者忍着烦躁和不耐道，"唐先生，您不觉得您这种不收敛精神力的行为很失礼吗？"

唐开源没有搭理记者们咄咄逼人的问话，只有一个念头不断在心中扩大：林胜完了。

个人终端连上公寓内的系统，家用虚拟屏投映在半空中。

主赛台上工作人员分开唐开源和另一个驾驶员，周围冲上台的工作人员和机器人让整体看起来有些混乱。

这是还在主赛场看比赛的研究所同事发来的视频，从后台偷偷拍摄下来，比在观众席上看得更清楚。

白历坐在沙发上，目光紧紧盯着被人从赛台上架下来的唐开源，对方侧脸上还有些惊魂不定的惶惶，但更多是意识到事情严重的紧张。

看来多半是在比赛的末盘精神受到刺激，又失控了。

"这人完了啊……"白历看着屏幕喃喃，"人怎么能任由自己废了呢？"他有些想不明白。

但无论唐开源的状态如何，当唐开源的名字出现在胜利者那一方时，白历就知道自己明天的对手定了。中午军团临时加开了一个会，陆召把白历送回家之后就去了军团，一直到天擦黑才回公寓。

"我懒得做饭了，把之前买的半成品随便加工了一下。"白历伸着懒腰往厨房走，"热一热就开饭。"

陆召"嗯"了一声，把外套递给管家机器人，跟着白历走到厨房。

"换个衣服。"白历边走边说，"再洗个澡，等会儿跟你说个事。"

"帝国边缘附属星的驻地军团有了回报，请求第一、第二军团增援。"陆召率先道，"我得到了调令。"

尽管早有准备，但白历还是在这一刻被失落感埋没。

没等他开口，陆召又说："调令要求我后天夜里随队离开主星。"

"后天？"白历刚落到谷底的心立刻弹回到了地面，"夜里！"

明天终选赛将迎来四进二的比赛，胜利者将在后天早上迎来最终决赛。

"嗯。"陆召笑了笑，举起拳头，"看完比赛。"

白历挑挑眉，伸出自己的拳头和他撞了撞："保证精彩！"

虚拟屏上，视频已经自动切换到另一条内容：第二继承人发表声明，警厅也第一次面对媒体给出回应。

今夜帝国的公民终于将要揭开乌云的一角。

一切好像都在朝理想的方向发展。

第七十八章
兄弟对决

如果说第二继承人的声明只是让帝国公民震惊，那么随后警厅的回应就是让这份震惊转为愤怒。

林胜被警厅带走的当天傍晚，负责此次调查的高层终于接受了记者采访。

比起赛前干扰案这种前不久才发生的事情，军界救援任务虽然已经过去多年，却因为藏于泥潭底部太久而发酵得更令人作呕。

牵扯皇室、军界和贵族，面对社会各界的呼声和压力，让警厅不得不召开一次简单的记者会。

作为调查主力的佟队长面对镜头时脸绷得很紧，拿着一沓资料稿件，口述还原了当年那场惨烈的任务场景。

"您的意思是说，当时还是少将的白历和副官江皓曾指出过指挥方面的漏洞。"有记者提问，"但当时的最高指挥官并不接受建议，最终被罪犯钻了空子，导致伤亡惨重，任务失败，是这样吗？"

佟队长绷着脸道："具体细节尚需调查。"

既没肯定也没否认，这模糊的态度让在场记者低声议论。

"那这应该是属于指挥失误，在帝国是会被问责的。"记者追问，"当时的最高指挥官是林胜先生吧？"

"是的。"

"这么重大的事故在这些年却从未被人提起，当事人也没有被问责，更没有上过军事法庭，是否因为林胜先生的出身是皇室？"另一个记者大声问道，"这应该是近二十年的最大一场救援事故。"

"在案件尚未查清之前我们不会妄下断言，造成外界不必要的揣测。"佟队长硬邦邦地回答。

这个回答无疑激起了记者们的怒火："在最近举行的征集赛上，白历先生一直遭受不公平待遇，既然赛前干扰与林胜先生挂钩，那么是否可以认为其他方面的干扰也和他有关？他是否在有意针对白历先生，是否可以看作是打击报复的行为？林胜和白历之间是否有旧怨？"

虚拟屏上的佟队长明显不擅长应对这个阵仗，话讲到一半就被别人接了过去。

唐夫人装作不关心的样子看着手里的书，注意力却全都集中在采访上。

在这个唐氏老宅里，她是一块最容易被忽视的背景板，也因此唐骁并没有留意到她的分神。

唐骁也无暇顾及这些。

正在播放的这段采访视频已经过去了两三个小时，但星网上人们的怒火并没有因为入夜而有所平息。

从林胜被扣押到第二继承人发表声明，再到警厅的回应，一连串不停歇的新闻像是一桶桶汽油，浇在帝国公民早就被引燃的理智上。

随着热度的持续攀升，失败的救援任务遗留下的后续问题也被整理曝光。一个个破碎的家庭，失去孩子的父母，走不出阴霾的伴侣，成长中失去陪伴的孩子，作为军人家属的骄傲与挣扎……人命并不仅仅是几个数字，而是一段段无法被补全的人生。

而在这场任务中，幸存下来的人也在被讨论的后续问题之中。

人们惊讶地发现，当年的部分知情人士要么被调任到偏远的附属星，要么则得到有些难以理解的晋升，得到晋升的人最后大多还是没有留在主星，陆陆续续调去附属星发展。

唯一留在主星的江皓有着过硬的家世，但这些年似乎没有什么去前线的机会，大半时间都被迫处理书面文件。

而当年已经坐上少将位置的白历，一夜之间跌至谷底，左腿受损严重，被迫退出军界。

和其他人不同，白历在退出军界后一度成为话题的中心。只是被刻意掩去了在军界短暂几年的经历，着重他贵族的身份，他的行为被放大，说的话被有意扭曲，舆论引导之下事实被遮掩，就连他退役前最后拼尽全力的一战都被深埋。

让人难以接受的并不仅仅是勋章蒙尘，而是在座的每一个人，都曾是压在他身上的一捧灰。

这个认知让人们的怒火中多出点儿心虚和愧疚，但责怪自己总有些难度，于是这些年不实报道的媒体和试图遮掩事实的林胜成了最大的出气筒。

"说实话，如果白老爷子还在世，白历估计也不至于这样。不就是欺负白氏落魄了吗？"

"白老爷子战功赫赫，一辈子都在为帝国效力。白历脾气再怎么样也没做出任何对不起帝国、对不起公民的事，却被这么对待，消费他的媒体和林胜本人真的绝了，畜生成不了人，但人能成为畜生啊。"

一时间对林胜的骂声和要求皇室给出答复的呼声犹如大浪，每一浪都拍得声势浩大。

在帝国公民把愧疚和自责转为重拳的时候，有人爆料这些年对白历的舆论攻击相当一部分是故意抹黑，并直言白历是被背刺，泼脏水的人和他关系微妙。

此言一出，立即得到关注。

人们的怒火和愧疚有了新的发泄口，加上狗仔和有心人的深挖深掘，名为"公民愤怒"的炮口直指唐氏。

唐氏、白氏的旧怨早在白老爷子在世时就已是公开的秘密，白历和唐骁也早就闹得表面关系都做不下去。唐开源作为白历的异姓兄弟，似乎从没与白历打过什么交道。加上最近一段时间的传闻和征集赛两人针锋相对的录像，可见兄弟二人也并不友好。

但这毕竟是血缘至亲，如果唐氏真的趁白历退出军界养伤的虚弱期泼脏水，那的确是货真价实的背刺。

只一刺就让白历栽了这么多年。

与此同时，征集赛主赛台发生混乱的现场录像被放出，尽管直播被及时掐掉，但在现场的观众还是有看清楚了攻击对手的唐开源一度精神力暴走。

联系到之前关于分赛区1区后台丑闻的事情，人们对唐氏的厌恶和怀疑达到了一个巅峰。

想必唐骁现在一定头疼欲裂吧。

唐夫人把手里的书翻了一页，才状似无意地抬头看了看正在用个人终端朝外联系的唐骁。

愤怒和焦虑让唐骁脸色赤红，斗鸡一样昂着的脖子仿佛粗了一圈，总是按照老派贵族习惯严丝合缝扣拢的衬衫衣领这会儿也被扯得松松垮垮，顶端的扣子被解开，唐骁呼哧呼哧地喘着气。

唐夫人已经记不起年轻时唐骁的模样了，现在的唐骁留在她记忆里的也大多是一团漆黑的影子。

影子囊括了暴戾、自私、自负，以及极度的自卑。

联系了所有能派上用场的关系，但结果并不理想，唐骁头晕眼花地走过来，扶着椅背没好气地吼道："别愣在那里！你不是和肖氏有来往吗？去问问他们能不能想办法联系一下警厅的人，我得跟林胜通上话！"

肖氏是个小贵族，是唐夫人还在白家生活时的老交情，她婚后在唐骁的管控下基本和外界没有什么联系，早被迫与这些唐骁看不上眼的小贵族断了往来。

平时不把这些小贵族放在眼里，用人的时候却又理直气壮。唐夫人心中冷笑，说出的话却依旧温柔："好的，我想想办法。"

唐骁的脸色并没有因此缓和，兀自骂着媒体和白氏，也骂别人，不顺心的事他都会骂。

"要不先去休息一下，你从昨天晚上就没好好休息。"唐夫人劝他，又把药盒拿到他面前，"再吃点儿药，开源回来还要一阵呢。"

"他真是……没多大本事，倒是会给我找麻烦。"唐骁嘟嘟囔囔，抓过药片塞进嘴里，随手拿起喝了一半的酒送进肚子。

唐夫人把他扶上床，伴侣间的精神力有些安抚性，唐骁没多久就在唐夫人的精神力里入眠。

个人终端按照习惯丢在枕边，唐夫人拍了拍唐骁，只能听到呼噜声，她壮起胆子用力推了一把，唐骁拖着笨重的身体翻了个身。

她松了口气，拿走唐骁的个人终端，从卧室退出，躲在另一侧的书房内输入密码，打开了唐骁的个人终端。

这是她这周第三次查看唐骁的个人终端，唐骁还算有些脑子，知道清理一部分数据，她查得不算容易。

年轻时的记忆在这一次次的查阅中逐渐清晰，她很早以前是蛮喜欢捣鼓这些东西的，凭借记忆恢复了一部分数据，再转存到自己的个人终端上。

等待数据传送的间隙，唐夫人做着深呼吸，平静自己的心跳，她摸到唐骁的药盒。

"快吃完了。"她心想，"这是服药的第几天了？"

征集赛到了第三天，四台机型将淘汰两台。

比赛越是打到后面就越显出机甲的强悍和驾驶员技术的精湛，今年的征集赛强者云集，就算是一部分输掉比赛的机甲和驾驶员也依旧在机甲论坛上被人称赞。但最引人注目的除了最后的决赛，大概就要数今天下午的这场比赛了。

白氏研究所和胜世研究所，终于在漫长的比赛中对上。

除了比赛本身，经过一夜和一上午的时间，舆论早就发酵到不可收拾的地步，同时也将这场比赛推到了风口浪尖。

帝国公民还算是睡了一觉，挖掘信息和爆料的有心人却根本无法入眠。

一夜睡醒，一把实锤就已经砸在了唐氏的头上。

唐骁的转账记录和一部分通讯简讯记录被人匿名曝光，虽然只是蛛丝马迹，但在深挖深掘之下很快就抓住了关键点，证实唐氏与部分小报狗仔有买卖往来，而这些狗仔多半都在前段时间的行业整顿中被查到多次以下作手段引导舆论、做不实报道等问题。

在外界一片愤慨热议的情况下，白历与唐开源的比赛也即将开赛。

白历也提前考虑到了这一点，没有和陆召单独开车去主赛场，军界早已提出要与大众视野拉开一定距离，陆召的身份不适合出现在这种场合。

果然，白历一从白氏研究所的车上下来，就被眼前的记者和围观人群的数量吓了一跳。

"我去，这么多人？"司徒跟着走下车，抬眼一看就倒退了两步，想缩回车上，结果跟后面的杨瀚撞了一下，没缩成，反倒被顶下了车，连带后边抱着设备的研究员跟着脚下拌蒜，一起滚了下来。

白历被自己的好兄弟推得趔趔趄趄，头盔没来得及戴，向前两步走到了人群中心。

"啊……那什么，采访等比赛结束吧。"白大少爷镇定地扬了扬手里的头盔，"等赢了再说。"

被挤到后排的助理这会儿才赶过来，理清了思路准备应付一下记者，却意外发现气氛和想象中的并不一样。

记者们这次并没有上前，也没有像前几天那样兴奋地一拥而上询问比赛感想，各自保持着礼貌的距离分别站开，给白氏研究所留了一条前往主赛场的通道。

今天的记者人数比之前要多得多，气氛却格外沉默。

白历也挺不习惯，仔细分辨一下，除了几个从征集赛开赛以来常见的脸之外，倒是还有几个眼熟的。

留守在主赛场这边的记者基本供职于机甲相关刊物，但现在白历却看见几个以前打过交道的其他平台的记者。

"头盔拿稳，这材质不结实，容易摔碎。"司徒嘱咐了一句，又小声道，"林胜那事闹得挺大，估计是冲着这事来的。"

两人心里也清楚，不仅是当年的案子，还有唐氏的丑闻。

白历略有些恍惚，人生的际遇真是不可预料，他曾经一度已经决定在有色眼神中过完自己的一生，没想到还有咸鱼翻身的一天。

记者们没有急切地提问，只是在与白历对视时默默地点点头。有围观的人在窃窃私语，有人喊了几声白历的名字，但都没问下去。

白氏研究所的人在闪光灯下穿过人群。

旁边有人喊了一声："白少将。"

声音有些似曾相识，白历侧头看了一眼。

"几年没见了。"来人穿着的衣服上印着报社的名字，笑着对白历伸出手，"我以前采访过您，还有印象吗？"

"是你——"白历笑着握了握手，"你是那会儿唯一一个事先问我是否可以采访的记者，不过我那会儿确实有事，没有接受。"

"我姓黎。"黎记者说，"就职于帝国公民网。"

帝国公民网，早前也叫帝国公民社，是在当年救援任务的惨剧发生后，难得站出来正面客观报道的新闻平台，相关报道也是由这位黎记者跟进。

白历印象挺深："后面怎么没再联系我？我当时应该会接受。"

"那之后我……"黎记者顿了顿，缓缓道，"因为一些工作上的事情，调任附属星，最近才回到主星。"

他没有明说，但白历懂了。

当年救援任务发生后，帝国上下几乎无人知晓，如此重大的事故就跟小石子掉进水面一样，掀起的微小涟漪很快就被平息了，这点儿涟漪大概就是黎记者调任的原因。

当年稍微知道一些内幕的老人都调任的调任，退役的退役，更何况打算跟踪报道的小记者呢。

世界就像是被密密麻麻的线牵连起的蜘蛛网，被拨动的线表面看似只有白历几人，但震动波及的人也并不在少数。

"这几年过得很不好吧？"白历没多问，只是笑道。

"不，这几年我学到了很多。"黎记者抿抿嘴唇，表情中透出些许认同和尊重，"学到了保持初心很难，但我们依旧要坚持。"

他的声音不大，但因为周围过于安静而格外清晰。

这大概是这个月白历听过最有书卷气的文人言论，他忍不住笑出声，拍了拍黎记者的肩膀："等比赛全部结束再来采访我一次？"

黎记者笑着点头："祝您一切顺利。"

"祝您成功。"旁边有记者附和。

"比赛顺利，白少将！"围观的人举着自己的个人终端喊。

没有人提起折磨了白历多年的事情，也同样没有人过多询问与比赛无关的内容。白氏研究所的研究员们紧紧跟在白历身后，司徒拍了一把白历的后背："走吧，时间快到了。"

在"加油""必胜"的祝福中，白历走向主赛场后门。

江皓和陆召已经等了一会儿，见白历过来，江皓喊了一声："来啦！"

白历还没来得及打招呼，就看见他身后站着的几个人各自站直了身体，对着白历行了个礼："少将！"

这些脸他都不陌生。在当年的那场救援任务里，和白历、江皓一起行动的战友，除了二人全部葬身茫茫宇宙，而面前这几位要么负责驾驶军舰，要么是当年的医疗队成员。

事后都没有再见过面，在极短的时间内各自被调去不同的附属星，或直接被要求提前退役。

白历已经很多年没有再见过这些曾经的战友，他愣了几秒才回过神，笑道："得改改口了，我早就退伍了。"

"没有。"最年轻的那个说道，"一直都是白少将。"

有那么短短的一瞬，白历捏紧了手里的头盔。

"来看看比赛。"已经退伍的医疗队长笑了笑，"江副官说您稳赢，晚上吃大餐。"

"吃大餐！"

"吃好的！"司徒伸头道，"一顿不行！"

众人哄笑，白历的手掌被老战友们拍得有点儿疼，江皓跟他撞了下肩。

"揍唐家那小子。"江皓说，"让他知道第一军团没那么好进！"

白历说："这个我在行，揍人一向是我的强项。"

几个从附属星赶来的老朋友都从各自的驻地军团拿到了观赛的名额，退伍的也由江皓找人搞到了入场资格，打完招呼都各自朝着检票口走去。

陆召一直站在靠后的位置，斜倚在悬浮车上看着白历和他并不熟悉的那些人击掌。

记者们远远地拍照，没有打扰。

从他们认识到现在，白历终于只是白历，而不是和陆召结契的那个白历。

等所有人都打过一遍招呼，白历走向他，人还没到胳膊就已经举了起来，陆召心领神会，和白历击了个掌。

"时间太短，来不及介绍。"白历说，"等比完赛你可以跟他们认识认识。"

陆召"嗯"了一声。

"你很高兴。"陆召小声道，"他们来看你。"

白历把眼眶里的湿润不着痕迹地蹭掉，低声道："像做梦一样。"

白历的人生被分为两段，能都参与过这两段的人太少太少。

尽管陆召是独一无二的，但他和白历建立起交际的时间却排在非常靠后的地方。在白历最风光的那些年里，他很遗憾从未参与。而这些被分散去各个附属星的老战友，他们印象里的白历大概还是飞扬跋扈的白少将。

"行了，我进去了。"白历拍拍他，"你就别太在记者面前露脸了，一会儿跟江皓一块儿去观众席。"

陆召点点头，二人再次碰拳。记者们的拍摄机器人一刻不停地运作，远远将这对契约人的动作记录拍摄。

主赛台上响起金属撞击声。

研究员们设备已经全开，互相击掌鼓励。

今天结束，他们就会得到决赛的资格。

"大餐。"司徒跟白历击掌，"一顿不够。"

白历戴上头盔："你少诓我啊。"

"一顿真不够，台下那么多老熟人等着呢。"司徒叉着腰笑道，"别让他们失望。"

主赛场今天依旧星光流转，观众席坐满，但热烈中似乎又有些微妙的不同。

white01 和 LIN23 的虚拟投影在主赛台上轮流出现，在又一次金属撞击后，解说员的声音响起："四进二比赛第二场即将开赛！在这场比赛中获胜的一方，将登上明天决赛的赛台！首先让我们欢迎这次大赛中杀入重甲重围的黑马——白历！"

和司徒最后对了次拳，白历扶了扶头盔，踩着星光走向主赛台。

头盔削弱了一些外界的欢呼，但白历还是能听到无数人在呼喊他的名字。比以前更激动，他们在等待白历登上赛台，坐上模拟舱。

白历知道，他们在看白少将。

已经独自穿行在黑暗里多年的白少将，杀回帝国的星光之中。

"以及本届以悍猛著称的 LIN23 机型的驾驶员，唐开源！"

经过一夜一上午发酵的新闻起到了效果，唐开源登上主赛台时，欢呼声中可以听到响亮的喝倒彩的动静。

他没戴头盔，白历发现这人精神抖擞，目光炯炯；眼底似乎有些因为休息不好而产生的黑眼圈。

明明身体并未得到充足的休息，但气色整体却相反，唐开源整个人看起来都有些矛盾。

"白历。"唐开源的嘴唇动了动。

白历没有直接走上模拟舱，他站定，掀开头盔的透明面罩部分，冷淡地看着唐开源的脸。

唐开源将头盔转移到左手："我说过，赛场上见。"他的右手伸了过来，想来个赛前握手。

白历没动，他扶着头盔的面罩淡淡道："再上一次机器，你就彻底废了。"

在主赛场嘈杂的环境中，收声机器人没能准确收到白历刻意压低的声音，但面对面的唐开源读懂了白历嘴唇开合间说的意思。也就在这短短的几个字落下时，一种惊恐感将唐开源俘获。

白历知道，他从头到尾都知道。

最隐秘的秘密被人长时间地窥视。窥视者冷眼旁观，或许还在幸灾乐祸。

唐开源在极度的恐惧中陡然生出强烈的愤恨。

他在这几天里体会到了巨大的落差感，从高高在上的贵族唐少爷沦为媒体口中的卑劣之徒，父亲昨夜疯了一样的训斥指责似乎还回荡在脑海，外界刻薄的言论和奚落嘲讽几乎让他发狂。

一夜无眠，唐开源刷了数小时的星网，从社交平台到论坛新闻平台，直到今早的实锤，唐氏成了一个散发着恶臭的笑话。

他不得不关掉个人终端，才不用去看曾经的"朋友"们发来的各类简讯。

唐开源不明白事情怎么就发展成了这样。

他始终觉得不该这样。

"你知道什么？"唐开源眼底掀起的恨意几乎化为实质，穿透白历的胸膛，"你早该残……"

他没说完，只有嘴唇轻微地动着，说着只有白历能看到的台词。

"我最近大概猜到你在说什么。"白历扣上透明面罩，笑了一声，"那个梦是吧，我做过。"

仿佛有一根神经断掉，唐开源愣愣地看着白历，什么意思？

"我从小做到大的噩梦，换成你做的话应该是美梦吧。"白历对他竖了个拇指，"我们的梦都该醒了，小王八蛋。"

金属撞击声最后一次响起，双方驾驶员坐上模拟舱。

这对异姓兄弟之间的比赛即将开始。

第七十九章
你改了规则，这是惩罚

剥落的墙体，暴露在外的电线，歪倒在地发着冷光的虚拟屏。

某报废坍塌中的基地内部传来巨大的震动，一台机甲撞塌了坚硬的墙体，滚倒在地，紧随其后的重甲数炮连发，地上的机甲就地一滚躲开攻击，右臂却碰到几根断掉的电线，动作一僵，差点儿被离子炮击中。

这一次的地图模拟的是某被入侵的附属星基地内部，存储着大量数据信息的基地内部布满密密麻麻的电线。

"好像又碰到了电线！"解说员紧张道，"LIN23 咬死了不想松口，white01 的活动范围被限制了！"

观众席上连惊呼声都没有多少，观众几乎忘记呼吸，目光紧紧跟随虚拟屏上缠斗在一起的两台机甲。

陆召的一只手握拳太紧，指甲陷进掌心的肉里却没发觉。

white01 深蓝色的机体上已经多出破损的痕迹，受损度慢慢上升，但更要命的大概不止机体本身的受损。

后排坐着的几个白历的老战友已经有点儿受不了了，有人低声道："少将是不是有点儿倒霉啊？"

"我看过之前比赛的直播，那时候就挺倒霉了。"另一人道，"没想到还能更倒霉。"

"最开始那一下电到的是腿吧……"陈楠捂着脸，从指缝里看。

白历在驾驶舱内努力地平复呼吸，他的左腿略有些不受控制地颤抖，身体比以前的比赛更早感到疲倦。

这一次的刷新点与其说是不走运，倒不如说是想直接搞死白历。

他被刷到了布满电路的数据监控室，基地因为毁坏严重，线路早就断裂，露出带电的分叉，white01一刷新就直接落在了基地终端旁，而LIN23机型则就刷新在隔了一面墙的走廊，毫发无损。

LIN23搭载的侦测器相当先进，隔着厚实的金属墙壁也依旧检测到了白历的位置，所以一开场就隔着墙一光炮轰了过来。

躲避的瞬间白历的左脚踩到了地上到处都是的断电线，机甲立刻对白历的身体造成了相对的压力，而与机甲左腿部连接的白历的左腿也受压最重。

白历操作着机甲从地上爬起来，狼狈地躲避着不断轰来的攻击："真要我死啊！"

唐开源当然听不到白历的声音。但从紧追不舍的攻势上，白历可以感受到他恨不得把自己碾碎的恨意。

从唐开源的身上可以体现出他真实的想法，大概对白历的忍耐已经到了极限。双方都很清楚，唐开源多半是要废了，这场比赛如果输掉，那精神已经摇摇欲坠的"天之骄子"大概会直接崩溃。

但白历不打算让路。比起机甲受损的问题，身体的疲惫更让白历无法精神集中，white01看似降低了不少驾驶机甲的门槛，但要求驾驶员精神力始终保持稳定，在被连追带打的情况下，白历光是逃窜就已经累得够呛。

"汇报受损度和能源余量。"白历边躲边唤醒机甲搭载的系统。

"为您估算……"系统平和的声音和基地传来的爆炸声以及火花四溅的场景很不搭调，说出的内容却相当刺激，"受损度已达21%，能源余量充足，驾驶员疲惫度较高，建议尽快结束战斗。"

按道理来说机甲内的系统只会根据白历提出的要求进行核算，白历并没有要求估算疲惫度，系统却在最后自信添加了这一条。

白历叹气："司老师真是操碎了心。"

估计是司徒擅自在程序里添加了指令，一旦他开口询问受损度之类的情况，就让系统顺带提醒白历的疲惫度。

没等白历多想，头顶的墙壁在重击下出现裂痕，下一秒 LIN23 的身影直接撞破墙壁，下落的瞬间光刀劈向 white01，白历下滑侧身，闪过一击，额角青筋暴起："这都行！"

"以超高破坏力著称的 LIN23 机型击破了基地坚硬无比的地面，直接落在躲避在下层的 white01 面前！"解说员将刚才发生的事情捋清，"不愧是和'苍蝇拍'高度相似的重型机甲，搭载的火力和本身的破坏力都高得惊人——相比之下 white01 则因为周围的环境而有些施展不开，超高速也因为身在四面都是墙壁的基地内部而受到影响……"

从开场到现在，局势对白历一直都很不利。

虽然白历的倒霉已经是整届征集赛尽人皆知的事实，但对陆召来说这并不简单。

直到开赛前一切都太顺利，无论是人还是事似乎都在朝着一个更好的方向发展，仿佛之前把控着的那只手已经握不住方向盘。

但当比赛开始的那一刻，陆召心头没来由地一突，随即白历的刷新点就告诉了他一个事实——那只暂时离开方向盘的手只是在等待一个转折点，它的力气全都用在了这一个点上。

它在等待着白历放松警惕，然后奋力一击，让一切回到它定下的轨道。

陆召的一只手掩着下半张脸，遮住抿成一条线的嘴唇。

白历曾提起过几次，梦境里他的腿注定会被废掉。如果只是输掉比赛也就算了，但如果真的一切都对上了……

陆召没敢再想下去。

全息投影上 white01 用光刀格挡开劈下来的攻击，两台机甲又打在一起，地下一层的线路比上层更加混乱，white01 的材质并不像 LIN23 那样足以穿破墙壁，刚才被甩飞砸断墙壁的那一下已经让受损度上升，现在不得不更加注意。

LIN23 机型似乎比之前更加疯狂，破坏力惊人，白历甚至有些难以招架。

不得不承认，那台机器的确给唐开源的精神力带来飞跃性的提高，让他和这台重甲的匹配度上升。

这么拖下去吃亏的只能是 white01。

白历的脑子转得很快，目光扫过唐开源身后的仪器台，尚未被完全摧毁的虚拟屏发着冷漠的光，显示数据正在传输。

他抬手轰出一发离子炮，LIN23 侧身躲开，离子炮轰在了仪器台上。

这个地图完全照搬了部分附属星基地的构造，白历对这类基地还算了解。

仪器台被轰掉一半，基地系统的声音果然响起："数据传送失败，请检查连接。"

在除了爆炸坍塌声的环境下猛地响起人声，唐开源紧绷的神经猛地一跳，不受控制地回头看了一眼。

白历逮住机会，立刻用光炮轰向 LIN23，自己也欺身而上，却在站起的瞬间因身体疲惫度过高而略有迟缓。

这一停顿就错过了直砍驾驶舱的时机，白历咬牙握紧光刀，索性顺势横劈 LIN23 腿部。

没想到唐开源短暂的分神后竟然立刻有所反应，LIN23 以破坏力著称，膝盖处也搭载有炮口，小口径离子炮当即打开。

白历心中大叫不妙，光刀撑地才让动作一拐，离子炮擦头而过，随即就被一记撞膝直顶驾驶舱。

"看来一开始承受的损伤过多，有些影响到行动能力了。"解说员语速急切，"白历被正面冲击到了驾驶舱，这一下对驾驶员的身体应该造成了相当程度的压力——"

当唐开源掐住 white01 的脖子时，白历几乎可以肯定赛前他的挑衅的确是戳到了唐小王八蛋的痛点，让他气疯了。

尽管驾驶舱挨了一下让人头晕，但白历还是抬腿去顶对方的腹部，试图挣开束缚。也就在白历抬腿的瞬间，LIN23 的拳头猛然落下，直接砸在了左腿上。

重型机甲厚重坚硬的材质带来沉重的闷声。

紧接着是第二拳、第三拳，不等白历从钝痛中回神，唐开源扯过从墙壁上垂下来的拖在地上的电线，把冒着电花的一端直接按在了 white01 的左腿膝盖处。

"有这么打的吗？"韩渺跳起来大骂，"就是想废了白历左腿啊！谁不知道白历左腿有旧伤？"

"卑鄙！"观众席上有人愤愤不平。

全息投影上 white01 先是剧烈挣扎，然后在电流扎进左腿的瞬间僵住。

观众席上一片谩骂，解说员干巴巴地说了几句就实在说不下去了。

陆召的手心出了汗，仿佛浑身的每一处关节都传来尖锐的疼痛感，他想站起身挤过人群，冲到主赛台强行掀开模拟舱，但身体却像锈住一般无法挪动。

全息投影没有变黑，比赛没有结束，这也意味着白历并没有失去意识，他还在挣扎。

驾驶舱内，白历额头上浮起一层汗，他在机甲内系统的警报声中张开肩部的炮口，但尚未来得及发射，就被重型机甲像丢玩具一般甩飞出去，砸进刚才被自己轰烂的仪器台。

"咯呃！"喉咙里发出压抑的吃痛声，白历眼前黑了半秒。

该死该死！手脚不听使唤！

上一次这样丧失对自己身体的把控能力还是在刚负伤的那半年，这感觉非常不好，时隔多年重新经历，依旧会唤起白历心底最深的恐惧。

动啊！

尽管 white01 已经为白历消减掉大半压力，但白历脆弱的左腿依旧成为他最大的软肋，疼痛顺着膝盖蔓延至整个下半身，身体的疼痛也导致精神力分散，一时间竟然有点儿撑不起 white01。

视线里 LIN23 逐渐接近，白历跌坐在破损的仪器台残骸里，手脚麻木，头晕目眩，唐开源似乎很享受白历从这个角度仰视他的样子，走得不紧不慢，缓缓拔出光刀。

明明在前几场比赛里这人的精神状况非常不正常，而且精神力波动极大，但这局比赛却一直发挥得相当稳定。

"命运"放弃了前几场对唐开源的掌控，铆足了劲儿等待今天，想要把白历这块绊脚石直接抹去。

"又搞这套！"白历的视线浑浑噩噩，他听到自己沙哑走音的嘶吼，"又让我竭尽全力，然后给我当头一棒！"

声音传不出驾驶舱，就像当年一样。

当年他也是在破碎的驾驶舱里嘶吼，努力往外爬。

比噩梦更可怕的是，重新感受的确经历过的现实，像是一只无形的巨手，拽着白历的头，将他按进黑暗的河底，窒息和绝望交叠出现。

"受损度即将过半，检测到疲惫值过高。"系统温和的声音响起，"您的情况已不适合继续比赛，是否弹出地图？"

"滚！"白历吼道。

"了解。"系统继续道，"但也希望您了解，机甲开发的目的是为您开辟一条新的道路，而不是为了耗尽您的一切。希望您不要让我们后悔研发这台机甲。"

就算到了这个时代，人工智能也并不会带有这么强烈的人类情感。

白历眩晕的视线中 LIN23 已经举起了光刀，但这一刻他却并未来得及感到不甘和恐惧。

"司徒……"白历喃喃，"你……。"

什么时候了你还跟老子玩煽情！

技术宅们能做的事情有很多，但能表达出口的往往只有自己所做的量的百分之几。

白历曾一度以为自己和唐开源身后那团无形却庞大的力量独自抗衡了很多年，但这会儿他却觉得并非如此，他的身后也一直是站着人的。

渺小的，不堪一击的小角色们，一巴掌能拍死一片的小蚂蚁们。

他不是独自一个人。白历闭了闭眼，呼出一口气。

全息投影上，光刀举起，冷漠的蓝光滑下。

陈楠将脸埋在韩渺的肩头不敢看下去，韩渺则张大了嘴却喊不出声。江皓的身体颤抖得厉害，几乎连带着陆召的椅子也在抖。

陆召在嘈杂的主赛场听到了自己的呼吸声。他知道，命运在让白历让道。它抓住这一丝破绽，发起猛攻。

时间仿佛缓慢下来，陆召站起身。

突然，white01手臂猛地一甩，一根电线如同闪电一般甩出，直接缠上了LIN23的脚踝关节衔接处！

随即用力一扯，电线勒紧，死死卡进衔接处的缝隙里。

这一甩一扯之下，唐开源猝不及防，机体失衡，趔趄了一下，手里的光刀失去力道，软弱地劈在了离白历几厘米远的一侧。但LIN23的反应很快，脚踝衔接处被卡住，立刻张开肩部的炮口直轰白历。

在观众的惊呼声中，白历精神力高飙，white01扯住电线借力急速下滑，躲过轰炸。

陆召猛地喘了一口气，在刚才的几秒钟时间里，空气似乎都有些稀薄。现在周围的声音也终于能传进耳朵。

"躲过了！"解说员大吵大叫，"white01重新站了起来！"

震天的叫好声塞满了主赛场，江皓"嗷"一嗓子跳了起来。

"但LIN23并没松口！"解说员说，"唐开源将能源都用在了炮轰上，看来是想用强炮火快速解决战斗！"

白历光刀一挡，唐开源手上搭载的炮口被隔开，光炮直接将头顶的天花板打出一个窟窿。就算是已经清楚重甲的威力，但白历还是被头顶掉落的碎块给砸蒙了。

这也太猛了，这火力的确是可以和"苍蝇拍"一较高低，估计轰掉脚下的地板也不成问题。

白历心头一顿。

两台机甲在狭窄的空间内缠斗在一起，white01的灵活在这张地图并不能得到很好的施展，好在白历自身实力过硬，才没有太居于下风。

但势均力敌的近距离战并没有持续多久，white01机体忽然一斜，脚下似乎被电线绊到，滚倒在地。

唐开源大喜，抬起手臂的光炮毫不犹豫地调动大量能源，朝着白历轰去。

白历等的就是这一下！

white01机体一翻，光炮直接轰塌了它身下的地板，直接暴露出更下层的负二层。

下一层是密布电路的数据机房，一排排的存储仪器被炸得一片狼藉，电线伸出的断口冒着火花。

唐开源飞起一脚想要将白历踹下去，但因光炮炸得过猛，地板坍塌的程度超过预期，white01掉了下去。

下坠的瞬间，白历一把扯住唐开源的腿，直接将他一起带了下去。

"一起掉下去了！"解说员的声音里夹杂着站起身时椅子摔倒的动静，"白历是想一起弹出地图然后数据统计吗？但white01的受损度——"

话音未落，就见white01腿部炮口张开，离子炮在下坠的同时发射，借着这一点后坐力，白历全神贯注地调动机身翻转，直接勒着LIN23转了个面。

现在垫在下面的成了唐开源。

LIN23肩部的炮口轰掉了white01的半只胳膊，身体的重压已经把白历逼到了极限，直觉告诉白历他的身体经不起再一次猛攻，左腿的颤抖也在加剧。

这是最后的一击。

两台机甲一起掉进布满断电线的负二层，电流先穿透了垫在下面的LIN23，唐开源在驾驶舱内惨叫一声，本就脆弱的精神瞬间恍惚。

白历的光刀在自己被电流打穿之前插进LIN23的驾驶舱，随即在左腿尖锐的疼痛和身体的疲惫中被弹出地图。

主赛场上是一片震撼过后的沉寂。

陆召从座位上挤出，跑上过道，来不及从门口走去后台，他和江皓从观众席的走廊向下冲，冲向离主赛台最近的第一排。

在他们狂奔时，黑掉的全息投影上闪过蓝光，解说员甚至没有说出获胜者的名字，只来得及吼："赢了！"

几乎撼动整个主赛场的叫喊声让脚下的地面都在颤抖。

飘浮在半空的虚拟星屑猛然聚起，组成 white01 的影像。

获胜方，white01，白历。

模拟舱打开，涌进来的空气带着热切的欢呼和掌声，白历的头发已经被汗水打湿，赛服也黏在身上，他像是被泡在水里又捞出来，从地狱的泥潭里走了一遭。

他把去掉的头盔拿在手里，强撑着自己的身体走下模拟舱。

左腿的疼痛让白历的走路姿势略有别扭，无法停止的颤抖也让他的每一步都格外迟缓，如果是在以前，这大概会让他心情差到极点，但现在他的心里却一片平静。

伴随着一阵干呕咳嗽，唐开源跌跌撞撞地爬出模拟舱，手里的头盔撞在舱体上破裂，透明面罩的部分直接断开，一小块碎片被他死死地握在手里，剩下的部分掉落在地上。

白历站在自己的模拟舱前，半垂着眼看着他。

唐开源感受到这个视线，喉咙里发出几个模糊的音节，视线因为头部的剧痛而一片血红，只能看到白历冷淡的脸。

"……那样看我……"唐开源喃喃，身体不受控制地朝白历走去，打着摆子无法站直，脚步踉跄着伸出手摆出攻击的姿态，"别那样看我！"

观众席上的欢呼声把他的声音淹没，白历甚至不用怎么移动，只微微错身就躲开了他。

唐开源扑了个空，跌坐在地上，背靠着模拟舱喘气，仰起头看着白历。

这个仰视和俯视的镜头在今天出现了两次，只是上一次是在模拟地图里，角色对调而已。

白历拿着自己的头盔，最后将唐开源从头到尾看了一遍。

他们身上流着同样的血液，拥有一样的基因，却注定要有一个败下阵来。

唐开源的精神力不受控制地四散，就像是失禁一样没有尊严可言。

"你输了。"白历看着他，淡淡道，"不只是比赛。"

唐开源已经分辨不出白历在说什么，输掉比赛的瞬间他被恐惧和绝望填满，但当他看见白历的脸时，似乎又有一股莫名的愤怒恨意将所有情绪压盖，他神志不清地吼道："是你！你夺走了所有东西！你把什么都搞乱了！你这个……这个……"

赛事组早有准备，两台安保机器人在众人惊讶的议论中走上主赛台，一左一右架住唐开源，不由分说地向后台拖去。

唐开源爆发出一声前所未有的怒吼："你这个异类！破坏者！"

他眼里浮动的情绪和几乎扭曲的五官让白历有片刻的怔忪，隔了一会儿，他开口："我本来什么都没有，所以一直觉得很恐惧。"

唐开源恨恨地看着他。

"但以后我不会怕了。"白历轻松地说。

当那股令人窒息的精神力消失在主赛台上，白历才发现自己已经被喝彩声淹没。

"白历！"有人的声音穿过各类杂音传来，"白历！"

白历扭头看去，挤在栏杆前的陆召几乎半个身子都探了出来，江皓也被挤得够呛，但还是扯着喉咙对他挥手。

心口翻涌着温暖的浪潮，白历在解说员的大吼大叫中走向陆召和江皓。

就算是不熟悉白历的人也看得出，他的左腿姿势难看，难以用力。

白大少爷一向好面子，从不乐意在外人面前这样，陆召的心脏好像给捏扁了，皱巴巴地只剩下一片酸涩。

白历此刻已经不再在意外界的看法，他在无数人的目光中，在直播机器人的镜头下走过去，先是和江皓击了个掌，然后拉住陆召伸出的手，握了握。

主赛场人声鼎沸，陆召听不清白历的声音，但还是从他笑着开合的嘴唇读懂了他的意思。

"接我吗？"

陆少将抿着唇，重重点头。

白历获胜的消息第一时间传出，不仅是机甲圈，星网上也一片叫好声。

这一路的战绩都在告诉所有人，当年踏入军界的白历是凭实力坐上少将这个位置的，也因此他的退伍更加令人叹息。

随着比赛录像的放出，白历最开始接受采访的录像也再次被人提起。

录像上的白历比起早几年小报八卦里的模样少了些紧张和警惕，多了些从容，这让他整个人显出沉淀过后的稳重成熟，只有那张脸倒是依旧俊朗，笑起来还能看出年少时的跋扈张扬。

采访的时间并不长，问题也并不只是围绕机甲。当初采访刚放出时人们大多只是觉得小有惊讶，也有部分人觉得白历哗众取宠。

但时隔多日，覆盖在白历身上的那层泥被抹去，再看这段采访，人们的心境已经大不相同。

世界上能有几个人，像白历一样走过如此黑暗的这么多年后，依旧能为了多出一个选择而义无反顾。

去年年底时那张白历握拳举手的背影照再次被帝国公民网转发，这个有着"我将握紧拳头直至最后一刻"含义的手势仍能撼动人心。

配文：从未改变。

当外界为这一场胜利感动震撼时，白氏研究所的各位成员们已经收拾好了设备，激动不已地准备坐上客运悬浮车。

"我就应该设强制弹出的指令！"司徒两眼红肿，接过助理递过来的冰贴贴在眼皮上，"看你小子还怎么胡来！"

"那我还比个屁的赛啊！"白历一手扶着墙，左腿悬空，单腿跳着往外走，"还有，你能不能别往指令里夹带私货，打到一半跟我搞煽情，我起了一身鸡皮疙瘩。"

司徒气得跳起来要抽他，就看见陆召跟工作人员打了招呼后径直往这边走。

不等白历说话，陆召就先弯下腰用手摸了摸白历的膝盖。

"很疼？"陆召问。

白历把右胳膊伸长："很疼。"

陆召赶紧撑住他，本来绷得紧紧的表情立刻显出紧张："军医院。"说完左臂环住白历，撑着他要往前走。

"慢点儿慢点儿……"白历说，"腰没劲儿，你帮我撑着点儿。"

刚才还感动又热血沸腾的司老师这会儿彻底冷了，木着脸看白历玩花样。

陆召哪儿想得了那么多，看白历满头大汗单腿蹦着走，就知道他是真难受："这么严重。"

"左腿疼，右腿麻了，有点儿没感觉，走不动。"白历哼哼，"我会不会下半身残了，明天决赛打不了，还得坐轮……"

陆召皱眉："不会。"

"是吗？那怎么走不动道？"白历说，"你用点儿劲儿。"

陆召心乱如麻，白历说什么是什么，笨拙地撑着自己的契约人。

这种能跟亲近的人要赖的感觉太好，白历从头放松到脚。

"对，用力。"嘴上不消停，"专注点儿，稳点儿。"

司徒听不下去了："做个人对你来说很难吗？"

白历压根儿不搭理他。

等两人快挪到门口时，耳边听到嘈杂的人声，白历抬头，一辆"甲壳虫"就停在门口。

这种专门为特种准备的医疗车两人都不陌生，上一次陆召陪白历去军医院坐的就是这种。

"是赛事组那边喊的车，接唐家那个。"司徒刚应付完媒体，走过来说道。

其实也不用他怎么应付，记者们也知道比赛赢得不容易，白历身体状况不好，站得挺远在拍照，没有上前打扰。

"听说在后台暴走了，打了抑制剂也没什么效果。"司徒叉着腰皱眉，"就喊了'甲壳虫'，你说都到这地步了，人也是彻底废了吧。"

白历默认。

司徒交代了些琐事后说："别的你都不用操心，我跟周岳那边也打过招呼了，外边的事我们来，你就安心休息，其余等比完赛再说。"

比起甩手掌柜白历，司徒要忙的事就多得多，本来要送白历和陆召上悬浮车，个人终端却突然响了两声，他打了个招呼便先去接通讯了。

悬浮车停的地方得绕过甲壳虫，陆召扶着白历往前走。

天色阴郁灰暗，响起轰轰的雷声，想必不久将有暴雨倾盆。

几个医护人员穿着隔离服站在甲壳虫前等待交接病号，白历多看了两眼，就感到突兀的精神力。

远处记者吵闹的声音大了起来，几台拍摄机器人也往这边飞。

两个普种神色严肃，一左一右架着唐开源朝甲壳虫走。

唐开源垂着头，手攥成两个拳头。红黑色的赛服搞得有些脏，脚下虚浮无力，精神力不受控制地往外冒，让人感到焦躁，根本看不出贵族少爷的模样。

白历被这精神力顶得有些烦。陆召也没多舒服，只看了一眼就继续扶着白历朝一边走。

"他完了。"白历转过头，低声道，声音听不出起伏。

这些年经历的每一天都很沉重，但结束时却平淡无味。

陆召沉声："嗯。"

视线模糊不清，但唐开源依旧从四周各异的精神力中分辨出他最厌恶的那一个。他的头很重，仿佛抬不起来，只能翻着眼从刘海的缝隙里去瞧。

白历背对着他，陆召也背对着他，所有人都背对着他，看都不看一眼。

梦境里亲近无比的契约人之一此刻却撑着另一个人，侧过头时能看到那张平日冷淡的脸上带着的担忧关心。

那双总有些冷厉的眼梢在看着白历时软下来。

帝国之鹰垂下高昂的头，成了有感情的人。

——"那本来都该是我的。"

心里有一团火，烧得唐开源浑身疼痛，精神力从他的体内急速外泄。

"交给你们了。"架着他的人对医疗人员说。

医疗人员点头要接手，就在两个大汉松开唐开源的瞬间，一直蔫头耷脑的特种猛然暴起，手里捏着什么东西反身一划，紧接着又是一脚踹在另一个人的腹部。

被划到脖颈的人手刚按上去，血就直接飙了出来，捂着脖子倒在地上。而被踹到的那个则因为特种的力量太过剽悍，整个人被踹出去两三米，"哇"地吐出一口酸水。

医疗人员没有战斗经验，事发突然，没来得及反应就被唐开源用手里的东西划破了防护服，浓到可以当场让大部分人晕厥的精神力顺着破口涌进，几个身体差的当场腿软摔倒在地。

唐开源的动作太快，离得近的特种等级没有他高，被精神力干扰后，动作没能跟得上大脑的反应，错过了按住他的最好时机。

身后传来几声尖叫，紧接着，白历的身体已经在同类的精神力下绷紧，他猛地回头，左脚狠狠踩在了地上，疼的脸色一变。

不等他调整站姿，唐开源握着手里的东西已经冲到了跟前，他手里握着一片薄薄的透明材质的碎片。

那是头盔透明面罩部分的残骸，这疯子从面罩碎掉之后就没有丢开手里的东西，他其实在从模拟舱下来的那一刻就想用它划破白历的喉咙。

身体的疲倦和腿上的旧伤让白历动作迟缓，他只来得及身体后仰，耳边听到司徒的大吼。

在这一瞬间，白历和唐开源的目光接触，梦中的画面忽然划过脑海：同样是他们三人，同样是肢体接触状态下的白历和陆召，同样是冲过来的唐开源。

人物相同，内容不同，但画面却偏偏有着微妙的重叠。

直觉告诉白历，唐开源现在也看到了这些画面——他相信画面才是真的。

眼前一花，有人挡在了他身前，想象中的疼痛并没有落在身上，白历跟跄着抬起头，惊叫："陆召！"

唐开源手里的尖锐碎片划破陆召的衣服，在侧腰上留下一道深深的伤口，血液瞬间染红了一大块衣料。

陆召闷哼一声，空气中已经超过承受能力的精神力让他视线发昏，呼吸困难，但没挪动身体露出身后的白历。

强忍住不适，陆召反手拽住唐开源的胳膊狠狠一扯，一拳打在唐开源的脸上。

皮肤接触的瞬间，强烈的麻痹感顺着手直接蹿上头顶，大脑中"嗡"的一声响，过电般的疼痛立刻弥漫，陆召一拳落下，自己却忍不住发出一声压抑的痛叫。

这一来一往也就短短数秒，陆召下意识地捂住侧腰的伤口，身体一晃，向右侧倒去。

白历一把揽住他的身体，却摸到了一手的血。

精神力让陆召喘息困难，一拳只让唐开源略歪了歪头，这人仿佛已经丧失了痛觉，眼神直勾勾地看着白历，低吼着在白历搂住陆召的瞬间又扑了上来。

白历的精神力也猛然狂飙。高等级特种精神力对冲的压迫感使得相隔甚远正在狂奔而来的记者和安保人员都感到发自内心的恐惧。

白历的右手揽住陆召，没有损伤的右腿撑在地上无法抬起，电光石火间他几乎没有思考，身体就已经做出了反应。

"别！"司徒向前扑去，却还是晚了一步。

白历抬起左腿凶悍无比地踹在了唐开源的胸口，这一脚直接让已经扑上来的疯子向后仰身，但他握着尖锐碎片的手却也狠狠落下，扎在了白历的膝盖上，并随着身体的后退划开了一道长且深的口子。

司徒同时将唐开源扑倒在地，他的等级略逊白历一些，此刻被唐开源人为拔高的不正常精神力刺激得浑身哆嗦。

唐开源被白历这一脚踩得端不上气，给了司徒抓住他的机会，司徒扯着他的头往地上狠狠磕了三四下。

安保人员终于赶来，将嘶吼着的司徒拉开，几个人按住已经满脸是血却还在挣扎的唐开源。

"你改了规则！你改变了命运的走向！"唐开源胡乱吼叫，声音含糊如同野兽，"这是惩罚，你就该残废，这是惩罚！"

白历喘着气看着唐开源，或者说他在看着"命运"本身。

已经听不到其他人的声音，只有唐开源诅咒一般地吼叫直达脑海深处。

唐开源怪笑了两声，从喉管里发出声音："至少得让你走完你的命运，白少将。"

挣扎间后脑勺又重重砸在地上，脑海中仿佛一根牵连着他与世界的神经崩断，整个人抽搐了一下，晕了过去。

随着唐开源意识的丧失，压在众人身上前所未有的压力骤然消散。

白历猛然心头一松，在剧痛中撑不住身体，缓缓倒地。

好疼，但是好轻松。

他又能听到了。

周围是尖叫声和呼救声，雷声轰鸣。

混沌间白历感到有人用颤抖的手捂住了他左腿的伤口，有水滴落在他的脸上。

白历的视线并不清晰，疼痛让他的呼吸变得短而急促，他强撑着睁开眼，模糊间看到陆召的脸。

那张脸上有白历从未见过的恐惧和痛苦，混杂进原本冷淡漠然的五官间。

"没事。"白历没有什么力气，只能小声道，"别怕。"

但这安慰好像并没有起到作用，陆召用力地把他从地上抱起来，侧腰的伤口随即涌出一股血流。

"又要下雨了。"白历疼得小口吸气，"但雨季要结束了。"

他捂着自己的膝盖，发出一声痛苦的低吼。

一场大雨席卷主星，闷雷震耳。

第八十章
你就是我的主角

白历很清楚自己在做梦，毕竟白老爷子已经去世了很多年，现在还能在训练场把他揍得嗷嗷叫实属不正常。

傍晚的天色是令人慵懒的暖橘色，爷孙俩在训练场随便找了个角落就地坐下，白历拧开营养液，跟白老爷子抱怨天天喝这东西嘴里淡出个鸟，结果被白老爷子的铁掌扇了一下后脑勺。

"你都死了多少年了？"白历说，"怎么还这么揍我！"

白老爷子大笑："我死得不能再死，你也是个孙子。"

白历琢磨着这话怎么像是在骂人，对白老爷子的不满达到了一个巅峰："我要是能自己选，就算是从楼上跳下去摔死，我都不当你们老白家的孙子！"

这话导致他又挨了一顿打，还是熟悉的训练场，白老爷子熟悉的挽袖动作，熟悉的硬汉教育，结结实实地揍了白历一顿。

揍完梦还没醒，爷孙俩并排坐着看夕阳。

很久之后，白历小声说："你要是多活两年就好了。"

白老爷子说："老子难道愿意早死？"

"也是。"白历说，"还没我顶用呢。"

这回白老爷子连揍他都懒得揍了。

"唉！"白老爷子看着暖色的天空说，"你知道你为什么叫白历吗？"

白历没好气："那不是你随手翻古地球资料查的吗？起这么个破名。"

"翻了一天呢，你尊重一下老子的劳动果实行不行？"白老爷子说，"字是翻来的，但也是觉得适合才给你起的。"

白历侧头看看他。

"我一看见你，那么小丁点儿人，不知道怎么着，就觉得你小子这辈子要经历很多不怎么开心的日子。"白老爷子比画了一个婴儿大小的长度，"我希望你强大有力，能对抗世界上的蠢货。希望你坚强勇敢，经历过的痛苦最终会成为你的荣耀。"

白历搞不清梦里的白老爷子到底是他自己幻想出来的一个安慰，还是真的有这个人。

他向后撑着地面，两条腿伸长，不作声。

"'经历'是时间留下的痕迹。"白老爷子说，"我希望你经历过一切，依旧可以一往无前。"

白历扯扯嘴角："真看得起我。"

"你做得不错。"白老爷子说。

傍晚起了风，但天气很好，温暖舒适。

白历又说："还'坚强勇敢'，你咋不直接给我起名叫白坚强呢？"

"啊……这个……"白老爷子说，"祖宗里有一个叫白坚强了。"

看到白历吃瘪的表情，白老爷子哈哈笑道："而且坚强多累，必要的时候坚强就得了，一辈子坚强还是算了吧。"

就算是梦里，营养液也很不好喝。爷孙两个没再说话，白历的头逐渐低了下去，再低下去，最后埋在了膝盖上。

"我好想你。"

白老爷子拍了拍他的后背："雨季结束了，以后都会好的。"然后站起身，伸了个懒腰，摸了摸白历的脑袋。

白历再伸手去扯白老爷子的衣角，手伸出去却抓了个空，然后他睁开了眼睛。

白历最后的记忆是被抬上医疗车，腿太疼，连带着浑身没劲儿，血水顺着伤口淌了一路，陆召的手捂在上面也没用，最后有人给他打了镇痛针，药效起效时他也跟着没了意识。

映入眼帘的是头顶医院的天花板，没有开灯的昏暗房间，雨声哗哗，连消毒剂的气味都和噩梦里一模一样，但白历并不恐惧。

也不知道自己睡了多久，这一觉很漫长，很舒服，就是睡多了有点儿僵硬。白历侧过脸，陆召趴在他手边，身上的衣服已经换了，看不到腰部的伤势。

白历碰了一下陆召的头。

轻轻一碰，陆召就猛地坐起身，一下握住白历的手，另一只手摸上白历的额头量温度。

"别激动。"白历哑着嗓子说，"吓我一跳，你腰上的伤怎么样？"

陆召的脸色很差，苍白疲倦，眼里布满血丝，摇摇头表示没事，开口的声音跟八百年没喝水似的："我喊老郑。"

床头就有呼叫器，没多久老郑就带着护士匆匆赶来。

简单询问了几句，老郑的表情不是很好，但没多说什么，只让白历先休息。

窗外大雨仍旧在下，天色昏暗分不清时间。

"包扎了没？"白历问，"你就坐这儿？坐了多久？"

"包了。"陆召道，"没多久。"

白历左右看了看，这是独立病房，就他一个人住，他的左腿被机器固定，估计是打了镇痛针，这会儿只有钝钝的轻微疼痛。

"什么时间了？"白历又问。

陆召顿了顿，还是回答："十八号下午，六点十分。"

白历打败唐开源的那天是十七号，他赢得了决赛的资格，而决赛本该在十八号上午举行。

白历有些怔忪。

"比赛延时了。"陆召急忙道，"是对手主动提出的，具体还在商议。"

"哦。"白历躺回靠枕上，刚睡醒的脑子还有些迟钝，隔了一会儿才缓缓道，"但我打不了比赛了。"

陆召嘴唇轻轻颤抖，他不知道怎么开口。

"研究所没有替补，之前那个替补还在住院。"白历倒是很稳定，没有说别的，"司徒怎么说？"

"他在联系替补的事情。"陆召垂着头道，"周岳也在找人，让你在医院待着。"

白历躺在靠枕上"嗯"了一声。

雨声很大，窗外的雨帘模糊了帝国的轮廓，从半开的窗户中透进一些潮湿的气味。

或许是已经有些心理准备，或许是心底最深处已经猜到会有这么一天，白历很平静，甚至没有第一时间问自己左腿的情况。

过了一会儿，他猛地想起十八号也是陆召要前往边缘附属星支援的日期，他侧头问道："你什么时候出发？"

陆召握着他的手没有回答。

"晚上走是吧，几点？"白历手指用了用力，"嗯？"

陆召垂着头看不清表情，从白历的角度只能看到他的嘴唇动了动，却没有发声。

在这沉默中白历品出些不对味儿，晚上出发，但一般都会提前去军团集合，陆召此刻却还穿着便服。他腰上有伤，但按军团惯例一般会在前往目的地的途中配给治疗人员继续治疗，到地方后再看情况安排。

白历意识到陆召没有服从调令，他震惊地坐直身体："你怎么没去军团？"

陆召两拳攥得死紧，却一言不发。

"你疯了？你还想不想在军界混了？"白历怒道，"你怎么答应我的？啊？陆召！"

陆召终于没能忍住，两手一起拉住白历的手，俯下身把额头抵在了他手上："不混了，我不混了。"

白历从没见过陆召这样，手抽不动了，只愣愣地坐着。

"你不是尊重我的任何选择吗？"陆召的声音里有无法抑制的颤抖，但还努力让自己显得不那么哽咽，"我就选现在，我选你，我不选别的，就在这里，白历，我就选你。"

白历感觉到自己的手背一片湿润，他在此之前从没想过陆召会哭。

帝国之鹰没有弱点，强大剽悍，所向披靡。

原来泪水也是滚烫的，像是在白历的心脏上烫出一个个破洞，白历觉得心脏疼得厉害，无数情绪从那些破洞里灌进去，撑得他快要爆炸。

我不想这样，不想你跟我一样离开热爱的地方，人生的道路上硬生生拐了个弯，以后的数十年都在后悔和叹息中度过。

我又想这样，想他留在自己身边。

这卑劣的、自私的感情，让白历觉得自己是个人渣。他想硬起心肠抽回手，让陆召立刻收拾东西回军团。

这人倔得很，一根筋，白历的话到了嘴边，就成了憋在喉管里的一声叹息。

"哎！"白历拍拍陆召的头，"我不是撵你走，别这样。"

陆召摇摇头。

"那因为什么……"白历说，"比赛？腿？没事，真的，你看我都没哭。"

这些干巴巴的安慰没有任何效果，陆召在他说出"腿"的时候身体紧绷。

白历词穷了。

手背上还能感觉到陆召的眼眶里落下的温热的泪水，但没有一点儿声音。听不到哽咽，如果不是了解够多，几乎也不能从陆召的声音里听出情绪起伏。

白历没见过能这么平静的哭的人。

"陆召，陆少将。"白历用手背凭感觉擦过陆召的眼眶，"出个声。"

病房里安静一片，等白历以为他不会再说话时，陆召才开了口："我要是挡住了，你就不会这样了。"

一百步都走了九十九步，怎么这一步就卡在这儿了呢？

陆召想不明白。

他坐在这儿的这段时间里一直在思考这个问题，要是他不来看比赛，白历可能就跟着研究所一起走了。要是他不扶着白历走那条路，应该就碰不上这事。要是他动作再快点儿，他要是忍住了没受精神力的影响，他挡住了，躺在这儿的至少不会是白历。

人都走了，之后病房里就剩下他和发高烧沉睡的白历，时间变得很难熬。

白历还睡着，但说过的话却在陆召脑子里清晰起来，他想起之前白历在甲壳虫上说的话。

白历说这条腿可能还要再挨一下，会废，会站不起身。陆召以为他在恐惧，但白历又说，到时候他就会知道，其实"什么都改变不了"这种感觉会是一种折磨。

白历像个未卜先知的神棍，提前就交代了，真到了那一天，让陆召别太难受。

真到了这一天，陆召发现已经不是难不难受的问题。

除了这间病房，外界的一切都消失了。陆召感觉不到什么是难受，每一口呼吸都会带来沉重的负担，他被庞大且浓稠的情绪淹没了。

白历没想到陆召会这么说，他甚至没想过陆召会做这种不可能发生的假设。

"抬头。"白历说，"我怎么这么不乐意听你讲这屁话呢？"

陆召头压得越来越低。白历放弃了让他抬头的想法，躺在靠枕上，叹了口气。

"吓着了？"白历说，"你这叫'害怕'。"

陆召心里那团层层叠叠裹着的迷雾被扯开，他终于意识到比起难受，更让自己崩溃的是什么。

这叫害怕。他害怕看到白历的脸，害怕在白历的脸上看到失望和沮丧。走了九十九步的白历，就这么栽在了第一百步之前。

他害怕白历会问自己还能不能比赛，害怕白历痛苦不堪，而他无能为力。

陆召害怕在白历的眼里看到软弱无能的自己。

比起自身的懊悔和难过，无法分担契约人的伤病和痛苦更让他感到手足无措和恐惧。

"没想这样。"陆召听到自己的声音还算稳定,他还能撑起那副沉稳的模样,"缓缓就行。"

"嗯。"白历说,"你最厉害了。"陆召无声地扯了扯嘴角,就听见白历又说,"我还挺怕的,要不你安慰安慰我吧。"

在陆召的人生里,白历是他接触过最温柔柔软的人。

陆召知道白历是给他一个寻求安慰的机会,他一边对软弱的自己感到鄙夷,一边又前倾身体狠狠拥抱了一下白历。

白历听到一声压抑着的、几乎无法分辨的哽咽,他笨拙地拍着陆召的后背,这是真吓着了。

也难怪,上一秒还一切顺利,突然就成了这样。这种冲击白历经历过一次,但陆召从没有过。

大概在此之前,陆少将已经开始做好和白历在第一军团共事的打算了。

"去休息会儿?"白历轻声道,"你脸色很差。"

陆召摇摇头。白历没办法,其实也有点儿说不出的踏实感。住院总会让人觉得孤单,有人陪着还是不一样。

"那跟我一起躺这儿。"白历拍了拍床右边空出的一片,"挤挤。"

床还算宽敞,但也不够两个人高马大的成年人松散地躺着,两人挤得像是罐头里的变形肉块。

发泄过情绪后陆召平静了很多,眼眶还是红,但躺下的时候呼吸已经缓和。

"伤口没事?"白历问,"我看看。"

陆召老实地撩起衣摆,没有挨着床的右侧腰上简单裹着急用绷带,隐隐能看到些红。

"小伤。"陆召解释,"不流血了,这是刚包上时的血。"

白历把衣服拉上:"那疯子呢?"

已经不说小王八蛋了。

"不知道。"陆召闭着眼,"没问。"

确实没问,那会儿他已经彻底六神无主,只顾着把疼得缩成一团的白历往医疗车上送。

从白历进军医院再到注射镇痛针入睡，陆召这段时间的记忆都很混乱。后续很多外界的情况也是司徒、江皓带来的，但他其实也听不进去。

白历没再继续问，他这一觉都睡累了，这会儿还算精神，睁着眼看着窗外的雨帘。

陆召也睡不着，只闭着眼沉默，比以前更加不会说话。

"军团那边……"白历放缓了声音，"江皓应该会想办法，你明天去还来得及。"

陆召没吭声，沉默拒绝。

白历脑子里蹦出来俩字：任性。

雨声哗哗，这一层的病房都是高档独立病房，没什么人入住，走廊上静悄悄的，病房内也只能听到彼此的呼吸声。

"我其实一直觉得会有这么一天。"白历看着雨中模糊的帝国，平淡开口，"除了那疯子崩溃是他自作自受，我偶尔觉得自己没有改变过命运。"

陆召不知道怎么接口，只能强硬地回道："不是。"

"我还是走到了左腿残废的结局。"白历笑了笑，"在这个过程里，你也和梦里一样，前途毁掉大半。"

陆召的手缓缓握成了一个拳头，低声道："不一样。"顿了顿，"我愿意。"后三个字说出来的时候，白历忽然有点儿语塞。

他直到现在还没有从那种麻木的感觉里走出来，或许是已经经历过太多失望，这一次的失望并没有来得更强烈。

比起刚负伤退出军界整天都在病房里发火的时候，他觉得自己已经能很平静地接受现在的一切。

至少"世界中心"不存在，已经彻底消失，唐开源八成是没救了。

以后会好的，他会习惯的。

一条腿其实也不差，身残志坚白大少爷，再接再厉继续努力。

白历闭了闭眼，深吸一口气，不想再继续陷在这令人多想的沉默里，他笑道："我又梦到老爷子了。"

这话题转得很快，陆召没有吭声。

"揍了我一顿。"白历说，"还跟我说我们家有个祖宗叫白坚强。"

陆召的拳头没有松开，反而握得更紧了一些。

得不到回复，白历也没停下："等出院了得去趟老宅，你也去吧，那边东西多，看看有什么能用得上的搬回来，我是不想住那边，每一间屋子都有我挨过打的回忆……"

"今年估计又不能旅游了，不过主星也有挺多地方可以转的，等我出院了可以去看看。"

"这场雨应该是最后一场了，明天就会放晴。"

扯了一堆有的没的，白历也不太清楚自己在说什么，但他的嘴停不下来。只要说话，脑子就可以短暂休息，他得一个劲儿地说。

陆召的头动了动，终于有了动作，他抬手捂住白历的嘴。

白历喊了一声："干吗？"

"对不起。"陆召把他遮起来，"太弱了，让你安慰我。"

白历没反应过来。

"你才是最不好受的，"陆召说，"哭一会儿吧。"

温暖的黑暗笼罩着白历，依就是这道"结界"。

在这个结界里，人总是会轻易就被戳破了皮囊，兜不住满心的泪水。

白历的手不受控制地抓向陆召的后背，无法停止身体的颤抖。

"我已经拟好了申请，调任附属军团。"陆召的声音又响起，很轻，他还是不会说软话，以为用的音量够小，就是温柔，"不是一线军团，我可以替你开机甲。"

"我能做的事情很少，白历，别的事情我做不好，挡刀都挡的不怎么样。"陆召说，"但机甲我一定可以开好。"

白历想说你是生的憨，现在申请，结果下来比赛都比完八百年了。但所有的话挤到了喉咙，发出的却是一声抽噎。

为什么会是这样？

他也想过一帆风顺的人生，想一辈子没有大病大灾，平淡无奇，为油盐酱醋发愁，被工作累得倒头就睡，一夜无梦，醒来可以和亲如兄弟的契约人、朋友们吃顿饭。

他也想过万众瞩目的人生。天之骄子的人设，拿一路打脸的剧本，活得潇洒肆意，碾压各路杂兵，在亲朋好友的祝福下度过余生。

他不想叫白历，经历不一定都是愉快的，为什么他要是白历。

第一声哽咽传出，后面的哭声就兜不住了。陆召觉得自己像是抱着一团千疮百孔的光团，他没有实体，却会发出柔和的光，和让陆召心碎的哽咽。

"原来我真的……"白历嘶哑着说，"是个配角啊。"

原来他还是失望的。

不管怎么挣扎，怎么出彩，在最后都是用两三句话概括余生的配角，所以他不一帆风顺，他不万众瞩目，他得努力才能走到今天。

陆召难以忍受地闭上眼，他被这句话戳穿了五脏六腑，无法呼吸。

"真正的世界，也从来不需要主角吧。"陆召说，"所有人都是别人的配角。"

白历的手很用力，他的后背被抓得很疼，但他倒希望再疼一些。疼会让人保持清醒，不至于跟着抱头痛哭。

陆召用身体把白历搂紧："你就是主角。"

不完美的主角。一个敏感矫情的小角色，血肉之躯，一路磕磕绊绊，但陆召永远都会选择他。

帝国的大雨如天塌一般狂泻而下，冲刷着主星的一切。

雨季要结束了，明天又将是崭新的一天。

第八十一章

白樱

医疗仪器发出轻微的"滴滴"声，有果香混在消毒剂刺鼻的气味里。

唐夫人在专注地削着手里的水果，她脸上的瘀青和擦伤还很明显，一只眼睛肿起，看起来有些滑稽。

果皮因为她的手抖而被削断了几次，她深呼吸平复自己的心情和颤抖的身体。

病床上略有些肥胖的男人在昏迷中动了动，她扫了一眼，继续手上的动作。

思绪却还停留在昨天傍晚的唐氏老宅内。

十七号傍晚，唐骁接到唐开源在输掉比赛后攻击白历的消息。那时候唐骁才刚把她揍了一顿。

唐夫人调查过那台机器的事情暴露了，唐骁相当生气。

对于唐骁来说，唐夫人大概是他最能掌控的一个角色。但现在连这个安静温顺的女人都敢背着他搞小动作，这让唐骁觉得自己的尊严受到了挑战。再加上最近过得很不顺心，外界的舆论和林胜的事已经让他不敢出家门，还被第一继承人痛骂一顿。

更别提直播比赛上唐开源输得彻彻底底。

唐夫人成了出气筒，因为不用出家门，所以那些瘀青终于蔓延到了脸上。

通讯打进来的时候唐骁刚平息了一些怒火，只是还喘着粗气，脸色像是猪肝，拿着个人终端去隔壁的小休息室接通讯。

唐夫人从地上爬起来，通讯的声音有些小，她小心翼翼地往前凑了凑，入耳就先听见唐骁的怒吼："我知道！我知道他输了！"

通讯那头的人又说了几句，唐骁的怒火竟然被瞬间压下一二，惊疑道："什么？你是说他……不可能！……他真的？"

这个语气让唐夫人的心里咯噔一声。

"你说他疯了是什么意思！"唐骁从惊疑变成了慌乱，"……他就是有点儿控制不好精神力，这没什么吧？我会花钱摆平这些——"他像是被掐了脖子一样猛地停下，几秒后，唐夫人听到他难以置信的声音。

"他捅人了？"唐骁说，"捅了谁？白历吗？"

唐夫人的手上猛地没了力气，跌在地上。她的脑子一片空白，只感觉自己被丢进了深不见底的冰海里。

通讯那头的人简短地回答后，唐骁沉默半晌，略有些颤抖地问道："那白历死了吗？"

后面的话唐夫人没有再听清，她木讷地在地上坐了一会儿，缓缓站起身。

小休息室内，唐骁还在询问唐开源被带去了哪家医院，又要联系人去做公关压消息，一边骂着听不清的话，一边将手边的东西砸在地上泄愤。

唐夫人将药盒拿出来，把唐骁要服用的药准备好，顿了顿，又多加了一颗。她知道唐骁从不会在意药量的问题。然后，又拉好自己被扯得乱七八糟的衣服，平静地站在原地等待唐骁出来。

等待的过程中又听到白历的名字，断断续续还有"腿""住院"等字眼跟在后头。白历腿伤复发，被紧急送往军医院。

唐夫人的手指把手心抠出了血。

十几分钟后，唐骁满脸通红、眼带血丝地走出小休息室，扫了她一眼："你儿子干的好事！"

"您要出门吗？"唐夫人垂着头死死地盯着毯上的花纹，温声问。

"开源被要求入院了，说什么精神崩溃！我得去趟医院，看看他脑子还能不能转过弯儿来！"唐骁骂骂咧咧，"医院只会夸大事实！不过就是……哼，就是划了白历一下而已，只是被精神力冲昏了头，休息一会儿就能好！"

唐夫人这一次明确感觉到唐开源的问题大概是没得救了。

如果他能及时停止使用机器，或许靠后期的调养还能恢复到正常状态。但他在这场比赛之前不仅又使用了一次，甚至还加大了强度。

一个人的承受能力是有限的，他太看得起自己了。但这些唐夫人并没有说出口，她把装好药的小碟递给唐骁："吃了药再去吧。"

唐骁不耐烦地说了声"麻烦"，抓过来就咽了下去，随后拿起挂在衣架上的外套，又看了一眼唐夫人的脸，皱眉："你就先别去了，看看你这样子，别人还以为我怎么着你了。"

"我送您到门口。"唐夫人抹了一把自己的脸。

这份柔顺取悦了唐骁，他没有拒绝，推开门边骂边走，一会儿骂那台机器，一会儿又骂白历，唐夫人跟在他身后，面色平静，只有在他回头要她赞同时才微笑点头。

走在前面的唐骁的骂声却渐渐小了下去，步伐开始有些踟蹰，身形摇摇晃晃，呼吸急促，走路的速度也不得不因为头晕眼花而慢了下来。

他感觉不对，在走到楼梯口时扶着扶手停下。

"怎么回事？"他连开口都有些困难，"我头晕……"

视线模糊，脚下的楼梯忽远忽近似的，飘在空中。跟在身后的唐夫人仿佛没听到他的喊声，兀自走着，超过他，向下下了两阶台阶才猛然停下，转过头微微仰视着他。

"滚过来扶着我！"唐骁喘着粗气骂道，"没看到我不舒服吗？"

唐夫人还是那样看着他。

模糊的视线让唐骁看不太清她的表情，但只觉得那双看着自己的眼里一片冰霜，让他有些不寒而栗。

"你不是很想知道，你泼白历脏水的事是怎么传出去的吗？"唐夫人忽然开口。

唐骁扶着扶手，感觉到唐夫人身上不断传来的精神力，头晕更甚。

他的精神力诱导能使伴侣成瘾，而作为伴侣的唐夫人的精神力也同样能勾起他心底最深的欲望，让他们的理智跟着动摇。

唐骁晃了晃头："你什么意思？"

"我从你的个人终端和社交账号上恢复了数据，转移到了我的手里。"唐夫人温声道，"然后放了出去。"她的声音像是柔软的面团儿，却狠狠擦在了唐骁的神经上。

"你说什么？"一股怒火直接蹿到了天灵盖，唐骁松开手上扶着的扶手，抡起拳头朝唐夫人的头上砸去，"你这个婊子！"

伴随着情绪的激烈起伏，唐骁只觉得心脏骤然紧缩，一瞬间倒不上气儿，大脑缺氧一般眼前一黑。

她柔弱却坚韧的精神力爆炸一般将他包裹。他几乎立刻就有了反应，身体略微发虚，不由自主地朝着精神力的源头抓去。

这种略微的虚弱感原本对特种来说并不严重，但因为唐骁的身体状况和现在所处的地方而产生了致命的效果。

他身体向前倾斜，平衡感在头晕中丧失，直接滚到了楼梯下层的平台上。

唐夫人提起裙摆跟着跑下去，一刻没停，咬着牙使劲儿把唐骁肥胖的身体滚着从平台上又往下推，直到他彻底滚下楼梯，死猪一般躺在地上动弹不得。

躺在冰冷地板上的唐骁像是一堆烂肉，除了从嗓子里发出几声呻吟，之后就只剩下费劲儿地喘息声。

唐夫人的身体忍不住颤抖起来，说不出自己是害怕还是激动。

"……婊……"唐骁喉咙里挤出含糊不清的话。

"头很晕吧。"唐夫人努力不让自己的声音哆嗦，慢慢地下了几层台阶，站在高些的地方看着他，"心跳急促，呼吸不过来，精神略有涣散，无法集中，对吧？"

唐骁躺在地上，他的头在滚落的过程中重重磕到，他不年轻了，除了年龄带来的疾病，不健康的肥胖、不良饮食习惯和酗酒的毛病都让他的身体只剩外表的皮囊，早已经不起这种程度的冲撞。

"你的药是我换的，换成了浓缩的药片，一片顶原本的两三片，但成分是一样的。"唐夫人说，"这样即使是检查，也只会认定你过量服药——你也确实总是过量服用。这种药我查过，过量服用会引起头晕心悸、呼吸不畅、精神力低下等症状。"

药早已换上，唐骁已经不知不觉地过量服用了数日。

原本打算再找个合适的时机动手，但今天她忍不了了，多加了一片，再加上精神力引诱，唐骁果然猝不及防地摔下楼梯。

"医……医……院……"唐骁口齿不清，"你……完了……"

"得错过最佳救治时间才行呀。"唐夫人颤着声音道，"再等等吧。今天管家不在，你还能在地上多躺好一会儿呢。"

唐骁只觉得自己要被怒火烧成灰，他恨到了要狂叫的地步，偏偏浑身瘫软，一动也不能动，张着嘴叫了几声，口水顺着往外流："为……什么……"

逆来顺受已经刻在了你的骨子里，你早就该被打怕了，打麻木了。

要是你有骨气，早就反抗了，这么多年都过来了，为什么忍不下去了。

唐夫人站直身体，抬手把发丝挽到耳后，扬起鼻青眼肿的脸。

"我这一辈子已经毁了，是我自己过成这样。"她踩着细细的高跟鞋走下楼，站在离唐骁几步远的地方，"怨不了任何人，是我自作自受。"

唐骁的眼睛死死盯着她。

下一秒，唐夫人猛地转过身，嘶哑着吼道："但你不该动我孩子！"

歇斯底里的吼叫，让她如玉般温润的嗓音劈掉，彻骨的恨意从中顶出。

屋外的雨声雷鸣交织，唐氏老宅灯火通明，她在灯光中如同野兽，眼里的凶狠让唐骁有一瞬间的瑟缩。他觉得如果现在给她一把刀，那下一刻唐夫人就会捅穿他的胸膛。

"但我太软弱，才慢了一步。早知道我就应该把你给……我要为我的错付出代价，受到惩罚。"唐夫人缓过劲儿，居高临下地看着唐骁，"你也别想逃。"

唐骁呼哧呼哧地喘气，盯着她看了几秒，扯了扯嘴角。

一股特种的精神力猛然窜起，唐夫人立刻感到一阵酥麻痛痒，身体无法抑制地有所反应，跌坐在地上，脸上泛起病态的红晕。

理智让她想立刻逃离，但身体却自发地大口吸气，想吸纳更多精神力。

她挣扎着爬上楼梯，做工精细的裙子被挂出一个口子，细嫩的皮肤在楼梯的棱角上狠狠硌过，疼痛让意识清醒了不少。

好在唐骁的身体已经不太能支撑起长时间释放精神力，他浑身抽搐了一下，躺在地上看着唐夫人道："你……离不开我。"

唐夫人握着拳头，指甲陷得很深，几乎抠掉一块肉去。听到这话她回过头，冷笑道："混蛋。"

这一声和她的出身形象以及接受的教育完全不符的粗俗脏话成功让唐骁发出一声愤怒的低吼，但在这一声吼之后，他也就彻底昏厥。

让自己无法自由活动的精神力散去，唐夫人终于重新掌控了自己的身体，她的后脖颈因为太过疼痛，反而有些麻木。

"冷静。"她把沾满血的手在裙子上胡乱一抹，喃喃自语，"冷静，没事，先要做什么已经想好了，之后……"

白历的脸闪过她的脑海，她发出一声啜泣。这一声啜泣后她立马起身，跑向书房。

唐骁大概从没想过，她这块背景板早已记得书房保险柜的密码。白樱将里面的几块存储器和资料档案拿出，又连上自己的个人终端反复确认后才终于松了口气。

警厅工作人员和医疗人员在十八号凌晨同时抵达唐氏老宅。当他们走进大门，看到的是口歪眼斜的唐骁和鼻青脸肿的唐夫人。

唐夫人坐在楼梯上发呆，身上的裙子破破烂烂，露出的皮肤上布满暴力留下的痕迹，却把头发高高挽起，露出纤细的脖颈，以及惨不忍睹的后颈。

在一片嘈杂混乱中，医护人员为唐夫人披上毯子，警厅带队的佟队长有些尴尬："夫人，具体发生了什么，还请您接受治疗后跟我们详细谈谈……"

话音未落，就被唐夫人递来的存储器和杂七杂八的东西塞了个满怀。

"给你。"唐夫人说，"白历怎么样？"

这一个水果皮削得很完美，唐夫人将其放在一边，拿起下一个继续。

小桌子上已经摆了好几个削好的水果，从最开始的坑坑洼洼，到现在的完美无缺。

唐夫人的手已经不再抖了。

病床上的唐骁终于恢复了一些意识，睁眼先是看见自己身在病房，再一侧头，正对上唐夫人淡淡的目光。

"似里……噗只……"他挣扎着想要动弹，却发现肢体无法协调，撑不起整个身体，而歪掉的嘴里一开口就会流口水，实在是没法说清话。

刚巧进来的护士把他按住："唐先生，您现在不能活动。"

"医生说你撞到了头，发现太晚，会留下永久性的后遗症。"唐夫人轻言细语，"别怕，我会照顾你的。"

唐骁双眼瞪得瑕疵欲裂。

"别担心儿子。"唐夫人低头，按了按眼角，"我会安排开源接受最好的治疗，他的状况……"说到这里，唐夫人毕竟心里还是不好受，顿了顿，"需要静养，B20附属星风景很好，也有合适的医院，我会尽快安排他去。"

唐开源离开主星，唐骁无法动弹，这意味着唐氏能活动的就只剩下唐夫人一人。

唐骁挣扎着想要坐起身，却只能像一条蛆虫一般在床上微微地蠕动。

"夫人别太伤心，您脸上的伤口刚上过药。"护士赶紧安慰，用厌恶的眼神扫了一眼唐骁，轻抚唐夫人的后背，"已经给先生换好药了，如果有什么事您再喊我好吗？"

唐夫人感激地点头："谢谢呀。"

护士忙道不用，交代了几句走出病房。

房门合拢，脚步声远去，唐夫人温驯的表情也淡了下来，拿起水果继续削着："你知道吗？是我让你发现我去调查那台机器的。"

唐骁面露迷惑。

"你压力越大，打我就越狠，留下的痕迹就越多。"唐夫人笑了笑，"这样外面的人才都能看清楚呀。"

"咯！"唐骁咳嗽了一声。

"在你睡着这会儿，我这张脸的照片大概已经在星网上传开了吧。"唐夫人拢了拢自己的头发，温和道，"还有警厅，应该已经从存储器里把东西都看完了。"

唐骁愣了两秒，随即惊恐而愤怒地哆嗦起来："卜……卜……"

他想说"婊子"，但因为从楼梯上滚下来时磕到了头，脑部神经受损，只能发出"卜"字，还喷出不少口水。

唐夫人欣喜地连连点头："是呀是呀，就是林胜还有第一继承人，在会所和那些年轻人胡来的记录呀。"

她这个语气和天真烂漫的表情一如初识时那般，此刻唐骁却只觉得又惊又怒。

"其实我本来是想杀了你再说。"唐夫人轻声道，"但你现在还有些用处，不是因为我离不开你，而是唐氏现在垮台会有很多麻烦。我要做的事情还很多，你的名头还算好使呢。"

这话让唐骁的恐惧压过了愤怒，他看了一眼唐夫人手里的水果刀。

"而且后来我想了想，有时候活着受罪才解气。"唐夫人站起身，她已经换了身衣服，是医院好心的护士送来的便服，脚下却还踩着那双高跟鞋，走到一台正在运作的医疗仪器旁站住，"你知道这是什么吗？"

没等唐骁回答，唐夫人便说："这是定时往你的注射液里添加修复液的机器，很神奇是不是，还能镇痛呢，这样你就不会太头疼了。"

"我年轻的时候，很喜欢捣鼓这些东西，我刚才查了一下这种机器的构造，又找做医疗仪器的老同学了解了一下运行原理，然后发现只要动一点儿手脚，就能让修复液无法注入。"唐夫人抚摸着机器的一角，看了看唐骁，"但

757

是外表看起来却像是正常运行。这样就算我替换药物，让你没法外散精神力，也不会被人发现啦。"

唐骁的心脏一点点儿沉到谷底，被绝望吞噬。

"再晚一会儿，我会把你转去私人医院，你放心，是我朋友开的。"唐夫人轻柔道，"照顾你的护工是我托人找的，但你一般只会接触机器人。当然，也是我碰过的机器人。你要好好休息，争取一辈子卧病在床啊。"

唐骁感觉自己的头又开始疼了起来，他眼前发黑，躺在床上一动不动。

"说到护工，我实在是没人可托了。"唐夫人有些烦恼地说道，"所以我只能联系白氏以前的管家了。老管家身体还好，立马就给我介绍了合适的人选。"

白氏，这个如同梦魇一般的存在再一次笼罩了唐骁余下的人生。

耳边响起一阵通讯提示音，唐夫人拿起来看了一眼，有些抱歉道："我还有事，得先走了。护工马上就到，你放心，我说了你要静养，任何人都不会来看你——不过现在他们大概也不太想来吧。"

她把削好的水果放在桌子上，任由其氧化腐烂。

唐夫人拎起自己漂亮的包包，踩着细跟高跟鞋，优雅地走出门去。扎起来的高马尾随着她走路的姿势轻轻摇晃，露出贴着纱布的后脖颈。

白樱走出门去，在众目睽睽之下扬起自己青肿的脸，表情紧张急切地接通通讯："……对对，我现在就去，就我一个人！"

两个差点儿抱头痛哭的成年人缓过来时天已经黑透了，夜雨带来的潮湿感顺着打开的窗户朝屋内涌。

陆召把窗户关上，他已经彻底平静了，情绪宣泄之后的脑袋反而更加清醒。

病床上的白历已经打起了瞌睡，刚才又打了一剂镇痛针，副作用和高烧后的疲惫感让他昏昏沉沉，他抵挡不住困意，胳膊搭在眼上，含糊着哼哼："我眼肿了，没有形象了。"

陆召感到有些好笑，但想想自己的眼也不怎么样，这才忍住了。

个人终端震了震，陆召看了看。

"睡会儿吧。"陆召的情绪低落了下来，但没表现在外，顿了顿，低声道，"她来了，我去见。"

白历的表情因为捂着脸而看不清，他有几秒的沉默，随后"嗯"了一声。

"没事。"陆召只能干巴巴地安慰，"我很快回来。"

"哦。"白历说，"放心，历历已经到了自己在病房几分钟也是可以的年纪了。"

语气还算轻松，陆召的嘴角翘了翘。

白历朝他摆摆手，捞起被子兜头盖脸睡觉。陆召不再打扰他，轻手轻脚地走出门。等关上房门的声音响过后，白历才缓缓拉下被子。

他揉了揉已经困到有些麻木的眉心，想到陆召就叹了口气，从枕头下面摸出自己的个人终端，在通讯录上翻了起来。

军医院到了夜晚也灯火通明，和下几层的嘈杂比起来，高档病房这一层还勉强算得上安静。

陆召拐了个弯，走廊的休息区正站着一个人，背对着他，似乎没心情在座椅上坐着，听见动静就急忙转身。

"陆少将！"白樱迎上来，急切道，"白历他怎么样？"

"他睡了。"陆召淡淡道，"很累，腿很疼。"

陆召跟白樱实在是无话可说，尤其是在今天。

和唐氏搭边的任何人，陆召都不是很想见。

但这短短的几个字已经足够白樱脸色苍白地倒退两步："那……那医生怎么说？"

"伤得很重，先住院治疗镇痛，后续治疗专家们还在商议。"陆召回答，"他打不了比赛了。"

如果说前几句带给白樱的是锥心一般的疼痛，那陆召的后半句对她来说就是铺天盖地的酸楚。

她很清楚，身体上的疼痛远没有精神上的折磨更能摧毁一个人，白历曾离最后的胜利如此之近，现在却毁于一旦。

没有希望之后的绝望更让人崩溃。

"你要见他吗？"陆召问。

"我这个样子见他，只会让他更不好受。"白樱摸了摸自己的脸，"而且，事情还没彻底解决，我哪有脸去见他呢。"

陆召皱了皱眉，他对"事情还没彻底解决"有些不解，但直觉告诉自己白樱似乎有些不同。

没有哭哭啼啼，脑子似乎也很清醒。

这很好，是个谈话的好时机。

白樱似乎一开始就并没有打算惊扰白历，想见面了解情况的通讯是打给陆召的，只是陆召依旧告知了白历。

而白历也同样没想见白樱，通讯打进来的时候他还没能从情绪里走出来，只让陆召去见一面，应付一下就算了。但陆召却有自己的事情要解决。

"我手上有一份录音。"陆召毫不婉转地开口，"内容很简单，唐骁亲口说过想打白氏财产的主意，希望唐……疯子能最终顶替白历。"

白樱反应了两秒，想起在游轮上的一幕，立刻点头："是，他是说过。不止一次，可惜我……"她咬咬嘴唇，暗恨自己之前的软弱，"对不起。"

"录音我会交给警厅。"陆召淡淡道，"但里面也有和你有关的内容，我想还是得跟你说一声。"

他没挑明，但白樱很清楚这是在说唐骁打她的事情。

白樱的表情有些许怔松，在陆召以为她不会再开口时，却听到她坚定的回答。

"尽快。"白樱说，"如果需要，我可以配合所有调查。"

第八十二章
手术治疗

从陆召这里了解到白历的身体状况后，白樱才勉强稳了稳心神。

现在唐氏乱成一锅粥，白樱也是被关注的焦点之一，自知不适合在外待太久，她犹豫片刻后，低声询问是否能看看白历："不用见面，就隔着外边看一眼。"

独立病房靠走廊的一侧并没有窗户，只有门上有一扇小小的观察窗。白樱小心翼翼跟在陆召身后，踮着脚从小窗偷偷往里看了一眼。

白历靠坐在病床上，似乎刚通完讯，个人终端的虚拟屏合上，脸色疲倦地闭上眼休息。

看得出他躺的并不是很舒服，但左腿被牢牢固定在一侧，白历只能小幅度地动作，尽量缓解一个姿势躺得酸疼的腰背。

好在他闭眼没几秒就睡着了。

"这么累啊。"白樱缩回来，蹑手蹑脚地走到陆召身边小声道，"好像昏昏沉沉的。"

"现在只能先打镇痛针。"陆召说，"副作用很大，他基本在睡觉。"

白樱应了两声，有些恋恋不舍地回头又远远看了几眼病房门，好像能从这么远的距离看见病房里的人似的。

有些像白历提过他小时候白樱曾蹲在小学门口偷看他的样子，缩在一棵树后面，就以为完全不会暴露，探头探脑，有些令人发笑。

"……你可以站在门外看，"陆召还是开口，"他暂时不会醒。"

对于白历不想见到白樱这一点陆召很清楚，所以还是没说见面的事。

白樱连连摆手："不了不了，现在情况特殊，我在这引人注意的话不好，得赶紧回去。"

"回哪？"陆召淡淡地说，"回唐骁那边？"

"现在还是得回去的，还有些事得安排呢。"白樱温声道，"唐氏那边，你们不用操心，等事情都安定下来我再过来。"

这句话里似乎隐隐有些别的含义，陆召微微皱起眉头，扫过白樱带着瘀青却面色平静的脸。

这份平静似乎并非往日的逆来顺受，令他觉察到白樱和以前的一些不同。陆召沉默几秒，开口道："唐骁呢？"

他问得很简洁，白樱却很快明白了他话里的意思。

"生病了，住院。"白樱轻言细语，"说不了话也暂时起不来床呢。现在他还不能离开主星，等过段时间我会再安排。"

陆召心头一跳，嘴唇动了动："嗯。"

"时间不早了，我先走了。"白樱看了一眼个人终端，各类信息已经把她的虚拟屏占了个满满当当，她调出几条回复后说，"要是有什么我能帮得上忙的地方，麻烦您一定要告诉我，要是历、白先生的情况有什么变化……"

她说到这儿，脸上又带出以前那样的局促和不安，磕磕巴巴地有些说不下去。

"如果他同意。"陆召说，"我会告知你。"

白樱松了口气，急忙笑着点头。

雨仍在下，白樱踩着细细的高跟鞋往楼梯口走，陆召看见她脖颈上贴着的纱布。

听白樱的意思，似乎没有打算和唐骁一起离开主星，她要彻底摆脱这个禁锢。

但白樱在诱导成瘾的作用下已经基本和唐骁绑在了一处，强行分开会带给她巨大的痛苦，甚至会要了她的命。

陆召看着白樱走出去几米远，还是没忍住喊了她一声。白樱转过身看他。

"没有唐骁，你怎么办？"陆召低声问道。

白樱愣了愣。

"我以前也总是这么问自己呢。"白樱意识到陆召是在说诱导成瘾的事情，"毕竟身体已经对他产生了很大的依赖，心理上也多少会受到影响，所以我一直很害怕。"

手指触碰到纱布，白樱几乎能摸到下面依旧坑洼不平的皮肤。

陆召有些不知道说什么好，他对白樱的痛苦并不了解，做不到感同身受，只能选择沉默不语。

"但我最近发现，人只要不怕疼，就可以去任何地方。"白樱收回手，露出一个温和的笑容，"不用为这个担心，你们都是好孩子，有什么需要的地方一定要联系我。"

她又嘱咐了这么一句，才在个人终端的通讯提醒声中匆匆离开。

陆召等她的身影彻底消失在楼梯口，才转身回病房。

打过镇痛针之后的白历睡得很沉，但陆召一坐到床边的椅子上，他还是无意识地把头往陆召这边偏了偏，习惯性地让自己离陆召的精神力更近。

夜雨声急，笼着这间静悄悄的病房。

雨夜过后，晴空万里。

司徒在第二天早上带来消息，终选赛决赛将在二十一号举行。

"这也没法啊！"白历已经睡醒了，但还是觉得疲倦，懒洋洋地半睁着眼说道，"我受伤跟对手也没关系，人家肯主动提出来延迟，给我们时间找替补已经很尊重咱们了。"

而且白历这伤也确实没办法短时间恢复，比赛不可能为了一个人就延后个一年半载的。

道理司徒都懂，但让他接受还是很难，他揉了下鼻子，垂头丧气地坐在病房的沙发上："我知道，我就是……"

就是受不了。

江皓拍了拍司徒的肩膀以示安慰，自己的眼睛下面也挂着黑眼圈。

韩溆已经随队去了边缘附属星，这两天江皓都在忙着处理工作和帮司徒等人应付事情，今天好不容易挤出来时间，赶紧来军医院看看白历。

"倒霉是人生的一部分……"白历看着天花板，略有些叹息，"遗憾也是。"

陆召心里不是滋味，低声说："没事，我能赢。"

白历笑了笑，没吭声。

病房门被敲响，老郑带着护士走进："感觉怎么样啊我'职业生涯的低谷'？"

"职业生涯的低谷"白大少爷挥了挥手："郑医生，能不能甭给我打副作用这么强的镇痛针？我昨天基本就没清醒过。"

"忍着！"老郑说，"没副作用还想药效好，好事也不能都让你占了吧。"

屋里除了白历的几个人都站起身，江皓问："是不是有办法了？"

老郑把手里的数据检测器递给身后的护士，站在床边看着白历的左腿："他自己什么样他最清楚，现在撤掉镇痛针，光是疼就能把他折磨死。"

老郑说话一向直接，但这份直接在今天格外残忍。

几个人的脸色都不可避免地发白，白历本人倒是还好。

"那怎么办？"白历沉默了片刻，平声问道，"截掉？"

陆召的指尖轻微抖了一下。

没等老郑开口，司徒和江皓就被白历这话气得够呛。他们没人往这方面想，但没想到白历已经考虑到了这个地步。

"不会说话就别说。"司徒恨得不行，这两天刚调整好的心态差点儿就崩了，"闭上你那破嘴！"

白历无奈地闭上了嘴。

"我就不扯别的，直接说吧。"老郑叹口气，跟周围的人示意不用急，"白历，你这次必须得手术了。"

陆召猛然想起之前老郑就提过手术的问题，不由道："不是说风险……"

"风险很大，失败的后果白历也清楚。"老郑点头，"但如果成功，腿或许可以恢复到之前那样自由走路的程度，或许还会更好一些。但不可能像正常人那样了，毕竟这么大的损伤，不过我想后期养一养，适度开你现在那台机甲应该还是可以的。"

"什么意思，失败了会怎么着？"司徒追问，"成功概率很低？那不行啊，怎么能低呢？"

江皓也忍不住："不能失败啊！他要是真……以后怎么办啊？"

陆召没有言语，他缓缓地坐回椅子上，不由自主地去看白历。

白历的心仿佛被浇了一瓢热油，"嘶啦"一声就冒了烟，短暂地停止跳动。

失败的后果他确实知道，这意味着他可能确实得一辈子坐轮椅，并且以后买鞋都只用买单个儿的了。

他竟然恍惚间生出了一些好笑。

梦境中的细节虽没能一一对应，但他的命运好像依旧如此，摆在他眼前的选项永远都难以抉择。

他的人生要求他永远都需要拿出百分百的勇气。

"什么时候开始？"白历问。

屋内瞬间安静，几秒后众人才意识到白历的意思，他接受手术。

"我的建议是越快越好，不过手术也需要准备时间，既然你同意了，我和其他人还要更严谨地商议一下。"老郑深吸一口气，"趁这段时间，你还能看比赛。"

白历笑笑："成，谢了。"

"你的腿已经固定缝合过了，可以坐轮椅。"老郑又说，"能出去透透气，需要的时候说一声，派人送你去主赛场。"

交代了下一次打镇痛针的时间，老郑就得赶紧着手准备手术的事情，带着护士先行离开了。

病房里只剩下司徒和江皓等人，气氛格外低沉，这会儿司徒已经连安慰的话都说不出来。

没一会儿护士送来了轮椅，是军医院引进的最新款，可以由乘坐者自己操作，爬楼梯和略坑洼的地带都可以使用。

轮椅一送到，白历是个残废的事实就显得更清晰，病房里的温度都跟着往下跌了好几度。

白历有点儿尴尬，他没法跟司徒和江皓解释现在这个状况其实还算不错，梦里他可是连手术这个选择都没有。

"这轮椅还挺酷。"白历只能找别的话题，"快，把我整上去爽一爽。"

司徒跟江皓的脸色更差了。

白历哽了一下，知道自己这是说错话了，没等他再解释，陆召就已经俯下身，把他的胳膊搭在自己脖子上，撑着他坐上轮椅。

"军团那边还有事，我先走了。"江皓实在不想看白历坐轮椅的样子，错开目光揉了两下脸，"晚点儿得空再来，有事喊我。"

司徒也看不了这样的场景："那我也去联系……"他顿了顿，看了陆召一眼，"去研究所一趟。"

"成。"白历摆摆手，"有新消息记得跟我说。"

两人点头答应，转身往门外走，江皓拉开病房的门后，犹豫着又转过头看着陆召："有时间吗？聊聊？"

走廊上零零散散有几个路过的护士、医生，都离得挺远。

江皓和陆召走到休息区附近，司徒也还没走，站得远一些往窗外看，眼眶有些红，大概还在平复情绪。

"韩渺昨天晚上给我消息，说边缘附属星那边要勘察的范围太大，带队军官不足，人手吃紧。"江皓顿了顿，低声道，"你要不然……再考虑考虑。你要是去，我安排你跟下一批军官一起出发，三天后就走。"

陆召摇摇头："我替白历上模拟舱。"

"你的调任申请结果都还没下来呢。"江皓皱着眉急道，"在这期间你去打这种规定了不允许一、二线军团成员参加的比赛，这都不是违反军团规定的问题，这是违反军界规定，你懂什么意思吗？"

"知道。"陆召淡淡道，"没事。"

江皓没话了，他是带着劝陆召的心思来的，一方面是韩渺那边确实吃紧，一方面他也真不想看到陆召这么年轻就把前途毁了，更重要的是另一个原因。

"你在军界很多年了，有些话我不想说那么明白，但你现在可能真的想不太清。"江皓双手抱臂，严肃道，"咱们的身份和职业，不能有一点儿私心。私人感情可以有，但永远得排在正事后边。"

陆召没吭声。

江皓有些急躁地跺跺脚："当然，我自己是没什么资格说这话……"毕竟也是干过把内网资料放在网上的蠢事的人，"但这回不一样，虫族不是小事，你明白吗？"

"明白。"陆召看了他一眼，反问，"那白历怎么办？"

他最困难的时候到了，他怎么办。

这个问题让江皓半晌无言，抱着手臂的手也松开，肩膀怂拉下来。

司徒听得到这边的声音，神色复杂地看了眼陆召，想说点儿什么，但最后还是没开口，只拍着江皓的后背，两人心情沉重地离开了军医院。

陆召在门外站了好一会儿，平复下心里的起伏，才重新回到病房。

白历已经熟练掌握了操作轮椅的方法，在病房里飙车，可惜地板打滑，他急刹车后还不受控制地往外滑了一截，陆召赶在他撞上墙之前把轮椅拉住。

"聊完了？"白历也没看他，把头伸到窗户边往外看，住院楼窗户外一片晴朗，大雨将帝国洗刷干净，临近中午，阳光将这段时间笼罩在所有人身上的霉味儿都晒掉了，"天气不错，一会儿出去转转。"

陆召"嗯"了一声，把白历后衣领没折好的地方按下去。

"跟你聊什么了？"白历转头看他，"江皓那脸色够臭的啊。"

"没什么。"陆召半垂着眼，避开了刚才的谈话内容。

白历盯着他看了一会儿，忽然道："把门关上，我跟你聊聊。"

从认识到现在，白历很少用这种态度说话，陆召心里没来由地有些紧张，但还是去关上了病房的门，走到白历身边站好。

　　白历看着面前抿着嘴的陆召，心里不是滋味。从昨天就在想的开场话到了嘴边又咽回去，实在不知道怎么开口，才能不让这人那么不开心。

　　陆召很好，已经超过了白历的期待。这分好毫无保留地砸给了白历，让他短暂地头晕眼花过。但人不能总是搂着这些好不撒手。

　　"我跟元帅联系过了。"白历开口，"拦下了你的调任申请。"

　　陆召花了一段时间才明白白历是什么意思，他的脸上露出一丝错愕，随后慢慢转变成无法自制的愤怒。

　　白历看得很清楚，他没有挪开目光，和陆召对视着，用平稳的声音继续说："他让你尽快去韩渺那边汇合，我替你答应了。"

　　"替我？"陆召难以置信地拔高了声音，"我不去！"

　　白历没有回答，他双手搭在轮椅的扶手上，脸上的表情很淡，任由陆召愤怒发火。

　　"你老是这样！"陆召觉得自己被一股怒火和恐惧顶着天灵盖，灵魂都要从胸腔里挤出来，挤进白历的心里看看到底是个什么构造，"我说了我想留在这儿，我会替你比赛，我选的！你现在又不让选了？"

　　这话让白历有些忍不住地错开目光，他的确是替陆召做了一次选择。

　　这种回避性的动作精准踩中了陆召的痛处，他不明白白历为什么会这么做。他能替白历做的事情太少太少，这一度让他非常难过。

　　想付出点儿什么来回报白历的感情，陆召为此愿意放下许多东西。

　　年少时的理想，长久以来的努力，未来光辉的前程，只要可以在兄弟需要时拉上一把，他可以一股脑都丢在一边。

　　但白历连这个都不让他做。

　　陆召感到前所未有的无力。

　　"我能赢，这比赛我肯定能赢。"陆召扯住白历的领子，迫使他看着自己的眼睛，说话的声音再没有了以往的镇定，急切而委屈，"你不信我？"

白历感觉到他语气中传达出的受伤，心中酸涩，按住他的手："信，但这不是一回事。"

"就是一回事！"

"你不能为了这种事留在主星！"白历皱眉，声音略大了一些，"你把自己的路牺牲掉了，以为我就好受了？"

陆召的手哆嗦了一下，被白历吼得稍微有些冷静。但大脑依旧混乱，心脏也像是被一只手捏来揉去，早已不成样子。

"我就是想做点儿什么。"陆召的声音低了下去，带着点儿茫然，但更多的是不理解，"白历，你是我……"

你是我的契约人，我的家人。

为家人做些什么，这难道不是一件天经地义的事吗？

陆召不明白。

"陆召，你是我的契约人，我们是兄弟，是家人，这一点不会变。"白历轻声道，"但在此之前，你也是帝国之鹰。"

"当一个人成为军人的那一刻，他首先是帝国的军人。"白历顿了顿，还是说出口，"其次才是家人。"

这个主次关系不能发生任何改变。

有不可割舍的感情、会痛苦难过的才是人，但有的时候，有些人只能选择把这些感情抛在后面。

白历并没有觉得会为感情动摇的陆召不大正常，他知道，陆召过去的人生里一度没有会让他动摇的人和事。

他的亲人早已去世，机甲和训练是他每天的日常，朋友也都是军界里的人，除非战死，否则不会存在分离。

陆召并不是天生的铜墙铁壁，他只是没有弱点，没有软肋，没有牵挂，也因此对这些一窍不通，可以毫无顾忌地一路向前。

而他的前路上多出来了个白历。

这个变数太明亮，陆召没有见过，所以他停下了脚步。

白历成了那个弱点，软肋，长在心头的刺，拨弄起来就会带给他尖锐的痛感。

白历意识到陆召是真的迷茫了。

人迷茫的时候，做出什么蠢事都不足为奇。

连痛楚都不会让他清醒，只要这个痛楚是因白历而起。

"我知道你是替我难受，但哭也哭过了，骂也骂过了，够了吧。"白历说，"一件事哭过一次就够了，擦干眼泪，还是得想想什么才最重要。"

陆召听得懂白历在说什么，但他不想听懂。

白历把他遮在头上的避光布一把扯开，让他暴露在太阳底下，清楚地面对事实。

"别说了。"陆召松开他的衣领想往后退。

白历却反手拉住了他的手："就算你替我上台，打赢了比赛，今年你觉得开心，明年你不后悔，大后年呢？以后呢？你要干什么去，你活到现在都只有一个理想，我不能就这么让你自己给毁了。"

"不是毁了！"陆召固执着重复，"别说了。"

"这么说可能有点儿不讲情面，但陆召，你跟我都不是小孩子了。"白历闭了闭眼，"在一些事情上我们根本不需要选择。"

陆召两条腿仿佛没有了力气，他被白历看得心慌。

"这已经不是两个人的事情，也不是谁要为谁做什么的事情，这是必须去做的事情。"白历低声道，"我离开了军界，但我还是个军人。"

心头那根刺又开始疼了。

陆召有时候特别希望白历能活得糊涂一点儿，哪怕就一点儿，他就能跟着装聋作哑下去。但白历自己活得明白，也不允许他逃避。

压在他们身上的除了手足般的感情，还有责任。

除了陆召这样荣耀加身的帝国之鹰要肩负这份责任。白历这样的人也同样撑着这个重量。

长久的沉默，当白历觉得要再说点儿什么的时候，陆召终于撑不住了，他慢慢地蹲了下来，把脸埋在白历的膝盖上。

"你要是个蠢货就好了。"陆召的手攥着白历的衣角，捏起的拳头骨节泛白，"你怎么就不是个蠢货啊。"

白历有些不知道怎么回答，只能抚摸着陆召的后背，感受到他身体的颤抖。

"如果我走了，你就要自己做手术了。"陆召又说，"你会怕吗？"

白历低着头说："会，风险这么大，谁不怕啊。"看到陆召的拳头又攥得紧了点儿，白历又说，"但这跟你是一样的，你去你的战场，我去我的。"

陆召在一片混沌中拨开迷雾，好像回到了一片开阔地。迷雾中有白历，但开阔地上的白历却更真实。

也是啊，他就是这样一个人。真实而残酷，明亮而不容沙子。

如果他们两个交换一下位置处境，或许白历不会像他这样软弱。

软弱。陆召想，我以前都没想过这个词会放在我身上。

"那……"陆召的声音恢复了平静，不动声色地把眼泪在白历的衣料上蹭掉，"我要归队了。"

白历拍了拍他的头："嗯。"

陆召的头动了动，微微侧过脸，嘴唇动了动，小声道："你真厉害。"

"还成。"白历谦虚，"跟陆少将比也差不了多少吧。"

陆召摇摇头。

"比我厉害……"陆召说，"很多。"

这跟打架没关系，也跟军功多少不挂钩，这种厉害陆召觉得自己确实比不了。

白历独一份儿。

有人敲响病房的门，得到进入许可后推门进来。

周岳拿着一束花走进病房，看见白历和陆召的表情，消瘦的脸上露出一丝尴尬："我们来的不是时候？"

周临山从身后走出来。

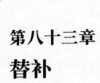

第八十三章
替补

　　已经有一段时间没见到周氏兄弟了，白历对这个合伙人多少有点儿愧疚，没等他开口，周岳就已经先抬手打住他的话："我就来看看你的情况，找你有事的是我弟。"

　　周临山从他身后走上前，和白历、陆召打招呼。

　　"很久不见了，陆少将！"和陆召握了个手，周临山笑道，"一直没机会道谢，现在总算是见上一面了。"

　　陆召的情绪已经平复，回了一句"没事"后，才有些惊讶周临山的变化。

　　精神力崩溃过后的周临山脸部线条更圆润了一些，虽然身高也没太大变化，但身体却有很多保持训练的痕迹，手臂肌肉紧实，线条明显，单薄的衣料下也可以感受到整个身体依旧蕴含着爆发力。

　　"我没有落下训练。"觉察到陆召的目光，周临山腼腆地说道，"出事之后力气和耐力确实有些不如以前，但我个人觉得这只是需要我更努力而已。"

　　陆召点头赞同。要是一定要说变化，大概是气质变得更多一些。和陆召记忆里的人相比，眼前的周临山更沉稳，也更从容。

　　大概经历过挫折后慢慢走了出来，坦然面对现实，从而更坚定了目标。

　　毕竟也不是所有人都有他这样的经历，在即将踏上光明前程的那一刻迎来重创。这是一个不小的打击，所以能撑过来的人也不同寻常。

　　"在白历先生住院期间来打扰真是很抱歉，我本来是和司老师先说了这个想法——"周临山挠了挠后脑勺，不好意思道，"但他说还是要看您这边的意思。"

"什么事？"白历问。

"我在研究所用模拟舱的时候得知比赛这边没有替补可换，司老师这两天都在四处联系人——"周临山顿了顿，"您觉得我怎么样？"

白历愣了愣，下意识地看了一眼周岳。

如果没有出现过彻底崩溃的周临山，白历或许会考虑用他。研究所实在没人可用，这小子能挤掉许多特种晋升第一军团，实力是有的，经验虽不足，但比司懂这种学生要强不少，是军界专业训练出的人才。

只是他是个因崩溃完全失败过的稀种。

倒不是白历觉得稀种就不能上场，而是一旦输了比赛，场面可能会很难看。

这本身就是白历竭尽全力打到最后一局的比赛，其实输赢都有可能，无论换成谁上场，赢了倒还好，输了大多都会有心理压力——毕竟总会觉得辜负了重托。

跟其他人比起来，除了赛前的压力，如果输了，周临山的精神力还会让他面对更极端的一个场面。

"因为你是一个稀种，输了也不奇怪"，白历几乎都能想到那些人说出这句话时的轻蔑语气。

更别提周临山还要进军界，闲言碎语会把他给压得透不过气。

周岳感受到白历的目光，只是点了点头。

白历有些惊讶，看样子周岳是默许了自己弟弟的选择。

"我知道我的经验差点儿，也查过决赛对手的情况。"周临山见白历不说话，只好又开口，"但我开过重甲，同时对 white01 也很熟悉，对两方都很熟悉的人选除了您之外应该就只有我了，而且我个人觉得我还有一个值得选择的地方。"

"我是个稀种。"周临山说，"如果我能获胜，那就更能体现 white01 机型的意义。"

陆召看了一眼白历。

这种想法也是白历一直坚持自己打比赛的原因之一，他作为一个腿部受损严重的驾驶员，如果能获胜。white01 的特点也就越凸显。

白历问："司徒怎么说？"

"司老师说自己是研发人员，具体的情况还要由你决定。"

司老师竟然把棘手的问题踢了过来！白历有些无奈地揉着额头。

"我在学校的成绩一直都是全优，进入第一军团的成绩也排在前几名，进入第一军团前也在附属军团接受过新兵训练，参与过一些小规模的实战。"周临山说，"我可能不是最好的人选，但我觉得我值得您考虑一下。"

说实话，白历并不想用这么年轻的一个替补。

除了实战经验方面的考虑，年轻人心性不稳也是一个问题。

征集赛到了这一步，受关注的程度早已超乎白历的预料。其中不光是机甲圈的关注，也因为林胜等人的丑闻而被连带着成为焦点。唐氏龌龊的行为曝光后，唐开源和白历的比赛就成了一大热议话题。

白历的形象刚得到正名就紧跟着重伤住院，这不仅仅是白历一个人的遗憾，也成了许多关注比赛的支持者心中的痛点。

替代白历上场的人要顶的压力比白历自己的压力更大。

"你有没有想过，一旦输了……"白历犹豫片刻，"你可能会面临的局面？"

这话说得很委婉，陆召和周岳都听懂了，两人都看向周临山。

年轻人愣了愣："哦，您是在说会被喷死的情况是吧？"

耿直的回答让白历笑了笑："不光是这样，还有……"

"还有我是个稀种的事实，如果输了会被捉着这一点嘲讽很久吧。"周临山懂了，挠了挠脖子，"我想过，确实有点儿恐怖。"

"所以这不是很简单的事情。"白历说，"赛前的压力也同样很大。"

"我确实会觉得恐怖，还没比赛就会觉得紧张。"周临山挺坦诚，随即又说，"但换个角度来说，我将会是这届，甚至这几届机甲大赛里唯一一个稀种驾驶员。"

白历等人愣了下。

"那我不就和 white01 杀进重甲丛林一样，杀进了没人踏足过的地带吗？"周临山挥了一下拳头，"光是想到这点，就来不及考虑压力跟紧张了！"

白历恍然意识到，好像确实是能这么理解。

仔细想一下，他其实已经走了这么远了。他窜进了一片健全强悍的人才能参与的战场，大杀一通。

人们早已意识到他还是那个白少将。

遗憾当然是有的，不能亲自坐上决赛的模拟舱，但回头看自己走过的路，每一步都落下了清晰无比的脚印。

他开辟了一条通往曾经不给他这样的人留余地的战场的道路，现在这条道路，得有人继续走。无论走得如何，路都不会再轻易合上了。

屋里其余几人怔松片刻，周临山意识到自己的话有些孩子气，尴尬道："不是！我就是那什么……"

白历笑出声："热血小年轻啊！"

"他就是容易上头。"周岳无奈，"见笑了。"

陆召拍了拍周临山的肩膀以示鼓励，后者恨不得捂着脸找个地缝钻进去。

"还有，我觉得完全不用顾忌我个人输了之后的问题。"周临山揉着鼻头说，"我毕竟还是个贵族，虽然这么说有些难听，但有这个身份在就能少很多后顾之忧……"顿了顿，又加了一句，"当然，我也理解，输赢对于您来说，意义应该更重吧。"

白历笑了笑，没有回答他这个问题，只说："我跟研究所那边再商量商量。"

终选赛在即，白历没有太多考虑的时间。周氏兄弟点头答应，又扯了几句别的，才由陆召送出门去。

"不管结果什么样，你都不用觉得没给周氏一个合适的交代。"周岳临走前回头说道，他的表情还是一如既往的没什么精神，但声音很平稳，"反正我也不是为了利益才当白氏的合伙人的。"白历刚准备感动，周岳继续说，"当然，能有利可图更好。"

白历无语，商人，这是货真价实的商人。

陆召带上病房的门，听到里面传来白历的笑骂。

因为顺路下去找老郑，陆召就跟周氏兄弟一起下了楼。

在刚才的对话里陆召敏锐地发现，白历其实从一开始就没有把他考虑进替补的范围，也就是说在他提出留在主星时，白历没有当场反驳，但也没有让司徒停止找其他替补。

白历允许他迷茫，也给足了他逃避和任性的时间，但不允许他持续低迷。

人可以被挫折打垮，可以被情绪主导，但不可以一直站不起来。

"我最近在往第三军团那边努力。"周临山说道，"听军团方面的人说最近第一军团和第二军团都在往边缘附属星那些地方派人，我还以为陆少将也会去呢！"

"确实要去，但要等第二批。"陆召下着楼梯回答。

周岳说："因为白历住院所以耽误了？"

"不，是我……"陆召顿了顿，试图找一个合适的形容，"上头了。"

周临山没太听懂，但周岳听明白了，笑着"哦"了一声："现在降温了。"

陆召把两人送出住院楼的大门，淡淡道："毕竟任性的时间结束了。"

车停在附近，周岳去开车，周临山站在门口等他哥。

"能在您出发前见您一面也挺好的。"周临山面对陆召还有点儿紧张，但还是笑道，"您尽管放心出任务，我相信等您回来的时候白历先生一定已经康复了。"

陆召"嗯"了一声。

"其实军学院的很多学生也想当替补，现在外界很多人都在关注这场比赛，不过都得经过审核。"周临山说，"我这算是关系户吧，直接找到了白老板。"

"你真的很想打比赛……"陆召看了看他，"压力很大。"

"嗯，也不能说是很想打比赛吧，只是很想做点儿什么。"周临山一手叉腰一手摸着下巴思索，"毕竟我很想走白历先生开的这条道，他走在前面很累了，我们这帮跟在后面的人总不能光占便宜不干活吧。"

听到"光占便宜不干活"，陆召有点儿好笑，又有些替白历高兴。

"我很尊敬白历先生这样的人，也很尊敬陆少将。"周临山不好意思地小声道，"你们都是顶在前面的人，为这样的人做点儿什么是应该的。"

周岳把车开过来，周临山跟陆召道别之后上车离开。

午后的阳光很烈，陆召双手抱臂看了一会儿晴朗的天空。没有乌云压顶，天显得很高很广阔，空气里再也没有潮湿和霉味儿，雨季真的结束了。

他想起白历说的话：都会好的。

顶在前面的人，是为了后面的人更安稳。后面的人看到前面的人，就知道自己得变得更好。

"我太渺小了，"他想，"差点儿连蚂蚁都当不成。"

等陆召拿完今天要服用的营养液上楼，白历已经操作着轮椅从病房出来，在走廊上对着窗外透气。

见他回来，赶紧拍拍轮椅："快快，下楼转转。这玩意儿能下楼梯你信吗？赶紧试试。"

满脸的兴奋，已经完全没有刚才白老板的气质。陆召想笑，但还是没拒绝白历下楼梯的邀请。

"我会跟江皓联系。"陆召小步下着楼梯，下一层就得等白历，轮椅下楼梯的速度不怎么样，但胜在平稳，就是白历本人从兴奋变成了不耐烦，"他说第二批三天后出发，具体时间没说，但我能看完比赛。"

"行。"这次白历没拒绝，"是输是赢的至少彻底踏实了。"

陆召隔了一会儿又说："我想把这次的指挥权给韩渺。"

白历有些惊讶，一个是惊讶陆召跟自己说这事，一个是惊讶陆召的选择："为什么？"

"情绪不稳定的人不适合指挥。"陆召淡淡道，"让他上吧。"

白历"哦"了一声，又下了两层台阶才琢磨出味儿来。

实在不会说软话的陆少将变相承认了自己现在头脑不清醒，的确是失职，并且以一种属于自己的方式向白历承诺不会再这样了。

陆少将觉得自己让白大少爷失望了。

"很好！"白大少爷表态，招了招手，陆召俯下身，还没反应过来就被白历狠狠搓了搓脑袋，"很好很好，陆召小朋友长大了。"

陆召被搓得头发乱翘，忍不住笑出声。

等轮椅龟速爬下一段台阶停稳在了一个平台上，陆召才开口道："谢谢。"

白历抬头看他。

"拉我回正路。"陆召说，"但又让我撒了个娇。"

他人生的这么多年里，终于撒了个娇。

任性的可以，甚至忘掉了职责和使命，满地打滚一样不管不顾地要了个赖。

"毕竟我得负责。"白历说，"是我把帝国之鹰拉到地上来的，我还得亲手放飞才行，是吧？"

留给白氏研究所的选择实在不多。

白历等人的老朋友、老战友基本在一线军团，少数在附属军团的也大多多年没有驾驶机甲，并且完全没有接触过 white01 的经验。

在短暂紧张的商议过后，司徒将几个东拼西凑拉过来的替补们聚在一起，用白历在比赛中经历过的部分战斗的数据模拟了一场小型测试。

通过各方面考察，周临山获胜后仍留有大量能源且受损度较低，成功拿到了替补资格。

人员一定下，司徒就着急忙慌地上报名单忙后续工作。这些白历都没再参与，他被所有人要求在病房睡觉，也趁机了解了一下外界的消息。

短短两三天的时间，帝国上下一片震荡。

首先是警厅终于公示调查结果，林胜指挥失误导致当年救援任务失败后遮掩的事情得到实锤，皇室也不得不出面解释，第二继承人召开记者会，承诺会给当年在任务中丧生的平民与军人做出补偿，并决定将林胜从皇室除名。

没有了皇室庇护的林胜一夜之间被挖出更多丑闻，连带着一起被爆料的就是他和第一继承人曾多次出入富丽会所，与数位十八线小明星或模特发生不正当关系的消息。

帝国公民们恍然想起前段时间不断传出有小明星、小模特出入会所的绯闻，时间线和爆料中的时间一致，差点儿气到发笑。

消息爆出的当天，第一继承人就被老陛下叫进了书房，之后数日没再露面。现在一切外交事务由第二继承人接手。

这个爆料有实证，实证牵扯上了另一贵族，唐氏。

唐骁大半夜发病滚下楼梯，警厅和医护人员到达现场时不仅发现了唐骁一个病号，还连带着发现了伤痕累累的唐夫人。给警厅实证的也是她。

白樱鼻青脸肿的照片在星网上传开，有眼的人都看得出这是暴力留下的痕迹。一个贵族夫人能被谁打成这样？答案不言而喻。

照片白历看了一眼就立刻划了过去，即使他已经认清自己并不能把白樱拉出泥潭，也不会自责或往自己身上担责任，但他依旧会觉得窒息。

好在消息并不算特别令他呼吸不畅。

就像是为了证实大家心中的猜想似的，警厅没多久就又收到一份录音，录音的内容并未对外公布，只肯定了白樱经历过的一切。

在稀种保护法颁布了这么多年后的帝国依旧发生如此暴行，帝国公民在短暂的震惊后就是巨大的愤怒。

随即有知情人士爆料，在警厅收到的录音里，唐骁公然表示对白氏的财产很感兴趣。

知情人士没有明说太多，只透露唐骁是觉得白氏只有白历一个人。白历死后或无能力处理事务后，白氏的一切就应该转给白樱，而到了白樱手上也就相当于到了唐开源的手上。

唐骁这种念头实在是贪婪可笑。也因此帝国公民认定了唐开源攻击白历是唐骁的示意，这父子俩是烂到家了，想要让白历彻底残废，无力支撑白家。

白历在看到这条消息时才意识到陆召把当时小白球里的录音提交给了警厅，这段录音里除了有唐骁和白樱，两人的对话其实还透露了陆召当时身体状况的信息。

　　但陆召还是选择把它交了出去。

　　白历心疼得够呛，陆召处理这些事情的时候基本会先过问白历，这一次却没有，他知道白历多半是不会答应的。

　　他们都没再提起这件事。陆召是不在意。白历知道，这人一直都想帮自己做点儿什么，那就让他做吧。

　　白历这次就当那个接受照顾的人就够了。

　　一连串狂轰滥炸般的消息落下，最忙的除了跟踪报道的媒体记者，大概就是警厅了。没日没夜地调查核实，倒是暂时没问到白历这里。

　　所有的吵闹都没有到白历这里，人们自觉地避开了他。

　　在这种各方混乱的情况下，终选赛决赛终于打响。

　　比赛当天早上，老郑专门找了一辆宽敞的悬浮车，又把白历的腿牢牢固定，忙前忙后准备了不少应急药品，又安排了专门照应的医疗人员，之后才允许白历坐在轮椅上乘车离开军医院，前往主赛场。

　　白历的轮椅被他自己捣鼓了一通，下楼梯和爬坡的速度都快了不少，"嗖"的一下就蹿上了悬浮车。

　　"怎么样，我的座驾！"白历拍着轮椅跟陆召炫耀，"豪车！"

　　陆召想笑，又有些笑不出来。

　　几天前还能从容走下主赛台的人，现在得坐着轮椅才能行动。

　　"嗯，豪车。"陆召的喉结上下动了动，还是附和着白历说道。

　　悬浮车拐上高架桥，开车的是老郑找的医疗人员，副驾上坐的是帮忙的小护士，都穿着便服，以避免引起注意。

　　白历和陆召坐在后面，后排的座椅都收起来了，以便容纳白历的轮椅，只留了一个座位让陆召坐。

　　当车越来越接近主赛场时，白历的话也就越来越少，终于彻底没了声。

陆召伸手握住了白历的手。

"没事。"白历笑了笑，"就是有点儿紧张。"比自己上场还紧张。

"我知道。"陆召看着他，"你不怕输。"

"我都不知道我这么坚强。"白历忍不住乐，"你怎么这么笃定？万一我哭得鼻涕一把泪一把呢？"

"输了，就是憾事。"陆召低声道，"你说过，人生最不缺的就是憾事。"

人生最不缺的就是憾事，缺的是面对遗憾的坦然和重新开始的勇气。

"哭不是害怕。"陆召说，"哭完你还会继续走的。"

白历的心里先是细细密密地裹了一层温热的水，随后又有些飘飘然。可以，这么看得起他。

他想起梦里白老爷子的话。

——我希望你经历过一切，依旧可以一往无前。

——你做得不错。

白历还是紧张，但他已经不害怕面对遗憾了。

车还没到主赛场，就已经远远可以看到主赛场上空 white01 机甲和对手 MU90 重型机甲的巨大虚拟投影，伴随着星屑在虚拟的炮火硝烟中穿梭。

白历看着 white01，以前他看着它，会想到没多久他就会坐进它的驾驶舱。但今天，白历再看着这台承载自己理想的机甲，却是一个观众的身份。

悬浮车在主赛场正门不远处停稳，白历因为身体原因和情绪问题没有选择作为工作人员观赛，他也很清楚自己的情况留在后台会让司徒等人更紧张难受，所以今天他是作为观众来主赛场观赛的，只能走正门。

"赛事组专门留的票，腾了几个座位方便进轮椅。"白历跟两个医疗人员解释，"一会儿你们就坐附近，没事啊，我感觉我还挺好……"

他的话在车门打开时断了。

陆召跟在他身后虚扶着轮椅，以免下车出现什么意外，听不到他继续说话就看了看他，见白历盯着前方，就顺着抬头看去。

主赛场外站满了人。记者们关了闪光灯，站在正门外的台阶下，见到白历下车便点头致意，没人出声。

除了记者，也有不少拿着从官网上打印的 white01 图片的支持者，年轻的，年长的，有特种，有普种，也有稀种。

"白历先生！"有人先喊了一句。

继而也有其他支持者和粉丝跟着喊，"白历""白老板"，也有"白少将"。

他们来看看这个人，来跟他表达一下无声的敬意。

陆召听到白历小声骂了一句，他虚握着轮椅的手攥紧了，才能发泄掉一点儿情绪。

医护人员尽职尽责地带着设备和药品跟在白历、陆召身后走向主赛场正门。

正门台阶上也等着人，大部分认识，也有不认识的。江皓带着几个眼睛里有血丝的老战友，司懂和军学院的学生们站在一块儿，一段时间没见，小孩儿好像又长结实了一点儿，就是两眼肿得像核桃，见白历来了，哑着嗓子喊了声"历哥"，好在没哭哭啼啼，白历松了口气。

刚松了口气，司懂身边那几个学生也跟着喊"历哥"，白历尴尬地清了清嗓子："看比赛啊？"

"看白少将。"有个小孩儿小声道，"帅。"

也有些不认识的军官士兵，看穿着应该是附属军团的人，见白历来了，这帮军界的士兵都行了个礼，比白历在军界时军衔高的点头问好。

宋泰也来了，身后跟着几个白历没见过的人。

"来看看比赛。"宋泰跟白历握了个手，"这些都是当年牺牲的那帮孩子的亲属。"

没见过的陌生人有老有少，大多都说不出话，只剩下握着白历的手能感觉到一些颤抖。

"阵仗也太大了。"白历把心里翻腾的情绪按下去，对宋泰笑道，"这就一场比赛，输了还有下次。"

"但今天很重要。"宋泰摇头，"人生不会再有第二个今天。"

白历的嘴唇抿起，一时无言。

江皓走过来问了两句白历的身体情况，拍了拍他的肩膀，没多说什么，陪着一起进了主赛场。

主赛场内观众席的灯已经熄灭大半，地上有引路的标志，陆召推着已经忘记自己操作轮椅的白历走到他们的指定位置。

挺宽敞，两名医疗人员去整理设备和药物，留下白历和陆召两人。

"白历——"陆召在昏暗的光线中俯身去看白历，"说话。"

有长期的精神力镇抚关系，陆召感觉得到白历沉默下巨大的情绪起伏，连带着他心里也跟着泛起波澜。

白历觉得自己嗓子里堵了一团棉花，他隔了好一会儿才开口："我以后都不用活得那么累了。"

他回到了聚光灯下，得到了掌声和赞誉，获得了认可和喜爱，但白历能开口的第一句感慨，是"黑暗终于结束了"。

陆召在这一刻感到喉头泛起酸涩。

"是，雨季结束了。"陆召说，"你努力了，他们知道了。"

主赛场的欢呼声和解说员的开场白压盖了这里的声音。

white01 机型的虚拟投影俯冲下来，在离白历很近的地方停下，竖起拇指。

白历终于来到了这片赛场，他并没有在主赛台上，也不会打比赛。

但今天他就是 white01。

再过不久，这场比赛就将开赛。

第八十四章
决赛

迎来决赛的主赛场气氛达到了整个征集赛的巅峰，虚拟宇宙中群星璀璨，星河闪耀，两台模拟舱放置在主赛台上，各自代表的机甲的虚拟投影在半空中交手撞击。

江皓安顿好自己那边的人，又到白历这边看看情况，他的脸色因为连轴转的工作和熬夜而有些憔悴，但精神却很亢奋。

"第二批出发的军舰上位置已经安排好了，你会在军舰上完成最后的身体检查，你和白历结契后精神力一直很稳定，肯定是可以通过的。"江皓跟陆召低声说道，"韩渺凌晨传来的消息，他太缺接应的搭档了，让你赶紧过去。"

陆召的表情略有松动："谢了。"

江皓拍拍他的手臂，示意他不用客气，继而想起另一件事，俯身在白历耳边低声说了几句。

"疯了？"白历惊讶，"他想把老头气死啊？"

"他自己大概没觉得有什么。"江皓无奈道，"我真是服了。"

主赛场上响起金属撞击声，比赛还有十分钟开始。

江皓有些不放心地回到自己的位置，他把那帮从附属星来的老战友都安排到了自己座位的周围，现在得去照应。

陆召接过医护人员递给他的修复型营养液，拧开了递给白历，后者的表情从听完江皓的话后就有些微妙："怎么？"

"我能拧，我又不是手断了。"这种细节上的照应让白历觉得好笑，但还是接过来喝了一口，才在陆召耳边小声道，"第二继承人也来了。"

"林序？"陆召愣了下，"在这儿？"

和第一继承人到哪儿都要讲究风头场面的喜好不同，第二继承人即使回归了主星，也依旧保持了还在偏远附属星的习惯，想起来什么做什么。

"小声点儿。"白历说，"他好像就这样，前段时间自己逛超市买打折菜还被偷拍了，听元帅说挨了他老子一通骂，说丢人。"

陆召语塞。但主赛场这种地方毕竟人员杂乱，实在不适合继承人出入，陆召略有担忧："这行吗？"

"当然不行，不过这次是提前和赛事组打了招呼，他应该在后台看比赛。"白历笑了笑，"但是在这种风口浪尖上来看比赛，估计老陛下知道了得气得骂娘。"

富丽会所的丑闻让原本就和林胜撇不清关系的第一继承人陷入巨大的麻烦。皇室也因为这两个姓林的跟着焦头烂额。第二继承人却在这时候来看这场有白历在内的比赛，就差直接说"我对和林胜、我哥关系不好的白大少爷很感兴趣"了。

老陛下迟早要被这个儿子气死。

两人对这件事没有聊多久，第二声金属撞击声响起。

"还有五分钟，这里是终选赛决赛的赛场！让我们有请 MU90 的驾驶员——"解说员的声音将赛场的气氛推向一个小高峰。

"这位驾驶员我见过几次——"白历拍拍身边的椅子让陆召坐下，"在附属军团干过几年，因为个人原因退伍，之后一直都在打类似这种比赛维生，经验比周临山高出一大截。"

陆召这段时间都没什么心情关注比赛，更没查过对手的资料，听着白历的分析皱起眉，光从白历简单的叙述中就能感受到白氏研究所选用周临山是冒了很大风险的。

"本次比赛中展现出惊人实力并最终杀入决赛的 white01 机甲迎来了一个新的驾驶员！"解说员继续道，"这是一位年轻的驾驶员，但白氏研究所依旧大胆启用了他，同时他也是本届征集赛中唯一一位稀种驾驶员——周临山！"

周临山在解说员的声音中登上主赛台，脸绷得很僵硬，看得出有些紧张，走上主赛台才想起来没戴头盔，赶紧又戴了上去，然后手忙脚乱地走到自己的模拟舱旁。

观众席上发出几声略带轻蔑的笑。

从白氏研究所公布替补人员到现在，除了表示关心和遗憾的支持者，看好戏的人也不在少数，也有人对白氏研究所选用稀种作为驾驶员感到不解，并表示已经做好了白氏落败的准备。

观众席微妙的气氛毫不遮掩，周临山也感觉得到，他深吸一口气，对着观众席行了个军礼，然后一头钻进了模拟舱。

"看来周临山并不是会轻易受到外界影响的选手。"解说员笑道，"那么就让我们期待他的表现——"

两位驾驶员分别进入模拟舱，最后一声金属撞击响起。

"比赛开始！"

这是白历第一次作为观众来看比赛，全息投影短暂的黑暗后刷出了地图，画面一出现，白历和陆召都有些惊讶。

昏暗的光线笼罩着这张地图，浑浊的空气中飘浮着大量灰尘，阴暗处静默的神像造型怪异可怕，不时有细碎的声音在四周响起——这里是未开发荒星的巨大地下遗迹。

这张图是根据实战模拟出的，当时帝国一个五人小队追赶荒星原住民进入地下遗迹，差点儿全都埋在里面。

周临山的刷新地点中规中矩，落在了一个神像的肩膀上，因为紧张而差点儿打滑，幸好 white01 轻盈灵巧，被回过神的他操作着落在地上。

对方驾驶员也摆脱了覆盖着黏滑的类似青苔植物的角落，对着周临山抬手就是一炮，周临山及时闪避，光炮打断了他身后的柱子，尘土飞扬。

"这张图你打过几次？"白历问陆召，"我是专门练过几次，但说实话抽到的可能性太小了。"

陆召点头："难度很高。"

这张图的难度并不仅限于障碍物多的空间，更难的地方在于这座遗迹中存在着的生物。

全息投影上周临山躲避开 MU90 的一通扫射，重甲 MU90 强化了武器装备，力求短时间内解决战斗。

周临山对重甲的了解还算全面深入，并没有选择硬刚，而是利用障碍物进行躲避，间隙中远投离子炮。

"white01 保持了高灵活的作战风格，机甲带给周临山的压力看来并不大，他本人对于机甲的操作也很有一套。"解说员快速道，"但 MU90 不为所动，对方驾驶员是个经验丰富的老手，对周临山的骚扰并不在意，从干脆利索的攻击中可以看出他很有信心能尽快解决战斗——"

话音未落，就见全息投影上画面微微震动，原本窸窸窣窣的声音变大，让人头皮发麻。

紧接着数只背生硬壳的巨虫从黑暗的甬道中冲出，闯进这片类似神坛的洞穴，差点儿将洞中的两台机甲撞翻。

"出现了！"解说员叫道，"这张地图最大的难点，就是这群能撞断墙壁的附属星生物！"

白历几乎可以想象得到 white01 在这种生物的冲击下会有什么下场，它选用的材质本就单薄，承受不了太大的撞击，受损度会急速上升。

周临山显然也想到了这一点，立刻攀上神像离开地面。

MU90 沉重的机体不方便活动，但也因为重，在被撞击到后并未倒下，而是扬起炮口进行射击。

射击带来的冲击延缓了巨虫的前进速度，却未能当即击穿它的硬壳。

"这玩意儿的壳几乎可以当一次性的防御机甲用了。"白历有些急躁地在轮椅上动了动，"一次根本打不穿，原本那帮追进地下遗迹的小队也是差点儿被这玩意儿给灭了。"

陆召按住他，不让他乱动，怕影响到左腿："你用 white01 模拟过这张图吗？"

"我打过几次，这种生物很麻烦，不过也不是除了炮轰就一点儿办法没有。"白历手指在轮椅扶手上敲了敲，"但对个人能力要求比较高，我不确定周临山有没有进行过练习。"

周临山在神像的肩头趁乱朝 MU90 开火，给对方造成了一定程度的伤害，但 white01 搭载的远程武器不多，不适合长时间远距离作战。反倒被 MU90 以一枚小型镭射炮轰塌了神像的半个肩膀，连带着一起滚落下去，落在了巨虫的包围中。

一只巨虫伸出尖锐的足尖，朝着 white01 刺去，观众席上一片惊呼。

白历感觉到陆召抓着自己的手有些紧，侧头看了一眼。陆召的表情很淡，嘴唇微微抿起，眼睛一瞬不瞬地看着投影。

他也这么紧张地看过白历的每一场比赛，只是这一次的紧张更为复杂。

跌落在地的 white01 一撑地，灵活地跃起，轻巧闪开落下的利足，抽出光刀直接插进巨虫壳与身体衔接的缝隙处。

薄薄的光刀不费吹灰之力就陷进与巨虫壳比起来相对柔软脆弱的身体，直接切掉了大半个脑袋，挣扎着扑腾了两下就没了动静。

"这下厉害了！"解说员惊叹，"从落地到进攻完全没有停顿，可见驾驶员也在个人体能格斗训练上下了很大的工夫，他毫不客气地用炮弹之外的手段拿下了一只巨虫！"

白历悬着的心放下了，周临山的发挥超乎他的想象。

或许是认清了自己需要面对的道路，这个稀种选择了和陆召有些相同的训练路线，在个人身体锻炼上下了苦工夫，也因此体格更健壮，近距离的战斗也更拿手。

"我觉得或许在最开始的这段时间，能驾驶 white01 的反而是我们这类人。"白历轻声道，"因为知道自己的不足，所以才会拼命弥补。white01 只是一个奖励，奖励我们这些努力的人一个机会而已。"

陆召没有说话，沉默地握紧了白历的手。

和别人不同，周临山其实非常了解这张图。他并非陆召那样极具天赋，所以从接触机甲开始就进行了大量的训练。

他坐在驾驶舱内，原以为自己会紧张到手脚发抖，但事实上光是应对一切战斗就让他精神力高度集中，完全没有多余的精力去紧张。

他们这类人，努力一百分或许才能前进一厘米，而对于先天就有优势的人来说，努力十分就足够拿下这一厘米。

但周临山知道，这种观念换一个想法也行得通——我能前进一厘米，只要我愿意付出一百分的努力。

而这一厘米一厘米的积累也给他带来了更为坚实的基础，别人不屑刷的图他可以刷到吐，任何细节任何变化他都记得清清楚楚，即使身体还跟不上大脑的思考。

和他预想的一样，巨虫的出现让 MU90 陷入了短暂的分神，这跟经验无关，这张图本来就很少被抽到，重甲驾驶员也更依赖重武器，因此很容易就用炮火作为应对手段。

周临山没有一开始就出手，就是为了消耗 MU90 的能源。

根据赛前调查，MU90 虽然搭载了大量高伤害武器，但短板也因此产生，它对能源需求量极大。

虽然剧本没有按照周临山理想的套路走完，他被迫落在地面，但也算实现了一部分。

此刻，周临山一边斩杀不断骚扰的巨虫，一边躲避 MU90 的攻击。

对手不愧是经验丰富的老手，几次设计将周围的障碍物击碎，即使周临山躲过了攻击，也被落下的大碎块打到，损伤程度慢慢累积。

观众席上 white01 的支持者已经因为过于焦急而情绪激动，白历听到不断有人骂出声。

陆召的情绪不是很好，他在场下时已经听惯了这种骂声，但白历还是第一次。

"经常这样。"陆召说，"不用在意。"

白历的另一只手摸着下巴，盯着全息投影看得专注，隔了一会儿才像是反应过来："什么？"

"你在想什么？"陆召意识到他懒得搭理周围这些议论，也就没再提。

"我觉得吧，MU90的驾驶员可能有点儿膨胀。"白历笑了笑，"他好像不大瞧得上周临山这种新手菜鸟，一直用强炮火压制，近距离打的几次周临山落在下风，他就不太在意这个菜鸟的小动作了。"

陆召无奈："菜鸟是你这边的驾驶员。"你能不能积点儿口德？

说话间全息投影上巨虫的第一波冲锋已经结束，这种生物会按照一定的时间发起群体进攻，他们的巢穴就安置在黑暗的甬道中，根据白历的经验，在比赛时间结束前大概不会有第二次冲锋了。

驾驶舱中的周临山额头出汗，他的个人能力不低，但在实战上还是有些不足，几次正面对刚都被MU90的驾驶员压制，幸好white01相当灵敏，让他躲过了几次猛攻。

他让系统汇报了white01所剩的能源和受损度，又靠着自己对重甲的了解估算了对方的各类数据，咬咬嘴唇。

这么下去不是办法，他因为经验不足被对方当猴耍了几次，差点儿当场交代，受损程度已经即将过半，而对方虽然被巨虫冲击到有了，有一定程度的受损，但他的攻击却并没有伤害到对方太多。

周临山有自信凭借white01拖到比赛结束，不至于直接就丧失意识弹出地图输掉，但如果比赛时间到了，靠数据统计来决定胜负的话，他的受损度绝对会输掉。

得想个办法让MU90的受损落到跟他差不多的水平才行！

又是一通猛攻，这座地下遗迹随着炮轰微微颤抖，周临山对这个地方还算了解，他心中一动，决定放手一搏。

"white01似乎不打算再跟MU90在对炮上过多纠缠，周临山利用巨虫尸体躲避了几次攻击，然后朝着……"解说员停顿了一下，听得出语气中有些疑惑，"朝着甬道去了！"

蓝色的机身以极快的速度冲向甬道，MU90的瞄准都跟不上周临山的速度。

白历"嘶"地吸了一口气，有些惊愕。

"他的速度——"陆召仔细观察了几秒，得出一个结论，"好像不比你慢。"

白历的精神力相当高，可以说是强悍无比，也因此能把重甲开得像是悬浮车。

"周临山的精神力虽然不低，但也不是特别优秀，不过因为他没有肢体残缺，所以司徒把数据做了调整，不用像我那么小心。"白历说，"但这也太快了，虽然不是很稳定。"

陆召思索道："不稳定是因为稀种的精神力过于敏感，容易受到影响发生波动。"

"但也因为敏感，所以容易进入一个输出小高峰。"白历分析，"或许是因为这样，white01的技能被调动起来，达到了这个速度。"

这个结论并不能立刻得到证实，在white01实验期间大部分驾驶员都是特种或普种，陆召虽然是稀种，但他的精神力一向稳定，不被作为稀种的参考范本，司懂则还未完全稳定，也不能作为范例。

所以周临山是目前唯一一个具有可参考性的稀种驾驶员。

不等解说员和观众反应，冲到甬道中的周临山在黑暗中对着一个方向连发数枚光炮，炮火的光亮下，通道内无数巨虫的轮廓被映出，也看清了周临山攻击的东西是什么。

那是一片巨大的、黏在通道墙壁上的卵，被炸得碎块四散，黏液喷溅。

几秒钟后，卵被炸烂了的巨虫们从沉睡中苏醒，因愤怒而一拥而上，像是一辆辆重型坦克般碾压而出。

在MU90没有把white01的小动作放在眼里的时候，周临山凭借对地图的了解强行引出了巨虫的第二次冲锋。

这一次的冲锋比之前更具攻击性，愤怒的巨虫们把两台机甲当做了泄愤的目标，潮水一般涌出，原本只供两三只巨虫同时同行的入口被撞开，大量巨虫同时进攻，墙壁直接被毁坏大半。

地下遗迹内一片尘土碎块，MU90猝不及防被踩着同伴扑上来的巨虫撞倒，立刻被虫潮淹没，受损度猛地上升。

而white01穿梭在巨虫的缝隙中，光刀划过，砍下几头巨虫，攀上被撞毁的墙壁旁的梁柱。

"被算计啦——"解说员忍不住笑道，"这张图在历届的比赛中基本没有出现过，MU90的驾驶员大概没想到white01敢去强行勾出第二次巨虫冲锋——周临山的勇气真是过于常人！"

白历忍不住鼓掌，不管结果如何，至少这种在战斗中的冷静头脑值得肯定。

"想必驾驶员周临山应该做过不少练习，虽然实战经验不足，但对环境的利用和发挥机型本身能力这两方面已经达到一个优秀驾驶员应有的水平了，从对战中也看得出本人的技巧虽然略有生涩，但也极具个人风格。"解说员道，"应该刻苦训练了吧，毕竟有时候想要弥补一些缺陷，大量沉重无聊的训练是不可少的。"

这话没说明白，但人们都听得懂。

周临山的人种决定了他的身体会有一些不可逃避的短板，但这些短板也是最容易弥补的——努力就可以了。

道理很简单，但能做到的很少。

也因此做到的人才显得可贵。

"不愧是MU90！"解说员话锋一转，"即使被巨虫淹没也依旧成功进行了炮火驱逐！这位驾驶员经验丰富，利用重甲沉重的机身重新站稳，并且将周围的巨虫一一轰散！"

巨虫在猛烈的炮火下有些许退缩，正在此时，周临山将手中的东西朝着MU90丢了过去。

MU90习惯性地抬手射击，一块虫卵碎块被当空打爆，黏液和气味在地下遗迹内炸开。

这再一次让巨虫愤怒，原本暂缓的攻击变得疯狂，MU90为了自保不得不连连开炮，强顶着巨虫的撞击对着white01的方向就是几发中口径离子炮。

white01灵巧躲避，从一个梁柱后窜到另一个梁柱后。

抱头鼠窜的样子很狼狈，观众席上有人忍不住发出嘲笑。

白历却坐直了身体，赞道："厉害！"

陆召却笑了："狡猾。"

两人话音刚落，洞窟内一阵晃动，这次的震动来得更猛，不断有碎石从头顶落下，砸中了MU90的脑袋。

解说员花了几秒理清情况，惊道："因为MU90的破坏，地下遗迹要塌了！——也不知道该说是MU90的破坏力太强，还是利用了这一破坏力的white01更强……"

MU90也意识到了事情的严重性，立刻收手没有继续进攻，white01却在此时动用了一直省着的能源，朝着最后几根梁柱发射具有大杀伤性的光炮。

在剧烈的摇晃和飞沙烟尘中，地下遗迹的坍塌已经不可避免，头顶落下的碎块更大更多，逐渐透出一丝光亮。

white01铆足了劲儿，一边利用本身的灵活度闪躲，一边用光刀和炮轰把无法躲避的碎片击碎，朝着那一抹天光冲去。

而MU90却被巨虫困住，原本就沉重的机身能源所剩不多，身上被压住，竟然一时无法脱身，又被巨虫攻击和碎块砸中，受损度逐渐过半。驾驶员怒吼一声，朝着white01的方向炮轰。

周临山侧身躲开，光炮擦过他直接击中了洞顶，大量坍塌朝着周临山压下。就在白历以为这一压会让受损度直接飙高的瞬间，全息投影忽然黑了。

半空中浮着"00:00"的字样，时间到了。

主赛场内的人才猛然回神，所有人都捏了一把冷汗。

"时间到了！"解说员也回过神来，"在规定时间内，双方驾驶员均未丧失意识失去战斗能力，按照规定我们将从双方的受损度、能源剩余量、驾驶员稳定程度也就是疲惫度三方数据结果为准判断输赢！"

三方数据都由征集赛赛事组准备的系统进行统计分析，这在之前的一些比赛里也有出现，只是白历参与的战斗都在规定时间内解决，他并没有直接接触过这种等待结果的感觉。

陆召有些失望，他内心中还是有些期盼出现奇迹，他希望周临山能直接拿下这场比赛的，但结果并不如意。

"挺好的。"白历很平静，"他可以说是发挥超常了。"

陆召"嗯"了一声，隔了一会儿，还是忍不住握紧了白历的手。

不知道是谁的手心里先出了汗，他们没有说话，等待着那个结果的到来。

主赛场内安静下去，两台模拟舱安静地放置在主赛台上，在结果公布前不会打开。

周临山双手交握抵在唇前，眼睛紧紧盯着虚拟屏。

漫长的几分钟里，白历感觉自己像是被判了死缓。

耳膜里是模糊的杂音，心跳剧烈。

第一条数据，也就是受损度的数据在半空中跳出。

MU90（52%）：white01（59%）。

以受损度较低者为优。

白历闭了闭眼。

模拟舱内，周临山的心脏仿佛跌进谷底。他竭尽全力也没有让对手的受损度加重太多，甚至还造成了塌方和巨虫的第二次冲锋。这种所有努力都白费了的感觉让他陷入巨大的挫败感中。

但紧接着，能源剩余的数据跳了出来。

MU90（22.32%）：white01（30.1%）。

以所剩量较多者为优。

解说员语速极快："看来是在巨虫第二次冲锋中 MU90 消耗了太多的炮弹，以至于能源耗损严重。"

原本是想制造损伤度的手段在意想不到的地方获得了回报，周临山在模拟舱内"嗷"地嚎了一声。

陆召按着白历肩膀的手有些颤抖，剩下的这个数据将决定 white01 的命运。但对于白历来说，这个数据的意义却远超出这场比赛的胜负。

全息投影在虚拟的黑暗宇宙和星屑中弹出最后一项数据。

MU90（疲惫值 89.4463）：white01（疲惫值 86.7099）。

以疲惫值较低者为优。

微弱的差距，却得到了一个震撼的结局。

观众席上的人久久无法回神，片刻后，全息投影上 white01 和周临山的名字闪过一道蓝光。

white01 巨大的虚拟投影猛然出现在主赛台上，星光环绕。

陆召回过头，看向白历。

白历的双手撑在轮椅的扶手上，想要站起身，却想起来自己无法起立。

他缓缓地将手放下，捏成了拳头，然后发出了一声吼。

全场轰动，掌声和欢呼声将主赛场震动，悬浮机器人汇聚在 white01 的虚拟投影前，加入星光之中。

陆召和白历拥抱在一起，彼此都像是疯了一样用手拍着对方的后背，说不出是安慰还是在发泄此刻的激动。

"white01 取得了最后的胜利！"解说员用力过猛而破音的嗓子吼道，"它实现了一开始的设计理念——一台为驾驶员降低身体压力的机甲！"

主赛场上无数人起身，掌声雷动。

模拟舱打开，周临山从里面冲出，疯狂地围着主赛台跑了一圈，然后对着 white01 的虚拟投影竖起了拇指。

这一天，他们的努力都得到了奖励。

第八十五章
各自奔赴自己的战场

历时半月有余的征集赛结束，机甲圈内的狂欢庆典落下帷幕。

无论过程中有着怎样的暗涌和冲突，一切都已尘埃落定，在无数支持者们的欢呼喝彩声中，主赛场上星屑震动，簇拥着 white01 的虚拟投影。

这台机甲赢得了征集赛的最后胜利，也同样颠覆了许多人对机甲的印象。

周临山站在主赛台上，他狂跳的心脏没有平缓，但总算不再围着主赛台狂奔了。

"各位在现场或正在看直播的观众，这里是征集赛决赛现场！"解说员的声音带着激动，"就在刚刚，white01 和驾驶员周临山拿下了本届征集赛的最终胜利！"

场内欢腾喧哗。

模拟舱自动下沉，主赛台被清空，赛事组颁奖人从一侧入场，身后跟着的机器人做成了初代机甲的样子，手里捧着征集赛的奖牌。

"现在是颁奖的时候了。"解说员感慨道，"白氏研究所提出并践行了他们的设计理念，相信白历本人现在应该也非常高兴，感谢他和他的团队为帝国提供了一台与众不同的机甲——"

征集赛的奖牌做成了星形，并非戴在脖子上，而是做成可以别在胸前的样式。初代机甲模样的机器人举起奖牌，要为周临山佩戴。

"等等——"周临山对颁奖人道，"我能不能自己……"

颁奖人愣一下，笑着点点头："当然。"

周临山从机器人手中拿过奖牌，星形奖牌如同一枚勋章，正面是初代机甲的图案，背面则是一朵卡丽花。

这枚奖牌握在手心中并不沉，但周临山却觉得自己的两只手才拿得动。

白历已经从激动中勉强平复，陆召已经坐不下去了，得站着才能缓和这种热血沸腾的感觉。

两人看着主赛台上的周临山，却发现对方似乎并没有打算戴上那枚奖牌。

年轻人握着奖牌，抬起头环顾四周，不管周围人的声音和询问，兀自走下主赛台，来到观众席前。

观众还在激动地狂叫，第一排的观众对着周临山挥手祝贺。

周临山举起手里的奖牌递给一位穿着军学院制服的观众，对方没反应过来，愣愣地看着他。

"白历先生！"周临山喊了一句。

在人声鼎沸的主赛场内，声音并不能传到后排。解说员及时发现，并招呼收音悬浮机器人落下。

周临山的声音通过机器人响彻主赛场："白少将！"

这声音喊出的这个称呼让所有人心中一颤，那个军学院的学生回过神来，对着周临山点点头，探出身拿过奖牌，对着身后的同伴大声呼喊。

同伴接过他手里的奖牌，又对更靠后的人比画着解释，递出奖牌。

印刻有卡丽花和初代机甲的奖牌经过许多人的手传递着。

当那枚星形奖牌被坐在离白历最近位置的小孩递过来时，白历还没有回过神来。

小孩伸着肉嘟嘟的胳膊，紧张地喊了一声："白少将，你的奖牌。"

光线并不清晰的观众席上，视线中那枚奖牌却特别清晰。白历的手指微微蜷缩，竟然有些不知所措。

另一只手替他拿过了那枚奖牌。陆召低声道谢，转过头看向白历。

耳边响起解说员的声音，说的什么却没听清，下一秒聚光灯的光束打了过来，将这个角落照亮。

白历下意识地眯了眯眼，陆召俯下身替他遮挡了一些光线。

"谢了。"白历找回自己的声音，"我自己——"

他还没说完，陆召就已经半蹲下来，把那枚奖牌别在了他的胸前。动作很轻，就像当初别那朵卡丽花时一样。

"恭喜！"陆召看着他，"你赢了。"

即使不在主赛台，即使开机甲的并不是你本人，但恭喜你赢了。

白历的心脏仿佛被奖牌烫了一下，曾一度满是冰碴的内里柔软下来，鼻尖泛起些许酸意。

他的人生有过风光的时候，但始终没有过一枚勋章，现在终于有了。

有人站起了身鼓掌，随即更多人起身。这和之前的掌声有些许不同，之前的掌声送给胜者，这次的掌声送给义无反顾冲向前方的白历。

"奖牌到了 white01 的第一位驾驶员、研发者白历那里。"解说员的声音略有沙哑，但依旧保持着高度的亢奋，"让我们为这位没有出现在决赛台上的胜者送上掌声——逆境中仍在孤独努力的人！"

这枚奖牌由不分身份、不分性别、不分人种的人们一起送向白历。

九十九到一百的瞬间固然光辉璀璨，令人震撼，但无人问津的一到九十九却是不可缺少的"地基"。

即使白历并没有站在主赛台上，但他始终都未退出赛场。

盛典落幕，但人们还会持续讨论很久今天的一切。星网上早已顶起了不少话题，这让一直以来都被丑闻和黑幕搞得火气巨大的帝国公民们终于有了些值得开心的事。

主赛场开设了更多出口以供观众散场，医护人员再次检查了白历的左腿后，几人才从最近的出口离开。

主赛场外的大厅早已聚集了不少记者，但碍于白历的身体原因，都只能跟着拍摄，间杂问一些简单的问题。

"白先生！"有人语气沉稳地喊了一声，"又见面了。"

这声音还算熟悉，白历操作着轮椅停下，和陆召一起转头看了一眼。

林序穿过人群走来，身后跟着两个神色紧张无奈的护卫，看样子是劝阻无效，只能陪着林序一起过来，最后面还跟了个一路小跑的助理模样的人。

虽然没有第一继承人那么高调，但林序的脸最近在帝国也算是被人熟识，因此人群自动让开。

"我看了比赛。"林序径直走到白历身边停下，伸出手，"很精彩。"

白历对这个愣头愣脑的第二继承人很有点儿没法子，笑着握手："谢谢，二殿下。"

记者们一刻不停地拍摄，林序仿佛没看见，又跟陆召握了握手。

"恭喜白氏研究所。"林序低声道，"我很期待能看见 white01 投入使用的那天，如果有机会我也会开个试试。"

这话说完，周围发出一片议论，助理赶紧咳嗽了一声。

在外界舆论发酵的这几天，皇室一直相当低调，而林序在这种时候直接来跟白历交流，在别人看来就有些像是表明了立场。

即使没有明说，但这个态度也像是在对白历表示歉意。

"你嗓子不舒服？"林序关心地看了一眼助理，"喝点儿水。"

助理噎了一下："殿下，一会儿还有个会要开。"又急忙转身和周围的记者解释刚才的情况。

白历想笑，忍得很辛苦。

"好好治疗。"林序看了一眼白历的左腿，毫不避讳地说道，顿了顿，用只有他们能听到的声音说，"帝国急需优秀的驾驶员，我想 white01 的后续研发会很快提上议程。"

说完和白历点点头，带着自己的人从相对隐蔽的通道离开主赛场。

这种我行我素的作风白历相当不习惯，操作着轮椅往前走："先回医院，司徒他们在医院那边等……"

话未说完，陆召的个人终端响了起来。

虚拟屏上比赛已经告一段落，白历在陆召的陪伴下离开了主赛场。

白樱的目光在他笑着的脸上停留了片刻，才终于松开交握的手，长长地松了一口气。

她真替白历高兴，一切的努力都有了回报。

病房的门拉开，穿着白大褂的医生探出头轻声道："夫人，现在可以探病了。"

这间病房有些像是精神崩溃患者用的特殊病房，墙壁是可以隔绝精神力的软垫，病房内没有任何会刺激到病人情绪的东西。

白樱走进病房时，唐开源的情绪已经稳定下来，他坐在病床上盯着虚空发呆，嘴里嘟嘟囔囔地念叨着什么。

白樱走近了些，才听清他不断重复着"本来应该都是我的"这一句话。

这个人好像丧失了其他的语言，翻来覆去只会讲这八个字。

白樱侧头抹掉眼里的泪水，尽管她心里早就觉得唐开源会被那台机器和他的脾气毁掉，但这一天真正到来时她还是不好受。

孩子走到今天这个地步，她觉得自己还是有很大责任的。

"不要刺激他。"医生低声道，"他的精神很脆弱，我不确定他能不能恢复正常，这要花费很多钱和精力。"

"尽力治疗，我们会配合的。"白樱揉了揉眼，"但不会在主星，我近期就会安排他去 B20 附属星疗养。"

医生点头，他心里很清楚，唐开源这种情况大概会在附属星住上一辈子。

探病的时间结束，白樱从病房出来时正遇到安伦。

短短几天的时间，安伦就瘦了一大圈，他被精神力诱导的次数太多，精神力透支严重，而让他成为这样的那个人现在却连他都认不出来了。

"唐夫人……"安伦看见白樱，不知怎么有些害怕。

他现在对这个看似柔弱的女人有些说不出的畏惧。从她顶着满脸青紫把虚弱的他从唐开源的房间里带出来，送去医院治疗开始，白樱就已经和以前不一样了。

"现在感觉好点儿了吗？"白樱轻抚了一下他的胳膊，"你不需要担心别的，好好休息就行。"

安伦胡乱地点点头，看了一眼病房的门。

"想见开源吗？"白樱问。

安伦几乎立刻就叫道："不！"

说完自己也有些发愣，他一直以为自己和唐开源会成为关系最好的契约人。

"我就是……就是……"安伦结结巴巴。

白樱安抚道："没事，我知道的。我很抱歉……我之前也说过，你可以继续留在唐氏，我会负担你所有的开销，包括医疗。也可以回家去，如果你家里有什么需要之类的也可以尽管提，是开源他做错了，我会尽我所能补偿你，不是希望你能原谅，只是希望可以帮一些忙，好吗？"

安伦的脑子一团乱麻，他这几天过得浑浑噩噩，觉得自己脚下已经无路可走。他和家里联系了几次，家里人非常生气，一方面是气唐氏，另一方面则是责怪安伦太无能，给家族蒙羞。

"我不知道要怎么做。"安伦低声道。

白樱叹息："没事呀，你还这么年轻，休息一段时间也很好。"

"我……我想戒掉……"安伦后面的话因为声音太小而含糊不清。

但白樱很清楚他在说什么，见他缩着肩膀似乎是有些害怕，便放缓了声音道："可以，我了解过这方面，你现在戒掉精神力成瘾是完全来得及的。"

安伦在白樱温和的声音中缓过来一些，沉默片刻，尴尬道："我听说很痛苦，很疼。"

"确实会疼。"白樱笑了笑，"但疼过了，你才能去任何地方。"

安伦没太听懂，不等他追问，白樱的个人终端响了起来。

"我去接个通讯，你能等我一会儿吗？"白樱有些抱歉地笑了笑，"等我回来，我们讨论一下戒断治疗和后续的养护事宜好吗？"

安伦点头答应，找了一把椅子坐下。

窗外的天色很好，阳光明媚，有带着干燥气味的风从打开的窗户吹进来。

这一刻终于有些放松下来，安伦靠在椅背上大脑放空，听到白樱的声音从拐角处传来。

"是的……我确定，不会后悔的，请尽快安排手术。"

回军医院的路上车速开得很快。

霍存打给陆召的通讯很简短，第二批前往的人被要求几小时后紧急集合，深夜出发前往附属星。

调令来得很突然，幸好距离出发还有一段时间，陆召决定先把白历送回军医院，自己再回家收拾一些东西准备出发。

白历的情况不是很好，镇痛针的效果消退，从主赛场出来时陆召无意中摸了一把他的后背，才发现他已经疼得一身冷汗。

好在医护人员和司徒等人早就在医院等着了。

一听陆召接到紧急调令，司徒、司懂两兄弟又轰着陆召赶紧走。

病房里原本挤了不少人，都是白历的旧识，来庆祝胜利的，没想到赶上白大少爷腿疼得直打摆子，也都跟着慌了神，七手八脚地想帮忙，乱成一团。

决赛胜利的喜悦被这兵荒马乱的场面给冲散了大半，好在白历最后还是被抬上了病床，一帮人围着床，看得白历头皮发麻。

"我回去收拾东西。"陆召看着白历，语气有些低落，"你……"

白历摆了摆手，动作很随意，但陆召知道他的意思。

陆召握了握白历的手，沉默着走出病房，开车回了公寓。

从白历住院到现在，陆召也已经有一段时间没回家住了。

雨季过后的暖阳从落地窗外涌进，充满这间两人共同生活的房间。

陆召在门口站了两秒，才终于在这一天的仓促过后生出一丝不舍和难过。

雨季结束，但他们没有机会回到这间公寓。

卧室里床铺被机器管家重新铺整齐，白历离开公寓前看过的书却还摆在床头，上面压着陆召从军团带回来的印有机甲图案金属壳的笔。

陆召走进卧室，从衣柜里拿出自己的几件衣服装好，顿了顿，又去白历卧室，把白历的几件换洗衣服拿出来，连同书和笔一起找了个袋子塞进去。

他要离开主星很长一段时间，白历也要在医院住很久，他大概也会乐意身边多一些家里的东西。

等一切收拾妥当，陆召才在家里站了一会儿。

客厅沙发上的抱枕多了几个，方便瘫在上面睡午觉，衣架上挂着的居家服，地上两人的拖鞋，以及柜子上摆着的各自的书和摆件。

陆召一直觉得自己是一个对感情很迟钝的人，但他在这个温暖的午后忽然明白了人们为什么会对很多东西留恋不舍。

他闭了闭眼，时间不早了，他还得再回一趟军医院给白历把衣服什么的送过去。陆召走了两步，又拐回客厅的柜子前，拿走上边的东西。

"又要出门啦？"机器管家拖着圆滚滚的身体扭过来，冲推门走出去的陆召挥着手臂，"早去早回！"

陆召"嗯"了一声："一定。"

等陆召开着军团配发的车赶回军医院时，白历病房里的人已经基本散去了，只剩下司徒和老郑在商量事情，见陆召过来，两人默契地走出门。

"刚打了镇痛针，有点儿迷糊。"老郑走前跟陆召道，"别担心，我肯定给他治得活蹦乱跳。"

这话其实老郑一般不会说，毕竟手术都不是百分百成功的，更何况是白历这个情况。

陆召点头道谢，知道老郑这是不想他带着担忧出任务。

病房里恢复安静，白历躺在病床上，他平时打完镇痛针都会很快入睡，但今天陆召一走进来他就睁开了眼。

"我就知道你还得回来一趟。"白历笑了笑，"我们还没来得及说告别的悄悄话，对吧？"

陆召觉得"悄悄话"三个字有些好笑，他翘起嘴角，把手里的袋子提起来："换洗衣服，书。"

"这本还没看完呢？"白历想接过书，但陆召却只放在了床头。

他把另一个东西放在白历手里。

温热的带着体温的小东西，摸起来触感圆润，白历摊开手掌，是陆召送给他的那朵被封存进透明石头里的卡丽花。

陆召好像很喜欢送他一切有关荣耀和夸赞的礼物，陆少将本人不善言辞，但总是把自己认为能代表一切荣光的东西拿给白历。

"记着了。"白历握紧它，"我得把它带进手术室陪我。"

陆召强压下心里的情绪，问道："什么时候手术。"

"半个月后吧。"白历说，"老郑觉得不能再拖了。"

半个月，陆召根本回不来，他这种任务至少也得在外飘上一两个月才能落地，还不一定是回主星。

"屋里很好。"陆召有些干涩道，"圆胖子在打扫。"

这是再普通不过的事情，机器管家本来就是为了这个才制造的。但白历只是说："圆胖子虽然打扫很在行，但我个人觉得它骂人更拿手。"

"确实。"陆召笑笑，嗓子里泛出一股苦味儿，话就说不下去了。

"我出门的时候，圆胖子说'早去早回'。"陆召低声说道，"我发现我刚离开，就想回去了。"

白历的眼里泛起一层薄雾："我知道，我知道。"

陆召哑着嗓子道："我很想陪你做手术。"

"别说了。"白历说，"非得我哭一场才算完，是吗？"

陆召笑了，眼里有些许水光。

"去吧。"白历笑了笑，用力捶了一下陆召的肩膀，"替我再看看宇宙和星河。"

不是模拟出的星屑，而是真实无尽的宇宙。

他热烈地向往着能再回去的地方。陆召可以先行一步，替他去看一看。

陆召跟着笑，有很多想说的话，却不知道怎么开口。

他拿起自己的行李后退一步："出门了。"

白历说："早去早回。"

当夜，几艘军舰从主星出发，前往边缘附属星。而白历的手术定在十五天后。

他们各自奔赴自己的战场。

第八十六章
平安无事，胜过一切波澜起伏

征集赛已经结束，但大赛期间暴露出的问题仍受到关注。

帝国研究院内部人员在林胜的示意下散播流言进行赛前干扰。唐开源在后台精神力暴走导致两位稀种身体受损昏迷住院。种种丑事令人作呕。

如果不是唐氏和林胜压下消息，唐开源早该在第一次暴走后就被取消参赛资格，也就不会有攻击白历的事情发生。

所有的事情联系到最开始的救援任务后都显得更恶劣。林胜的行为令帝国公民强烈愤怒，随后爆出的富丽会所的丑闻也让第一继承人与其牵扯在一起。

随着消息越挖越深，两人之间的关系也越联越紧，一桩桩丑事逐渐显露。第一继承人声望直线下降，第二继承人在得到老陛下的允许后逐渐接手了大部分工作。

而与二人绑在一条船上的唐氏也没好到哪里去，只是唐氏父子一个瘫痪在床口齿不清，一个疯疯癫癫没有理智，都成了需要二十四小时接受治疗的病患，只剩下唐夫人来回奔波道歉。

她从唐氏老宅离开时的模样还清晰地烙印在人们的记忆中，对于这种来自亲近之人的暴力问题受到了广泛关注。

在外界舆论议论纷纷时，某个深夜，一艘私人飞艇将唐开源和唐骁分别送去了两个附属星。

几日后，帝国研究院与白氏研究所签订合作，进行 white01 机型的后续研发。

前公司寻求和自己的合作，司徒在昔日挤对自己的前领导和前同事面前扬眉吐气。

"为了气气那帮傻子，我专门踩着点才到会议室的。"司老师洋洋得意，把白历床头上的水果毫不客气地拿来咬了一口，"以前我都会提前十分钟到场，爽啊。"

白历半躺在病床上看着自己的个人终端，听到这话相当无语："做人怎么能这么没出息！你应该迟到啊，让他们等着！至少迟到五分钟！"

"这哪儿行！"司徒不乐意，"太不道德了，五分钟！你怎么能有这么不道德的想法！"

这回白老板都懒得搭理他，手指在虚拟屏上戳了几次，没有收到什么新消息。

两人正闲扯着，病房的门响了，元帅带着江皓走进病房。

"通讯上聊还是不放心。"元帅穿了一身便服，爽朗地笑道，"我伴侣催我来看看。"

白历已经有一段时间没有见到元帅了，对方已经花白的头发总让他想起白老爷子，想要直起身："怎么来也没说声？这么突然。"

人还没坐直就被按下，司徒连忙起身给元帅让出离床最近的座位，自己接了个通讯离开了。

元帅大刀阔斧地坐下，能掰铁棍的手把白历从头到肚子捏了一遍："这不挺好的吗？我就说没事！腿伤又不是不能治，我早就跟我伴侣说了，白家的个个儿耐摔耐打！"

白历被捏得龇牙咧嘴，这群老家伙手劲儿大得很："轻点儿！我可是没吃过苦长大的，骨头嫩着呢！"

"娇气。"元帅拍了一把白历的肚子，又捏小孩一样捏了把白历的脸颊，惊讶道，"你是不是胖了？营养液都能喝胖？看这肉长得，等陆召回来你得胖三圈！"

"胡扯！"白历把他的手扒拉开，没好气地道，"腿好了就能活动了，胖不了。"

这话让病房里其他人的心跟着一松，从手术时间定下到现在都压在心头的阴霾稍微散了些。

元帅笑道："精神头不错。"

"怎么有空来这儿？"白历揉着自己被拍疼的肚子问，"我听说军界现在忙得很，边缘附属星那边情况不是很乐观。"

"刚从皇室那边商议回来，顺道来看看。"江皓的脸色有些苍白憔悴，拉了一把椅子坐下，"大后天就手术了吧？到时候我也不知道能不能来。"

白历倒是不太在意："来什么，你又不能帮我挨刀。你就只能喊加油，我还听不见。"

江皓满脸的愁容被他给气得立刻垮了，恨不得抄起旁边的果篮给白历头上来两下。

"我问了，没大事。"元帅声音洪亮，脸上带笑，"就是得多休息，你这两天少看个人终端，多睡觉！"

在元帅和白老爷子这一辈人眼里，没什么是睡一觉不能好的，白历小时候就已经被"这点小伤涂点唾沫就能好"的硬汉教育毒打了无数次，相当免疫元帅的发言。

"你们还没透露点儿独家新闻呢。"白历没被绕开话题，"边缘附属星那边什么样了？"

江皓张了张嘴，没吭声。元帅接口道："你管这个也没用。"

"我是管不着这个。"白历有些无奈，"那我关心的也不是这个啊。"

他关心的是什么也不用说出口，江皓和元帅心里也清楚。

陆召早已抵达边缘附属星，并且已经率队参战。这些细节两人不方便透露，白历要的也不是细节。

病房内有片刻沉默，白历的神经跳了下："出事了？"

元帅脸上的笑透出些许尴尬，似乎还在琢磨怎么搪塞白历。

"边缘附属星出事了？"没问老狐狸，白历看向江皓，"问你呢。"

江皓的脸色不怎么好看，先看了一眼元帅，有些犹豫。

白历的心口像压了块石头，脸上却没带出来，平静地道："陆召有空会给我发一条报平安简讯，很短，不需要我回复，差不多两三天一条。"顿了顿，他的声音才沉了下来，"但五天前他就没再联系我了。"

也是上过战场的人，白历知道这意味着什么。陆召现在的处境没有用个人终端的时间，八成是被调去处理更棘手的任务。

"我不需要知道具体情况。"白历把个人终端放在一边，看看江皓和元帅，"大概说说就行。"见江皓依旧犹豫，又笑着加了一句，"以免我自己胡思乱想，睡不好觉。"

白历打完镇痛针后睡得不好这事他知道，陆召在的时候有精神力镇抚还好一些，最近陆召离开主星，白历的老毛病就又有些发作的趋势。

这是心理上的问题，噩梦困扰了白历太多年，只能慢慢缓解，现在已经好很多了。

听白历这么讲，江皓终于有点儿受不了了，刚要开口，却听元帅先说了话。

"有一支小队在荒星侦查的时候失去了联系，陆召率副官在内的五人队前往接应，也失去了联系。"元帅简短地概括了一下，"现在派出了第三队，正在等待回复。"

太阳穴先是一阵刺痛，紧接着整个后脑勺开始闷闷地疼了起来。

即使已经有些猜到大概的情况，但真听到这些话后，白历的情绪还是立刻打败了理智，有短暂几秒的呼吸困难。

"有几天时间了，没跟你说是考虑你要手术。"江皓低声道，"怕你受影响。"

他说完没有得到回应，抬头去看，就看见病床上白历的脸上血色褪了大半，短时间内额头竟然起了一片黏腻的冷汗，江皓惊道："怎么了这是？"

白历隔了片刻才喘上一口气，心脏从麻木中苏醒，牙缝里挤出几个字：

"没事，腿有点儿疼。"

"我喊老郑。"江皓起身要按床头的呼叫器，被白历按住了。

"一会儿就到点打镇痛针了。"白历勉强笑了笑，"不用喊。"

耳边江皓似乎又说了什么，但白历有些没听清。

直到元帅拧钢筋一样地掐着他的胳膊晃了晃，白历空白的脑子才多少有了些东西。

"这是常事。"元帅依旧是一副见惯了大风浪的模样，波澜不惊地道，"你也不是没有过出任务，和基地失联几天的情况也遇到过，现在不还是全须全尾……"说到这里，想起来白大少爷目前这个情况实在算不上是手脚齐全，打了个磕巴，"还不是平安无事嘛。"

白历很想说"我现在像是平安无事吗"，但话到了嘴边就成了："也是。陆少将比我厉害多了。"

他不想说什么不吉利的话给陆召泄气，而且这么多说几遍，心也跟着稳了一些。

"有消息了我会跟你说的。"江皓有些不知道怎么安慰，只能倒了杯水给他，低声道，"你先放心手术。"

白历接过水杯喝了一口，觉得嘴里的这口水又苦又涩。

他大概有些了解陆召的感受，人和人之间能做的事情太少，成年之后的人生大部分都是在彼此陪伴和等待，也在等待的焦躁和相聚的安稳交替之下度过余生。

"我没事。"白历咽不下水，还是对着两人笑笑，"就是……等待的感觉不是很好。"

这话让江皓更接不上口，他还是头一回见白历没再强装那副白大少爷的狗样子，这让江皓有些不好受。

元帅的脸上难得露出一点儿温和，他把白历的杯子拿开，又亲昵地掐了一把白历胳膊上的肉："但等待总是短暂的，相聚的时间会更长。"

负责打镇痛针的护士敲门进来，元帅和江皓也不能久坐，陪着他把镇痛针打完就离开了。

在等待困倦袭来的这段时间里，白历最后看了一眼个人终端，还是没有任何消息。

他心脏跳得好像很慢，理智和感情被撕成两半，理智告诉他这是战场上的常事，但感情上……感情上他也说不好什么样。

白历觉得自己忽然变成了无头苍蝇，除了茫然地乱飞，就只剩下撞在透明墙上的疼痛。

他用被子把自己裹起来，隔了一会儿又从被子下伸出手，摸索着握住枕边被透明石头封存的卡丽花。

这里面是陆召送给他的荣耀。

三日后，白历的手术开始进行。

帝国领土边缘，某荒星。

五台重型机甲快速穿过高大诡异的树木之间的空隙，身后接连响起爆炸声，伴随着树木的倒塌，烟尘中五六只背部生有刀片一般薄翅的类人型虫族紧追不舍。

"汇报受损情况！"韩渺在驾驶舱内吼道，他精神力高度集中，操作着机甲转身发射了几发离子炮。

有翅虫族闪躲极快，离子炮并未击中。

头盔内搭载的语音系统传来其他四位驾驶员各自的汇报声，副官骂道："在搜索的时候耗费了太多能源，咱们现在不能拖太久！"

"我当然知道！"韩渺也骂，"这不是在跑吗？但这几头畜生非得跟着！三号，你还能撑多久？"

三号重甲背部被划开了一道口子，手部的炮口也毁了，受损严重："我尽量撑到回军舰。"顿了顿，他又低声道，"或者我拖住它们，韩少将您带其他人先回去。"

"少跟我放屁！"韩渺操作着机甲撞开遮挡了前路的藤蔓，"咱们得先回去，补充好能源回来继续找人！"

话音刚落，侦测器发出尖锐的提示，正前方出现三只虫族。

虫族士兵身躯庞大，有半个机甲大小，后背的翅膀削铁如泥，经常作为攻击武器使用，角度得当可以卸掉机甲的手足。与人有些相似的躯体上覆盖着战甲，它们对荒星的适应程度比依赖机甲的人类要强许多。

虫族拥有与人类对等的智慧，但拥有比人类更剽悍的身体和服从心，一旦接受命令就毫不恐惧退缩，前仆后继，直至战死，多年前一度让帝国陷入苦战。

前后夹击，韩渺咬牙下令从前方突围，三号重甲却在此刻重心倾斜，差点儿无法维持稳定飞行。

受创的机甲对驾驶员本身也会造成伤害，身体的压力已经让他无法成为进攻的一员。

其余四人全神贯注，肌肉紧绷，准备冒死一搏时，斜侧的密林深处传来几声光炮发射的声音，下一秒，韩渺面前虫族的脑袋被打了个正着。

另有五台机甲从密林深处窜出，打头的那个抽出光刀，干脆利落地切掉了扑向三号机甲的虫族的脑袋，剩下的几台机甲配合默契，速度没有领头的快。

韩渺惊喜地叫出声："陆召！"

两方小队见面，来不及多说什么，快速接通了语音系统。

"找到了第一批来的小队，人没事，但机甲耗损严重，无法活动，暂时留在荒星。"陆召镇静道，"荒星深处信号很弱，连接不上系统无法联系军舰那边，我们能源也快耗尽了，需要回军舰接受补给。"

"我就知道你没事！"韩渺激动道，说的话跟陆召牛头不对马嘴，"这都多少天了，他们都以为你……"

陆召语气平稳快速："没死，再废话就快了。"

韩渺被噎了下，也不生气，两支小队汇合在一起，立刻缓解了战斗压力。

帝国精锐并不是口头说说，即使火力不足，但在人手足够的情况下也依旧将这一小股虫族小队斩杀干净，在能源告罄之前赶回军舰。

"我们在两天前搜索到第一小队的人，他们遭遇了虫族的大部队，五台机甲被击落了四台，剩下的一台留下记号后，五名驾驶员全都选择了穿着隔离服离开机甲寻找隐藏地。"副官霍存抓紧时间汇报，"我们找到他们的时候原本打算带着一起回去，但虫族在这里还留了一小支队伍，打了一场后能源剩得不多了，休息一段时间后打算退出荒星寻求增援，没想到这支小队还没离开，幸亏遇到了韩少将。"

和大部队遭遇的并非陆召小队，他们知道的也不多，只能等接回第一小队再了解情况。

"这个荒星离帝国边界已经非常近了。"韩渺皱眉道，一边开着机甲登上军舰接受消毒处理，一边通过语音系统道，"在这里有部队活动，目的显然不单纯，必须尽快告知基地，并汇报回主星。"

陆召已经交出了几个小队的指挥权，他"嗯"了一声，紧绷的神经在回到军舰时终于松弛下来。

他已经连轴转了几天，其间还穿着隔离服离开军舰搜索过一段时间，遭遇了荒星原住民和一些生物，有一两个人挂了彩，虽然这个荒星没有空气污浊的危险，但也得隔离检查之后才能安心。

身体已经因为连续驾驶机甲和没有休息而感到疲惫，眼睛发涩发干，但他却感觉不到困意。

他掰着指头算过日子，今天是白历做手术的日子。

机甲在军舰内停稳，陆召从机甲上下来，韩渺本来想喊上他一起去汇报，但抬眼一看他的脸，话就咽了回去。

"你这样也别汇报了。"韩渺叹息，"先去做个检测，然后赶紧休息，我们现在返回基地。"

陆召整个人像是从水里捞出来一样，身上的汗干了又湿，驾驶服粘在身上，刚才拖着能源即将耗尽的机甲再次战斗，身上又出了一层汗。

不光是他，霍存和其他三名队员也差不多。

"我做完检测就回宿舍，需要汇报的地方直接喊我。"陆召用个人终端把采集到的一些数据和记录发给韩渺，虚拟屏上弹出一个小小的提示窗。

不是白历发的简讯，在这段时间陆召有空会给白历发条简讯，并告诉白历不需要回复，这主要是因为陆召出任务的时间不稳定，看不到回复。

同时他也有些怕自己会分心。

提示窗上是他提前备注的信息，只有"手术"二字。

和韩渺简短说完了情况，又在检测室通过了检测确认身体没有任何问题后，陆召才回到自己单独的宿舍。

宿舍内一片漆黑，他没有开灯，拖着沉重的身体挪到床上。

高强度的工作和时刻紧绷的神经让他的精神力耗费严重，好在他在出任务之前得到了非常优秀的康复治疗，又有白历提供稳定且高质量的精神力镇抚，这次任务的表现证明这些都没有白费。

陆召自我评估过，觉得已经基本恢复自己的巅峰状态。

他没敢休息，目光却一直看着虚拟屏。

主星现在应该已经是下午最热闹的时间段了，下班的下班，放学的放学，要是以前也到了白历从研究所开车去军团接他的时间。

但今天却不同，陆召躺在床上看着黑暗的宿舍。

有点儿饿了，但不想喝营养液。想吃饭，吃辣椒炒肉，吃完饭还可以吃零食，那个什么鱼干。

白历现在在手术室吧。

历历已经九岁了，应该不会怕了吧？

陆召想到这里有些想笑，但笑压在喉头，怎么都吐不出来。

他一想到白历那条伤痕累累的左腿，就感到害怕。

黑暗总是会让人幻想出很多事情，而陆召的眼前却只有白历和轮椅。

他害怕自己回到主星，看到的是白历空荡荡的左腿裤管。

害怕自己什么都说不出来，笨嘴拙腮，安慰也不会安慰。

但比起这些，他更害怕自己会比白历先痛哭出来。

那就太丢人了，也很伤人。

白历又不是因为有左腿才是白历，他怎么样都很好，但陆召还是从内心深处希望白历是完整的，他已经不想白历再失去任何东西了。白历剩下的东西也真的不多了。

陆召很清楚，如果他真的忍不住哭了，白历大概还是会先安慰他。

那些安慰都会是捅向白历自己的刀子。

思维越来越混乱，在黑暗中滑向悲观的深渊。

个人终端突然响了一声，陆召侧头看了一眼，虚拟屏上是江皓发来的私人简讯。

他有短暂片刻的僵硬，随即点开了对方的信息。

手术室外站着几个人，坐立不安。

司懂今天请了假没去学校，此刻正蹲在墙角看着眼前的地板发呆。地板上一双鞋走来走去，晃得人眼花，那是他哥司徒，已经在手术室外走出了残影。

抬头再看，江中将腰杆笔直地坐在座位上，看似气定神闲，但脸憋得铁青，还得周临山提醒才意识到人得需要呼吸，不然会紧张到憋死。

而周临山可能是终于找到了缓解紧张的方法，神经质一样地每隔半分钟就提醒江皓呼吸，最后还问："中将，我刚才提醒您呼吸了吗？"

"应该吧。"江皓绷着脸说，"不然我不憋死了吗？"

司懂觉得这帮人实在是心理素质太差，他站起身想把他哥拉住坐下，但站了几次都手脚无力，最后还是老老实实地继续蹲着。

和他一样站不起来的还有白樱，她两只手交握，拇指互相抠着，脸色因为紧张而有些涨红。

等待的时间比他们想象得要长，直到暮色四合，老郑才从手术室里走出来。

几人能站起来的都站起来，一下围住了老郑。

老郑摘下头上的隔离设备放到一边，看着众人微微笑道："手术很成功，接下来就看他自己的恢复了。"

这话说完，手术室外等候多时的人竟然都没反应过来，隔了好一会儿，也不知道是谁先"嗷"了一嗓子，司徒瘫坐在椅子上，两眼立马就红了。

坠在心头的大石头终于放下，门外的成年人们喜极而泣，连蹦带跳，把军医院的地板踩得砰砰响。

白历被推出手术室时意识还未清醒，几人跟着边推边跑，恨不得把白历立刻摇醒，告诉他你小子的好日子到了。

白樱跟着跑了几步，她看着白历被朋友簇拥着送进病房，几个孩子追在他耳边大吼大叫，看不出是什么中将或者研究员，觉得好笑。

她拎着包在楼梯口站住，没打算进病房。她下了几层台阶，终于没忍住坐在了台阶上，捂着脸哭出声来。

耳边还能听到江皓喜悦的喊声："白历！你小子手脚齐全啦！陆召他知道了——"

手脚齐全的白历醒来的时候并不知道在他没有意识的这段时间，自己"又是一条好汉了"的消息已经被好兄弟们用高分贝告知了一圈人，军医院这一层住院的都知道白历又行了，连带着这一层负责清扫的机器人一提"白历"，顺下来的第一词条都是"站起来了"！

白历在昏睡中醒来，头还有些晕，手指也还有些发麻。

已经是深夜，病房里只开着一盏夜灯。司徒趴在沙发上睡得昏天黑地，兴奋过后又放下了心头重担，也终于能踏踏实实睡一觉了。

白历笑笑，没有惊动他，艰难地摸到自己的个人终端。

虚拟屏上一条简讯让他混沌的脑子猛然清醒，他的手指有些抖，哆嗦了几下才点开。

陆召：平安。

这一次没有说不需要回复。

陆召在等他的回复。

白历抿着嘴唇打了一行字，想了想，删了。又打了一段，但还是删了。

想说的有很多，想问的也有很多。但一大段的话删删减减，最后只剩下两个字：无事。

他们各自满腹担忧，又觉得这份担忧说出来多少会有些影响对方。

那自己的这点儿烦恼还是先别告诉他吧。

千言万语都成了"平安"和"无事"。

平安无事，胜过一切波澜起伏。

陆召的平安归来除了带回失联的第一小队的去向，带回的消息也让帝国感到了危机。

第一、第二军团再次增援边缘附属星，派去清扫部分反叛流民的人也被紧急召回。在主星繁华的外表下，帝国已经绷紧了神经。

三个月后，帝国 ER70 附属星遭虫族入侵，驻地军团奋力抵抗，伤亡惨重。

血淋淋的事实如同一道惊雷，劈开了帝国数年之久的和平表象，刺痛无数人的心，生活在平稳年代里的人们终于意识到战争的残酷。

边缘附属星战火重燃，虫族来势汹汹，军界召开紧急会议，在元帅和各军团高层的一致决定下，所有军团指挥权集中至主星，管理制度混乱的军界终于拧成一股绳。

第一军团被调往 ER70 附属星，陆召、韩渺等几位少将级军官率队打先锋，杀进 ER70 附属星。第一军团和 C26 驻地军团等附属星军团血战一月有余，重新拿回附属星领土，解救出被围困的居民。

前方战事胶着，后方白氏研究所接到帝国研究院的通知，第二继承人希望能加快 white01 的研发速度。

"按理说征集赛选出的机甲研发时间都挺长，还有别的机甲项目排在前面。"司徒挂断通讯，扭头和白历说，"这次要求得这么紧，周氏那边也被喊去谈合作了，估计是材质的问题也要同步开始商议了。你怎么看？"

白历把玩着手里的个人终端，叹口气："大概是需要大批驾驶员吧。"

"white01能降低对驾驶员身体要求的门槛，这样很多暂时因为这个原因没法上一线的驾驶员就能顶上去了。"白历皱眉道，"毕竟重甲对身体的要求太高了，而且前边战线拉得太长，能源补给供应也是问题，white01在能源方面的消耗也相对小一些。"

虽然不如重甲那样配置了重火力，但打突袭还是绝对够用的，也很适合侦查和勘测。

司徒赞同，略有愁容："看来边缘附属星的情况不是很好。"

这些消息是不会告知公民的，也是怕人们陷入恐慌。

展现在大家眼前的大部分还是帝国胜利的姿态，以及帝国战士们的付出与热血。战争当前，过惯了平稳日子的人们才意识到顶在前面的人有多艰辛。

"说到这个，我有个学弟在第二军团，这两天从边缘附属星回主星治伤，说前边的军官是轮值制的，太疲惫或重伤了可以回一趟主星接受治疗，然后再回边缘附属星那边。"司徒随手签了一份杨瀚拿来的文件，又回头看向白历，"陆召可能回主星暂时调整吗？"

说完就有些后悔，一看白历的脸色就知道了答案。

白历这几个月过得还行，身体稳步恢复，外界对他的评价也逐步升高，四肢健全的白大少爷彻底翻身，一直低调地继续白氏研究所的机甲项目研发。

只是从ER70附属星的战事爆发后，陆召跟他就再也没有联系了。

这一点白历相当理解，他能做的就是把精力投入到white01的研发上去，这台机甲尽快投入使用，边缘附属星的战局就能尽快得到一些缓解。

理解归理解，但白历的睡眠质量还是直线下滑。他其实本质上是个心事重的人，容易多想，还容易一个人矫情，从医院离开回家住之后，他的夜梦不减反多。

他在梦里没有见到过陆召血淋淋的样子，或者说连梦里他都不愿意看到那个场景。但光是梦中无法看清内容的告知函都让他数次惊醒，最后干脆失眠，躺在床上胡思乱想。

"没消息。"白历尽量让自己看起来还是那个四平八稳的白大少爷，坐在轮椅上翻看 white01 实验中的对战记录，"他八成是走不开，前面需要他。"

司徒小小松了一口气，扫了一眼白历眼底的黑眼圈，安慰道："至少没消息也是个好消息。"

白历笑了笑，没有吭声。

第八十七章
我回来了

　　white01 的研究速度加快，白氏研究所也跟着连轴转，司徒已经连着大半个月没离开研究所一步了，连带着白历也跟着在研究所睡了两个晚上。

　　直到老郑一个通讯打到研究所，连劝带骂地狂喷一顿，白历才被轰去军医院复查左腿。

　　手术后半年有余，白历的腿恢复得还不错，走快还是有些不适，但慢慢走已经基本看不出异样。

　　"新开的修复液感觉怎么样？按摩继续了没？"老郑看完手头的检查报告，满意地点头，问道，"没再私自加大运动量吧？"

　　"天天都泡在研究所，哪有空加大运动量。"白历搓了搓脸，他这几天都没怎么休息，虽然不被允许上模拟舱，但还能配合着看对战录像，和其他驾驶员一起反馈问题，"修复液还行吧，口感一般。"

　　老郑正想骂他喝个修复液都讲究口感，目光扫过白历的脸，就看见对方眼底淡淡的青黑，不由道："最近还睡不好？"

　　"还行。"白历嘴唇动了动，挤出俩字。

　　算不上睡得好不好，他直接就是睡不着。

　　从战事开始到现在，白历的状态也经过了一个转变，从噩梦连连变成了失眠浅眠。

　　半夜惊醒就睡不着了，对着天花板发呆，这种时候也没心情干别的打发时间，光是看看星网就觉得焦虑，干脆和司徒一起献身研发。

white01 早一天投入使用就早一天缓解人手方面的压力，能给顶在前面大半年的战士们一些喘息的余地。

"休息不好很影响身体恢复，你得放松点儿。"老郑没把白历的敷衍当真，叹着气嘱咐，"实在不行……要不你找军界那边打听打听？安心了也能睡个好觉。"

"这种事哪能随便透露。"白历无奈地道，"眼下的关头，还是让军界那帮人少操点儿别的心吧。"

门外响起嘈杂的人声，白历回头看了一眼，门口匆匆跑过去几个护士。

"估计是调去帮忙的。"老郑解释，略有愁容，"最近前面又撤下来一批伤患，除了受伤感染和疾病，相当一部分是过度驾驶机甲引起的精神力问题，除了基础治疗，我只能希望他们能借着在后方调整这几天好好休息。"

说完又意识到在白历面前不适合说这些，急忙安慰："但前面也有优秀的医生，时常检查。这些驾驶员及时休息，调整应该没大问题。"

"我知道。"白历笑了笑，"我还是去过一线的。"

老郑想说点儿别的又觉得说多了反而影响心情，只好又嘱咐了几句，重新开了药给白历。

军医院的气氛很紧张，比往日更浓重的消毒剂味刺激着白历的神经，去取悬浮车的路上偶尔能看到穿着军团制服的人匆匆走过，他忍不住多看了两眼。

就这么一路三看地坐上悬浮车，开出军医院的时候才想起来司徒等人强行给他放了假，只能从去研究所的路上拐弯回公寓。

一开公寓门，机器管家就围上来张罗着换鞋换衣服，白历把屋里的灯都打开，胡乱洗了澡换了身居家服，才拧开一瓶饮料坐在沙发上揉捏自己的左腿。

个人终端连上了公寓系统，正播报着最新新闻。

"据了解，边缘附属星已进入寒冬季节，受恶劣天气影响……"个人终端用温和的声音播报着沉重的内容。

天气恶劣就意味着行动不便，从前面刚退下来休整的士兵有不少是无法适应当地环境而病倒的。

除了主星，医疗条件较好的各附属星医院也在接纳退下来暂时休养的病患伤员，以及大批边缘附属星的住民。

白历有一段时间没见到江皓了，估计他也在忙这些事情。更别提后勤部的陈楠，忙得焦头烂额。

但这时候忙总比闲要好一些，忙起来至少还觉得自己在出力，无暇思考太多，也没工夫陷入焦虑情绪，不像白历坐立难安。

吃完药终于有了点儿困意，精神却很清醒，白历随手扯过毯子和靠枕闭上了眼。

这段时间他回家也基本睡在沙发上，狭窄的地方让他能稍微踏实一点儿。

说是睡了，但好像只是闭上眼发呆。思绪飘飘忽忽，一会儿是思考white01 今天的研发进度，一会儿又飘回军医院。

白历在浅浅的睡眠中梦到军医院里来回奔跑的人，走廊长而扭曲，几个穿着白大褂的人急切地喊着，推着一个血肉模糊的人快速冲向他。

梦里听不清周围人的叫喊，只能看到那个血淋淋的人被推到他前面，他伸手抹了一把对方的脸。

脸上的污垢血渍被抹掉，露出陆召半闭着的双眼和微张的嘴唇。

白历听到"咔嚓"一声响，那是他骨头碎裂的声音，他感觉自己的左腿一寸寸断裂，蔓延到全身，像是抽掉了中心那块后就倒塌的积木城堡，拿掉了陆召，他就瞬间土崩瓦解。

倒塌无声无息，失重感让白历在梦里蹬了下腿，猛地惊醒。

屋里的灯在机器管家感知到主人入睡后就关掉了，白历在黑暗里喘气，出了一身冷汗。

他捂着自己的眼睛缓了一会儿，才拿起个人终端看了眼时间，晚上十一点多，他才睡了三个小时。但那个梦还残留在记忆中，让这三个小时变得像是在痛苦深渊中坠落了三百个小时似的。

"我也太狼狈了。"白历裹着毯子喃喃，"我是不是有点儿没出息？"

问题当然得不到回应，他在沙发上翻了个身，闭着眼准备欺骗一下大脑，装作自己休息了一整晚的样子。

静谧的黑暗中传来"滴滴"一声响。

白历的大脑花了半秒钟才反应过来那是什么声音，他闭着眼没有动，随即又听见公寓的门被拉开的动静。

他以为自己还在梦里。

紧接着感受到一股熟悉的精神力，几乎在这一瞬间，白历觉得自己干瘪的皮囊被注入了氧气，身体从沙发上弹了起来，坐直看向门口。

玄关弯腰换鞋的人在黑暗中只能看到一个轮廓，被白历的动静吓了一跳，手里拎着的行李掉在地上。

两人在黑暗中对视了一会儿，人影先开了口。

"白历，"声音有些沙哑，"怎么睡沙发？"

这声音好像是深渊外垂下来的一根绳，白历鞋也没穿，踩着地板在黑暗中走过去。

人影又说道："你的腿……"

话还没说完，白历的手就已经摸上了他的脑袋。

陆召听到白历松了一口气，低声道："陆召。"

这一声喊比陆召想象中的冲击更大，即使在梦中和幻想里模拟过无数次，但白历的声音响起时，即使只有两个字也足以让他恍惚。

"我刚才还梦到你。"白历又说，"真怕一开灯，你跟梦里一样。"

又怕一开灯，发现这确实是浅眠中的又一个梦境。

陆召并没有听太懂白历在说什么，却依旧被白历在黑暗中的茫然击垮。

他想说点儿什么，从抵达主星开始就在脑子里想过的各类开头此刻都在这黑夜里融化成了柔软的泥沙，他手忙脚乱地在这摊泥沙里捞来捞去，想从自己贫乏的词汇中找到几个拼凑在一起，能让他偶尔像白历那样安抚人心。

"我回来了。"陆召一字一句道。

面对战场上下来的兄弟，白历别无他言，用力揽住了陆召的肩膀。

陆召被这力量裹挟，也抬手揽住白历的肩膀，两人在这种有点儿野蛮的力量中感到真实。

不知道是谁先绊了一下，连带着另外一个一起倒下去，俩人各自摔在地上，懵懵地看着对方。

还是陆召先反应过来："你的腿怎么样？"

"问题不大。"白历摆摆手，看看他，"你挂彩了？"

陆召摇摇头，正要回答，耳边响起圆胖子忍无可忍的尖叫："回家怎么能不洗澡！"

这一声捏着嗓子的尖音把地上的两人吓得一哆嗦，一同看向滚过来的机器管家。

"换衣服！"圆胖子用胖胖的身体撞着陆召，"洗澡！"

语气里一副"我忍你们很久了"的模样。

白历支起脑袋喊道："一边玩儿去！"

圆胖子气得哇哇叫，陆召只能以延迟一会儿的口令把它支走。

两人对视一眼，坐在地上各自无奈地笑了。

打开灯，白历终于看清了陆召的脸。

瘦了点，但脸色还行，就是有些疲惫。

"我以为你今年都回不来了。"白历说，"你也是暂返后方休整的？受伤了？还是驾驶疲劳？"

陆召微微摇头："边缘附属星入冬了，对虫族的影响更大，我跟韩渺能轮换着休息几天，我先回来，缓解一下精神力紧绷的状态。"

"影响很大？"白历皱眉，"难受？"

"只是考虑到驾驶时间过长，又赶上入冬的情况，基地想让我缓一缓，以免出事。"陆少将倒是很老实地回答。

白历稍微放了点儿心，紧接着又觉得不好受。

陆召情况特殊，不适合大量注射抑制剂，基地大概也是考虑到这一点，怕他在过度驾驶而疲劳的时候出什么岔子，才给了几天让他休整，不然肯定不会把陆召这种精锐调下来。

"累吗？"白历问，"我弄点吃的，你洗完澡吃点儿？"

"来的路上喝过营养液了。"陆召摸了下白历的左腿，"什么样了，还会疼吗？"

白历："没事了，走跳跑都行，但还不能开机甲，老郑说得再等等。"

不能开就意味着受到压力还是会疼，陆召抿抿嘴，没说破。

白历穿的短裤让左腿上的伤疤暴露无遗，除了一开始那条蔓延到大腿的蜈蚣伤疤，还留下了在征集赛时被划得皮开肉绽的那道疤，现在又多出一条术后的伤疤，肤色和周围的不一样，看起来有些狰狞。

陆召无数次设想白历的左腿现在是什么样，就算已经做好了心理防备，但猛然看到还是有些受不了。

他按按白历的新伤口，还没来得及伤感两句，就听见一声暴怒的叫骂："洗漱！换衣服！"

两人立马从地上弹起来。

"洗！"白历气得心口疼，"没完了是吧！"

圆胖子吱哇叫着跟白历掰扯起来，陆召又笑又叹气，只得先赶紧去了洗漱室。

等陆召收拾完已经凌晨一点了。

白历作为契约人，精神镇抚之余又检查了一下陆召的身体状态。

确实是瘦了点儿，肩膀、胳膊和胸口有些瘀青，是打斗时留下的，还没消退。

"出机甲搜查的时候跟虫族的残兵遇上了。"陆召不是很在意，轻描淡写道。

白历不知道说什么好："回头再检查检查。"

该检查的其实都检查过了，但陆召也没反驳，点点头坐在沙发上。

"休几天？"白历拿了几瓶营养液给他，"怎么瘦这么多，我记得基地除了营养液也有专门的食堂啊。"

"五天。"陆召拧开盖子，"不好吃。"

白历知道这是在说食堂的饭菜味道不太对陆召的胃口，有点儿想笑。

客厅的灯全部打开，光线充足下陆召看到白历两眼眼底浅淡的青黑："没睡好？"

继而想起刚进家门时白历躺在沙发上的样子，陆少将立马皱眉。

"就是睡觉浅，容易醒。"白历靠在软枕上笑道，"不过根本不影响我的帅气。"

陆召对白历的睡眠质量还是很清楚的，这人心里事一多就睡不踏实，以前是因为噩梦，现在八成是因为焦虑和担心。

他没被绕开话题，"怎么睡沙发？"

白历有点儿无奈地把脑袋抬起来，嘴唇动了动想找个理由，被陆召"别跟老子扯谎"的目光扫了一眼，只得道："睡床更没安全感，沙发还好点儿，小。"

陆召没有说话，沉默了一会儿，自己忽然躺在了沙发上。他伸展双腿，左右调整了一下姿势，把白历看得一头雾水。

半晌，陆召才点了点头，若有所思地道："确实也有点儿道理，也不算难受。"毕竟是白历花了大钱买的沙发。

"等你休息过劲儿了，"白历严肃道，"这地方借给你睡行吧？"

说完，两人都笑了。

真好啊。无事，平安。

第八十八章
第四朵金色卡丽

白历终于睡了一个踏实安稳的觉，醒来的时候已经是第二天的中午。

起床时看到陆召也睡眼蒙眬地走到客厅，两人随便看看对方，就知道这人是放下心了，这才各自晃悠着喝水聊天。

到了午饭时间，白历正跟陆召商量着吃什么，个人终端响就了几声，提示有简讯传进。white01 的研发工作很紧，有些事得经常向白历报告，他不情不愿地摸到自己的个人终端打开。

"懒得动。"白历哼哼唧唧，"工作入侵了我的生活。"

陆召没搭理他，问道："怎么了，最近忙？"

"研发。负责 white01 项目的人都在帝国研究院那边参与研发。"白历边看边跟陆召讲最近主星的琐事，"林序让加紧研发，我觉得可能是很缺人。"

陆召懒洋洋地坐在一旁听："是很缺，战线拉得比想象中的要长，但能开机甲的毕竟是少数，还要考虑疲劳驾驶后的轮换问题。"

"你一天大半时间都在机甲上吧。"白历回了一条简讯，抬头看了陆召一眼。

"差不多。"陆召也挺诚实，"我在的临时基地刚组建起来，有些压力。"

白历心疼道："得补补，想吃什么？"没等陆召开口，就又说，"肉得吃，还得吃点儿营养的，汤你喝吗？哦对，走的时候再带点儿营养液，研究院那边刚出的新品。"

其实军界一直都在提供最新型的营养液和各类修复保健药品，但陆召还是"嗯"了几声答应，又说道："肉菜多点儿。"

"行！"白历笑了，"保证完成任务。"

正说着，个人终端又来了一条新简讯。白历看了一眼，眉头微微皱起。

"怎么？"陆召察觉到他情绪的变化。

白历关掉虚拟屏，搓了一把脸："没事。"

"说说。"陆召说，"想听。"

白历犹豫几秒，叹了口气道："你好不容易休息，我不想说别的。"

"没事。"陆召说，"只是想听。"

白历无奈地挠了挠头："刚才是老宅的管家给我发的简讯，白樱要走了。"

"走？"陆召愣了下，他有一段时间没有听到这个名字，脑海里对白樱的印象还停留在她被唐骁打得鼻青脸肿的时候，"去哪儿？"

"离开主星，具体去哪儿我没问。"白历说，"老宅那边也是刚知道的消息。"

陆召有些惊讶，问道："她能走远吗？没有唐骁？"

精神力成瘾早已让白樱对唐骁有一定的依赖，身体上的控制一直都很难摆脱。

"那老王八蛋早被送到附属星了，估计这辈子是出不来了。"白历冷冷笑了一声，继而神色又复杂了一些，顿了顿说，"她已经不需要唐骁的精神力，她把可以感知精神力的腺体割了。"

这下连陆召都有些说不出话。

割掉腺体意味着不再受到精神力的太大影响，成为特殊体质，虽然也能感到精神力带来的压力，但至少完全戒断了。

只是代价也很大，陆召听说过一些因病或其他原因割除腺体的人，无论是稀种还是特种，身体留下了不小的后遗症。容易生病，抵抗力变差，需要长期服用调理药物，年老之后也更容易有其他并发症，大多都不会长寿。

"她谁都没商量，我知道消息的时候手术都做完一个多星期了。"白历低声道，"我本以为做戒断治疗就够了，但医生的意思是她被诱导成瘾的时间太久，很脆弱，再考虑年纪问题，普通治疗的作用不大了。"

陆召从错愕中回神，心情也挺复杂："她自己决定的？"

"是吧。"白历道，"毕竟能通知的家属还沾上边儿的就我了，但她没告诉我。"

他对白樱的心情一向都有些无法捋清，即使到了现在也依旧如此。但刚一听闻白樱割除腺体的时候，白历的心还是重重地抽了一下。

他曾经非常希望白樱能走出泥潭，也的确用了自己能用的所有方法去拉过她，因此在没有得到回应之后对白樱非常失望。

"我想过她有一天会走出来。"白历喃喃，"只是没想到是这样的代价。"

陆召不知道怎么接话，他很想告诉白历，这么些年的痛苦折磨并不是付出代价就能轻易走出来的，或许对于白樱来说，割除腺体的痛苦反而更轻一些。

"她自己选的。"陆召平静道，"至少她现在能自己做选择了。"

这句话说的很平淡，却把白历这段时间横在心头的刺抹平下去。

他"嗯"了一声，没再说话。

家里的菜不多，就叫了超市的机器人外送带上来新鲜的食材。

考虑到两个成年人这会儿都饿的能干三碗饭，实在是经不起精细的长时间烹饪，白历快速炒了几盘菜。

陆少将被以"驾驶疲劳"为理由压下，没能进入厨房帮忙，只能盛了两碗饭端上餐桌。

"白樱什么时候走？"陆召问道。

"就这几天吧，"白历边说边把菜盛出来，"坐私人飞艇。"

陆召帮着把菜摆上桌，看着白历甩着手上的水珠坐下，才又问："你去送吗？"

白历的动作僵了一瞬，隔了一会儿才道："不知道。"

对白樱，白历总是显得很没想法。可能是极大地失望过，所以后续的任何事情都有些提不起精神，也不知道怎么处理。

"你不想见她？"陆召拉开椅子坐下，闻着饭香味，感觉到自己的肚子饿得直叫，"你们没再联系过？"

从陆召离开已经半年有余，白历也并非没有见过白樱一面。

"见过几次，她找了些有利于康复的药给我。"白历淡淡道，"大部分都是送到研究所或者医院，没露面，有几次在门口偷看被我逮到了。"

"逮"这个字用得相当形象，陆召笑了笑，心里有些无奈。

白历的腿伤已经是多少年的事情，能吃的药，能用的手段，他都用过了，白樱送来的东西他多半也都实践过。

这一点白樱也清楚，可她也想不来更多能做的事了。

白樱已经错过了白历最需要她的时间段，剩下的就只有无法修补的裂痕。

但至少她学会不让裂痕继续扩大了。

"我不知道想不想见她。"白历给陆召夹了一筷子肉，又把饮料倒上，才皱着眉道，"我觉得我们没什么好说的。"

陆召无言，沉默着扒了两口饭。他对白樱的感觉很平淡，但他很重视白历的感受，作为旁观者也比白历自己看得清楚一些。

要是真的不想见，大概白历也没必要这么纠结。

"去送送吧。"陆召说，"不一定要说话。"

白历看了他一眼，没吭声，夹了一片菜叶一点点儿地吃下肚。

"行吧。"白历说，继而申明，"但我刚才不是犹豫，我这种硬汉不会犹豫。"

陆召"嗯"了一声："猛男。"

"……陆少将，您能不能……"白历挺起的腰杆蔫了不少，"别用嘲笑的口气夸我？"

"哦。"陆召点点头，继而认真道，"菜好吃。"

白历被这质朴的三个字惊到，搭配上陆召真心实意的表情，实在没忍住笑出声："还想吃什么？我在星网上学了做甜品，想吃吗？"

陆召不挑食，但白历还是能看出来偏好。甜粥和之前在军医院吃过的光刀形状的糖，陆召都挺喜欢，或许是因为年幼时很少有机会吃这种甜食，他在成年后依旧对糖分没有什么抵抗力。

"想吃。"陆少将老实地点头。

热腾腾的饭菜在两人扯着闲话的时候被一点点儿地消灭完，收拾干净后白历又站回厨房，斗志昂扬地准备搞点甜品作为稍后的零食。

"我之前做了几次都失败了。"白历丑话说在前头，"你别抱太大希望啊。"

陆召道："会好吃。"他对白历的厨艺相当有信心。

厨房里响起白历准备材料的声音，陆召从恒温柜里抽出两只修复型营养液，顺着声音看过去。

白历背对着他忙碌，背影和外界传闻里的并不相同，也不像那时走下赛台穿着赛服的模样。

操作过机甲的手现在却拿着调料小心谨慎地拿捏分量。

不像做菜时候的潇洒，白大少爷做甜品的动作透出他的不擅长，是真的刚学没多久。

"今年赶不上了，等明年你过生日。"白历背对着他说，"应该能吃上白氏特制蛋糕。"

"嗯。"陆召说，"回家真好。"

白历回头看他："欢迎回家。"

陆召回来主星休整的消息很快就在朋友圈传开，研究所那边专门给白历也腾出个小长假，除了必须经白历手的事情，尽量都不打扰他。

考虑到陆召也确实需要放松休息，家里很久没用的浴缸也用了起来，兑上有利于修复身体的药剂泡澡，效果还是挺不错的。

配合康复基地的治疗，陆召很快就恢复了精神。

白樱将在三天后的下午离开主星，白历决定去见一面。

原本只打算自己开车过去送送就回来，但临出门时陆召也穿好了衣服要一起去。

"我已经没事了。"陆召一边穿鞋一边道，"一块儿去吧。"

白历虽然知道陆召精神力强悍到惊人，但还是不大放心："我觉得你还是在家……"

"没事。"陆召直起身，"很久没一起出门了。"

白历被他这话说的没脾气，只能勉强答应。

白樱乘坐的是私人飞艇，起飞的码头也是唐氏的私人小码头。

开车过去一路走高架路，到的时候正赶上白樱从悬浮车上下来。

一段时间没见，白樱的外表变化并不算大。她穿着一条淡粉色的裙子，脚下踩着精致的细高跟鞋，头发高高挽起，气色看起来还不错。

白历没有第一时间下车，他坐在驾驶座看了一会儿，才被陆召拍了拍肩膀。

"我以前都觉得她很柔弱，她现在看起来也是这样。"白历低声道，"和她做出的选择好像并不怎么搭配。"

陆召也看了一会儿，平静地道："也不是所有勇气都需要强硬的外壳吧。"

私人码头地方不算大，也没什么人，两人一下悬浮车白樱就看见了，短暂的惊讶过后，她被喜悦砸得有些晕，情不自禁地小跑两步："你们怎么来了呀！"

白历还是不太知道该怎么和白樱正常相处，只是淡淡地道："听说你要离开主星，来送送。"

"谢谢！"白樱很开心，和陆召打招呼，"陆少将，辛苦了，一切还好吗？"

陆召点头道谢："回来休息几天，马上还要走。"

"这样啊。"白樱略有担忧。

"行李呢？"白历问。

"已经先送上船了。"白樱笑道，"要带的不多，有些东西到那边再买也是一样的。"

白历有些不知道说什么了，停顿了几秒都没再说话。

陆召看出他的纠结，也没点破，只是开口："准备去哪儿？"

"除了现在的战事，还有其他的一些原因，我暂时没打算去太远的地方。"白樱的表情有些尴尬，语速极快，继而话题一转高兴地道，"有一所附属星上的学校我很感兴趣，我想试试能不能考进去继续读书，因为前段时间了解了一些医疗仪器方面的事情，想在这方面再学习一下。"

她随后报出一所学校的名字。

白历对这所学校有些印象，离唐开源被送去的附属星不远，要回主星也不会花太长时间。

这一次白樱选择了一个离两个孩子都很近的地方，却又保持了一定的距离，并确立了自己的目标。

她既不想放下关心的人，又觉得自己不能再附着于他人生长，所以在一个可以及时赶到的距离上做出了这个选择。

这些话说完，三人就没什么好说的了，沉默地站了一会儿，飞艇上的机器人提醒快到起飞的时间了。

"那我就先上船了。"白樱有些局促，"我……"

白历看着她的样子，看她高高挽起的头发。

这是从白历有记忆开始她难得毫不遮掩自己的脖颈，不回避任何问题。

"割除腺体会影响身体。"白历开口，"注意保暖，别生病。"

白樱愣了好半晌，才"哦"了一声，别过脸极快地擦了一下眼眶。能说这些话已经是白历的极限，他当做没看到白樱的失态，准备离开。

"我其实在手术前还是很害怕。"白樱忽然道。

白历停下脚步，沉默地看着她。

"很害怕将来会后悔，也害怕疾病和衰弱。"白樱坦承道，"我是个很软弱的人，其实并没有什么勇气，只是比起害怕，我已经不想再对自己更失望了。"

这是白樱第一次在白历面前没有一丝矫情扭捏，她已经逐渐学会了面对自己。

即使自己都觉得自己很不怎么样。

白历的嘴唇动了动，他还没说话，白樱急忙道："我只是想跟你说一说而已，没有别的意思。我就是……"就是时隔多年，发现身边没人可说而已。

"我觉得，一个人在知道害怕，知道未来自己可能会后悔的情况下还是做出了选择，"白历终于开口，语气很平静，只是叙述自己的看法，"这也是勇气的一种。"

白樱的手脚终于感到回温，她像是被人拧紧了的发条，现在就能蹦蹦跳跳起来。

"谢谢！"白樱露出一个灿烂的笑，脸上泛起薄薄的红，"我很开心。"
这个笑容没有任何阴霾。

飞船即将起飞，白樱又说："你们也要注意身体呀！要是有帮得上忙的地方，告诉我好吗？"继而看向陆召，略有担忧地道，"在前面要万事小心。"

机器人又催了几次，白樱才挥手道别，走向飞船。

她的头发挽成一个漂亮的苞固定在脑后，露出留着术后丑陋疤痕的后脖颈，白历送给她的那条坠着银质樱花的项链戴在脖子上。

白樱戴着这条项链，昂首走上飞船，离开了主星。

"回家吧。"陆召拍拍白历。

白历目送飞艇远去后侧头笑道："回去的路上想想晚餐吃什么。"

两天后，陆召短暂的假期结束，白历开车送他前往军团集合，并一直目送他上了军团的军用悬浮车，开往非军界人士无法进入的码头离开。

那一年的过年陆召没有回来，边缘附属星的冬季结束后，虫族愈发疯狂，战火蔓延。

陪伴着白历过年的只有陆召发来的简讯——平安。

摆在家里柜子上的白历的手工小机甲模型又多了一个，那是陆召开过的第二台机甲。

又半年，white01机型的第一台实体机甲研发成功，由已经进入第三军团的周临山担任驾驶员试驾成功，第二继承人拍板，white01 机型开始大规模生产。

同年七月，陆召、韩渺等人留守 T990 附属星遭遇虫族突袭，拼死抵抗终于将其击退，守住附属星基地，保证接下来的补给供应线的稳定安全。

此役以少胜多，令人鼓舞振奋，帝国为在这场战役中做出贡献的军官将士授予金色卡丽勋章。

陆召拿到了他的第四朵金色卡丽。

第八十九章
久等了

因为战事紧迫，金色卡丽勋章的授予典礼没有在主星举行，而是选择了离边缘附属星较近的相对安全的附属星。

陆召的第四枚金色卡丽来得很仓促，由第一军团的上将直接戴在他胸前。

"等会儿的宴会上好像有这边的特色菜吃，我都好几个月没心情吃像样的东西了，现在一想到吃，嘴里就是营养液的味儿。"韩渺戴着自己的金色卡丽勋章，凑到陆召身边低声道，"吃顿好的，酒别喝了，这种时候还是得随时保持清醒比较好。"

整个典礼流程进行得很快，等会儿还有一顿简单的庆功宴。说是宴会，其实就是准备了更好的食物，来让这些已经疲惫不堪的将士略作放松，吃完还得赶回基地去。

台上上将还在讲话，陆召低低"嗯"了一声，手里把玩着自己的勋章。

"都第四枚了，还看得这么仔细。"韩渺小声笑道，"前三枚都没看够？"

"在家。"陆召拇指摩擦着勋章的一角，淡淡道，"这枚也想寄回去。"

韩渺心中略有感慨，拍拍陆召的后背："上回的轮换你没参加，要不下次回主星休整？能把勋章带回去给他。"

没提姓名，但陆召还是在这句话后很想白历。

"上回轮换我回了主星三天，陈楠哭一天，乐一天，走的那天又哭一天。"韩渺絮絮叨叨，他也就陆召这么一个能畅所欲言唠家常的好兄弟，说起来就没完没了，"这要是在主星，典礼过后的宴会契约人还能参加，现在也没这个条件了。不然还能让陈楠把我的金色卡丽带回去挂起来，你寄回去白历肯定也挂到显眼的地方。"

陆召摇摇头："寄回去，他拿着玩。"

韩渺费劲儿消化掉这轻描淡写的几个字，嘴巴张开又闭上，最后憋出来一句话："白大少爷的玩具还挺贵重。"

镇守T990附属星基地的几位军官关系不错，偶尔闲聊也不是没扯过家里的琐事，陆召话少不参与讨论，但韩渺等人还是从他无意的两三句话里刷新了对白历的认知，跟记忆里嚣张跋扈的主星恶霸白历死活对不上号。

挺久没听到别人喊白历"白大少爷"，陆召想白历的时候浮上心头的大多也都是"白历"或者"历历"。

也不知道白大少爷在主星怎么样了。

"下次回主星休整吧。"韩渺说，"你都多久没休息了。"

"前边需要人。"陆召把勋章收起，脸色如常，"算了。"

从去年短短五天的休假后，陆召就再没离开过边缘附属星，在这期间韩渺等人还有些轮换，但他一直没有。

不管外界对陆召的评价如何，对他稀种的身份如何看待，但至少在第一军团和整个T990基地，没有人质疑陆召的能力和坚韧，他用绝对的实力和毫无保留的付出赢得了从军官到士兵的一致尊重和认可，没人在意他的人种出身，陆召就是堂堂正正的帝国之鹰。

韩渺一时无言，即使已经相识甚久，但他对陆召的佩服从未消减，反倒越发上升。

另有军官挤过来，小声对陆召道："换你过去了。"

"这么快？"韩渺说。

军官道："随便说几句就行，都知道咱们累得半死。"

陆召点头，跟周围的人说了一声，转身离开大厅，等在门外的霍存打着哈欠给他带路。

"少将放心，不是什么乱七八糟的新闻平台，有军事网和军学院的，还有帝国公民网的几个记者。"霍存揉着眼道，"想采访一下拿到金色卡丽的军官，这是大胜仗，大家需要听听这些事得到振奋。"

在这种战事胶着的时期，精神紧绷的人们急需听到胜利带来的喜悦。

陆召看霍存困倦的样子道："你申请下回轮休。"

"别。"霍存笑道，"少将没休息，副官哪儿好意思先放假，再说我还指望跟您再打几场胜仗呢。"

采访室在出大厅外的另一侧，全透明的外墙可以看到建筑外的景色。

几台军用悬浮车刚开到外面的场地，车身上划痕破损不少，看样子一路赶过来也不容易。

"好像是刚从前边回来。"霍存也看到了，指着车跟陆召道，"前段时间不是来了两台white01机型吗？得看看实战情况，就专门来人跟这边交接，还得带上数据回去。真难为这帮搞研发的了，路上还跟星际海盗遇上了，幸好护航队和这群人里都有能直接开机甲的人，才没出岔子。"

white01自从试驾成功就立刻投入生产，第一批已经分别运送给一线军团，目前还在实战测试阶段。

因为白历，这台机型对陆召等人的意义更重，不由多看了两眼外面的车，这档口还敢往前边来，确实是尽职尽责了。

两人说着走进单独隔出来的一间采访室，几个记者在里面坐着，一见陆召立刻起身。

"不耽误陆召少将的休息时间，我们大概聊些问题就行。"帝国公民网来的也算是熟人，就是之前跟白历打过交道的黎记者，"您辛苦了，我代表帝国公民网的所有人向您表达感激和敬意。"

其余几个记者纷纷点头。

陆召跟几人握了握手，黎记者问道："陆少将有一段时间没轮休了吧？"

"嗯。"陆召说，"去年六月底到现在。"

"快一年了。"有人感慨，"真希望战争能赶快结束。"

陆召："这不容易，虫族的军队非常顽强，他们接到命令后不会退缩，而是选择死战到底。"

说完就不吭声了，其余几个记者听得有点儿蒙。

这位帝国之鹰一向不善言辞，跟之前几位军官不太相似，只说自己认为的事情，说完也懒得解释。

黎记者琢磨几秒："少将的意思是，因为虫族的顽强，我们很难轻易取胜。"

"是。"陆召道。

几个记者都有些说不出的低落，战争的阴云让人感到战栗，尤其是在边缘附属星采访的这段时间，目睹了太多鲜血和牺牲，对平静生活的渴望已经达到了一个巅峰。

人们需要安抚，哪怕只是做做样子，但陆召从来不会说那些话。

没等记者们再问，陆召又道："但我们会奋战直至胜利的那一刻。"

屋内几人心中大震，肃然起敬。虽然没有太多浮夸的宣誓，但陆召的话里蕴含着令人动容的力量。

顶在前面的人不会放弃。

"谢谢您。"黎记者真诚地道，"很久没回主星，陆少将想家里的亲人吗？"

陆召的表情没有什么变化，平静地点点头："想。"顿了顿，又加了一句，"很想。"

黎记者年纪比陆召大出很多，从年轻少将的三个字里听出的意思也就更多，他想起按照时间推算，白历住院没多久陆召就离开了主星，也没能留下陪白历手术和度过康复期。

哪儿能不想呢。

"来之前我听说白氏研究所还在继续深入研发，想延续white01的理念，尝试突破精神力的门槛，降低对精神力的要求。"黎记者没有管自己来之前想好要问的问题，只是温声道，"白历先生一直很低调，外界对他现在的情况了解不多，采访他也都拒绝了，但机甲试驾成功的那天他在场，看起来精神不错。"

陆召的眼神软了一些，"哦"了一声，没有多说什么。

"陆少将，新的一批帝国军学院学生即将毕业。"军学院的记者问道，"您有什么想对他们——"

话说到一半，才发现陆召的表情有些不对。

陆召微微坐直身体，有些愣愣地看向记者身后，三秒后猛地站起身。

几名记者顺着目光向后看去，身后的窗外正是大厅，一队人扛着设备风尘仆仆地往里走，身后还跟着拿着行李的机器人。

前进的小队里有一个人站在大厅没动，也在看着这边。

尽管头发因为疏于打理而乱了不少，但那双凌乱刘海下的眼睛没有任何改变，依旧明亮。

白历来了。

他这段时间过得够呛，跟着辗转了几个边缘附属星观察 white01 的实战情况，获取数据，中途还和星际海盗擦了点儿火花，但好在还是按时赶到了自己想来的地方，见到了想见的人。

从白历的角度可以看见临时采访室里陆召站起身，难以置信地愣在原地。

快一年没见了，陆少将穿军礼服的样子还是帅得不同凡响。

他伸手挥了两下，对方好像还没反应过来，白历只好走过去。

有没有记者白历不在意，能在这一秒的重逢谁都不想再拖到下一秒。

白历走着走着就变成跑，屋里的陆召也回过神，来不及跟其他人解释，两步冲到门口，刚拉开门，就被白历迎面给了个熊抱。

白历搂着他道，"我能参加庆功宴吧。"

"你怎么来了？"陆召听到自己的声音有些抖，"你怎么来的？"

"我得见见拿第四朵金色卡丽的陆少将。"白历说，"刚好研究院要看看 white01 的实战情况，我作为研发人员一起来的。"

一旁一直跟着的霍存从震惊中回过神，"啊"了一声，想起刚才看到的那队人。

刚才他还跟陆召说过，这帮搞研发的一路来得不容易，路上还差点儿出事，原来白历也在这群人里。

陆召也想到了这一点，巨大惊喜过后生出一丝后怕。

他压根不相信白历轻飘飘的解释，多少也能猜到是这人非要跟着过来，不然帝国研究院压根不会把白历这样的人编进队伍里，司徒也肯定不答应。

白历就这样，放下了所有负担后要是认准什么事，千难万险都得跑一趟。但这千难万险并不是陆召想要的，他一想到霍存的话，就想给白历两拳。

"你疯了。"陆召哑声道，"腿才好了多久。"

说是好，其实也只是恢复到了之前的程度，跟正常人不能比。

白历拖着这条腿来了。

"经过这段时间的实践，充分证明我军神勇如初，屁事没有。"白历拍了拍陆召的后背，笑道，"友军放心。"

陆召没被他嬉皮笑脸的模样蒙混过关，但话哽在喉头，都被咽了回去。

他也实在很想白历。

不知道谁咳嗽了一声，善意地提醒两人这边还站着一群人。

白历撩了撩自己已经没形的刘海，神情自若地道："哟！哥儿几个嗓子难受啊？"

一开口立刻让所有人脑中"主星恶霸"的形象清晰明朗起来。白大少爷再低调，开口也还是这个味儿。

霍存笑着跟白历打招呼，两人击了个掌。

"好久不见，白先生。"黎记者对白历这个态度感到又好笑又无奈。

几个记者分别和白历握了握手。

"想想当年二位刚结契那会儿……"有记者忍不住笑道，"抱歉，白历先生，我突然想问几个现在看来可能有些微妙的问题，您看可以吗？"

白历从机甲赛后一直非常低调，所有采访一概推掉，连黎记者也只是通过视频进行过简短的交流，出于对他本人的尊重和理解，媒体方面也不太打扰他的生活，只有在white01试驾成功时才趁机聊过几句。

帝国公民对白历的印象早已改变，虽然仍有态度中立和爱说些阴阳怪气发言的人在，但白历在大部分人心里已不是当初那个窝囊模样。

毕竟他也曾是白少将。

"快点儿问。"白历大方点头，"我今天会好好配合的，尽量说话中听一些。"

陆召想笑，原来这人也知道自己说话难听。

"当时刚结契的时候，外界有关于您……嗯，为了利益的说法……"记者说着也觉得不好意思，但他实在对白历这人的心境是怎样的太好奇，硬着头皮继续问，"对这个说法您是怎么看的呢？抱歉，我没恶意，您也可以不回答。"

这问题让白历和陆召都愣了一下。

这个说法有一段时间没听到了，他们已经结契这么久了。

陆召其实对当初的事情一直很在意，刚想开口替白历说两句，就听到身旁这孙子底气十足地开口。

"没什么看法。"白历态度诚恳，"我真的受益无穷，心安理得，理直气壮。"

陆召无语，就觉得白历这孙子是真行。

记者也无语，心说和我想象的心境不大一样啊。

"那什么……请问您对一些人指责您支持稀种参与机甲战的事情有什么感想？"有个记者小心翼翼地道，"无意冒犯，只是现在这个问题在帝国还是有人争论。"

这两年帝国军学院招进学校的人里，稀种的人数逐渐增多，引起不少关注。

"别人怎么想怎么做不关我的事，但我契约人的工作我完全支持。"白历说，"我指着他养活我呢，混吃等死真的很爽。"

前半句话正让记者感动，下一秒就被后半句话噎得够呛。

"白先生，你这个回答我们可怎么写啊？"有记者哭笑不得，"要是有人说您没有身为特种的自尊可怎么办？您明明不是这个意思。"

陆召已经没脾气了，看白历胡扯。

白历实在不想拿对陆召的支持塑造自己的形象，他希望人们看到的依旧是陆召本身。这一点陆召明白。

白历轻松道："可我真的很喜欢傍着陆少将混吃等死，你们占不到便宜，就别怪我占得多。"

霍存忍不住乐，连带着几个记者也跟着笑得不行。

"陆少将，您对刚才的问题怎么看？"记者问。

"无所谓。"陆召淡淡道，"我能打。"

言下之意，他走到今天都是实力说话，无论是什么质疑，对他来说都不痛不痒。

黎记者笑道："那您对白先生刚才的说法有什么想法呢？"

陆召侧头，对上白历的目光。

"他不想傍我。"陆召翘起嘴角，露出一个笑容，语气有些无奈，但还是顺着白历的谎言说了下去，"我硬让他傍。"

不用怎么表态，其他人也知道白历和陆召的关系既不像最开始那段时间那样，也不像这些年传闻的那样。

典礼差不多进行完毕，军官们准备前往已经备好餐品的餐厅。

记者的询问在陆召得知白历还没吃饭后被打断，陆召拉着白历要往餐厅去，霍存跟记者们解释了几句，大家赶紧道别。

"今天的采访很有意义。"黎记者和白历最后握了握手，"回主星后有机会我希望能再跟您多聊几句，可以吗？"

"可以。"白历没拒绝，顿了顿，略有深意地笑道，"不过那时候我可能就不在主星了。"

没等黎记者多问，白历就跟着陆召离开了。

没有其他人在场，白历将陆召打量了个遍，没有多出什么伤口，气色也还不错，白历放了心，开口道："慢点儿慢点儿，咱能先不去餐厅吗？"

"你没吃东西。"陆召不乐意，但还是停下来回头看他。

"先不去餐厅。"白历道，"我想单独跟你说话。"

陆召见他坚持，只能就近找了片休息区。

"我给你带了个礼物。"白历在沙发上坐下，手在个人终端上戳了戳，"不过时间太紧材料不够，可能比较简陋。"

陆召是完全不管什么简陋不简陋，被白历拉着坐下："什么？"

"猜猜。"

一个专门搬运贵重物品的小机器人被白历调了过来，头上顶着密封严实的冷冻盒。

白历把盒子拿起来，尽量不颠倒地递给陆召："打开看看。"

盒子不大，陆召拿掉后里面还有层纸盒，他看了白历一眼，又顺着打开纸盒。

一个蛋糕。

"实在是太赶了，我就只来得及写个字，也没装饰一下。"白历有些不好意思，"住的地方也没什么好食材，可能口感也一般。"

陆召抿着嘴，把纸盒拿掉，看着这块小蛋糕。

小小一块正方形，被奶油涂满，上边用巧克力酱写了几个字：给我的契约人。

"本来想写'恭喜得胜'，但'喜'笔画太多了。"白历独自一个人不停地说着，"反正最后都得吃掉，我就想写什么写什么了……"

"谢谢。"陆召说，"真的。"

而积攒的想念在这一刻爆发。

白历学会做蛋糕了，他跑了那么远，一条腿还那样，就想赶在陆召接受第四枚勋章时送上一块蛋糕。

"我知道这回非要过来，是我耍小孩儿脾气了。"白历说，"但我得见见你，四枚金色卡丽啊，契约人不在不像话。"

陆召没再说话，接过机器人递过来的餐具，挖了一口蛋糕塞进嘴里。

绵密的甜味儿充斥口腔，充斥身体。

那块蛋糕被陆召一口不剩地吃完，作为交换，陆少将很阔绰地给了白历一枚金色卡丽勋章。

"拿着玩。"陆少将说。

白历揣着勋章揉了把脸："谢谢啊。"

陆召等人接受完金色卡丽后又吃了顿饭，就得赶回基地去。战时的情况随时变化，实在不能给他们太多自由时间。

这次短暂的重逢匆匆结束，甚至没能多说几句话。

一直到上军舰前，陆召还有点儿放心不下白历的腿。

白历这次的工作还没结束，和陆召分开后还有几个地方要去。为方便后续的生产，white01 在实战中的一些小瑕疵必须完整收集了解。他确实是为了看陆召而来，但本职工作也得做好做全。

"你的腿撑得住吗？"一想到白历还得再跑一段时间，陆召就挺难受，"需要我找点儿镇痛剂给你吗？"

"我来的时候都备齐了，你就别担心了。"白历笑道，"上去吧，都等你呢。"

陆召想起来一件事："听说你们遭遇了星际海盗，船上能驾驶机甲的人除了护航队里有一个，还有一个……"他顿了顿，眼里有些光亮，"是你吗？"

这次白历没回答，只是露出一个笑容。

这笑飞扬跋扈，陆召只一瞬间，就能想到当年白少将的风采。

"我很快就来。"白历举起拳，"再等等我。"

陆召跟他碰了下拳："我等着。"

陆召并没有等太久。

这一年八月，虫族顶着边缘附属星入冬后寒冷的天气强行进攻，把帝国打了个猝不及防，战况焦灼。

林序抹掉了"第二继承人"前面的两字，作为继承人，全力支持 white01 机型大规模生产。

White01 在前线的大范围使用降低了对驾驶员身体的压力。在减轻一线驾驶员的疲劳感的同时，后方对驾驶员的挑选空间也就更大。帝国多出了一批可用人才，极大缓解了人手不足带来的压力。

在这一场战争中，由白氏研究所研发的 white01 机型如同注入帝国的血液，为无数驾驶员提供了一条新的道路，给了他们一个选择，并在此后多年依旧在帝国占有很重要的地位。初代研发者们的理念被一代又一代的后来者们延续下去。

虫族咬死不放，边缘附属星死伤惨重，许多军团伤亡过半，也有个别打成了空团。

战线拉长，就显出这些年帝国将领级别军官缺乏的短板，更暴露了一些凭借家世坐上高位而耽于享乐的部分军官的无能。

第二年年初，军界发出老兵召回令。

身体尚有余力的退伍军人响应号召，二百余名曾因个人原因退役，且仍具有大量驾驶经验的老兵重回军界效力。

数日紧急训练后，二百余老兵各自率队前往边缘附属星。

这场战争进入了一个新的阶段。

一艘军舰急速驶向 T990 附属星，身后跟着的一艘虫族战舰攻击凶狠，几次要把帝国军舰击沉。

军舰内警报响个不停，军舰副舵手急匆匆地来到指挥室报告："少将，能源剩得不多了，再耗下去咱们就被这帮畜生追上了！"

军舰内还坐着五个军官，一个特种少将，一名普种上校，两名特种少校，一名稀种少校。

闻言其余四人起身，询问能源余量，随后用眼神询问舰上的最高指挥官。

少将把手里喝到一半的营养液咽下去，才丢掉一边站起身："跑到这儿也差不多了。"他把披在肩头的制服拿下，露出更贴身的驾驶服，笑道，"哥儿几个，上机甲。速战速决，我赶时间。"

他撩起刘海，露出一双明亮的眼睛。

几分钟后，帝国军舰机甲舱门打开，五台机甲如狼一般窜出，咬向身后的虫族战舰。

虫族军舰不甘示弱，同样开启舱门放出数台巨蜂状机甲。

重炮火并没有影响五台机甲的活动，驾驶员凭借过硬的驾驶技术对战舰发起进攻。

配合帝国军舰的火力掩护，五台机甲且战且退，灵活应对，把对手缠得烦不胜烦，抓住破绽后又抓紧一击。

领头的机甲更是凶悍，光刀出鞘直接卸掉一台巨蜂的胳膊，随即抬脚一踢，直接踢向虫族舰艇的炮口，导致炮口歪斜，击中了一边的侧翼。

"漂亮！"前来接应的军舰指挥室内，霍存叫了出来，"厉害！"继而转头看向陆召。

陆召盯着指挥室内的虚拟屏，帝国军舰已经越来越近，他的目光落在领头机甲上，眼中浮动着细碎的光亮。

其余几位军官也赞叹不已，纷纷对这次派来的支援小队表示认可。

陆召的军团制服上别着一枚小小的星形标志，这是他担任基地临时最高指挥的象征。

即使是第一军团这样的精锐，在这场战争中也折损了不少有能力的军官，人手实在不足，陆召和韩渺这样身经百战的少将被临时抓起顶上空缺，两人各自镇守不同的基地要塞。

战事吃紧，来不及升军衔嘉奖，他们可以说是直接从死去的上一任指挥官的身上取下这枚标志戴上，就开始下一轮的作战。

T990基地已经在这场战争中撑了很久，帝国上下都把这座有帝国之鹰镇守的要塞称为"铁钉"，稳稳地扎在战线上，毫不动摇。

但经过不久前的一次战斗，T990基地也已经疲惫不堪，驾驶员急缺，苦苦等候才终于得到了支援。

这支支援小队从主星一路杀来，在队长的带领下撕开了一道口子，直闯T990附属星。

"进入射程。"陆召道，"帮一把。"

"是！"

机甲驾驶舱内，白历刚解决掉一只巨蜂，眼前火光一闪，虫族战舰被突如其来的重炮火击中。

头盔搭载的语音系统中传来其余人的欢呼，白历回头看去，一艘大型帝国军舰朝着这边驶来，其间不断炮轰，替白历这边缓解压力。

来的军舰舰身上印着 T990 的字样，是 T990 附属星基地的军舰。

"哦哦……"头盔里有人吹口哨调侃，"少将见到熟人咯。"

白历回过神，笑骂道："滚！把靠近的虫族解决掉，准备进入基地军舰机甲舱！"

虚拟屏上五台机甲边打边退，逐渐向基地军舰靠拢。

"到底是白历啊！"有的军官笑道，"能顶到这边的，真不是一般人。"

霍存道："那是，听说一路没停，直接杀过来的。"

说完几人都看向陆召。

陆召的表情倒是一如既往，平静沉稳，几个人的调笑在陆召身上一点儿都没找到成就感。

"开放军舰机甲舱门，接纳支援小队。"陆召等时机差不多了开口道，"清理掉敌人。告知我方支援军舰迅速向我舰靠拢，以免误伤。"

还没等霍存应答，陆召就站起身，外套也没拿，快步走出门去。

屋内几人了然，忍不住乐出声。

"等等哥儿几个啊！"赶紧追出去几个人，"您也不能一个人去对接吧！"

专供机甲出入的舱门内搭载的系统在扫描无害后，允许机甲登船，舱门合拢的瞬间，军舰再无顾忌，火力全开，直接吞掉前方的虫族战舰。

五台机甲由三台 white01 机型和两台重甲组成，适合突击侦查，除了这五位驾驶员，带来的军舰上还有其他驾驶员可以随时参战，缓解了 T990 人员紧缺的燃眉之急。

陆召赶到时，最先进入的 white01 机甲已经通过第三道检测，停稳在了机甲舱内。

他仰头看去，这台机甲的胸前镶嵌着一枚深蓝色的机甲残骸，那是从一台已经报废的"苍蝇拍"上卸下来的。

距离陆召第一次看到这块机甲残骸，已经过去了这么长时间……

随着驾驶舱打开，白历的眼睛被机甲外的光线略微闪到，他眯了眯眼，随即看到不远处站着的陆召。

他们经历过别离和重逢，以后也依旧会如此循环，但这是他们第一次在战场上相逢。

白历摘掉头盔，走下驾驶舱，向陆召走去。

陆召看着他，等着他一步步走来，上一次见面时，白历曾让他等着自己，时至今日他依旧在等。

等到白历走到他面前，像是兑现诺言一样伸出手。陆召也伸出手去，握住白历的手。

他们在宇宙和战火中重逢，将共同迎来胜利和安定。

陆召的胸膛中有无数话要说，但出口时却只有几个字："你来了。"

"第一军团少将，白历，率队支援。"白历笑道，他握着陆召的手，"久等了。"

外传一

主星到了傍晚，暮色四合，灯光璀璨。

一盘菜刚出锅，机器管家圆胖子就叫起来："有客人来了！江皓中将在门口呢！"

陆召擦了擦湿漉漉的手，招呼圆胖子开门，转头接过白历递来的盘子端上餐桌，江皓带着霍存提着大包小包的就进来了。

"赶紧赶紧，看看带的这些够不够？"江皓在玄关一边换鞋，一边大着嗓门叫道，"我说要出去吃吧，难得你俩这回的轮休赶在一起，咱们还不得好好聚聚？结果你俩都懒得出门。"

霍存弯腰接过圆胖子递来的拖鞋，边换边笑道："哎！白少将今天准备整点儿什么好吃的？我中午可没吃饭，饿着呢！"

"还得等一会儿。"陆召接过江皓、霍存两人带来的食材，"中午没在家吃？"

霍存这回轮休也跟着陆召回了主星，他家就在主城区。

"别提了，我回家头一挨着枕头就断片儿了，睡到今天下午才醒。"霍存说，"我爸差点儿以为我嗝屁了，下午我睁眼就看见他拿了张纸条放在我鼻子前，看我还在不在喘气呢。"

江皓忍不住笑了："你们是挺辛苦，回来这几天得抓紧放松。"

和虫族的战争从爆发至今已有数年，帝国再次以铁拳和热血取得了胜利，边缘附属星战火已熄，但白历和陆召这样的人还没撤回，依旧留守在附属星，清缴残余的虫族部队。

白历响应老兵召回令，重新回到军界的前半年被派去支援四面受敌的T990基地，和陆召汇合，并肩作战了一段时间。后来，白历又被调往另一要塞担任最高指挥，以超强的战力镇守附属星，一次次撕开虫族的疯狂进攻，在困境中数次取胜，最险的一次差点儿没能撑到支援抵达。

从分开之后到虫族撤退这段时间，两人基本没有轮休，直到帝国宣布赢得这场战争的胜利后，白历和陆召的轮休才终于凑到了一起，白历被要求回主星复查左腿，陆召也因此把轮休的地点定在了主星。

"快过年了，我才不出门跟人挤位置，我们家吃饭能带你们几个，是你们的荣幸，偷着乐吧。"白历摆下手里的锅铲，把江皓两人提来的东西从陆召手里拿过，"这么沉？你俩怎么扛过来的啊？"

江皓气道："这不你说的要在家里吃，让我们顺路带点儿吃的喝的凑一凑吗？这么多人不多买点儿能行吗？"

"你这也忒实心眼了。"白历拉开袋子，一样样把半成品的菜和路上买的小吃拿出来，"肉，炸肉，酱肉，这是卤肉……你好歹也带盘菜啊！你菜谱上有绿色食品吗？"

说完又拉开霍存买的那袋，还没往外掏，霍副官就主动自首："我买的也没半点儿健康食品，我已经决定今天要过一个不健康的夜晚了！"

陆召想笑，把两人带来的菜能直接吃的摆上桌，还得加工的交给白历。

"其他人？"陆召问。

"我在街上遇见司徒和他弟了。"江皓洗完手帮忙，"也买东西呢，估计一会儿就到了，老郑一小时前就在路上了。"

白历："那等着吧，老郑那个开车速度，能踩着开饭的点来就算超常发挥了。"

军医院大夫老郑不仅养生，而且相当注意安全，悬浮车的驾驶速度一直都压着最低限速。

"真不是我损他，以前我顺道坐过他的车，差点儿没给我急出个好歹。"白历跟陆召解释，"旁边放只王八，王八都敢跟老郑飙车。"

白历这破嘴缺德带冒烟的，陆召往盘子里倒菜的手因为笑直抖。

"就这嘴，老郑没在手术的时候给你缝上？"江皓说，"可见老郑人品还是可以的。"

四人谈笑几句。司徒、司懂手里提着东西，身后跟着个推行李的公寓机器人来了。

司老师没有辜负众人厚望，又提来了两盘肉菜，白家餐桌上肉香四溢，仅剩白历自己做的一碟炒青菜在苦苦支撑营养均衡的最后颜面。

"历哥，召哥……"司懂一进门就挨个打招呼，打完又跟白历、陆召道，"为了祝贺明天历哥拿勋章，我跟我哥带了一个礼物。"

他把一袋子的饮料零食放在地上，把因为怕摔而让机器人推着的差不多四五十厘米高的盒子拿下来拆开。

"小一年没见了。"白历装模作样地推辞一把，"送什么……"

司徒哼笑："那不拆了。"

"……我都稀罕！"白历说，"赶紧拆，快点儿的。"

盒子拆开，里面是一个用透明保护罩罩着的机甲模型，white01。

"刚出的，限量款。"司懂捧起模型，给几个人传看，"之前第一批出的我那儿专门给历哥存了一件，改天也拿来。"

等比例缩小的 white01 机型是白历在比赛时驾驶的那款，现在战场上用的 white01 仍在不断改良，不过大轮廓没有变。

白历隔着罩子摸了摸，这跟驾驶机甲的感觉并不一样，看着自己参与研发的机甲被做成模型，成为很多喜爱者的收藏，白历感到了另一种愉悦。

"以后我除了收集别的机甲模型，还得收集我自己的机甲模型。"白历小心翼翼把模型放在客厅的展示柜上，"得花大钱了。"

几人边说边往客厅走，司徒说："本来能早点儿到的，研究所那边接了个消息。之前不是准备在 white01 的基础上再研发一台降低精神力需求的机型嘛，帝国研究院那边联系我说这事儿呢。"

"不是直接跟研究院联合研发吗？"霍存问，"这还有什么好说的？"

"就是联手研发，这两天正讨论下一台机型叫什么，white01是我们自主研发的，命名也没人改，就一直叫了，现在不是要搞第二台了嘛，帝国研究院那边有几个非嚷嚷着要共同商议命名。"司徒不屑地撇撇嘴，"机型研发都没推进多少呢，光开命名讨论会开了三四场。"

陆召眉头略皱："浪费时间。"

"吃饱了撑的！我知道那帮孙子怎么想的，不能让白氏研究所太露脸，把帝国研究院都压下去了，他们就在计较这个呢。"江皓饮料喝了两口，顿时没了胃口，恶心道，"正事儿不做，天天就知道搞这些有的没的。"

陆召最反感这些事，他平民出身又直接进入军界，行事作风一直都不会拐弯抹角，对这种弯弯绕绕的事一向搞不明白。

他看了眼白历，white01和白氏研究所都是白历的心血，打出来了名声，也自然招来了黑点和排挤。

白历的表情倒没什么不满，他从几人带来的半成品食材里挑了几样，问要不要吃辣，也没等回答就自顾自决定了料理方式，之后才开口道："急什么，这帮人是脑子不好使，还当现在是以前？战争才平息了几天，就上赶着找抽。"

江皓、霍存等人没听明白，司徒笑道："确实！"

"刚才就是继承人那边给帝国研究院传的话。"司徒说，"林序说要是再这么光吃饭不干活，一天三顿地开会浪费资源，就全都滚蛋。"说完又加了一句，"原话，一个字都没改。"

江皓和白历噎了一下，几年了还是无法习惯林序这种说话方式。

继承人林序这两年学会了对外说些场面话，其实他本人不行，但"替二少爷说点中听话"的外交团和贴身助理们经过历练，掌握了把林序"你胡扯"的白话自动转化为"你的说法我不赞同"的发言方式，勉强让林二少爷接受了一些。

但偶尔林序还是会忍不住爆发，一个月得有那么几次语出惊人。

"那到底怎么命名？"霍存问。

司徒笑道："继承人说在什么基础上改的就延续叫法，white02就行。"

其实大部分机型都按这个叫法起的，但white01在帝国机甲史上意义不同，个别心思多的就总想压压白氏研究所的风头。

"白少将，明天几点开始啊？"司徒捏了块刚出锅的炖土豆道，"你的授勋仪式。"

白历这趟轮休，除了要看腿，还要被主星召回授予金色卡丽勋章。

"什么'我的授勋仪式'，这是好几个军官的授勋仪式，我独占得遭雷劈。"白历拍了他一巴掌，让他把菜端桌上去，"上午十点，你们急什么，反正你们也吃不上庆功宴。"

"契约人才能赶上，是吧？"江皓骂道，"跟谁秀呢？我跟霍存也能到场！"

司懂直乐，看了眼陆召。

这趟陆召赶回主星，几人都知道他也有要参加白历授勋仪式的想法，这两人倒是挺有意思，换着参加对方的授勋仪式。

没等江皓再骂两句，白历辣椒下锅，一股直掀天灵盖的气味儿瞬间无差别地攻击了屋内所有人。

陆召轻车熟路，赶在圆胖子尖叫之前把它推进卧室，一关门隔绝了所有对白历的抗议。

但圆胖子的一张嘴是堵住了，可屋里还剩下四张嘴呢，纷纷骂骂咧咧，又呛得打喷嚏咳嗽，骂人都喘不上气儿。

"少将，你这操作行云流水，可见没少经历这种事。"霍存呛得不行，"你别光关机器管家啊，骂两句白大少爷行不行？"

陆召也呛，但还是开口道："挺好吃的。"

"……行，"江皓说，"你就吹他吧。"

一盘爆炒辣子雀肉丁刚出锅，老郑踩着辣味的余韵赶到了现场，一进门就连打了三个喷嚏。

"嚯！"老郑说，"这么不养生？"

陆召忍不住想笑，白历最怕老郑开口。

果然，白历刚把盘子放下就道："这不指望着郑大夫给养生养生吗？您带的都是什么好东西？"

郑大夫买了不少蔬菜瓜果，终于解救了白家餐桌的偏食困局，还顺带解决了饭后甜点的问题。

"腿怎么样？"老郑一进屋就问，"你要是再来一次去年那样的，谁都救不了你这条破腿。"

去年年底虫族发起猛攻，白历率队死守附属星要塞，连续长时间作战再加上承受了过多攻击，腿伤发作，差点儿没撑到支援赶来。

等战斗结束白历被人从机甲里挖出来，送去附属星医院救治，那边跟老郑进行了对接，临时手术才算保住了狗命和腿。

许多和白历情况相似的老兵在响应召回的这几年里也存在类似问题，大多有旧疾在身，也有不少牺牲在了这场战争里。

白历算是侥幸活下来的那一批，这事当时没人敢告诉陆召，直到白历重回要塞，在一次大型战略会议上跟陆召见面，他才从白历走路的姿势上看出问题。

当时滋味如今已无须多言。

"没事，现在也不用我次次上机甲了。"白历有些尴尬地看了陆召一眼，"我主要指挥啊，指挥！"

他和陆召因为这事起过争执，陆召刚知道白历重伤后又惊又惧，各类情绪憋在一起就成了带着害怕的愤怒，一直到现在都没缓过劲儿。

吃喝备齐，圆胖子才被放出来，骂了白历八百遍不重样的，江皓等人相当受教。

屋内的虚拟屏正放着帝国的过年娱乐节目，一屋子人终于落座，碰了个杯，都不拿自己当外人，提起筷子就开始胡吃海喝。

"这回韩渺没赶上轮休啊。"江皓道，"肯定哭得不行，他跟契约人也挺久没见了吧。"

因为一些调动，韩渺去年回过主星，当时陈楠在主星后勤部负责前线的物资周转，连轴转了几个月几乎没有休息，因过度疲惫住院观察了几天，韩渺也就是那时候回去的，两人匆匆见了一面，进行了简单的精神力镇抚，没多久韩渺再次被调去附属星，直到现在都没回来。

"已经哭过一次了。"老郑慢悠悠地道，"没进医院就开始哭，一直哭到走出军医院大门还没停，都把陈楠哭傻了，说不知道的还以为自己出大事了。"

这种好兄弟的丑闻让一堆缺德玩意儿乐了好久。

司徒直笑，夹了口菜想起来另一茬儿，问江皓："哎！我上次去军团问机甲的事儿，看见你跟一个普种一道走，是你契约人吗？"

话音一落，其余几人的目光立马射向江皓。

江中将被一筷子辣子肉丁呛得咳嗽，憋得脸红脖子粗，隔了好一会儿才用蚊子哼哼一样的声音道："嗯。"

"有情况怎么不向组织汇报？"白历拍桌子，"老实交代，怎么认识的？什么时候的事？"

"又不犯法，用得着跟你汇报？"江皓无奈道，"早就认识了，我高中同学，不过最近才确定关系。"

调侃了几句，司懂又说起别的："我听说继承人前段时间提出的计划现在闹得挺凶。"

白历跟陆召一段时间没关注主星的事了，只能听这几人解释。

"林序提出加高契约人关系的门槛，严禁多人结契的情况，将之前混乱的制度重新整理规划。"老郑道，"支持者跟反对者都有，正吵得厉害，我手底下的小护士这几天都在说这事呢。"

餐桌上的几人倒是意见一致，都觉得这样更好，对林序这个建议挺支持。

"要我说，契约人关系本来就很微妙。"白历啃着一块排骨，油着一张嘴道，"规划出个底线也挺好的，不然多的是借着这关系搞些乱七八糟事情的人。"

陆召抽了张纸给他擦嘴。

"当然了。"白历迅速表明立场，"我个人觉得我结契值大发了，简直是这辈子最正确的选择。"

说完用胳膊肘撞了一下陆召。

陆召被他撞得没脾气，刚才因为提起白历战场重伤的事心情有些沉重，现在却又被搅和得烟消云散了，只能用果汁堵住白历的嘴。

除了江皓，几个人都嫌白历烦，纷纷夹起一筷子菜添进白历碗里，嘱咐道："多吃，少说话。"

"我们学校也在讨论这事，星网上也在说。"司懂也道，"历哥跟召哥还被拿来举例子呢。"

"正面教材还是反面教材啊？"白历还没忘自己被骂的那段时间的所见所闻，"别又是拿我'混凝土'的称号说事儿吧？"

这称号好几年没听，陆召猝不及防听见，笑得不行。

"经常被反对继承人这个提议的那帮人拿来举例子。"司懂也说不好是正面还是反面，挠挠头道，"说以前的制度也没什么问题，你俩结契没有什么严格管理，也照样关系很好，还放出了当年你们一起出管理局时的照片。"

餐桌上其余几人哄笑，白历更是边笑边摇头。

"笑什么？"司懂问，"他们也没说错吧？"

"我没笑这个。"白历道，"我就是寻思，现在这帮拿我和陆召举例的人，也不知道有多少是当年嘲讽这事的人。"

"确实。"司徒感慨，"挺讽刺。"

"多不多不知道，反正肯定有。"江皓用冰镇饮料缓解着辣椒的刺激，"想想就觉得砢碜。"

司懂还是有些没明白，陆召淡淡地解释道："感情和结契没有因果关系。"

"结契是一种关系，感情看个人。"白历撂下手里的骨头，"结契了就能保持尊重和关系了？就算没这层契约人关系，我俩之间也不会改变。拿我俩举例子实在没劲儿，我们怎么过的，他们知道个屁啊。"

"所以归根结底——"老郑不紧不慢地道，"还是得看人本身。"

司徒附和："就是。"

"你还小，这些有的没的用不着发愁。"白历对司懂说，"你是不是快毕业了？"

司懂在军学院念了四年学，又连读了两年实战专业，拿了更高的文凭，准备直接冲第一军团的招新考核。

"嗯，我觉得我能进第一军团。"司懂道，"多念的这两年不是白念的。"

司徒很看不惯自己弟弟的这个态度，拍了他后背一巴掌："谦虚点儿！"

"我就能进！"司懂倒是很有脾气，"你手擦了吗就拍我？一手油。"

也不知道是不是白历周围的人教育年轻人都有问题，反正他认识的小年轻们一个个都很有脾气，想干什么就直接说，边说边做，毫不介意外界的议论。

司懂和周临山挺谈得来，可惜这段时间周临山也没轮休，他在第三军团也是屈指可数的驾驶员，不能随时回主星。周岳心里还是惦记弟弟，白历也知道，回来之后关心了几句，周岳没心情来聚会，白历很理解。

"应该没什么问题。"江皓笑道，"今年各军团招新，稀种的人数逐渐在增加，我觉得挺好的。不过也有不少人不看好，你得做好思想准备。"

"那些不看好的人才该早早做好思想准备。"司懂也不在意，往嘴里塞了一块肉，"军学院学机甲实战的稀种都在逐年增多，虽说还是少吧，但以后肯定只会往多数发展，他们要是不习惯，那迟早得被潮流淘汰。"

司懂也不知道怎么回事，把白历身上的嚣张劲儿学了个八分像，还跟他哥有着同样的倔脾气，很让桌上其余几个大人感慨："你们能不能教点儿好的？"

"哦，对了！"说到军界江皓想起别的事，放下筷子对陆召道，"你升军衔的事可能要放一放。现在军界整肃，地方军团的管理权也归还主星，高层正着手整顿混乱的军衔职位，不过你是不用担心的，就你这一身功勋，升职是迟早的事。"

陆召不太在意这个，他虽然想向上爬，但也喜欢一步一个脚印，只要踩得实，就不怕会爬不上去。

"我个人觉得挺好的，"江皓道，"很多无能的军官占着茅坑不拉……"话说到一半被餐桌上其余人瞪了回去，立马改口，"在其位不谋其职，这回要么免职要么降职，贵族优先那套行不通啦！像你这样的人路就更平些啦。"

"平不平无所谓，平了很好。"陆召不在意地道，"不平也能走。"

这话也就从陆召嘴里说出来才让人觉得信服。

态度张狂，但却是实话。

其余几人被这话里的气势震得有点儿接不上话，只有白历心中感慨，陆召到底是陆召，他或许会有短暂的迷茫，但最终还是会看清自己的方向。

白历恭恭敬敬地给陆召倒了杯果汁，双手举着递给陆召。

陆召看看白历。

"您请！"白历说，"您要是比我早升官，可得罩着我，这咱俩早就说好了的。"

陆召被他装出来的样子逗乐了，在其余几人的哄笑声中接过了果汁。

闲谈间屋外又下起了雨，帝国的年末总是会在大雨中度过。

今年的餐桌一片欢声笑语，潮湿寒意被挡在外。

几人说起边缘附属星的冬季，司懂年轻，还没去过这些地方，等一切平息，他还有大把时间去帝国各处转一转，见一见四季。

主星没有冬季，只有潮湿烦闷的雨季。大雨虽至，但能凑在一起吃顿饭还是很开心。

这顿饭吃到夜里才算完，主客都吃了个尽兴。

白历做的菜得到了一致好评，司徒临走前还打包了一些没吃完的，老郑也没客气，很养生地打包了一份素菜。

一桌好菜吃光的吃光，没吃光的被带走，一点儿没剩。

等这帮连吃带拿的人撤退，一切收拾妥当，陆召洗漱完走出洗漱间。

白历已经吃完了药，正坐在沙发上看窗外的夜雨。

帝国的灯光被雨水模糊，朦朦胧胧一片光斑。

陆召走过去挨着他坐下，拍了拍白历的肩膀。

"没事。"白历回过神，笑了笑，"我已经不会因为雨季而畏惧了。"

陆召"嗯"了一声，又摸了摸白历的左腿膝盖。

经历过这场战争，他俩身上都多出了许多伤疤，而白历的左腿更是惨不忍睹，好在都撑过来了。

"给你个礼物。"白历摸出个东西，美滋滋地递给陆召，"昨天刚回来太累了，今天人多没找着机会，这会儿终于有机会送给你了。"

陆召接过来，是又一个白历自己做的迷你机甲模型。

客厅的展示柜上每年都会多一个陆召开过的机甲的小模型，白历做好寄回家，机器管家就能按要求摆在柜子上。

他们两人这几年很少回家，但迷你模型却都到家了。

"你又做了。"陆召的嘴角翘了翘，拇指摩擦着模型的一角，"我很喜欢。"

真不知道白历是怎么有空做这些的。

"明天授勋仪式——"白历说，"你送我去吗？"

"嗯！"陆召把玩着迷你机器人，"契约人，得参宴。"

"睡觉吧，契约人。"白历起身后笑着说，"明天终于轮到我把勋章送你玩了。"

一夜大雨，一夜好梦。

翌日，白历在第一军团接受金色卡丽勋章。

这是陆召记忆里第一次看白历穿军礼服，比任何人描述中的白少将都要潇洒英俊。

元帅在这几年又老了一些，好在依旧神采奕奕，他亲自为几位军官戴上勋章，轻拍对方手臂以示鼓励。走到白历这儿时，拍的力道就相当亲切地加重了不少。

台下坐着不少军界人士和记者，白历强忍着没"嗷"一嗓子当众叫出声。

"我说什么来着。"元帅一边给他戴上勋章一边极小声地说，"白家的人哪儿那么容易打垮，这不就又回来了吗？"

白历朝他行了个军礼，也小声回答："我谢谢您啊，怎么搁哪儿您都得暗算我两下呢？"

陆召作为契约人，被安排坐在了第一排，他瞧见白历跟元帅的小动作，好笑之余又想起结契那天，白历也这么挨了元帅一下。

等一会儿下台，这位别人眼里嚣张跋扈的白大少爷又得跑来跟他抱怨元帅的手劲儿有多大了。

所有勋章佩戴完成，授勋的军官一起行礼。

台下掌声雷动，许多人起身以示敬意。

白历在多年后终于拿到了属于自己的第一枚金色卡丽勋章，陆召作为契约人参加了他的庆功宴。

此后的很多年，两人都经常作为契约人出席对方的庆功宴或其他此类场合。

在外界看来，白历和陆召两人的锋芒体现在不同的地方。陆召高翔于天际，令无数人仰头追随。白历披荆斩棘，为许多人争取了新的选择。

但无论怎样，两人始终都走在狭窄的道路上，并肩前行。

由白历创办的研究所在 white01 的基础上不断研发改进，为帝国机甲提供了数台机型，也为无数胸怀理想的年轻人提供了更多可能。

由该研究所研发的机型被统一称为"白氏机甲"，后来的研发者和追随者也一直用这个名称来统称此类机甲。

当后来的人们再提起"白氏"时，作为贵族的白氏已不存在，但它留下的却并不仅仅是一个姓氏。

白氏没落，白氏永存。

外传二

边缘附属星再入冬的时候，虫族彻底没了踪影，又缩回角落里窥探着去了。

等边缘附属星残余的虫族军队被清缴彻底后，第一军团恢复了轮值制，白历、陆召双双被替换回主星，终于能好好歇上一段时间了，以前耽搁的计划也都提上议程。

白历选了几个景色不错、值得转转的附属星，非要拉着陆召一道挥霍掉年假，重新体验白大少爷纨绔子弟的生活乐趣，时间敲定后，又赶在出发前两天回了趟老宅。

白氏老宅没建在主城区，开车过去花了点儿时间，到的时候已经是下午。

白历从军学院毕业后就搬出了老宅，没多久白老爷子去世，白历也就基本没再回过老宅。

曾见证白氏辉煌的这么大一栋房子如今也没什么人了，杂活家务都由机器人处理，还剩一个老管家留在这里养老。

说是管家，其实是白老爷子的拜把子兄弟。是白老爷子最信得过的人之一，帮着打点白家的里里外外。

"小时候我最喜欢的就是老管家。"白历一边开车一边跟陆召说，"多亏他几次仗义出手，才从我们家老爷子的棍棒底下救下我一条小命儿。"

白历的童年过得相当鸡飞狗跳，光是听就很乐呵。陆召喜欢听，就没插话，让白历继续往下侃。

白历："被救了好几次，我寻思这也算是过命的交情了，跟管家说我也没什么好感谢的，以后我就喊他一声'大哥'以表敬意，结果老爷子又把我揍了一顿，我跟管家的'过命交情'就破裂了。"

刚说完白老爷子跟人家是拜把子兄弟，这边白历张口就乱辈分。

陆召对白历的脑回路真是佩服得不行："你挨打也不冤枉。"又问，"管家不乐意了？"要不怎么"破裂"了呢？

"他倒没说乐意不乐意。"白历说，"反正那回老爷子揍我他没拦，在一边从头看到尾。"

陆召笑了半天。

他的童年过得并不怎么有意思，基本在全封闭的帝国公民学校里度过，那几年的时光连同那个偏远附属星一道，在陆召的记忆里成为匆忙灰暗的一段路。

有几次跟白历聊起小时候，陆召能说的除了逢年过节的一碗糖粥，大概就是缠绵病榻的父亲，和父亲以前录下的几段合影。

白历看过陆召留在终端里的几段录像，都是在他进帝国公民学校的入学仪式上录的合影，父子两个长得很相似，小陆召的脸上自幼就比他父亲多出点儿果决冷厉，陆父显得更温和些。

白历的人生里没有这么亲近温和的长辈，对几段录像稀奇得很。

之所以录了好几段，是因为校门口来回乱跑的小孩儿太多，一直挡镜头，白历笑道："你父亲脾气可真够好的，这环境还陪着你录像留念。这要换老爷子早不耐烦了，肯定一脚给我踹学校里面，然后拍拍屁股走人。"

陆召极少从白历嘴里听到"父亲"两个字，而且没有加前缀。

那是陆召第一次意识到结契确实是把两人凝聚在一起了。即使他俩的家庭都没剩下多少人，但双方最亲近的亲人却以回忆的方式和他们组合在了一起。

车一路开到白氏老宅，接到消息的老管家早早就等在了门口，挺长一段时间没见到白历，开口就道："少爷，您还知道老宅的门朝哪儿开啊？"

"不知道啊。"白历说，"刚才现查的，中途还差点儿开岔路了。"

老管家笑得前仰后合，笑完给了白历后背两巴掌。

陆召还没搞懂白家这种神奇的问候，老管家就又跟他打招呼，握了握手后道："陆少将，老爷子走之前交代过，如果将来我们少爷以什么方式有了亲人，就让我给他带句话。"

陆召没想过军界战神还会留话，不由抿唇："您讲。"

"要是少爷又惹事，您该打打该骂骂，千万别客气。"

陆召猝不及防地听到这种交代，一时半会儿接不上话。

老管家又说："就是别跟少爷气太久，他心事重，受不来这个。"

都以为世界上懂白历的人不多，但其实是最开始懂的那个已经不在了。好在临走前还留下这么句话，希望接手的陆召能照顾一二。

白历没想到老爷子还嘱咐过这么一句，他这些年实在是不想回这个满是他童年痕迹的空荡荡的老宅，后来又遇到了各类事，一直没空回来。老爷子的嘱咐竟然隔了这么多年才听到。

白老爷子一辈子粗枝大叶，讲究硬汉教育，揍得白历几次嚎如杀猪，哭得越大声揍得越凶狠。白历以为老爷子所有的细腻柔软都给了已经去世的伴侣，没想到竟然还均给了他几分。

身旁陆召开口道："放心。"

白历压下心里发了酵的情绪，端起大少爷的谱来："怎么就打打骂骂的了，能不能指望我点儿好？"

没等老管家开口嘲讽又揭自己老底，白历赶紧打岔："对了，我来的路上给您传的录像看了没？白樱前几天传来的，我也不知道她给您发了没，就顺手转过去了。"

"看了。"老管家叹道，"她可算毕业了，还回主星吗？"

白樱因为唐氏的丑闻而受到了不小的关注，这几年一直低调地在外求学，除了战时资助过部分边缘附属星疏散来的孩子，基本在学习和参与研发。

白历跟她的关系还是那样。逢年过节有什么大事，白樱都会发简讯问候几句，也给白历和陆召寄过礼物。

今年白樱终于毕业，参与研发的一项医疗器械的项目也有了结果，可能是太开心，没忍住给白历发了消息，发完又有些后悔，连连为自己的打扰道歉。

白历对此倒没什么表示，回了个"恭喜"就没了下文。只有陆召知道这人到底还是去查了查白樱参与的项目，了解了个七七八八。

项目研发的医用仪器针对部分身体受过肢体损伤的患者，用以缓解损伤部位的疼痛。

"没问。"白历回答老管家的话，一副毫不关心的模样，"帝国大着呢，多走走多看看也行，用不着非得在主星。"

老管家年纪大了，又问了几句两人的日常健康，就有点儿精神不济，没陪着一起转，被白历劝回去休息了。

"其实也没什么好转的。"白历带着陆召走进老宅，"主要也有想让你见的。"

陆召跟在白历身后上了二楼，走廊两边的墙壁上挂着白家历代家主的画像，他只认识白老爷子。

白历穿过走廊，穿过这一排看着他长大的画像，走到一半又转过身拉住陆召的胳膊，带着他一起朝前走。

"这是老爷子的卧室。"白历把陆召带到走廊尽头的房间，"我小时候他除了工作，基本待在这儿，也是在这里闭的眼。"

陆召印象中赫赫有名的战神在白历带着他推开这扇门时成了个有点儿厉害的普通人。

屋里就摆了张床和小沙发，小茶几上摆了一个存储器。

白历把存储器重新连上房间的系统，陆召还没来得及问这里面是什么，虚拟投影就投出一道人影。

投影上的人面容柔和，声音温润，细心叮嘱："按时吃饭，按时睡觉，我爱你。"

陆召愣愣地看了片刻，投影只有这一句话，翻来覆去，听出些无尽的不舍。

"老爷子的伴侣。"白历说，"我从小就跟老爷子看这个投影，看到他走的那一天才给关上，是没跟我见过面的家人。"

陆召想起白历曾说过，白老爷子这辈子的所有感情都给了伴侣，伴侣死后就彻底没有了生活的重心。

那时他只觉得白老爷子的感情像是跳下去才知道多深的水潭，现在他从白历这短短的几句话里意识到，这个水潭深不见底。

"你可以把录像带回家。"陆召不知道说什么，只能开口道，"想的时候可以看。"

"她应该还是更乐意老宅待着。"白历笑了笑，"老爷子和白樱你都知道，我就是带你看看我记忆里还剩的家人。"

投影上的人又说了一遍我爱你，每次在说这三个字的时候都会弯起唇角。

空荡荡的卧室里其实塞满了感情。

和白老爷子朴素的卧室比起来，白历的房间就显得有生气多了。

白大少爷到哪儿都遵从舒适第一的原则，一张堆了不少枕头的大床，床头柜上撂着两个摆弄得有点儿旧的机甲模型，架子上还摆着不知道都从哪儿淘换来的儿童机甲玩具或机器零件，陆召竟然还从上头发现了半块磨损严重的、帝国早几年老机型才有的，用来紧急弹出的操作杆。

屋里像模像样地摆了张大书桌，按一下桌角相框模样的小虚拟屏，上面就显出白历年少时的照片。

照片上的白历穿着军学院制服，刘海全撩了上去，对着镜头笑容飞扬。

"随便坐，随便看！"白大少爷拍着胸脯道，"我这屋里保证不沾半点儿违禁物，不涉黄不堕落，青春全都奉献给了帝国的机甲事业。"

陆召看了他一眼，看的白历头皮发麻。

白历："真的，拉你过来主要是让你看个老物件！"

陆召看他像鸵鸟一样拉开衣柜的门一头扎进去，坐在床上笑个不停。

笑归笑，白历还真给他扒拉出个老物件。

一个淘汰了的早期模拟舱头盔。

"我有一年生日，老爷子送的，不能用只能看，这玩意儿大部分都报废处理了。"白历丢给陆召，"拿着玩。"

陆召对机甲的喜爱不比白历少，接到手里就挪不开眼。这东西早在陆召出生前就淘汰了，也不知道白老爷子从哪儿搞来的，送给想开机甲想疯了的小白历解馋，现在隔了这么多年，又给陆少将解馋。

那边白历又从衣柜里翻出件东西，急急地喊道："陆少将，好东西！"

陆召的目光从头盔上挪开，一抬眼就瞧见白历手里拎着的两个衣架，一个挂着深灰色的制服和衬衫，一个挂着配套的制服裤。

这套衣服怎么看怎么眼熟，可不就是几分钟前才从书桌照片上看到的那套军学院制服嘛。

"我说家里找了几圈都没找到，原来放在这儿了。"白历拿着在身上比画比画，"哎，白大少爷身材还是这么好。"

陆召拿着手里的头盔愣了半晌，才"哦"了一声，接口道："挺好看。"

"光看衣服是挺好看，穿我身上就不一样了，那就是'巨好看'。"白历把外套取下来抖了抖，见尺寸好像也没多大问题，二话不说套在了身上，对陆召挑挑眉，"怎么样？"

陆召抬起头，目光落在白历略带得意的脸上。

这张脸跟照片上的差别并不大。时光留给白历的伤痛，沉淀了他，却绕开了他的脸，让白历依旧目若朗星，眉宇张扬。

见白历略显期待地看着自己，陆召这才反应过来这是让自己点评，随即点头道："很帅，像看到了我没见过的白历。"

白历愣了愣，叉着腰站了两秒，没有犹豫地扒掉了身上的外套。

"怎么？"陆召站起身，以为自己说错了什么话。

白历将以前制服的外套重新挂回衣柜，然后扭过头，拍拍胸口道："我感觉还是现在的我比较帅，以前的我虽然也很帅，但那会儿我可没这么帅的契约人。"

陆召反应了一下，继而不自觉地笑起来。

"对吧？"白历伸出手看着陆召。

陆召跟他击了个掌，笑道："对。"

外传三

　　白历上次被灌醉已经是许多年前了，这一次又在聚餐上喝趴下，竟然生出一点儿怀念之情。

　　好在这回倒是没出现醒酒之后发现自己和人打了一架的尴尬情况，白历靠着仅剩的那么一点儿自尊心，撑着大少爷的架子自己走，被陆召一路领回家。

　　尽管走路都是 S 形，但白历酒桌这一战充分证明白少将说自己能喝并不是胡吹，灌他酒的那几个早就钻桌子底下爬不起来了。

　　今年新兵集训审核赶上白历是总教官，白大少爷威名在外，这两年因为左腿的原因去前线的次数相对减少了一些，才时不时地被抓来训这帮新兵蛋子。

　　其实也不需要他做什么，主要就是参与制定一下集训方向和审核标准，集训过程中万一出了什么问题负责解决汇报，平时其他教官训练的时候他坐旁边看个大概就行。

　　白少将被抓来充数也不是一两次了，带的兵都有几批，"摸鱼"的功夫做得很到位，自己训练完才慢腾腾地过来瞧瞧。

　　新兵有从军学院和帝国公民学院直送的尖子生，也有不少贵族出身的少爷小姐，难免就有脾气大不服管教的，倒是不太敢惹白历，但其他教官就不一样了。

跟教官叫板不听命令的孩子每年都有，可惜不是每回集训的总教官都是白历。

有几次闹起来时赶上白历来"瞧瞧"，当天就临时加了场格斗训练，找事的那位再醒过来的时候人已经躺在有"新兵宿舍"美誉的医务室的床上了，旁边还躺着他的难兄难弟，一起被白历送进来反省悔过。

训练开始没两天，白教官就把几个挨了训、心里不大服气的刺儿头仔仔细细地揍了一顿，新兵里就再也没人提白历的左腿影不影响发挥的问题了。

再加上白历一人能把其他教官加一起的话骂完的能耐，今年的新兵一把鼻涕一把泪地度过了集训，通过审核留下来的终于能参加第一军团每月的例行聚餐，又赶上几个前几批白历带出来的兵轮值回主星，一帮人因为都挨过白历揍、听过白历骂而迅速建立起统一战线，决心在聚餐上用酒肉腐蚀一下白少将的灵魂。

以司懂、孙蓬为首的灌酒小队集结成型，这两人进第一军团那年也赶上白历当教官。初当教官，白历有些兴奋，去"瞧瞧"的次数也特别多，司懂、孙蓬两人一直到集训结束好几个月，听到白历的名字都还会反射性地心头一惊。

陆召有事没参加前半场的聚餐，等他赶到现场时，白历还保持着一个端正的坐姿坐在椅子上，酒精上头，满脸通红，旁边七倒八歪地或坐或趴着司懂、孙蓬等人，其余军官看了好一出大戏。

"行不行啊你们？"白少将的语气云淡风轻，"来，坐起来再喝两轮。"

其余几个小子哆嗦了一下，纷纷装死。

陆召走过去就闻到白历身上的酒味，还没来得及开口询问，就听见白历极小声地说："救命，我喝不了了。"

"……咳！"陆召又无奈又想笑，强压下嘴角，勉强编了个理由，"有事，先走？"

话音刚落，白历就"嗖"一下蹿起来，同手同脚地跟着陆召撤离了聚餐现场，一上车就歪在座椅靠背上打起了瞌睡。

跟陆召喝大了脾气很暴的情况不太一样，没人惹白历的时候他倒是还挺老实，醉眼蒙眬间被人推醒说是到家了，竟然还能七扭八拐地找找门在哪儿。

等回了家也挺听话，让洗漱就去洗漱，还不忘自己拿上要换的睡衣睡裤。就是换好再回客厅，陆召才发现他全都穿反了。他也只能乱七八糟地再穿一次。

白历喝大了废话更多，边换回正面边说："这算什么，我有一回跟一个上级去一个驻地军团交流学习，跟我老同学遇到了，那一顿喝的比今天多多了，他都喝吐了，我照样自个儿走回宿舍……就是路上怎么走的不大记得……"

陆召意外发现白历喝大了之后很有些自爆黑历史的倾向，不由问道："然后？"

"然后第二天醒的时候发现自己躺在地上……"白历果然顺着说道，"……一条腿还在裤管里，没脱完就睡着了。"

陆召忍不住笑。白历虽然喝得脑子跟不上趟，但凭着大少爷的自尊心还是感受得到自己这是被嘲笑了，用指责的眼神瞪着自己的契约人。

"睡觉。"陆召不以为惧，把白历推到他自己的卧室，一指床，"躺下。"

白历边用指责的眼神瞪他，边非常听话地躺在床上，还指着旁边凳子嘱咐："你坐下听我说。"

这还有一肚子废话没讲完呢。

陆召无奈："一会儿来。"

不过等陆召收拾完其他东西再回到卧室，白历就已经睡着了。

他难得做了个真实发生过的梦，可能是因为睡前说了那么几句，所以大脑重新唤起了那段记忆。

梦里白历刚进军界没多久，跟着一个和白老爷子有些交情的上级去某驻地军团交流学习。那会儿他还是个少校，但已经知道自己要不了多久就会一路高升，然后在少将这个位置上瘸了左腿。

他跟上级临时借住在驻地军团的宿舍楼里，也是在这里遇到了军学院时的同学，一段时间没见，两人都挺高兴，又赶上第二天上午两人都没事，就提出来晚上去喝几杯聊聊。

那段时间白历处在一个迷茫期，他一方面知道"命运"的走向，一方面又是真的喜欢现在的工作和开机甲带来的痛快，舍不得离开军界。

白老爷子那会儿身体已经很差。虽然从没多说过，但白历知道老爷子是很想看到他在军界大展拳脚的样子。

对白历这个唯一留在他身边的亲人小辈，白老爷子总有些严厉的疼爱和不出声的看好。白历从小到大也从没让他失望过。

前不久白历在宴会上和唐骁大吵一架，并且和前来阻止的唐开源大打出手，愤怒之余，白历惊恐地发现这情景又和他梦中的剧情对应上了，再结合白老爷子的健康问题，他唯恐爷爷会和梦里一样离开他。

自己的抱负理想和亲人的期望让白历不想辜负。白老爷子日渐垮塌的身体状况又让他面临即将失去亲人的惊慌难过，唐氏的挑衅又不断刺激着他的神经，而更大的恐惧则来自未来可能会发生的一切。

在被多种情绪裹挟的时候，白历在一次任务途中目睹了战友重伤，被救下时丢掉了一条胳膊，在他面前血淋淋地被紧急封进治疗舱送往医院的全过程。

白历开始失眠，难得入睡，又是一场场不断重复的噩梦。

他对自己的未来感到害怕，但又不愿意就此离开军界，白历骨子里的骄傲让他不想轻易低头，但他性格里的瞻前顾后又注定他无法心无杂念。

老同学的邀请他没拒绝，对方有对方的烦心事，白历有白历的苦恼，两人借着重聚的借口喝得酩酊大醉。

饭后老同学直接回了在本地的家，白历则靠着仅存的理智摸回宿舍，一关上门就彻底散架，手脚不听使唤地背靠着门坐在地上。

人在不理智的时候情绪就会"上头"，白历想摸到床上钻进被子里再露出窝囊的表情，但试了几次都没站起来，坐在地上"啊"了好几声，才嘶哑着吼了一句："凭什么非得是白历！"

没人回答。

他总是得不到回答。

白历吼过了，觉得没劲儿，靠在门板上闭着眼不想再站起来了。

意识刚开始有些模糊，听见外边走廊上传来交谈声，一个人跟另一个抱怨："第一、第二军团我是不想了，第三军团我估计都悬。往上爬太难了，我父亲托了好几个人都没什么希望……我也怕自己能力不够，白费了他花钱卖力的一通忙活，到最后竹篮打水一场空……"

明天是休假日，宿舍里的人出门的出门，回家的回家，很清净。这两个估计是没地方去的，正边走边闲谈。

白历本来没想偷听，但实在是站不起身，只好侧侧头想离门远一点儿，但他精神力太高，门外的动静再小，这么近的距离还是听得清楚。

"……最近在打算往好一些的驻地军团那边努努力。"那人又继续道，"不往主星去了。"

另一个人"嗯"了一声算是回答。

这一层住的大半都是新兵，白历模模糊糊地感觉这两个人都还年少，就已经开始在为前途发愁。

所有人都有要发愁的事，不缺他白历一个。

"你以后怎么打算的？"先开口的那人又问另一个，说到这里顿了顿，语气里显出点儿说不清道不明的惋惜，"你这边儿别提是跑关系了，就你这……以后估计更难。"

看样子另一个人更没什么背景，可能很难出头。

白历本以为会听到什么埋怨吐槽，另一人却只是言辞简单地道："没事。"

这话太随意，太不当回事，听得白历都跟着有点儿愣。

几秒的沉默后，先开口的那人无奈地问道："真服了，你想想将来，就不觉得害怕发愁？"

另一人淡淡道："我忙着过今天，没空怕将来。"

后边两人又说了些什么，白历已经记不太清，他在浑噩中感到一点儿清明，今天都做不好的人，当然会惧怕明天。

将来永远都是未知数，今天却确确实实存在。与其忧虑未来，倒不如专注眼下。

白历在一个神奇的状态下忽然想开，不禁嘲笑起自己的自怨自艾，他大概比门外的那人要好上许多，既不缺家世，也不缺天赋，抛去那个不知道会不会发生的梦中剧情，他这辈子应该顺风顺水，丝毫不用发愁眼下。既然如此，哪轮得到他感慨自己的命运公不公平？

他挣扎着坐直身体，想脱衣服上床好好睡一觉，等再醒来又是一个需要他认真过好的"今天"。

裤子扒到一半儿，白历的脑子里还是刚才隔着一道门有些模糊的声音，他白大少爷竟然在觉悟方面连一个年轻的新兵都不如。

梦里的白历重振精神，没多久就回到主星接受晋升。

白历睁开眼，梦里的一切都从眼前消失，他还有些醉酒后的头晕，但意识已经清醒，喉咙发黏，起身去喝水。

刚推开门，客厅里就响起另一道声音："怎么？"

陆召正坐在客厅的沙发上看着个人终端上的文件，听见白历开门，这才扭头看过来。

"喝点儿水。"白历揉着眼，声音有些嘶哑，"没事儿，你忙。"

他踩着拖鞋去客厅给自己倒了点儿水，冲刷掉喉咙里的不适感，又觉得脸上有出汗后的黏腻，一步三晃地去洗漱室洗脸。

洗完还没擦，抬头时看见洗漱室镜子里自己的脸，又想起梦里那段颓废沮丧的时光，已经过去这么多年，他虽然已不是当年的心态，但旧事和曾经压抑的心情依旧会影响到他。

也不知道对着镜子发了多久的呆，洗漱室的门被敲了两下，陆召的声音从外边传来："还好？"

"我洗个脸。"白历回过神，又洗了一遍脸，边擦边说，"你要用洗漱间？"

"不是，以为你酒没醒。"陆召道，"很久没出来。"

"我刚才做了个梦，一直在想。"白历道。

陆召以为他又被噩梦困扰，这几年白历虽然还是梦多，但很少再做以前那种噩梦，醒来也就忘了，听到这话陆召有些不放心："什么梦？"

"梦到我以前跟上级去一个驻地军团，喝大了听到宿舍外边新兵在说话。"白历笑道，对着镜子擦拭自己也有些汗水的脖颈，"真是一语惊醒梦中人，我当年就寻思有机会得好好报答报答那位，可惜当时喝得站不起来，第二天睡醒也回忆不起来声音是什么样的了。"

本来就是隔着一道门，再加上白历本人当时意识模糊，能分辨在说什么就已经不错了，清醒后怎么都想不起音色，那一年那个军团招的新兵还特别多，白历找了几天就回主星了，此事不了了之。

陆召"哦"了一声，知道不是噩梦也就没再追问。

"我那会儿还站在人生的岔路口呢，一想到将来就两腿哆嗦。"白历把毛巾丢在一旁的回收格里，跟陆召说闲话，"陆少将年纪不大的时候有没有对未来感到恐惧的时期？"

门外响起陆召的回答："没有。"

可以，不愧是帝国之鹰。白历笑着刚要说话，门外又传来声音。

"年纪不大的时候很累，忙着过今天。"陆召说，"没空怕将来。"

这声音隔着一道门，和多年前的那一天和白历的梦境重叠。

白历愣了半晌，忍不住大笑。

他意识到他跟陆召曾经离得如此近，却从未看到对方一眼。

即使如此，陆召也依旧用他自己的方式托了白历一把。

他原本模糊的记忆忽然清晰，多年前隔着那道门，先开口的那人还问过另一人："那不说怕不怕吧，你将来有什么打算？"

两人已经走远了，声音倒是隐隐传来："我听说第一军团来人了。"

"是来人了，被请来交流经验的。"先开口的那人说道，"挺厉害，你听说没？那个少校在模拟舱上刷新了军团最短用时，啧啧，到底是精英军团……"

"听说了，很强。"另一人道，"我会去第一军团看看。"

"……你就属于那种哪儿强往哪儿去的人……"

远远传来两声各自带上宿舍门的声音，白历当晚的记忆也从这儿开始变得模糊起来。

他们曾以一个奇妙的方式相处在同一空间中一段时间，很短暂，连擦肩而过都算不上，从头到尾互不相识。

即使知道就算没有这一切，陆召也还是会走到今天这个位置，但这个过程中多出了一点儿白历的存在，依旧让他觉得自己和这个世界和这个人紧密相连。

白历拉开洗漱室的门，看到陆召疑惑地站在门口看他，不由心情大好，连着拍了他肩膀好几下。

没见过面，完全不认识，也没打过交道，但他们曾经互为对方的领路人。

"我得好好报答陆少将。"白历正儿八经地道，"大恩不言谢，我决定以履行一辈子契约人的义务作为回报。"

陆召根本没听懂，他被白历推着走向外面。

白历听到门合上的声音。

现在他们终于在门的同一侧了。

外传四

　　有一个刚落地就能给人下巴一拳的孙子，任你是谁都不敢老得太快。

　　白老爷子在挨了抚育仓里小婴儿自下而上的上勾拳后，就捂着下巴不敢随便伸头去看了

　　"你说他是什么症？"白老爷子难以置信地问身边的医生，"他这手劲儿可不像是有病，可不敢把他跟别的小孩儿放一起，人家准得挨揍。"

　　医生哭笑不得："早分离综合征！刚出生就离开生育人，又过早显化出高级精神力，缺少能安抚稳定的条件，只能先在抚育仓里观察。"

　　白老爷子一辈子没操心过这些事，病名都念不顺溜："早分离……行吧，会有什么后遗症？"

　　"那就说不太准了。"医生掰着指头跟他说，"在精神力的影响下可能会出现智力发展缓慢，或者肢体有问题，也有身高受到影响不长个儿的，还有精神方面也需要多观察留意，有的孩子会缺乏自制力，有暴躁好斗易怒的情况……"

　　总而言之，这位新生儿在出生这一刻起，就已经遇到了人生的第一道坎。

　　白老爷子护好自己的下巴，这才又伸头朝抚育仓里看。

　　新生儿一天一个样，刚落地时皱巴巴小怪物的模样已经褪去不少，在抚育仓里变得更快，逐渐显露出白胖可爱的轮廓。

　　眼睛跟白家人长得一模一样，可能是还看不太清周围的事物，小伙子并没

有搭理又凑上来的白战神，蹬着腿挥着手臂，愤怒地在抚育仓里扭动，仿佛在跟世界做斗争。

白老爷子一边听着医生说着各类注意事项和后续问题，一边看着这位刚出生的小斗士，觉得自己真是没白费了翻字典的工夫，他扒拉出来的名字实在是太适合这孩子了。

"白历！你以后就叫白历。"白老爷子拍拍他的脸颊，"跟我姓，我死了以后，你就是咱老白家唯一的继承人。"

身后医生闭上嘴，想到这位新生儿的亲生父亲姓唐，又看看白战神那张胡子拉碴、凶神恶煞的脸，把所有疑问都咽回了肚子里，也跟着看了看抚育仓里的小娃娃："白小少爷，以后肯定身体健康，前途无量。"

前途无量会不会实现没人知道，好在新出炉的白家继承人身体确实健康，那些后遗症一概没有，胳膊腿儿齐全，吃嘛嘛香，脑子似乎也挺好使，比白老爷子老战友们的孙子孙女都早开口说话，而且从小就显出了碎嘴话多的特质，能一个人趴小床上对着墙叽里呱啦地说半天"婴语"。

先从零碎单字开始往外蹦，过了段时间语言系统加载得差不多了，发音越来越清晰，也就是嘴巴、舌头等新零件还有待磨合，才限制了一下他的发挥。

能蹦词儿的同时，白少爷就学会了走路，几乎是一夜间从任人宰割的小可怜变成了横行乡里的恶霸，开始连滚带爬地苦练行走技巧，折腾得老宅整天没个消停。

白老爷子觉得白历的表达能力仿佛从娘胎出来就已经点满，嘴部零件跟上进度后，家里就没人能阻止他说话了，哪怕被揍得爬不起床，他都能唾沫横飞几个小时。

早早看出孙子有碎嘴毛病的白老爷子赶在他还没完全适应嘴部系统之前开了宴会，向贵族等各界人士公布白氏有了新继承人，也算是做个公证。

没想到当天白少爷就跟自己的嘴巴搞好了关系，坚定地提出了自己憋了很久的要求，而且是当着各位贵族和军界大佬的面。

"老爷子！奶味的婴幼儿营养液我要戒了。"白少爷磕磕巴巴但表情认真地说，"我要你喝的那个酒味的！"

他要尝尝大人的味道！

白老爷子在众人"真不愧是白家人这真是早慧"等一系列恭维里迷失自我了十分钟，回过神后照着白历的屁股给了两巴掌。

白历也不哭，这小子好像从小就不知道像别的小少爷那样号啕大哭来博取关注和同情，反倒捂着屁股边跌跌撞撞地往管家身后躲，边口齿不清地大叫："爷！爷！别，我屁股，肉做的！"

大概是想表达屁股蛋被抽疼了，但说得别别扭扭，要是能挤两滴眼泪或许白老爷子还能心软一些，可惜黑白分明的眼里丁点儿水迹没有，只会捂着腚逃窜。

好好一场宴会被他搅得乱糟糟，贵族里有不少瞧不上他这野小子似的做派，皱眉撇嘴，悄悄露出点儿不屑的表情。

白老爷子挽起袖子正准备教这位刚做人没多久的小年轻一些道理，管家凑到他耳边，小声说："小少爷还小，您一巴掌下去二十七八的小伙子都有给打蒙的，小少爷的屁股——"

话还没说完，白老爷子一把捞起捂着腚龇牙咧嘴的孙子，搂在怀里窜离宴会场，跑回自己卧室扒了继承人的裤衩子，发现两巴掌下去，白历的屁股蛋就已经红肿一片。

"好狠。"白历扭着身子回头看一眼自己的翘臀，"爷爷，你不疼我！"

这句"你不疼我"好像扎进白老爷子的肉里，往后的很多年，即使白历再没说过这句话，但他还是会时不时地想起。

白老爷子喊了管家和宅内急救机器人赶紧处理，他看着孙子肿了的腚，平生第三次觉得自己束手无策。

第一次是伴侣的去世，第二次是女儿白樱铁了心要嫁给唐家那没德行的王八蛋。

前两次都伴随着泪水，但第三次换成白历，变成了哀号。

白老爷子一开始是内疚，后来白历号得越来越凄惨，他寻思自己将来死了，这小子号丧估计也就这程度了，心里觉得不得劲儿，掰过白历趴在床上的脸一看，一点儿眼泪都没见。

白历正号得投入，冷不丁看到老爷子横眉冷竖的脸，吓得缩缩脖子，开始改成低调些的哼哼唧唧，还往管家那边凑了凑。

"出来，这会儿知道怕了？"白老爷子要去抓他，"你刚才说话声儿不挺大吗？有种再说一回我听听？"

白历像个泥鳅一样围着管家跟他绕圈，身形小又走不稳当，摇摇摆摆地边跑边回道："好话不说第二遍，您是年纪到了，耳背啦！"

那会儿这位白少爷年纪还小，却已经展露出惊人的气人天赋，也不知道怎么回事，除了语气还是跟没断奶似的，那神态全然不像个孩子。

好在体型还是个孩子，方便白老爷子对其进行捉拿。

绕了没两圈，白历就被他爷成功捕获，屁股又遭了一顿摧残，彻底不用再回宴会了。

等白老爷子应付完外边的那些宾客，散了场再回来，发现自己孙子还捂着腚，趴在他卧室的床上生闷气，见他进来也不搭理。

管家等白老爷子进了屋，才又跟小少爷说了几句安慰话，慢吞吞地朝外走，边走边给白老爷子使眼色。

白老爷子把屋门关上，自个儿先坐在沙发上，喝了几口酒，才斜眼看看床上的白历。

他卧室里依旧在循环播放着伴侣生前留下的录像，嘱咐他按时吃药吃饭。伴侣是白老爷子这辈子遇到过最全能的人，无论是生活还是社交，他始终觉得自己从伴侣身上学会了很多，他俩年少结缘，成家，白老爷子从没想过自己会和伴侣分离。

可能伴侣也从没想过这个问题，所以都没来得及教他怎么和隔辈儿的孩子相处。

白历捂着屁股趴在床上，像是个小肉坨坨。

像这个年纪的小孩儿，哪个不是给块糖哄哄就又屁颠颠瞎乐的，偏偏到了白家这就出了个特例，人长得还没多高，脾气倒是不小，气性还挺大。

"行了，别给我劲儿劲儿的。"白老爷子说，"你就非得在那种场合给我找事儿。"

白历偏过脸，果然还是没见泪影儿，倒是嘴憋着像受了老大气："我不喜欢。"

白老爷子："不喜欢什么？不喜欢那种场合那种气氛？"

"嗯。"

"那没办法。"白老爷子说，"你可以不喜欢，但你得习惯。以后你就是继承人，我没了就得你顶上，白氏可以没落，但倒下的时候也得是高高大大不输场子的。"

他说完，又觉得自己跟这么小的小屁孩儿说这些有些可笑。

但白历却好像是听懂了，撇撇嘴："我也不喜欢当白氏的人，不喜欢白历。"

这话却没让白老爷子生气，他跷起二郎腿，漫不经心地道："我没得选，你也没得选。反正已经这样了，咱爷俩凑合着过吧。"

白历歪着嘴斜着眼，非常不满。

"再摆你那怪相试试。"白老爷子举起自己的铁砂掌。

白历从床上慢吞吞地爬起来，龇牙咧嘴地挪到他跟前，拍拍他胳膊："那营养液至少能选吧，真不好喝，难喝。我都这么大了，不能喝奶了。"

白老爷子忽然被自己孙子这模样逗乐了，抬手扒拉了两把白历的脑袋。

他的孙子还很年幼，细细的脖子上顶了个大脑瓜，柔软的发丝蹭着他的掌心。

白老爷子的心也跟着软了不少，脸上却还端着架子："行吧，这事可以商量，你看，本来是可以商量的事情，你非要闹这么一出，屁股遭罪了吧。"

白历看了他一眼，捂着屁股道："我睡觉去了，爷爷晚安。"

不等白老爷子回答，就噔噔噔地跑到门口，又扭头对白老爷子伴侣的虚拟影像说了声："你也晚安。"

白老爷子在屋里坐了一会儿，虚拟影像里伴侣的面容依旧柔和，他却已经老了。

这种"老了"的感觉非常复杂，在今天之前他从没如此明显地感觉到自己老了。

他这些年依旧杀伐果断，开得了帝国任何一台机甲，荡平过不知多少荒星，同龄的那帮老战友，多少都开始有了点儿顾虑，白老爷子始终觉得自己不会有这样的时候，尤其是在伴侣已离世、女儿嫁人之后。

但今天，他像是忽然意识到自己有了个要顾虑的人。他的小孙子还很年幼，虽然气性挺大，脾气挺臭，但不知道为什么让他有些心软。

等白小少爷睡熟了，白老爷子才慢悠悠地摸去自己孙子的房间，跟出来的管家撞了个正脸。

管家露出一副了然于胸的表情，白老爷子只当自己眼瞎，看不出对方的调侃，装模作样地问："那小子睡了吗？"

"挨了某人毒打，累得半死，当然睡了。"管家说，"屁股我已经看过了，还行，小少爷真是皮实啊，人也老实，换成我直接就躺在地上不动了，讹人一笔也是好的。"

白老爷子在听到"人也老实"四个字时忍不住瞪大了眼睛，颇觉管家对他孙子很有些莫名其妙的滤镜。

白老爷子懒得跟他掰扯，非要自己拉开门看两眼。

卧室里只有一盏小小的儿童灯亮着，白历已经睡熟了，因为屁股略不舒服，他几乎是趴在床上睡着的，一只脚还蹬出被子，露在外头。

管家小声说："小少爷一滴眼泪都没掉，这脾气真够大的，以后铁定是要吃亏的。"

白老爷子站在门口看了一会儿，又蹑手蹑脚地走到床边坐下。他小孙子睡得像头猪崽，被他捞了脚塞回被子里也不知道。

他把被子给白历盖好，才跟着管家一道关好门。

"我还活着呢！"白老爷子说，"谁敢给他亏吃——除了我！"

事实上白历用实力告诉了白老爷子，这世界上只有他让别人亏吃。

也不知道是不是因为白氏的基因作祟，白小少爷打小就身强体壮，在打架方面格外有天赋。从在继承人宴席上乱搅和一出开始，他的人生轨迹就逐渐开始狂乱，再加上有一张开口就气死人的嘴，没多久就把同龄小孩儿打了个遍，连管家都时不时地感慨这位少爷可真是个天生的恶霸。

因为这拳打脚踢的能耐和一点就爆的脾气，白历一直长到上学的年纪也没什么朋友。他好像也并不需要，平时除了寻衅滋事，就是看书睡觉，再不然就是被白老爷子拖去训练场，早早开始接受白氏教育。

这种教育让白历的战斗力逐年暴增，白老爷子很快就明白，自己家的教育方式除了能培育出往年那些叱咤军界的能人，也能培育出白历这样长歪了的小混蛋。

白老爷子人生的前几年是风光无限，到了现在就开始还债。今天去西家捉拿把人家牙打掉的孙子，明天去东家给被自己孙子骂自闭的孩子家里道歉，后天终于得空了，逮到白历一顿暴揍。

白历随着年纪的增长，倔脾气愈发显现出来，这些年挨了那么多顿打，极少有掉眼泪的时候，只在白老爷子问他为什么又干架时才梗着脖子道："他们嚼咱家舌根，我打两拳怎么了，不还给他们留了口气儿吗？"

白老爷子一手揪住白历的耳朵："说闲话的多了去了，你都这么打过来？"

白历嘴里疼得直倒吸气儿："欺负到我脸上我还不揍两拳，以后就都觉得我好欺负了！我就是这样的身份，这样的家世，不怕人说，那说的人也不能怕挨我的揍吧？"

他那会儿年纪也不大，才到白老爷子腰部，说话时却总显得不符合年纪，偶尔在老宅里坐着不动时，脸上平日里无所谓的笑落下去，表情总像是心事重重。

白老爷子高兴时偶尔会把他拎起来转几圈，白历被甩得两腿都快翘到后脑勺了，脸上那不大高兴的表情就没了，被放下来时十分不服气，搂着白老爷子的腰跟他摔角。

那回惹完事，白老爷子没继续揍他，反倒又像以前那样将他拎起来一通甩。

甩完之后拍拍他脑袋："得了，我看把你放主星你还得惹事儿。过两天跟我去趟附属星，那边儿有个军团和教育部一起弄的体验展，我带你玩玩儿。"

和许多年后外人印象里的机甲狂热爱好者白历不同，那会儿的白历对机甲有着些许抗拒，但看到机甲的相关信息时又忍不住被吸引，总显得十分别扭。

白老爷子并不知道内情，只把闷闷不乐的孙子往胳肢窝一夹，就跑附属星去看体验展。

体验展并未面向大众，而是主要面向研究所和帝国公立学校的学生们开放，白老爷子夹着孙子进了展。

展馆内和白历想象的模样不同，他一脚踏进去，便被黑夜星河笼罩，仿佛已置身宇宙。

蔚蓝色的巨大的初代机甲与他并肩前行，随着他的步伐前进，白历停下，它也停下，蹲下身对他伸出手来。

白历第一次如此近距离地感受机甲带来的震撼，他伸出手跟机甲的手部触碰，年幼的柔软指尖触碰到虚拟幻影的瞬间，初代机甲化为片片星光，但又迅速聚拢，再出现时又是暗红色的二代机甲，随后星光反复散开聚拢，帝国历代机甲的模样一一展现在他的眼前。

重甲，轻甲，离子炮，光刀，掌心炮口。

肩膀上忽然被人按了按，白老爷子将自己的孙子举起来，让他跨在了自己脖子上。

"爷，爷……"白历抱着他爷的大头，指着机甲兴奋地道，"我能开那个吗？试试也行啊，我能开吗？"

白老爷子扛着他在机甲的陪伴下前进："你啊，现在太小了，这展里的模拟舱你还上不了。带你去那边儿少儿部试试，机甲这东西不是谁都能开的，虽然我这些型号都开过了，但咱家历代也不是所有人都擅长这些，你觉得你行吗？"

白历在他爷爷的大笑里皱起眉来，大声道："不试试怎么知道行不行，我能开，我感觉我天生就是开机甲的料！"

他很少有这么孩子气的模样，白老爷子竟然感到有点儿高兴，这跟白历扛过他严厉的训练时的满意不同，而是发现白历好像终于朝这个世界走近了一步，而这一步和他年幼时迈出去的一样。

白老爷子扛着他跑起来，虚拟投影出的轻甲追随着两人，忽近忽远地快速移动，直到穿过走廊，走去下一个展厅。

"别跑别跑，我头晕。"白历抱着他脑袋喊道，"你笑什么啊爷爷？"

白老爷子还未说话，便听见另一道童声在不远处响起："为什么不能？我想试试，不试试怎么知道能不能开？"

白老爷子循声看去，见到不远处一对父子拉着手走出展馆。

说话的小孩儿比白历还小不少，从衣着打扮看得出过得并不富裕，应该是偏远附属星来的孩子，大概是帝国公立学校的学生，周围人偶尔有侧目看来的，他却并不在意，神色很平静，只是眉头微微皱起，认真地又重复一遍："父亲，我感觉我能开，我想开机甲。"

小孩儿的父亲看起来有些病弱，拉着儿子的手边走边低头跟他打商量："不是不让你试，模拟舱不适合你这个年纪……况且咱们不是说好了吗？咱俩还要赶星际航班回家，明天小陆召还得上学呢。"

小孩儿抿着嘴不说话，走出去好几步才又开口："那我以后还能来吗？他们说稀种看这个没有用，是什么意思？"

那个病弱的父亲顿了顿，并未直接回答，反而问道："你喜欢机甲吗？"

"喜欢。"小孩儿斩钉截铁。

"那以后你可能就稍微稍微那么难过一点儿。"那父亲比了个很小很小的手势，"他们可能会因为你要开机甲所以啰哩啰嗦，说些乱七八糟的话——"

"我不怕！"小孩儿举了举自己的小拳头，"我会揍他。"

那小孩儿的父亲没忍住，笑起来："行，那你就别管什么稀种特种，下次我还带你来！"

父子俩和这边的爷孙俩擦肩而过，俩小家伙不经意地互相看了一眼，都沉浸在各自的兴奋里。

白老爷子扛着白历走向下一个展馆，猝不及防地被孙子的爪子抓了一把脸。

"爷，你又偷着乐了。"白历说，"你在笑什么？"

白老爷子拽着孙子的手，笑道："我在想，你小子最好能一直这么劲儿劲儿地活着，虽然可能活的很艰难、很倒霉、很吃亏，但说不准哪天就能遇到志同道合的人，都一根筋儿，但都不服气。"

"什么意思？"白历问。

"要是知道你能遇到陪你走在同一条道上的人……"白老爷子也不管白历听没听懂，继续道，"我也就放心了，将来哪天我死了，也不担心你活在这世上没滋没味了。"

白历没说话，半晌，他把头顶在白老爷子已经有了白发的头上。

"那你得多活两年。"白历小声道，"人死了就不知道活人的事儿了，你得看着我找到那样的人才行。"

白老爷子拍了拍他的手，带着白历朝前走去。

图书在版编目（CIP）数据

金色卡丽 / 三碗过岗著. --北京：九州出版社，
2024.4

ISBN 978-7-5225-2712-3

Ⅰ．①金… Ⅱ．①三… Ⅲ．①长篇小说－中国－当代
Ⅳ．① I247.5

中国国家版本馆CIP数据核字（2024）第055503号

金色卡丽

作　　者	三碗过岗　著	
责任编辑	牛　叶	
出版发行	九州出版社	
地　　址	北京市西城区阜外大街甲35号（100037）	
发行电话	（010）68992190/3/5/6	
网　　址	www.jiuzhoupress.com	
印　　刷	三河市中晟雅豪印务有限公司	
开　　本	880毫米×1230毫米　16开	
印　　张	57	
字　　数	850千字	
版　　次	2024年4月第1版	
印　　次	2024年4月第1次印刷	
书　　号	ISBN 978-7-5225-2712-3	
定　　价	108.00元	